孔子曰：「知之者不如好之者，好之者
不如樂之者。」誠哉斯言，請從
讀書中求賞悉樂事。

金庸

【新修珍藏本】

侠客行

上

金庸

朗声图书　广州出版社

图书在版编目（CIP）数据

侠客行/金庸著. 一广州：广州出版社，2009.9（2022.9重印）
ISBN 978-7-5462-0152-8

Ⅰ. 侠…　Ⅱ. 金…　Ⅲ. 侠义小说－中国－当代　Ⅳ. I247.5

中国版本图书馆CIP数据核字（2009）第127118号

广东省版权局版权合同登记图字：19-2012-023号

朗声图书

本书版权由著作权人授权广州市朗声图书有限公司在中国大陆（不包括香港、澳
门、台湾地区）专有使用

封面图画选自董培新先生金庸小说国画

侠客行

出版发行　广州出版社
　　　　　　（地址：广州市天河区天润路87号广建大厦九楼、十楼　邮政编码：510635
　　　　　　网址：www.gzcbs.com.cn）
策　　划　欧阳群
责任编辑　何　娴　田宇星
责任校对　林春光
内文插画　王司马
封面设计　国　雄
代理发行　广州市朗声图书有限公司（发行专线：020-34297719）
印　　刷　深圳市贤俊龙彩印有限公司
　　　　　　（地址：深圳宝安区石岩镇水田村石龙大道56号　邮编：518108）
开　　本　900毫米×1280毫米　1/32
字　　数　623千
印　　张　23
版　　次　2018年11月第4版
印　　次　2022年9月第6次
书　　号　ISBN 978-7-5462-0152-8
总 定 价　138.00元（全二册）

金庸在香港办公室。

金庸在香港寓所书房。

武俠小說雖說是通俗作品，以大眾化、娛樂性強為重点，但對廣大讀者終究是會發生影響的，我大希望傳達的主旨，是：愛護尊重自己的國家民族，也尊重別人的國家民族；和平友好，互相幫助；重視正義和是非，反對忸頑人利己；注重信義，歌頌純真的愛情和友誼；歌頌勇於顧身的行為；正義需要奮鬥，抗爭斯來爭于畢違同；最常要的品德作品，是歌頌違反別人，而無權利，輕說爭權奪利，自利可靠的思想而行為。武俠小說並不鼓勵讀者在圖謀他做一個白日夢」而沈緬在幻想之中，需要由讀者作在幻想之時，想像自己是個好人，要努力做各種各樣的好事，想像自己要愛國家、愛社会、幫助別人得到幸福，由能做好事、積極貢献，得到所爱之人的欣賞和傾心。

衬页印章／

赵之琛「二十余年成一梦，此身虽在堪惊」：

「回首旧游何在，柳烟花雾迷春」：

赵之琛（1780—1860），字次闲，

浙江钱塘人，西泠八家之一。

治印章法纯整，刀法挺捷，集浙派之大成，

嘉庆、道光以后称浙派第一；

兼擅书画，平生闭门诵读佛经，多写佛像。

此两印为同一印之两面印。

任颐《雪中送炭图》：任颐（1840—1895），字伯年，浙江山阴（绍兴）人，晚清杰出画家。人物师陈洪绶，善于传神，图中小童以手呵冻，表现风寒凛冽的气候，更显得「雪中送炭」的可贵。

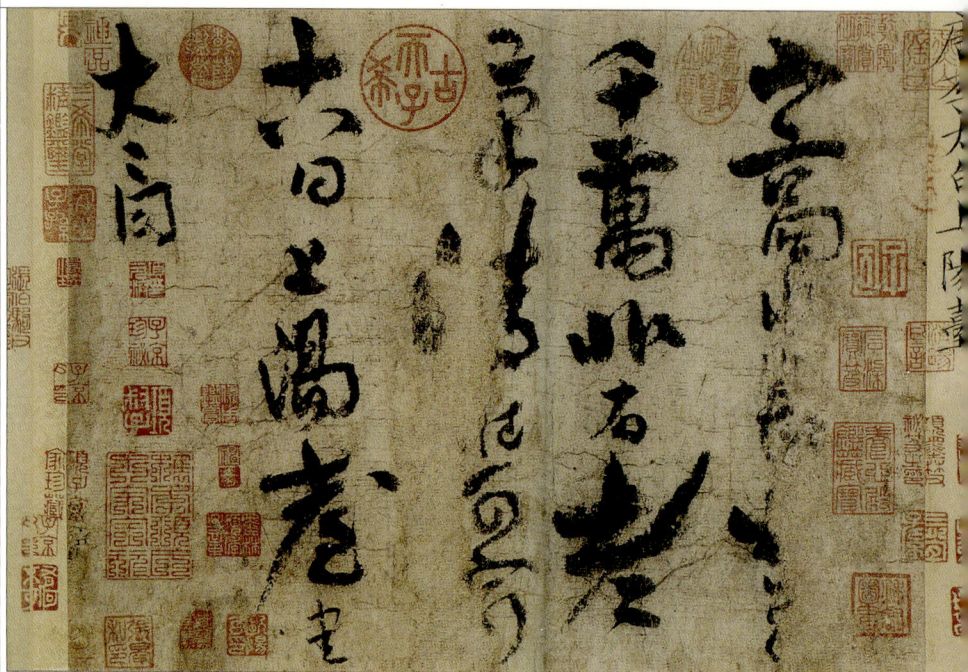

李白《上阳台帖》：

此为世上所存李白书法的唯一真迹，字共五行："山高水长，物象千万，非有老笔，清壮何穷。十八日，上阳台书。太白。"前绫隔水上宋徽宗瘦金书标题「唐李太白上阳台」。李白此书雄健飘逸，与颜真卿《刘中使帖》及张旭《肚痛帖》的笔意近似。

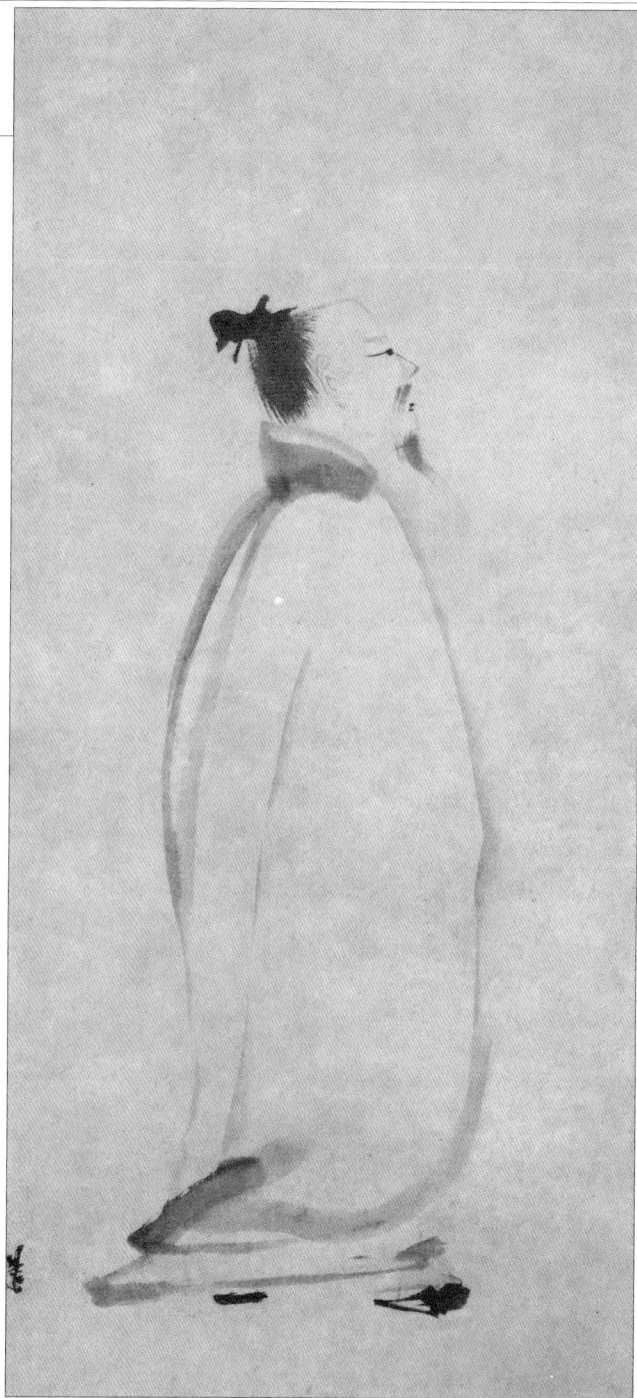

梁楷《李白行吟图》：梁楷，南宋大画家，以泼墨人物著名。本图现藏日本东京国立博物馆。

张大千《长江万里图》（部分）：
张先生此图绘长江万里，
东流入海，气势雄伟。
本书图中所示为镇江附近之长江形势，
江边宝塔畔即金山寺。
镇江为本书所叙长乐帮总舵之所在。

峰峭摩天
餘翠巍峰
松隂掃地
水泂楼
泐山即裁
顕稇筆
吳川遊
老玄柔翁
林壑幽窅道濟
澮北□本清

道济「扇面」：
道济（石涛），明末清初大画家，
号「大涤子」。图中写「峰峭摩天」，
似有谢烟客所居摩天崖的意味。

溥心畬《白云居图》：溥儒，字心畬，近代大画家。此套册页原藏故宫，共十四幅，此图为其中之一。

张大千《幽山忘言图》。

宋文治《江南春朝》：宋文治，当代国画家。图中所绘为现代人物，但江南城镇景像，当与石破天在长乐帮所居时无异。

范一辛《江畔帆影移》（套色木刻）：范一辛，当代版画家。石破天和丁珰、丁不三在长江中乘船，情景或与此仿佛。

"金庸作品集"新序

　　小说是写给人看的。小说的内容是人。

　　小说写一个人、几个人、一群人，或成千成万人的性格和感情。他们的性格和感情从横面的环境中反映出来，从纵面的遭遇中反映出来，从人与人之间的交往与关系中反映出来。长篇小说中似乎只有《鲁滨逊飘流记》，才只写一个人，写他与自然之间的关系，但写到后来，终于也出现了一个仆人"星期五"。只写一个人的短篇小说多些，尤其是近代与现代的新小说，写一个人在与环境的接触中表现他外在的世界、内心的世界，尤其是内心世界。有些小说写动物、神仙、鬼怪、妖魔，但也把他们当作人来写。

　　西洋传统的小说理论分别从环境、人物、情节三个方面去分析一篇作品。由于小说作者不同的个性与才能，往往有不同的偏重。

　　基本上，武侠小说与别的小说一样，也是写人，只不过环境是古代的，主要人物是有武功的，情节偏重于激烈的斗争。任何小说都有它所特别侧重的一面。爱情小说写男女之间与性有关的感情和行动，写实小说描绘一个特定时代的环境与人物，《三国演义》与《水浒》一类小说叙述大群人物的斗争经历，现代小说的重点往往放在人物的心理过程上。

　　小说是艺术的一种，艺术的基本内容是人的感情和生命，主要形式是美，广义的、美学上的美。在小说，那是语言文笔之美、安排结构之美，关键在于怎样将人物的内心世界通过某种形式而表现出来。什么形式都可以，或者是作者主观的剖析，或者是客观的叙述故事，从人物的行动和言语中客观的表达。

　　读者阅读一部小说，是将小说的内容与自己的心理状态结合起来。同样一部小说，有的人感到强烈的震动，有的人却觉得无聊厌倦。读者的个性与感情，与小说中所表现的个性与感情相接触，产生了"化学反应"。

武侠小说只是表现人情的一种特定形式。作曲家或演奏家要表现一种情绪，用钢琴、小提琴、交响乐或歌唱的形式都可以，画家可以选择油画、水彩、水墨或版画的形式。问题不在采取什么形式，而是表现的手法好不好，能不能和读者、听者、观赏者的心灵相沟通，能不能使他的心产生共鸣。小说是艺术形式之一，有好的艺术，也有不好的艺术。

好或者不好，在艺术上是属于美的范畴，不属于真或善的范畴。判断美的标准是美，是感情，不是科学上的真或不真（武功在生理上或科学上是否可能），道德上的善或不善，也不是经济上的值钱不值钱，政治上对统治者的有利或有害。当然，任何艺术作品都会发生社会影响，自也可以用社会影响的价值去估量，不过那是另一种评价。

在中世纪的欧洲，基督教的势力及于一切，所以我们到欧美的博物院去参观，见到所有中世纪的绘画都以圣经故事为题材，表现女性的人体之美，也必须通过圣母的形象。直到文艺复兴之后，凡人的形象才大量在绘画和文学中表现出来，所谓文艺复兴，是在文艺上复兴希腊、罗马时代对"人"的描写，而不再集中于描写天使与圣人。

中国人的文艺观，长期以来是"文以载道"，那和中世纪欧洲黑暗时代的文艺思想是一致的，用"善或不善"的标准来衡量文艺。《诗经》中的情歌，要牵强附会地解释为讽刺君主或歌颂后妃。对于陶渊明的《闲情赋》，司马光、欧阳修、晏殊的相思爱恋之词，或惋惜地评之为白璧之玷，或好意地解释为另有所指。他们不相信文艺所表现的是感情，认为文字的唯一功能只是为政治或社会价值服务。

我写武侠小说，只是塑造一些人物，描写他们在特定的武侠环境（中国古代的、缺乏法治的、以武力来解决争端的不合理社会）中的遭遇。当时的社会和现代社会已大不相同，人的性格和感情却没有多大变化。古代人的悲欢离合、喜怒哀乐，仍能在现代读者的心灵中引起相应的情绪。读者们当然可以觉得表现的手法拙劣，技巧不够成熟，描写殊不深刻，以美学观点来看是低级的艺术作品。无论如何，我不想载什么道。我在写武侠小说的同时，也写政治评论，也写与历史、哲学、宗教有关的文字，那与武侠小说完全不同。涉及思想的文字，是诉诸读者理智的，对这些文字，才有是非、真假的判断，读者或许同意，或许只部份同意，或许完全反对。

对于小说，我希望读者们只说喜欢或不喜欢，只说受到感动或觉得厌烦。我最高兴的是读者喜爱或憎恨我小说中的某些人物，如果有了那种感情，表示我小说中的人物已和读者的心灵发生联系了。小说作者最大的企求，莫过于创造一些人物，使得他们在读者心中变成活生生的、有血有肉的人。艺术是创造，音乐创造美的声音，绘画创造美的视觉形象，小说是想创造人物、创造故事，以及人的内心世界。假使只求如实反映外在世界，那么有了录音机、照相机，何必再要音乐、绘画？有了报纸、历史书、记录电视片、社会调查统计、医生的病历记录、党部与警察局的人事档案，何必再要小说？

武侠小说虽说是通俗作品，以大众化、娱乐性强为重点，但对广大读者终究是会发生影响的。我希望传达的主旨，是：爱护尊重自己的国家民族，也尊重别人的国家民族；和平友好，互相帮助；重视正义和是非，反对损人利己；注重信义，歌颂纯真的爱情和友谊；歌颂奋不顾身的为了正义而奋斗；轻视争权夺利、自私可鄙的思想和行为。武侠小说并不单是让读者在阅读时做"白日梦"而沉缅在伟大成功的幻想之中，而希望读者们在幻想之时，想像自己是个好人，要努力做各种各样的好事，想像自己要爱国家、爱社会、帮助别人得到幸福，由于做了好事、作出积极贡献，得到所爱之人的欣赏和倾心。

武侠小说并不是现实主义的作品。有不少批评家认定，文学上只可肯定现实主义一个流派，除此之外，全应否定。这等于是说：少林派武功好得很，除此之外，什么武当派、崆峒派、太极拳、八卦掌、弹腿、白鹤派、空手道、跆拳道、柔道、西洋拳、泰拳等等全部应当废除取消。我们主张多元主义，既尊重少林武功是武学中的泰山北斗，而觉得别的小门派也不妨并存，它们或许并不比少林派更好，但各有各的想法和创造。爱好广东菜的人，不必主张禁止京菜、川菜、鲁菜、徽菜、湘菜、维扬菜、杭州菜、法国菜、意大利菜等等派别，所谓"萝卜青菜，各有所爱"是也。不必把武侠小说提得高过其应有之份，也不必一笔抹杀。什么东西都恰如其份，也就是了。

我写这套总数三十六册的《作品集》，是从一九五五年到七二年，前后约十五六年，包括十二部长篇小说，两篇中篇小说，一篇短篇小说，一篇历史人物评传，以及若干篇历史考据文字。出版的过程很奇怪，不论在香港、台湾、海外地区，还是中国大陆，都是先出各种各样翻版盗印本，然后再出版经我校订、授权的正版本。在中国大陆，在"三联版"出版之前，只有天津百花文艺出版社一家，是经我授权而出版了《书剑恩仇录》。他们校印认真，依足合同支付版税。我依足法例缴付所得税，余数捐给了几家文化机构及支助围棋活动。这是一个愉快的经验。除此之外，完全是未经授权的，直到正式授权给北京三联书店出版。"三联版"的版权合同到二〇〇一年年底期满，以后中国内地的版本由广州出版社出版，主因是港粤邻近，业务上便于沟通合作。

翻版本不付版税，还在其次。许多版本粗制滥造，错讹百出。还有人借用"金庸"之名，撰写及出版武侠小说。写得好的，我不敢掠美；至于充满无聊打斗、色情描写之作，可不免令人不快了。也有些出版社翻印香港、台湾其他作家的作品而用我笔名出版发行。我收到过无数读者的来信揭露，大表愤慨。也有人未经我授权而自行点评，除冯其庸、严家炎、陈墨三位先生功力深厚，兼又认真其事，我深为拜嘉之外，其余的点评大都与作者原意相去甚远。好在现已停止出版，出版者道歉赔偿，纠纷已告结束。

有些翻版本中，还说我和古龙、倪匡合出了一个上联"冰比冰水冰"征对，真正是大开玩笑了。汉语的对联有一定规律，上联的末一字通常是仄声，以便下联以平声结尾，但"冰"字属蒸韵，是平声。我们不会出这样的上联征对。大陆地区有许许多多读者寄了下联给我，大家浪费时间心力。

为了使得读者易于分辨，我把我十四部长、中篇小说书名的第一个字凑成一副对联："飞雪连天射白鹿，笑书神侠倚碧鸳"。（短篇《越女剑》不包括在内，偏偏我的围棋老师陈祖德先生说他最喜爱这篇《越女剑》。）我写第一部小说时，根本不知道会不会再写第二部；写第二部时，也完全没有想到第三部小说会用什么题材，更加不知道会用什么书名。所以这副对联当然说不上工整，"飞雪"不能对"笑书"，"连天"不能对"神侠"，"白"与"碧"都是仄声。但如出一个上联征对，用字完全自由，总会选几个比较有意思而合规律的字。

有不少读者来信提出一个同样的问题："你所写的小说之中，你认为哪一部最好？最喜欢哪一部？"这个问题答不了。我在创作这些小说时有一个愿望："不要重复已经写过的人物、情节、感情，甚至是细节。"限于才能，这愿望不见得能达到，然而总是朝着这方向努力，大致来说，这十五部小说是各不相同的，分别注入了我当时的感情和思想，主要是感情。我喜爱每部小说中的正面人物，为了他们的遭遇而快乐或惆怅、悲伤，有时会非常悲伤。至于写作技巧，后期比较有些进步。但技巧并非最重要，所重视的是个性和感情。

这些小说在香港、台湾、中国内地、新加坡曾拍摄为电影和电视连续集，有的还拍了三四个不同版本，此外有话剧、京剧、粤剧、音乐剧等。跟着来的是第二个问题："你认为哪一部电影或电视剧改编演出得最成功？剧中的男女主角哪一个最符合原著中的人物？"电影和电视的表现形式和小说根本不同，很难拿来比较。电视的篇幅长，较易发挥；电影则受到更大限制。再者，阅读小说有一个作者和读者共同使人物形象化的过程，许多人读同一部小说，脑中所出现的男女主角却未必相同，因为在书中的文字之外，又加入了读者自己的经历、个性、情感和喜憎。你会在心中把书中的男女主角和自己或自己的情人融而为一，而每个读者性格不同，他的情人肯定和你的不同。电影和电视却把人物的形象固定了，观众没有自由想像的余地。我不能说哪一部最好，但可以说：把原作改得面目全非的最坏、最自以为是、最瞧不起原作者和广大读者。

武侠小说继承中国古典小说的长期传统。中国最早的武侠小说，应该是唐人传奇的《虬髯客传》、《红线》、《聂隐娘》、《昆仑奴》等精彩的文学作品。其后是《水浒传》、《三侠五义》、《儿女英雄传》等等。现代比较认真的武侠小说，更加重视正义、气节、舍己为人、锄强扶弱、民族精神、中国传统的伦理观念。读者不必过份推究其中某些夸张的武功描写，有些事实上是不可能的，只不过是中国武侠小说的传统。聂隐娘缩小身体潜入别人的肚肠，然后从他口中跃出，谁也不会相信是真事，然而聂隐娘的故事，千余年来一直为人所喜爱。

我初期所写的小说，汉人皇朝的正统观念很强。到了后期，中华民族各族一视同仁的观念成为基调，那是我的历史观比较有了些进步之故。这在《天龙八部》、《白马啸西风》、《鹿鼎记》中特别明显。韦小宝的父亲可能是汉、满、蒙、回、藏任何一族之人。即使在第一部小说《书剑恩仇录》中，主角陈家洛后来也对回教增加了认识和好感。每一个种族、每一门宗教、某一项职业中都有好人坏人。有坏的皇帝,也有好皇帝;有很坏的大官,也有真正爱护百姓的好官。书中汉人、满人、契丹人、蒙古人、西藏人……都有好人坏人。和尚、道士、喇嘛、书生、武士之中,也有各种各样的个性和品格。有些读者喜欢把人一分为二,好坏分明,同时由个体推论到整个群体,那决不是作者的本意。

历史上的事件和人物,要放在当时的历史环境中去看。宋辽之际、元明之际、明清之际,汉族和契丹、蒙古、满族等民族有激烈斗争;蒙古、满人利用宗教作为政治工具。小说所想描述的,是当时人的观念和心态,不能用后世或现代人的观念去衡量。我写小说,旨在刻画个性,抒写人性中的喜愁悲欢。小说并不影射什么,如果有所斥责,那是人性中卑污阴暗的品质。政治观点、社会上的流行理念时时变迁,不必在小说中对暂时性的观念作价值判断。人性却变动极少。

在刘再复先生与他千金刘剑梅合写的《父女两地书》(共悟人间)中,剑梅小姐提到她曾和李陀先生的一次谈话,李先生说,写小说也跟弹钢琴一样,没有任何捷径可言,是一级一级往上提高的,要经过每日的苦练和积累,读书不够多就不行。我很同意这个观点。我每日读书至少四五小时,从不间断,在报社退休后连续在中外大学中努力进修。这些年来,学问、知识、见解虽有长进,才气却长不了,因此,这些小说虽然改了三次,相信很多人看了还是要叹气。正如一个钢琴家每天练琴二十小时,如果天份不够,永远做不了萧邦、李斯特、拉赫曼尼诺夫、巴德鲁斯基,连鲁宾斯坦、霍洛维兹、阿胥肯那吉、刘诗昆、傅聪也做不成。

这次第三次修改,改正了许多错字讹字以及漏失之处,多数由于得到了读者们的指正。有几段较长的补正改写,是吸收了评论者与研讨会中讨论的结果。仍有许多明显的缺点无法补救,限于作者的才力,那是无可如何的了。读者们对书中仍然存在的失误和不足之处,希望写信告诉我。我把每一位读者都当成是朋友,朋友们的指教和关怀,自然永远是欢迎的。

二〇〇二年四月　于香港

那小丐只吃了一口烧饼，忽见那死尸站了起来，两根钢钩兀自插在他腹中。那小丐大吃一惊，不敢稍动，只见那死尸弯下双腿，伸手在地下摸索，摸到一个烧饼。

第一回　烧饼馅子

"赵客缦胡缨，吴钩霜雪明。银鞍照白马，飒沓如流星。
十步杀一人，千里不留行。事了拂衣去，深藏身与名。
闲过信陵饮，脱剑膝前横。将炙啖朱亥，持觞劝侯嬴。
三杯吐然诺，五岳倒为轻。眼花耳热后，意气素霓生。
救赵挥金锤，邯郸先震惊。千秋二壮士，烜赫大梁城。
纵死侠骨香，不惭世上英。谁能书阁下，白首太玄经？"

李白这一首《侠客行》古风，写的是战国时魏国信陵君门客侯嬴
和朱亥的故事，千载之下读来，英锐之气，兀自虎虎有威。那大梁城
邻近黄河，后称汴梁，即今河南开封。该地虽数为京城，却民风质
朴，古代悲歌慷慨的豪侠气概，后世迄未泯灭。

开封东门十二里处，有个小市镇，叫做侯监集。这小镇便因侯
嬴而得名。当年侯嬴为大梁夷门监者。大梁城东有山，山势平夷，
称为夷山，东城门便称为夷门。夷门监者就是大梁东门的看守
小吏。

每月初一十五，四乡乡民到镇上赶集。这一日已是傍晚时分，
四处前来赶集的乡民正自挑担的挑担、提篮的提篮，纷纷归去，突然
间东北角上隐隐响起了一阵马蹄声。蹄声渐近，竟是大队人马，少
说也有二百来骑，蹄声奔腾，乘者纵马疾驰。众人相顾说道："多半
是官军到了。"有的说道："快让开些，官兵马匹冲来，踢翻担子，那也

罢了,便踩死了你,也是活该。"

猛听得蹄声之中夹杂着阵阵嗯哨。过不多时,嗯哨声东呼西应、南作北和,竟四面八方都是哨声,似乎将侯监集团团围住了。众人骇然失色,有些见识较多之人,不免心中嘀咕:"遮莫是强盗?"

镇头杂货铺中一名伙计伸了伸舌头,道:"啊哟,只怕是……我的妈啊,那些老哥们来啦!"王掌柜脸色已然惨白,举起了一只不住发抖的肥手,作势要往那伙计头顶拍落,喝道:"你奶奶的,说话也不图个利市,什么老哥小哥的。当真线上的大爷们来了,哪还有你……你的小命?再说,也没听说光天白日就有人干这调调儿的!啊哟,这……这可有点儿邪……"

他说到一半,口虽张着,却没了声音,只见市集东头四五匹健马直抢过来。马上乘者一色黑衣,头戴范阳斗笠,手中各执明晃晃的钢刀,大声叫道:"老乡们,大伙儿各站原地,动一下子的,可别怪刀子不生眼睛。"嘴里叱喝,拍马往西驰去。马蹄铁踹在青石板上,铮铮直响,可令人心惊肉跳。

蹄声未歇,西边厢又有七八匹马冲来,马上健儿也一色黑衣,头戴斗笠,帽檐压得低低的。这些人一般叱喝:"乖乖的不动,那就没事,爱吃板刀面的就出来!"

杂货铺那伙计嘿的一声笑,说道:"板刀面有什么滋味……"这人贫嘴贫舌的,想要说句笑话,岂知一句话没完,马上一名大汉马鞭挥出,甩进柜台,勾着那伙计的脖子,顺手甩带,砰的一声,将他重重摔在街上。那大汉的坐骑一股劲儿向前驰去,将那伙计拖地而行。后边一匹马赶将上来,前蹄踩落,正踩中他大腿,那伙计大声哀号,仰天躺着,爬不起身。

旁人见这伙人如此凶横,哪里还敢动弹?有的本想去上了门板,这时双脚便如钉牢在地上一般,只全身发抖,要他当真丝毫不动,却也干不了。

离杂货铺五六间门面处有家烧饼油条店,油锅中热油滋滋价响,铁丝架上搁着七八根油条。一个花白头发的老者弯着腰,将面粉捏成一个个小球,又将小球压成圆圆的一片,对眼前惊心动魄的惨事竟如视而不见。他在面饼上洒些葱花,对角一折,捏上了边,在一只黄砂碗中抓些芝麻,洒在饼上,然后用铁钳夹起,放入烘炉。

这时四下里唿哨声均已止歇，马匹也不再行走，一个七八百人的市集上鸦雀无声，本在啼哭的小儿，也给父母按住了嘴巴，不再发出声息。各人凝气屏息之中，只听得一个人喀、喀、喀的皮靴声，从西边沿着大街响将过来。

这人走得甚慢，沉重的脚步声一下一下，便如踏在每个人心头之上。脚步声渐渐近来，其时太阳正要下山，一个长长的人影映在大街之上，随着脚步声慢慢逼近。街上人人都似吓得呆了，只那卖饼老者仍做他的烧饼。皮靴声响到烧饼铺外忽而停住，那人上上下下的打量卖饼老者，突然间嘿嘿嘿的冷笑三声。

卖饼老者缓缓抬头，见面前那人身裁甚高，一张脸孔如橘皮般凹凹凸凸，满是疙瘩。卖饼老者说道："大爷，买饼么？一文钱一个。"拿起铁钳，从烘炉中夹了个热烘烘的烧饼出来，放在白木板上。那高个儿又一声冷笑，说道："拿来！"伸出左手。那老者眯着眼睛道："是！"拿起那新焙的烧饼，放入他掌中。

那高个儿双眉竖起，大声怒道："到这当儿，你还在消遣大爷！"将烧饼劈面向老者掷去。卖饼老者缓缓侧头，烧饼从他脸畔擦过，啪的一声响，落在路边的一条泥沟旁。

高个儿掷出烧饼，随即从腰间抽出一对双钩，钩头映着夕阳，蓝印印地寒气逼人，说道："到这时候还不拿出来？姓吴的，你到底识不识时务？"卖饼老者道："大爷认错人啦，老汉姓王。卖饼王老汉，侯监集上人人认得。"高个儿冷笑道："他奶奶的！我们早查得清清楚楚，你乔装改扮，躲得了一年半载，可躲不得一辈子。"

卖饼老者眯着眼睛，慢条斯理的说道："素闻金刀寨安寨主劫富济贫，江湖上提起来，都要翘起大拇指，赞一声：'好！仁义侠盗！'怎么派出来的弟兄，却向卖烧饼的穷老汉打起主意来啦？"他说话似乎有气无力，这几句话却说得清清楚楚。

高个儿怒喝："吴道通，你是决计不交出来的啦？"卖饼老者脸色微变，左颊上的肌肉牵动了几下，随即又是一副懒洋洋神气，说道："你既知道吴某名字，却仍对我这般无礼，未免太大胆了些罢？"那高个儿骂道："你老子胆大胆小，你到今天才知吗？"左钩一起，一招"手到擒来"，疾向吴道通左肩钩落。

吴道通向右略闪。高个儿钢钩落空，左腕随即内勾，钢钩拖回，

7

便向吴道通后心钩到。吴道通矮身避开，跟着右足踢出，却踢在那座炭火烧得正旺的烘炉之上。满炉红炭斗地向那高个儿身上飞去，同时一镬炸油条的热油也猛向他头顶浇落。

那高个儿吃了一惊，急忙后跃，避开了红炭，却避不开满镬热油，"啊哟"一声，满锅热油已泼上他双腿，只痛得他哇哇怪叫。

吴道通双足力蹬，冲天跃起，已窜上了对面屋顶，手中兀自抓着那把烤烧饼的铁钳。猛地里青光闪动，一柄单刀迎头劈来，吴道通举铁钳挡去，当的一声响，火光四溅。他那铁钳虽黑黝黝地毫不起眼，其实乃纯钢所铸，竟将单刀挡回，便在此时，左侧一根短枪、右侧双刀同时攻到。原来四周屋顶上都已布满了人。吴道通哼了一声，叫道："好不要脸，以多取胜么?"身形一长，双手分执铁钳两股，左挡短枪，右架双刀，竟将铁钳拆开，变成了一对点穴双笔。原来他这烤烧饼的铁钳，由一对类似判官笔的短兵刃合成，双笔之间用钢扣扣住。

吴道通双笔使开，招招取人穴道，以一敌三，仍占上风。他一声猛喝："着!"使短枪的"啊"的一声，左腿中笔，骨溜溜的从屋檐上滚落。

西北角屋顶上站着一名矮瘦老者，双手叉在腰间，冷冷的瞧着三人相斗。

白光闪动之中，使单刀的忽给吴道通右脚踹中，一个筋斗翻落街中。那使双刀的怯意陡生，两把刀使得如同一团雪花相似，护在身前，只守不攻。

那矮瘦老者慢慢踱将过来，走近身前，右手食指陡地戳出，径取吴道通左眼。这一招迅捷无比，吴道通忙回笔打他手指。那老者手指略歪，避过铁笔，改戳他咽喉。吴道通笔势已老，无法变招，只得退了一步。

那老者跟着上前，右手又伸指戳出，点向他小腹。吴道通右笔反转，砸向敌人头顶。那老者向前直冲，几欲扑入吴道通怀里，便这么两步急冲，已将他铁笔避过，同时双手向他胸口抓去。吴道通疾向后退，嗤的一声，胸口已为对方抓下一长条衣服。吴道通百忙中不及察看是否受伤，双臂合拢，倒转铁笔，一招"环抱六合"，双笔笔柄向那老者两边太阳穴中砸去。

那老者不闪不架，又向前疾冲，双掌扎扎实实的击在对方胸口。

喀喇喇的一声响,也不知断了多少根肋骨,吴道通从屋顶上翻跌而下。

那高个儿两条大腿遭热油炙得全是火泡,正自暴跳如雷,只双腿受伤不轻,无力纵上屋顶和敌人拼命,又知那矮瘦老者周牧高傲自负,他既已出手,就不喜旁人相助,是以只仰着脖子,观看二人相斗。见吴道通从屋顶摔下,那高个儿大喜,急跃而前,不待他挣扎着站起,双钩扎落,刺入吴道通肚腹。他得意之极,仰起头来纵声长笑。

周牧急叫:"留下活口!"但终于慢了一步,双钩已然入腹。

突然那高个儿纵声大叫:"啊……"踉踉跄跄倒退几步,只见他胸口插了两枝铁笔,自前胸直透至后背,鲜血从四个伤口中前后直涌,身子晃了几晃,便即摔倒。吴道通临死时奋力一击,那高个儿猝不及防,竟为双笔插中要害。金刀寨伙伴忙伸手扶起,却已气绝。

周牧不去理会高个儿的生死,嘴角边露出鄙夷之色,抓起吴道通身子,见也已停了呼吸。他眉头微皱,喝道:"剥了他衣服,细细搜查。"

四名下属应道:"是!"立即剥去吴道通的衣衫,见他长衣之下背上负着个包裹。两名黑衣汉子迅速打开包裹,见包中有包,一层层裹着油布,每打开一层,周牧脸上的喜意便多了一分。一共解开了十来层油布,包裹越来越小,周牧脸色渐渐沮丧,眼见最后已成为一个三寸许见方、两寸来厚的小包,当即伸手攫过,捏了一捏,怒道:"他奶奶的!骗人的玩意,不用看了!快到屋里搜去。"

十余名黑衣汉子应声入内。烧饼店前后不过两间房,十几人挤在里面,乒乒乓乓、呛啷呛啷,店里的碗碟、床板、桌椅、衣物一件件给摔了出来。

周牧只叫:"细细的搜,什么地方都别漏过了!"

闹了半天,已黑沉沉地难以见物,众汉子点起火把,将烧饼店墙壁、灶头也都拆烂了。呛啷一声响,一只瓦缸摔入了街心,跌成碎片,缸中面粉四散得满地都是。

暮霭苍茫中,一只污秽的小手从街角边偷偷伸过来,抓起水沟旁那个烧饼,慢慢缩手。

那是个十二三岁的小丐。他已饿了一整天,有气没力的坐在墙角边。那高个儿接过吴道通递来的烧饼,掷在水沟之旁,小丐的一双眼睛便始终没离开过这烧饼。他早想去拿来吃了,但见到街上那些凶神恶煞般的汉子,却吓得丝毫不敢动弹。那杂货铺伙计半死不活的身子便躺在烧饼之旁。后来,吴道通和那高个儿的两具尸首,也躺在烧饼不远之处。

直到天色黑了,火把的亮光照不到水沟边,那小丐终于鼓起勇气,抓起烧饼。他饥火中烧,顾不得饼上沾了臭水烂泥,轻轻咬了一口,含在口里,却不敢咀嚼,生恐咀嚼的微声给那些手执刀剑的汉子们听见了。口中衔着一块烧饼,虽未吞下,肚里似乎已舒服得多。

这时众汉子已将烧饼铺中搜了个天翻地覆,连地下的砖头也已一块块挖起来查过。周牧见再也查不到什么,喝道:"收队!"

唿哨声连作,跟着马蹄声响起,金刀寨盗伙一批批出了侯监集。两名盗伙抬起那高个儿的尸身,横着放上马鞍,片刻间走了个干净。

直等马蹄声全然隐没,侯监集上才有些轻微人声。镇人怕群盗去而复回,谁也不敢大声说话。杂货铺掌柜和另一个伙计抬了那伙伴入店,给他接上断腿,上了门板,再也不敢出来。但听得东边噼噼啪啪,西边咿咿呀呀,不是上排板,便是关门,过不多时,街上再无人影,亦没半点声息。

那小丐见吴道通的尸身兀自横卧在地,没人理睬,心下有些害怕,轻轻嚼了几口,将一小块烧饼咽下,正待再咬,忽见吴道通的尸身一动。那小丐大吃一惊,揉了揉眼睛,却见那死尸慢慢坐起。小丐吓得呆了,心中怦怦乱跳,但见那死尸双腿一挺,竟站起身来。答答两声轻响,那小丐牙齿相击。

死尸回过头来,幸好那小丐缩在墙角之后,死尸见他不到。这时冷月斜照,小丐却瞧得清楚,见那死尸嘴角边流下一道鲜血,两根钢钩兀自插在他腹中,小丐死命咬住牙齿,不令发出声响。

只见那死尸弯下双腿,伸手在地下摸索,摸到一个烧饼,捏了一捏,双手撕开,随即抛下,又摸到一个烧饼,撕开来却又抛去。小丐只吓得一颗心几乎要从口腔中跳将出来,见那死尸不住在地下摸索,摸到任何杂物,都不理会,一摸到烧饼,便撕开抛去,一面摸,一面走近水沟。群盗搜索烧饼铺时,将木板上二十来个烧饼都扫在地下,这时那死尸拾起来一个个撕开,却又不吃,撕成两半,便往地下一手。

小丐眼见那死尸一步步移近墙角，大骇之下，只想发足奔逃，但全身吓得软了，一双脚哪里提得起来？那死尸行动迟缓，撕开二十来个烧饼，足足花了一炷香时光。他在地下再也摸不到烧饼，缓缓转头，似在四处找寻。小丐转过头来，不敢瞧他，突然间吓得魂飞魄散。原来他身子虽躲在墙角之后，但月光从身后照来，将他蓬头散发的影子映在那死尸脚旁。小丐见那死尸双脚又动，大声惊呼，发足便跑。

那死尸嘶哑着嗓子叫道："烧饼！烧饼！"腾腾腾的追来。

小丐在地下一绊，摔了个筋斗。那死尸弯腰伸手，便来按他背心。小丐一个打滚，避在路旁，发足又奔。那死尸一时站不直身子，支撑了一会这才站起，他脚长步大，虽行路蹒跚，摇摇摆摆的犹如醉汉，只十几步，便追到了小丐身后，一把抓住他后颈，提了起来。

只听得那死尸问道："你……你偷了我烧饼？"在这当口，小丐如何还敢抵赖，只得点了点头。那死尸又问："你……你已经吃了？"小丐又点了点头。那死尸右手伸出，嗤的一声，扯破小丐衣衫，露出胸口和肚腹的肌肤。那死尸道："割开你的肚子，挖出来！"小丐直吓得魂不附体，颤声道："我……我……我只咬了一口。"

原来吴道通给周牧双掌击中胸口，又给那高个儿双钩插中肚腹，一时闭气晕死，过得良久，却又悠悠醒转。肚腹虽是要害，但纵然受到重伤，一时却不便死，他心中念念不忘的只是那件物事，待得醒转，发觉金刀寨人马已经离去，竟顾不得胸腹重伤，先要寻回藏在烧饼中的物事。

他扮作个卖饼老人，在侯监集隐居。一住三载，幸得平安无事，但设法想见那物的原主，却也始终找寻不到。待听得唿哨声响，二百余骑四下合围，他虽不知这群盗伙定是冲着自己而来，终究觉察到局面凶险，仓卒间无处可藏，无可奈何之际，便将那物随手放入烧饼。那高个儿一现身，伸手说道："拿来！"吴道通行着险棋，索性便将这烧饼放入他手中，果然不出所料，那高个儿大怒之下，便将烧饼掷开。

吴道通重伤之后醒转，自认不出哪一个烧饼中藏有那物，一个个撕开来找寻，全无影踪，最后终于抓着那个小丐。他想这小叫化饿得狠了，多半是连饼带物一齐吞入腹中，当下便要剖开他肚子来取物。一时寻不到利刃，情势紧迫，他咬一咬牙，伸手拔出自己肚上一根钢钩，倒转钩头，便往小丐肚上划去。

钢钩拔离肚腹，他猛觉得一阵剧痛，伤口血如泉涌，钩头虽已碰到小丐肚子，但提着小丐的左手突然没了力气，五指松开，小丐身子落地，吴道通右手钢钩向前送出，却刺了个空。吴道通全身虚脱，仰天摔倒，双足挺了几下，这才真的死了。

那小丐摔在地下，拼命挣扎着爬起，转身狂奔。刚才吓得实在厉害，只奔出几步，腿膝酸软，翻了个筋斗，就此晕去，右手却兀自牢牢的抓着那个只咬过一口的烧饼。

淡淡的月光照上吴道通的尸身，慢慢移到那小丐身上，东南角上又隐隐传来马蹄之声。

这一次的蹄声来得好快，刚只听到声响，倏忽间已到了近处。侯监集的居民已成惊弓之鸟，静夜中又听到马蹄声，不自禁的胆战心惊，躲在被窝中只管发抖。但这次奔来的马只有两匹，也没嗯哨之声。

这两匹马形相甚奇。一匹自头至尾都是黑毛，四蹄却是白色，那是"乌云盖雪"的名驹；另一匹四蹄却是黑色，通体雪白，马谱中称为"墨蹄玉兔"，中土尤为罕见。

白马上骑着的是个白衣女子，若不是鬓边戴了朵红花，腰间又系着一条猩红飘带，几乎便如服丧，红带上挂了柄白鞘长剑。黑马乘客是个中年男子，一身黑衫，头戴黑色软帽，腰间系着的长剑插在黑色剑鞘之中。两乘马并肩疾驰而来。

顷刻间两人都看到了吴道通的尸首以及满地损毁的家生杂物，同声惊噫："咦！"

黑衫男子马鞭挥出，卷在吴道通尸身颈项之中，拉起数尺，月光便照在尸身脸上。那女子道："是吴道通！看来安金刀已得手了。"那男子马鞭振出，将尸身掷在道旁，道："吴道通死去不久，伤口血迹未凝，赶得上！"那女子点了点头。

两匹马并肩向西驰去。八只铁蹄落在青石板上，蹄声答答，竟如一匹马奔驰一般。两匹马前蹄后蹄都同起同落，整齐之极，也美观之极，不论是谁见了，都想得到这两匹马曾长期同受操练，是以奋蹄急驰,竟也双驹同步,绝无参差。

两匹马越跑越快,一掠过汴梁城郊,道路狭窄,便不能双骑并驰。那女子微一勒马,让那男子先行。那男子侧头一笑,纵马而前,那女子跟随在后。

两匹骏马脚力非凡,按照吴道通死去的情状推想,这当儿已该当赶上金刀寨人马,但始终影踪毫无。他们不知吴道通虽气绝不久,金刀寨的人众却早去得远了。

马不停蹄的赶了一个多时辰。二人下马让坐骑稍歇,上马又行,将到天明时分,蓦见远处旷野中有几个火头升起。两人相视一笑,同时飞身下马。那女子接过那男子手中马缰,将两匹马都系在一株大树上。两人展开轻身功夫,向火头奔去。

火头在平野之间看来似乎不远,其实相距尚有数里之遥。两人在草地上便如一阵风般滑行过去。将到临近,见一大群人分别围着十几堆火,隐隐听得稀里呼噜之声此起彼应,众人捧着碗在吃面。两人本想先行窥探,但平野之地无可藏身,离这群人约十数丈,便放慢了脚步,并肩走近。

人群中有人喝问:"什么人? 干什么的?"

那男子踏上一步,抱拳笑道:"安寨主不在么? 是哪位朋友在这里?"

那矮老者周牧抬眼瞧去,火光照耀下见来人一男一女,一黑一白,并肩而立。两人都是中年,男的丰神俊朗,女的文秀清雅,衣衫飘飘,腰间都挂着柄长剑。

周牧心中一凛,随即想起两个人来,挺腰站起,抱拳说道:"原来是江南玄素庄石庄主夫妇大驾光临!"跟着大声喝道:"众弟兄,快起来行礼,这两位是威震大江南北的石庄主夫妇。"众汉子轰然站起,都微微躬身,示意礼敬。周牧心下嘀咕:"石清、闵柔夫妇跟我们金刀寨可没纠葛梁子,大清早找将上来,不知想干什么,难道也为了这件物事?"游目往四下里瞧去,一望平野,更无旁人,心想:"虽听说他夫妇双剑厉害,终究好汉敌不过人多,又怕他何来。"

石氏夫妇同时还礼。石夫人闵柔轻声说道:"师哥,这位是鹰爪门的周牧周老爷子。"

她话声虽低,周牧却也听见了,不禁微感得意:"冰雪神剑居然知道我名头。"忙接口道："不敢,金刀寨周牧拜见石庄主、石夫人。"说着又弯了弯腰,抱拳行礼。

石清拱手微笑道："众位朋友正用早膳,这可打扰了,请坐,请坐。"转头对周牧道："周朋友不必客气,愚夫妇和贵门'一飞冲天'庄震中庄兄曾有数面之缘,说起来大家也都不是外人。"

周牧道："'一飞冲天'是在下师叔。"暗道："你年纪比我小着一大截,却称我庄师叔为庄兄,那不是明明以长辈自居吗?"想到此节,更觉对方此来只怕不怀好意,心下更多了一层戒备。武林中于"辈份"两字看得甚重,晚辈遇上了长辈固然必须恭敬,而长辈吩咐下来,晚辈也轻易不得违拗,否则给人说一声以下犯上,先就理亏。

石清见他脸色微沉,已知其意,笑道："这可得罪了!当年嵩山相会,曾听庄兄说起贵门武功,愚夫妇佩服得紧。我忝在世交,有个不情之请,周世兄莫怪。"他改口称之为"周世兄",更是以长辈自居了。

周牧道："倘若是在下自己的事,冲着两位的金面,只要力所能及,两位吩咐下来,自然无有不遵。但若是敝寨的事,在下职位低微,可做不得主了。"

石清心道："这人老辣得紧,没听我说什么,先来推个干干净净。"说道："那跟贵寨毫无干系。我要向周世兄打听一件事。愚夫妇追寻一个人,此人姓吴名道通,兵器使的是一对判官笔,身材甚高,听说近年来扮成了个老头儿,隐姓埋名,潜居在汴梁附近。不知周世兄可曾听到过他讯息吗?"

他一说出吴道通的名字,金刀寨人众登时耸动,有些立时放下了手中捧着的面碗。

周牧心想："你从东而来,当然已见到了吴道通的尸身,我若不说,反显得不够光棍了。"当即打个哈哈,说道："那当真好极了,石庄主、石夫人,说来也是真巧,姓周的虽武艺低微,却碰上给贤夫妇效了一点微劳。这吴道通得罪了贤夫妇,我们金刀寨已将他料理啦。"说这几句话时,双目凝视石清的脸,瞧他是喜是怒。

石清又微微一笑,说道："这吴道通跟我们素不相识,说不上得罪了愚夫妇什么。我们追寻此人,说来倒教周世兄见笑,是为了此人所携带的一件物事。"

周牧脸上肌肉牵动了几下,随即镇定,笑道："贤夫妇消息也真灵通,这个讯息嘛,我们金刀寨也听到了。不瞒石庄主说,在下这番带了这些兄弟们出来,也就是为了这件物事。唉,不知是哪个狗杂种造的谣,却累得双笔吴道通枉送了性命。我们二百多人空走一趟,那也罢了,只怕安大哥还要怪在下办事不力呢。江湖上向来谣言满天飞,倘若以为那件物事是金刀寨得了,都向我们打起主意来,这可不冤么?张兄弟,咱们怎么打死那姓吴的,怎样搜查那间烧饼铺,你详详细细的禀告石庄主、石夫人两位。"

一个短小精悍的汉子站起身来,说道:"那姓吴的武功甚为了得,我们李大元李头领的性命送在他手下。后来周头领出手,双掌将那姓吴的震下屋顶,当时便将他震得全身筋折骨断,五脏粉碎……"此人口齿灵便,加油添酱,将众盗伙如何撬开烧饼铺地下的砖头、如何翻倒面缸、如何拆墙翻炕,说了一大篇,可便是略去了周牧取去吴道通背上包裹一节。

石清点了点头,心道:"这周牧一见我们,便即全神戒备,惴惴不安。玄素庄和金刀寨向无过节,若不是他已得到了那物事,又何必对我们夫妇如此提防?"他知这伙人得不到此物便罢,倘若得了去,定是在周牧身边,一瞥之间,见金刀寨二百余人个个壮健剽悍,料来虽无一流好手,究竟人多难斗。适才周牧言语说得客气,其中所含的骨头着实不少,全无友善之意,自也是恃了人多势众,当下脸上仍微微含笑,手指左首远处树林,说道:"我有一句话,要单独跟周世兄商量,请借一步到那边林中说话。"

周牧怎肯落单,立即道:"我们这里都是好兄弟、好朋友,事无不可……"下面"对人言"三字尚未出口,突觉左腕一紧,已让石清伸手握住,跟着半身酸麻,右手也已毫无劲力。周牧又惊又怒,自从石清、闵柔夫妇现身,他便凝神应接,不敢有丝毫怠忽,哪知石清说动手便动手,竟捷如闪电般抓住了自己手腕。擒拿手法本是他鹰爪门的拿手本领,不料一招未交,便落入对方手中,急欲运力挣扎,但身上力气竟忽然间无影无踪,知要穴已为对方所制,额头立时便冒出了汗珠。

石清朗声说道:"周世兄既允过去说话,那最好也没有了。"回头向闵柔道:"师妹,我和周世兄过去说句话儿,片刻即回,请师妹在此稍候。"说着缓步而行。闵柔斯斯文文的道:"师哥请便。"他两人虽为夫妇，却师兄妹相称。

金刀寨众人见石清笑嘻嘻地与周牧同行，似无恶意，他夫人又留在当地，谁也想不到周牧如此武功，竟会不声不响的受人挟持而去。

石清抓着周牧手腕，越行越快，周牧只要脚下稍慢，立时便会摔倒，只得拼命奔跑。从火堆到树林约有里许，两人倏忽间便穿入了林中。

石清放脱了他手腕，笑道："周世兄……"周牧怒道："你这是干什么？"右手成抓，一招"搏狮手"，便往石清胸口狠抓下去。

石清左手在他身前自右而左划了过来，在他手腕上轻轻一带，已将他右臂带向身后，左手一把抓拢，竟一手将他两只手腕都反抓在背后。周牧惊怒之下，右足向后力踹。

石清笑道："周世兄又何必动怒？"周牧只觉右腿"伏兔""环跳"两处穴道中一麻，踹出的一脚力道尚未使出，已软软垂下。这一来，他只一只左脚着地，若再向后踹，身子便非向前俯跌不可，不由得满脸胀得通红，怒道："你……你……你……"

石清道："吴道通身上的物事，周世兄既已取到，我想借来一观。请取出来罢！"

周牧道："那东西是有的，却不在我身边。你既要看，咱们回到那边去便了。"他想骗石清回到火堆之旁，那时一声号令，众人群起而攻，石清夫妇武功再强，也难免寡不敌众。

石清笑道："我可信不过，却要在周世兄身边搜搜！得罪莫怪。"

周牧怒道："你要搜我？当我是什么人了？"

石清不答，一伸手便除下了他左脚的皮靴。周牧"啊"的一声，只见他已从靴筒中倒了一个小包出来，正是得自吴道通身上之物。周牧又惊又怒，又是诧异："这……这……他怎地知道？难道是见到我藏进去的？"其实石清一说要搜，便见他目光自然而然的向左脚一瞥，眼光随即转开，望向远处，猜想此物定是藏在他左足靴内，果然一搜便着。

石清心想："适才那人叙述大搜烧饼铺的情景，显非虚假，而此物却在你身上搜出，当然是你意图瞒过众人，私下吞没。"左手三指在那小包外捏了几下，脸色微变。

周牧急得胀红了脸，一时拿不定主意是否便要呼叫求援。石清冷冷的道："你背叛安寨主，可愿将此事当众抖将出来，受那斩断十指的刑罚么？"周牧大惊，情不自禁的颤声道："你……你怎知道？"石清道："我自然知道。"松指放开了他双手，说道："安金刀何等精明，你连我也瞒不过，又怎瞒得过他？"

便在此时，只听得嚓嚓嚓几下脚步声轻响，有人到了林外。一个粗豪的声音哈哈大笑，朗声说道："多承石庄主夸奖，安某这里谢过了。"话声方罢，三个人闯进林来。

周牧一见，登时面如土色。这三人正是金刀寨的大寨主安奉日、二寨主冯振武、三寨主元澄道人。周牧奉命出来追寻吴道通之时，安寨主并没说要派人前来接应，不知如何，竟亲自下寨。周牧心想自己吞没此物的图谋固然已成画饼，而且身败名裂，说不定性命也将难保，情急之下，忙道："安大哥，那……那……东西给他抢去了。"

安奉日拱手向石清行礼，说道："石庄主名扬天下，安某仰慕得紧，一直无缘亲近。敝寨便在左近，便请石庄主和夫人同去盘桓数日，使兄弟得以敬聆教训。"

石清见安奉日环眼虬髯，身材矮壮，一副粗豪的神色，岂知说话却甚得体，一句不提自己抢去物事，却邀请前赴金刀寨盘桓。可是这一上寨去，哪里还能轻易脱身？拱手还礼之后，顺手便要将那小包揣入怀中，笑道："多谢安寨主盛情……"

突然间青光闪动，元澄道人长剑出鞘，剑尖刺向石清手腕，喝道："先放下此物！"

这一下来得好快，岂知他快石清更快，身子一侧，已欺到了元澄道人身旁，随手将那小包递出，放入他左手，笑道："给你！"元澄道人大喜，不及细想他用意，便即拿住，不料右腕一麻，手中长剑已让对方夺去。

石清倒转长剑，斫向元澄左腕，喝道："先放下此物！"元澄大吃一惊，眼见寒光闪闪，剑锋离左腕不及五寸，缩手退避，均已不及，只得反掌将那小包掷回。

冯振武叫道："好俊功夫！"不等石清伸手去接小包，展开单刀，

17

着地滚去,径向他腿上砍去。石清长剑嗤的一声刺落,这一招后发先至,冯振武单刀尚未砍到他右腿,他长剑其势便要将冯振武的脑袋钉在地下。

安奉日见情势危急,大叫:"请留……"石清长剑继续前刺,冯振武心中一凉,闭目待死,只觉颊上微微一痛,石清的长剑却不再刺下,原来他剑下留情,剑尖碰到了冯振武的面颊,立刻收势,其间方位、力道,竟半分也相差不得。跟着听得嗒的一声轻响,石清长剑拍回小包,伸手接住,安奉日那"情"字这才出口。

石清收回长剑,说道:"得罪!"退开了两步。

冯振武站起身来,倒提单刀,满脸愧色,退到了安奉日身后,口中喃喃说了两句,不知是谢石清剑下留情,还是骂他出手狠辣,那只有自己知道了。

安奉日伸手解开胸口铜扣,将单刀从背后取下,拔刀出鞘。其时朝阳初升,日光从林间空隙照射进来,金刀映日,闪闪耀眼,厚背薄刃,果然好一口利器! 安奉日金刀一立,说道:"石庄主技艺惊人,佩服,佩服,兄弟要讨教几招!"

石清笑道:"今日得会高贤,幸也何如!"一扬手,将那小包掷了出去。四人一怔之间,只听得飕的一声,石清手中夺自元澄道人的长剑跟着掷出,那小包刚撞上对面树干,长剑已然赶上,将小包钉入树中。剑锋只穿过小包一角,却不损及包中物事,手法之快,运劲之巧,落剑之准,实不亚于适才连败元澄道人、冯振武的那两招。长剑钉着小包高高挂起,离地丈许,若有人跃高欲取,剑柄又高了数尺,伸手拔剑便极不容易,而身子跃高,后心便卖了敌人,敌招攻来,难以抵挡。

四人的眼光从树干再回到石清身上时,只见他手中已多了一柄通体墨黑的长剑,只听他说道:"墨剑会金刀,点到为止。是谁占先一招半式,便得此物如何?"

安奉日见他居然将已得之物钉在树上,再以比武较量来决定此物谁属,丝毫不占便宜,心下好生佩服,说道:"石庄主请!"他早就听说玄素庄石清、闵柔夫妇剑术精绝,适才见他制服元澄道人和冯振武,当真名下无虚,心中丝毫不敢托大,唰唰唰三刀,尽是虚劈,既表礼敬,又是不敢贸然进招。

石清剑尖向地，全身纹风不动，说道："进招罢！"

安奉日这才挥刀斜劈，招未使老，已倒翻上来。他一出手便是生平绝技七十二路"劈卦刀"，招中藏套，套中含式，变化多端。石清使开墨剑，初时见招破招，守得甚为严谨，三十余招后，一声清啸，陡地展开抢攻，那便一剑快似一剑。安奉日接了三十余招后，已全然看不清对方剑势来路，暗暗惊慌，唯有舞刀护住要害。

两人拆了七十招，刀剑始终不交，忽听得叮的一声轻响，墨剑的剑锋已贴住了刀背，顺势滑下。这一招"顺流而下"，原是以剑破刀的寻常招数，若使刀者武功了得，安奉日只须刀身外掠，立时便将来剑荡开。但石清的墨剑来势奇快，安奉日翻刀欲荡，剑锋已凉飕飕的碰到了他食指。安奉日大惊："我四根手指不保！"便欲撒刀后退，也已不及。心念电转之际，石清长剑竟硬生生收住，非但不向前削，反向后挪了数寸。安奉日知他手下容情，此际欲不撒刀，也不成话，只得松手放开刀柄。

哪知墨剑一翻，转到了刀下，却将金刀托住，不令落地，只听石清朗声道："你我势均力敌，难分胜败。"墨剑微微一震，金刀跃起。

安奉日好生感激，五指又握紧了刀柄，知他取胜之后，尚给自己保存颜面，忙举刀一立，恭恭敬敬行了一礼，正是"劈卦刀"的收刀势"南海礼佛"。

他这一招使出，心下更惊，不由得脸上变色，原来他一招一式的使将下来，此时刚好将七十二路"劈卦刀"刀法使完，显是对方于自己这门拿手绝技知之已稔，直等自己的刀法使到第七十一路上，这才将自己制住，倘若他一上来便即抢攻，自己能否挡得住他十招八招，也殊无把握。

安奉日正想说几句感谢的言语，石清还剑入鞘，抱拳说道："姓石的交了安寨主这个朋友，咱们不用再比。何时路过敝庄，务请来盘桓几日。"安奉日脸色惨然，道："自当过来拜访。"纵身近树，跃起身来，反手拔起元澄道人长剑，接住小包，将一刀一剑都插在地下，双手捧了那小包，走到石清身前，说道："石庄主请取去罢！"这件要物他虽得而复失，但石清顾全自己面子，保全了自己四根手指，却也十分承他的情。

不料石清双手一拱，说道："后会有期！"转身便走。

安奉日叫道："石庄主请留步。庄主顾全安某颜面，安某岂有不知？安某明明是大败亏输，此物务请石庄主取去，否则岂不是将安某当作不识好歹的无赖小人了。"石清微笑道："安寨主，今日比武，胜败未分。安寨主的青龙刀、拦路断门刀等等精妙刀法都尚未施展，怎能便说输了？再说，这小包中并无那物在内，只怕周世兄是上了人家的当。"

安奉日一怔，说道："并无那物在内？"急忙打开小包，拆了一层又一层，拆了五层之后，只见包内有三个铜钱，凝神再看，外圆内方，其形扁薄，却不是三枚制钱是什么？一怔之下，不由得惊怒交集，当下强自抑制，转头问周牧道："周兄弟，这……这到底开什么玩笑？"周牧嗫嚅道："我……我也不知道啊。在那吴道通身上，便只搜到这个小包。"

安奉日心下雪亮，情知吴道通不是将那物藏在隐秘异常之处，便是已交给了旁人，此番不但空劳跋涉，反而大损金刀寨威风，将纸包往地下一掷，向石清道："倒教石庄主见笑了，却不知石庄主何由得知？"

石清适才夺到那个小包之时，随手一捏，便已察觉是三枚圆形之物，虽不知定是铜钱，却已确定绝非心目中欲取的物件，微笑道："在下也只胡乱猜测而已。咱们同是受人之愚，盼安寨主大量包涵，一笑置之便了。"一抱拳，转身向冯振武、元澄道人、周牧拱了拱手，快步出林。

石清走到火堆之旁，向闵柔道："师妹，走罢！"两人上了坐骑，又向来路回去。

闵柔看了丈夫的脸色，不用多问，便知此事没成功，心中一酸，不由得泪水一滴滴的落上衣襟。石清道："金刀寨也上了当。咱们再到吴道通尸身上去搜搜，说不定金刀寨的朋友们漏了眼。"闵柔明知无望，却不违拗丈夫之意，哽咽道："是。"

黑白双驹脚力快极，没到晌午时分，又已回到了侯监集。

镇民惊魂未定，没一家店铺开门。群盗杀人抢劫之事，已由地方保甲向汴梁官衙禀报，官老爷还在调兵遣将，不敢便来，显是打着"迟来一刻便多一分平安"的主意。

侠客行【上】

20

石清夫妇纵马来到吴道通尸身之旁,见墙角边坐着个十二三岁的小丐,此外四下里更无旁人。石清当即在吴道通身上细细搜寻,连他发髻也拆散了,鞋袜也除了来看过。闵柔则到烧饼铺去再查了一次。

两夫妇相对黯然,同时叹了口气。闵柔道:"师哥,看来此仇已注定难报。这几日来也真累了你啦。咱们到汴梁城中散散心,看几出戏文,听几场鼓儿书。"石清知妻子素来爱静,不喜观剧听曲,到汴梁散散心云云,全是体贴自己,便说道:"也好,既然来到河南,总得到汴梁逛逛。汴梁龙须面是天下一绝,一斤面能拉成好几里长,却又不断,倒不可不尝。又听说汴梁的银匠是高手,去拣几件首饰也好。"闵柔素以美色驰名武林,本来就喜爱打扮,人近中年,对容貌修饰更加注重。她凄然一笑,说道:"自从坚儿死后,这十三年来你给我买的首饰,足够开家珠宝铺子啦!"

她说到"自从坚儿死后"一句话,泪水又已涔涔而下,一瞥眼间,见那小丐坐在墙角边,猥猥葸葸,污秽不堪,不禁起了怜意,问道:"你妈妈呢?怎么做叫化子了?"小丐道:"我……我……我妈妈不见了。"闵柔叹了口气,从怀中摸出一小锭银子,掷在他脚边,说道:"买饼儿去吃罢!"提缰便行,回头问道:"孩子,你叫什么名字?"

那小丐道:"我……我叫'狗杂种'!"

闵柔一怔,心想:"怎能叫这样的名字?"石清摇了摇头,道:"是个白痴!"闵柔道:"是,怪可怜见儿的。"两人纵马向汴梁城驰去。

那小丐自给吴道通的死尸吓得晕了过去,直到天明才醒,这一下惊吓实在厉害,睁眼见到吴道通的尸体血肉模糊的躺在自己身畔,竟不敢起身逃开,迷迷糊糊的醒了又睡,睡了又醒。石清到来之时,他神智已然清醒,正想离去,却见石清翻弄尸体,又吓得不敢动了,没想到那个美丽女子竟会给自己一锭银子。他心道:"饼儿么?我自己也有。"

他提起右手,手中兀自抓着那咬过一口的烧饼,惊慌之心渐去,登感饥饿难忍,张口往烧饼上用力咬下,只听得卜的一声响,上下门牙大痛,似是咬到了铁石。那小丐一拉烧饼,口中多了一物,忙吐在左手掌中,见是黑黝黝的一块铁片。

那小丐看了一眼，也不去细想烧饼中何以会有铁片，也来不及抛去，见饼中再无异物，当即大嚼起来，一个烧饼顷刻即尽。他眼光转到吴道通尸体旁那十几枚撕破的烧饼上，寻思："给僵尸撕过的饼子，不知吃不吃得？"

正打不定主意，忽听得头顶有人叫道："四面围住了！"那小丐一惊，抬起头来，只见屋顶上站着三个身穿白袍的男子，跟着身后飕飕几声，有人纵近。小丐转过身来，但见四名白袍人手中各持长剑，分从左右掩将过来。

蓦地里马蹄声响，一人飞骑而至，大声叫道："是雪山派的好朋友么？来到河南，恕安某未曾远迎。"顷刻间一匹黄马直冲到身前，马上骑着个虬髯矮胖子，也不勒马，突然跃下马背。那黄马斜刺里奔了出去，兜了个圈子，便远远站住，显是教熟了的。

屋顶上三名白袍男子同时纵下地来，都手按剑柄。一个三十来岁的魁梧汉子说道："是金刀安寨主吗？幸会，幸会！"一面说，一面向站在安奉日身后的白袍人连使眼色。

原来安奉日为石清所败，甚是沮丧，但跟着便想："石庄主夫妇又去侯监集干什么？是了，周四弟上了当，没取到真物，他夫妇定是又去寻找。我是他手下败将，他若取到，我只有眼睁睁的瞧着。但若他寻找不到，我们难道便不能再找一次，碰碰运气？此物倘若真是曾在吴道通手中，他定是藏在隐秘万分之所，搜十次搜不到，再搜第十一次又有何妨？"当即跨黄马追赶上来。

他坐骑脚力远不及石氏夫妇的黑白双驹，又不敢过份逼近，是以直至石清、闵柔细搜过吴道通的尸身与烧饼铺后离去，这才赶到侯监集。他来到镇口，远远瞧见屋顶有人，三个人都身穿白衣，背悬长剑，这般装束打扮，除了藏边的雪山派弟子外更无旁人，驰马稍近，更见三人全神贯注，如临大敌。他还道这三人要去偷袭石氏夫妇，念着石清适才卖的那个交情，心中当了他是朋友，便纵声叫了出来，要警告他夫妇留神。不料奔到近处，没见石氏夫妇影踪，雪山派七名弟子所包围的竟是个小乞儿。

安奉日大奇，见那小丐年纪幼小，满脸泥污，不似身有武功模样，待见眼前那白衣汉子连使眼色，他又向那小丐望了一眼。

这一望之下，登时心头大震，只见那小丐左手拿着一块铁片，黑黝黝地,似乎便是传说中的那枚"玄铁令",待见身后那四名白衣人长剑闪动,竟是要上前抢夺的模样,当下不及细想,立即反手拔出金刀,使出"八方藏刀势",身形转动,滴溜溜地绕着那小丐转了一圈,金刀左一刀,右一刀,前一刀,后一刀,霎时之间,八方各砍三刀,三八二十四刀,刀刀不离小丐身侧半尺之外,将那小丐全罩在刀锋之下。

那小丐只觉刀光刺眼,全身凉飕飕地,哇的一叫,放声大哭。

便在此时,七个白衣人各出长剑,幻成一道光网,在安奉日和小丐身周围了一圈。白光是个大圈,大圈内有个金色小圈,金色小圈内有个小叫化眼泪鼻涕的大哭。

忽听得马蹄声响,一匹黑马、一匹白马从西驰来,却是石清、闵柔夫妇去而复回。

原来他二人驰向汴梁,行出不久,便发现了雪山派弟子的踪迹,两人商量了几句,当即又策马赶回。石清望见八人刀剑挥舞,朗声叫道:"雪山派众位朋友,安寨主,大家是好朋友,有话好说,不可伤了和气。"

雪山派那魁梧汉子长剑一竖,七人同时停剑,却仍团团围在安奉日身周。

石清与闵柔驰到近处,蓦地见到那小丐左手拿着的铁片,同时"咦"的一声,只不知是否便是心目中那物,二人心中都怦怦而跳。石清飞身下鞍,走上几步,说道:"小兄弟,你手里拿着的是什么东西,给我瞧瞧成不成?"饶是他素来镇定,说这两句话时却语音微微发颤。他已打定主意,料想安奉日不会阻拦,只须那小丐一伸手,立时便抢入剑圈中夺将过来,谅那一众雪山派弟子也拦不住自己。

那白衣汉子道:"石庄主,是我们先见到的。"

闵柔这时也已下马走近,说道:"耿师兄,请你问问这位小兄弟,他脚旁那锭银子,是不是我给的?"这句话甚是明白,她既已给过银子,自比那些白衣人早见到那小丐了。

那魁梧汉子姓耿,名万钟,是当今雪山派第二代弟子中的好手,说道:"石夫人,或许是贤伉俪先见到这个小兄弟,但这枚'玄铁令'呢,却是我们兄弟先见到的了。"

一听到"玄铁令"这三字,石清、闵柔、安奉日三人心中都是一凛:"果然便是'玄铁令'!"雪山派其余六人也各露出异样神色。其实他七人谁都没细看过那小丐手中拿着的铁片,只见石氏夫妇与金刀寨寨主都如此郑重其事,料想必是此物;而石、闵、安三人也是一般的想法:雪山派耿万钟等七人并非寻常人物,既看中了这块铁片,当然不会错的了。

十个人一般的心思,忽然不约而同的一齐伸出手来,说道:"小兄弟,给我!"

十个人互相牵制,谁也不敢出手抢夺,知道只要谁先用强,大利当前,旁人立即会攻己空门,只盼那小丐自愿将铁片交给自己。

那小丐又怎知道这十人所要的,便是险些儿崩坏了他牙齿的这块小铁片,这时虽已收泪止哭,却茫然失措,眼见身周刀剑晃动,白光闪闪,心下害怕,泪水在眼眶中滚来滚去,随时便能又再流下。

忽听得一个低沉的声音说道:"还是给我!"

一个人影闪进圈中,一伸手,便将那小丐手中的铁片拿了过去。

"放下!""干什么?""好大胆!""混蛋!"齐声喝骂声中,九柄长剑一把金刀同时向那人影招呼过去。安奉日离那小丐最近,金刀挥出,便是一招"白虹贯日",砍向那人脑袋。雪山派弟子习练有素,同时出手,七剑分刺那人七个不同方位,叫他避得了肩头,闪不开大腿,挡得了中盘来招,便卸不去攻他上盘的剑势。石清与闵柔一时看不清来人是谁,不肯便使杀手取他性命,双剑各圈了半圆,剑光霍霍,将他罩在玄素双剑之下。

却听得叮当、叮当一阵响,那人双手连振,也不知使了什么手法,霎时间竟将安奉日的金刀、雪山七名弟子的长剑尽数夺在手中。

石清和闵柔只觉得虎口一麻,长剑便欲脱手飞出,忙向后跃开。石清登时脸如白纸,闵柔却满脸通红。玄素庄石庄主夫妇双剑合璧,并世能与之抗手不败的已寥寥无几,但给那人伸指在剑身上分别一弹,两柄长剑都险些脱手,那是两人临敌以来从未遇到过之事。

看那人时,只见他昂然而立,一把金刀、七柄长剑都插在他身周。那人青袍短须,约莫五十来岁年纪,容貌清癯,脸上隐隐有一层青气,目光中流露出一股说不尽的欢喜之意。石清蓦地想到一人,脱口而出:"尊驾莫非便是这玄铁令的主人么?"

那人嘿嘿一笑，说道："玄素庄黑白双剑，江湖上都道剑术了得，果然名不虚传。老夫适才以一分力道对付这八位朋友，以九分力道对付贤伉俪，居然仍夺不下两位手中兵刃。唉，我这'弹指神通'功夫，'弹指'是有了，'神通'二字如何当得？看来非得再下十年苦功不可。"

石清一听，更无怀疑，抱拳说道："愚夫妇此番来到河南，原想上摩天崖来拜见尊驾。虽所盼成空，总算有缘见到金面，却也不虚此行了。愚夫妇这几手三脚猫的粗浅剑术，在尊驾眼中自不值一笑。尊驾今日亲手收回玄铁令，可喜，可贺。"

雪山派群弟子听了石清之言，均暗暗嘀咕："这青袍人便是玄铁令的主人谢烟客？他于一招之间便夺了我们手中长剑，若不是他，恐怕也没第二个了。"七人你瞧瞧我，我瞧瞧他，都默不作声。

安奉日武功并不甚高，江湖上的阅历却远胜于雪山派七弟子，当即拱手说道："适才多有冒犯，在下这里谨向谢前辈谢过，还盼恕过不知之罪。"

那青袍人正是摩天崖谢烟客。他又哈哈一笑，道："照我平日规矩，你们这般用兵刃向我身上招呼，我自非一报还一报不可，你用金刀砍我左肩，我当然也要用这把金刀砍你左肩才合道理。"他说到这里，左手将那铁片在掌中一抛一抛，微微一笑，又道："不过碰到今日老夫心情甚好，这一刀便寄下了。你刺我胸口阴都穴，你刺我头颈天鼎穴，你刺我大腿环跳穴，你刺我左腰，你斩我小腿……"他口中说着，右手分指雪山派七弟子。

那七人听他将刚才自己的招数说得分毫不错，更为骇然，在这电光石火般的一瞬之间，他受十人围攻，情势凶险，竟将每一人出招的方位看得明明白白，又记得清清楚楚，只听他又道："这也通统记在帐上，几时碰到我脾气不好，便来讨债收帐。"

雪山派中一个矮个子大声道："我们艺不如人，输了便输了，你又说这些风凉话作甚？你记什么帐？爽爽快快刺我一剑便是，谁又耐烦把这笔帐挂在心头？"此人名叫王万仞，其时他两手空空，说这几句话，摆明是要将性命交在对方手里了。他同门师兄弟齐声喝止，他却已一口气说了出来。

谢烟客点了点头，道："好！"拔起王万仞的长剑，挺剑直刺。王万仞急向后跃,想要避开,岂知来剑快极,王万仞身在半空,剑尖已及胸口。谢烟客手腕一抖,便即收剑。

王万仞双脚落地,只觉胸口凉飕飕地,低头一看,不禁"啊"的一声,但见胸口露出一个圆孔,约有茶杯口大小,正好对准了他胸口的"阴都穴"。原来谢烟客手腕微转,已用剑尖在他衣服上划了个圆圈,自外而内,三层衣衫尽皆划破,露出了肌肤。他手上只须使劲稍重,一颗心也给他剜出来了。

王万仞脸如土色,惊得呆了。安奉日衷心佩服,忍不住喝采:"好剑法!"

说到出剑部位之准,劲道拿捏之巧,谢烟客适才这一招,石清夫妇勉强也能办到,但剑势之快,令对方明知刺向何处,仍然闪避不得,石清、闵柔自知便万万及不上了。二人对望一眼,均想:"此人武功精奇,果然匪夷所思。"

谢烟客哈哈大笑,拔步便行。

雪山派中一个少年女子突然叫道:"谢先生,且慢!"谢烟客回头问道:"干什么?"那女子道:"尊驾手下留情,没伤我王师哥,雪山派同感大德。请问谢先生,你拿去的那块铁片,便是玄铁令吗?"谢烟客哼了一声,道:"没上没下的野丫头,凭你也来向我问东问西?"

那女子脸上一红。闵柔忙道:"这位想必是雪山派的'寒梅女侠'花万紫花师妹,年纪虽轻,剑术是挺高明的。"

谢烟客满脸傲色,说道:"年纪倒轻,剑术我看还差着这么一大截。也罢,这是玄铁令又怎样?不是又怎样?"花万紫虽给谢烟客抢白了几句,仍鼓勇而道:"倘若不是玄铁令,大伙再去找找。但若当真是玄铁令,这却是尊驾的不是了。"

只见谢烟客脸上陡然青气一现,随即隐去,耿万钟喝道:"花师妹,不可多口。"众人素闻谢烟客生性残忍好杀,为人忽正忽邪,行事全凭一己好恶,不论黑道或白道,丧生于他手下的好汉指不胜屈。今日他受十人围攻而居然不伤一人,那可说破天荒的大慈悲了。不料师妹花万紫性子刚硬,又复不知轻重,竟出言冲撞,不但雪山派的同门心下震骇,石氏夫妇也不禁为她捏了一把冷汗。

谢烟客高举铁片,朗声念道:"玄铁之令,有求必应。"将铁片翻了过来,又念道:"摩天崖谢烟客。"顿了一顿,说道:"这等玄铁刀剑不损,天下罕有。"拔起地下一柄长剑,顺手往铁片上斫去,叮的一声,长剑断为两截,上半截弹了出去,那黑黝黝的铁片竟丝毫无损。他脸色一沉,厉声道:"怎么是我的不是了?"

花万紫道:"小女子听得江湖上的朋友们言道:谢先生共有三枚玄铁令,分赠三位当年于谢先生有恩的朋友,说道只须持此令来,亲手交在谢先生手中,便可请你做一件事,不论如何艰难凶险,谢先生也必代他做到。那话不错罢?"谢烟客道:"不错。此事武林中人,有谁不知?"言下甚有得色。花万紫道:"听说这三枚玄铁令,有两枚已归还谢先生之手,武林中也因此发生了两件惊天动地的大事。这玄铁令便是最后一枚了,不知对不对?"

谢烟客听她说"武林中也因此发生了两件惊天动地的大事",脸色便略转柔和,说道:"不错。得了我这枚玄铁令的朋友武功高强,没什么难办之事,这令牌于他也无用处。他没子女,逝世之后令牌不知去向。这几年来,大家都在拼命找寻,想来叫我姓谢的代他干一件大事。嘿嘿,想不到今日轻轻易易的却给我自己收回了。这样一来,江湖上朋友不免有些失望,可也反而给你们消灾免难。"一伸足将吴道通的尸身踢出数丈,又道:"譬如此人罢,纵然得了令牌,要见我脸却也挺难,在将令牌交到我手中之前,自己便先成众矢之的。武林中哪一个不想杀之而后快?哪一个不想夺取令牌到手?以玄素庄石庄主夫妇之贤,尚且未能免俗,何况旁人?嘿嘿!嘿嘿!"最后这几句话,已大有讥嘲之意。

石清一听,不由得面红过耳。他虽一向对人客客气气,但武功既强,名气又大,说出话来很少有人敢予违拗,不料此番面受谢烟客的讥嘲抢白,论理论力,均无可与之抗争,他平素高傲,忽受挫折,实觉无地自容。闵柔只看着石清神色,丈夫若露拔剑齐上之意,立时便要跟谢烟客拼了,虽明知不敌,这口气却也咽不下去。

却听谢烟客又道:"石庄主夫妇是英雄豪杰,这玄铁令若教你们得了去,不过叫老夫做一件为难之事,奔波劳碌一番,那也罢了。但若给无耻小人得了去,竟要老夫自残肢体,逼得我不死不活,甚至于来求我自杀,我若不想便死,岂不是毁了这'有求必应'四字誓言?总算老夫运气不坏,毫不费力的便收回了。哈哈,哈哈!"纵声大笑,声震屋瓦。

花万紫朗声道:"听说谢先生当年曾发下毒誓,不论从谁手中接过这块令牌,都须依彼所求,办一件事,即令对方是七世的冤家,也不能伸一指加害于他。这令牌是你从这小兄弟手中接过去的,你又怎知他不会出个难题给你?"谢烟客"呸"的一声,道:"这小叫化是什么东西?我谢烟客去听这小化子的话,哈哈,那不是笑死人么?"花万紫朗声道:"众位朋友听了,谢先生说小化子原来不是人,算不得数。"她说的若是旁人,余人不免便笑出声来,至少雪山派同门必当附和,但此刻四周却静无声息,只怕一枚针落地也能听见。

谢烟客脸上又青气一闪,心道:"这丫头用言语僵住我,叫人在背后说我谢某言而无信。"突然心头一震:"啊哟,不好,莫非这小叫化是他们故意布下的圈套,我既已伸手将令牌抢到,再要退还他也不成了。"他几声冷笑,傲然道:"天下又有什么事,能难得倒姓谢的了。小叫化儿,你跟我去,有什么事求我,可不跟旁人相干。"携着那小丐的手拔步便行。他虽没将身前这些人放在眼里,但生怕这小丐背后有人指使,当众出个难题,要他自断双手之类,那便不知如何是好了,是以要将他带到无人之处,细加盘问。

花万紫踏上一步,柔声道:"小兄弟,你是个好孩子。这位老伯伯最爱杀人,你快求他从今以后,再也别杀——"一句话没说完,突觉一股劲风扑面而至,下面"一个人"三字登时咽入了腹中,再也说不出口。

原来花万紫知谢烟客言出必践,自己适才挺剑向他脸上刺去,他说记下这笔帐,以后随时讨债,总有一日要给他在自己脸颊刺上一剑,何况六个师兄中,除王万仞外,谁都欠了他一剑,这笔债还起来,非有人送命不可。因此她干冒奇险,不惜触谢烟客之怒,要那小叫化求他此后不可再杀一人。只须小丐说了这句话,谢烟客不得不从,自己与五位师兄的性命便都能保全了。不料谢烟客识破她用意,袍袖拂出,劲风逼得她难以毕辞。只听他大声怒喝:"要你这丫头啰唆什么?"又一股劲风扑至,花万紫立足不定,便即摔倒。

花万紫背脊一着地,立即跃起,想再叫嚷时,却见谢烟客早已拉着小丐之手,转入了前面小巷之中,显然他不欲那小丐再听到旁人的教唆言语。

众人见谢烟客在丈许外只衣袖一拂,便将花万紫摔了一交,尽皆骇然,又有谁敢再追上前去啰呗?

忽见一条软鞭从轿中挥将出来，卷住王万仞左腿，将他身子甩飞，夺了他手中墨剑。花万紫白剑出鞘，往软鞭上撩去，轿中突然飞出一粒暗器，打中了她手腕。

第二回　荒唐无耻

石清走上两步，向耿万钟、王万仞抱拳道：“耿贤弟、王贤弟，花师妹胆识过人，胜于须眉，‘寒梅女侠’四字，名不虚传。其余四位师兄，请耿贤弟引见。”

耿万钟板起了脸，竟不置答，说道：“在这里遇上石庄主夫妇，那再好也没有了，省了我们上江南走一遭。”

石清见这七人神色颇为不善，初时只道他们在谢烟客手下栽了筋斗，致感难堪，但耿万钟与自己素来交好，异地相逢，该当欢喜才是，怎么神气如此冷漠？他一向称自己为“石大哥”，又怎么忽尔改了口？心念一动：“莫非我那宝贝儿子闯了祸？”忙道：“耿贤弟，我那小顽童惹得贤弟生气了么？小兄夫妇给你赔礼，来来来，小兄做个东道，请七位到汴梁城里去喝几杯。”

安奉日见石清言词之中对雪山派弟子甚为亲热，而这些雪山派弟子对自己却大刺刺地，正眼也不瞧上一眼，更不用说通名招呼了，自己站在一旁没人理睬，一来没趣，二来有气，心想：“哼，雪山派有什么了不起？要如石庄主这般仁义待人，那才真的让人佩服。”向石清、闵柔抱拳道：“石庄主、石夫人，安某告辞了。”石清拱手道：“安寨主莫怪。犬子石中玉在雪山派封师兄门下学艺，在下询及犬子，竟对安寨主失了礼数。”安奉日心道：“石庄主行事，果然叫人心服。这倒怪你不得。”说道：“好说，好说！后会有期。”拱了拱手，转身而去。

耿万钟等七人始终一言不发，待安奉日走远，仍你看看我，我看看你,脸上流露出既尴尬又为难、既气恼又鄙夷的神气,似乎谁都不愿先开口说话。

石清将儿子送到雪山派大弟子"风火神龙"封万里门下学艺,固然另有深意,却也因此子太过顽劣,闵柔又诸多回护,自己实难管教之故,眼看耿万钟等的模样,只怕儿子这乱子闹得还真不小,陪笑道:"白老爷子、白老太太安好,风火神龙封师兄安好。"

王万仞再也忍耐不住,大声道:"我师父、师娘没给你的小……小……小……气死,总算福份不小。"他本想大骂"小杂种",但瞥眼间见到闵柔楚楚可怜、耽心关怀的脸色,连说了三个"小"字,终于悬崖勒马,硬生生将"杂种"二字咽下。但他骂人之言虽然忍住,人人都已知道他本意,这不骂也等于已破口大骂。

闵柔眼圈一红,说道:"王大哥,我那玉儿的确顽皮得紧,得罪了诸位,我……我……万分抱歉,先给各位赔礼了。"说着盈盈福了下去。

雪山派七弟子急忙还礼。王万仞大声道:"石大嫂,你生的这小……小……家伙实在太不成话,只要有半分像你们大哥大嫂两位,那……那还有什么话说? 这也不算是得罪了我,再说,得罪了我王万仞这草包有甚打紧? 冲着两位金面,我最多抓住小子拳打足踢一顿,也就罢了。但他得罪了我师父、师娘,我那白师哥又是这等烈性子。石庄主,不是我吃里扒外,想来总得通知你一声,我白师哥要来烧你们的玄素庄,你……你两位可得避避。我跟你两位的过节,咱们一笔带过,我就撂开了不算,谁教咱们从前有交情呢。但你这杯酒,我说什么也不能喝,要是给白师哥知道了,他不跟我翻脸绝交才怪。"

他唠唠叨叨的一大堆,始终没说到石中玉到底干了什么错事。石清、闵柔二人却越听越惊,心想我们跟雪山派数代交好,怎地白万剑居然恼到要来烧玄素庄? 不住口的道:"这孽障大胆胡闹,该死! 怎么连老太爷、老太太也敢得罪了?"

耿万钟道:"这里是非之地,多留不便,咱们借一步说话。"当下拔起地下的长剑,道:"石庄主请,石夫人请。"

石清点了点头,与闵柔向西走去,两匹坐骑缓缓在后跟来。路上耿万钟为五个师弟妹引见,五人分别和石清夫妇说了些久仰的话。

一行人行出七八里地，见大路旁三株栗树，亭亭如盖。耿万钟道："石庄主，咱们到那边说话如何？"石清道："甚好。"九个人来到树下，在大石和树根上分别坐下。

石清夫妇心中甚为焦急，却并不开口询问。

耿万钟道："石庄主，我本来不配做你朋友，但承你瞧得起，和你叨在交好，有一句不中听的话，直言莫怪。依在下之见，庄主还是将令郎交由我们带去，在下竭力向师父、师母及白师兄夫妇求情，未始不能保全令郎性命。就算是废了他武功，也胜于两家反脸成仇，大动干戈。"

石清奇道："小儿到了贵派之后，三年来我未见过他一面，种种情由，在下确然全不知情，还盼耿兄见告，不必隐瞒。"他本来称他"耿贤弟"，眼见对方怒气冲冲，这"贤弟"二字再叫出去，只怕给他顶撞回来，立时碰上个大钉子。

耿万钟道："石庄主当真不知？"石清道："不知！"

耿万钟素知他为人，以玄素庄主如此响亮的名头，决不能谎言欺人，他说不知，那便是真的不知了，说道："原来石庄主全无所悉……"

闵柔忍不住打断他话头，问道："玉儿不在凌霄城吗？"耿万钟点点头。王万仞道："这小……小家伙这会儿若在凌霄城，便有一百条性命，也都不在了。"

石清心下暗暗生气，寻思："我命玉儿投入你们门下学武，只因敬重白老爷子和封师兄的为人，看重雪山派的武功。就算玉儿年纪幼小，生性顽劣，犯了你们什么门规，冲着我夫妇的脸面，也不能要杀便杀。就算你雪山派武功高强，人多势众，难道江湖上真没道理讲了么？"他仍不动声色，淡淡的道："贵派门规素严，这个在下早知道的。我送犬子到凌霄城学艺，原本想要他多学一些好规矩。"

耿万钟脸色微微一沉，道："石庄主言重了。石中玉这小子如此荒唐无耻，穷凶极恶，却不是我们雪山派教的。"石清淡淡的道："谅他小小年纪，无知顽皮、犯规胡闹定是有的，这'荒唐无耻，穷凶极恶'八字考语，却从何说起？"

耿万钟转头向花万紫道："花师妹，请你到四下里瞧瞧，看有人来没有?"花万紫道:"是!"提剑远远走开。石清夫妇对望了一眼,均知他将花万紫打发开去,是为了有些言语不便在女子之前出口,心下不禁又多了一层忧虑。

耿万钟叹了口气,道:"石庄主、石大嫂,我白师哥没儿子,只一个女儿,你们是知道的。我那师侄女今年还只一十三岁,聪明伶俐,天真可爱,白师哥固然爱惜之极,我师父、师娘更当她心肝肉一般。我这师侄女简直便是大雪山凌霄城的小公主,我们师兄弟姊妹们,自然也像凤凰一般捧着她了。"

石清点了点头,道:"我那不肖的儿子得罪了这位小公主啦,是不是?"

耿万钟道:"'得罪'二字,却忒也轻了。他……他……他委实胆大妄为,竟将我们师侄女绑住了手足,将她剥得一丝不挂,想要强奸。"

石清和闵柔"啊"的一声,一齐站起身来。闵柔脸色惨白。石清说道:"哪……哪有此事?中玉还只一十五岁,这中间必有误会。"

耿万钟道:"咱们也说实在太过荒唐。可是此事千真万确,服侍我那小侄女的两个丫鬟听到争闹挣扎之声,赶进房来,便即呼救,一个给他斩了一条手臂,一个给他砍去了一条大腿,都晕了过去。幸好这么一来,这小子受了惊,没敢再侵犯我小侄女,就此逃了。"

武林之中,向以色戒为重,黑道上的好汉打家劫舍、杀人放火视为家常便饭,但若犯了这个"淫"字,便为同道众所不齿。强奸妇女之事,连绿林盗贼也不敢轻犯,何况是侠义道的人物。闵柔只急得花容失色,拉着丈夫衣袖道:"师哥,那……那便如何是好?"

石清乍闻噩耗,也心绪烦乱。倘若他听到儿子杀人闯祸犯了事,再大的难题也要接了下来,但这样的事却不知如何处理才是。他定了定神,说道:"如此说来,老天爷保佑,白小姑娘还是冰清玉洁之身,没让我那不肖的孽子玷污了?"

耿万钟摇头道:"没有!虽然如此,那也没多大分别。我师父他老人家的脾气你是知道的,立即命人追寻这小子,吩咐是谁见到,立即杀了,不用留活口。"王万仞接口道:"我师父言道:他老人家跟你交情不浅,倘若把这小子抓了回来,他老人家冲着你面子,倒不便取他性命了,不如在外面一剑杀了,干干净净。"耿万钟横了他一眼,似嫌他多口。王万仞道:"师父确是这般吩咐的,难道我说错了么?"

耿万钟不去理他,续道:"倘若只伤了两个丫鬟,本来也不是什么大事,可是我们那小侄女年纪虽小,性子却十分刚烈,不幸遭此羞辱,自觉从此没面目见人,哭了两天,第三天晚上,竟悄悄从后窗跳了出去,跳下了万丈深谷。"

石清与闵柔又"啊"的一声。石清颤声道:"可……可救转了没有?"

耿万钟道:"我们凌霄城外的深谷,石庄主是知道的,别说是人,就是一块石子掉了下去,也跌成了石粉。这样娇娇嫩嫩的一个小姑娘跳了下去,还不成了一团肉酱?"

一个二十七八岁的雪山派弟子名叫柯万钧的说道:"最冤枉的可算是大师哥啦,无端端的给师父砍去了一条右臂。"说时气愤之极。石清惊道:"风火神龙?"柯万钧道:"可不是么?我师父痛惜孙女,又捉不到你儿子,在大厅上大发脾气,骂封师兄管教弟子不严,说他净吃饭不管事,当什么狗屁师父,越骂越怒,忽然抽出封师兄腰间佩剑,便砍去了他一条臂膀。我师母出言责备师父,说他不该如此暴躁,迁怒于人。两位老人家当着弟子之面吵起嘴来,越说越僵,不知又提到了什么旧事,师父竟出手打了师母一个巴掌。我师母大怒,冲出门去,说道再踏进凌霄城一步便不是人。"

石清惭愧无地,心想:"我钦佩封万里的武功,令独生儿子拜在他门下,哪知竟累得他成为废人。封万里剑法凌厉迅捷,如狂风,如烈火,这才得了个风火神龙的外号。此人性子刚猛,仇家甚多,武功一失,恐怕这一生是一步不敢下大雪山了。唉,当真是愧对良友。"

却听王万仞道:"柯师弟,你说大师哥冤枉,难道咱们白师哥便不冤枉吗?女儿给人害死了,白师嫂却又发了疯。"

石清、闵柔越听越惊,只盼有个地洞,就此钻了下去,真不知凌霄城经自己儿子这么一闹,更有什么惨事生了出来。石清硬起头皮问道:"白夫人又怎地……怎地心神不定了?"

王万仞道:"还不是给你那宝贝儿子气疯的!我们小侄女一死,白师哥不免怨责师嫂,怪她为什么不好好看住女儿,竟会给她跳出窗去。白师嫂本在自怨自艾,听丈夫这么一说,不住口的叫:'阿绣啊,是娘害死你的啊!阿绣啊,是娘害死你的啊!'从此就神智胡涂了,说话做事颠颠倒倒。两位师姊寸步不离的看住她,只怕她也跳下了那深谷去。石庄主,我白师哥要来烧玄素庄,你说该是不该?"

石清道:"该烧,该烧!我夫妇惭愧无地,便走遍天涯海角,也要擒到这孽子,亲自送上凌霄城来,在白姑娘灵前凌迟处死……"闵柔听到这里,突然"嘤"的一声,晕了过去,倒在丈夫怀里。石清连连捏她人中,过了良久,闵柔才悠悠醒转。

王万仞道:"石庄主,我雪山派还有两条人命,只怕也得记在你玄素庄的帐上。"

石清惊道:"还有两条人命?"他一生饱经大风大浪,但遭遇之酷,实以今日为甚,当年次子中坚为仇家所杀,虽伤心气恼到了极处,却不似今日之又是惭愧,又是惶恐,说出话来,不由得声音也哑了。

王万仞道:"雪山派遭此变故,师父便派了一十八名弟子下山,一路由白师哥率领,是到江南去烧你庄子的,还说……还说要……"说到这里,吞吞吐吐的说不下去,耿万钟连使眼色阻止。

石清鉴貌辨色,已猜到王万仞想说的言语,便道:"那是要擒在下夫妇到大雪山去,给白姑娘抵命了。"

耿万钟忙道:"石庄主言重了。别说我们不敢,就算真有这份胆量,凭我们几手粗浅功夫,又如何请得动庄主夫妇大驾?我师父言道:无论如何要寻到令郎,只是他年纪虽小,人却机灵得紧,否则凌霄城地势险峻,又有这许多人追寻,怎会给他走得无影无踪?"闵柔垂泪道:"玉儿一定死了,一定也摔在谷中死了。"耿万钟摇头道:"不是,他的脚印在雪地里一路下山,后来山坡上又见到雪橇的印子。说来惭愧,我们这许多大人,竟抓不到一个十五岁的少年。我师父确是想邀请两位上凌霄城去,商议善后之策。"

石清淡淡的道:"说来说去,那是要我给白姑娘抵命了。王师兄说还有两条人命,却又是什么事?"

王万仞道:"我刚才说一十八名弟子兵分两路,第一路九个人去江南,另一路由耿师哥率领,在中原各地寻访你儿子的下落。倒起霉来,也真会祸不单行……"耿万钟截住他的话头,道:"王师弟,不必说了,这件事确然跟石庄主无关。"王万仞道:"怎么无关?若不是为了那小子,孙师哥、褚师弟又怎会不明不白的送了性命?再说,到底对头是谁,咱们也不知道,回到山上,你怎生回禀师父?师父一生气,恐怕你这条手臂也保不住啦。石庄主夫妇交游广阔,跟他二位打听打听,有什么不可?"

耿万钟想起封师兄断臂之惨,自忖这件事的确没法交代,向石清夫妇打听一下,倒也不失为一条路子,便道:"好罢,你爱说便说。"

王万仞道:"石庄主,三日之前,我们得到讯息,说有个姓吴的人得到了玄铁令,躲在汴梁城外侯监集上卖烧饼。我师兄弟九人便悄悄商量,都说能不能拿到石中玉那小子,也只有碰运气的了,人海茫茫,又从哪里找去?十年找不到,只怕哥儿们十年便不能回凌霄城,倘若能将那玄铁令得来,就算拿不到你儿子,也好请那姓谢的代找,回去对师父也算有了交代。商议之际,不免便有人骂你儿子,说他小小年纪,如此荒唐大胆,当真该死。正在这时,忽然有个苍老声音哈哈大笑,说道:'妙极,妙极!这样的好少年天下少有,闹得雪山派束手无策,一筹莫展,良材美质,旷世难逢!'"

石清和闵柔对瞧了一眼,别人如此夸奖自己儿子,真比听人破口大骂还要难受。

王万仞续道:"那时我们是在一家客店之中说话,那上房四壁都是砖墙,可是这声音透墙而来,十分清晰,便像是对面说话一般。我们九个人说话并不响,不知如何又都给他听了去。"

石清和闵柔心头都是一震,寻思:"隔着砖墙而将旁人的说话听了下去,说不定墙上有孔有缝,说不定是在窗下偷听而得,也说不定有些人大叫大嚷,却自以为说得甚轻,倒也没什么奇怪。但隔墙说话,令人听来清晰异常,那必是内功十分深厚。这些人途中又逢高人,当真一波未平,一波又起。"

柯万钧道:"我们听到说话声音,都呆了一呆。王师哥便喝道:'是谁活得不耐烦了,却来偷听我们说话?'王师哥一喝问,那边便没声响了。可是过不了一会,听得那老贼说道:'阿瑭,这些人都是雪山派的,他们那个师父白老头儿,是你爷爷生平最讨厌的家伙。一个小娃娃居然将雪山派的老……搅得妻离子散,家破人亡,岂不有趣?嘿嘿,嘿嘿!妙极,妙极!笑死我啦!开心死我啦!爷爷可要在江湖上大大宣扬宣扬!'我们一听,立时便要发作,但耿师哥不住摇手,命大伙儿别作声。

"只听得一个小姑娘的声音笑道：'有趣，有趣，就可惜没气死了那老……还不算顶有趣。'她又说了几句什么鬼话，这女孩子的声音隔着墙壁，便听不大清楚了。那老贼咳嗽了几声，说道：'气死了老……可又不有趣了，几时爷爷有空，带你上大雪山凌霄城去，亲自把这老……气死了给你看，那才有趣呢。'"他说到"老"字，底下两字都含糊了过去，想必那人提到他师父之时，言语甚是难听，他不便复述。

石清道："此人无礼之极，竟敢对白老爷子如此不敬，到底是仗着什么靠山？咱们可放他不过。"

王万仞道："是啊，这老贼如此目中无人，我们便豁出了性命不要，也要跟他拼了。我们正在怒气难忍的当儿，只听'咿呀'一声响，一间客房中有人开门出来，两人走进院子之中。大伙儿都拔出剑来，便要冲进院子去。耿师哥摇摇手，叫大家别心急。却听那老贼说道：'阿琇，今儿咱们杀过几个人哪？'那小女鬼道：'还只杀了一个。'那老贼道：'那么还可再杀两个。'"

石清"啊"的一声，说道："'一日不过三'！"

耿万钟一直不作声，此时急问："石庄主，你可识得这老贼么？"石清摇头道："我不认得他，只是曾听先父说起，武林中有这么一号人物，外号叫作什么'一日不过三'，自称一日之中最多只杀三人，杀了三人之后，心肠就软了，第四人便杀不下手去。"王万仞骂道："他奶奶的，一天杀三个人还不够？这等邪恶毒辣的奸徒，居然能让他活到如今。"

石清默然，心中却想："听说这位姓丁的前辈行事在邪正之间，虽残忍好杀，却也没听说有什么重大过恶，所杀之人往往罪有应得。"只是这句话不免得罪雪山派，是以忍住了不说出口。

耿万钟又问："不知这老贼叫什么名字？是何门何派？"石清道："听说此人姓丁，真名也不知叫什么，他外号叫'一日不过三'，老一辈的人大都叫他为丁不三。"柯万钧气愤愤的道："这老贼果然是不三不四。"

石清道："听说此人有三兄弟，他有个哥哥叫丁不二，有个弟弟叫丁不四。"王万仞骂道："他奶奶的，不二不三，不三不四，居然取这样的狗屁名字。"耿万钟道："王师弟，在石大嫂面前，不可口出粗言。"王万仞道:"是。"转头对闵柔道:"石大嫂,对不住。"闵柔微微一笑,说道:"想来那三个都是外号,不会当真取这样的古怪名儿。"

石清道:"丁不二原是老大,他说:'我不是老二,因此叫丁不二!'"王万仞哈哈大笑,说道:"我知道啦,丁不三是老二,他不是老三,就叫丁不三! 丁不四也是这样!"石清道:"丁氏三兄弟武艺高强,在武林中名头也算不小,为人处世,却当真有点不二不三、不三不四。想来白老爷子跟他们有点儿过节,不愿提起他们名字,是以众位师兄不知。后来怎样了?"

王万仞道:"只听那老贼放屁道:'有一个叫孙万年的没有? 有一个叫褚万春的没有? 两个王八蛋给我滚出来。'那时我们怎忍得住,九个人一拥而出。可是说也奇怪,院子中竟一个人也没有。大家四下找寻,我上屋顶去看,都不见人。柯师弟便闯进那间板门半掩的客房去看。只见桌上点着枝蜡烛,房里却一只鬼也没有。

"我们正觉奇怪,忽听得我们自己房中有人说话,正是那老贼的声音。听他道:'孙万年、褚万春,你们两只王八蛋在凉州道上,干么目不转睛的瞧着我这小孙女,又指指点点的胡说风话,脸上色迷迷的不怀好意。我这小孙女年纪虽小,长得可真不含糊。你两只狗畜生,心中定是打了脏主意,那可不是冤枉你们罢? 给我滚进来罢!'孙师哥、褚师哥越听越怒,双双挺剑冲入房去。耿师哥叫道:'小心! 大伙儿齐上。'只见房中灯火熄了,没半点声息。我大叫:'孙师哥,褚师哥!'他二人既不答应,房中也没兵刃相斗的声音。

"我们都心中发毛,忙晃亮火折,只见两位师哥直挺挺跪在地下,长剑放在身旁。耿师哥和我抢进房去,一拉他二人,孙师哥和褚师哥随手而倒,竟已气绝而死,周身却没半点伤痕,也不知那老贼是用什么妖法害死了他们。说来惭愧,自始至终,我们没一个见到那老贼和小女贼的影子。"

柯万钧道:"在凉州道上,我们可没留神曾见过他一老一小。孙师哥、褚师哥就算瞧了他孙女几眼,又有什么大不了啦。"

石清、闵柔夫妇都点了点头。众人半晌不语。

石清道:"耿兄,小孽障在凌霄城闯下这场大祸,是哪一日的事?"

耿万钟道:"十二月初十。"

石清点了点头，道："今日三月十二，白师哥离凌霄城已三个月啦，这会儿想来玄素庄也早让他烧了，那是该当如此，不必再提。就算白师哥还没烧，我回去先自己烧了，向白老爷子和封师哥谢罪。耿兄，王兄，众位师兄，我夫妇一来须得找寻小孽障的下落，拿住了他后，绑缚了亲来凌霄城向白老爷子、封师兄、白师兄请罪；二来要打听一下那个'一日不过三'丁不三的去向，小弟夫妇纵然惹他不动，也好向白老爷子报讯，请他老人家亲自出马，料理此事。累得各位风霜奔波，小弟夫妇万分过意不去，这里先行谢罪，日后如有机会，当再设法补报。"说着抱拳躬身，深深行礼。闵柔也在旁行礼。

柯万钧道："你……你……你交代了这几句话，就此拍手走了不成？"石清道："柯师兄更有什么说话？"柯万钧道："我们找不到你儿子，只好请你夫妻同去凌霄城，见见我师父，才好交代这件事。"石清道："凌霄城自然是要来的，却总得诸事有了些眉目再说。"

柯万钧向耿万钟看看，又向王万仞看看，气忿忿道："师父得知我们见了石庄主夫妇，却请不动你二人上山，那……那……岂不是……"

石清早知他用意，竟想倚多为胜，硬架自己夫妇上大雪山去，捉不到儿子，便要老子抵命，说道："白老爷子德高望重，威镇西陲，在下对他老人家向来敬如师长，倘若白师哥或封师哥在此，奉了白老爷子之命，要在下上凌霄城去，在下自非遵命不可，现下呢，嗯，这样罢！"解下腰间黑鞘长剑，向闵柔道："师妹，你的剑也解下来罢。"闵柔依言解剑。石清两手横托双剑，递向耿万钟道："耿兄，请你将小弟夫妇的兵刃扣押了去。"

耿万钟素知这对黑白双剑是武林中罕见的神兵利器，他夫妇爱如性命，这时候居然解剑缴纳，可说已给雪山派极大面子，他们为了这对宝剑，那是非上凌霄城来取回不可，便想说几句谦逊的言语，这才伸手接过。

柯万钧却大声道："我小侄女一条性命，封师哥的一条臂膀，还有师娘下山，白师嫂发疯，再加上孙师哥、褚师哥死于非命，岂是你两口铁剑便抵得过的！耿师哥、王师哥跟你先前有交情，我姓柯的却不识得你！姓石的，你今日去凌霄城也得去，不去也得去！"

石清微笑道："小儿得罪贵派已深，在下除了赔罪致歉之外，更没话说。柯师兄是雪山派的后起之秀，武功高强，在下虽未识荆，却也素所仰慕。"双手仍托着双剑,等耿万钟伸手接过。

柯万钧心想:"我们要拿这二人上大雪山去,不免有一场剧斗。他既自行呈上兵刃,那再好也没有了,这真叫'自作孽,不可活'。"生怕石清忽然反悔,再将长剑收回,当即抢上两步,双手齐出,使出本门的擒拿功夫,将两柄长剑牢牢抓住,说道:"那便先缴了你的兵器。"缩臂便要取过,突然之间,只觉石清掌心中似有一股强韧之极的黏力,黏住了双剑,竟拿不过来。

柯万钧大吃一惊,劲运双臂,喝一声:"起!"运起平生之力,出劲拉扯。不料霎时间石清掌中黏力消失得无影无踪,柯万钧这数百斤向上急提的劲力登时没了着落处,尽数吃在自己手腕之上,只听得"喀喇"一声响,双腕同时脱臼,"啊"的一声大叫,手指松开,双剑又跌入石清掌中。

旁观众人瞧得明明白白,石清双掌平摊,连小指头也没弯曲一下,柯万钧全是自己使力岔了,等于是以数百斤的大力折断了自己手腕一般。柯万钧又痛又怒,右腿飞出,猛向石清小腹踢去。

耿万钟急道:"不得无礼!"伸手抓住柯万钧背心,将他向后扯开,这一脚才没踢到石清身上。

耿万钟心知石清内力厉害,这一脚倘若踢实了,柯万钧的右腿又非折断不可。他武功见识却高得多了,当下吸一口气,内劲运到了十根手指之上,缓缓伸过去拿剑。手指尖刚触到双剑剑身,登时全身剧震,犹如触电,一阵热气直传到胸口,显然石清的内力借着双剑传了过来。

耿万钟暗叫:"不好!"心想石清安下这个圈套,引诱自己跟他比拼内力。练武之人比拼内力,最为凶险,强存弱亡,实无半分回旋余地,两人若内力相差不远,往往要斗到至死方休,到后来即使存心罢手或故意退让,也已有所不能。当其时形格势禁,已无回旋余地,只得运内劲抵御,不料自己内劲和石清的内劲一碰,立即弹回。石清双掌轻翻,将双剑放入耿万钟掌中,笑道:"咱们自己兄弟,还能伤了和气不成!告辞了!"

刹那之间,耿万钟背上出了一身冷汗,知道自己功力和石清相比委实差得远了,适才自己的内劲撞到对方内劲之上,一碰即回,哪里是他对手?当真比拼内力,自己顷刻间便即送命,别说他饶了自己性命，单只不令自己受伤出丑，便是大大的手下容情。耿万钟呆呆捧着双剑，满脸羞惭，心中感激，不知说什么好。

石清回头道："师妹，咱们还是去汴梁城罢。"闵柔眼圈一红，道："师哥，孩儿……"石清摇了摇头，道："宁可像坚儿这样，一刀给人家杀了，倒也爽快。"

闵柔泪水涔涔而下，泣道："师哥，你……你……"石清牵了她手，扶她到白马之旁，再扶她上马。雪山派弟子见到她这等娇怯怯的模样，真难相信她便是威震江湖的"冰雪神剑"。

花万紫见玄素双剑并骑驰去，便奔了回来，见耿万钟已给柯万钧接上手腕，柯万钧却在一句"老子"、一句"他娘"的破口大骂。花万紫问明情由，双眉微蹙，说道："耿师哥，此事恐怕不妥。"

耿万钟道："怎么不妥？对方武功太强，咱们便合七人之力，也决计留不下人家。这叫做技不如人，无可奈何。总算扣押了他们的兵器，回凌霄城去也有个交代。"说着拔剑出鞘，但见白剑如冰、黑剑似墨，寒气逼人，只侵得肌肤隐隐生疼，果然是两口生平罕见的宝刃，说道："剑可不是假的！"

花万紫道："剑自然是真的。咱们留不下人，可不知有没能耐留得下这两口宝剑？"耿万钟心头一凛，问道："花师妹以为怎样？"花万紫道："去年有一日，小妹曾和白师嫂闲谈，说到天下的宝刀宝剑，石中玉那小贼在旁多嘴，夸称他父母的黑白双剑乃天下一等一的利器；说他父母舍得将他送到大雪山来学艺，数年不见，倒也不怎么在乎，却不舍得一日离开这对宝剑。此刻石庄主将兵刃交在咱们手中，倘若过得几天又使什么鬼门道，将宝剑盗了回去，日后却到凌霄城来向咱们要剑，那可不易应付了。"

柯万钧道："咱们七人眼睁睁的瞧着宝剑，总不成宝剑真会通灵，插翅儿飞了去。"

耿万钟沉吟半晌，道："花师妹这话，倒也不是过虑。石清这人实非泛泛之辈，咱们加意提防便是，莫要在他手里再摔个大筋斗。"王万仞道："小心谨慎，总错不了。打从今儿起，咱们六个男人每晚轮班看守这对鬼剑便是。"顿了一顿，问道："耿师哥，这姓石的这会儿正在汴梁，咱们去不去？"

耿万钟心想若说不去汴梁，未免太过怯敌，路经中州名都，居然过门不入，同门师兄弟日后说起来，不免脸上无光，但明知石清夫妇在汴梁，自己再携剑入城，当真冒险之极，一时沉吟未决。

忽听得一阵叱喝之声，大路上来了一队官差，四名轿夫抬着一座绿呢大轿，却是官府到了。

耿万钟心想侯监集刚出了大盗行凶杀人的命案，自己七人手携兵刃聚在此处，不免引人生疑，和官府打上了交道可麻烦之极，向众人使个眼色，说道："走罢！"

七人正要快步走开，一名官差忽然大声嚷了起来："别走了杀人强盗，杀人强盗要逃走哪！"耿万钟不加理会，挥手催各人快走。忽听得那官差叫道："杀人凶手名叫白自在，是雪山派的老不死掌门人。无威无德白自在，你谋财害命，好不凶恶哪！"

雪山派七弟子一听，无不又惊又怒。他们师父白自在外号"威德先生"，这官差直呼其名已大大不敬，竟胆敢称之为"无威无德"。王万仞唰的一声，拔出长剑，叫道："狗官无礼，割去了他的舌头再说。"耿万钟道："王师弟且慢，官府中人怎能知道师父的外号名讳？定然有人指使。"当即纵身向前，抱拳一拱，问道："是哪一位官长驾临？"

猛听得嗤的一声响，轿中飞出一粒暗器，正好打在他右腿的"伏兔穴"上。这粒暗器甚为细小，力道却强劲之极。耿万钟右腿一软，当即摔倒，提起手中长剑，运劲向轿中掷去。他人虽摔倒，这一招"鹤飞九天"仍使得既狠且准，飕的一声，长剑破轿帷而入，显已刺中了轿内放射暗器之人。

他心中一喜，却见那四名轿夫仍抬了轿子飞奔，忽见一条长长的软鞭从轿中挥将出来，卷向王万仞左腿，一拉一挥，王万仞的身子便即飞出，他手中捧着的墨剑却给软鞭夺了过去。

花万紫叫道："是石庄主么？"白剑出鞘，挥剑往软鞭上撩去，嗤的一声轻响，轿中又飞出一粒暗器，打在她手腕之上。她手腕剧痛，摔落白剑，旁边一名同门师兄忙伸足往白剑上踹去，突然间轿中飞出一物，已罩住了他脑袋。那人登时眼前漆黑一团，大惊之下忙向后跃，再抓起罩在头上之物，用力掷落，却是一顶官帽，只见轿中伸出的软鞭卷起了白剑，缩入轿中。

第二回

荒唐无耻

柯万钧等众人大呼追去。轿中暗器嗤嗤嗤的不绝射出,有的打中脸面,有的打中腰间,竟谁也没能避过。这些暗器都没打中要害,但中在身上却甚疼痛,各人看那暗器时,原来只是一粒粒黄铜扣子,显是刚从衣服摘下来的。雪山派群弟子料得轿中那人必是石清,说不定他夫妇二人都坐在轿中,倘若赶上去动武,还不是闹个灰头土脸?

　　柯万钧气得哇哇大叫:"这姓石的一家,小的无耻荒唐,大的荒唐无耻,女的呢,咱们这就不说了。说把兵刃留下来,一转眼却又夺了回去。"

　　王万仞指着轿子背影,双脚乱跳,戟手"直娘贼,狗杂种"的乱骂,心中痛恨已极,虽在师妹面前污言秽语,却也无所顾忌。

　　耿万钟道:"此事宣扬出去,于咱们雪山派的声名没什么好处。大家把口收着些儿,回山去禀明师父再说。"想到此行不断碰壁,平素在大雪山凌霄城中自高自大,只觉雪山派武功天下无敌,岂知一到用上,竟处处缚手缚脚,无往而不失利,自己是一行人的首领,不由得一声长叹,心下黯然。

侠客行
【上】

谢烟客见道旁三株枣树，结满了红红的大枣子，指着枣子说道：「这里的枣子很好。」那小丐道：「大好人，你想吃枣子，是么？」谢烟客奇问：「你叫我什么大好人？」

第三回　　不求人

那乘轿子行了数里,转入小路。抬轿之人只要脚步稍慢,轿中软鞭挥出,唰唰几下,重重打在前面的轿伕背上,在前的轿伕不敢慢步,在后的轿伕也只得跟着飞奔,几名官差跟随在后。又奔了四五里路,轿中人才道:"好啦,停下来。"四名轿伕如得大赦,气喘吁吁的放下轿来,帷子掀开,出来一个老者,左手拉着那个小丐,竟是玄铁令主人谢烟客。

他向几名官差喝道:"回去向你们的狗官说,今日之事,不得声张。我只要听到什么声息,把你们的脑袋瓜子都摘了下来,把狗官的官印拿去丢在黄河里。"

几名官差连连哈腰,道:"是,是,小的万万不敢多口,老爷慢走!"谢烟客道:"叫我慢走,你想叫官兵来捉拿我么?"一名官差忙道:"不敢,不敢。万万不敢。"谢烟客道:"我叫你去跟狗官说的话,你都记得么?"那官差道:"小人记得,小人说,我们大伙儿亲眼目睹,侯监集上那个卖烧饼的老儿,还有几个人,都是给一个名叫白自在的老儿所杀。他是雪山派的掌门人,外号威德先生,其实无威无德。凶器是一把刀,刀上有血,人证物证俱在,谅那老儿也抵赖不了。"那官差先前让谢烟客打得怕了,为了讨好他,添上什么人证物证,至于弄一把刀来做证据,原是官府中胥吏的拿手好戏。

谢烟客一笑,说道:"这白老儿使剑不用刀。"那官差道:"是,是!那姓白的凶犯手持青钢剑,在那卖烧饼的老儿身上刺了进去。侯监集上，人人都瞧得清清楚楚的。"

谢烟客暗暗好笑，心想威德先生白自在真要杀吴道通，又用得着什么兵器？当下也不再去理会官差，左手携着小丐，右手拿着石清夫妇的黑白双剑，扬长而去，心下甚是得意。

原来他带走那小丐后，总疑心石清夫妇和雪山派弟子暗中有对己不利的图谋，奔出数里，将小丐点倒后丢入草丛，又悄悄回来偷听，他武功比之石清等人高出甚多，伏在树后，竟连石清、闵柔这等大行家也没察觉，耿万钟他们更加不用说了。他听明原委，却与己全然无干，见石清将双剑交了耿万钟，心想石清夫妇对己恭谨有礼，又素知他夫妇名声甚好，雪山派的人却傲慢无礼，便想暗中相助石清，决意去夺回双剑。回到草丛拉起小丐，解开了他穴道，恰好在道上遇到前来侯监集查案的知县，当即掀出知县，威逼官差、轿伕，抬了他和小丐去夺了双剑。他所使的"软鞭"，其实只是轿子中放着的一根粗索，官差带了来准拟捆绑人犯的。耿万钟等没见到他面目，自然认定是石清夫妇使的手脚了。

谢烟客携着小丐，只向僻静处行去，来到一条小河边上，见四下无人，放下小丐的手，拔出闵柔的白剑在他颈中一比，厉声问道："你到底是受了谁的指使？若有半句虚言，立即把你杀了。"说着挥起白剑，嚓的一声轻响，将身旁一株小树砍为两段。半截树干连枝带叶掉在河中，顺水飘去。

那小丐结结巴巴的道："我……我……什么……指使……我……"谢烟客取出玄铁令，喝问："是谁交给你的？"小丐道："我……我……吃烧饼……吃出来的。"

谢烟客大怒，左掌反手便向他脸颊击了过去，手背将要碰到他的面皮，突然想起自己当年发过的毒誓，决不可以一指之力，加害于将玄铁令交在自己手中之人，当即硬生生凝住手掌，喝道："胡说八道，什么吃烧饼？我问你，这块东西是谁交给你的？"

小丐道："我在地下捡个烧饼吃，咬了一口，险……险……险些儿咬崩了我牙齿……"

谢烟客心想："莫非吴道通那厮将此令藏在烧饼之中？"转念又想："天下怎会有如此碰巧之事？那厮得了此令，真比自己性命还宝贵，怎肯放在烧饼里？"他却不知当时情景异常紧迫，金刀寨人马突如其来,将侯监集四面八方围住了,吴道通更无余暇觅地妥藏,无可奈何之际,便即行险,将玄铁令嵌入烧饼,递给了金刀寨的头领。那人大怒,随手抛掷。金刀寨盗伙虽将烧饼铺搜得天翻地覆,却又怎会去地下捡一个脏烧饼撕开来瞧瞧。

谢烟客凝视小丐,问道:"你叫什么名字?"小丐道:"我……我叫狗杂种。"谢烟客大奇,问道:"什么?你叫狗杂种?"小丐道:"是啊,我妈妈叫我狗杂种。"

谢烟客一年之中也难得笑上几次,听小丐那么说,忍不住捧腹大笑,心道:"世上为孩儿取个贱名,盼他快高长大,以免鬼妒,那也平常,什么阿狗、阿牛、猪屎、臭猫,都不希奇,却哪里有将孩子叫为狗杂种的?是他妈妈所叫,可就更加奇了。"

那小丐见他大笑,便也跟着他嘻嘻而笑。

谢烟客忍笑又问:"你爸爸叫什么名字?"小丐摇头道:"我爸爸?我……我没爸爸。"谢烟客道:"那你家里还有什么人?"小丐道:"就是我,我妈妈,还有阿黄。"谢烟客道:"阿黄是什么人?"小丐道:"阿黄是一条黄狗。我妈妈不见了,我出来寻妈妈,阿黄跟在我后面,后来它肚子饿了,走开去找东西吃,也不见了,我找来找去找不到。"

谢烟客心道:"原来是个傻小子,看来他得到这枚玄铁令当真全是碰巧。我叫他来求我一件小事,应了昔年此誓,那就完了。"问道:"你想求我……"下面"什么事"三字还没出口,突然缩住,心想:"这傻小子倘若要我替他去找妈妈,甚至要我找那只阿黄,却到哪里找去?他妈妈定是跟人跑了,那只阿黄多半给人家杀来吃了,这样的难题可千万不能惹上身来。要我去杀十个八个武林高手,可比找他那只阿黄容易得多。"微一沉吟,已有计较,说道:"很好,我对你说,不论有谁叫你向我说什么话,你都不可说,要不然我立即便砍下你的头来。知不知道?"那小丐将玄铁令交在自己手中之事,不多久便会传遍武林,只怕有人骗得小丐来向自己求恳什么事,限于当年誓言,可不能拒却。

小丐点头道:"是了。"谢烟客不放心,又问:"你记不记得?是什么了?"小丐道:"你说,有人叫我来向你说什么话,我不可开口,我说一句话,你就杀我头。"谢烟客道:"不错,傻小子倒也没傻到家,记心倒好,倘使真是个白痴,却也难弄。你跟我来。"

当下又从僻静处走上大路,来到路旁一间小面店中。谢烟客买了两个馒头,张口便吃,斜眼看那小丐。他慢慢咀嚼馒头,连声赞美:"真好吃,味道好极!"左手拿着另外那个馒头,在小丐面前晃来晃去,心想:"这小叫化向人乞食惯了的,见我吃馒头,焉有不馋涎欲滴之理? 只须他出口向我乞讨,我把馒头给了他,玄铁令的诺言就算是遵守了。从此我逍遥自在,再不必为此事挂怀。"虽觉以玄铁令如此大事,只以一个馒头来了结,未免儿戏,但想应付这种小丐,原也只一枚烧饼、一个馒头之事。

哪知小丐眼望馒头,不住的口咽唾沫,却始终不出口乞讨。谢烟客等得颇不耐烦,一个馒头已吃完了,第二个馒头又送到口边,正要再向蒸笼中去拿一个,小丐忽然向店主人道:"我也吃两个馒头。"伸手向蒸笼去拿。

店主人眼望谢烟客,瞧他是否认数,谢烟客心下一喜,点了点头,心想:"待会那店家向你要钱,瞧你求不求我?"只见小丐吃了一个,又是一个,一共吃了四个,才道:"饱了,不吃了。"

谢烟客吃了两个,便不再吃,问店主人道:"多少钱?"那店家道:"两文钱一个,六个馒头,一共十二文。"谢烟客道:"不,各人吃的,由各人给钱。我吃两个,给四文钱便是。"伸手入怀,去摸铜钱。这一摸却摸了个空,原来日间在汴梁城里喝酒,将银子和铜钱都使光了,身上虽带得不少金叶子,却忘了在汴梁兑换碎银,这路旁小店,又怎兑换得出? 正感为难,那小丐忽从怀中取出一锭银子,交给店家,道:"一共十二文,都是我给。"

谢烟客一怔,道:"什么? 要你请客?"那小丐笑道:"你没钱,我有钱,请你吃几个馒头,打什么紧?"那店家也大感惊奇,找了几块碎银子,几串铜钱。那小丐揣在怀里,瞧着谢烟客,等他吩咐。

谢烟客不禁苦笑,心想:"谢某狷介成性,向来一饮一饭,都不肯平白受人之惠,想不到今日反让这小叫化请我吃馒头。"问道:"你怎知我没钱?"小丐笑道:"这几天我在市上,每见人伸手入袋取钱,半天摸不出来,脸上却神气古怪,那便是没钱了。我听店里的人说道,存心吃白食之人,个个这样。"

谢烟客又不禁苦笑,心道:"你竟将我当作是吃白食之人。"问道:"你这银子是哪里偷来的?"小丐道:"怎么偷来的? 刚才那个穿白衣服的观音娘娘太太给我的。"谢烟客道:"穿白衣服的观音娘娘太太?"随即明白是闵柔,心想:"这女子婆婆妈妈,可坏了我的事。"

两人并肩而行,走出数十丈,谢烟客提起闵柔的那口白剑,道:"这剑锋利得很,刚才我轻轻一剑,便将树砍断了,你喜不喜欢? 你向我讨,我便给了你。"他实不愿和这肮脏的小丐多缠,只盼他快快出口求恳一件事,了此心愿。小丐摇头道:"我不要。这剑是那个观音娘娘太太的,她是好人,我不能要她的东西。"

谢烟客抽出黑剑,随手挥出,将道旁一株大树拦腰斩断,道:"好罢,那么我将这口黑剑给你。"小丐仍是摇头,道:"这是黑衣相公的。黑衣相公和观音娘娘做一道,我也不能要他的东西。"

谢烟客呸了一声,说道:"狗杂种,你倒挺讲义气哪。"小丐不懂,问道:"什么叫讲义气?"谢烟客哼了一下,不去理他,心想:"这种事你既然不懂,跟你说了也是白饶。"小丐道:"原来你不喜欢讲义气,你……你是不讲义气的。"

谢烟客大怒,脸上青气一闪,举掌便要向那小丐天灵盖击落,待见到他天真烂漫的神气,随即收掌,心想:"我怎能以一指加于他身?何况他既不懂什么是义气,便不是故意来讥刺我了。"说道:"我怎么不讲义气? 我当然讲义气。"小丐问道:"讲义气好不好?"谢烟客道:"好得很啊,讲义气自然是好事。"小丐道:"我知道啦,做好事的是好人,做坏事的是坏人,你老是做好事,因此是个大大的好人。"

这句话若是出于旁人之口,谢烟客认定必是讥讽,想也不想,举掌便将他打死了。他一生之中,从来没人说过他是"好人",虽然偶尔也做几件好事,却是兴之所至,随手而为,与生平所做坏事相较,这寥寥几件好事简直微不足道,这时听那小丐说得语气真诚,不免大有啼笑皆非之感,心道:"这小家伙说话颠颠蠢蠢,既说我不讲义气,又说我是个大大的好人。这些话若给我的对头在旁听见了,岂不成为武林中的笑柄? 谢某这张脸往哪里搁去? 须得乘早了结此事,别再跟他胡缠。"

那小丐既不要黑白双剑,谢烟客取出一块青布包袱将双剑包了,负在背上,寻思:"引他向我求什么好?"正沉吟间,忽见道旁三株枣树,结满了红红的大枣子,指着枣子说道:"这里的枣子很好。"眼见三株枣树都高,只须那小丐求自己采枣,便算是求恳过了,不料那小丐道:"大好人,你想吃枣子,是不是?"

谢烟客奇问:"你叫我什么大好人?"小丐道:"你是大大的好人,我便叫你大好人。"谢烟客脸一沉,道:"谁说我是好人来着?"小丐道:"不是好人,便是坏人,那么我叫你大坏人。"谢烟客道:"我也不是大坏人。"小丐道:"这倒奇了,又不是好人,又不是坏人,啊,是了,你不是人!"谢烟客大怒,喝道:"你说什么?"小丐道:"你本事很大,是不是神仙?"谢烟客道:"不是!"语气已不似先前严峻,跟着道:"胡说八道!"

小丐摇了摇头,自言自语:"这也不是,那也不是,可不知是什么。"突然奔到枣树底下,双手抱住树干,两脚撑了几下,便爬上了树。

谢烟客见他虽不会武功,爬树的身手却极灵活,只见他拣着最大的枣子,不住采着往怀中塞去,片刻间胸口便高高鼓起。他溜下树来,双手捧了一把,递给谢烟客,道:"吃枣子罢!你不是人,不是鬼,又不是神仙,难道是菩萨?我看却也不像。"

谢烟客不去理他,吃了几枚枣子,清甜多汁,的是上品,心想:"他没来求我,反而变成了我去求他。"说道:"你想不想知道我是谁?你只须求我一声,说:'请你跟我说,你到底是谁?你是不是神仙菩萨?'我便跟你说。"

小丐摇头道:"我不求人家的。"谢烟客心中一凛,忙问:"为什么不求人?"小丐道:"我妈妈常跟我说:'狗杂种,你这一生一世,可别去求人家什么。人家心中想给你,你不用求,人家自然会给你;人家不肯的,你便苦苦哀求也没用,反惹得人家讨厌,给人家心里瞧不起。'我妈妈有时吃香的甜的东西,倘若我问她要,她非但不给,反狠狠打我一顿,骂我:'狗杂种,你求我干什么?干么不求你那个娇滴滴的小贱人去?'因此我是决不求人家的。"

谢烟客问道:"'娇滴滴的小贱人'是谁?"小丐道:"我不知道啊。"

谢烟客又奇怪,又失望,心想:"这小家伙倘若真的什么也不向我乞求,当年这心愿如何完法?他母亲只怕是个颠婆,怎么儿子向她讨食物吃便要挨打?她骂什么'娇滴滴的小贱人',多半是她丈夫喜新弃旧,抛弃了她,于是她满心恶气都发在儿子头上。乡下愚妇,原多如此。"又问:"你是个小叫化,不向人家讨饭讨钱么?"

小丐摇头道:"我从来不讨,人家给我,我就拿了。有时候人家不给,他一个转身没留神,我也拿了,赶快溜走。"谢烟客淡淡一笑,道:"那你不是小叫化,你是小贼!"小丐问道:"什么叫小贼?"谢烟客道:"你真的不懂呢,还是装傻?"小丐道:"我当然真的不懂,才问你啦。什么叫装傻?"

谢烟客向他脸上瞧了几眼,见他虽满脸污泥,一双眼睛却晶亮漆黑,全无愚蠢之态,道:"你又不是三岁娃娃,活到十几岁啦,怎地什么事也不懂?"

小丐道:"我妈妈不爱跟我说话,她说见到了我就讨厌,常常十天八天不理我,我只好跟阿黄去说话了。阿黄只会听,不会说,它又不会跟我说什么是小贼、什么是装傻。"

谢烟客见他目光中毫无狡谲之色,心想:"这小子不是绕弯子骂我罢?"又问:"那你不会去和邻居说话?"小丐:"什么叫邻居?"谢烟客好生厌烦,说道:"住在你家旁边的人,就是邻居了。"小丐道:"住在我家旁边的? 嗯,共有十一株大松树,树上有许多松鼠,草里有山鸡、野兔,那些是邻居么? 它们只会吱吱的叫,却都不会说话。"谢烟客道:"你长到这么大,难道除了你妈妈之外,没跟人说过话?"

小丐道:"我一直在山上家里,走不下来,只跟妈妈说话,再没第二个人了。前几天妈妈不见了,我找妈妈时从山上掉了下来,后来阿黄又不见了,我问人家,我妈妈哪里去了,阿黄哪里去了,人家说不知道。那算不算说话?"

谢烟客心道:"原来你在荒山上住了一辈子,你母亲又不来睬你,难怪这也不懂,那也不懂。"便道:"那也算说话罢。那你又怎知道银子能买馒头吃?"小丐道:"我见人家买过。你没银子,我有银子,你想要,是不是? 我给你好了。"从怀中取出那几块碎银子来递给他。谢烟客摇头道:"我不要。"心想:"这小子浑浑沌沌,倒不是个小气家伙。"说了这一阵子话,渐感放心,相信他不是别人安排了来对付自己的圈套,又见他性子慷慨,戒心既去,倒对他有了点好感。

只听小丐又问:"你刚才说我不是小叫化,是小贼。到底我是小叫化呢,还是小贼?"谢烟客微微一笑,道:"你向人家讨吃的,讨银子人家肯给才给你,你便是小叫化。倘若你不理人家肯不肯给,偷偷的伸手拿了,那便是小贼了。"

那小丐侧头想了一会,道:"我从来不向人家讨东西,不管人家肯不肯给,就拿来吃了,那么我是小贼。是了,你是老贼。"

谢烟客吃一惊,怒道:"什么?你叫我什么?"

小丐道:"你难道不是老贼?这两把剑人家明明不肯给你,你却去抢了来,你不是小孩子,自然是老贼了。"

谢烟客不怒反笑,说道:"'小贼'两个字是骂人的话,'老贼'也是骂人的话,你不能随便骂我。"小丐道:"那你怎么骂我?"谢烟客笑道:"好,我也不骂你。你不是小叫化,也不是小贼,我叫你小娃娃,你就叫我老伯伯。"小丐摇头道:"我不叫小娃娃,我叫狗杂种。"谢烟客道:"狗杂种的名字不好听,你妈妈可以叫你,别人可不能叫你。你妈妈也真奇怪,怎么叫自己的儿子做狗杂种?"

小丐道:"狗杂种为什么不好?我的阿黄就是只狗。它陪着我,我就快活,好像你陪着我一样。不过我跟阿黄说话,它只会汪汪的叫,你却也会说话。"说着便伸手在谢烟客背上抚摸几下,落手轻柔,神态和蔼,便像是抚摸狗儿的背毛一般。

谢烟客将一股内劲运到了背上,那小丐全身一震,犹似摸到了一块烧红的赤炭,急忙放开手,胸腹间说不出的难受,几欲呕吐。谢烟客似笑非笑的瞧着他,心道:"谁叫你对我无礼,这一下可够你受的了!"

那小丐手抚胸口,说道:"老伯伯,你在发烧,快到那边树底下休息一会,我去找些水给你喝。你什么地方不舒服?你烧得好厉害,只怕这场病不轻。"说话时满脸关切之情,伸手去扶他手臂,要他到树下休息。

这一来,谢烟客纵然乖戾,见他对自己一片真诚,便也不再运内力伤他,说道:"我好端端的,生什么病?你瞧,我不是退烧了么?"说着拿过他小手来,在自己额头摸了摸。

小丐一摸之下,觉他额头凉印印地,急道:"啊哟,老伯伯,你快死了!"谢烟客怒道:"胡说八道,我怎么快死了?"小丐道:"我妈妈有一次生病,也是这么又发烧又发冷,她不住叫:'我要死了,快死了,没良心的,我还是死了的好!'后来果然险些死了,在床上睡了两个多月才好。"谢烟客微笑道:"我不会死的。"那小丐微微摇头,似乎不信。

两人向着东南方走了一阵,小丐望望天上烈日,忽然走到路旁去采了七八张大树叶。谢烟客只道他小孩喜玩,也不加理睬,哪知他将这些树叶编织成了一顶帽子,交给谢烟客,说道:"太阳晒得厉害,你有病,把帽儿戴上罢。"

谢烟客给他闹得啼笑皆非,不忍拂他一番好意,便把树叶帽儿戴在头上。炎阳之下,戴上了这顶帽子,倒也凉快舒适。他向来只有人怕他恨他,从未有人如此对他这般善意关怀,不由得心中感到一阵温暖。

不久来到一处小市镇上,那小丐道:"你没钱,这病说不定是饿坏了的,咱们上饭馆子去吃个饱饱的。"拉着谢烟客之手,走进一家饭店。那小丐一生之中从没进过饭馆,也不知如何叫菜,把怀里的碎银和铜钱都掏出来放在桌上,对店小二道:"我和老伯伯要吃饭吃肉吃鱼,把钱都拿去好了。"银子足足三两有余,便整治一桌上好筵席也够了。

店小二大喜,忙吩咐厨房烹煮鸡肉鱼鸭,不久菜肴陆续端上。谢烟客叫再打两斤白酒。那小丐喝了一口酒,吐了出来,道:"辣得很,不好吃。"自管吃肉吃饭。

谢烟客心想:"这小子虽不懂事,却天生豪爽,看来人也不蠢,若加好好调处,倒可成为武林中一把好手。"转念又想:"唉,世人忘恩负义的多,我那畜生徒弟资质之佳,世上难逢,可是他害得我还不够?怎么又生收徒之念?"一想到他那孽徒,登时怒气上冲,将两斤白酒喝干,吃了些菜肴,说道:"走罢!"

那小丐道:"老伯伯,你好了吗?"谢烟客道:"好啦!"心想:"这会儿你银子花光了,再要吃饭,非得求我不可。咱们找个大市镇,把金叶子兑了再说。"

当下两人离了市镇,又向东行。谢烟客问道:"小娃娃,你妈妈姓什么?她跟你说过没有?"小丐道:"妈妈就是妈妈了,妈妈也有姓的么?"谢烟客道:"当然啦,人人都是有姓的。"小丐道:"那么我姓什么?"谢烟客道:"我就是不知道。狗杂种太难听,要不要我给你取个姓名?"

倘若小丐说道:"请你给我取个姓名罢。"那就算求他了,随便给他取个姓名,便完心愿。不料小丐道:"你爱给我取名,那也好。不过就怕妈妈不喜欢。她叫惯我狗杂种,我换了名字,她就不高兴了。狗杂种为什么难听?"谢烟客皱了皱眉头,心想:"'狗杂种'三字为什么难听,一时倒也不易向他解说得明白。"

便在此时,只听得左首前面树林之中传来叮叮几下兵刃相交之声。谢烟客心下一凛:"有人在那边交手?这几人出手甚快,武功着实不低。"低声向小丐道:"咱们到那边去瞧瞧,你可千万不能出声。"伸手在小丐后膊一托,展开轻功,奔向兵刃声来处,几个起落,已到了一株大树之后。那小丐身子犹似腾云驾雾一般,只觉好玩无比,想要笑出声来,想起谢烟客的嘱咐,忙伸手按住了嘴巴。

两人在树外瞧去,只见林中四人纵跃起伏,恶斗方酣,乃三人夹攻一人。受围攻的是个红面老者,白发拂胸,空着双手,一柄单刀落在远处地下,刀身曲折,显是给人击落了的。谢烟客认得他是白鲸岛的大悲老人,当年曾在自己手底下输过一招,武功着实了得。夹击的三人一个是身材甚高的瘦子,一个是黄面道人,另一个相貌极怪,两条大伤疤在脸上交叉而过,划成个十字。那瘦子使长剑,道人使链子锤,丑脸汉子则使鬼头刀。这三人谢烟客却不认得,武功均非泛泛,那瘦子尤为了得,剑法飘逸无定,轻灵沉猛。

谢烟客见大悲老人已然受伤,身上点点鲜血不住的溅将出来,双掌翻飞,仍十分勇猛。他绕着一株大树东闪西避,借着大树以招架三人的兵刃,左手擒拿,右手或拳或掌,运劲推带,牵引三人的兵刃自行碰撞。谢烟客不禁起了幸灾乐祸之意:"大悲老儿枉自平日称雄逞强,今日虎落平阳被犬欺,我瞧你难逃此劫。"

那道人的链子锤常常绕过大树,去击打大悲老人的侧面,丑汉子则膂力甚强,鬼头刀使将开来,风声呼呼。谢烟客暗暗心惊:"我许久没涉足江湖,中原武林中几时出了这几个人物?怎地这三人的招数门派我竟一个也认不出来?若非这三把好手,大悲老人也不至败得如此狼狈。"

只听那道人嘶哑着嗓子道:"白鲸岛主,我们长乐帮跟你原无仇怨。我们司徒帮主仰慕你是号人物,好意以礼相聘,邀你入帮,你何必口出恶言,辱骂我们帮主?你只须答应加盟本帮,咱们立即便是好兄弟、好朋友，前事一概不究。又何必苦苦支撑，白白送了性命？咱们携手并肩，对付侠客岛的'赏善罚恶令'，共渡劫难，岂不是好？"

谢烟客听到他最后这句话时，心头一阵剧震，寻思："难道侠客岛的'赏善罚恶令'又重现江湖了？"

只听大悲老人怒道："我堂堂好男儿，岂肯与你们这些无耻之徒为伍？我宁可手接'赏善罚恶令'，去死在侠客岛上，要我加盟为非作歹的恶徒邪帮，却万万不能。"左手倏地伸出，抓向那丑汉子肩头。

谢烟客暗叫："好一招'虎爪手'！"这一招去势极快，那丑汉子沉肩相避，还是慢了少些，已给大悲老人五指抓住了肩头。只听得嗤的一声，那丑汉子右肩肩头的衣服给扯了一大块，肩头鲜血淋漓，竟遭抓下了一大片肉来。那三人大怒，加紧招数。

谢烟客暗暗称异："长乐帮是什么帮会？帮中既有这等高手在内，我怎么从没听见过它的名头？多半是新近才创立的。司徒帮主又是什么人了？难道便是'快马'司徒横？武林中姓司徒的好手，除司徒横之外可没第二人了。"

但见四人越斗越狠。那丑汉子狂吼一声，挥刀横扫过去。大悲老人侧身避开，向那道人打出一拳，唰的一声响，丑汉的鬼头刀已深深砍入树干之中，运力急拔，一时竟拔不出来。大悲老人右肘疾沉，向他腰间撞了下去。

大悲老人在这三名好手围攻下苦苦支撑，已知无幸，他苦斗之中，眼观八方，隐约见到树后藏得有人，料想又是敌人。眼前三人已无法打发，何况对方更来援兵。眼前三个敌手之中，以那丑脸的汉子武功最弱，唯有先行除去一人，才有脱身之机，是以这一下肘锤使足了九成力道。

但听得砰的一声，肘锤已击中那丑汉子腰间，大悲老人心中一喜，抢步便即绕到树后，便在此时，那道人的链子锤从树后飞击过来。大悲老人左掌在链子上斩落，眼前白光忽闪，急忙向右让开时，不料他年纪大了，酣战良久之后，精力已不如盛年充沛，本来脚下这一滑足可让开三尺，这一次却只滑开了二尺七八寸，嗤的一声轻响，瘦子的长剑刺入了他左肩，竟将他牢牢钉上了树干。

这一下变起不意，那小丐忍不住"咦"的一声惊呼，当那三人围攻这老人时，他心中已大为不平，眼见那老人受制，更是惊怒交集。

只听那瘦子冷冷的道:"白鲸岛主,敬酒不吃吃罚酒,现下可降了我长乐帮罢。"大悲老人圆睁双眼,怒喝:"你既知我是白鲸岛岛主,难道我白鲸岛上有屈膝投降的懦夫吗?"左肩力挣,宁可废了一只肩膀,也要挣脱长剑,与那瘦子拼命。

那道人右手挥动,链子锤飞出,钢链在大悲老人身上绕了数匝,砰的一响,锤头重重撞上他胸口,大悲老人长声大叫,侧过头来,口中狂喷鲜血。

那小丐再也忍不住,急冲而出,叫道:"喂,你们三个坏人,怎么一起打一个好人?"

谢烟客眉头微皱,心想:"这娃娃去惹事了。"随即心下欢喜:"那也好,便借这三人之手将他杀了,我见死不救,不算违了誓言;要不然那小娃娃出声向我求救,我就帮他料理了那三人。"

只见那小丐奔到树旁,挡在大悲老人身前,叫道:"你们可不能再难为这老伯伯。"

那瘦子先前已察觉树后有人,见这少年奔跑之时身上全无武功,却如此大胆,定是受人指使,心想:"我吓吓这小鬼,谅他身后之人不会不出来。"伸手拔下了嵌在树干上的鬼头刀,喝道:"小鬼头,是谁叫你来管老子闲事? 我要杀这老家伙了,你滚不滚开?"扬起大刀,作势横砍。

那小丐道:"这老伯伯是好人,你们都是坏人,我一定帮好人。你砍好了,我当然不滚开。"他母亲心情较好之时,偶尔也说些故事给他听,故事中必有好人坏人,在那小孩子心中,帮好人打坏人,乃天经地义之事。

那瘦子怒道:"你认得他么? 怎知他是好人?"

那小丐道:"老伯伯说你们是什么恶徒邪帮,死也不肯跟你们作一道,你们自然是坏人了。"转过身去,伸手要解那根链子锤下来。

那道人反手出掌,啪的一响,只打得那小丐头昏眼花,左边脸颊登时高高肿起,五根手指的血印像一只血掌般爬在他脸上。

那小丐实不知天高地厚。昨日侯监集上金刀寨人众围攻吴道通,一来他不知吴道通是好人还是坏人,二来这几人在屋顶恶斗,吴道通从屋顶摔下便给那高个儿双钩刺入小腹,否则说不定他当时便要出来干预,至于是否会危及自身,他压根儿便不懂。

那瘦子见这小丐有恃无恐、毫不畏惧的模样，心下登即起疑："这小鬼到底仗了什么大靠山，居然敢在长乐帮的香主面前啰唣？"侧身向大树后望去时，瞥眼见到谢烟客清癯的形相，登时想起一个人来："这人与江湖上所说的玄铁令主人、摩天居士谢烟客有些相似，莫非是他？"当下举起鬼头刀，喝道："我不知你是什么来历，不知你师长门派，你来捣乱，只当你是个无知的小叫化，一刀杀了，打什么紧？"呼的一刀，向那小丐颈中劈了下去。不料那小丐一来强项，二来不懂凶险，竟一动也不动。那瘦子一刀劈到离他头颈数寸之处，这才收刀，赞道："好小子，胆子倒也不小！"

那道人性子暴躁，右手又是一掌，这次打在那小丐右颊之上，下手比上次更加沉重。那小丐痛得哇的一声，大哭起来。那瘦子道："你怕打，那便快些走开。"那小丐哭丧着脸道："你们先走开，不可难为这老伯伯，我便不哭。"那瘦子倒笑了起来。那道人飞脚将小丐踢倒在地。那小丐跌得鼻青目肿，爬起身来，仍护在大悲老人身前。

大悲老人性子孤僻，生平极少知己，见这少年和自己素不相识，居然舍命相护，自是好生感激，说道："小兄弟，你跟他们斗，还不是白饶一条性命。程某垂暮之年，交了你这位小友，这一生也不枉了，你快快走罢。"什么"垂暮之年"、什么"这一生也不枉了"，那小丐全然不懂，只知他是催自己走开，大声道："你是好人，不能给他们坏人害死。"

那瘦子寻思："这小娃娃来得古怪之极，那树后之人也不知是不是谢烟客，我们犯不着多结冤家，但若给这小娃娃几句话一说便即退走，岂不是显得咱长乐帮怕了人家？"当即举起鬼头刀，说道："好，小娃娃，我来试你一试，我连砍你三十六刀，你如一动也不动，我便算服了你。你怕不怕？"

小丐道："你接连砍我三十六刀，我自然怕。"瘦子道："你怕了便好，那么快给我走罢。"小丐道："我心里怕，可是我偏偏就不走。"瘦子大拇指一翘，道："好，有骨气，看刀！"飕的一刀从他头顶掠去。

谢烟客在树后听得明白，看得清楚，见那瘦子这刀横砍，刀势轻灵，使的全是腕上之力，乃是以剑术运刀，虽不知他这一招什么名堂，但见一柄沉重的鬼头刀在他手中使来，轻飘飘地犹如无物，刀刃齐着那小丐的头皮贴肉掠过，登时削下他一大片头发来。那小丐竟

59

十分硬朗,挺直了身子,居然动也不动。

但见刀光闪烁吞吐,犹似灵蛇游走,左一刀右一刀,刀刀不离那小丐的头顶,头发纷纷而下,堪堪砍到三十二刀,那瘦子一声叱喝,鬼头刀自上而下直劈,嗤的一声,将那小丐的右手衣袖削下了一片,接着又将他左袖削下一片,接着左边裤管、右边裤管,均在转瞬之间被他两刀分别削下了一条。那瘦子一收刀,刀柄顺势在大悲老人胸腹间的"膻中穴"上重重一撞,哈哈大笑,说道:"小娃娃,真有你的,真是了得!"

谢烟客见他以剑使刀,三十六招连绵圆转,竟没半分破绽,不由得心下暗暗喝采,待见他收招时以刀柄撞了大悲老人的死穴,心道:"此人下手好辣!"只见那小丐一头蓬蓬松松的乱发给他连削三十二刀,稀稀落落的更加不成模样。

适才这三十二刀在小丐头顶削过,他一半固然竭力硬挺,以维护大悲老人,另一半却是吓得呆了,倒不是硬挺不动,而是不会动了,待瘦子三十六刀砍完,他伸手一摸自己脑袋,宛然完好,这才长长的喘出一口气来。

那道人和那丑脸汉子齐声喝采:"米香主,好剑法!"那瘦子笑道:"冲着小朋友这份肝胆,今日咱们便让他一步!两位兄弟,这便走罢!"那道人和丑脸汉子见大悲老人吃了这一刀柄后,气息奄奄,转眼便死,当下取了兵刃,迈步便行。丑脸汉子脚步蹒跚,受伤着实不轻。那瘦子伸右掌往树上推去,嚓的一响,深入树干尺许的长剑为他掌力震激,带着大悲老人肩头的鲜血跃将出来。那瘦子左手接住,长笑而去,竟没向谢烟客藏身处看上一眼。

谢烟客寻思:"原来这瘦子姓米,是长乐帮的香主,他露这两手功夫,显然是要给我看的。此人剑法轻灵狠辣,兼而有之,但比之玄素庄石清夫妇尚颇不如,凭这手功夫便想在我面前逞威风吗?嘿嘿!"依着他平素脾气,这姓米的露这两手功夫,在自己面前炫耀,定要上前教训教训他,对方只要稍有不敬,便顺手杀了。只玄铁令的心愿未了,实不愿在此刻多惹事端,当下只冷眼旁观,始终隐忍不出。

那小丐向大悲老人道:"老伯伯,我来给你包好了伤口。"拾起自己给那瘦子削下的衣袖,要去给大悲老人包扎肩头的剑伤。

大悲老人双目紧闭,说道:"不……不用了!我袋里……有些泥人儿……给了你……你罢……"一句话没说完,脑袋突然垂落,便已死去,一个高大的身子慢慢滑向树根。

小丐惊叫:"老伯伯,老伯伯!"伸手去扶,却见大悲老人缩成一团,动也不动了。

谢烟客走近身来,问道:"他临死时说些什么?"小丐道:"他说……他说……他袋里有些什么泥人儿,都给了我。"

谢烟客心想:"大悲老人是武林中一代怪杰,武学修为,跟我也差不了多少。此人身边说不定有些什么要紧物事。"但他自视甚高,决不愿在死人身边去拿什么东西,就算明知大悲老人身怀希世奇珍,他也掉头不顾而去,说道:"是他给你的,你就拿了罢。"小丐问道:"是他给的,我拿了是不是小贼?"谢烟客笑道:"不是小贼。"

小丐伸手到大悲老人衣袋中掏摸,取出一只木盒,还有几锭银子,七八枚生满了刺的暗器,几封书信,似乎还有一张绘着图形的地图。谢烟客很想瞧瞧书信中写什么,是幅什么样的地图,但自觉只要一沾了手,便失却武林高人的身分,是以忍手不动。

只见小丐已打开了木盒,盒中垫着棉花,并列着三排泥制玩偶,每排六个,共是一十八个。玩偶制作精巧,每个都是裸体的男人,皮肤上涂了白垩,画满了一条条红线,更有无数黑点,都是脉络和穴道的方位。谢烟客一看,便知这些玩偶身上画的是一套内功图谱,心想:"大悲老儿临死时做个空头人情,你便不送他,小孩儿在你尸身上找到,岂有不拿去玩儿的?"

那小丐见到这许多泥人儿,十分喜欢,连道:"真有趣,怎么没衣服穿的,好玩得紧。要是妈妈肯做些衣服给他们穿,那就更好了。"

谢烟客心想:"大悲老儿虽和我不睦,总也是个响当当的人物,总不能让他暴骨荒野!"说道:"你的老朋友死了,不将他埋了?"小丐道:"是,是。可怎么埋法?"谢烟客淡淡的道:"你有力气,便给他挖个坑;没力气,将泥巴石块堆在他身上就完了。"

小丐道:"这里没锄头,挖不来坑。"当下去搬些泥土石块、树枝树叶,将大悲老人的尸身盖没了。他年小力弱,勉强将尸体掩盖完毕,已累得满身大汗。

谢烟客站在一旁,始终没出手相助,盼他求己帮忙,但小丐只独自盖尸,待他好容易完工,便道:"走罢!"小丐道:"到哪里去?我累得很,不跟你走啦!"谢烟客道:"为什么不跟我走?"

小丐道:"我要去找妈妈,找阿黄。"

谢烟客微微心惊:"这娃娃始终还没求过我一句话,倘若不跟我走,倒也为难,我又不能用强,硬拉着他。有了,昔年我誓言只说对交来玄铁令之人不能用强,却没说不能相欺。我只好骗他一骗。"便道:"你跟我走,我帮你找妈妈、找阿黄去。"小丐喜道:"好,我跟你去,你本事很大,一定找得到我妈妈和阿黄。"

谢烟客心道:"多说无益,好在他还没开口正式恳求,否则要我去给他找寻母亲和那条狗子,可是件天大的难事。"握住他右手,说道:"咱们得走快些。"小丐刚应得一声:"是!"便似腾身而起,身不由主的给他拉着飞步而行,连叫:"有趣,有趣!"只觉得凉风扑面,身旁树木迅速倒退,不绝口的称赞:"老伯伯,你拉着我跑得这样快!"

走到天黑,也不知奔行了多少里路,已到了一处深山之中,谢烟客松开了手。

那小丐只觉双腿酸软,身子摇晃了两下,登时坐倒在地。只坐得片刻,两只脚板大痛起来,又过半晌,只见双脚又红又肿,他惊呼:"老伯伯,我的脚肿起来了。"

谢烟客道:"你若求我给你医,我立时使你双脚不肿不痛。"小丐道:"你如肯给我治好,我自然多谢你啦。"谢烟客眉头一皱,道:"你当真从来不肯开口向人乞求?"小丐道:"倘若你肯给我治,用不着我来求,否则我求也没用。"谢烟客道:"怎么没用?"小丐道:"倘若你不肯治,我心里难过,脚上又痛,说不定要哭一场。倘若你其实真的不会治,反而让你心里难过。"谢烟客哼了一声,道:"我心里从来不难过的!小叫化,便在这里睡罢!"随即心想:"这娃娃既不开口向人求乞,可不能叫他作'小叫化'了。"

那少年靠在一株树上,双足虽痛,但奔跑了半日,疲累难当,不多时便即沉沉睡去,连肚饿也忘了。谢烟客却跃到树顶安睡,只盼半夜里有一只野兽过来,将这少年咬死吃了,给他解了个难题。岂知一夜之中,连一只野兔也没经过。

次日清晨,谢烟客心道:"我只有带他到摩天崖去,他若出口求我一件轻而易举之事，那是他的运气，否则好歹也设法取了他性命。连这样一个小娃娃也炮制不了，摩天居士还算什么人了！"携了那少年之手又行。那少年初几步着地时，脚底似有数十万根小针在刺，忍不住"哎哟"叫痛。

谢烟客道："怎么啦？"盼他出口说："咱们歇一会儿罢。"岂料他却道："没什么，脚底有点儿痛，咱们走罢。"谢烟客奈何他不得，怒气渐增，拉着他急步疾行。

谢烟客不停南行，经过市镇之时，随手在饼铺饭店中抓些熟肉、面饼，一面奔跑，一面嚼吃，如分给那少年，他便吃了，倘若不给，那少年也不乞讨。

如此数日，直到第六日，尽在崇山峻岭中奔行，那少年虽不会武功，在谢烟客提携之下，居然也硬撑了下来。谢烟客只盼他出口求告休息，却始终不能如愿，到得后来，心下也不禁有些佩服他的硬朗。

又奔了一日，山道愈益险陡，那少年再也攀援不上，谢烟客只得将他负在背上，在悬崖峭壁间纵跃而上。那少年放眼心惊肉跳，却不作声，有时到了真正惊险之处，只有闭目不看。

这日午间，谢烟客攀到了一处笔立的山峰之下，手挽从山峰上垂下的一根铁链，爬了上去，这山峰光秃秃地，更无置手足处，若不是有这根铁链，谢烟客武功再高，也不能攀援而上。到得峰顶，谢烟客将那少年放下，说道："这里便是摩天崖了，我外号'摩天居士'，就是由此地而得名。你也在这里住下罢！"

那少年四下张望，见峰顶地势倒也广阔，但身周云雾缭绕，当真是置身云端之中，不由得心下惊惧，道："你说帮我去找妈妈和阿黄的？"

谢烟客冷冷的道："天下这么大，我怎知你母亲到了哪里。咱们便在这里等着，说不定有朝一日，你母亲带了阿黄上来见你，也未可知。"

这少年虽童稚无知，却也知谢烟客是在骗他，如此险峻荒僻的处所，他母亲又怎能寻得着，爬得上？至于阿黄更加决计不能，一时之间，呆住了说不出话来。

谢烟客道："几时你要下山去，只须求我一声，我便立即送你下去。"心想："我不给你东西吃，你自己没能耐下去，终究要开口求我。"

那少年的母亲虽对他冷漠，却从不曾骗过他，此时他生平首次受人欺骗，眼中泪水滚来滚去，拼命忍住了，不让眼泪流下。

只见谢烟客走进一个山洞之中，过了一会，洞中有黑烟冒出，却是在烹煮食物，又过少时，香气一阵阵的冒出来。那少年腹中饥饿，走进洞去，见是老大一个山洞。

谢烟客故意将行灶和锅子放在洞口烹煮，要引那少年向自己讨。哪知这少年自幼只和母亲一人相依为生，从来便不知人我之分，见到东西便吃，又有什么讨不讨的？他见石桌上放着一盘腊肉，一大锅饭，当即自行拿了碗筷，盛了饭，伸筷子夹腊肉便吃。谢烟客一怔，心道："他请我吃过馒头、枣子、酒饭，我若不许他吃我食物，倒显得谢某不讲义气了。"当下也不理睬。

这般两人相对无言、埋头吃饭之事，那少年一生过惯了，吃饱之后，便去洗碗、洗筷、刷锅、砍柴。那都是往日和母亲同住时的例行之事。

他砍了一担柴，正要挑回山洞，忽听得树丛中忽喇声响，一只獐子窜了出来。那少年提起斧头，一下砍在獐子头上，登时砍死，便在山溪里洗剥干净，拿回洞来，将大半只獐子挂在当风处风干，两条腿切碎了熬成一锅。

谢烟客闻到獐肉羹的香气，用木杓子舀起尝了一口，不由得又欢喜，又烦恼。这獐肉羹味道十分鲜美，比他自己所烹的高明何止十倍，心想这小娃娃居然还有这手功夫，日后口福不浅；但转念又想，他会打猎、会烧菜，倘若不求我带他下山，倒也真奈何他不得。

在摩天崖上如此忽忽数日，那少年张罗、设阱、弹雀、捕兽的本事着实不差，每天均有新鲜菜肴煮来和谢烟客共食，吃不完的禽兽便风干腌起。他烹调的手段大有独到之处，虽只山乡风味，往往颇具匠心。谢烟客赞赏之余，问起每一样菜肴的来历，那少年总说是母亲所教。再盘问下去，才知这少年的母亲精擅烹调，生性却既暴躁又疏懒，十餐饭倒有九餐叫儿子去煮，倘若烹调不合，高兴时在旁指点，不高兴便打骂兼施。谢烟客心想他母子二人都烧得如此好菜，该当均是十分聪明之人，想来乡下女子为丈夫所弃，以致养成了孤僻乖戾的性子，也说不定由于孤僻乖戾，才为丈夫所弃。

谢烟客见那少年极少和他说话，倒不由得有点暗暗发愁，心想："这件事不从速办妥，总是个心腹大患，不论哪一日这娃娃受了我对头之惑，来求我自废武功，自残肢体，那便如何是好？又如他来求我终身不下摩天崖一步，那么谢烟客便活活给囚禁在这荒山顶上了。就算他只求我去找他妈妈和那条黄狗，那可也头痛万分。"

饶是他聪明多智，身当如此哭笑不得的困境，却也难筹善策。

这日午后，谢烟客负着双手在林间闲步，瞥眼见那少年倚在一块岩石之旁，眉花眼笑的正瞧着石上一堆东西。谢烟客凝神看去，见石上放着的正是大悲老人给他的那一十八个泥人儿，那少年将这些泥人儿东放一个，西放一个，一会儿叫他们排队，一会儿叫他们打仗，玩得兴高采烈。

那些泥人身上绘明穴道及运息线路，自当是修习内功之法。谢烟客心道："当年大悲老人和我在北邙山较量，他掌法刚猛，擒拿法迅捷变幻，斗到大半个时辰之后，终于在我'控鹤功'下输了一招，当即知难而退。此人武功虽高，却只以外家功夫见长，这些绘在泥人身上的内功，多半肤浅得紧，不免贻笑大方。"

当下随手拿起一个泥人，见泥人身上绘着涌泉、然谷、照海、太谿、水泉、太钟、复溜、交信等穴道，沿足而上，至肚腹上横骨、太赫、气穴、四满、中注、肓俞、商曲而结于舌下的廉泉穴，那是"足少阴肾经"，一条红线自足底而通至咽喉，心想："这虽是练内功的正途法门，但各大门派的入门功夫都和此大同小异，何足为贵？是了！大悲老人一生专练外功，壮年时虽纵横江湖，后来终于自知技不如人，不知哪里去弄了这一十八个泥人儿来，便想要内外兼修。说不定还是输在我手下之后，才起了这番心愿。但修练上乘内功，岂是一朝一夕之事，大悲老人年逾七十，这份内功，只好到阴世去练了，哈哈，哈哈！"想到这里，不禁笑出声来。

那少年笑道："伯伯，你瞧这些泥人儿都有胡须，又不是小孩儿，却不穿衣衫，当真好笑。"谢烟客道："是啊！可笑得紧。"他将一个个泥人都拿起来看，只见一十二个泥人身上分别绘的是手太阴肺经、手阳明大肠经、足阳明胃经、足太阴脾经、手少阴心经、手太阳小肠经、足太阳膀胱经、足少阴肾经、手厥阴心包经、手少阳三焦经、足少阳胆经、足厥阴肝经，那是正经十二脉；另外六个泥人身上绘的是任脉、督脉、阴维、阳维、阴跷、阳跷六脉；奇经八脉中最为繁复难明的冲脉、带脉两路经脉却付阙如，心道："这似乎是少林派的入门内功。大悲老人当作宝贝般藏在身上的东西，却是残缺不全的。其实他想学内功，这些粗浅学问，只须找内家门中一个寻常弟子指教数月，也就明白了。唉，不过他是成名的前辈英雄，又怎肯下得这口气来，去求别人指点？"想到此处，不禁微有凄凉之意。

又想起当年在北邙山上与大悲老人较技，虽胜了一招，但实是行险侥幸而致，心想："幸好他没内功根基，倘若少年时修习过内功，只怕斗不上三百招，我便会给他打入深谷。嘿嘿，死得好，死得好！"

他脸上露出笑容，缓步走开，走得几步，突然心念一动："这娃娃玩泥人玩得高兴，我何不乘机将泥人上所绘的内功教他，故意引得他走火入魔、内力冲心而死？我当年誓言只说决不以一指之力加于此人，他练内功自己练得岔气，却不能算是我杀的。就算是我立心害他性命，可也不是'以一指之力加于其身'，不算违了誓言。对了，就是这个主意。"

他行事向来只凭一己好恶，虽言出必践，于"信"之一字看得极重，然而心地阴狠残忍，什么仁义道德，在他眼中却不值一文，当下便拿起那个绘着"足少阴肾经"的泥人来，说道："小娃娃，你可知这些黑点红线，是什么东西？"

那少年想了一下，说道："这些泥人生病。"谢烟客奇道："怎么生病？"那少年道："我去年生病，全身都生了红点。"

谢烟客哑然失笑，道："你去年生的是痲疹。这些泥人身上画的却不是痲疹，是学武功的秘诀。你瞧我背了你飞上峰来，武功好不好？"说到这里，为了诱发那少年学武之心，突然双足一点，身子笔直拔起，飕的一声，便窜到了一株松树顶上，左足在树枝上稍行借力，身子向上弹起，便如袅袅上升一般，缓缓落下，随即又在树枝上弹起，三落三弹，便在此时，恰有两只麻雀从空中飞过，谢烟客存心卖弄，双手一伸，将两只麻雀抓在掌中，这才缓缓落下。

那少年拍手笑道："好本事，好本事！"

谢烟客张开手掌，两只麻雀振翅欲飞，但两只翅膀刚一扑动，谢

侠客行【上】

烟客掌中便生出一股内力，将双雀鼓气之力抵消了。那少年见他双掌平摊，双雀羽翅扑动虽急，始终飞不离他掌心，更加大叫："好玩，好玩！"谢烟客笑道："你来试试！"将两只麻雀放在他掌中，那少年伸指抓住，不敢松手。

谢烟客笑道："泥人儿身上所画的，是练功夫的法门。你拼命帮那老儿，他心中多谢你，因此送了给你。这不是玩意儿，可宝贵得很呢。你只要练成了泥人身上那些红线黑点的法道，手掌摊开，麻雀儿也就飞不走啦。"

那少年道："这倒好玩，我定要练练。怎么练的？"口中说着，张开了手掌。两只麻雀展翅一扑，便飞了上去。谢烟客哈哈大笑。那少年也跟着傻笑。

谢烟客道："你若求我教你这门本事，我就可以教你。学会之后，可好玩得很呢，你要下山上山，自己行走便了，也不用我带。"那少年脸上大有艳羡之色，谢烟客凝视着他脸，只盼他嘴里吐出"求你教我"这几个字来，情切之下，自觉气息竟也粗重了。

过了好一刻，却听那少年道："我如求你，你便要打我。我不求你。"谢烟客道："你求好了，我说过决不打你。你跟着我这许多时候，我可打过你没有？"那少年摇头道："没有。不过我不求你教。"

他自幼在母亲处吃过的苦头实是创深痛巨，不论什么事，开口求恳，必定挨打，而且母亲打了他后，她自己往往痛哭流泪，郁郁不欢者数日，不断自言自语："没良心的，我等着你来求我，可是日等夜等，一直等了几年，你始终不来，却去求那个什么也及我不上的小贱人，干么又来求我？"这些话他也不懂是什么意思。母亲口中痛骂："你再来求我？这时候可就迟了。从前为什么又不求我？"跟着棍棒便狠狠往头上招呼下来，打了他之后，他母亲又自己痛哭，令他心里好生难过，总觉是自己错了。这么挨得几顿饱打，八九岁之后就再不向母亲求恳什么。他和谢烟客荒山共居，过的日子也就如跟母亲在一起时无异，不知不觉之间，心中早就将这位老伯伯当作是母亲一般了。

谢烟客脸上青气闪过，心道："刚才你如开口求恳，完了我平生心愿，我自会教你一身足以傲视武林的本领。现下你自寻死路，可怪我不得。"点头道："好，你不求我，我也教你。"拿起那个绘着"足少阴肾经"的泥人,将每一个穴道名称和在人身的方位详加解说指点。

那少年天资倒也不蠢,听了用心记忆,不明白处便提出询问。谢烟客毫不藏私的教导,再传了内息运行之法,命他自行修习。

过得大半年,那少年已练得内息能循"足少阴肾经"经脉而行。谢烟客见他进展甚速,心想:"瞧不出你这狗杂种,倒是个大好的练武胚子。可是你练得进境越快,死得越早。"跟着教他"手少阴心经"的穴道经脉。如此将泥人一个个的练将下去,过得两年有余,那少年已将"足厥阴肝经"、"手厥阴心包经"、"足太阴脾经"、"手太阴肺经"的六阴经脉尽数练成,跟着便练"阴维"和"阴蹻"两脉。

这些时日之中,那少年每日里除了朝午晚三次勤练内功之外,一般的捕禽猎兽,烹肉煮饭,丝毫没疑心谢烟客每传他一分功夫,便引得他向阴世路跨上一步。只练到后来,时时全身寒战,冷不可耐。谢烟客说道这是练功的应有之象,他便也不放在心上,哪料得到谢烟客居心险恶,传给他的练功法门虽然不错,次序却全然颠倒了。

自来修习内功,不论是为了强身治病,还是为了作为上乘武功的根基,必当水火互济,阴阳相配,练了"足少阴肾经"之后,便当练"足少阳胆经",少阴少阳融会调和,体力便逐步增强。可是谢烟客却一味叫他修习少阴、厥阴、太阴、阴维、阴蹻的诸阴经脉,所有少阳、阳明等诸阳经脉却一概不授。这般数年下来,那少年体内阴气大盛而阳气极衰,阴寒积蓄,已凶险之极,只要内息稍有走岔,立时无救。

谢烟客见他身受诸阴侵袭,竟到此时仍未发作毙命,诧异之余,稍加思索,便即明白,知这少年浑浑噩噩,于世务全然不知,加之年少,心无杂念,便没踏入走火入魔之途,若换作旁人,这数年中总不免有七情六欲侵扰,稍有胡思乱想,便早死去多时了,心道:"这狗杂种老是跟我耽在山上,只怕还有不少年月好挨。若放他下山,在那花花世界中过不了几天,便即送了他小命。但放他下山,说不定便遇上了武林中人,这狗杂种只消有一口气在,旁人便能利用他来挟制于我,此险决不能冒。"

心念一转,已有了主意:"我教他再练诸阳经脉,却不教他阴阳调和的法子。待得他内息中阳气也积蓄到相当火候,那时阴阳不调而相冲相克,龙虎拼斗,不死不休,就算心中始终不起杂念,内息不

侠客行
【上】

68

岔,却也非送命不可。对,此计大妙。"

当下便传他"阳蹻脉"的练法,这次却不是自少阳、阳明、太阳、阳维而阳蹻的循序渐进,而是从次难的"阳蹻脉"起始。至于阴阳兼通的任督两脉,却非那少年此时的功力所能练,抑且也与他原意不符,便置之不理。

那少年依法修习,虽进展甚慢,总算他生性坚毅,山上又无余事,过得一年有余,居然将"阳蹻脉"练成了,此后便一脉易于一脉。

这数年之中,每当崖上盐米酒酱将罄,谢烟客便带同那少年下山采购,不放心将他独自留在崖上,只怕有人乘虚而上,将他劫持而去,那等于是将自己的性命交在别人手中了。两人每年下崖数次,都是在小市集上采购完毕,立即上崖,从未多有逗留。那少年身材日高,衣服鞋袜自也越买越大。

那少年这时已有十八九岁,身材粗壮,比之谢烟客高了半个头。谢烟客每日除了传授内功之外,闲话也不跟他多说一句。好在那少年自幼和母亲同住,他母亲也如此冷冰冰地相待,倒也惯了。他母亲常要打骂,谢烟客却不笑不怒,更从未以一指加于其身。崖上无事分心,除了猎捕食物之外,那少年唯以练功消磨时光,忽忽数载,诸阳经脉也练得快功行圆满了。

谢烟客自三十岁上遇到了一件大失意之事之后,隐居摩天崖,本来便极少行走江湖,这数年中更伴着那少年不敢稍离,除了勤练本门功夫之外,更新创了一路拳法、一路掌法。

这一日谢烟客清晨起来,见那少年盘膝坐在崖东的圆岩之上,迎着朝曦,正自用功,眼见他右边头顶微有白气升起,正是内力已有了火候之象,不由得点头,心道:"小子,你一只脚已踏进鬼门关去啦。"知道他这般练功,须得再过一个时辰方能止歇,当即展开轻功,来到崖后的一片松林之中。

其时晨露未干,林中一片清气,谢烟客深深吸一口气,缓缓吐将出来,突然间左掌前探,右掌候地穿出,身随掌行,在十余株大松树间穿插回移,越奔越快,双掌挥击,只听得嚓嚓轻响,双掌不住在树干上拍打,脚下奔行愈速,出掌却反愈缓。

脚下加快而出手渐慢,疾而不显急遽,舒而不减狠辣,那便是武功中的上乘境界。谢烟客打到兴发，蓦地里一声清啸，啪啪两掌，都击在松树干上，跟着便听得簌簌声响，松针如雨而落。他展开掌法，将成千成万枚松针反击上天，树上松针不断落下，他所鼓荡的掌风始终不让松针落下地来。松针尖细沉实，不如寻常树叶之能受风，他竟能以掌力带得千万松针随风而舞，内力虽非有形有质，却也已隐隐有凝聚意。

但见千千万万枚松针化成一团绿影，将他一个盘旋飞舞的人影裹在其中。

侠客行

【上】

那少女拿起匙羹，在碗中舀了一匙燕窝，向他嘴中喂去。那少年张口吃了，又甜又香，说不出的受用。那少女一言不发，接连喂了他三匙，身子却站在床前离得远远地。

第四回　抢了他老婆

谢烟客要试试自己数年来所勤修苦练的内功到了何等境界,不住催动内力,将松针越带越快,然后渐渐扩大圈子,把绿色针圈逐步向外推移。圈子一大,内力照应有所不足,最外圈的松针便纷纷堕落。谢烟客吸一口气,内力催送,下堕的松针不再增多。他心下甚喜,不住加运内力,但觉举手抬足间说不出的舒适畅快,意与神会,渐渐到了物我两忘之境。

过了良久,自觉体内积蓄的内力垂尽,再运下去便于身子有损,当下徐敛内力,松针缓缓飘落,在他身周积成个青色的圆圈。谢烟客展颜一笑,甚觉惬意,突然之间脸色大变,不知打从何时起始,前后左右竟团团围着九人,一言不发的望着他。

以他武功,旁人莫说欺近身来,即使远在一两里之外,便已逃不过他耳目,适才只因全神贯注催动内力,试演这路"碧针清掌",心无旁骛,于身外之物当真视而不见,听而不闻,别说有人来到身旁,即令山崩海啸,他一时也未必便能知觉。

摩天崖从无外人到来,他突见有人现身,自知来者不善,再一凝神间,认得其中一个瘦子、一个道人、一个丑脸汉子,当年曾在汴梁郊外围杀大悲老人,自称是长乐帮中人物。顷刻间心中转过了无数念头:"不论是谁,这般不声不响的来到摩天崖上,明着瞧不起我,不惜与我为敌。我跟长乐帮素无瓜葛,他们纠众到来,是什么用意?莫非也像对付大悲老人一般,要以武力逼我入帮么?"又想:"其中三人的武功是见过的,便在当年,我一人已可和他三人打成平手,今日自是不惧。只不知另外六人的功夫如何?"见这六人个个都是四十岁以上年纪,看来其中至少有二人内力深厚,当下冷然一笑,说道:"众位都是长乐帮的朋友么?突然光临摩天崖,谢某有失远迎,却不知有何见教?"说着微一拱手。

这九人一齐抱拳还礼,各人适才都见到他施展"碧针清掌"时的惊人内力,没想到他是心有所属,于九人到来视而不见,还道他自恃武功高强,将各人全不放在眼内,这时见他拱手,生怕他运内力伤人,各人都暗自运气护住全身要穴,其中有两人登时太阳穴高高鼓起,又有一人衣衫飘动。哪知谢烟客这一拱手,手上未运内力;更不知他试演"碧针清掌"时全力施为,恰如是跟一位绝顶高手大战了一场,十成内力中倒已去了九成。

一个身穿黄衫的老人说道:"在下众兄弟来得冒昧,失礼之至,还望谢先生恕罪。"

谢烟客见这人脸色苍白,说话有气没力,便似身患重病模样,陡然间想起了一人,失声道:"阁下可是'着手成春'贝大夫?"

那人正是"着手成春"贝海石,听得谢烟客知道自己名头,不禁微感得意,咳嗽两声,说道:"不敢,贱名不足以挂尊齿。'着手成春'这外号名不副实,更加贻笑大方。"

谢烟客道:"素闻贝大夫独来独往,几时也加盟长乐帮了?"贝海石道:"一人之力,甚为有限,敝帮众兄弟群策群力,大伙儿一起来办事,那就容易些。咳咳,谢先生,我们实在来得鲁莽,事先未曾禀告,擅闯宝山,你大人大量,请勿见怪!咳咳,无事不登三宝殿,我们有事求见敝帮帮主,便烦谢先生引见。"谢烟客奇道:"贵帮帮主是哪一位?在下近年来甚少涉足江湖,孤陋寡闻,连贵帮主的大名也不获知,多有失礼。却怎地要我引见了?"

他此言一出,那九人均即变色,怫然不悦。贝海石左手挡住口前短髭,咳了几声,说道:"谢先生,敝帮石帮主既与阁下相交,携手同行,敝帮上下自都对先生敬若上宾,不敢有丝毫无礼。石帮主的行止,我们身为下属,本来不敢过问,实因帮主离总舵已久,诸事待理,再加眼前有两件大事,可说急如星火,咳咳,因此嘛,我们一得讯息,知道石帮主是在摩天崖上,便匆匆忙忙的赶来了。本该先行投帖,得到谢先生允可,这才上崖,只以事在紧迫,礼数欠周,还望海涵。"说着又深深一躬。

谢烟客见他说得诚恳,这九人虽都携带兵刃,但神态恭谨,也没显得有甚敌意,心道:"原来只是一场误会。"不禁一笑,说道:"摩天崖上无桌无椅,怠慢了贵客,各位随便请坐。不知贝大夫却听谁说在下曾与石帮主同行?贵帮人材济济,英彦毕集,石帮主自是一位了不起的英雄人物。在下闲云野鹤,隐居荒山,怎能蒙石帮主折节下交?嘿嘿,好笑,当真好笑!"

贝海石右手一伸,说道:"众兄弟,大伙儿坐下说话。"他显是这一行的首领,随行八人便四下里坐下,有的坐在岩石上,有的坐在横着的树干上,贝海石则坐在一个土墩上。九人分别坐下,但将谢烟客围在中间的形势仍然不变。

谢烟客怒气暗生:"你们如此对我,可算得无礼之极。莫说我不知你们石帮主、瓦帮主在什么地方,就算知道,你们这等模样,我本来想说的,却也不肯说了。"只微微冷笑,抬头望着头顶太阳,大刺刺的对众人毫不理睬。

贝海石心想:"以我在武林中的身分地位,你对我如此傲慢,未免太也过份。素闻此人武功了得,心狠手辣,长乐帮却也不必多结这个怨家。瞧在帮主面上,让你一步便是。"便客客气气的道:"谢先生,这本是敝帮自己的家务事,麻烦到你老人家身上,委实过意不去。请谢先生引见之后,兄弟自当向谢先生再赔不是,失礼之处,请您见谅。"

同来的八人均想:"贝大夫对此人这般客气,倒也少见。谢烟客武功再高,我们九人齐上,又何惧于他?不过他既是帮主的朋友,却也不便得罪了。"

谢烟客冷冷的道:"贝大夫,你是江湖上的成名豪杰,君子一言,快马一鞭,是个响当当的脚色,是也不是?"贝海石听他语气中大有愠意,暗暗警惕,说道:"不敢。"谢烟客道:"你贝大夫的话是说话,我谢烟客说话就是放屁了?我说从来没见过你们的石帮主,阁下定然不信。难道只有你是至诚君子,谢某便是专门撒谎的小人?"

贝海石咳嗽连连,说道:"谢先生言重了。兄弟对谢先生素来十分仰慕,敝帮上下,无不心敬谢先生言出如山,岂敢有丝毫小觑了。

适才见谢先生正在修习神功,量来无暇给我们引见敝帮帮主。众兄弟迫于无奈,只好大家分头去找寻找寻。谢先生莫怪。"

谢烟客登时脸色铁青,冷冷的道:"贝大夫非但不信谢某的话,还要在摩天崖上肆意妄为?"

贝海石摇摇头,道:"不敢,不敢。说来惭愧,长乐帮不见了帮主,要请外人引见,传了出去,江湖上人人笑话。我们只不过找这么一找,请谢先生万勿多心。摩天崖山高林密,好个所在。多半敝帮石帮主无意间上得崖来,谢先生静居清修,未曾留意。"心想:"他不让我们跟帮主相见,定然不怀好意。"

谢烟客寻思:"我这摩天崖上哪有他们的什么狗屁帮主。这伙人蛮横无理,寻找帮主云云,显是个无聊借口。这般大张旗鼓的上来,还会有什么好事?凭着谢某的名头,长乐帮竟敢对我如此张狂,自是有备而来。"他知此刻情势凶险,素闻贝海石"五行六合掌"功夫名动武林,单是他一人,当然也不放在心上,但加上另外这八名高手,就不易对付,何况他长乐帮的好手不知尚有多少已上得崖来,多半四下隐伏,俟机出手,心念微动之际,突然眼光转向西北角上,脸露惊异之色,嘴里轻轻"咦"的一声。

那九人的目光都跟着他瞧向西北方,谢烟客突然身形飘动,转向米香主身侧,伸手疾去拔他腰间长剑。那米香主见西北方并无异物,但觉风声飒然,敌人已欺到身侧,急忙出手,右手快如闪电,只因相距近了,竟比谢烟客还快了刹那,抢在头里,手搭剑柄,嗤的一声响,长剑已然出鞘。眼前青光甫展,胁下便觉微微一麻,跟着背心一阵剧痛,谢烟客左手食指已点了他穴道,右手五指抓住了他后心。

原来谢烟客眼望西北方固是诱敌之计,夺剑也是诱敌。米香主一心要争先握住剑柄,胁下与后心自然而然露出了破绽,否则他武功虽然不及,却也无论如何不会在一招之际便遭制住。谢烟客当年曾详观米香主激斗大悲老人、用鬼头刀削去那少年满头长发,熟知他的剑路,大凡出手迅疾者守御必不严固,冒险一试,果然得手。

谢烟客微微一笑,说道:"米香主,得罪了。"米香主怒容满面,却已动弹不得。

贝海石愕然道:"谢先生,你要怎地?当真便不许我们找寻敝帮帮主么?"谢烟客森然道:"你们要杀谢某,只怕也非易事,至少也得

76

陪上几条性命。"

贝海石苦笑道："我们和谢先生无怨无仇,岂有加害之心? 何况以谢先生如此奇变横生的武功,我们纵有加害之意,那也不过自讨苦吃。大家是好朋友,请你将米兄弟放下罢。"他见谢烟客一招之间便擒住米香主,心下也好生佩服。

谢烟客右手抓在米香主后心"大椎穴"上,只须掌力一吐,立时便震断了他心脉,说道："各位立时下我摩天崖去,谢某自然便放了米香主。"

贝海石道："下去有何难哉? 午时下去,申时又再上来了。"谢烟客脸色一沉,说道："贝大夫,你这般阴魂不散的缠上了谢某,到底打的是什么主意?"

贝海石道："什么主意? 众位兄弟,咱们打的是什么主意?"随他上山的其余七人一直没开口,这时齐声说道："咱们求见帮主,要恭迎帮主回归总舵。"

谢烟客怒道："说来说去,你们疑心我将你们帮主藏了起来啦,是也不是?"

贝海石道："此中隐情,我们在见到帮主之前,谁也不敢妄作推测。"向一名魁梧的中年汉子道："云香主,你和众贤弟四下里瞧瞧,一见到帮主大驾,立即告知愚兄。谢先生的贵府却不可乱闯。"

那云香主右手捧着一对烂银短戟,点头道："遵命!"大声道："众位,贝先生有令,大伙去谒见帮主。"其余六人齐声道："是。"七人倒退几步,一齐转身出林而去。

谢烟客虽制住了对方一人,但见长乐帮诸人竟丝毫没将米香主的安危放在心上,仍自行其事,绝无半分投鼠忌器之意,只贝海石一人留在一旁,显是在监视自己,而不是想设法搭救米香主,寻思："那少年将玄铁令交在我手中,此事轰传江湖,长乐帮这批家伙以找帮主为名,真正用意自是来绑架这少年。此刻我失了先机,那少年势必落入他们掌握,长乐帮便有了制我的利器。哼,谢烟客是什么人,岂容你们上门欺辱?"那七人离去,正是出手杀人的良机,当即左掌伸到米香主后腰,内力疾吐。这一招"文丞武尉",竟是以米香主的身子作为兵刃,向贝海石击去。

他素知贝海石内力精湛,只因中年时受了内伤,身上常带三分病,武功才大大打了个折扣。此人久病成医,"贝大夫"三字外号便由此而来,其实并不是真正的大夫,饶是如此,武功仍异常厉害。九年之前,"冀中三煞"为他一晚间于相隔二百里的三地分别击毙,成为武林中一提起便人人耸然动容的大事。因此谢烟客虽听他咳嗽连连,似乎中气虚弱,却丝毫不敢怠忽,一出手便是最阴损毒辣的险招。

贝海石见他突然出手,咳嗽道:"谢先生……却……咳,咳,却又何必伤了和气?"伸出双掌,向米香主胸口推去,突然间左膝挺出,撞在米香主小腹之上,登时将他身子撞得飞起,越过自己头顶飞向身后,这样一来,双掌便按向谢烟客胸口。

这一招变化奇怪之极,谢烟客虽见闻广博,也不知是何名堂,一惊之下,顺势伸掌接他的掌力,突然之间,只觉自己双掌指尖之上似有千千万万根利针刺过来一般。谢烟客急运内力,要和他掌力相敌,蓦然间胸口空荡荡地,全身内力竟然无影无踪。他脑中电光石火般一闪:"啊哟不好,适才我催逼掌力,不知不觉间将内力消耗了八九成,如何再能跟他比拼真力?"立即双掌一沉,击向贝海石小腹。

贝海石右掌捺落,挡住来招,谢烟客双袖猛地挥出,以铁袖功拂他面门。贝海石心道:"来势虽狠,却露衰竭之象,他是要引我上当。"斜身闪过,让开了他衣袖。"摩天居士"四字大名,武林中提起来非同小可,贝海石适才见他试演"碧针清掌",掌法精奇,内力深厚,自己远所不及,只帮主失踪,非寻回不可,纵然被迫与此人动手,却也无可奈何,虽察觉他内力平平,料来必是诱敌,丝毫不敢轻忽。

谢烟客双袖回收,呼的一声响,已借着衣袖鼓回来的劲风向后飘出丈余,顺势转身,拱手道:"少陪,后会有期。"口中说话,身子向后急退,去势虽快,却仍潇洒有余,不露丝毫急遽之态。见贝海石并未追来,便即迅速溜下摩天崖。

谢烟客连攻三招不利,自知今日太也不巧,强敌猝至,却适逢自己内力衰竭,便即抽身引退,却不能说已输在贝海石手下,他虽被迫退下摩天崖,但对方九人围攻,尚且在劣势之中制住对方高手米香主,大挫长乐帮的锐气。他在陡陡峭壁间纵跃而下时,心中快慰之情尚自多于气恼,蓦地里想到那少年落于敌手,自此后患无穷,登时大是烦恼,转念又想:"待我内力恢复,赶上门去将长乐帮整个儿挑

侠客行
【上】

了,只须不见那狗杂种之面,他们便奈何我不得。但若那狗杂种受了他们挟制或是劝诱,一见我面便说:'我求你斩下自己一条手臂。'那可糟了。君子报仇,十年未晚,好在这小子八阴八阳经脉的内功不久便可练成,小命活不久了,待他死后,再去找长乐帮的晦气便是。此事不可急躁,须策万全。"

贝海石见谢烟客突然退去,大感不解:"他既和石帮主交好,为什么又对米香主痛下杀手?种种蹊跷之处,实难令人索解。难道……难道他竟察觉了我们的计谋?不知是否已跟石帮主说起?"霎时间不由得心事重重,凝思半晌,摇了摇头,转身扶起米香主,双掌贴在他背心"魂门""魄户"两大要穴之上,传入内力。

过得片刻,米香主眼睁一线,低声道:"多谢贝先生救命之恩。"

贝海石道:"米兄弟安卧休息,千万不可自行运气。"

适才谢烟客这一招"文丞武尉",既欲致米香主的死命,又是攻向贝海石的杀手。贝海石若出掌在米香主身上一挡,米香主在前后两股内力夹击之下,非立时毙命不可,是以贝海石先以左膝撞他小腹,既将他撞到背后,又化解了谢烟客大半内力,幸好谢烟客其时内力所剩者已不过一成,否则贝海石这一招虽然极妙,米香主还是难保性命。

贝海石将米香主轻轻平放地下,双掌在他胸口和小腹上运力按摩,猛听得有人欢呼大叫:"帮主在这里,帮主在这里!"贝海石大喜,说道:"米兄弟,你已脱险,我瞧瞧帮主去。"忙向声音来处快步奔去,心道:"谢天谢地!若找不到帮主,本帮只怕就此风流云散,迫在眉睫的大祸又有谁来抵挡?"

他奔行不到一里,便见一块岩石上坐着一人,侧面看去,赫然便是本帮的帮主石破天。云香主等七人在岩前恭恭敬敬的垂手而立。贝海石抢上前去,其时阳光从头顶直晒,照得石上之人面目清晰无比,但见他浓眉大眼,长方的脸膛,却不是石帮主是谁?贝海石喜叫:"帮主,你老人家安好?"

一言出口,便见石帮主脸上神情痛楚异常,左边脸上青气隐隐,右边脸上却尽是红晕,宛如饮醉了酒一般。贝海石内功既高,又久病成医,眼见情状不对,大吃一惊,心道:"他……他在捣什么鬼,难道是在修习一门高深内功？这可奇了。嗯，那定是谢烟客传他的。啊哟不好，咱们闯上崖来，只怕打扰了他练功。这可不妙了。"

雾时之间，心中种种疑团登即尽解："帮主失踪了半年，到处寻觅他不到，原来是静悄悄的躲在这里修习高深武功。他武功越高，于本帮越有利，那可好得很啊。谢烟客自知帮主练功正到要紧关头，若受打扰，便致分心，因此上无论如何不肯给我们引见。他一番好心，我们反得罪了他，当真过意不去了。其实他只须明言，我难道会不明白这中间的过节？素闻谢烟客此人傲慢辣手，我们这般突然闯上崖来，定令他大大不快，这才一翻脸便出手杀人。瞧帮主这番神情，他体内阴阳二气交攻，只怕龙虎不能聚会，稍有不妥，便至走火入魔，谢烟客又不在旁相助，委实凶险之极。"

当下他打手势命各人退开，直到距石帮主数十丈处，才低声说明。

众人恍然大悟，尽皆惊喜交集，连问："帮主不会走火入魔罢？"有的更深深自疚："我们莽莽撞撞的闯上崖来，打扰了帮主用功，惹下的乱子当真不小。"

贝海石道："米香主给谢先生打伤了，哪一位兄弟过去照料一下。我在帮主身旁守候，或许在危急时能助他一臂之力。其余各位便都在此守候，切忌喧哗出声。若有外敌上崖，须得静悄悄的打发了，决不可惊动帮主。"

各人均是武学中的大行家，都知修习内功之时若有外敌来侵，扰乱心神，最是凶险不过，连声称是，各趋摩天崖四周险要所在，分路把守。

贝海石悄悄回到石帮主身前，见他脸上肌肉扭曲，全身抽搐，张大了嘴想要叫喊，却发不出半点声息，显然内息走岔了道，性命已危在顷刻。贝海石大惊，待要上前救援，却不知他练的是何等内功，这中间阴阳坎离，弄错不得半点，否则只有加速对方死亡。

但见石帮主全身衣衫已让他自己抓得粉碎，肌肤上满是血痕，头顶处白雾弥漫，凝聚不散，心想："他本来武功平平，内力不强，可是瞧他头顶白气，内功实已练到极高境界，难道谢烟客只教了他半年，便竟有这等神速进境？"

突然间闻到一阵焦臭，石帮主右肩处衣衫一股白烟冒出，确是练功走火、转眼立毙之象。贝海石一惊，伸掌去按他右手肘的"清冷渊"，要令他暂且宁静片刻，不料手指碰到他手肘，着手如冰，不由得全身剧烈一震，不敢运力抵御，当即缩手，心道："那是什么奇门内功？怎地半边身子寒冷彻骨，半边身子却又烫若火炭？"

正没做理会处，忽见帮主缩成一团，从岩上滚了下来，几下痉挛，就此不动。

贝海石惊呼："帮主，帮主！"探他鼻息，幸喜尚有呼吸，只气若游丝，显然随时都会断绝。他皱起眉头，纵声呼啸，将石帮主身子扶起，倚在岩上，见局面危急之极，便盘膝坐在帮主身侧，左掌按他心口，右掌按他背心，运起内劲，护住他心脉。

过不多时，那七人先后到来，见帮主脸上忽而红如中酒，忽而青若冻僵，全身不住颤抖，各人无不失色，眼光中充满疑虑，都瞧着贝海石，但见他额头黄豆大的汗珠不停渗出，身子颤动，显正竭尽全力。

过了良久，贝海石才缓缓放下了双手，站起身来，说道："帮主显是在修习一门上乘内功，是否走火，我一时也难决断。此刻幸得暂且助他渡过了一重难关，此后如何，实难逆料。这件事非同小可，请众兄弟共同想个计较。"

各人你瞧瞧我，我瞧瞧你，均想："连你贝大夫也没了主意，我们还能有什么法子？"霎时之间，谁也没话说。

米香主由人携扶着，倚在一株柏树之上，低声道："贝……贝先生，你说怎么办，大家都听你吩咐。你……你的主意，总比我们高明些。"

贝海石向石帮主瞧了一眼，说道："关东四大门派约定重阳节来本帮总舵拜山，时日已颇迫促。此事攸关本帮存亡荣辱，众位兄弟都十分明白。关东四大门派的底，咱们已摸得清清楚楚，软鞭、铁戟、一柄鬼头刀、几十把飞刀，也够不上来跟长乐帮为难。司徒帮主的事，是咱们自己帮里家务，要他们来管什么闲事？只不过这件事在江湖上张扬出去，可就不妥。咳，咳……真正的大事，大伙儿都明白，却是侠客岛的'赏善罚恶令'，非帮主亲自来接不可，否则……否则人人难逃大劫。"

云香主道："贝先生说得是。长乐帮平日行事如何，大家心里有数。咱们弟兄个个爽快,不喜学那伪君子行径。人家要来'赏善',没什么善事好赏,说到'罚恶',那笔帐就难算得很了。这件事若无帮主主持大局,只怕……只怕……唉……"

贝海石道:"因此事不宜迟,依我之见,咱们须得急速将帮主请回总舵。帮主眼前这……这场病,恐怕不轻,倘若吉人天相,他在十天半月中能回复原状,那就再好不过。否则的话,有帮主坐镇总舵,纵然未曾康复,大伙儿抵御外敌之时,心中总也定些,可……可是不是?"众人都点头道:"贝先生所言甚是。"

贝海石道:"既然如此,咱们就做两个担架,将帮主和米香主两位护送回归总舵。"

各人砍下树枝,以树皮搓索,结成两具担架,再将石帮主和米香主二人牢牢缚在担架之上,以防下崖时滑跌。除贝海石外,七人轮流抬架,下摩天崖而去。

那少年这日依着谢烟客所授的法门修习,将到午时,只觉手阳明大肠经、足阳明胃经、手太阳小肠经、足太阳膀胱经、手少阳三焦经、足少阳胆经六处经脉中热气骤盛,竟难抑制,便在此时,各处太阴、少阴、厥阴的经脉之中却又忽如寒冰侵蚀。热的极热而寒的至寒,两者不能交融。他数年勤练,功力大进,到了这日午时,除了冲脉、带脉两脉之外,八阴八阳的经脉突然间相互激烈冲撞起来。

他撑持不到大半个时辰,便即昏迷,此后始终昏昏沉沉,一时似乎全身在火炉中烘焙,汗出如渖,口干唇焦,一时又如堕入冰窖,周身血液都似凝结成冰。如此热而复寒,寒而复热,眼前时时晃过各种各样人影,有男有女,丑的俊的,纷至沓来,这些人不住在跟他说话,但一句也听不见,只想大声叫喊,偏又说不出半点声音。眼前有时光亮,有时黑暗,似乎有人时时喂他喝汤饮酒,有时甜蜜可口,有时辛辣刺鼻,却不知是什么汤水。

如此胡里胡涂的也不知过了多少时候,一日额上忽然感到一阵凉意,鼻中又闻到隐隐香气,慢慢睁眼,首先见到的是一根点燃着的红烛,烛火微微跳动,跟着听得一个清脆柔和的声音低声说道:"天哥,你终于醒过来了!"语音中充满了喜悦之情。

那少年转睛向声音来处瞧去,见说话的是个十七八岁少女,身穿淡绿衫子,一张瓜子脸,秀丽美艳,一双清澈的眼睛凝视着他,嘴角边微含笑容,轻声问道:"什么地方不舒服啦?"

那少年脑中一片茫然,只记得自己坐在岩石上练功,突然间全身半边冰冷,半边火热,惊惶之下,就此晕去,怎地眼前忽然来了这个少女?他喃喃的道:"我……我……"发觉自身睡在一张柔软的床上,身上盖了被子,便欲坐起,但身子只一动,四肢百骸中便如万针齐刺,痛楚难当,忍不住"啊"的一声叫了出来。

那少女道:"你刚醒转,可不能动,谢天谢地,这条小命儿是捡回来啦。"低下头在他脸颊上轻轻一吻,站直身子时但见她满脸红晕。

那少年也不明白这是少女的娇羞,只觉她更加说不出的好看,便微微一笑,嗫嚅着道:"我……我在哪里啊?"

那少女浅笑嫣然,正要回答,忽听得门外脚步声响,当即将左手食指竖在口唇之前,作个禁声的姿势,低声道:"有人来啦,我要去了。"身子一晃,便从窗口中翻出。那少年眼睛一花,便不见了那姑娘,只听得屋顶微有脚步细碎之声,迅速远去。

那少年心下茫然,只想:"她是谁? 她还来不来看我?"过了片刻,听得脚步声来到门外,有人咳嗽了两声,呀的一声,房门推开,两人进房。一个是脸有病容的老者,另一个是个瘦子,面貌有些熟悉,依稀似乎见过。

那老者见那少年睁大了眼望着他,登时脸露喜色,抢上一步,说道:"帮主,你觉得怎样? 今日你脸色可好得多了。"那少年道:"你……你叫我什么? 我……我……在什么地方?"那老者脸上闪过一丝忧色,但随即满脸喜悦,笑道:"帮主大病了七八天,此刻神智已复,可喜可贺,请帮主安睡养神,属下明日再来请安。"说着伸出手指,在那少年两手腕脉上分别搭了片刻,不住点头,笑道:"帮主脉象沉稳厚实,已无凶险,当真吉人天相,实乃我帮上下之福。"

那少年愕然道:"我……我……名叫'狗杂种',不是'帮主'。"

那老者和那瘦子一听此言,登时呆了,两人对望一眼,低声道:"请帮主安息。"倒退几步,转身出房。

那老者便是"着手成春"贝海石,那瘦子则是米香主米横野。

米横野在摩天崖上为谢烟客内劲所伤,幸喜谢烟客其时内力所剩无几,再得贝海石及时救援,回到长乐帮总舵休养数日,便逐渐痊愈了,只是想到一世英名,竟让谢烟客一招之间便即擒获,连日甚是郁郁。

贝海石劝道:"米贤弟,这事说来都是咱们行事莽撞的不是,此刻回想,我倒盼当时谢烟客将咱九人一古脑儿都制服了,便不致冲撞了帮主,累得他走火入魔。帮主一直昏迷不醒,能否痊可,实在难说,就算身子好了,这门阴阳交攻的神奇内功,却无论如何练不成了。万一他有甚三长两短,唉,米贤弟,咱们九人中,倒是你罪名最轻。你虽也上了摩天崖,但在见到帮主之前,便已先失了手。"米横野道:"那又有什么分别?要是帮主有甚不测,大伙儿都大祸临头,也不分什么罪轻罪重了。"

第八天晚间,贝海石和米横野到帮主的卧室中去探病,竟见石帮主已能睁眼视物、张口说话,两人自欣慰无比。贝海石按他脉搏,觉到沉稳厚实,一股强劲内力要将自己的手指弹开,忙即松手,正欢喜间,不料他突然说了一句莫名其妙的话,说自己不是帮主,乃"狗杂种"。贝米二人骇然失色,不敢多言,立时退出。

到了房外,米横野低声问道:"怎样?"贝海石沉吟半晌,说道:"帮主眼下心智未曾明白,但总胜于昏迷不醒。愚兄尽心竭力为帮主医治,假以时日,必可复原。"顿了一顿,又道:"只那件事说来便来,神出鬼没,帮主却不知何时方能痊可。"过了一会,说道:"只消有帮主在这里,天塌下来,也会有人承当。"轻拍米横野肩头,微笑道:"米贤弟,不用耽心,一切我理会得,自当妥为安排。"

那少年见二人退出房去,这才迷迷糊糊的打量房中情景,见自身睡在一张极大的床上,床前一张朱漆书桌,桌旁两张椅子,上铺锦垫。房中到处陈设得花团锦簇,绣被罗帐,清香袅袅,但觉置身于一个香喷喷、软绵绵的神仙洞府,眼花缭乱,瞧出来没一件东西是识得的。他叹了一口长气,心想:"多半我是在做梦。"

但想到适才那个绿衫少女软语腼腆的可喜模样,连秀眉绿鬓也记得清清楚楚,她跃了出去的窗子兀自半开半掩,却不像做梦。他伸起右手,想摸一摸自己的头,但手只这么轻轻一抬,周身又如万针齐刺般剧痛,忍不住"哎哟"一声,叫了出来。

忽听得房角落里有人打了个呵欠，说道："少爷，你醒了……"也是个女子声音，似是刚从梦中醒觉，突然之间，她"啊"的一声惊呼，说道："你……你醒了?"一个黄衫少女从房角里跃出，抢到他床前。

那少年初时还道先前从窗中跃出的少女又再回来，心喜之下，定睛看时，却见这少女身穿鹅黄短袄，服色固不同，容颜亦大异，她面庞略作圆形，眼睛睁得大大地，虽不若绿衫少女那般明艳绝伦，但神色间多了一份温柔，却也妩媚可喜。那少年生平直至此日，才首次与他年纪相若的两个女郎面对面说话，自分辨不出其间的细致差别。只听她又惊又喜的道："少爷，你醒转来啦?"

那少年道："我醒转来了，我……我现下不是做梦了么?"

那少女格格一笑，道："只怕你还在做梦也说不定。"她一笑之后，立即收敛笑容，一副凛然不可侵犯的模样，问道："少爷，你有什么吩咐?"

那少年奇道："你叫我什么? 什么少……少爷?"那少女眉目间隐隐含有怒色，道："我早跟你说过，我们是低三下四之人，不叫你少爷，又叫什么?"那少年喃喃自语："一个叫我帮……什么'帮主'，一个却又叫我'少爷'，我到底是谁? 怎么在这里了?"

那少女神色略和，道："少爷，你身子还没复原，别说这些了。吃些燕窝好不好?"

那少年道："燕窝?"不知燕窝是什么，但觉肚饿，不管吃什么都好，便点点头。

那少女走去邻房，不久便捧了一只托盘进来，盘中放着一只青花瓷碗，热气腾腾地喷发甜香。那少年一闻到，不由得馋涎欲滴，肚中登时咕咕咕的响了起来。那少女微微一笑，说道："七八天中只净喝参汤吊命，可真饿得狠啦。"将托盘端到他面前。

那少年就着烛火看去，见是雪白一碗粥不像粥的东西，上面飘着些干玫瑰花瓣，散发着微微清香，问道："这样好东西，是给我吃的么?"那少女笑道："是啊，还客气么?"那少年心想："这样的好东西，却不知道要多少钱，我没银子，还是先说明白的好。"便道："我身边一个钱也没有，可……可没银子给你。"那少女一怔，跟着忍不住噗哧一笑，说道："生了这场大病，性格儿可一点也没改，刚会开口说话，便又这么贫嘴贫舌的。既饿了，便快吃罢。"说着将托盘又移近了一些。

那少年大喜，问道："我吃了不用给钱？"

那少女见他仍然说笑，有些厌烦了，沉着脸道："不用给钱，你到底吃不吃？"

那少年忙道："我吃，我吃！"伸手便去拿盘中匙羹，右手只这么一抬，登时全身刺痛，哼了两声，咬紧牙齿，慢慢提手，却不住颤抖。

那少女寒着脸问道："少爷，你是真痛还是假痛？"那少年奇道："自然是真痛，为什么要装假？"那少女道："好，瞧在你这场大病生得半死不活的份上，我便破例再喂你一次。你如又毛手毛脚、不三不四，我可再也不理你了。"那少年问道："什么叫毛手毛脚，不三不四？"

那少女脸上微微一红，横了他一眼，哼了一声，拿起匙羹，在碗中舀了一匙燕窝，往他嘴中喂去。

那少年登时傻了，想不到世上竟有这等好人，张口将这匙燕窝吃了，当真又甜又香，吃在嘴里说不出的受用。

那少女一言不发，接连喂了他三匙，身子却站在床前离得远远地，伸长了手臂喂他，唯恐他突然有非礼行动。

那少年吃得砸嘴舐唇，连称："好吃得很，好味道！唉，真多谢你了。"那少女冷笑道："你别想使诡计骗我上当！燕窝便是燕窝罢啦，你几千碗也吃过了，几时又曾赞过一声'好吃'？"那少年心下茫然，寻思："这种东西，我几时吃过了？"问道："这……这便是燕窝么？"那少女哼的一声，道："你也真会装傻。"说这句话时，同时退后了一步，脸上满是戒备之意。

那少年见她一身鹅黄短袄和裤子，头上梳着双鬟，新睡初起，头发颇见蓬松，脚上未穿袜子，雪白赤足踏在一对绣花拖鞋之中，那是生平从所未见的美丽情景，母亲脚上始终穿着袜子，却又不许自己进她的房，便赞道："你……你的脚真好看！"

那少女脸上微微一红，随即现出怒色，将瓷碗往桌上重重一放，转过身去，把铺在房角里的席子、薄被和枕头拿了起来，向房门走去。

那少年心下惶恐，问道："你……你去哪里？你不睬我了么？"语气中颇有哀恳之意。那少女沉着脸道："你病得死去活来，刚知了点

人事,嘴里便又不干不净起来啦。我又能到哪里去了? 你是主子,
我们低三下四之人,怎说得上睬不睬的?"说着径自出门去了。

那少年见她发怒而去,不知如何得罪了她,心想:"一个姑娘跳
窗走了,一个姑娘从门中走了,她们说的话我一句也不懂。唉,真不
知道是怎么回事。"他守着不求人的宗旨,也就不求她别去。

正自怔怔出神,听得脚步声细碎,那少女又走进房来,脸上犹带
怒色,手中捧着脸盆。那少年心中欢喜,见她将脸盆放在桌上,从脸
盆中提出一块热腾腾的面巾来,绞得干了,递到那少年面前,冷冰冰
的道:"擦面罢!"

那少年道:"是,是!"忙伸手去接,双手一动,登时全身刺痛,他
咬紧牙关,伸手接了过来,欲待擦面,却双手发颤,那面巾离脸尺许,
说什么也凑不过去。

那少女将信将疑,冷笑道:"装得真像。"接过面巾,说道:"要我
给你擦面,那也可以。可是你若伸手胡闹,只要碰到我一根头发,我
便永远不走进房里来了。"那少年道:"我不敢,姑娘,你不用给我擦
面。这块布雪白雪白的,我的脸脏得很,别弄脏了这布。"

那少女听他语音低沉,咬字吐声也与以前颇有不同,所说的话
更不伦不类,不禁起疑:"莫非他这场大病当真伤了脑子。听贝先生
他们谈论,说他练功时走火入魔,损伤了五脏六腑,性命能不能保也
难说得很。否则说话怎么总这般颠三倒四的?"便问:"少爷,你记得
我的名字么?"

那少年道:"你从来没跟我说过,我不知道你叫什么?"又笑了笑
道:"我不叫少爷,叫做狗杂种,我娘是这么叫的。老伯伯说这是骂
人的话,不好听。你叫什么?"

那少女越听越皱紧眉头,心道:"瞧他说话模样,全没轻佻玩笑
之意,看来他当真胡涂啦。"不由得心下难过,问道:"少爷,你真的不
认得我了? 不认得我侍剑了?"那少年道:"你叫侍剑么? 好,以后我
叫你侍剑……不,侍剑姊姊。我妈说,女人年纪比我大得多的,叫她
婆婆、阿姨,跟我差不多的,叫她姊姊。"侍剑头一低,突然眼泪滚了
出来,泣道:"少爷,你……你不是装假骗我,真的忘了我么?"

那少年摇头道:"你说的话我不明白。侍剑姊姊,你为什么哭
了? 为什么不高兴了? 是我得罪了你么? 我妈妈不高兴时便打我

第四回

抢了他老婆

骂我,你也打我骂我好了。"

侍剑更加心酸,慢慢拿起那块面巾,给他擦面,低声道:"我是你的丫鬟,怎能打你骂你? 少爷,但盼老天爷保佑你的病快快好了。要是你当真什么都忘了,那可怎么办啦?"

擦完了面,那少年见雪白的面巾上倒也不怎么脏,他可不知自己昏迷之际,侍剑每天都给他擦几次脸,不住口的连声称谢。

侍剑低声问道:"少爷,你忘了我的名字,其他的事情可还记得么? 比如说,你是什么帮的帮主?"那少年摇了摇头道:"我不是什么帮主,老伯伯教我练功夫,突然之间,我半边身子热得发滚,半边身子却又冷得不得了,我……我……难过得抵受不住,便晕了过去。侍剑姊姊,我怎么到了这里? 是你带我来的么?"侍剑心中又是一酸,寻思:"这么说来,他……他当真什么都记不得了。"

那少年又问:"老伯伯呢? 他教我照泥人儿身上的线路练功,怎么会练到全身发滚又发冷,我想问问他。"

侍剑听他说到"泥人儿",心念一动,七天前为他换衣之时,从他怀中跌了一只木盒出来,好奇心起,曾打开来瞧瞧,见是一十八个裸体的男形泥人。她一见之下,脸就红了,素知这位少主风流成性,极不正经,这些不穿衣衫的泥人儿决计不是什么好东西,当即合上盒盖,藏入抽屉,这时心想:"我把这些泥人儿给他瞧瞧,说不定能助他记起走火入魔之前的事情。"拉开抽屉,取了那盒子出来,道:"是这些泥人儿么?"

那少年喜道:"是啊,泥人儿在这里。老伯伯呢? 老伯伯到哪里去了?"侍剑道:"哪一个老伯伯?"那少年道:"老伯伯便是老伯伯了。他名叫摩天居士。"

侍剑于武林中的成名人物极少知闻,从来没听见过摩天居士谢烟客的名头,说道:"你醒转了就好,从前的事一时记不起,也没什么。天还没亮,你好好再睡一会。唉,其实从前的事什么都记不起,说不定还更好些呢!"说着给他拢了拢被子,拿起托盘,便要出房。

那少年问道:"侍剑姊姊,为什么我记不起从前的事还更好些?"

侍剑道:"你从前所做的事……"说了这半句话,突然住口,转头急步出房而去。

那少年心下茫然，只觉种种事情全都无法索解，耳听得屋外笃笃笃笃的敲着竹梆，跟着当当当锣声三响，他也不知这是敲更，只想："黑蒙蒙半夜里，竟还有人打竹梆、打锣玩儿。"突然之间，右手食指的"商阳穴"上一热，一股热气沿着手指、手腕、手臂直走上来。那少年一惊，暗叫："不好了！"跟着左足足心的"涌泉穴"中寒冷如冰。

这寒热交攻之苦他已经历多次，知道每次发作都势不可当，疼痛到了极处，便会神智不觉。已往几次都在迷迷糊糊之中发作，这次却是清醒之中突然来袭，更加惊心动魄。只觉一股热气、一股寒气分从左右上下，慢慢汇到心肺之间。

那少年暗想："这一回我定要死了！"过去寒热两气不是汇于小腹，便是聚于脊梁，这次竟向心肺要害间聚集，却如何抵受得住？他知情势不妙，强行挣扎，坐起身来，想要盘膝坐好，一双腿却无论如何弯不拢来，极度难当之际，忽然心想："老伯伯当年练这功夫，难道也吃过这般苦头？将两只麻雀儿放在掌心中令它们飞不走，也并不当真好玩。早知如此辛苦，这功夫我就不练啦。"

忽听得窗外有个男子声音低声道："启禀帮主，属下豹捷堂展飞，有机密大事禀报。"

那少年半点声息也发不出来，过了半晌，见窗子缓缓开了，人影一闪，跃进一个身披斑衣的汉子。这人抢近前来，见那少年坐在床上，不由得一惊，眼前情景大出他意料之外，急退了两步。

这时那少年体内寒热内息正在心肺之间交互激荡，心跳剧烈，只觉随时都能心停而死，但极度疼痛之际，神智却异乎寻常的清明，听得这斑衣汉子自报姓名为"豹捷堂展飞"，眼见他越窗进来，不知他要干什么，只得睁大了眼凝视着他。

展飞见那少年并无动静，低声道："帮主，听说你老人家练功走火，身子不适，现下可大好了？"那少年身子颤动了几下，说不出话。展飞脸现喜色，又道："帮主，你眼下未曾复原，不能动弹，是不是？"

他说话虽轻，但侍剑在隔房已听到房中异声，走了进来，见展飞脸上露出狰狞凶恶的神色，惊道："你干什么？不经传呼，擅自来到帮主房中，想犯上作乱么？"

展飞身形一晃，突然抢到侍剑身畔，右肘在她腰间一撞，右指又在她肩头加上了一指。侍剑登时给他封住了穴道，斜倚在一张椅上,动弹不得。展飞练的是外家功夫,点人穴道只能制人手足,却不能令人说不得话,当下取出一块帕子,塞入她口中。侍剑心下惊惶,知他意欲不利帮主,却没法唤人来救。

展飞对帮主仍极忌惮,提掌作势,低声道:"我这铁沙掌功夫,一掌打死你这小丫头,想也不难!"呼的一掌,向侍剑天灵盖击去,心想:"这小子倘若武功未失,定会出手相救。"掌声虽响,却不含劲力,手掌离侍剑头顶不到半尺,见帮主仍坐着不动,心中一喜,立即收掌,转头向那少年狞笑道:"小淫贼,你生平作恶多端,今日却死在我手里。"向床前走近两步,低声道:"你此刻无力抗御,我下手杀你,非英雄好汉行径。可是老子跟你仇深似海,已说不上讲什么江湖规矩。你若懂江湖义气,也不会来抢我老婆了!"

那少年和侍剑身子虽不能动,这几句话却听得清清楚楚。那少年心想:"他为什么跟我仇深似海,我又怎么抢他老婆?"侍剑却想:"少爷不知欠下了多少风流孽债,今日终于遭到报应。唉,这人真的要杀死少爷了。"心下惶急,极力挣扎,但手足酸软,一倾侧间,砰的一声,倒在地下。

展飞恶狠狠的道:"我老婆失身于你,哼,你只道我闭了眼睛做王八,半点不知?可是以前虽然知道,却也奈何你不得,只有忍气低声,哑子吃黄连,有苦说不出。哪想到老天有眼,你这小淫贼作恶多端,终于落入我手里。"说着双足摆定马步,吸气运功,右臂格格作响,呼的一掌拍出,正击中那少年心口。

展飞是长乐帮外五堂中豹捷堂香主,他这铁沙掌已有二十余年深厚功力,实非泛泛,这一掌使足了十成力,正打在那少年两乳之间的"膻中穴"上。但听得喀喇一声响,展飞右臂折断,身子向后直飞出去,撞破窗格,摔出房外,登时全身气闭,晕了过去。

房外是座花园,园中有人巡逻。这一晚轮到豹捷堂的帮众当值,因此展飞能进入帮主的内寝。他破窗而出,摔入玫瑰花丛,压断了不少枝干,登时惊动了巡逻的帮众,便有人提着火把抢过来,见展飞一动不动的躺在地下,不知死活,只道有强敌侵入帮主房中。那人大惊之下,当即吹起竹哨报警,同时拔出单刀,探头从窗中向屋内望去,见房内漆黑一团,更没半点声息,左手忙举火把去照,右手舞动单刀护住面门。从刀光的缝隙中望过去,只见帮主盘膝坐在床上，床前滚倒了一个女子，似是帮主的侍女，此外更无别人。

便在此时，听到了示警哨声的帮众先后赶到。

虎猛堂香主邱山风手执铁铜，大声叫道："帮主，你老人家安好么？"揭帷走进屋内，见帮主全身不住的颤动，突然间"哇"的一声，张口喷出无数紫血，足足有数碗之多。

邱山风向旁急闪，才避开了这股腥气甚烈的紫血，正惊疑间，见帮主已跨下床来，扶起地下侍女，说道："侍剑姊姊，他……他伤到了你吗？"跟着掏出了她口中塞着的帕子。

侍剑急呼了一口气，道："少爷，你……你可给他打伤了，你觉得怎……怎样？"惊惶之下，话也说不清楚了。那少年微笑道："他打了我一掌，我反而舒服之极。"

只听得门外脚步声响，不少人奔到。贝海石、米横野等快步进房，有些人身分较低，只在门外守候。贝海石抢上前来，问那少年道："帮主，刺客惊动了你吗？"

那少年茫然道："什么刺客？我没瞧见啊。"

这时已有帮中好手救醒了展飞，扶进房来。展飞知道本帮帮规于犯上作乱的叛徒惩罚最严，往往剥光了衣衫，绑在后山"刑台石"上，任由地下虫蚁咬啮，天空兀鹰啄食，折磨八九日方死。他适才倾尽全力的一击没打死帮主，反让他以浑厚内力反弹出来，右臂既断，又受了内伤，只盼速死，却又给人扶进房来，当下凝聚一口内息，只要听得帮主说一声"送刑台石受长乐天刑"，立时便举头往墙上撞去。

贝海石问道："刺客是从窗中进来的么？"那少年道："我迷迷糊糊的，身上难受得要命，只道此番心跳定要跳死我了。似乎没人进来过啊。"展飞大是奇怪："难道他当真神智未清，不知是我打他么？可是这丫头却知是我下的手，她就会吐露真相了。"

果然贝海石伸手在侍剑腰间和肩头捏了几下，解开她穴道，问道："是谁封了你的穴道？"侍剑指着展飞，说道："是他！"贝海石眼望展飞，皱起了眉头。

展飞冷笑一声，正想痛骂几句才死，忽听帮主说道："是我……是我叫他干的。"

侍剑和展飞都几乎不相信自己的耳朵，两人怔怔的瞧着那少年。展飞忙道:"是我得罪了帮主,帮主一掌将我击出窗外。帮主,属下展飞请罪。"说着躬身行礼。

那少年于种种事情全不了然,但已体会出情势严重,各人对自己极为尊敬,若知展飞制住了侍剑,又曾发掌击打自己,定会对他大大不利,当即随口撒了句谎,意欲帮他个忙。至于为什么要为他隐瞒,却说不出原因,只盼他别为这事而受惩罚。

他只隐约觉得,展飞击打自己乃激于一股极大怨愤。当时他体内寒热交攻,难过之极,展飞这一掌正好打在他膻中穴上。那膻中穴乃人身气海,展飞掌力奇劲,时刻又凑得极巧,一掌击到,刚好将他八阴经脉与八阳经脉中所练成的阴阳劲力打成一片,水乳交融,再无寒息和炎息之分。他内力突然之间增强,以至将展飞震出窗外,他于此全然不知,但觉体内彻骨之寒变成一片清凉,如烤如焙的炎热化成融融阳和,四肢百骸间说不出的舒服,又过半晌,连清凉、暖和之感也已不觉,只全身精力弥漫,忍不住要大叫大喊。当虎猛堂香主邱山风进房之时,他一口喷出了体内郁积的瘀血,登时神清气爽,不但体力旺盛,连脑子也加倍灵敏起来。

贝海石等见侍剑衣衫不整,头发蓬乱,神情惶急,心下都已了然,知道帮主向来好色贪淫,定是大病稍有转机,便起邪念,意图对她非礼,适逢展飞在外巡视,帮主便将他呼了进来,命他点了侍剑穴道,不知展飞如何又得罪了帮主,以致为他击出窗外,多半是展飞又奉命剥光侍剑的衣服,行动却稍有迟疑。只展飞武功远较帮主为强,所谓"给他击出窗外",也必是展飞装腔作势,想平息他怒气,十之八九,还是自行借势窜出去的。众人见展飞伤势不轻,头脸手臂又为玫瑰花丛刺得斑斑血痕,均有狐悲之意,只碍于帮主脸面,谁也不敢对展飞稍示慰问。

众人既这么想,无人敢再提刺客之事。虎猛堂香主邱山风想起自己阻了帮主兴头,有展飞的例子在前,帮主说不定立时便会反脸怪责,做人以识事务为先,当即躬身说道:"帮主休息,属下告退。"余人纷纷告辞。

贝海石见帮主脸上神色怪异,终是关心他身子,伸手出去,说道:"我再搭搭帮主的脉搏。"那少年提起手来,任他搭脉。贝海石三根手指按到了那少年手腕之上,蓦地里手臂剧震,半边身子一麻,三根手指竟给他脉搏震了下来。

贝海石大吃一惊，脸现喜色，大声道："恭喜帮主，贺喜帮主，这盖世神功，终究练成了。"那少年莫名其妙，问道："什……什么盖世神功？"贝海石料想他不愿旁人知晓，不敢再提，说道："是，是属下胡说八道，帮主请勿见怪。"微微躬身，出房而去。

顷刻间群雄退尽，房中又只剩下展飞和侍剑二人。展飞身负重伤，但众人不知帮主要如何处置他，既无帮主号令，只得任由他留在房中，无人敢扶他出去医治。

展飞手臂折断，痛得额头全是冷汗，听得众人走远，咬牙怒道："你要折磨我，便赶快下手罢，姓展的求一句饶，不是好汉。"那少年奇道："我为什么要折磨你？嗯，你手臂断了，须得接起来才成。从前阿黄从山边滚下坑去跌断了腿，是我给它接上的。"

那少年与母亲二人僻居荒山，什么事情都得自己动手，虽然年幼，一应种菜、打猎、煮饭、修屋都干得井井有条。狗儿阿黄断腿，他用木棍给绑上了，居然过不了十多天便即痊愈。他说罢便东张西望，要找根木棍来给展飞接骨。

侍剑问道："少爷，你找什么？"那少年道："我找根木棍。"侍剑突然走上两步，跪倒在地，道："少爷，求求你，饶了他罢。你……你骗了他妻子到手，也难怪他恼恨，他又没伤到你。少爷，你真要杀他，那也一刀了断便是，求求你别折磨他啦。"她想以木棍将人活活打死，可比一刀杀了痛苦得多，不由得心下不忍。

那少年道："什么骗了他妻子到手？我为什么要杀他？你说我要杀人？人哪里杀得的？"见卧室中没有木棍，便提起一张椅子，用力一扳椅脚。他此刻水火既济，阴阳调和，神功初成，力道大得出奇，手上使力轻重却全然没有分寸，这一扳之下，只听得喀的一声响，椅脚便折断了。那少年不知自己力大，喃喃的道："这椅子这般不牢，坐上去岂不摔个大交？侍剑姊姊，你跪着干什么？快起来啊。"走到展飞身前，说道："你别动！"

展飞口中虽硬，眼见他这么一下便折断了椅脚，又想到自己奋力一掌竟给他震断手臂，身子立即破窗而出，此人内力委实雄浑无比，不由自主的全身颤栗，双眼钉住了他手中的椅脚，心想："他当然不会用椅脚来打我，啊哟，定是要将这椅脚塞入我嘴里，从喉至胃，

93

叫我死不去，活不得。"长乐帮中酷刑甚多，有一项刑罚正是用一根木棍插入犯人口中，自咽喉直塞至胃，却一时不得便死，苦楚难当，称为"开口笑"。展飞想起了这项酷刑，只吓得魂飞魄散，见帮主走到身前，举起左掌，便向他猛击过去。

那少年却不知他意欲伤人，说道："别动，别动！"伸手便捉住他左腕。展飞只觉半身酸麻，挣扎不得。那少年将那半截椅脚放在他断臂之旁，向侍剑道："侍剑姊姊，有什么带子没有？给他绑一绑！如没带子，布条也行。"

侍剑大奇，问道："你真的给他接骨？"那少年笑道："接骨便接骨了，难道还有什么真的假的？你瞧他痛成这么模样，怎么还能闹着玩？"侍剑将信将疑，还是去找了一根带子来，走到两人身旁，向那少年看了一眼，惴惴然的将带子为展飞缚上断臂。那少年微笑道："好极，你绑得十分妥贴，比我绑阿黄的断腿时好得多了。"

展飞心想："这贼帮主凶淫毒辣，不知要想什么新鲜古怪的花样来折磨我？"听他一再提到"阿黄断腿"，忍不住问道："阿黄是谁？"那少年道："阿黄是我养的狗儿，可惜不见了。"展飞大怒，厉声道："好汉子可杀不可辱，你要杀便杀，如何将展某当做畜生？"那少年忙道："不，不！我只是这么提一句，大哥别恼，我说错了话，给你赔不是啦。"说着抱拳拱了拱手。

展飞知他内功厉害，只道他假意赔罪，实欲以内力伤人，否则这人素来倨傲无礼，跟下属和颜悦色的说几句话已十分难得，岂能给人赔什么不是？当即侧身避开了这一拱，双目炯炯的瞪视，瞧他更有什么恶毒花样。那少年道："大哥是姓展的么？展大哥，你请回去休息罢。我狗杂种不会说话，得罪了你，展大哥别见怪。"展飞大吃一惊，心道："什……什么……他说什么'我狗杂种'？那又是一句绕了弯子来骂人的什么新鲜话儿？他骂我是'狗杂种'么？"

侍剑心想："少爷神智清楚了一会儿，转眼又胡涂啦。"但见那少年双目发直，皱眉思索，便向展飞使个眼色，叫他乘机快走。

展飞大声道："姓石的小子，我也不要你卖好。你要杀我，我本来便逃不了，老子早认命啦，也不想多活一时三刻。你还不快快杀我？"那少年奇道："你这人的胡涂劲儿，可真叫人好笑，我干么要杀你？我妈妈讲故事时总是说：坏人才杀人，好人是不杀人的。我当然不做坏人。你这么一个大个儿,虽断了一条手臂,我又怎杀得了你?"侍剑忍不住接口道:"展香主,帮主已饶了你啦,你还不快去?"展飞提起左手摸了摸头,心道:"到底是小贼胡涂了,还是我自己胡涂了?"侍剑顿足道:"快去,快去!"伸手将他推出房外。

那少年哈哈一笑,说道:"这人倒也有趣,口口声声的说我要杀他,倒像我最爱杀人,是个大大坏人一般。"

侍剑自从服侍帮主以来,第一次见他忽发善心,饶了一个得罪他的下属,何况展飞犯上行刺,实属罪不可赦,不禁心中欢喜,微笑道:"你当然是好人哪,是个大大的好人。是好人才抢了人家的老婆,拆散人家夫妻……"说到后来,语气颇有些辛酸,但帮主积威之下,终究不敢太过放肆,说到这里便住口了。

那少年奇道:"你说我抢了人家的老婆? 怎样抢法的? 我抢来干什么了?"

侍剑嗔道:"是好人也说这些下流话? 装不了片刻正经,转眼间狐狸尾巴就露出来了。我说呢,好少爷,你便要扮好人,谢谢你也多扮一会儿。"

那少年对她的话全然不懂,问道:"你……你说什么? 我抢他老婆来干什么,我就是不懂,你教我罢!"这时只觉全身似有无穷精力要发散出来,眼中精光大盛。

侍剑听他越说越不成话,心中怕极,不住倒退,几步便退到了房门口,倘若帮主扑将过来,立时便可逃了出去,其实她知道他当真要逞强暴,又怎能得脱毒手? 以往数次危难,全仗自己以死相胁,坚决不从,这才保得了女儿的清白。这时见他眼光中又露出野兽一般横暴神情,不敢再出言讥刺,心中怦怦乱跳,颤声道:"少爷,你身子没……没复原,还是……还是多休息一会罢。"

那少年道:"我多休息一会,身子复原之后,那又怎样?"侍剑满脸通红,左足跨出房门,只听他喃喃的道:"这许多事情,我当真一点也不懂,唉,你好像很怕我似的。"双手抓住椅背,忍不住手掌微微使劲。那椅子是紫檀木所制,坚硬之极,哪知他内劲到处,喀喇一响,椅背登时便断了。那少年奇道:"这里什么东西都像是面粉做的。"

谢烟客居心阴毒,将上乘内功颠倒了次序传授,只待那少年火候到时,阴阳交攻,死得惨酷无比,便算不得是自己"以一指之力相加"。那少年修习数年，那一日果然阴阳交迫，本来非死不可，说来也真凑巧，恰好贝海石在旁。贝大夫既精医道，又内力深湛，为他护住心脉，暂且保住了一口气息。来到长乐帮总舵后，每晚有人前来探访，盗得了武林中珍奇之极的"玄冰碧火酒"相喂，压住了他体内阴阳二息的交拼，但这药酒性子猛烈，更增他内息力道。到这日刚好展飞在他"膻中穴"上猛击，硬生生逼得他内息龙虎交会，又震得他吐出丹田内郁积的毒血，水火既济，这两门纯阴纯阳的内功非但不损及他身子，反而化成了一门亘古以来从所未有的古怪内力。

自来武功中练功，如此奇险途径，从未有人胆敢想到。纵令谢烟客忽然心生悔意，贝海石一心要救他性命，也决计不敢以刚猛掌力震他心口。但这古怪内力是误打误撞而得，毕竟不按理路，这时也未全然融合，偶尔在体内胡冲乱闯，又激得他气血翻涌，一时似欲呕吐，一时又想大叫大跳，难以定心。其中缘由，这少年自一无所知。本来已胡里胡涂的如在梦境，这时更似梦中有梦，是真是幻，再也摸不着半点头脑。

侍剑低声道："你既饶了展香主性命，又为他接骨，却又何苦再骂他畜生，说他是狗子狗杂种！这么一来，他又要恨你切骨了。"见他神色怪异，目光炯炯，古里古怪的瞧着自己，手足跃跃欲动，显是立时便要扑将过来，再也不敢在房中稍有停留，便即退出。

水畔垂柳枝叶茂密，将一座小桥几乎全遮住了，小船停在桥下，像是间天然小屋一般。丁珰钻入船舱，取出两副杯筷，一把酒壶，又拿了几盘花生、蚕豆、干肉，放在石破天面前。

第五回　叮叮当当

那少年心中一片迷惘,搔了搔头,说道:"奇怪,奇怪!"见到桌上那盒泥人儿,自言自语:"泥人儿却在这里,那么我不是做梦了。"打开盒盖,拿了泥人出来。

其时他神功初成,既不会收劲内敛,亦不知自己力大,就如平时这般轻轻一捏,唰唰唰几声,裹在泥人外面的粉饰、油彩和泥底纷纷掉落。那少年一声"啊哟",心感可惜,却见泥粉褪落处里面又有一层油漆的木面。索性再将泥粉剥落一些,里面依稀现出人形,当下将泥人身上泥粉尽数剥去,露出一个裸体的木偶来。

木偶身上油着一层桐油,绘满了黑线,却无穴道位置。木偶刻工精巧,面目栩栩如生,张嘴作大笑之状,双手捧腹,神态滑稽之极,相貌和本来的泥人截然不同。

那少年大喜,心想:"原来泥人儿里面尚有木偶,不知另外那些木偶又是怎生模样?"反正这些泥人身上的穴道经脉早已记熟,当下将每个泥人身外的泥粉油彩逐一剥落。果然每个泥人内都藏有一个木偶,神情或喜悦不禁,或痛哭流泪,或裂眦大怒,或慈和可亲,无一相同。木偶身上的运功线路,与泥人身上所绘全然有异。

那少年心想:"这些木偶如此有趣,我且照他们身上的线路练练功看。这个哭脸别练,似他这般哭哭啼啼的岂不难看? 裂着嘴傻笑的、大发脾气的也都不好看,我照这个笑嘻嘻的木人儿来练。"盘膝坐定,将微笑的木偶放在面前几上,丹田中微微运气,便有一股暖洋洋的内息缓缓上升，他依着木偶身上所绘线路，引导内息通向各处穴道。

他却怎知道，这些木偶身上所绘，是少林派前辈神僧所创的一套"罗汉伏魔神功"。每个木偶是一尊罗汉。这门神功集佛家内功之大成，甚为精微深奥。单是第一步摄心归元，须得摒绝一切俗虑杂念，十万人中便未必有一人能做到。聪明伶俐之人必定思虑繁多，但若资质鲁钝，又弄不清其中千头万绪的诸般变化。

当年创拟这套神功的高僧深知世间罕有聪明、纯朴两兼其美的才士。空门中虽然颇有根器既利、又已修到不染于物欲的僧侣，但如去修练这门神功，势不免全心全意的"深着武功"，成为实证佛道的大障。佛法称"贪、嗔、痴"为三毒，贪财、贪色、贪权、贪名固是贪，耽于禅悦、武功亦是贪。因此在木罗汉外敷以泥粉，涂以油彩，绘上了少林正宗的内功入门之道，以免后世之人见到木罗汉后不自量力的妄加修习，枉自送了性命，或离开了佛法正道。

大悲老人知这一十八个泥人是武林异宝，花尽心血方始到手，但见泥人身上所绘的内功法门平平无奇，虽经穷年累月的钻研，也找不到有甚宝贵之处。他既认定这是异宝，自然小心翼翼，不敢有半点损毁，古语云："不破不立"，泥人不损，木罗汉不现，一直至死也不明其中秘奥所在。其实岂止大悲老人而已，自那位少林神僧以降，这套泥人已在十一个高人手中流转过，个个战战兢兢，对十八个泥人周全保护，唯恐稍损，思索推敲，尽属徒劳。这十一人皆为武学高手，却均遗恨而终，将心中一个大疑团带入了黄土之中。

那少年天资聪颖，年纪尚轻，一生居于深山，不通世务，自然纯朴，恰好合式。也幸好他清醒之后的当天，便即误打误撞的发现了神功秘要。否则待得自知手劲奇大，触摸泥人时不敢用力，则泥人身外的泥粉、油粉、粉底等等不致捏落，其中所藏木罗汉便不显现，又如事经多日之后再行发觉，则帮主做得久了，耳濡目染，无非娱人声色，所作所为，尽是凶杀争夺，纵然天性良善，出污泥而不染，心中思虑必多，那时再见到这一十八尊木罗汉，练这神功便非但无益，甚且大大的有害了。

那少年体内水火相济，阴阳调合，内力已十分深厚，将这股内力依照木罗汉身上线路运行，一切窒滞处无不豁然而解。照着线路运行三遍,然后闭起眼睛,不看木偶而运功,只觉舒畅之极,便又换了一个木偶练功。

他全心全意的沉浸其中,练完一个木偶,又换一个,于外界事物,全然不闻不见,从天明到中午,从中午到黄昏,又从黄昏到次日天明。

侍剑初时怕他侵犯,只探头在房门口偷看,见他凝神练功,一会儿嘻嘻傻笑,过了一会却又愁眉苦脸,显是神智胡涂了,不禁耽心,便蹑足进房。待见他接连一日一晚的练功,无止无休,神色变幻,有时十分的怪模怪样,她这时已忘了害怕,只满心挂怀,出去睡上一两个时辰,又进来察看。

贝海石也在房外探视了数次,见他头顶白气氤氲,知他内功又练到了紧要关头,便吩咐下属在帮主房外加紧守备,谁也不可进去打扰。

待得那少年练完了十八尊木罗汉身上所绘的伏魔神功,已是第三日晨光熹微。他长长的舒了口气,十八罗汉身上所绘内息途径繁复,一时不能尽记,恐怕日后忘记,将木偶放入盒中,合上盒盖。只觉神清气爽,内力运转,无不如意,却不知武林中一门希世得见的"罗汉伏魔神功"已初步小成。本来练到这境界,少则五六年,多则数十年,决无一日一夜间便一蹴可至之理。只因他体内阴阳二气自然融合,根基早已培好,有如上游的万顷大湖早积蓄了汪洋巨浸,这"罗汉伏魔神功"只不过将之导入正流而已。正所谓"水到渠成",他数年来苦练纯阴纯阳内力乃是贮水,此刻则是"渠成"了。

一瞥眼间,见侍剑伏在床沿之上,已睡着了,其时中秋已过,八月下旬的天气,颇有凉意,见侍剑衣衫单薄,便跨下床来,将床上的一条锦被取过,轻轻盖在她身上。走到窗前,但觉一股清气,夹着园中花香扑面而来。忽听得侍剑低声道:"少爷,少爷你……你别杀了!"那少年回过头来,问道:"你怎么老是叫我少爷?又叫我别杀人?"

侍剑睡得虽熟,但一颗心始终吊着,听得那少年说话,便即醒觉,拍拍自己心口,道:"我……我好怕!"眼见床上没人,回过头来,见那少年立在窗口,不禁又惊又喜,笑道:"少爷,你起来啦!你瞧,我……我竟睡着了。"站起身来,披在她肩头的锦被便即滑落。她大惊失色,只道睡梦中已让这轻薄无行的主人玷污了,低头看自身衣衫,却穿得好好地,霎时间惊疑交集,颤声道:"你……你……我……我……"

那少年笑道:"你刚才说梦话,又叫我别杀人。难道你在梦中见到我杀人吗?"

侍剑听他不涉游词,心中略定,又觉自身一无异状,心道:"是我错怪了他么?谢天谢地……"便道:"是啊,我刚才做梦,见到你双手拿了刀子乱杀,杀得地下横七竖八的都是尸首,一个个都不……不……"说到这里,脸上一红,便即住口。她日有所见,夜有所梦,这一日两晚之中,在那少年床前所见的只是那一十八具裸身木偶,于是梦中见到的也是大批裸体男尸。那少年怎知情由,问道:"一个个都不什么?"侍剑脸上又是一红,道:"一个个都不……不是坏人。"

那少年问道:"侍剑姊姊,我心中有许多事不明白,你跟我说,行不行?"侍剑微笑道:"啊哟,怎地一场大病,把性格儿都病得变了?跟我们底下人奴才说话,也有什么姊姊、妹妹的。"那少年道:"我便不懂,怎么你叫我少爷,又说什么是奴才。那些老伯伯又叫我帮主。那位展大哥,却说我抢了他的老婆,到底是怎么一回事?"

侍剑向他凝视片刻,见他脸色诚挚,全非调笑戏弄的神情,便道:"你有一日一夜没吃东西了,外边熬得有人参小米粥,我先装一碗给你吃。"

那少年给她一提,登觉腹中饥不可忍,道:"我自己去装好了,怎敢劳动姊姊?小米粥在哪里?"一嗅之下,笑道:"我知道啦。"大步走出房外。

他卧室之外又是一间大房,房角里一只小炭炉,炖得小米粥波波波的直响。那少年向侍剑瞧了一眼。侍剑满脸通红,叫道:"啊哟,小米粥炖糊啦。少爷,你先用些点心,我马上给你炖过。真糟糕,我睡得像死人一样。"

那少年笑道:"糊的也好吃,怕什么?"揭开锅盖,焦臭刺鼻,半锅粥已熬得快成焦饭了,拿起匙羹抄了一匙焦粥,便往口中送去。这人参小米粥本有苦涩之味,既没加糖,又煮糊了,自是苦上加苦。那少年皱一皱眉头,一口吞下,伸伸舌头,说道:"好苦!"却又抄了一匙

侠客行
〔上〕

羹送入口中,吞下之后,又道:"好苦!"

侍剑伸手去夺他匙羹,红着脸道:"糊得这样子,亏你还吃?"手指碰到他手背,那少年不肯放开匙羹,手背肌肤上自然而然生出一股反弹之力。侍剑手指一震,急忙缩手。那少年却毫不知情,又吃了一匙苦粥。侍剑侧头相看,见他狼吞虎咽,神色滑稽古怪,显是吃得又苦涩,又香甜,忍不住抿嘴而笑,说道:"这也难怪,这些日子来,可真饿坏你啦。"

那少年将半锅焦粥吃了个锅底朝天。这人参小米粥虽煮得糊了,但粥中人参是上品老山参,实具大补之功,他不多时更精神奕奕。

侍剑见他脸色红艳艳地,笑道:"少爷,你练的是什么功夫?我手指一碰到你手背,你便把人家弹了开去,脸色又变得这么好。"那少年道:"我也不知是什么功夫,我是照着那些木人儿身上的线路练的。侍剑姊姊,我……我到底是谁?"侍剑又是一笑,道:"你是真的记不起了,还是在说笑话?"

那少年搔了搔头,突然问:"你见到我妈妈没有?"侍剑奇道:"没有啊。少爷,我从来没听说你还有一位老太太。啊,是了,你一定很听老太太的话,因此近来性格儿也有些儿改了。"说着向他瞧了一眼,生怕他旧脾气突然发作,幸好一无动静。那少年道:"妈妈的话自然要听。"叹了口气,道:"不知道我妈妈到哪里去了。"侍剑道:"谢天谢地,世界上总算还有人能管你。"

忽听门外有人朗声说道:"帮主醒了么?属下有事启禀。"

那少年愕然不答,向侍剑低声问道:"他是不是跟我说话?"侍剑道:"当然是了,他说有事向你禀告。"那少年急道:"你请他等一等。侍剑姊姊,你得先教教我才行。"

侍剑向他瞧了一眼,提高声音说道:"外面是哪一位?"那人道:"属下狮威堂陈冲之。"侍剑道:"帮主吩咐,命陈香主暂候。"陈冲之在外应道:"是。"

那少年向侍剑招招手,走进房内,低声问道:"我到底是谁?"侍剑双眉微蹙,心间增忧,说道:"你是长乐帮的帮主,姓石,名字叫破天。"那少年喃喃的道:"石破天,石破天,原来我叫做石破天,那么我的名字不是狗杂种了。"

侍剑见他颇有忧色，安慰他道："少爷，你也不须烦恼。慢慢儿的，你会都记起来的。你是石破天石帮主，长乐帮的帮主，自然不是狗……自然不是！"

那少年石破天悄声问道："长乐帮是什么东西？帮主是干什么的？"

侍剑心道："长乐帮是什么东西，这句话倒不易回答。"沉吟道："长乐帮的人很多，像贝先生啦，外面那个陈香主啦，都是有大本领的人。你是帮主，大伙儿都要听你的话。"

石破天道："那我跟他们说些什么话好？"侍剑道："我是个小丫头，又懂得什么？少爷，你如拿不定主意，不妨便问贝先生。他是帮里的军师，最是聪明不过。"石破天道："贝先生又不在这里。侍剑姊姊，你想那个陈香主有什么话跟我说？他问我什么，我一定回答不出。你……你还是叫他回去罢。"侍剑道："叫他回去，恐怕不大好。他说什么，你只须点点头就是了。"石破天喜道："那倒不难。"

当下侍剑在前引路，石破天跟着她来到外面的一间小客厅中。只见一名身材极高的汉子倏地从椅上站起，躬身行礼，道："帮主大好了！属下陈冲之问安。"

石破天躬身还了一礼，道："陈……陈香主也大好了，我也向你问安。"

陈冲之脸色大变，向后连退两步。他素知帮主倨傲无礼、残忍好杀，自己向他行礼问安，他居然也向自己行礼问安，显是杀心已动，要向自己下毒手了。陈冲之心中虽惊，但他是个武功高强、桀傲不驯的草莽豪杰，岂肯就此束手待毙？当下双掌暗运功力，沉声说道："不知属下犯了第几条帮规？帮主若要处罚，也须大开香堂，当众宣告才成。"

石破天不明白他说些什么，惊讶道："处罚，处罚什么？陈香主你说要处罚？"陈冲之气愤愤的道："陈冲之对本帮和帮主忠心不贰，并无过犯，帮主何以累出讥刺之言？"石破天记起侍剑叫他遇到不明白时只管点头，慢慢再问贝海石不迟，当下便连连点头，"嗯"了几声，道："陈香主请坐，不用客气。"陈冲之道："帮主之前，焉有属下的坐位？"石破天又接连点头，说道："是，是！"

两个人相对而立，登时僵着不语，你瞧着我，我瞧着你。陈冲之脸色是全神戒备而兼愤怒惶惧,石破天则是茫然而有困惑,却又带着温和微笑。

按照长乐帮规矩,下属向帮主面陈机密之时,旁人不得在场,是以侍剑早已退出客厅,否则有她在旁,便可向陈冲之解释几句,说明帮主大病初愈,精神不振,陈香主不必疑虑。

石破天见茶几上放着两碗清茶,便自己左手取了一碗,右手将另一碗递过去。陈冲之既怕茶中有毒,又怕石破天乘机出手,不敢伸手去接,反退了一步,呛啷一声,一只瓷碗在地下摔得粉碎。石破天"啊哟"一声,微笑道:"对不住,对不住!"将自己没喝过的茶又递给他,道:"你喝这一碗罢!"

陈冲之双眉一竖,心道:"反正逃不脱你毒手,大丈夫死就死,又何必提心吊胆?"他知帮主武功虽不及自己,但如出手伤他,万万逃不出长乐帮这龙潭虎穴,在贝大夫手下只怕走不上十招,那时死起来势必惨不可言,当下接过碗来,骨嘟嘟的喝干,将茶碗重重在茶几上一放,惨然说道:"帮主如此对待忠心下属,但愿长乐帮千秋长乐,石帮主长命百岁。"

石破天对"但愿石帮主长命百岁"这句话倒是懂的,只不知陈冲之这么说,乃是一句反话,也道:"但愿陈香主也长命百岁。"

这句话听在陈冲之耳中,又变成了一句刻毒的讥刺。他嘿嘿冷笑,心道:"我已命在顷刻,你却还说祝我长命百岁。"朗声道:"属下不知何事得罪了帮主,既命该如此,那也不必多说了。属下今日是来向帮主禀告:昨晚有两人擅闯总坛狮威堂,一个是四十来岁的中年汉子,另一个是二十七八岁的女子。两人都使长剑,武功似是凌霄城雪山派一路。属下率同部属出手擒拿,但两人剑法高明,给他们杀了三名兄弟。那年轻女子后来腿上中了一刀,这才受擒,那汉子却给逃走了,特向帮主领罪。"

石破天道:"嗯,捉了个女的,逃了个男的。不知这两人来干什么?是来偷东西吗?"陈冲之道:"狮威堂倒没少了什么物事。"石破天皱眉道:"那两人凶恶得紧,怎地动不动便杀了三个人。"他好奇心起,道:"陈香主,你带我去瞧瞧那女子,好么?"

陈冲之躬身道:"遵命。"转身出厅,斗地动念:"我擒获的这女子相貌很美,年纪虽大了几岁,容貌可真不错,帮主倘若看上了,心中一喜,说不定便能把解药给我。"又想:"陈冲之啊陈冲之,石帮主喜怒无常,待人无礼,这长乐帮非你安身之所。今日若得侥幸活命,从此远走高飞,隐姓埋名,再也不来赶这趟浑水了。可是……可是脱帮私逃,那是本帮不赦的大罪,长乐帮便追到天涯海角,也放我不过,这便如何是好?"

石破天随着陈冲之穿房过户,经过两座花园,来到一扇大石门前,见四名汉子手执兵刃,分站石门之旁。四名汉子抢步过来,躬身行礼,神色于恭谨之中带着惶恐。

陈冲之一摆手,两名汉子当即推开石门。石门之内另有一道铁栅栏,一把大铁锁锁着。陈冲之从身边取出钥匙亲自打开。进去后是一条长长的甬道,里面点着巨烛,甬道尽处又有四名汉子把守,再是一道铁栅。过了铁栅是一座厚厚的石门,陈冲之推开石门,里面是间两丈见方的石室。

一个白衣女子背坐,听得开门之声,转过脸来。陈冲之将从甬道中取来的烛台放在进门处的几上,烛光照射到那女子脸上。

石破天"啊"的一声轻呼,说道:"姑娘是雪山派的寒梅女侠花万紫。"

那日侯监集上,花万紫一再以言语相激谢烟客。当时各人的言语石破天一概不懂,也不知"雪山派"、"寒梅女侠"等等是什么意思,只是他记心甚好,听人说过的话自然而然的便不忘记。此刻相距侯监集之会已历六年,花万紫当时二十初过,六年后面貌并无多大变化,石破天一见便即识得。

但石破天当时是个满脸泥污的小丐,今日服饰华丽,变成了个神采奕奕的高大青年,花万紫自然不识。她气愤愤的道:"你怎认得我?"

陈冲之听石破天一见到这女子立即便道出她的门派、外号、名字,不禁佩服:"这小子眼力过人,倒也有他的本事。"当即喝道:"这位是我们帮主,你说话恭敬些。"

花万紫吃了一惊,没想在牢狱之中竟会和这个恶名昭彰的长乐帮帮主石破天相遇。她随师哥耿万钟夜入长乐帮,为的是要查察石破天的身分来历。她素闻石破天好色贪淫,败坏过不少女子的名节，今日落入他手中，不免凶多吉少，不敢让他多见自己的容色，立即转头，面朝里壁，呛啷啷几下，发出铁器碰撞之声，原来她手上、脚上都戴了铐镣。

石破天只在母亲说故事之时听她说起过脚镣手铐，直至今日，方得亲见，问陈冲之道："陈香主，这位花姑娘手上脚上那些东西，便是脚镣手铐么？"陈冲之不知这句话是何用意，只得应道："是。"石破天又问："她犯了什么罪，要给她带上脚镣手铐？"

陈冲之恍然大悟，心道："帮主是认得她的。原来帮主怪我得罪了花姑娘，是以才向我痛下毒手。可须得赶快设法补救才是。男子汉大丈夫，为一个女子而枉送性命，可真冤了。"忙道："是，是，属下知罪。"忙从衣袋中取出钥匙，给花万紫打开了铐镣。

花万紫手足虽获自由，只有更增惊惶，一时间手足颤抖。她武功固然不弱，智谋胆识亦殊不在一般武林豪士之下，倘若石破天以死相胁，她非但不会皱一皱眉头，还会侃侃而言，直斥其非，可是耳听得他反而出言责备擒住自己的陈香主，显在向自己卖好，意存不轨，昭然若揭。她一生守身如玉，想到石破天的恶名，当真不寒而栗，拼命将面庞挨在冰冷的石壁之上，心中只想："不知是不是那小子？我只须仔细瞧他几眼，定能认得出来。"但说什么也不敢转头向石破天脸上瞧去。

陈冲之暗自调息，察觉喝了"毒茶"之后体内并无异样，料来此毒并非十分厉害，当可有救，自须更进一步向帮主讨好，说道："咱们便请花姑娘同到帮主房中谈谈如何？这里地方又黑又小，无茶无酒，不是款待贵客的所在。"

石破天喜道："好啊，花姑娘，我房里有燕窝吃，味道好得很，你去吃一碗罢。"花万紫颤声道："不去！不去吃！"石破天道："味道好得很呢，去吃一碗罢！"花万紫怒道："你要杀便杀，姑娘是堂堂雪山派的传人，决不向你求饶。你这恶徒无耻已极，竟敢有非份之想，我宁可一头撞死在这石屋之中，也决不……决不到你房中。"

石破天奇道："倒像我最爱杀人一般，真是奇怪，好端端地，我又怎敢杀了你？你不爱吃燕窝也就罢了。想来你爱吃鸡鸭鱼肉什么的。陈香主，咱们有没有？"陈冲之道："有，有，有！花姑娘爱吃什么，只要是世上有的，咱们厨房里都有。"花万紫"呸"了一声，厉声道："姑娘宁死也不吃长乐帮中的食物,没的玷污了嘴。"石破天道："那么花姑娘喜欢自己上街去买来吃的了?你有银子没有?倘若没有,陈香主你有没有,送些给她好不好?"

陈冲之和花万紫同时开口说话,一个道："有,有,我这便去取。"一个道："不要,不要,死也不要。"

石破天道："想来你自己有银子。陈香主说你腿上受了伤,本来我们可以请贝先生给你瞧瞧,你既然这么讨厌长乐帮,那么你到街上找个医生治治罢,流多了血,恐怕不好。"

花万紫决不信他真有释放自己之意,只道他是猫玩耗子,故意戏弄,气愤愤的道："不论你使什么诡计,我才不上你的当呢。"

石破天大感奇怪,道："这间石屋子好像监牢一样,在这里有什么好玩?我虽没见过监牢,我妈妈讲故事时说的监牢,就跟这间屋子差不多。花姑娘,你还是快出去罢。"

花万紫听他这几句话不伦不类,什么"我妈妈讲故事"云云,不知是何意思,但释放自己之意倒似不假,哼了一声,说道："我的剑呢,还我不还?"心想："若有兵刃在手,这石破天如对我无礼,纵然斗他不过,总也可以横剑自刎。"

陈冲之转头瞧帮主的脸色。石破天道："花姑娘是使剑的,陈香主,请你还了她,好不好?"陈冲之道："是,是,剑在外面,姑娘出去,便即奉上。"

花万紫心想总不能在这石牢中耗一辈子,只有随机应变,既存了必死之心,什么也不怕了,霍地立起,大踏步走了出去。石陈二人跟在其后。穿过甬道、石门,出了石牢。

陈冲之要讨好帮主,亲自快步去将花万紫的长剑取了来,递给帮主。石破天接过后,转递给花万紫。花万紫防他递剑之时乘机下手,当下气凝双臂,两手倏地探出,连鞘带剑,呼的一声抓了过去。她取剑之时,右手搭住了剑柄,长剑抓过,剑锋同时出鞘五寸,凝目向石破天脸上瞧去,突然心头一震："是他,便是这小子,决计错不了!"

陈冲之知她剑法精奇,恐她出剑伤人,忙回手从身后一名帮众手中抢过一柄单刀。

石破天道："花姑娘,你腿上的伤不碍事罢?如断了骨头,我倒会给你接骨,就像给阿黄接好断腿一样。"

这句话言者无心,听者有意,花万紫见他目光向自己腿上射来,登时脸上一红,斥道:"轻薄无赖,尽说些下流话。"石破天奇道:"怎么? 这句话说不得么? 我瞧瞧你的伤口。"他一派天真烂漫,全无机心,花万紫却认定他在调戏自己,唰的一声,长剑出鞘,喝道:"姓石的,你敢上一步,姑娘跟你拼了。"剑尖上青光闪闪,对准了石破天胸膛。

陈冲之笑道:"花姑娘,我帮主年少英俊,他瞧中了你,是你天大的福份。天下也不知有多少年轻美貌的姑娘,想陪我帮主一宵也不可得呢。"

花万紫脸色惨白,一招"大漠飞沙",剑挟劲风,向石破天胸口刺去。

石破天此时虽内力浑厚,于临敌交手的武功却从没学过,见花万紫利剑刺到,心慌意乱之下,立即转身便逃。幸好他内功极精,虽笨手笨脚的逃跑,却也自然而然的快得出奇,呼的一声,已逃出了数丈以外。

花万紫没料到他竟会转身逃走,而瞧他几个起落,便如飞鸟急逝,姿式虽十分难看,但轻功之佳,实为生平所未睹,一时不由得呆了,怔怔的站在当地,说不出话来。

石破天站在远处,双手乱摇,道:"花姑娘,我怕了你啦,你怎么动不动便出剑杀人。好啦,你爱走便走,爱留便留,我……我不跟你说话了。"他猜想花万紫要杀自己,必有重大原由,自己不明其中关键,还是去问侍剑的为是,转身便走。

花万紫更加奇怪,朗声道:"姓石的,你放我出去,是不是? 是否又在外伏人阻拦?"石破天停步转身,奇道:"我拦你干什么? 一个不小心,给你刺上一剑,那可糟了。"

花万紫听他这么说,心下将信将疑:"原来这人对我雪山派倒还有些故人之情。"但见他脸色贼忒兮兮,显是不怀好意,她又向来自负美色,兀自不信他真的不再留难自己,心想:"且不理他有何诡计,只有走一步,算一步了。"向他狠狠瞪了一眼,心中又道:"果然是你! 你这小子对我胆敢如此无礼。"转身便行,腿上伤了,走起来一跛一拐,但想跟这恶贼远离一步,便多一分安全,强忍腿伤疼痛,走得甚快。

陈冲之笑道："长乐帮总舵虽不成话，好歹也有几个人看守门户，花姑娘说来便来，说去便去，难道当我们都是酒囊饭袋么？"花万紫止步回身，柳眉一竖，长剑当胸，道："依你说便怎地？"陈冲之笑道："依我说啊，还是由陈某护送姑娘出去为妙。"花万紫寻思："在他檐下过，不得不低头。这次只怪自己太过莽撞，将对方瞧得忒也小了，以致失手。当真要独自闯出这长乐帮总舵去，只怕确实不大容易。眼下暂且忍了这口气，日后邀集师兄弟们大举来攻，再雪今日之辱。"低声道："如此有劳了。"

陈冲之向石破天道："帮主，属下将花姑娘送出去。"低声道："当真是让她走，还是到了外面之后，再擒她回来？"石破天奇道："自然当真送她走。再擒回来干什么？"陈冲之道："是，是。"心道："准是帮主嫌她年纪大了，瞧不上眼。她又凶霸霸的，没半点风骚风情。其实这姑娘雪白粉嫩，倒挺不错哪！帮主既看不中，便也不用跟她太客气了。"对花万紫道："走罢！"

石破天见花万紫手中利剑青光闪闪，有些害怕，不敢多和她说话，陈冲之愿送她出门，那就再好不过，当即觅路自行回房。一路上遇到的人个个闪身让在一旁，神态十分恭谨。

石破天回到房中，正要向侍剑询问花万紫何以给陈香主关在牢里，何以她又要挺剑击刺自己，忽听得门外守卫的帮众传呼："贝先生到。"

石破天大喜，快步走到客厅，向贝海石道："贝先生，刚才遇到了一件奇事。"当下将见到花万紫的情形说了一遍。

贝海石点点头，脸色郑重，说道："帮主，属下向你求个情。狮威堂陈香主向来对帮主恭顺，于本帮又有大功，请帮主饶了他性命。"石破天奇道："饶他性命？为什么不饶他性命？他人很好啊，贝先生，要是他生了什么病，你就想法子救他一救。"贝海石大喜，深深一揖，道："多谢帮主开恩。"当即匆匆而去。

原来陈冲之送走花万紫后，即去请贝海石向帮主求情，赐给解药。贝海石翻开他眼皮察看，又搭他脉搏，知他中毒不深，心想："只须帮主点头，解他这毒易如反掌。"他本来想石帮主既已下毒，自不允轻易宽恕,此人年纪轻轻,出手如此毒辣,倒是一层隐忧,不料一开口就求得了赦令,既救了朋友,又为帮中保留一份实力。这石帮主对自己言听计从,不难对付,日后大事到来,当可依计而行,谅无变故,其喜可知。

贝海石走后,石破天便向侍剑问起种种情由,才知当地名叫镇江,地当南北要冲,是长乐帮总舵的所在。当地距汴梁城、摩天崖已甚遥远,他如何远来此处等等情由,他自己固然不知,侍剑自也茫然无知。侍剑只道他大病之后,忘了前事,便向他解释:他石破天是长乐帮的帮主,长乐帮下分内三堂、外五堂,统率各路帮众。帮中高手甚多,近年来好生兴旺,如贝海石这等大本领的人物都投身帮中,可见得长乐帮的声势实力非同小可。至于长乐帮在江湖上干些什么事,跟雪山派有何仇嫌,侍剑只是个妙龄丫鬟,却也说不上来。

石破天只听得一知半解,他人虽聪明,究竟所知世务太少,于这中间的种种关键过节,没法串连得起,沉吟半晌,说道:"侍剑姊姊,你们定是认错人了。我既然不是做梦,那个帮主便一定另外有个人。我只是个山中少年,哪里是什么帮主了。"

侍剑笑道:"天下就算有容貌相同之人,也没像到这样子的。少爷,你最近练功夫,恐怕是震……震动了头脑,我不跟你多说啦,你休息一会儿,慢慢的便都记得起来了。"

石破天道:"不,不! 我心里有好多不明白的事儿,都要问你。侍剑姊姊,你为什么要做了丫鬟?"侍剑眼圈儿一红,道:"做丫鬟,难道也有人情愿的么? 我自幼父母都去世了,无依无靠,有人收留了我,过了几年,将我卖到长乐帮来。本来说要我去堂子火坑里的,幸好窦总管要我服侍你,我就服侍你啦。"石破天道:"如此说来,你是不愿意的。那你去罢,我也不用人服侍,什么事我自己都会做。"

侍剑急道:"我举目无亲的,叫我到哪里去? 窦总管知道你不要我服侍,把我再送到堂子里去给人欺侮,我还是死了的好。"说着泪水盈盈。

石破天道:"堂子里不好吗? 我叫他不让你去就是了。"侍剑道:"你病还没好,我也不能就这么走了。再说,只要你不欺侮我,少爷,我是情愿服侍你的。"石破天道:"我的病倒好了。你不愿走,那就好极了,其实我心里也真盼望你别走。我怎会欺侮你? 我是从来不欺

111

侮人的。"

侍剑又好气，又好笑，抿嘴道："你这么说，人家还道咱们的石大帮主当真改邪归正了。"见他一本正经的全无轻薄油滑之态，虽想这多半是他一时高兴，故意做作，但瞧着终究欢喜。

石破天沉吟不语，心想："那个真的石帮主看来是挺凶恶的，既爱杀人，又爱欺侮人，个个见了他害怕。他还去抢人家老婆，可不知抢来干什么？要她煮饭洗衣吗？我……我可到底怎么办呢？唉，明天还是向贝先生说个明白，他们定是认错人了。"心中思潮起伏，一时觉得做这帮主，人人都听自己的话，倒也好玩；一时又觉冒充别人，当那真帮主回来之后，一定大发脾气，说不定便将自己杀了，可又危险得紧。

傍晚时分，厨房中送来八色精致菜肴，侍剑服侍他吃饭，石破天要她坐下来一起吃，侍剑胀红了脸，说什么也不肯。石破天只索罢了，津津有味的直吃了四大碗饭。

他用过晚膳，又与侍剑聊了一阵，问东问西，问这问那，几乎没一样事物不透着新奇。眼见天色全黑，仍无放侍剑出房之意。侍剑心想这少爷不要故态复萌，又起不轨之意，便即告别出房，顺手带上了房门。

石破天坐在床上，左右无事，便照十八个木偶身上的线路经脉又练了一遍功夫。

万籁俱寂之中，忽听得窗格上得得得响了三下。石破天睁开眼来，只见窗格缓缓推起，一只纤纤素手伸了进来，向他招了两招，依稀看到皓腕尽处的淡绿衣袖。

石破天心中一动，记起那晚这个瓜子脸儿、淡绿衣衫的少女，跃下床来，奔到窗前，叫道："姊姊！"窗外一个清脆的声音啐了一口，道："怎么叫起姊姊啦，快出来罢！"

石破天推开窗子，跨了出去，眼前却无人影，正诡异间，突然眼前一黑，只觉一双温软的手掌蒙住了自己眼睛，背后有人格格一笑，跟着鼻中闻到一阵兰花般的香气。

石破天又惊又喜，知道那少女在和他闹着玩，他自幼在荒山之中，孤寂无伴，只一条黄狗作他的游侣，此刻突然有个年轻人和他闹

112

玩,自十分开心。他反手抱去,道:"瞧我不捉住了你。"哪知他反手虽快,那少女却滑溜异常,这一下竟抱了个空。只见花丛中绿衫闪动,石破天抢上去伸手抓出,却抓到了满手玫瑰花刺,忍不住"啊"的一声叫了出来。

那少女从前面紫荆花树下探头出来,低声笑道:"傻瓜,别作声,快跟我来。"石破天见她身形一动,便也跟随在后。

那少女奔到围墙脚边,正要踊身上跃,黑暗中忽有两人闻声奔到,一个手持单刀,一个拿着两柄短斧,在那少女身前一挡,喝道:"站住! 什么人?"便在这时,石破天已跟着过来。那二人是在花园中巡逻的帮众,一见到石破天和她笑嘻嘻的神情,忙分两边退下,躬身说道:"属下不知是帮主的朋友,得罪莫怪。"跟着向那少女微微欠身,表示赔礼之意。那少女向他们伸了伸舌头,向石破天一招手,飞身跳上了围墙。

石破天知道这么高的围墙自己可万万跳不上去,但见那少女招手,两个帮众又眼睁睁的瞧着自己,总不能叫人端架梯子来爬将上去,当下硬了头皮,双脚一登,往上便跳,说也奇怪,脚底居然生出一股不知从何而来的力道,呼的一声,身子竟没在墙头停留,轻轻巧巧的便越墙而过。

那两名帮众吓了一跳,大声赞道:"好功夫!"跟着听得墙外砰的一声,有什么重物落地,却原来石破天不知落地之法,竟摔了一交。那两名帮众相顾愕然,不知其故,自然万万想不到帮主轻功如此神妙,竟会摔了个姿势难看之极的仰八叉。

那少女却在墙头看得清清楚楚,吃了一惊,见他摔倒后一时竟不爬起,忙纵身下墙,伸手去扶,柔声道:"天哥,怎么啦? 你病没好全,别逞强使功。"伸手在他胁下,将他扶起。石破天这一交摔得屁股好不疼痛,在那少女扶持之下,终于站起。那少女道:"咱们到老地方去,好不好? 你摔痛了么? 能不能走?"

石破天内功深湛,刚才这一交摔得虽重,片刻间也就不痛了,说道:"好! 我不痛啦,当然能走!"

那少女拉着他右手,问道:"这么多天没见到你,你想我不想?"微微仰起了头,望着石破天的眼睛。

石破天眼前出现了一张清丽白腻的脸庞,小嘴边带着俏皮微笑，月光照射在她明澈的眼睛之中，宛然便是两点明星，鼻中闻到那少女身上发出的香气，不由得心中一荡，他虽于男女之事全然不懂，但一个二十岁的青年，就算再傻，身当此情此景，对一个美丽的少女自然而然会起爱慕之心。他呆了一呆，说道："那天晚上你来看我，可是随即就走了。我时时想起你。"

那少女嫣然一笑，道："你失踪这么久，又昏迷了这许多天，可不知人家心中多急。这两天来，每天晚上我仍来瞧你，你不知道？我见你练功练得起劲，生怕打扰了你的疗伤功课，没敢叫你。"

石破天喜道："真的么？我可一点不知道。好姊姊，你……你为什么对我这样好？"

那少女突然间脸色一变，甩脱了他的手，嗔道："你叫我什么？我……我早猜到你这么久不回来，定在外边跟什么……什么……坏女人在一起，哼！你叫人家'好姊姊'叫惯了，顺口便叫到我身上来啦！"她片刻之前还在言笑晏晏，突然间变得气恼异常，石破天愕然不解，道："我……我……"

那少女听他不自辩解，更加恼了，一伸手便扯住了他右耳，怒道："这些日子中，你到底跟哪一个贱女人在一起？你是不是叫她作'好姊姊'？快说！快说！"她问一句"快说"，便用力扯他一下耳朵，连问三句，手上连扯三下。

石破天痛得大叫"啊哟"，道："你这么凶，我不跟你玩啦！"那少女又用力扯他耳朵，骂道："你想撇下我不理么？可没这么容易。你跟哪个女人在一起？快说！"石破天苦着脸道："我是跟一个女人在一起啊，她睡在我房里……"那少女大怒，手中使劲，登时将石破天的耳朵扯出血来，尖声道："我这就去杀死她。"

石破天惊道："哎，哎，那是侍剑姊姊，她煮燕窝、煮人参小米粥给我吃，虽小米粥煮得糊了，苦得很，可是她人很好啊，你……你可不能杀她。"

那少女两行眼泪本已从脸颊上流了下来，突然破涕为笑，"呸"的一声，用力又将他的耳朵一扯，说道："我道是哪个好姊姊，原来你说的是这个臭丫头。你骗我，油嘴滑舌的，我才不信呢。这几日每天晚上我都在窗外看你，你跟这臭丫头倒规规矩矩的，碰也没碰她，算你乖！"伸过手去，又去扯他耳朵。

石破天吓了一跳,侧头想避,那少女却用手掌在他耳朵上轻轻的揉了几下,笑问:"天哥,你痛不痛?"石破天道:"自然痛的。"那少女笑道:"活该你痛,谁叫你骗人? 又古里古怪的叫我什么'好姊姊'!"石破天道:"我听妈说,叫人家姊姊是客气,难道我叫错你了么?"

那少女横了他一眼道:"几时要你跟我客气了? 好罢,你心中不服气,我也把耳朵给你扯还就是了。"说着侧过了头,将半边脸凑了过去。石破天闻到她脸上幽幽的香气,提起手来在她耳朵上捏了几下,摇头道:"我不扯。"问道:"那么我叫你什么才是?"那少女嗔道:"你从前叫我什么? 难道连我名字也忘了?"

石破天定了定神,正色道:"姑娘,我跟你说,你认错了人,我不是你的什么天哥。我不是石破天,我是狗杂种。"

那少女一呆,双手按住了他肩头,将他身子扳转了半个圈,让月光照在他脸上,向他凝神瞧了一会,哈哈大笑,道:"天哥,你真会开玩笑,刚才你说得真像,可给你吓了一大跳,还道当真认错人。咱们走罢!"说着拉他手,拔步便行。石破天急道:"我不是开玩笑,你真的认错了人。你瞧,我连你叫什么也不知道。"

那少女止步转身,右手拉住了他左手,笑靥如花,说道:"好啦,你定要扯足了顺风旗才肯罢休,我便依了你。我姓丁名珰,你一直便叫我'叮叮当当'。你记起来了吗?"几句话说完,蓦地转身,飞步向前急奔。

石破天给她一扯之下,身子向前疾冲,脚下几个跟跄,只得放开脚步,随她狂奔,初时气喘吁吁的十分吃力,但急跑了一阵,内力调匀,脚下越来越轻,竟全然不用费力。

也不知奔出了多少路,只见眼前水光浮动,已到了河边,丁珰拉着他手,轻轻一纵,跃上泊在河边的一艘小船船头。石破天还不会运内力化为轻功,砰的一声,重重落在船头,船旁登时水花四溅,小船不住摇晃。

丁珰"啊"的一声叫,笑道:"瞧你的,想弄个船底朝天么?"提起船头竹篙,轻轻一点,便将小船荡到河心。

月光照射河上,在河心映出个缺了一半的月亮。丁珰的竹篙在河中一点,河中的月亮便碎了,化成一道道银光,小船向前荡了出去。

石破天见两岸都是杨柳,远远望出去才有疏疏落落的几家人家,夜深人静,只觉一阵阵淡淡香气不住送来,是岸上的花香?还是丁珰身上的芬芳?

小船在河中转了几个弯,进了一条小港,来到一座石桥之下,丁珰将小船缆索系在桥旁垂柳枝上。水畔垂柳枝叶茂密,将一座小桥几乎全遮住了,月亮从柳枝的缝隙中透进少许,小船停在桥下,真像是间天然的小屋一般。

石破天赞道:"这地方真好,就算是白天,恐怕人家也不知道这里有艘船停着。"丁珰笑道:"怎么到今天才赞好?"钻入船舱取出一张草席,放在船头,又取两副杯筷,一把酒壶,笑道:"请坐,喝酒罢!"再取了几盘花生、蚕豆、干肉,放在石破天面前。

石破天见丁珰在杯中斟满了酒,登时酒香扑鼻。谢烟客并不如何爱饮酒,只偶尔饮上几杯,石破天有时也陪着他喝些,但喝的都是白酒,这时取了丁珰所斟的那杯酒来,月光下但见黄澄澄、红艳艳地,一口饮下,一股暖气直冲入肚,口中有些辛辣、有些苦涩。丁珰笑道:"这是二十年的绍兴女儿红,味道可还好么?"

石破天正待回答,忽听得头顶一个苍老的声音说道:"二十年的绍兴女儿红,味儿岂还有不好的?"

啪的一声,丁珰手中酒杯掉上船板,酒水溅得满裙都是。酒杯骨溜溜滚开,咚的一响,掉入了河中。她花容失色,全身发颤,拉住了石破天的手,低声道:"我爷爷来啦!"

石破天抬头向声音来处瞧去,只见一双脚垂在头顶,不住晃啊晃的,显然那人是坐在桥上,双脚从杨枝中穿下,只须再垂下尺许,便踏到了石破天头上。那双脚上穿着白布袜子,绣着寿字的双梁紫缎面鞋子。鞋袜都十分干净。

只听头顶那苍老的声音道:"不错,是你爷爷来啦。死丫头,你私会情郎,也就罢了。怎么将我辛辛苦苦弄来的二十年女贞陈绍,也偷出来给情郎喝?"丁珰强作笑容,说道:"他……他不是什么情郎,只不过是个……是个寻常朋友。"那老者怒道:"呸,寻常朋友,也抵得你待他这么好?连爷爷的命根子也敢偷?小贼,你给我滚出来,让老头儿瞧瞧,我孙女儿的情郎是怎么个丑八怪。"

丁珰左手捏住石破天右手手掌,右手食指在他掌心写字,嘴里说道:"爷爷,这个朋友又蠢又丑,爷爷见了包不喜欢。我偷的酒,又不是特地给他喝的,哼,他才不配呢,我是自己爱喝酒,随手抓了一个人来陪陪。"

她在石破天掌心中划的是"千万别说是长乐帮主"九个字,可是石破天的母亲没教他识字读书,谢烟客更没教他识字读书,他连个"一"字也不识得,但觉到她在自己掌心中乱搔乱划,不知她搞什么花样,痒痒的倒也好玩,听到她说自己"又蠢又丑",又不配喝她的酒,不由得有气,将她的手一摔,便摔开了。

丁珰立即又伸手抓住了他手掌,写道:"有性命之忧,一定要听话",随即用力在他掌上捏了几下,像是示意亲热,又像是密密叮嘱。

石破天只道她跟自己亲热,心下只觉欢喜,却不明所以,只听头顶的老者说道:"两个小家伙都给我滚上来。阿珰,爷爷今天杀了几个人啦?"

丁珰颤声道:"好像……好像只杀了一个。"

石破天心想:"我撞来撞去这些人,怎么口口声声的总是将'杀人'两字挂在嘴边?"

只听得头顶桥上那老者说道:"好啊,今天我还只杀了一个,那么还可再杀两人。再杀两个人来下酒,倒也不错。"

石破天心想:"杀人下酒,这老公公倒会说笑话!"突觉丁珰握着自己的手松了,眼前一花,船头上已多了一个人。

只见这人须发皓然,眉花眼笑,是个面目慈祥的老头儿,但与他目光一触,登时不由自主的机伶伶打个冷战,这人眼中射出一股难以形容的凶狠之意,叫人一见之下,便浑身感到一阵寒意,几乎要冷到骨髓中去。

这老人嘻嘻一笑,伸手在石破天肩头一拍,说道:"好小子,你口福不小,喝了爷爷的二十年女贞陈绍!"他只这么轻轻一拍,石破天肩头的骨骼登时格格的响了好一阵,便似已尽数碎裂一般。

丁珰大惊,伸手攀住了那老人的臂膀,求道:"爷爷,你……你别伤他。"

那老人随手这么一拍,其实掌上已使了七成力道,本拟这一拍便将石破天连肩带臂的骨骼尽数拍碎，哪知手掌和他肩膀相触，立觉他肩上生出一股浑厚沉稳的内力，不但护住了自身，还将手掌向上一震，自己若不是立时加催内力，手掌便会向上弹起，当场便要出丑。那老人心中的惊讶实不在丁珰之下，便即嘻嘻一笑，说道："好，好，好小子，倒也配喝我的好酒。阿珰，斟几杯酒上来，是爷爷请他喝的，不怪你偷酒。"

丁珰大喜，素知爷爷目中无人，对一般武林高手向来都殊少许可，居然一见石破天便请他喝酒，委实大出意料之外。她对石破天情意缠绵，原认定他英雄年少，世间无双，爷爷垂青赏识，倒也丝毫不奇，只是听爷爷刚才的口气，出手便欲杀人，怎么一见面便转了口气，可见石郎英俊潇洒，连爷爷也为之倾倒。她一厢情愿，全没想到石破天适才其实已然身遭大难，她爷爷所以改态，全因察觉了对方内力惊人之故，他于这小子的什么"英俊潇洒"，丝毫没放在心上。何况石破天相貌虽不丑，却不见得有什么英俊，呆蠢则有之，"潇洒"两字更沾不上半点边儿。丁珰喜孜孜的走进船舱，又取出两只酒杯，先斟了一杯给爷爷，再给石破天斟上一杯，然后自己斟了一杯。

那老人道："很好，很好！你这娃娃既给我阿珰瞧上了，定有点来历。你叫什么名字？"石破天道："我……我……我……"这时他已知"狗杂种"三字是骂人的言语，对熟人说了倒也不妨，跟陌生人说起来却有些不雅，但除此之外更无旁的名字，因此连说三个"我"字，竟不能再接下去。那老人怫然不悦，道："你不敢跟爷爷说么？"石破天昂然道："那又有什么不敢？只不过我的名字不大好听而已。我名叫狗杂种。"

那老人一怔，突然间哈哈大笑，声音远远传了出去，笑得白胡子四散飞动，笑了好半晌，才道："好，好，好，小娃娃的名字很好。狗杂种！"

石破天应道："嗯，爷爷叫我什么事？"

丁珰启齿微笑，瞧瞧爷爷，又瞧瞧石破天，秋波流转，妩媚不胜。她听到石破天自然而然的叫她的爷爷为"爷爷"，那是承认和她再也不分彼此；又想："我在他掌中写字，要他不可吐露身分，他居然全听了我的。以他堂堂帮主之尊，竟肯自认'狗杂种'，为了我如此委屈，对我钟情之深，实已到了极处。"

那老人也心中大喜，连呼："好，好！"心想自己一叫"狗杂种"，对方便即答应，这么一个功夫了得的少年居然在自己面前服服贴贴，不敢有丝毫倔强，自令他大为得意。

那老人道："阿琇，爷爷的名字，你早跟你情郎说了罢？"

丁琇摇摇头，神态忸怩，道："我还没说。"

那老人脸一沉，说道："你对他到底是真好还是假好，为什么连自己的身分来历也不跟他说？说是假好罢，为什么偷了爷爷二十年陈绍给他喝不算，接连几天晚上，将爷爷留作救命之用的'玄冰碧火酒'，也拿去灌在这小子的口里？"越说语气越严峻，到后来已声色俱厉，那"玄冰碧火酒"五字，说来更一字一顿，同时眼中凶光大盛。石破天在旁看着，也不禁栗栗危惧。

丁琇身子一侧，滚在那老人怀里，求道："爷爷，你什么都知道了，饶了阿琇罢。"那老人冷笑道："饶了阿琇？你说说倒容易。你可知道'玄冰碧火酒'效用何等神妙，给你这么胡乱糟蹋了，可惜不可惜？"

丁琇道："阿琇给爷爷设法重行配制就是了。"那老人道："说来倒稀松平常。倘若说配制便能配制，爷爷也不放在心上了。"丁琇道："我见他一会儿全身火烫，一会儿冷得发颤，想起爷爷的神酒兼具阴阳调合之功，才偷来给他喝了些，果然很有些效验。这么一喝再喝，不知不觉间竟让他喝光了。爷爷将配制的法门说给阿琇听，我偷也好，抢也好，定去给爷爷再配几瓶。"那老人道："几瓶？哈哈，几瓶？等你头发白了，也不知是否能找齐这许多珍贵药材，给我配上一瓶半瓶。"

石破天听着他祖孙二人的对答，这才恍然，原来自己体内寒热交攻、昏迷不醒之际，丁琇竟然每晚偷了他爷爷珍贵之极的什么"玄冰碧火酒"来喂给自己服食，自己所以得能不死，多半还是她喂酒之功，那么她于自己实有救命的大恩，耳听得那老人逼迫甚紧，便道："爷爷，这酒既是我喝的，爷爷便可着落在我身上讨还。我一定去想法子弄来还你，倘若弄不到，只好听凭你处置了。你可别难为叮叮当当。"

那老人嘻嘻一笑，道："很好，很好！有骨气。这么说，倒还有点意思。阿琇，你为什么不将自己的身分说给他听。"丁琇脸现尴尬之色,道:"他……他一直没问我,我也就没说。爷爷不必疑心,这中间并无他意。"

那老人道:"没有他意吗?我看不见得。只怕这中间大有他意,有些大大的他意。小丫头的心事,爷爷岂有不知?你是真心真意的爱上了他,只盼这小子娶你为妻,但若将自己的姓名说了出来啊,哼哼,那就非将这小子吓得魂飞魄散不可,因此上你只要能瞒得一时,便是一时。哼,你说是也不是?"

那老人这番话,确是猜中了丁珰的心事。那老人武功高强,杀人不眨眼,江湖上人物闻名丧胆,个个敬而远之,不愿跟他打什么交道,他却偏偏要人家对他亲热,只要对方稍现畏惧或是厌恶,他便立下杀手。丁珰好生为难,心想自己的心事爷爷早已一清二楚,倘若说谎,只有更惹他恼怒,将事情弄到不可收拾。但若把爷爷的姓名说了出来,十九会将石郎吓得从此不敢再与自己见面,那又怎生是好?霎时间忧惧交集,既怕爷爷一怒之下杀了石郎,又怕石郎知道了自己来历,这份缠绵的情爱就此化作流水,不论石郎或死或去,自己都不想活了,颤声道:"爷爷,我……我……"

那老人哈哈大笑,说道:"你怕人家瞧咱们不起,是不是?哈哈,丁老头威震江湖,我孙女儿居然不敢提他祖父名字,非但不以爷爷为荣,反以爷爷为耻,哈哈,好笑之极。"双手捧腹,笑得极是舒畅。

丁珰知道危机已在顷刻,素知爷爷对这"玄冰碧火酒"看得极重,自己既将这酒偷去救石郎的性命,又不敢提爷爷名字,他如此大笑,心中实已恼怒到了极点,当下咬了咬唇皮,向石破天道:"天哥,我爷爷姓丁。"

石破天道:"嗯,你姓丁,爷爷也姓丁。大家都姓丁,丁丁丁的,倒也好听。"

丁珰道:"他老人家的名讳上'不'下'三',外号叫做那个……那个……'一日不过三'!"

她只道"一日不过三"丁不三的名号一出口,石破天定然大惊失色,一颗心卜卜的跳个不住,目不转睛的瞧着他。

哪知石破天神色自若,微微一笑,道:"爷爷的外号很好听啊。"

丁珰心头一震,登时大喜,却兀自不放心,只怕他说的是反话,问道:"为什么你说很好听?"

石破天道："我也说不上为什么，只觉得好听。'一日不过三'，有趣得很。"

丁珰斜眼看爷爷时，只见他捋胡大乐，伸手在石破天肩头又是一掌，这一掌中却丝毫未用内力，摇头晃脑的道："你是我生平的知己，好得很。旁人听到了我'一日不过三'的名头，卑鄙的便歌功颂德，胆小的则心惊胆战，向我戟指大骂的狂徒倒也有几个，只有你这小娃娃不动声色，反而赞我外号好听。很好，小娃娃，爷爷要赏你一件东西。让我想想看，赏你什么最好。"

他抱着膝头，呆呆出神，心想："老子当年杀人太多，后来改过自新，定下了规矩，一日之中杀人不得超过三名。这样一来便有了节制，就算日日都杀三名，一年也不过一千，何况往往数日不杀，杀起来或许也只一人二人。好比那日杀雪山派弟子孙万年、褚万春，就只两个而已。另外再加一个，最多也不过三个。这'一日不过三'的外号自然大有道理，只可惜江湖上的家伙都不明白其中的妙处。这少年对我不摆架子，不拍马屁，已可算十分难得，那也罢了，而他听到了老子的名号之后，居然还十分欢喜。老子年逾六十，什么人没见过？是真是假，一眼便知，这小子说我名号好听，可半点不假。"沉吟半晌，说道："爷爷有三件宝贝，一是'玄冰碧火酒'，已经给你喝了，那是要还的，不算给你。第二宝是爷爷的一身武功，娃娃学了自然大有好处。第三宝呢，就是我这个孙女儿阿珰了。这两件宝物可只能给一件。你是要学我武功呢，还是要我的阿珰？"

石破天两只长袖向长剑上挥了出去。只听得喀喇一响，呼的一声，王万仞突然向后直飞出去，砰的一声，重重撞上了大门。

第六回　腿上的剑疤

　　丁不三这么一问，丁珰和石破天登时都呆了。

　　丁珰心头如小鹿乱撞，寻思："爷爷一身武功当世少有敌手，石郎若得爷爷传授神功，此后纵横江湖，更加声威大震了。先前他说，他们长乐帮不久便有一场大难，十分棘手，他要是能学到我爷爷的武功，多半便能化险为夷。他是男子汉大丈夫，江湖上大帮会的帮主，自是以功业为重，儿女私情为轻。"偷眼瞧石破天时，只见他满脸迷惘，显是拿不定主意。丁珰一颗心不由得沉了下去："石郎素来风流倜傥，一生之中不知有过多少相好。这半年虽对我透着特别亲热些，其实于我毕竟终也如过眼云烟。何况我爷爷名声如此之坏，虽然他长乐帮和石破天名声也好不到哪里去，跟我爷爷总还差着老大一截。他既知我身分来历，又怎能再要我？"心里酸痛，眼中泪珠已滚来滚去。

　　丁不三催道："快说！你别想捡便宜，想先学我功夫，再娶阿珰；要不然娶了阿珰，料想老子瞧着你是我孙女婿，自然会传武功给你。那决计不成。我跟你说，天下没一人能在丁不三面前弄鬼。你要了这样，不能再要那样，否则小命儿难保，快说！"

　　丁珰眼见事机紧迫，石郎只须说一句"我要学爷爷的武功"，自己的终身就此断送，忙道："爷爷，我跟你实说了，他是长乐帮的帮主石破天，武林中也是大有名头的人物……"丁不三奇道："什么？他是长乐帮帮主？这小子不像罢？"丁珰道："像的，像的。他年纪虽

125

轻,但长乐帮中的众英雄都服了他的,好像他们帮中那个'着手成春'贝大夫,武功就很了不起,可也听奉他的号令。"丁不三道:"贝大夫也听他的话?不会罢?"丁珰道:"会的,会的。我亲眼瞧见的,那还会有假?爷爷武功虽然高强,但要长乐帮的一帮之主跟着你学武,这个……这个……"言下之意显然是说:"贝大夫的武功就不在你之下。石帮主可不能跟你学武功,还是让他要了我罢。"

石破天忽道:"爷爷,叮叮当当认错人啦,我不是石破天。"丁不三道:"你不是石破天,那么你是谁?"石破天道:"我不是什么帮主,不是叮叮当当的'天哥'。我是狗杂种,狗杂种便是狗杂种。这名字虽然难听,可是,我的的确确是狗杂种。"

丁不三捧腹大笑,良久不绝,笑道:"很好。我要赏你一宝,既不是为了你是什么瓦帮主、石帮主,也不是为了阿珰喜欢你还是不喜欢。那是丁不三看中了你! 你是狗杂种也好、臭小子也好、乌龟王八蛋也好,丁不三看中了你,你就非要我的一宝不可。"

石破天向丁不三看看,又向丁珰看看,心想:"这叮叮当当把我认作她的天哥,那个真的天哥不久定会回来,我岂不是骗了她,又骗了她天哥? 但说不要她而要学武功,又伤了她的心。我还是一样都不要的好。"当下摇了摇头,说道:"爷爷,我已喝了你的'玄冰碧火酒',一时也难以还你,不如便算你老人家给我的一宝罢!"

丁不三脸一沉,道:"不成,不成,那'玄冰碧火酒'说过是要还的,你想赖皮,那可不成。你选好了没有,要阿珰呢,还是要武功?"

石破天向丁珰偷瞧一眼,丁珰也正在偷眼看他,两人目光接触,急忙都转头避开。丁珰脸色惨白,泪珠终于夺眶而出,依着她平时骄纵的脾气,不是伸手大扭石破天耳朵,也必顿足而去,但在爷爷跟前,却半点威风也施展不出来,何况在这紧急当口,扭耳顿足,都适足以促使石破天选择习武,更万万不可,心头当真说不出的气苦。

石破天又向她一瞥,见她泪水滚滚而下,大是不忍,柔声道:"叮叮当当,我跟你说,你的确是认错了人。倘若我真是你的天哥,那还用得着挑选? 自然是要……要你,不要学武功!"

丁珰眼泪仍如珍珠断线般在脸颊上不绝流下,但嘴角边已露出了笑容,说道:"你不是天哥? 天下哪里还有第二个天哥?"石破天道:"或许我跟你天哥的相貌,当真十分相像,以致大家都认错了。"

126

丁珰笑道:"你还不认? 好罢,容貌相似,天下本来也有的。今年年头,我跟你初相识时,你粗粗鲁鲁的抓住我手,我那时又不识你,反手便打,是不是了?"

石破天傻傻的向她瞪视,无从回答。

丁珰脸上又现不悦之色,嗔道:"你当真是一场大病之后全忘了呢,还是假痴假呆的混赖?"石破天搔了搔头皮,道:"你明明是认错了人,我怎知那个天哥跟你之间的事?"丁珰道:"你想赖,也赖不掉的。那日我双手都给你抓住了,心中急得很。你还嘻嘻的笑,伸过嘴……伸过嘴来想……想香我脸孔。我侧过头来,在你肩头狠狠的咬了一口,咬得鲜血淋漓,你才放了。你……你……解开衣服来看看,左肩上是不是有这伤疤? 就算我真的认错了人,这个我……我口咬的伤疤,你总抹不掉的。"

石破天点头道:"不错,你没咬过我,我肩上自然不会有伤疤……"说着便解开衣衫,露了左肩出来。"咦! 这……这……"突然间身子剧震,大声惊呼:"这可奇了!"

三个人都看得清清楚楚,他左肩上果然有两排弯弯的齿痕,合成一张樱桃小口的模样。齿印结成了疤,反而凸了出来,显是人口所咬,其他创伤决不会结成这般形状的伤疤。

丁不三冷冷一笑,道:"小娃娃想赖,终于赖不掉了。我跟你说,上得山多终遇虎,你到处招惹风流,总有一天会给一个女人抓住,甩不了身。这种事情,爷爷少年时候也上过大当。要不然这世上怎会有阿珰的爹爹,又怎会有阿珰? 只有我那不成器的兄弟丁不四,一生娶不到老婆,到老还是痴痴迷迷的,整日哭丧着脸,一副狗熊模样。好了,这些闲话也不用说了,如此说来,你是要阿珰了?"

石破天心下正自大奇,想不起什么时候曾给人在肩头咬了一口,瞧那齿痕,显而易见这一口咬得十分厉害,这等创伤留在身上,岂有忘记之理? 这些日子来他遇到了无数奇事,但心中知道一切全因"认错了人",唯独这一件事却实难索解。他呆呆出神,丁不三问他的话,竟一句也没听进耳里。

丁不三见他不作一声,脸上神色十分古怪,只道少年脸皮薄,不好意思直承其事,哈哈一笑,便道:"阿珰,撑船回家去!"

丁珰又惊又喜,道:"爷爷,你说带他回咱们家去?"丁不三道:

第六回

腿上的剑疤

"他是我孙女婿儿,怎不带回家去?要是冷不防给他溜之大吉,丁不三今后还有脸做人么?你说他帮里有什么'着手成春'贝大夫这些人,这小子倘若缩在窝里不出头,去抓他出来就不大容易了。"

丁珰笑咪咪的向石破天横了一眼,突然满脸红晕,提起竹篙,在桥墩上轻轻一点,小船穿过桥洞,直荡了出去。

石破天想问:"到你家里去?"但心中疑团实在太多,话到口边,又缩了回去。

小河如青缎带子般,在月色下闪闪发光,丁珰竹篙刺入水中,激起一圈圈漪涟,小船在青缎上平平滑了过去。有时河旁水草擦上船舷,发出低语般的沙沙声,岸上柳枝垂了下来,拂过丁珰和石破天的头发,像是柔软的手掌抚摸他二人头顶。良夜寂寂,花香幽幽,石破天只当又入了梦境。

小船穿过一个桥洞,又是一个桥洞,曲曲折折的行了良久,来到一处白石砌成的石级之旁。丁珰拾起船缆抛出,缆上绳圈套住了石级上的一根木桩。她掩嘴向石破天一笑,纵身上了石级。

丁不三笑道:"今日你是娇客,请,请!"

石破天不知说什么好,迷迷糊糊的跟在丁珰身后,跟着她走进一扇黑漆小门,跟着她踏过一条鹅卵石铺成的弯弯曲曲石路,跟着她走进一个月洞门,跟着她走进一座花园,跟着她来到一个八角亭子之中。

丁不三走进亭中,笑道:"娇客,请坐!"

石破天不知"娇客"二字是什么意思,见丁不三叫他坐,便即坐下。丁不三却携着孙女之手,穿过花园,远远的去了。

明月西斜,凉亭外的花影拖得长长地,微风动树,凉亭畔的一架秋千一晃一晃的颤抖。石破天抚着左肩上的疤痕,心下一片迷惘。

过了好一会,只听得脚步细碎,两个中年妇人从花径上走到凉亭外,略略躬身,微笑道:"请新官人进内堂更衣。"石破天不知是什么意思,猜测要他进内堂去,便随着二人向内走去。

经过一处荷花池子,绕过一道回廊,随着两个妇人进了一间厢房。只见房里放着一大盘热水,旁边悬着两条布巾。一个妇人笑道:"请新官人沐浴。老爷说,时刻匆忙,没预备新衣,请新官人将就些,仍是穿自己的衣服罢。"二人吃吃而笑,退出房去,掩上了房门。

石破天心想:"我明明叫狗杂种,怎么一会儿变成帮主,一会儿成了天哥,叫作石破天也就罢了,这时候又给我改名叫什么'娇客'、'新官人'?"

他存着既来之则安之的心情,看来丁不三和丁珰对自己并无恶意,一盘热汤中散发着香气,不管三七二十一,除了衣衫,便在盘中洗了个浴,精神为之一爽。

刚穿好衣衫,听得门外一个男子声音朗声说道:"请新官人到堂上拜天地。"石破天吃了一惊,"拜天地"三字他是懂的,一经联想,"新官人"三字登时也想起来了,小时候曾听母亲讲过新官人、新娘子拜天地的事。他怔怔的不语,只听那男子又问:"新官人穿好衣衫了罢?"石破天道:"是。"

那人推开房门,走了进来,将一条红绸挂在他颈中,另一朵红绸花扣在他的襟前,笑道:"大喜,大喜。"扶着他手臂便向外走去。

石破天手足无措,跟着他穿廊过户,到了大厅上。只见厅上明晃晃地点着八根大红蜡烛,居中一张八仙桌上披了红色桌帏。丁不三笑吟吟的向外而立。石破天一踏进厅,廊下三名男子便齐声吹起笛子。扶着石破天的那男子朗声道:"请新娘子出堂。"

只听得环珮叮咚,先前那两个中年女子扶着一个头兜红绸、身穿红衫的女子,瞧身形正是丁珰。那三个女子站在石破天右侧。烛光耀眼,兰麝飘香,石破天心中又胡涂,又害怕,却又欢喜。

那男子朗声赞道:"拜天!"

石破天见丁珰已向中庭盈盈拜倒,正犹豫间,那男子在他耳边轻声说道:"跪下来叩头。"又在他背上轻轻推了推。石破天心想:"看来是非拜不可。"当即跪下,胡乱叩了几个头。扶着丁珰的一个女子见他拜得慌乱,忍不住噗哧一声,笑了出来。

那男子赞道:"拜地!"石破天和丁珰转过身来,一齐向内叩头。那男子又赞道:"拜爷爷。"丁不三居中一站,丁珰先拜了下去,石破天微一犹豫,跟着便也拜倒。

那男子赞道:"夫妇交拜。"

石破天见丁珰侧身向自己跪下,脑子中突然清醒,大声说道:"爷爷,叮叮当当,我可真的不是什么石帮主,不是你的天哥。你们认错了人，将来可别……可别怪我。"

丁不三哈哈大笑，说道："这浑小子，这当儿还在说这些笑话！将来不怪，永远也不怪你！"

石破天道："叮叮当当，咱们话说在头里，咱们拜天地，是闹着玩呢，还是当真的？"丁珰已跪在地下，头上罩着红绸，突然听他问这句话，笑道："自然是当真的。这种事……哪有……哪有闹着玩的？"石破天大声道："今日你认错了人，可不关我事啊。将来你反悔起来，又来扭我耳朵，咬我肩膀，那可不成！"

一时之间，堂上堂下，尽皆粲然。

丁珰忍俊不禁，格格一声，也笑了出来，低声道："我永不反悔，只要你待我好，决不变心而去爱上别的姑娘，我……我自然不会扭你耳朵，咬你肩膀。"

丁不三大声道："老婆扭耳，天经地义，自盘古氏开天辟地以来，就是如此。有什么成不成的？ 我的乖孙女婿儿，阿珰向你跪了这么久，你怎不还礼？"

石破天道："是，是！"当即跪下还礼，两人在红毡之上交拜了几拜。

那赞礼男子大声道："夫妻交拜成礼，送入洞房。新郎新娘，百年好合，多子多孙，五世其昌。"登时笛声大作。一名中年妇人手持一对红烛，在前引路，另一妇人扶着丁珰，那赞礼男子扶着石破天，一条红绸系在两人之间，拥着走进了一间房中。

这房比之石破天在长乐帮总舵中所居要小得多，陈设也不如何华丽，但红烛高烧，东挂一块红绸，西贴一张红纸，虽是匆匆忙忙间胡乱凑拢，却也平添不少喜气。几个人扶着石破天和丁珰坐在床沿之上，在桌上斟了两杯酒，齐声道："恭喜姑爷小姐，喝杯交杯酒儿。"嘻嘻哈哈的退了出去，将房门掩上了。

石破天心中怦怦乱跳，他虽不懂世务，却也知这么一来，自己和丁珰已拜了天地，成了夫妻。他见丁珰端端正正的坐着，头上罩了那块红绸，一动也不动，隔了半晌，想不出什么话说，便道："叮叮当当，你头上盖了这块东西，不气闷么？"

丁珰笑道："气闷得紧，你把它揭了去罢！"

石破天伸两根手指捏住红绸一角，轻轻揭了下来，烛光之下，只见丁珰脸上、唇上胭脂搽得红扑扑地,明艳端丽,嫣然腼腆。石破天惊喜交集,目不转睛的向她呆呆凝视,说道:"你……你真好看。"

丁珰微微一笑,左颊上出现个小小的酒窝,慢慢把头低了下去。

正在此时,忽听得丁不三在房外高处朗声说道:"今宵是小孙女于归的吉期,何方朋友光临,不妨下来喝杯喜酒。"

另一边高处有人说道:"在下长乐帮帮主座下贝海石,谨向丁三爷道安问好,深夜滋扰,甚是不当。丁三爷恕罪。"

石破天低声道:"啊,是贝先生来啦。"丁珰秀眉微蹙,竖食指搁在嘴唇正中,示意他不可作声。

只听丁不三哈哈一笑,说道:"我道是哪一路偷鸡摸狗的朋友,却原来是长乐帮的人。你们喝喜酒不喝? 可别大声嚷嚷的,打扰了我孙女婿、孙女儿的洞房花烛,要闹新房,可就来得迟了。"言语之中,好生无礼。

贝海石却不生气,咳嗽了几声,说道:"原来今日是丁三爷令孙千金出阁的好日子。我们兄弟来得鲁莽,没携礼物,失了礼数,改日登门送礼道贺,再叨扰喜酒。敝帮眼下有一件急事,要亲见敝帮石帮主,烦请丁三爷引见,感激不尽。若非为此,深更半夜的,我们便有天大胆子,也不敢贸然闯进丁三爷的歇驾之所。"

丁不三道:"贝大夫,你也是武林中的前辈高人了,不用跟丁老三这般客气。你说什么石帮主,便是我的新孙女婿狗杂种了,是不是? 他说你们认错了人,不用见了。"

随伴贝海石而来的共有帮中八名高手,米横野、陈冲之等均在其内,听丁不三骂他们帮主为狗杂种,有几人喉头已发出怒声。贝海石却曾听石破天自己亲口说过几次,知道丁不三之言倒不含侮辱之意,只帮主竟做了丁不三这老魔头的孙女婿,不由得暗暗担忧,说道:"丁三爷,敝帮此事紧急,必须请示帮主。我们帮主爱说几句笑话,那也是常有的。"

石破天听得贝海石语意甚为焦急,想起自己当日在摩天崖上寒热交困,幸得他救命,此后他又日夜探视,十分关心,此刻实不能任他忧急,置之不理,当即走到窗前,推开窗子,大声叫道:"贝先生,我在这里,你们是不是找我?"

贝海石大喜,道:"正是。属下有紧急事务禀告帮主。"石破天道:"我是狗杂种,可不是你们的什么帮主。你要找我,是找着了。要找你们帮主,却没找着。"贝海石脸上闪过一缕尴尬的神色,道:"帮主又说笑话了。帮主请移驾出来,咱们借一步说话。"石破天道:"你要我出来?"贝海石道:"正是!"

丁珰走到石破天身后,拉住他衣袖,低声说道:"天哥,别出去。"石破天道:"我跟他说个明白,立刻就回来。"从窗子中毛手毛脚的爬了出去。

只见院子中西边墙上站着贝海石,他身后屋瓦上一列站着八人,东边一株栗子树的树干上坐着一人,却是丁不三,树干一起一伏,缓缓的抖动。

丁不三道:"贝大夫,你有话要跟我孙女婿说,我在旁听听成不成?"贝海石沉吟道:"这个……"心想:"你是武林中的前辈高人,岂不明白江湖上的规矩?我贪夜来见帮主,说的自是本帮机密,外人怎可与闻?早就听说此人行事乱七八糟,果然名不虚传。"便道:"此事在下不便擅专,帮主在此,一切自当由帮主裁定。"

丁不三道:"很好,很好,你把事情推到我孙女婿头上。喂,狗杂种,贝大夫有话跟你说,我想在旁听听,使得吗?"石破天道:"爷爷要听,打什么紧?"丁不三哈哈大笑,道:"乖孙子,孝顺孙儿。贝大夫,有话便请快说,春宵一刻值千金,我孙女儿洞房花烛,你这老儿在这里啰唆不停,岂不大煞风景?"

贝海石没料到石破天竟会如此回答,一言既出,势难挽回,心下老大不快,说道:"帮主,总舵有雪山派的客人来访。"

石破天还没答话,丁不三已插口道:"雪山派没什么了不起。"

石破天道:"雪山派?是花万紫花姑娘他们这批人么?"

武林中门派千百,石破天所知者只一个雪山派,雪山派中门人千百,他所熟识的又只花万紫一人,因此冲口而出便提她的名字。

随贝海石而来的八名长乐帮好手不约而同的脸现微笑,均想:"咱们帮主当真风流好色,今晚在这里娶新媳妇,却还是念念不忘的记着雪山派中的美貌姑娘。"

贝海石道:"有花万紫花姑娘在内,另外却还有好几个人。领头的是'气寒西北'白万剑。此外还有八九个他的师弟,看来都是雪山派中的好手。"

丁不三插口道:"白万剑有什么了不起!就算白自在这老匹夫自己亲来,却又怎地?贝大夫,老夫听说你的'五行六合掌'功夫着实不坏,武林中大大有名,为什么一见白万剑这小子到来,便慌慌张张、大惊小怪起来?"

贝海石听他称赞自己的"五行六合掌",心下不禁得意:"这老魔头向来十分自负,居然还将我的五行六合掌放在心上。"微微一笑,说道:"在下这点儿微末武功,何足挂齿?我们长乐帮虽是小小帮会,却也不惧武林中哪一门、哪一派的欺压。只是我们和雪山派素无纠葛,'气寒西北'却声势汹汹的找上门来,要立时会见帮主,请他等到明天,却也万万等不得,这中间多半有什么误会,因此我们要向帮主讨个主意。"

石破天道:"昨天花姑娘闯进总舵来,给陈香主擒住了,今天早晨已放了她出去。他们雪山派为这件事生气了?"贝海石道:"这件事或者也有点干系。但属下已问过了陈香主,他说帮主始终待花姑娘客客气气,连头发也没碰到她一根,也没追究她擅闯总舵之罪,临别之时还要请她吃燕窝,送银子,实在是给足雪山派面子了。但瞧'气寒西北'的神色,只怕中间另有别情。"石破天道:"你要我怎么样?"贝海石道:"全凭帮主号令。帮主说'文对',我们回去好言相对,给他们个软钉子碰碰;若说'武对',就打他们个来得去不得,谁教他们肆无忌惮的到长乐帮来撒野。要不然,帮主亲自去瞧瞧,随机应变,那就更好。"

石破天和丁珰同处一室,虽然欢喜,却也是惶恐之极,心下惴惴不安,不知洞房花烛之后,下一步将是如何,暗思自己不是她的真"天哥",这场"拜天地成亲",到头来终不免拆穿西洋镜,弄得尴尬万分,幸好贝海石到来,正好乘机脱身,便道:"既是如此,我便回去瞧瞧。他们如有什么误会,我老老实实跟他们说个明白便了。"回头说道:"爷爷,叮叮当当,我要去了。"

丁不三搔了搔头皮,道:"这个不大妙。雪山派的小子们来搅局,我去打发好了,反正我杀过他们两个弟子,和白老儿早结了怨,再杀几个,这笔帐还是一样算。"

丁不三杀了孙万年、褚万春二人之事,雪山派引为奇耻大辱,秘而不宣;石清、闵柔夫妇得知后也从没对人说起,因此江湖上全无知闻。贝海石一听之下,心想:"雪山派势力甚盛,不但本门师徒武功高强,且与中原各门派素有交情,我们犯不着无缘无故的树此强敌。长乐帮自己的大麻烦事转眼就到,实不宜另生枝节。"当即说道:"帮主要亲自去会会雪山派人物,那再好也没有了。丁三爷,敝帮的小事,不敢劳动你老人家的大驾。我们了结此事之后,再来拜访如何?"他绝口不提"喝喜酒"三字,只盼石破天回总舵之后,劝得他打消与丁家结亲之意。

丁不三怒道:"胡说八道,我说过要去,那便一定要去。我老人家的大驾,是非劳动不可的。长乐帮这件事,丁老三是管定了。"

丁珰在房内听着各人说话,猜想雪山派所以大兴问罪之师,定是自己这个风流夫婿见花万紫生得美貌,轻薄于她,十之八九还对她横施强暴,至于陈香主说什么"连头发也没碰到她一根",多半是在为帮主掩饰,否则送银子也还罢了,怎地要请人家姑娘吃燕窝补身? 又想今宵洞房花烛,他居然要赶去跟花万紫相会,将自己弃之不顾,这口气如何咽得下去? 又听爷爷和贝海石斗口,渐渐说僵,当即纵身跃入院子,说道:"爷爷,石郎帮中有事,要回总舵,咱们可不能以儿女之私,误他正事。这样罢,咱祖孙二人便跟随石郎而去,瞧瞧雪山派中到底有什么了不起的人物。"

石破天虽要避开洞房中的尴尬,却也不愿和丁珰分离,听她这么说,登时大喜,笑道:"好极,好极! 叮叮当当,你和我一起去,爷爷也去。"

他既这么说,贝海石等自不便再生异议。各人来到河畔,坐上长乐帮驶来的大船,回归总舵。

贝海石在船上低声对石破天道:"帮主,你劝劝丁三爷,千万不可出手杀伤雪山派的来人,多结冤家,殊是无谓。"石破天点头道:"是啊,好端端地怎可随便杀人,那不是成了坏人么?"

一行来到长乐帮总舵。丁珰说道:"天哥,我到你房中去换一套男子衣衫,这才跟你一起,去见见那位花容月貌的花姑娘。"石破天大感兴趣,问道:"那为什么?"丁珰笑道:"我不让她知道我是你的娘子,说起话来方便些。"石破天听到她说"我是你的娘子"这六个字时,脸上神情又娇羞,又得意,不由得胸口为之一热,道:"很好,我同你换衣服去。"

丁不三道:"我也去装扮装扮,我扮作贵帮的一个小头目可好?"贝海石本不愿让雪山派中人知道丁不三与本帮混在一起,听他说愿意化装,正合心意,却不动声色,说道:"丁三爷爱怎样着,可请自便。"

丁不三祖孙二人随着石破天来到他卧室之中。推门进去时侍剑兀自睡着,她听到门响,"啊"的一声,从床上跳起,见到丁不三祖孙,大为惊讶。石破天一时难以跟她说明,只道:"侍剑姊姊,这两位要装扮装扮,你……帮帮他们罢。"深恐侍剑问东问西,这拜天地之事可不便启齿,说了这句话,便走进房外的花厅。

过得一顿饭时分,陈冲之来到厅外,朗声道:"启禀帮主,众兄弟已在虎猛堂中伺候帮主大驾。"

便在此时,丁珰掀开门帷,走了出来,笑道:"好啦,咱们去罢。"石破天眼前突然多了一个粉装玉琢般的少年男子,不由得一怔,只见丁珰穿了一袭青衫,头带书生巾,手中拿着一柄折扇。石破天虽不知什么叫做"风流儒雅",却也觉得她这般打扮,较之适才的新娘子服饰另有一番妩媚。丁不三却穿了一套粗布短衣,脸上搽满了淡墨,足下一双麻鞋,左肩高,右肩低,走路一跛一拐,神情十分猥亵。石破天乍看之下,几乎认不出来,隔了半晌,这才哈哈大笑,说道:"爷爷,你样子可全变啦。"

陈冲之低声道:"帮主,要不要携带兵刃?"石破天睁大了眼睛问道:"带什么兵刃,为什么要带兵刃?"陈冲之只道他问的是反话,忙道:"是!是!"当下当先引路,四个人来到虎猛堂中。

陈冲之推门进去,堂中数十人倏地站起,齐声说道:"参见帮主!"石破天万没料到厅门开处,厅堂竟如此宏大,堂中又有这许多人等着,不由得吓了一跳,见各人躬身行礼,既不知如何答礼,又不知说什么好,登时呆在门口,不由得手足无措。但见四周几桌上点着明晃晃的巨烛,数十名高高矮矮的汉子分两旁站立,居中空着一张虎皮交椅。大厅中这一股威严之气,登时将他这个从未见过世面的乡下少年慑住了,连大气也不敢喘一口,双眼望着贝海石求援,只盼他指示如何应对。

贝海石抢到门边,扶着石破天的手臂,低声道:"帮主,咱们先坐定了,才请雪山派的朋友们进来。"石破天自是一切都听由他的摆布,在贝海石扶持下走到虎皮交椅前。贝海石低声道:"请坐!"

石破天茫然道:"我……坐在这里?"心里说不出的害怕,眼光不由自主的向丁珰望去,最好丁珰能拉着他手逃出大厅,逃得远远地,到什么深山野岭之中,再也别回到这地方来。丁珰却向他微微一笑。石破天从她眼色中感到一阵亲切之意,似乎听她在说:"天哥,不用怕,我便在你身边,若有什么难事,我总帮你。"他登时精神一振,心下又感激,又安慰,便在居中那张虎皮大椅上坐了下去。

石破天坐下后,丁不三和丁珰站在虎皮交椅之后,堂上数十条汉子一一按座次就座。

贝海石道:"众家兄弟,帮主这些日子中病得甚为沉重,幸得吉人天相,已大好了,只精神尚未全然复元。本来帮主还应安安静静的休养多日,方能亲理帮务,不料雪山派的朋友们却非见帮主不可,倒似乎帮主已然一病不起了似的。嘿嘿,帮主内功深湛,小小病魔岂能奈何得了他? 帮主,咱们便请雪山派的朋友们进来如何?"

石破天"嗯"了一声,也不知该说"好"还是"不好"。

贝海石道:"安排座位! 西边的兄弟们都坐到东边来。"众人当即移动座位,坐到东首。在堂下侍候的帮众上来,在西首摆开一排九张椅子。

贝海石道:"米香主,请客人来会帮主。"米横野应道:"是。"转身出去。

过不多时,听得厅堂外脚步声响。四名帮众打开大门。米横野侧身在旁,朗声道:"启禀帮主,雪山派众位朋友到来!"

贝海石低声道:"咱们出去迎接!"轻轻扯了扯石破天的衣袖。石破天道:"是么?"迟迟疑疑的站起身来,跟着贝海石走向厅口。

雪山派九人走进厅来,都穿着白色长衫,当先一人身材甚高,四十二三岁年纪,一脸英悍之色,走到离石破天丈许之地,突然站住,双目向他射来,眼中精光大盛,似乎要直看到他心中一般。石破天向他傻傻一笑,算是招呼。

贝海石道:"启禀帮主,这位是威震四陲、剑法无双,武林中大大有名的'气寒西北'白万剑白大爷。"

石破天点点头，又傻里傻气的一笑，他只认得跟在白万剑身后最末一个的花万紫，笑道："花姑娘，你又来了。"

此言一出，雪山派九人登时尽皆变色。花万紫更是尴尬，哼的一声，转过了头去。

白万剑是雪山派掌门人威德先生白自在的长子，他们师兄弟均以"万"字排行，他名字居然叫到白万剑，足见剑法固然高出侪辈，而白自在对儿子的武功也确着实得意，才以此命名。他与"风火神龙"封万里合称"雪山双杰"，在武林中当真是好大的威名，这次若不是他亲来，贝海石也决不会贪夜赶到丁不三家中去将石破天请来。白万剑在外边客厅中候石破天延见，足足等了两个时辰，心头已老大一股怒火，一碗茶冲了喝，喝了冲，已喝得与白水无异，早没半点茶味，好容易进得虎猛堂来，那帮主还是大模大样的居中坐在椅上，贝海石报了自己的名字向他引见，他连"久仰大名"之类的客气话半句不说，一开口便向花师妹招呼，如何不令白万剑气破了胸膛！

他登时便想："瞧模样八成便是那小子，这几天四下打听，江湖上都说长乐帮石帮主贪淫好色，自然便是他了。这小子不将我放在眼里，却色迷迷的向花师妹献殷勤，大庭广众之间已是如此，花师妹陷身于此之时，自然更加大大不堪了。"总算他是大有身分之人，不愿立即发作，斜眼冷冷的向石破天侧视，口中不语，脸上神色显得大为不屑。

石破天又问："花姑娘，你大腿上的剑伤好些了吗？还痛不痛？"这一问之下，花万紫登时满脸通红，其余八名雪山派弟子一齐按住剑柄。

贝海石忙道："众位朋友远来，请坐，请坐。敝帮帮主近日身体不适，本来不宜会客，只冲着众位的面子，这才抱病相见，有劳各位久候，当真抱歉之至。"

白万剑哼的一声，大踏步走上去，在西首第一张椅坐下，耿万钟坐第二位，以下是王万仞、柯万钧等几人，花万紫坐在末位。

长乐帮中有几人嘻皮笑脸，甚是得意，心下想的是："帮主一出口便讨了你们的便宜，关心你师妹的大腿，嘿嘿，你'气寒西北'还不是无可奈何？"

贝海石陪了石破天回归原位，仆役奉上茶来。贝海石拱手道：

"敝帮上下久仰雪山派威德先生、雪山双杰以及众位朋友的威名,只是敝帮僻处江南,无由亲近。今日承白师傅和众家朋友枉顾,敝帮上下有缘会见西北雪山英雄,实是三生之幸。"

白万剑拱手还礼,道:"贝大夫着手成春,五行六合掌天下无双,在下一直仰慕得紧。贵帮众位朋友英才济济,在下虽不相识,却也早闻大名。"他将贝海石和长乐帮众都捧了几句,却绝口不提石破天。

贝海石诈作不知,谦道:"岂敢,岂敢!不知各位到镇江已有几日了?金山焦山去玩过了吗?改日让敝帮帮主作个小东,陪各位到市上酒家小酌一番,再瞧瞧我们镇江小地方的风景。"他随口敷衍,总是不问雪山派群弟子的来意。

终于还是白万剑先忍耐不住,朗声说道:"江湖上多道贵帮石帮主武功了得,却不知石帮主是哪一门哪一派的武功?"

长乐帮上下尽皆心中一凛,均想:"帮主于自己的武功门派从来不说,偶尔有人于奉承之余将话头带过去,他也总微笑不答。贝先生说他是前司徒帮主的师侄,但武功却全然不像。不知他此时是否肯说?"

石破天嗫嚅道:"这……这个……你问我武功么?我……我是一点儿也不会。"

白万剑听他这么说,心中先前存着三分怀疑也即消了,嘿嘿一声冷笑,说道:"长乐帮英贤无数,石帮主倘若当真不会武功,又如何作得群雄之主?这句话只好去骗骗小孩子了。想来石帮主羞于称述自己的师承来历,却不知是何缘故?"

石破天道:"你说我骗小孩子?谁是小孩子?叮叮当当,她……她不是小孩子,我也没骗她,我早跟她说过,我不是她的天哥。"他虽和白万剑对答,鼻中闻着身后丁珰的衣香,一颗心却全悬在她身上。

白万剑浑不知他说些什么叮叮当当,只道他心中有鬼,故意东拉西扯,本来阴沉的脸色更加板了起来,沉声道:"石帮主,咱们打开天窗说亮话,阁下在凌霄城中所学的武功,只怕还没尽数忘得干干净净罢?"

此言一出,长乐帮帮众无不耸然动容。众人皆知西域"凌霄城"乃雪山派师徒聚居之所,白万剑如此说,难道帮主曾在雪山派门下学过武功?这伙人如此声势汹汹的来到,莫非与他们门户之事有关？

石破天茫然道："凌霄城？那是什么地方？我从来没学过什么武功。如果学过，那也不会忘得干干净净罢？"

这几句话连长乐帮群豪听来也觉大不对头。"凌霄城"之名，凡是武林中人，可说无人不知，他身为长乐帮帮主，居然诈作未之前闻，又说从未学过武功，如此当面撒谎，不免有损他身分体面，又有人料想，帮主这么说，必定另有深意。

在白万剑等人听来，这几句话更是大大的侮辱，显是将雪山派丝毫没放在眼里，把"凌霄城"三字轻轻的一笔勾销。王万仞忍不住大声道："石帮主这般说，未免太过目中无人。在石帮主眼中，雪山派门下弟子是个个一钱不值了。"

石破天见他满脸怒容，料来定是自己说错了话，忙道："不是，不是的。我怎会说雪山派个个一钱不值。好像……好像……好像……"他在摩天崖居住之时，一年有数次随着谢烟客到小市镇上买米买盐，知道越值钱的东西越好，这时只想说几句讨好雪山派的话，以平息王万仞的怒气，但连说了三个"好像"，却举不出适当的例子。这几人中，耿万钟、柯万钧、王万仞等几个他在侯监集上曾经见过，但不知他们的名字，只花万紫一人比较熟悉，窘迫之下，便道："好像花万紫花姑娘，就值钱得很，值得很多很多银子……"

呼的一声，雪山派九人一齐起立，跟着眼前青光乱闪，八柄长剑出鞘，除白万剑一人之外，其余八人各挺长剑，站成一个半圆，围在石破天身前。王万仞戟指骂道："姓石的，你口出污言秽语，当真欺人太甚。我们雪山弟子虽身在龙潭虎穴之中，也不能轻易咽下这口恶气！"

石破天见这九人怒气冲天，半点摸不着头脑，心想："我说的明明是好话，怎么你们又生气了？"回头向丁珰道："叮叮当当，我说错了话吗？"丁珰听得夫婿当众羞辱花万紫，知他全没将这美貌姑娘放在心上，自是喜慰之极，听他问及，当即抿嘴笑道："我不知道。或许花姑娘不值很多很多银子，也未可知。"石破天点了点头，道："就算花姑娘不值什么银子，便宜得很，大家买得起，那也不用生气啊！"

长乐帮群豪轰然大笑，均想帮主既这么说，那是打定主意跟雪山派大战一场了。有人便道："贵了我买不起，倘若便宜，嘿嘿，咱们倒可凑合凑合……"

青光一闪，跟着叮的一声，却原来王万仞狂怒之下，挺剑便向石破天胸口刺去。白万剑随手抽出腰间长剑，轻轻挡开。王万仞手腕酸麻，长剑险些脱手，这一剑便递不出去。

白万剑喝道："此人跟咱们仇深似海，岂能一剑了结？"唰的一声，还剑入鞘，沉声道："石帮主，你到底认不认得我？"

石破天点点头，说道："我认得你，你是雪山派的'气寒西北'白万剑白师傅。"白万剑道："很好，你自己做过的事，认也不认？"石破天道："我做过的事，当然认啊。"白万剑道："嗯，那么我来问你，你在凌霄城之时，叫什么名字？"

石破天搔了搔头，道："我在凌霄城？什么时候我去过了？啊，是了，那年我下山来寻妈妈和阿黄，走过许多城市小镇，我也不知是什么名字，其中多半有一个叫做凌霄城了。"

白万剑寒着脸，仍一字一字的慢慢说道："你别东拉西扯的装蒜！你的真名字，并不叫石破天！"

石破天微微一笑，说道："对啦，对啦，我本来就不是石破天，大家都认错了我，毕竟白师傅了不起，知道我不是石破天。"

白万剑道："你本来的真姓名叫做什么？说出来给大伙儿听听。"

王万仞怒喝："他叫做什么？他叫——狗杂种！"

这一下轮到长乐帮群豪站起身来，纷纷喝骂，十余人抽出了兵刃。王万仞已将性命豁出去了，心想我就是要骂你这狗杂种，纵然乱刀分尸，王某也不能皱一皱眉头。

哪知石破天哈哈大笑，拍手道："是啊，对啦！我本来就叫狗杂种。你怎知道？"

此言一出，众人愕然相顾，除贝海石、丁不三、丁珰等少数几人听他说过"狗杂种"的名字，余人都惊疑不定。白万剑却想："这小子果然大奸大猾，实有过人之长，连如此辱骂也能坦然而受，并不动怒，城府深沉，委实了得！对他可要千万小心，半点轻忽不得。"

王万仞仰天大笑，说道："哈哈，原来你果然是狗杂种，哈哈，可笑啊，可笑！"石破天道："我叫做狗杂种有什么可笑？这名字虽然不好，但当年你妈妈要是叫你做狗杂种，你便也是狗杂种了。"王万仞怒喝："胡说八道！"长剑挺起，使一招"飞沙走石"，内劲直贯剑尖，寒光点点,直向石破天胸口刺去。

白万剑有心要瞧瞧石破天这几年来到底学到了什么奇异武功,居然年纪轻轻,便身为一帮之主,令得群豪贴服,这一次便不再阻挡,口中说道:"王师弟不可动粗。"身子离椅,作个阻拦之势,却任由王万仞从身旁掠过,连人带剑,直向石破天扑去。

石破天虽练成了上乘内功,但动手过招的临敌功夫却半点也没学过,眼见对方剑势来得凌厉之极,既不知如何闪避,亦不知怎生招架才好,手忙脚乱之间,自然而然的伸手向外推出。他身穿长袍,两只长袖向长剑上挥了出去。只听得喀喇一响,呼的一声,王万仞突然向后直飞出去,砰的一声,重重撞上了大门。

雪山派九人进入虎猛堂后,长乐帮帮众便将大门在外用木柱撑住了,以便一言不合,动起手来,便是个瓮中捉鳖之势。这虎猛堂的大门乃坚固之极的梨木所制,镶以铁片,嵌以铜钉。王万仞背脊猛力撞在门上,跟着噗噗两响,两截断剑插入了自己肩头。

原来石破天双袖这一挥之势,竟将他手中长剑震为两截。王万仞为他内力的劲风所逼,气也喘不过来,全身劲力尽失,双臂顺着来势挥出,两截断剑竟反刺入身。他软软的坐倒在地,已动弹不得,肩头伤口中鲜血汨汨流出,霎时之间,白袍的衣襟上一片殷红。柯万钧和花万紫急忙抢过,一个探他鼻息,一个把他腕脉,幸好石破天内力虽强,却不会运使,王万仞只受外伤,性命无碍。

这么一来,雪山派群弟子固然又惊又怒,长乐帮群豪也是欣悦中带着极大诧异。群豪曾见帮主施展过武功,实不怎么了得,所以拥他为主,只为了他锐身赴难,甘愿牺牲一己而救全帮上下性命,再加贝海石全力扶持,众人畏惧石帮主,其实大半还是由于怕了贝海石之故,万料不到石帮主内力竟如此强劲。只贝海石暗暗点头,心中忧喜参半。

白万剑冷笑道:"石帮主,咱们武林中人,讲究辈份大小。犯上作乱,人人得而诛之。常言道得好:一日为师,终身为父。你既曾在我雪山派门下学艺,我这个王师弟好歹也是你的师叔,你向他下此毒手,到底是何道理? 天下抬不过一个'理'字,你武功再强,难道能将普天下尊卑之分、师门之义,一手便都抹煞了么?"

石破天茫然道:"你说什么,我一句也不懂。我几时在你雪山派门下学过武艺了？"

白万剑道："到得此刻，你仍然不认。你自称狗杂种，嘿嘿，你自甘下流，那没什么好说，可是你父母是江湖上大大有名的侠义英雄，你也不怕辱没了父母的英名。你不认师父，难道连父母也不认了？"

石破天大喜，道："你认识我爹爹妈妈？那真再好也没有了。白师傅，请你告诉我，我妈妈在哪里？我爹爹是谁？"说着站起身来深深一揖，脸上神色异常诚恳。

白万剑登时愕然，不知他如此装假，却又是什么用意，转念又想："此人大奸大恶，实不可以常理度之。他为了遮掩自己身分，居然父母也不认了。他既肯自认狗杂种，自然连祖宗父母也早不放在心上了。"霎时间心下感慨万分，一声长叹，说道："如此美质良材，偏偏不肯学好，当真可恨可叹。"

石破天吃了一惊，道："白师傅，你说可恨可叹，我爹爹妈妈怎么了？"说时关怀之情见于颜色。

白万剑见他真情流露，却决非作伪，便道："你既对你爹娘尚有悬念之心，还不算是丧尽了天良。你爹娘剑法通神，英雄了得，夫妻俩携手行走江湖，又会有什么凶险？"

长乐帮群豪相顾茫然，均想："帮主的身世来历，我们一无所知，原来他父母亲是江湖上的有名人物。说什么'剑法通神，英雄了得'。武林中当得起白万剑这八个字考语的夫妻可没几对啊，那是谁了？"贝海石登时便想："难道他竟是玄素庄黑白双剑的儿子？这……这可有些麻烦了。"

这时王万仞在柯万钧和花万紫两人扶掖之下，缓过了气来，长长呻吟了一声。

石破天见他叫声中充满痛楚，甚是关怀，问道："这位大哥为何突然向后飞了出去？好像是撞伤了？贝先生，你说他伤势重不重？"

这几句询问在旁人听来，无不认为他是有意讥刺，长乐帮中群豪倒有半数哈哈大笑。有的说道："此人伤势说重不重，说轻恐怕也不轻。"有的道："雪山派的高手声势汹汹，半夜三更前来生事，我道真有什么惊人艺业，嘿嘿，果然惊人之至，名不虚传。"

白万剑只作充耳不闻，朗声说道："石帮主，我们今日造访，为的是你一人的私事，和别的朋友均没干系。雪山派弟子不愿跟人作无聊的口舌之争。石中玉,我只问你一句话,你到底认是不认?"石破天奇道:"石中玉? 谁是石中玉,你要我认什么?"

白万剑道:"你师父风火神龙为了你的卑鄙恶行,以致断去了一臂,封师哥待你恩重如山,你心中可有丝毫内愧?"这几句说得甚是诚恳,只盼他天良发现,终于生出悔罪之心。

石破天对所听到的言语却句句不懂,又问:"风火神龙封师兄,他是谁? 怎么为了我的卑鄙恶行而断去一臂? 我……做了什么卑鄙恶行?"

白万剑听他始终不认,显是要逼着自己当众吐露爱女受辱、跳崖自尽的惨事,只气得目眦欲裂,唰的一声,拔剑出鞘,白光闪动,手腕一抖,剑光疾刺厅柱,秃的一响,长剑又还入了剑鞘,指着柱上的剑痕,朗声说道:"列位朋友,我雪山派剑法低微,不值方家一笑。但本派自创派祖师传下来的剑法,倘若侥幸刺伤对手,往往留下雪花六出之形。本派的派名,便是由此而来。"

众人齐向柱子上望去,只见朱漆的柱上共有六点剑痕,布成六角,每一点都是雪花六出之形,甚是整齐。适才见他拔剑还剑,只一瞬间之事,哪知他便在这一刹那中已在柱上连刺六剑,每一剑都凭手腕颤动,幻成雪花六出,手法之快实无与伦比。众人当王万仞给石破天内劲摔出后,对雪山派已没怎么放在眼里,但白万剑这一手剑法精妙,武林中罕见罕闻,有的不由得肃然起敬,有的更大声叫好。

白万剑抱拳道:"列位朋友之中,兵刃上胜过白某的,不知道有多少。白某岂敢班门弄斧,到贵帮总舵来妄自撒野? 只有件事要请列位朋友作个见证。七年之前,敝派有个不成器的弟子,名叫石中玉,胆大妄为,和在下的廖师叔动手较量。我廖师叔为了教训于他,曾在他左腿上刺了六剑,每一剑都成雪花六出之形。本派剑法虽平庸无奇,但普天之下,并没第二派剑法能留下这等伤痕的。"说到这里,转头瞪视石破天,森然道:"石中玉,你欺瞒众人,不敢自暴身分,那么你将裤管挽起来,给列位朋友瞧瞧,到底你大腿上是否有这般的伤痕? 是真是假,一见便知。"

石破天奇道:"你叫我挽起裤管来给大家瞧瞧?"白万剑道:"不错,倘若阁下腿上无此伤痕,那是白某瞎了眼睛,前来贵帮骚扰胡

143

混,自当向帮主磕头赔罪。但若你腿上当真有此伤痕,那……那……那便如何?"石破天笑道:"要是我腿上真有这么六个剑疤,那可真奇了,怎么我自己全不知道?"

白万剑目不转睛的凝视着他,见他说得满怀自信,不由得心下嘀咕:"此人定然是石中玉那小子。虽相隔数年,他长大成人之后相貌变了,神态举止也颇有不同,但面容一般无异。花师妹潜入此处察看,回来后一口咬定是他,难道咱们大伙儿都走了眼不成?"一时沉吟未答。

陈冲之笑道:"你要看我们帮主腿上伤疤,我们帮主却要看贵派花姑娘大腿上的伤疤。这里人多,赤身露体的不便,不如让他两位同到内室之中,你瞧瞧我,我瞧瞧你,大家仔仔细细的看上一看!"长乐帮群豪捧腹大笑,声震屋瓦。

白万剑怒极,低声骂道:"无耻!"身形一转,已站在厅心,喝道:"石中玉,你作贼心虚,不肯显示腿伤,那便随我上凌霄城去了断罢!"唰的一声,已拔剑在手。

石破天道:"白师傅又何必生气?你说我腿上有这般伤痕,我却说没有,那么大家瞧瞧便是,又打什么紧?"说着抬起左腿,左脚踏在虎皮交椅的扶手上,捋起左脚的裤管,露出腿上肌肤。

大厅中登时鸦雀无声。突然间众人不约而同"哦"的一声,惊呼了出来。

只见石破天左腿外侧的肌肤之上,果然有六点伤疤,宛然都有六角,虽皮肉上的伤疤不如柱上的剑痕那般清晰,但六角之形,人人却都看得清清楚楚。这中间最惊讶的却是石破天自己,他伸手用力一擦那六个伤疤,果然是生在自己腿上,绝非伪造。他揉了揉眼睛,又再细看,腿上这六个伤疤实和柱上剑痕一模一样。

雪山派九人一十八只眼睛冷冷的凝望着他。

石破天捋着裤管,额头汗水一滴滴的流下来,他又摸摸肩头,喃喃道:"肩头、腿上都有伤疤,怎么别人知道,我……我自己都不知道?难道……我把从前的事都忘了?"

他瞧瞧贝海石,贝海石缓缓摇了摇头。他回头去望丁珰,丁珰皱着鼻子,向他笑着装个鬼脸。他又向丁不三瞧去,丁不三右手食中两指向前一送,示意动武杀人。

144

石破天笑道：「你们少了一个人，比不成剑，我来跟白师傅联手，凑个兴儿。不过我是不会的，请你们指点。」

第七回　雪山剑法

陈冲之双手横托长剑,送到石破天身前,低声道:"帮主,不必跟他们多说,以武力决是非。胜的便对,败的便错。"他见白万剑剑法虽精,料想内力定然不如帮主,既证据确凿,辩他不过,只好用武,就算万一帮主不敌,长乐帮人多势众,也要杀他们个片甲不回。

石破天随手接过长剑,心中兀自一片迷惘。

白万剑森然道:"石中玉听了:白万剑奉本派掌门人威德先生令谕,今日清理门户。这是雪山派本门之事,与旁人无涉。若在长乐帮总舵动手不便,咱们到外边了断如何?"

石破天迷迷糊糊的道:"了……了什么断?"丁珰在他背上轻轻一推,低声道:"跟他打啊,你武功比他强得多,杀了他便是。"石破天道:"我……我不杀他,为什么要杀他? 白师傅又不是坏人。"一面说,一面向前跨了两步。

白万剑适才见他双袖一拂,便将王万仞震得身受重伤,心想这小子离了凌霄城后,不知得逢什么奇遇,竟练成了这等深厚内功,旁的武功自也非同小可,哪里敢有丝毫疏忽? 长剑抖动,一招"梅雪争春",虚中有实,实中有虚,剑尖剑锋齐用,剑尖是雪点,剑锋乃梅枝,四面八方的向石破天攻了过来。

霎时之间,石破天眼前一片白光,哪里还分得清剑尖剑锋? 他惊惶之下,又是双袖向外乱挥,他空有一身浑厚内功,却丝毫不会运用,适才将王万仞摔出,不过机缘巧合而已,这时乱挥之下,力分则弱,何况白万剑的武功又远非王万仞之可比。但听得嗤嗤声响,他两只衣袖已遭白万剑长剑削落,跟着咽喉间微微一凉,已为剑尖抵住。

白万剑情知对方高手如云,尤其贝海石武功决不在自己之下,站在石破天身后那老者目中神光湛然,也必是个极厉害的人物,身处险地,如何可给对方以喘息余暇?一招得手,立即抢上两步,左臂伸出,已将石破天挟在胁下,胳臂使劲,逼住了石破天腰间两处穴道,喝道:"列位朋友,今日得罪了,日后登门赔礼!"

柯万钧等眼见师哥得手,不待吩咐,立时将王万仞负起,跟着向大门闯去。

陈冲之和米横野刀剑齐出,喝道:"放下帮主!"刀砍肩头,剑取下盘,向白万剑同时攻上。

白万剑长剑颤动,当当两声,将刀剑先后格开,虽说是先后,其间相差实只一霎。他觉察到敌刃上所含内力着实不弱,心想:"这两人武功已如此了得,长乐帮众好手并力齐上,我等九人非丧生于此不可。"身形晃动,贴墙而立,喝道:"哪一个上来,兄弟只得先毙了石中玉,再和各位周旋。"

长乐帮群豪万料不到帮主如此武功,竟会一招之间便给他擒住,不由得都没了主意。

丁珰满脸惶急之色,向丁不三连打手势,要他出手。丁不三却笑了笑,心想:"这小子武功极强,在那小船之上,轻描淡写的便卸了我一掌,岂有轻易为人所擒之理?他此举定有用意,我何必强行出头,反而坏他的事?且暗中瞧瞧热闹再说。"丁珰见爷爷笑嘻嘻的漫不在乎,心下略宽,但良人落入敌手,总是耽心。

这时柯万钧双掌抵门,正运内劲向外力推,大门外支撑的木柱给他推得吱吱直响,眼见大门便要给他推开。贝海石斜身而上,说道:"柯朋友不用性急,待小弟叫人开门送客。"花万紫喝道:"退开了!"挥动长剑,护住柯万钧背心。

贝海石伸指便向剑刃上抓去。花万紫一惊:"难道你这手掌竟然不怕剑锋?"便这么稍一迟疑,眼见贝海石的手指已然抓到剑上,不料他手掌和剑锋相距尚有数寸,蓦地里屈指弹出,嗡的一声,花万紫长剑把捏不住,脱手落地。贝海石右手探出,一掌拍在她肩头。

这两下兔起鹘落,变招之速,实不亚于刚才白万剑在柱上留下六朵剑花。

丁不三暗暗点头:"贝大夫五行六合掌武林中得享大名,果然有他的真实本领。"但见他轻飘飘的东游西走,这边弹一指,那边发一掌,雪山派众弟子纷纷倒地,每人最多和他拆上三四招,便遭击倒。

白万剑大叫:"好功夫,好五行六合掌,姓白的改日定要领教!"突然飞身而起,忽喇喇一声,冲破屋顶,挟着石破天飞了出去。

贝海石叫道:"何不今日领教?"跟着跃起,从屋顶的破洞中追出。只见寒光耀眼,头顶似有万点雪花倾将下来。他身在半空,手中又无兵刃,急切间难以招架,立时使一个千斤坠,硬生生的直堕下来。这一下看似平淡无奇,但在一瞬间将向上急冲之势转为下坠,其间只要有毫发之差,便已中剑受伤,大厅中一众高手看了,无不打从心底喝出一声采来。但白万剑便凭了这一招,已将石破天挟持而去。贝海石足尖在地下急蹬,跟着又穿屋追出。

丁珰大急,也欲纵身从屋顶的破孔中追出。丁不三抓住她手臂,低声道:"不忙!"

只听得砰砰、啪啪,响声不绝,屋顶破洞中瓦片泥块纷纷下坠。横卧在地的雪山派八弟子中,忽有一个瘦小人形急纵而起,快如狸猫,捷似猿猴,从屋顶破洞中钻了出去。

陈冲之反手挥刀,嗤的一声,削下了他一片鞋底,便只一寸之差,没砍下他的脚板来。群豪都是一楞,没想到雪山派中除白万剑外,居然还有这样一个高手,他遭贝海石击倒后,竟尚能脱身逃走。米横野深恐其余七人又再脱逃,一一补上数指。

这时长乐帮中已有十余人手提兵刃,从屋顶破洞中窜出,分头追赶。各人均想:"人家欺上门来,将我们帮主擒了去,若不截回,今后长乐帮在江湖上哪里还有立足之地?虽将敌人也擒住了七名,但就算擒住七十名、七百名,也不能抵偿帮主遭擒之辱。"又想:"只须将那姓白的绊住,拆得三招两式,众兄弟一拥而上,救得帮主,那自是天大的奇功。"人人奋勇,分头追赶。

四下里唿哨大作,长乐帮追出来的人愈来愈众。

白万剑一招间竟便将石破天擒住,自己也觉难以相信,穿破屋顶脱出之后，心下暗呼："惭愧!"耳听得身后追兵喊声大作，手中抱着人难以脱身远走，纵目四望，见西首河上一道拱桥，此时更无余暇细想，便即扑向桥底，抱着石破天站在桥蹬石上，紧贴桥身。

过不多时，便听得长乐帮群豪在小河南岸呼啸来去，更有七八人踏着石桥，自桥南奔至桥北。白万剑打定了主意："若我行迹给敌人发觉，说不得只好先杀了这小子。"只听得又有一批长乐帮中人沿河畔搜将过来。突然间河畔草丛中忽喇声响，一人向东疾驰而去。

白万剑听着此人脚步声，知是师弟汪万翼，心头一喜。汪万翼的轻功在雪山派中向称第一，奔行如飞，他此举显是意在引开追兵，好让自己乘机脱险。果然长乐帮群豪蜂拥追去。白万剑心想："长乐帮中识见高明之士不少，岂能留下空隙，任我从容逸去?"

正迟疑间，只听得橹声夹着水声，东边摇来三艘敞篷船，两艘装了瓜菜，一艘则装满稻草，当是乡人一早到镇江城里来贩卖。三艘船首尾相贯，穿过拱桥。白万剑大喜，待最后一艘柴船经过身畔时，纵身跃起，连着石破天一齐落到稻草堆上。稻草积得高高的，几欲碰到桥底，二人轻轻落下，船上乡人全不知觉。白万剑带着石破天身子一沉，钻了稻草堆中。

柴船驶到柴市，靠岸停泊，摇船的乡农径自上茶馆喝茶去了。

白万剑从稻草中探头出来，见近旁无人，当即挟着石破天跃上岸来，见西首码头旁泊着一艘乌篷船，当即踏上船头，摸出一锭三两来重的银子，往船板一抛，说道："船家，我这朋友生了急病，快送我们上扬州去。这锭银子是船钱，不用找了。"船家见了这么大一锭银子，大喜过望，连声答应，拔篙开船。乌篷船转了几个弯便径向北航。

白万剑缩入船舱，他知这一带长乐帮势力甚大，稍露风声，群豪便会赶来，心下盘算："我虽侥幸擒得了石中玉这小子，但将七名师弟、师妹都陷在长乐帮中，却如何搭救他们出险?"心下一喜一忧，生恐石破天装模作样，过不到一盏茶时分，便伸指在他身上点上几处穴道，当乌篷船转入长江时，石破天身上也已有四五十处穴道让他点过了。

白万剑道："船家，你只管向下流驶去，这里又是五两银子。"船家大喜，说道："多谢客官厚赏，只是小人的船小，经不起江中风浪，

150

靠着岸驶,勉强还能对付。"白万剑道:"靠南岸顺流而下最好。"

驶出二十余里,白万剑望见南岸有座黄墙小庙,当即站在船头,纵声呼啸。庙中随即传出呼啸之声。白万剑道:"靠岸。"那船家将船驶到岸旁,插了篙子,待要铺上跳板,白万剑早已挟了石破天纵跃而上。

白万剑刚踏上岸,庙中十余人已欢呼奔至,原来是雪山派第二批来接应的弟子。众人见他腋下挟着一个锦衣青年,齐问:"白师哥,这个是……"

白万剑将石破天重重往地下一摔,愤然道:"众位师弟,愚兄侥幸得手,终于擒到了这罪魁祸首。大家难道不认得他了?"

众人向石破天瞧去,依稀便是当年凌霄城中那个跳脱调皮的少年石中玉。

众人怒极,有的举脚便踢,有的向他大吐唾沫。一个年长的弟子道:"大家可莫打伤了他。白师哥马到功成,可喜,可贺。"白万剑摇了摇头,道:"虽然擒得这小子,却失陷了七位师弟、师妹,其实是得不偿失。"

众人说着走进小庙。两名雪山弟子将石破天挟持着随后跟进。那是一座破败的土地庙,既没和尚,亦无庙祝。雪山派群弟子图这小庙地处荒僻,无人打扰,作为落脚联络之处。

白万剑到得庙中,众师弟摆开饭菜,让他先吃饱了,然后商议今后行止。虽说是商议,但白万剑胸中早有成竹,一句句说出来,众师弟自尽皆遵从。

白万剑道:"咱们须得尽快将这小子送往凌霄城,去交由掌门人发落。七位师弟、师妹虽然陷敌,谅来长乐帮想到帮主在咱们手中,也不敢难为他们。张师弟、钱师弟、赵师弟三位是南方人,留在镇江城中,乔装改扮了,打探讯息。好在你们没跟长乐帮朝过相,他们认不出来。"张钱赵三人答应了。白万剑又道:"汪万翼汪师弟机灵多智,你们三个和他联络上后,全听他吩咐。可别自以为入门早过他,摆师兄的架子,坏了大事。"张钱赵三人对这位白师哥甚是敬畏,连声称是。

白万剑道:"咱们在这里等到天黑,东下到常州申浦再过长江,远兜圈子回凌霄城去。路程虽远些,长乐帮却决计料不到咱们会走这条路。这时候他们一定都已追过江北去了。"他对长乐帮甚为忌惮,言下也毫不掩饰。

　　白万剑在四下察看了一周,众同门又聚在庙中谈论。他叹了口气,说道:"咱们这次来到中原,虽然烧了玄素庄,擒得逆徒石中玉,但孙、褚两位师弟死于非命,耿师弟他们又陷于敌手,实大折本派的锐气,归根结底,总是愚兄统率无方。"

　　众同门中年纪最长的呼延万善说道:"白师哥不必自责,其实真正原因,还是众兄弟武功没练得到家。大伙儿一般受师父传授,可是本门中除白师哥、封师哥两位之外,都只学了师尊武学的一点儿皮毛,没学到师门功夫的精义。"他虽年长,因入门较迟,排行仍在白万剑之后。另一个胖胖的弟子闻万夫道:"咱们在凌霄城中自己较量,都自以为了不起啦,不料到得外面来,才知满不是这么一回事。白师哥,咱们要等到天黑才动身,左右无事,请你指点大伙儿几招。"众师弟齐声附和。

　　白万剑道:"爹爹传授众兄弟的武功,全然一模一样,不存半分偏私。你们瞧,封师哥练功比我勤勉,他功夫便在我之上。"闻万夫道:"师父绝无偏私,这是人人知道的,只恨做兄弟的太蠢,领会不到其中诀窍。"白万剑道:"此去凌霄城,途中未必太平无事,多学一招剑法,咱们的力量便增了一分。呼延师弟、闻师弟,你们两个便过过招。赵师弟、钱师弟,你们到外边守望,见到有甚动静,立即传声通报。"赵钱二人心想白师哥要点拨师弟们剑法,自己偏偏无此眼福,心中老大不愿,却又不敢违抗师哥命令,只得怏怏出外。

　　呼延万善和闻万夫打起精神,各提长剑,相向而立。闻万夫站在下首,叫道:"呼延师哥请!"呼延万善倒转剑柄,向白万剑一拱手,道:"请白师哥点拨。"白万剑点了点头。呼延万善剑尖倏地翻上,斜刺闻万夫左肩,正是雪山派剑法中的一招"老枝横斜"。

　　凌霄城内外遍植梅花,当年创制这套剑法的雪山派祖师又生性爱梅,是以剑法中夹杂了不少梅花、梅萼、梅枝、梅干的形态,古朴飘逸,兼而有之。梅树枝干以枯残丑拙为贵,梅花梅萼以繁密浓聚为尚,因而呼延万善和闻万夫两人长剑一交上手,有时招式古朴,有时剑点密集,剑法一转,便见雪花飞舞之姿,朔风呼号之势,出招迅捷,宛若梅树在风中摇曳不定,而塞外大漠飞沙、驼马奔驰的意态,在两人的身形中亦偶尔一现。

石破天这时给点了穴道,抛在一旁,谁也不来理会。他百无聊赖之际,便观看呼延万善和闻万夫二人拆解剑法。他内功已颇精湛,拳术剑法却一窍不通,眼看两人你一剑来、我一剑去,攻守进退,甚为巧妙,于其中理路自全无所知,只觉两人斗得紧凑,倒也看得津津有味。

又看一会,觉两人两柄长剑刺来刺去,宛如儿戏,明明只须再向前送,便可刺中了对手,总是力道已尽,倏然而止,功亏一篑。他想:"他们师兄弟练剑,又不是当真要杀死对方,自然不会使尽了。"

忽听得白万剑喝道:"且住!"缓步走到殿中,接过呼延万善手中长剑,比划了一个姿式,说道:"这一招只须再向前递得两寸,便已胜了。"石破天心道:"是啊!白师傅说得很对,这一剑只须再前刺两寸,便已胜了。那位呼延师傅何以故意不刺?"呼延万善点头道:"白师哥指教得是,只小弟这一招'风沙莽莽'使到这里,内力已尽,再也没法刺前半寸。"

白万剑微微一笑,说道:"内力修为,原非一朝一夕之功。但内力不足,可用剑法上的变化补救。本派的内功秘诀,老实说未必有特别的过人之处,比之少林、武当、峨嵋、昆仑诸派,虽说各有所长,毕竟雪山一派创派的年月尚短,可能还不足以与已有数百年积累的诸大派相较。但本派剑法之奇,实说得上海内无双。诸位师弟在临敌之际,便须以我之长,攻敌之短,不可与人比拼内力,力求以剑招之变化精微取胜。"

众师弟一齐点头,心想:"白师哥这番话,果然是说中了我们剑法中最要紧的所在。"

凌霄城城主、雪山派掌门人威德先生白自在少年时得遇机缘,在雪山中碰巧杀了一条大蟒异蛇,食了蛇胆蛇血,内力斗然间大进,抵得常人五六十年修练之功。他雪山派的内功法门本来平平无奇,白自在的内力却在少林、武当的高手之上。然而这等蛇胆蛇血,终究是可遇而不可求之物,他自己内力虽强,门下诸弟子却在这一关上大大欠缺了。威德先生要强好胜,从来不向弟子们说起本门的短处。雪山派在凌霄城中闭门为王,众弟子也就以为本派内功外功都当世无敌。直至此番来到中原,连续失利,白万剑坦然直告,众人这才恍然大悟。

当下白万剑将剑法中的精妙变化,一招一式的再向各人指点。呼延万善与闻万夫拆招之后,换上两名师弟。两人比过后,白万剑命呼延万善、闻万夫在外守望,替回赵钱二人。

众人经过了一番大阅历,深切体会到只须有一招剑法使得不到家,立时便是生死之分,无不凝神注目,再不像在凌霄城时那样单为练剑而用功了。

各人每次拆招,所使剑法都大同小异。石破天人本聪明,再听白万剑不断点拨,当第七对弟子拆招时,那一路七十二招雪山剑法,石破天已大致明白。虽然招法的名称雅致,他既不明其意,便无法记得,而剑法中的精妙变化也未领悟,但对方剑招之来,如何拆架,如何反击,依据白万剑所教,他心中所想像的已颇合雪山派剑法要旨。

众人全神贯注的学剑,学者忘倦,观者忘饥,待得一十八名雪山弟子尽数试完,九对弟子已将这路剑法反来覆去的试演了九遍,石破天也已记得了十之六七。

忽然呛啷一响,白万剑掷下长剑,一声长叹。众师弟面面相觑,不知他此举是何含意。只见他眼光转向躺在地下的石破天,黯然道:"这小子入我门来,短短两三年内,便领悟到本派武功精要之所在,比之学了十年、二十年的许多师伯、师叔,招式之纯自然不如,机变却大有过之。本派剑法原以轻灵变化为尚,有此门徒,封师哥固然甚为得意,掌门人对他也青眼有加,期许他光大本派。唉……唉……唉……"连叹三声,惋惜之情见于颜色。

"气寒西北"白万剑武功固高,识见亦超人一等,今日指点十八名师弟练了半天剑,均觉这些师弟为资质所限,便再勤学苦练,也已难期大成,想到本派后继无人,甚觉遗憾。适才一瞥眼间,见石中玉目光所注,确是剑招该指之处,但拆招的师弟却出剑错了,显然不及石中玉的机变明悟,心想石中玉本是个千中之选的佳弟子,偏偏不肯学好。他此刻沉浸于剑法变幻之中,一时忘了师门之恨,家门之辱,不由得大为痛心。

石破天见他瞧向自己的目光中含着极深厚的爱护情意,虽不明白他的深意,心下却不禁暗暗感激。

土地庙中一时沉寂无声。过了片刻,白万剑右足在地下长剑的剑柄上轻轻一点,那剑倏地跳起,似是活了一般,自行跃入他手中。他提剑在手,缓步走到中庭,朗声道:"何方高人降临? 便请下来一叙如何?"

雪山众弟子都吓了一跳,心道:"长乐帮的高手赶来了? 怎地呼延万善、闻万夫两个在外守望,居然没出声示警? 来者毫无声息,白师哥又如何知道?"

只听得啪的一声轻响,庭中已多了两人,一个男子全身黑衣,另一个妇人身穿雪白衣裙,只腰系红带、鬓边戴了一朵大红花,显得不是服丧。两人都背负长剑,男子剑上飘的是黑穗,妇人剑上飘的是白穗。两人跃下,同时着地,只发出一声轻响,已然先声夺人,更兼二人英姿飒爽,人人瞧着都是心头一震。

白万剑倒悬长剑,抱剑拱手,朗声道:"原来是玄素庄石庄主夫妇驾到。"

跃下的两人正是玄素庄庄主石清、闵柔夫妇。石清脸露微笑,抱拳说道:"白师兄光临敝庄,愚夫妇失迎,未克稍尽地主之谊,抱歉之至。"

和石清夫妇在侯监集见过面的雪山弟子都已失陷于长乐帮总舵,这一批人却都不识,听得是他夫妇到来,不禁心下嘀咕:"咱们已烧了他的庄子,不知他已否知道?"不料白万剑单刀直入,说道:"我们此番自西域东来,本来为的是找寻令郎。当时令郎没能找到,在下一怒之下,已将贵庄烧了。"

石清脸上笑容丝毫不减,说道:"敝庄原建造得不好,白师兄瞧着不顺眼,代兄弟一火毁去,好得很啊,好得很! 还得多谢白师兄手下留情,将庄中人丁先行逐出,没烧死一鸡一犬,足见仁心厚意。"

白万剑道:"贵庄家丁仆妇又没犯事,我们岂可无故伤人? 石庄主何劳多谢?"

石清道:"雪山派群贤向来对小儿十分爱护,只恨这孩子不学好,胡作非为,有负白老前辈和封师兄、白师兄一番厚望。愚夫妇既甚感激,又复惭愧。白老前辈安好? 白老夫人安好?"说到这里,和闵柔一齐躬身为礼，向他父母请安。

白万剑弯腰答礼，说道："家父托福安健，家母却因令郎之故，不在凌霄城中。"说到这里，不由得忧形于色。石清道："老夫人武功精湛，德高望重，一生善举屈指难数，江湖上人人钦仰。此番出外小游散心，福体必定安康。"白万剑道："多谢石庄主金言，但愿如此。只家母年事已高，风霜江湖，为人子的不能不耽心挂怀。"石清道："这是白师兄的孝思。为人子的孝顺父母，为父母的挂怀子女，原是人情之常。子女纵然行为荒谬不肖，为父母的痛心之余，也只有带回去狠狠管教。"

白万剑听他言语渐涉正题，便道："石庄主夫妇是武林中众所仰慕的英侠，玄素庄大厅上悬有一匾，在下记得写的是'黑白分明'四个大字。料来说的是石庄主夫妇明辨是非、主持公道的侠义胸怀，却不单是说两位黑白双剑纵横江湖的威风。"石清道："不错。'侠义胸怀'四字，愧不敢当。但想咱们学武之人，于这是非曲直之际总当不可含糊。但不知'黑白分明'这四字木匾，如今到了何处？"白万剑一楞，随即泰然道："在下劈破之后，已经烧了！"

石清道："很好！小儿拜在雪山派门下，倘若犯了贵派门规，原当任由贵派师长处置，或打或杀，做父母的也不得过问，这是武林中的规矩。愚夫妇那日在侯监集上，将黑白双剑交在贵派手中，言明押解小儿到凌霄城来换取双剑，此事该是有的？"

白万剑和耿万钟、柯万钧等会面后，即已得悉此事。当日耿万钟等双剑遭夺，初时料定是石清夫妇使的手脚，但随即遇到那一群狼狈逃归的官差轿侠，详问之下，得悉轿中人一老一小，形貌打扮，显是携着那小乞丐的摩天居士谢烟客。白万剑素闻谢烟客武功极高，行踪无定，要夺回这对黑白双剑，实是极大难事，此刻听石清提及，不由得面上微微一红，道："不错，尊剑不在此处，日后自当专诚奉上。"

石清哈哈一笑，说道："白师兄此言，可将石某忒也看得轻了。'黑白分明'四字，也不是石某夫妇才讲究的。你们既已将小儿扣押住了，又将石某夫妇的兵刃扣住不还，却不知是武林中哪一项规矩？"白万剑道："依石庄主说，该当如何？"石清道："大丈夫一言既出，驷马难追。要孩子不能要剑，要了剑便不能要人。"

白万剑原是个响当当的脚色，信重然诺，黑白双剑在本派手中失去，实对石清有愧，按理说不能再强辞夺理，作口舌之争。但他曾和耿万钟等商议，揣测或许石清与谢烟客暗中勾结了，交剑之后，便请谢烟客出手夺去。何况石中玉害死自己独生爱女，既已擒住祸首，岂能凭他一语，便将人交了出去？当即说道："此事在下不能自专，石庄主还请原谅。至于贤夫妇的双剑，着落在白万剑身上奉还便了。白某要是无能，交不出黑白双剑，到贵庄之前割头谢罪。"这句话说得斩钉截铁，更无转圜余地。

石清知道以他身分，言出必践，他说还不出双剑，便以性命来赔，在势不能不信。但眼睁睁见到独生爱儿躺在满是泥污的地下，说什么也要救他回去。闵柔一进殿后，一双眼光便没离开过石破天的身上。她和爱子分别已久，乍在异地相逢，只想扑上去将他搂在怀中，亲热一番，眼中泪水早已滚来滚去，差一点要夺眶而出，任他白万剑说什么话，她都听而不闻。只她向来听从丈夫主张，因而站在石清身旁，始终不发一言。

石清道："白师兄言重了！愚夫妇的一对兵刃，算得什么？岂能跟白师兄千金之躯相提并论？只是咱们在江湖上行走，万事抬不过一个'理'字。雪山派剑法虽强，人手虽众，却也不能仗势欺人，既要了剑，却又要人！白师兄，这孩子今日愚夫妇要带走了。"他说到这个"了"字，左肩微微一动，那是招呼妻子拔剑齐上的讯号。

寒光一闪，石清、闵柔两把长剑已齐向白万剑刺去。双剑刺到他胸前一尺之处，忽地凝立不动，便如猛然间僵住了一般。石清说道："白师兄，请！"他夫妇不肯突施偷袭，白万剑若不拔剑招架，双剑便不向前击刺。

白万剑目光凝视双剑剑尖，向前踏出半步。石清、闵柔手中长剑跟着向后一缩，仍和他胸口差着这么一尺。白万剑陡地向后滑出一步，当石清夫妇的双剑跟着递上时，只听得叮叮两声，白万剑已持剑还击，三柄长剑颤成了三团剑花。石清使的本是一柄黑色长剑，闵柔使的本是银白色长剑，此刻夫妇二人使的是一对青钢剑，碧油油地泛出绿光。三剑一交，霎时间满殿生寒。

雪山派群弟子对白师哥的剑法向来慑服，心想他虽以一敌二，仍必操胜算，各人抱剑在手，都贴墙而立，凝神观斗。初时但见石清、闵柔夫妇分进合击，一招一式，都妙到巅毫，拆到六七十招后两人出招越来越快，已看不清剑招。白万剑使的仍是七十二路雪山剑法，众弟子练惯之下，看来已觉平平无奇，但以之对抗石清夫妇精妙的剑招，时守时攻，本来毫不出奇的一招剑法，在他手下却生出了极大威力。

殿上只点着一枝蜡烛，火光黯淡，三个人影夹着三团剑光，却耀眼生花，炽烈之中又夹着令人心为之颤的凶险，往往一剑之出，似乎只毫发之差，便会血溅神殿。剑光映着烛火，三人脸上时明时暗。白万剑脸露冷傲，石清神色和平，闵柔亦不减平时的温雅娴静。单瞧三人的脸色气度，便和适才相互行礼问安时并没分别，但剑招狠辣，显是均以全力拼斗。

当石清夫妇来到殿中，石破天便认出闵柔就是在侯监集上赠他银两的和善妇人。他夫妇一进殿来，便和白万剑说个不停，跟着便拔剑相斗，始终没时候让石破天开口相认，至于他三人说些什么，石破天却一句也不懂，只知石清要向白万剑讨还两把剑，又有一个孩子什么的。黑白双剑他是知道的，却全没想到三人所争原来是为了自己。

石破天适才见到雪山派十八名弟子试剑，这时见三人又拔剑动手，既无一言半语叱责喝骂，神色间又十分平静，只道三人还是和先前一般的研讨武艺，七十二路雪山派剑法他早看得熟了，这时在白万剑手中使出来轻灵自然，矫捷狠辣，每一招都看得他心旷神怡。

看了一会，再转而注视石清夫妇的剑法，便即发觉三人的剑路大不相同。石清是大开大阖，端严稳重；闵柔却随式而转，使剑如带。两夫妇所使剑法招式并无不同，但一刚一柔、一阳一阴、一直一圆、一速一缓，运招使式的内劲全然相反，但一与白万剑长剑相遇，两夫妇的剑招又似相辅相成，凝为一体。他夫妇在上清观学艺时本是同门师兄妹，学艺时互生情愫，当时合使剑法之际便已有心心相印之意，其后结褵二十余载，从未有一日分离，也从未有一日停止练剑，早已到了心意相通、有若一人的地步。剑法阴阳离合的体会，武林中更无另外两人能与之相比。这般剑法上的高深道理，石破天自然半点不懂。

石清夫妇的剑法内劲，分别和白万剑在伯仲之间，两个打一个，白万剑早非对手，只是白万剑的剑法中有一股凌厉的狠劲，闵柔生性斯文,出招时往往留有三分余地,三个人才拼斗了这么久。但别看闵柔一股娇怯怯的模样,剑法之精,殊不在丈夫之下。白万剑只斗到七十招时,便接连两次险些为闵柔剑锋扫中,心中已在暗暗叫苦,只是他生性刚强,纵然丧生在他夫妇剑底,也宁死不屈,但攻守之际,不免越来越落下风。

雪山派中的几名弟子看出情势不对,一人大声叫道:“两个打一个,太不成话了。石庄主,你有种便和白师哥单打独斗,若要群殴,我们也就一拥而上了。”

石清一笑,说道:“风火神龙封师兄在这儿么? 封师兄若在,原可和白师兄联手,咱们四个人比剑玩玩。”言下之意十分明白,雪山派群弟子中除了封万里,余人未必能与白万剑联手出剑。眼前敌手只白万剑一人,自己夫妇占了很大便宜,但独生爱子若给他携上凌霄城去,哪里还能活命? 何况这庙中雪山派几近二十人,也可说自己夫妻两人斗他十余人,至于除白万剑一人之外其余都是庸手,又谁叫他雪山派中不多调教几个好手出来?

白万剑听他提到封万里,心下大怒:“封师哥只为收了教了你的小鬼儿子为徒,这才给爹爹斩去一臂,亏你还有脸提到他?”但高手比武不可丝毫乱了心神,白万剑本已处境窘迫,这一发怒,一招“明驼骏足”使出去时不免招式稍老。石清登时瞧出破绽,举剑封挡,内力运到剑锋之上,将白万剑的来剑微微一黏。白万剑忙运劲滑开,便只这么电光石火的一个空隙,闵柔长剑已从空隙中穿了进去,直指白万剑胸口。

白万剑双目一闭,知道此剑势必穿心而过,无可招架。哪知闵柔长剑只递到离他胸口三寸之处,立即缩回。夫妇俩并肩向后跃开,嚓的一声响,双剑同时入鞘,一言不发。

白万剑睁开眼来,脸色铁青,心想对方饶了我性命,用意再也明白不过,那是要带了他们儿子走路,自己落败,如何再能穷打烂缠,又加阻拦? 何况即使再斗,双拳难敌四手,终究斗他夫妇不过,想起爱女为他夫妇的儿子所害,自己率众来到中原,既将七名师弟妹失陷在长乐帮中,石中玉得而复失,而生平自负的雪山剑法又敌不过玄素双剑,一生英名付于流水,霎时间万念俱灰,怔怔的站着,也不作一声。

这时呼延万善、闻万夫已得讯回庙,眼见师哥落败,齐声呼道:"他们以多斗少,难道咱们便不能学样?"十八人各挺长剑,从四面八方向石清、闵柔夫妇攻了上去。

石清道:"白师兄,我夫妇联手,虽略占上风,胜败未分,接招!"说着挺剑向白万剑刺去。以白万剑的身分,适才对方既饶了自己性命,决不能再行索战,但石清自己发剑,却可招架,心道:"好,我和你一对一的决一死战。"当即举剑格开,斜身还招。

白万剑和石清这一斗上手,情势又自不同,适才他以一敌二,处处受到牵制,防守固极尽严密之能事,反击剑招却难尽情发挥,攻击石清时要防到闵柔来袭,剑刺闵柔时又须回招拆架石清在旁所作的呼应。这时一人斗一人,单剑对单剑,他又耻于适才之败,登时将这七十二路雪山剑法使得淋漓尽致,全力进击。

石清暗暗吃惊:"'气寒西北'名下无虚,果是当世一等一的剑士!"提起精神,将生平所学尽数施展,心道:"要教你知道我上清观剑法,原不在你雪山派之下。我命儿子拜在你派门下,乃是另有深意。你别妄自尊大,以为我石清便不如你白万剑了。"

二人这一拼斗,当真棋逢敌手。白万剑出招迅猛,剑招纵横。石清却端凝如山,法度严谨。白万剑连变十余次剑招,始终占不到丝毫上风,心下也暗暗惊异:"此人剑法之高,更在他所享声名之上,然则他何以命他儿子拜在本派门下?"又想:"适才我比剑落败,还可说双拳难敌四手,现下单打独斗,若再输得一招半式,雪山派当真声名扫地了。我非得制住他的要害,也饶他一命不可,否则奇耻难雪。"他一存着急于求胜之心,出招时不免行险。石清暗暗心喜:"你越急于求胜,只怕越易败在我手里。"

十余招过去,果然白万剑连遇险招,他心中一凛,立时收慑心神,去奇诡而行正道,改急攻为争先着,到此地步,两人才真的是斗了个旗鼓相当,难分轩轾。

石破天在一旁看着二人相斗,虽不明其中道理,却也看得出了神。

石清和白万剑也斗得浑忘了身周情事,待拆到二百余招之后,白万剑心神酣畅,只觉今日之斗实为平生一大快事,早将刚才给闵柔一剑制住之耻抛在脑后。石清也深以遇此劲敌为喜。两人自然而然都生出惺惺相惜之情，敌意渐去，而切磋之心越来越盛，各展绝技，要看对方如何拆解。

二人初斗之时，殿中叮叮当当之声响成一片，这时却唯有双剑撞击的铮铮之声。斗到分际，白万剑一招"暗香疏影"，剑刃若有若无的斜削过来。石清低赞一声："好剑法！"竖剑一立，双剑相交。两人所使的这一招上都运上了内劲，啪的一声响，石清手中青钢剑竟尔折断。他手中长剑甫断，左边一剑便递了上来。石清左手接过，一招"左右逢源"，长剑自左至右的在身前划了一弧，以阻对方继续进击。

白万剑退后一步，说道："此是石庄主剑质较劣，并非剑招上分了输赢。石庄主若有黑剑在手，宝剑焉能折断？倒是兄弟的不是了。"刚说了这句话，突然间脸色大变，这才发觉站在石清左首递剑给他的乃是闵柔，本派十八名师弟，却横七竖八的躺得满地都是。

原来当白万剑全神贯注的与石清斗剑之时，闵柔已将雪山派十八名弟子一一刺伤倒地。每人身上所受剑伤都极轻微，但闵柔的内力从剑尖上传了过去，直透穴道，竟使众人中剑后再也动弹不得。这是闵柔剑法中的一绝。她宅心仁善，不愿杀伤敌人，是以别出心裁，将上清观的打穴法融化在剑术之中。雪山派十八名弟子虽说是中剑，实则是受了她内力点穴，只不过她内力未臻上乘，否则剑尖碰到对方穴道，便可制敌而不使其皮肉受伤。

闵柔手中长剑一递给丈夫，足尖轻拨，从地下挑起一柄雪山派弟子脱落的长剑，握在手中，站在丈夫左侧之后三步，随时便能抢上夹击。

白万剑一颗心登时沉了下去，寻思："我和石清说什么也只能斗个平手，石夫人再加入战团，旧事重演，还打什么？"黯然说道："只可惜封师哥不在这里，否则封白二人联手，当可和贤伉俪较量一场。今日败势已成，还有什么可说？"

石清道："不错，日后遇到风火神龙……"一句话没说完，想起封万里为了儿子石中玉之故，臂膀为他师父所斩，日后纵然遇到，也不能比剑了，登时住口，不再继续往下说，脸上不禁深有惭色，丝毫不以夫妇联手打败雪山派十九弟子为喜。

石破天见白万剑脸色铁青，显是心中痛苦之极，而石清、闵柔均有同情和惋惜之色，心想："雪山派这十八个师弟都是笨蛋，没一个能帮他和石庄主夫妇两个斗两个，好好的比一场剑，当真十分扫兴。"想起白万剑适才凝视自己时大有爱惜之意，寻思："白师傅对我甚好，那位石夫人给过我银子，待我也不错。他们要比剑，却少一个对手，有一位封师哥什么的，偏偏不在这里，大家都不开心。我虽然不会什么剑法，但刚才看也看熟了，帮他们凑凑热闹也好。"当即站起，学着白万剑适才的模样，足尖在地下一柄长剑的剑柄上一点，内力到处，那剑呼的一声，跃将起来。他毛手毛脚的抢着抓住剑柄，笑道："你们少了一个人，比不成剑，我来跟白师傅联手，凑个兴儿。不过我是不会的，请你们指点。"

白万剑和石清夫妇见他突然站起，都大吃一惊。白万剑心想自己明明已点了他全身数十处穴道，怎么忽然间能迈步行动，定是闵柔在击倒本派十八弟子后，便去解开他穴道。石清、闵柔料想白万剑既将他擒住，定然便点了他重穴，怎么竟会走过来？闵柔叫道："玉……"那一声"玉儿"只叫得一个字，便即住口，转眼向丈夫瞧去。

石破天遭白万剑点了穴道，躺在地下已有两个多时辰。本来白万剑点了旁人穴道，至少要六个时辰方得解开，可是石破天内功深厚，虽不会自解穴道之法，但不到一个时辰，各处所封穴道在他内力自然运行之下，不知不觉的便解开了。他浑浑噩噩，全然不知，只觉本来手足麻木，不会动弹，后来慢慢的都会动了。

白万剑大声道："你为什么要和我联剑？要试试你在雪山派所学的剑法？"

石破天心想："我确是看你们练剑而学到了一些，就只怕学错了。"便点了点头，道："我学的也不知学对了没有，请白师傅和石庄主、石夫人教我。"说着长剑斜起，站在白万剑身侧，使的正是雪山剑法中一招"双驼西来"。

石清、闵柔夫妇一齐凝视石破天，他们自送他上凌霄城学剑，已有多年不见，此刻异地重逢，中间又渗着许多爱怜、喜悦、恼恨、惭愧之情，当真百感交集。夫妇俩见儿子长得高了，身子粗壮，脸上虽有风尘憔悴之色，却也掩不住一股英华飞逸之气，尤其一双眸子精光灿然，便似体内蕴蓄有极深的内力一般。

石清身为严父，想到武林中的种种规矩，这不肖子大坏玄素庄门风，令他夫妇在江湖上羞于见人，这几年来，他夫妇只暗中探访他踪迹，从不和武林同道相见。他此刻见到父母，居然不上前拜见，反要比试武艺，单此一事，足见雪山派说他种种轻佻不端的行径当非虚假，不由得暗暗切齿，只他向来极沉得住气，又碍于在白万剑之前，一时不便发作。

闵柔却是慈母心肠，欢喜之意，远过恼恨。她本来生有两子，次子为仇家所害惨死，伤心之余，将疼爱两子之心都移注在这长子石中玉身上。她常对丈夫为儿子辩解，说雪山派一面之辞未必可信，定是儿子在凌霄城中受人欺凌，给逼得无可容身，多半还是白自在的孙女恃宠而骄，欺压得他狠了，因而愤而反抗。否则他小小年纪，怎会做出这种贪淫犯上的事来？何况白家的女孩儿当时只十二三岁，中玉也不会对这样的小姑娘胡作非为。数年中风霜江湖，一直没得到儿子的讯息，她时时暗中饮泣，总耽心儿子已葬身于西域大雪山中，又或膏于虎狼之吻，此刻乍见爱子，他便真有天大过犯，在慈母心中早就一切都原谅了。见他提剑而出，步履轻健，身形端稳，不由得心花怒放，恨不得将他搂在怀里，好好的疼他一番。她知这个儿子从小便狡狯过人，既说要和白万剑联手比剑，定然另有深意，她深恐丈夫恼怒之下，出声叱责，又想看看儿子这些年来武功进境到底如何，当即说道："好啊，咱们四个便二对二的研讨一下武功，反正是点到为止，也没什么相干。"语音柔和，充满了爱怜之意，只心下激动，话声却也颤了。

石清向妻子斜视了一眼，点了点头。闵柔性子和顺，什么事都由丈夫作主，自来不出什么主意，但她偶尔说什么话，石清倒也总不违拗。他猜想妻子的心意，一来是急于要瞧儿子的武功，二来是要白万剑输得心服，谅来石中玉小小年纪，就算聪明，剑法也高不过那些给闵柔点倒的雪山派众师叔，何况他决计不会真的帮着白万剑出力与父母相抗。

白万剑却另有一番主意："你以雪山派剑法和我联手抗敌，便承认是雪山派弟子。不论这场比剑结果如何，只须我不为你一家三人所杀，待得取出雪山派掌门人令符，你便非得跟我回山不可。石清夫妇若再阻挠，那更是坏了武林规矩。"当下长剑一举，说道："是二对二也好，是三对一也好，白某人反正是玄素双剑的手下败将，再来舍命陪君子便是。"他已定下死志，倘若他石家三人向自己围攻逼迫，那便说什么也要杀了石中玉，只须不求自保，舍命杀他谅来也办得到。

石破天见他长剑剑尖微颤，斜指石清，当是似攻实守，便道："那么是由我抢攻了。"长剑也是微颤，向石清右肩刺去，一招刺出，陡然间剑气大盛。这一剑去势并不甚急，但内力到处，只激得风声嗤嗤而响，剑招是雪山剑法，内力之强却远非白万剑所能及。

白万剑、石清、闵柔三人同时不约而同的低声惊呼："咦！"

石破天这一剑刺出，白万剑初见便微生卑视之意，心想："你这一招'云横西岭'，右肘抬得太高，招数易于用老；左指部位放得完全不对，不含伸指点穴的后着；左足跨得前了四寸，敌人若施反击，便不惧你抬左足踢他胫骨……"他一眼之间，便瞧出了石破天这一招中八九处错失，但霎时之间，卑视立时变为错愕。石破天这一招剑气之劲，当真生平罕见，只有父亲酒酣之余，向少数几名得意弟子试演剑法之时，出剑时才有如此嗤嗤声响，但那也要在三四十招之后，内力渐渐凝聚，方能招出生风。石破天这般起始发剑便有疾风厉声，难道剑上装有哨子之类的古怪物事么？

他这念头只是一转，便知所想不对，只见石清"咦"了一声之后，举剑封挡，喀的一声响，石清手中长剑立时断为两截。上半截断剑直飞出去，插入墙中，深入数寸。

石清只觉虎口一热，膀子颤动，半截剑也险些脱手。他虽恼恨这个败子，但练武之人遇上了武功高明之士，忍不住会生出赞佩的念头，一个"好"字当下便脱口而出。

石破天见石清的长剑断折，却吃了一惊，叫声："啊哟！"立即收剑，脸上露出歉仄和关怀之意。这时他脸向烛火，这般神色都教石清、闵柔二人瞧在眼里。夫妇二人心中都闪过一丝暖意："玉儿毕竟还是个孝顺儿子！"

石清抛去断剑，用足尖又从地下挑起一柄长剑，说道："不用顾忌，接招罢！"唰的一剑，向石破天左腿刺去。石破天毕竟从来没练过剑术，内力虽强，在进攻时尚可发威力，一遇上石清这种虚虚实实、忽左忽右的剑法，却哪里能接得住？一招间便慌了手脚，总算心念转得甚快,手忙脚乱的使招"苍松迎客",横剑挡去。

　　石清长剑略斜,剑锋已及他右腿,倘若眼前这人不是他亲生儿子,而是个须杀之而后快的死敌,这一剑已将石破天右腿斩为两截。他长剑轻轻一抖,闵柔却已吓出了一身冷汗,急叫:"师哥!"

　　石破天眼望自己右腿时,但见裤管上已让划开一道破口,却没伤到皮肉,他歉然笑道:"多谢你手下留情,我的剑法学得全然不对,比你可差得远了!"

　　他这句话出于真心,但言者无意,听者有心,语入白万剑耳中,直是一万个不受用,心道:"你向父亲说你剑法比他差得甚远,岂非明明在贬低雪山派剑法?又说学得全然不对,便是说我们雪山派藏私,没好好教你。只一句话,便狠狠损了雪山派两下。白万剑但教一口气在,岂能受你这小子奚落折辱?"

　　石清也眉头微蹙,心想:"师妹老说玉儿在雪山派中必受师叔、师兄辈欺凌,我想白老前辈为人正直,封万里肝胆侠义,既收我儿为徒,决不能亏待了他。但瞧他使这两招剑法,姿式已然不对,中间更破绽百出,如何可以临敌?似乎他在凌霄城中果然没学到什么真实武功。他先一剑内力强劲之极,但这份内力与雪山派定然绝无干系,便威德先生自己也未必有此造诣,必是他另有奇遇所致。到底如何,须得追究个水落石出,日后也好分辩是非曲直。"当下说道:"来来来,大家不用有什么顾忌,好好的比剑。"左手捏个剑诀,向前一指,挺剑向白万剑刺去。

　　白万剑举剑格开,还了一剑。

　　闵柔便伸剑向石破天缓缓刺去,她故意放缓了去势,好让儿子不致招架不及。石破天见她这一剑来势甚缓,想起当年侯监集上赠银之情,咧开了嘴向她一笑,又点头示谢,这才提剑轻轻一挡。闵柔见他神情,只道他是向母亲招呼,心中更喜,回剑又向他腰间掠去。石破天想了一想:"这一招最好是如此拆解。"当下使出一招雪山剑法,将来剑格开。

　　闵柔见他剑法生疏之极,出招既迟疑,递剑时手法也是嫩极,不禁心下难过:"雪山派这些剑客们自命侠义不凡,却如此的教我儿剑法!"于是又变招刺他左肩。她每一招递出,都要等石破天想出了拆解之法,这才真的使实,倘若他一时难以拆解,她便慢慢的等待。这

第七回

雪山剑法

哪是比剑？比之师徒间的喂招，她更多了十二分慈爱，十二分耐心。

十余招后，石破天信心渐增，拆解快了许多。闵柔心中暗喜，每当他一剑使得不错，便点头嘉许。石破天早看出她在指点自己使剑，倘若闵柔不点头，那便重使一招，闵柔如认为他拆解不善，仍会第三次以同样招式进击，总要让他拆解无误方罢。

这边厢石清和白万剑三度再斗，两人于对方的功力长短，心下均已了然，更不敢有丝毫怠忽。数招之后，两人都已重行进入全神专注、对周遭变故不闻不见的境界，闵柔和石破天如何拆招、是真斗还是假斗、谁占上风谁处败势，石白二人固无暇顾及，却也无法顾及，在这场厘毫不能相差的拼斗中，只要哪一个稍有分心，立时非死即伤。

闵柔于指点石破天剑法之际，却尽有余暇去看丈夫和白万剑的厮拼。她静听丈夫呼吸悠长，知他内力仍然充沛，就算不胜，也决不致落败，眼见石破天一剑又一剑的将雪山剑法演完，七十二路剑法中忘却了二十来路，于是又顺着他剑法的路子，诱导他再试一遍。

石破天第二遍再试，比之第一次时便已颇有进境，居然能偶尔顺势反击，拆解之时也快了些。他堪堪把学到的四十几路剑法第二次又将拆完，闵柔见丈夫和白万剑仍在激斗，心想："把这套剑拆完后，便该插手相助，不必再跟这白万剑纠缠下去，带了玉儿走路便是。"眼见石破天一剑刺来，便举剑挡开，跟着还了一招，料想这一招的拆法儿子已经学会，定会拆解妥善，岂知便在此时，眼前陡然一黑，原来殿上的蜡烛点到尽头，蓦地熄了。

闵柔一剑刺出，见烛光熄灭，立时收招。不料石破天没半分临敌经验，眼前一黑，不向后退，反迎了上去，想要和闵柔叙旧，谢她教剑之德，这一步踏前，正好将身子凑到了闵柔剑上。

闵柔只觉兵刃上轻轻一阻，已刺入人身，大惊之下，抽剑向后掷去，黑暗中伸臂抱了石破天，惊叫："刺伤了你吗？伤在哪里？伤在哪里？"石破天道："我……我……"连声咳嗽，说不出话来。闵柔急晃火折，见石破天胸口满是鲜血，她本来极有定力，这时却吓得呆了，心下惶然一片，仰头向石清道："师哥，怎……怎么办？"

石清和白万剑在黑暗之中仍凭着对方剑势风声，剧斗不休。待得闵柔晃亮火折，哀声叫嚷，石清斜目一瞥，见石破天受伤倒地，妻子惊惧已极,毕竟父子关心,心中微微一乱。便这么稍露破绽,白万剑已乘隙而入,长剑疾指,刺向石清心口,这一招制其要害,石清要待拆架,已万万不及。

白万剑长剑递到离对方胸口八寸之处,立即收剑。适才闵柔在剑法上制他死命之后,回剑不刺,现下他一命还一命,也在制住对方要害之后撤剑,从此谁也不亏负谁。

石清挂念儿子伤势,也不暇去计较这些剑术上的得失荣辱,忙俯身去看石破天的剑伤,只见他胸口鲜血缓缓渗出,显是这一剑刺得不深。原来闵柔反应极快,剑尖甫触人体,立即缩回。石清、闵柔正自心下稍慰,只见一柄冷森森的长剑已指住石破天的咽喉。

只听白万剑冷冷的道:"令郎辱我爱女,累得她小小年纪,投崖自尽,此仇不能不报。两位要是容我带他上凌霄城去,至少尚有二月之命,但若欲用强,我这一剑便刺下去了。"

石清和闵柔对望一眼。闵柔不由得打个寒噤,知道此人言出必践,等他这一剑刺下,就算夫妇二人合力再将他毙于剑底,也已于事无补。石清使个眼色,伸手握住妻子手腕,纵身便窜出殿外。闵柔将出殿门时回过头来,向躺在地下的爱儿再瞧一眼,眼色又温柔,又悲苦,便这么一瞬之间,她手中火折已然熄灭,殿中又黑漆一团。

白万剑侧身听着石清夫妇脚步远去,知他夫妇定然不肯干休,此后回向凌霄城的途中,定将有无数风波、无数恶斗,但眼前是暂且不会回来了,回想适才的斗剑,实是生平从所未遇的奇险,倘若那蜡烛再长得半寸,这姓石的小子非给他父母夺去不可。

他定了定神,吁了一口气,伸手到怀中去摸火刀火石,却摸了个空,这才记得去长乐帮总舵之前已交给了师弟闻万夫,以免激斗之际多所累赘,高手过招,相差只在毫发之间,身上轻得一分就灵便一分。当下到躺在身旁地下的一名师弟怀中摸到了火刀、火石、火纸,打着了火,待要找一根蜡烛,突然一呆,脚边的石中玉竟已不知去向。

他惊愕之下,登时背上感到一阵凉意,全身寒毛直竖,口中只叫:"有鬼,有鬼!"若不是鬼怪出现,这石中玉如何会在这片刻之间无影无踪,而自己又全无所觉?他一凛之后,抛去火折,提着长剑直抢在庙外。四下里绝无人影。

他初时想到"有鬼",但随即知道早有高手窥伺在侧,在自己摸索火石之时,乘机将人救去,多半便是贝海石。他急跃上屋,游目四顾,唯见东南角上有一丛树林可以藏身,当下纵身落地,抢到林边,喝道:"鬼鬼祟祟的不是好汉,出来决个死战。"

略待片刻,林中并无人声,他又叫:"贝大夫,是你吗?"林中仍无回答。当此之时,也顾不得敌人在林中倏施暗算,当即提剑闯进。但林中也是空荡荡地,凉风拂体,落叶沙沙,江南秋意已浓。

白万剑怒气顿消,适才这一战已令他不敢小觑了天下英雄,这时更兴"天上有天,人上有人"之念,心中隐隐感到三分凉意,想起女儿稚龄惨亡,不由得悲从中来。

侠
客
行

【上】

长江中风劲水急，两船瞬息间已相距十余丈，丁不三轻功再高，也没法纵跳过去。那小船轻舟疾行，越驶越远，再也追不上了。

第八回　白痴

石破天自己撞到闵柔剑上,受伤不重,也不如何疼痛,眼见石清、闵柔二人出庙,跟着殿中烛火熄灭,一团漆黑之中,忽觉有人伸手过来,按住自己嘴巴,轻轻将自己拖入了神台底下。正惊异间,火光闪亮,见白万剑手中拿着火折,惊叫:"有鬼,有鬼!"奔出庙去,料得他不知自己躲在神台之下,出庙追寻,不由得暗暗好笑,只觉那人抱着自己快跑出庙,奔驰了一会,跃入一艘小舟,接着有人点亮油灯。

石破天见身畔拿着油灯的正是丁珰,心下大喜,叫道:"叮叮当当,是谁抱我来的?"丁珰小嘴一撇,道:"自然是爷爷了,还能有谁?"石破天侧过头来,见丁不三抱膝坐在船头,眼望天空,便问:"爷爷,你……你……抱我来做什么?"

丁不三哼了一声,说道:"阿珰,这人是个白痴,你嫁他作甚?反正没跟他同房,不如乘早一刀杀了。"

丁珰急道:"不,不!天哥生了一场大病,好多事都记不起了,慢慢就会好。天哥,我瞧瞧你的伤口。"解开他胸口衣襟,拿手帕蘸水抹去伤口旁的血迹,敷上金创药,再撕下自己衣襟,给他包扎了伤口。

石破天道:"谢谢你。叮叮当当,你和爷爷都躲在那桌子底下吗?好像捉迷藏,好玩得很。"丁珰道:"还说好玩呢?你爸爸妈妈和那姓白的斗剑,可不知瞧得我心中多慌。"石破天奇道:"我爸爸妈妈妈？你说那个穿黑衣服的大爷是我爸爸？那个俊女人可不是我妈妈……我妈妈不是这个样子，没她好看。"丁珰叹了口气，说道："天哥，你这场病真害得不轻，连自己父母也忘了。我瞧你使那雪山剑法，也生疏得紧，难道真的连武功也都忘记得干干净净了？……这……这怎么会？"

原来石破天为白万剑所擒，丁不三祖孙一路追了下来。白万剑出庙巡视，两人乘机躲入神台之下，石清夫妇入庙斗剑种种情形，祖孙二人都瞧在眼里。丁不三本来以为石破天假装失手，必定另有用意，哪知见他使剑出招，剑法之糟，几乎气破了他肚子，心中不住大骂："白痴，白痴！"乘着白万剑找寻火刀、火石，便将石破天救出。

只听得石破天道："我会什么武功？我什么武功也不会。你这话我更加不明白了。"丁不三再也忍耐不住，突然站起，回头厉声道："阿珰，你到底是迷了心窍，还是什么，偏要嫁这么个胡说八道、莫名其妙的小混蛋？我一掌便将他毙了，包在爷爷身上，给你另外找一个又英俊、又聪明、风流体贴、文武双全的少年来给你做小女婿儿。"

丁珰眼中泪水滚来滚去，哽咽道："我……我不要什么别的少年英雄。他……他又不是白痴，只不过……只不过生了一场大病，头脑一时胡涂了。"

丁不三怒道："什么一时胡涂？他父母明明武功了得，他却自称是'狗杂种'，他若不是白痴，你爷爷便是白痴。瞧着他使剑那一副鬼模样，不教人气炸了胸膛才怪，那么毛手毛脚的，没一招不是破绽百出，到处都是漏洞。嘿嘿，人家明明收了剑，这小子却把身子撞到剑上去，硬要受了伤才痛快。这样的脓包我若不杀，早晚也给人宰了。江湖上传言出去，说道丁不三的孙女婿给人家杀了，我还做人不做？不行，非杀不可！"

丁珰咬一咬下唇，问道："爷爷，你要怎样才不杀他？"丁不三道："哈，我干么不杀他？非杀不可，没的丢了我丁不三的脸。人家听说丁老三杀了自己孙女婿，没什么希奇。若说丁老三的孙女婿给人家杀了，那我怎么办？"丁珰道："怎么办？你老人家给他报仇啊。"

丁不三哈哈大笑，道："我给这种脓包报仇？你当你爷爷是什么人？"丁珰哭道："是你叫我跟他拜堂的，他早是我丈夫啦。你杀了他，不是教我做小寡妇么？"

丁不三搔搔头皮，说道："那时候我曾试过他，觉得他内功不坏，做得我孙女婿，哪知他竟是个白痴。你一定不让我杀他，那也成，却须依我一件事。"

丁珰听到有了转机，喜道："依你什么事？快说，爷爷，快说。"

丁不三道："我说他是白痴，该杀。你却说他不是白痴，不该杀。好罢，我限他十天之内，去跟那个白万剑比武，将那个'气寒西北'什么的杀死了或者打败了，变成了'气死西北'，我才饶他，才许他和你做真夫妻。"

丁珰倒抽了一口凉气，刚才亲眼见到白万剑剑术精绝，石郎如何能是这位剑术大名家的敌手，只怕再练二十年也是不成，说道："爷爷，你出的明明是个办不到的难题。"

丁不三道："白万剑姓白，白痴也姓白，两个姓白的必得拼个输赢，只能剩一个姓白的。他打不过白万剑，我一掌便将这白痴毙了。"自觉理由充分，不禁洋洋自得。

丁珰满腹愁思，侧头向石破天瞧去，却见他一脸漫不在乎的神气，悄声道："天哥，我爷爷限你在十天之内，去打败那个白万剑，你说怎样？"石破天道："白万剑？他剑法好得很啊，我怎打得过他？"丁珰道："是啊。我爷爷说，你如打不赢他，便要将你杀了。"石破天嘻嘻一笑，说道："好端端的为什么杀我？爷爷跟你说笑呢，你也当真？爷爷是好人，不是坏人，他……他怎会杀我？"

丁珰一声长叹，心想："石郎当真病得傻了，不明事理。眼前之计，唯有先答允爷爷再说，在这十天之内，好歹要想法儿让石郎逃走。"向丁不三道："好罢，爷爷，我答允了，教他十天之内，去打败白万剑便是。"

丁不三冷冷一笑，说道："爷爷饿了，做饭吃罢！我跟你说：一不教，二别逃，三不饶。不教，是爷爷决不教白痴武艺。别逃，是你别想放他逃命，爷爷只要发觉他想逃命，不用到十天，随时随刻便将他毙了。不饶，用不着我多说。"

丁珰道："你既说他是白痴，那么你就算教他武艺，他也学不会，又何必'一不教'？"丁不三道："就算爷爷肯教，他十天之内又怎能去打败白万剑？教十年也未必能够。"丁珰道："那是你教人的本领不好，以你这样天下无敌的武功，好好教个徒儿来，怎会及不上雪山派

173

白自在的徒儿？难道什么威德先生白自在还强过了你？"

丁不三微笑道："阿琇,你这激将之计不管用。这样的白痴,就算神仙也拿他没法子。你有没听到石清夫妇跟白万剑的说话？这白痴在雪山派中学艺多年,居然学成了这等独脚猫的剑法？"他名叫丁不三,这"三"字犯忌,因此"三脚猫"改称"独脚猫"。

其时坐船张起了风帆,顺着东风,正在长江中溯江而上,向西航行。天色渐明,江面上一阵阵白雾弥漫。丁琇说道："好,你不教,我来教。爷爷,我不做饭了,我要教天哥武功。"

丁不三怒道："你不做饭,不是存心饿死爷爷么？"丁琇道："你要杀我丈夫,我不如先饿死了你。"丁不三道："呸,呸！快做饭。"丁琇不去睬他,向石破天道："天哥,我来教你一套功夫,包你十天之内,打败了那白万剑。"丁不三道："胡说八道,连我也办不到的事,凭你这小丫头又能办到？"

祖孙俩不住斗口。丁琇心中却着实发愁。她知爷爷脾气古怪,跟他软求决计无用,只有想个什么刁钻法子,或能让他回心转意,寻思："我不给他做饭,他饿起上来,只好停舟泊岸,上岸去买东西吃,那便有机可乘,好教石郎脱身逃走。"

不料石破天见丁不三饿得愁眉苦脸,自己肚中也饿了,他又怎猜得到丁琇用意,站起身来,说道："我去做饭。"丁琇怒道："你去劳碌做饭,创口再破,那怎么办？"

丁不三道："我丁家的金创药灵验如神,敷上即愈,他受的剑创又不重,怕什么？好孩子,快去做饭给爷爷吃。"为了想吃饭,居然不叫他"白痴"。丁琇道："他做饭给你吃,那么你还杀不杀他？"丁不三道："做饭管做饭,杀人管杀人。两件事毫不相干,岂可混为一谈？"

石破天一按胸前剑伤,果然并不甚痛,便到后梢去淘米烧饭,见一个老梢公掌着舵,坐在后梢,对他三人的言语恍若不闻。煮饭烧菜是石破天生平最拿手之事,片刻间将两尾鱼煎得微焦,既香且鲜,一镬白米饭更煮得热烘烘、香喷喷地。

丁不三吃得连声赞好,说道："你的武功若有烧饭本事的一成,爷爷也不会杀你了。当日你若没跟阿琇拜堂成亲,只做我的厨子,别说我不会杀你,别人若要杀你,爷爷也决不答应。唉,只可惜我先前已限定了十日之期,丁不三言出如山,决不能改,倘若我限的是一个月,多吃你二十天的饭,岂不是好?这当儿悔之莫及,无法可想了。"说着叹气不已。

吃过饭后,石破天和丁珰并肩在船尾洗碗筷。丁珰见爷爷坐在船头,低声道:"待会我教你一套擒拿手法,你可得用心记住。"石破天道:"学会了去跟那白师傅比武么?"丁珰道:"你难道当真是白痴?天哥,你……你从前不是这个样子的。"石破天道:"从前我怎么了?"丁珰脸上微微晕红,道:"从前你见了我,一张嘴可比蜜糖儿还甜,千伶百俐,有说有笑,哄得我好欢喜,说出话来,句句令人意想不到。你现在可当真傻了。"

石破天叹了一口气,道:"我本来不是你的天哥,他会讨你欢喜,我可不会,你还是去找他的好。"丁珰软语央求:"天哥,你这是生了我的气么?"石破天摇头道:"我怎会生你的气?我跟你说实话,你总不信。"

丁珰望着船舷边滔滔江水,自言自语:"不知道什么时候,他才会变回从前那样。"呆呆出神,手一松,一只磁碗掉入了江中,在绿波中晃得两下便不见了。

石破天道:"叮叮当当,我永远变不成你那个天哥。倘若我永远是这么……这么……一个白痴,你就永远不会喜欢我,是不是?"

丁珰泫然欲泣,道:"我不知道,我不知道!"心中烦恼已极,抓起一只只磁碗,接二连三的抛入了江心。

石破天道:"我……我要是口齿伶俐,说话能讨你喜欢,那么我便整天说个不停,那也无妨。可是……可是我真的不是你那个'天哥'啊。要我假装,也装不来。"

丁珰凝目向他瞧去,其时朝阳初上,映得他一张脸红彤彤地,双目灵动,脸上神色却十分恳挚。丁珰幽幽叹了口气,说道:"若说你不是我那个天哥,怎么肩头上会有我咬伤的疤痕?怎么你也这般喜欢拈花惹草,既去勾引你帮中展香主的老婆,又去调戏雪山派的那花姑娘?若说你是我那个天哥,怎么忽然间痴痴呆呆,再没从前的半分聪明伶俐、风流潇洒?"

石破天笑道:"我是你的老公,老老实实的不好吗?"丁珰摇头道:"不,我宁可你像以前那样活泼调皮,偷人家老婆也好,调戏人家闺女也好,便不爱你这般规规矩矩的。"石破天于偷人家老婆一事,心中始终存着个老大疑窦,这时便问:"偷人家老婆? 偷来干什么? 老伯伯说,不先跟人家说而拿人东西,便是小贼。我偷人家老婆,也算小贼么?"

丁珰听他越说越缠夹,简直莫名其妙,忍不住怒火上冲,伸手便扭住他耳朵用力一扯,登时将他耳根子上血也扯出来了。

石破天吃痛不过,反手格出。丁珰只觉一股大得异乎寻常的力道击在她手臂之上,身子猛力向后撞去,几乎将后稍上撑篷的木柱也撞断了。她"啊哟"一声,骂道:"死鬼,打老婆么? 使这么大力气。"石破天忙道:"对不起! 我……我不是故意的。"

丁珰往手臂上看去,只见已肿起了又青又紫的老大一块,忽然之间,她俏脸上的嗔怒变为喜色,握住了石破天双手,连连摇晃,道:"天哥,原来你果然是在装假骗我。"

石破天愕然道:"装什么假?"丁珰道:"你武功半点也没失去。"石破天道:"我不会武功。"丁珰嗔道:"你再胡说八道,瞧我理不理你。"伸出手掌往他左颊上打去。

石破天一侧头,伸掌待格,但丁珰是家传的掌法,去势飘忽,石破天这一格中没半分武术手法,自然格了个空,只觉脸上一痛,无声无息的已给按上了一掌。

丁珰手臂剧震,手掌便让石破天的脸颊弹开了,不禁又"啊哟"一声,惊惶之意却比适才更甚。她料想石破天武功既然未失,自是轻而易举的避开了自己这一掌,因此掌中自然而然的使上了本门阴毒的柔力,哪料到石破天这一格竟会如此笨拙,直似全然不会武功,可是手掌和他脸颊相触,却又受到他内力的剧震。她左手抓住自己右掌,只见石破天左颊上一个黑黑的小手掌印陷了下去。她这"黑煞掌"是祖父亲传,着实厉害,幸得她造诣不深,而石破天又内力深厚,才受伤甚轻,但乌黑的掌印却终于留下了,非至半月之后,难以消退。她又疼惜,又歉仄,搂住了他腰,将脸颊贴在他左颊之上,哭道:"天哥,我真不知道,原来你并没复原。"

石破天玉人在抱,脸上也不如何疼痛,叹道:"叮叮当当,你一时生气,一时开心,到底为了什么,我真不明白。"

丁珰急道:"那……怎么办? 那怎么办?"坐直身子,从怀中取出一个小瓷瓶,倒出一颗药丸给他服下,道:"唉,但愿不会留下疤痕才好。"

两人偎倚着坐在后梢头,一时之间谁也不开口。

过了良久,丁珰将嘴凑到他耳边,低声道:"天哥,你生了这场病后,武功都忘记了,内力却忘不了。我教你一套擒拿手,于你有很大用处。"

石破天点点头,道:"你肯教我,我用心学便了。"

丁珰伸出手指,轻轻抚摸他脸颊上乌黑的手掌印,心中好生过意不去,突然凑过口去,在那掌印上吻了一下。

霎时之间,两人的脸都羞得通红,心下均感甜蜜无比。

丁珰掠了掠头发,将一十八路擒拿手演给他看。当天教了六路,石破天都记住了。跟着两人逐一拆解。次日又教了六路。

过得三天,石破天已将一十八路擒拿手练得颇为纯熟。这擒拿法虽只一十八路,但其中变化却着实繁复。这三天之中,石破天整日只跟丁珰拆解。丁不三冷眼旁观,有时冷言冷语,讥嘲几句。到第四天上,石破天胸口剑创已大致平复。

丁珰眼见石郎进步极速,芳心窃喜,听得丁不三又骂他"白痴",问道:"爷爷,咱们丁家一十八路擒拿手,叫一个白痴来学,多少日子才学得会?"

丁不三一时语塞,眼见石破天确已将这套擒拿手学会了,那么此人实在并非痴呆,这小子到底是装假呢,还是当真将从前的事情都忘了? 他不肯输口,强辩道:"有的白痴聪明,有的白痴愚笨。聪明的白痴,半天便会了,傻子白痴就像你的石郎,总得三天才能学会。"丁珰抿嘴笑道:"爷爷,当年你学这套擒拿法之时,花了几天?"丁不三道:"我哪用着几天? 你曾祖爷爷只跟我说了一遍,也不过半天,爷爷就全学会了。"丁珰笑道:"哈哈,爷爷,原来你是个聪明白痴。"丁不三沉脸喝道:"没上没下的胡说八道。"

便在此时,一艘小船从下流赶将上来。当地两岸空阔,江流平稳,但见那船高张风帆,又有四个人急速划动木桨,船小身轻,渐渐迫近丁不三的坐船。船头站着两名白衣汉子,一人纵声高叫:"姓石的小子是在前面船上么? 快停船,快停船!"

丁珰轻轻哼了一声,道:"爷爷,雪山派有人追赶石郎来啦。"丁不三眉花眼笑,道:"让他们捉了这白痴去,千刀万剐,才趁了爷爷心愿。"丁珰问道:"捉聪明白痴?还是捉傻子白痴?"丁不三道:"自然是捉傻子白痴,谁敢来捉聪明白痴?"丁珰笑道:"不错,聪明白痴威震天下,武功这么高,有谁敢得罪他半分?"丁不三一怔,怒道:"小丫头,你敢绕弯子骂爷爷?"丁珰道:"雪山派杀了你孙女婿,日后长乐帮问你要人,丁三老爷不大有面子罢?"丁不三道:"为什么没面子?有面子得很。"自觉这话难以自圆其说,便道:"谁敢说丁老三没面子,我扭断他脖子。"

丁珰自言自语:"旁人谅来也不敢说什么,就只怕四爷爷要胡说八道,说他倘若有个孙女婿,就决不能让人家杀了。不知道爷爷敢不敢扭断自己亲兄弟的脖子?就算有这个胆子,也不知有没这份本事。"丁不三大怒,说道:"你说老四的武功强过我的?放屁,放屁!他比我差得远了。"

说话之间,那小船又追得近了些。只听得两名白衣汉子大声叱喝:"兀那汉子,瞧你似是长乐帮石中玉那小子,怎地不停船?"

石破天道:"叮叮当当,有人追上来啦,你说怎么办?"

丁珰道:"我怎知怎么办?你这样一个大男人,难道半点主意也没有?"

便在此时,那艘小船已迫近到相距丈许之地,两名白衣汉子齐声呼喝,纵身跃上石破天的坐船后梢。两人手中各执长剑,耀日生光。

石破天见这二人便是在土地庙中会过的雪山派弟子,心想:"不知我什么地方得罪了他们,这些雪山派的人如此苦苦追我?"只听得嗤的一声,一人已挺剑向他肩头刺来。石破天在这三日中和丁珰不断拆解招式,往往手脚稍缓,便遭她扭耳拉发,吃了不少苦头,此刻身手上的机变迅捷,比之当日在土地庙中和石清夫妇对招之时已颇为不同,眼见剑到,也不遑细思,随手使出第八招"凤尾手",右手绕个半圆,欺上去抓住那人手腕一扭。

那人"啊"的一声,撒手抛剑。石破天右肘乘势抬起,啪的一响,正中那人下颏。那人下巴立碎,满口鲜血和着十几枚牙齿都喷在船板上。

石破天万万料不到这招"凤尾手"竟如此厉害,不由得吓得呆了，心中突突乱跳。

第二名雪山弟子本欲上前夹击，突见一霎之间，同来的师兄便已身受重伤。这师兄武功比他为高，料想自己倘若上前，也决计讨不了好去，当即抢上去抱起师兄。此时那小船已和大船并肩而驶，那人挟着伤者跃回小船，喝令收篷扳梢。

眼见小船掉转船头，顺流东下，不多时两船相距便远。但听得怒骂之声顺着东风隐隐传来。石破天瞧着船板上的一摊鲜血，十几枚牙齿，既感惊讶，又好生歉仄，兀自喃喃的道："这……这可当真对不住了！"

丁珰从船舱中出来，走到他身旁，微笑道："天哥，这一招'凤尾手'干净利落，使得可挺不错啊。"石破天摇头道："你怎事先没跟我说明白？早知道一下会打得人家如此厉害，这功夫我也就不学了。"

丁珰心头一沉，寻思："这呆子傻病发作，又来说呆话了。"说道："既学武功，当然越厉害越好。刚才你这一招'凤尾手'若不是使得恰到好处，他的长剑早已刺通你的肩头。你不伤人，人便伤你。你喜欢打伤人家呢，还是喜欢让人家打伤？打落几枚牙齿，那是最轻的伤了。武林中动手过招，随时随刻有性命之忧。你良心好，对方却良心不好，你如给人家一剑通入心窝，良心再好，又有什么用？"

石破天沉吟道："最好你教我一门功夫，既不会打伤打死人家，又不会让人家打伤打死我。大家嘻嘻哈哈的，只做朋友，不做敌人。"丁珰苦笑道："呆话连篇，满嘴废话！咱们学武之人，动上手便即拼命，你道是捉迷藏、玩泥沙吗？"石破天道："我喜欢捉迷藏、玩泥沙，不喜欢动手拼命。可惜一直没人陪我捉迷藏，阿黄又不会。"丁珰越听越恼，嗔道："你这胡涂蛋，谁跟你说话，就倒足了霉。"赌气不再理他，回到舱中和衣而睡。

丁不三道："是吗？我说他是白痴，终究是白痴。武功好是白痴，武功不好也是白痴，不如乘早杀了，免得生气。"

丁珰寻思："石郎倘若真的永远这么胡涂，我怎能跟他厮守一辈子？倒也不如真的依爷爷之言，一刀将他杀了，落得眼前清净。"但随即想到他大病之前的种种甜言蜜语，就算他一句话不说，只要悄悄的向自己瞧上一眼，那也是眉能言，目语，风流蕴藉之态，真教人如饮美酒，心神俱醉；别后相思，当真颠倒不能自已，万不料一场大病，竟将一个英俊机灵的俏郎君，变成了一段迂腐迟钝的呆木头。她越想越烦恼，不由得呜咽哭泣，将薄被蒙住了头。

丁不三道："你哭有什么用？又不能把一个白痴哭成才子！"丁珰怒道："我把一个傻子白痴哭成了聪明白痴，成不成？"丁不三怒道："又来胡说八道！"

丁珰不住饮泣，寻思："瞧雪山派那花万紫姑娘的神情，对石郎怒气冲冲的，似乎还没给他得手。他见到美貌姑娘居然不会轻薄调戏，哪还像个男子汉大丈夫？我真的嫁了这么个规规矩矩的呆木头，做人有什么乐趣？"

她哭了半夜，又想："我已跟他拜堂成亲，名正言顺的是他妻子。这几日中，白天和他练功夫，他就只一本正经的练武，从来不乘机在我身上碰一下、摸一把。晚上睡觉，相距不过数尺，可是别说不钻进我被窝来亲我一亲，连我的手脚也不来捏一下，哪像什么新婚夫妇？别说新婚夫妇，就算是七八十岁的老夫老妻，也该亲热一下啊。"

耳听得石破天睡在后梢之上，呼吸悠长，睡得正香，她怒从心起，从身畔摸过柳叶刀，轻轻拔刀出鞘，咬牙自忖："这样的呆木头老公，留在世上何用？"悄悄走到后梢，心道："石郎石郎，这是你自己变了，须莫怪我心狠。"提起刀来正要往他头上斫落，终于心中一软，将他肩头轻轻扳过，要在他临死之前再瞧他最后一眼。

石破天在睡梦中转过身来，淡淡的月光洒在他脸上，但见他脸上笑容甚甜，不知在做什么好梦。丁珰心道："你转眼便要死了，让你这好梦做完了再杀不迟，左右也不争在这一时半刻。"当下抱膝坐在他身旁，凝视着他脸，只待他笑容一敛，挥刀便斫将下去。

过了一会，忽听得石破天迷迷糊糊说道："叮叮当当，你……你为什么生气？不过……不过你生起气来，模样儿很好看，是真的……真的十分好看……我就看上一百天，一千天，也决不会够，一万天……十万天，不，五千天……也是不够……"

丁珰静静的听着，不由得心神荡漾，心道："石郎，石郎，原来你在睡梦之中，也对我念念不忘。这般好听的话倘若白天里跟我说了，岂不是好？唉，总有一天，你的胡涂病根子好了，会跟我说这些话。"眼见船舷边露水沾湿了木板，石破天衣衫单薄，心生怜惜，将舱里一张薄被扯了出来,轻轻盖在他身上,又向他痴痴的凝视半天,这才回入舱中。

只听得丁不三骂道:"半夜三更,一只小耗子钻来钻去,便是胆子小,想动手却不敢,有什么屁用! 也不知是不是我丁家的种?"

丁珰知道自己的举止都教爷爷瞧在眼里了,这时她心中欢喜,对爷爷的讥刺毫不在意,心中反来覆去只想着这几句话:"不过你生起气来,模样儿很好看……我看上一万天,十万天,也是不够。"突然间噗哧一声,笑了出来,心道:"这白痴天哥,便在睡梦中说话,也是痴痴的。咱们就活了一百岁,也不过三万六千日,哪有什么十万天可看? 你这般说,倒似五千天还多过十万天!"

她又哭又笑的自己闹了半天,直到四更天时才蒙眬睡去,但睡不多时,便给石破天的声音惊醒,只听得他在后梢头大声叫嚷:"咦,这可真奇了! 叮叮当当,你的被子,半夜里怎么会跑到我身上来? 难道被子生脚的么?"

丁珰大羞,从舱中一跃而起,抢到后梢,见石破天手中拿着那张薄被,大声道:"叮叮当当,你说这件事奇怪不奇怪? 这被子……"丁珰满脸通红,夹手将被子抢了过来,低声喝道:"不许再说了,被子生脚,又有什么奇怪?"石破天道:"被子生脚还不奇怪? 你说被子的脚在哪里?"

丁珰一侧头,见那老梢公正在拔篙开船,似笑非笑的斜视自己,不由得一张脸更羞得如同红布相似,嗔道:"你还说?"左手便去扭他耳朵。

石破天右手一抬,自然而然的使出一十八路擒拿手中的"鹤翔手"。丁珰右手回转,反拿他胁下。石破天左肘横过,封住了她这一拿,右手便去抓她肩头。丁珰将被子往船板上一抛,回了一招,她知石破天内劲凌厉,手掌臂膀不和他指掌相接。霎时之间两人已拆了十余招。丁珰越打越快,石破天全神贯注,居然一丝不漏,待拆到数十招后,丁珰使一招"龙腾爪",直抓他头顶。石破天反腕格去,这一下出手奇快,丁珰缩手不及,已给他五指拂中了手腕穴道,只觉一股强劲的热力自腕而臂,自臂而腰,直转了下去。这股强劲的内力又自腰间直传至腿上,丁珰站立不稳,身子一侧,便倒了下来,正好摔在薄被上。

石破天童心大起，俯身将被子在她身上一裹，抱了起来，笑道："你为什么扭我？我把你抛到江里喂大鱼。"丁珰给他抱着，虽隔着一条被子，也不由得浑身酸软，又羞又喜，笑道："你敢！"石破天笑道："为什么不敢？"将她连人带被的轻轻一送，掷入船舱。

丁珰从被中钻出，又走到后梢。石破天怕她再打，退了一步，双手摆起架式。

丁珰笑道："不玩啦！瞧你这副德性，拉开了架子，倒像是个庄稼汉子，哪有半点武林高手的风度！"石破天笑道："我本来就不是武林高手。"丁珰道："恭喜，恭喜！你这套擒拿手法已学会了，青出于蓝，连我做师父的也已不是徒儿的对手了。"

丁不三在船舱中冷冷的道："要和雪山派高手白万剑较量，却还差着这么老大一截。"

丁珰道："爷爷，他学功夫学得这么快。只要跟你学得一年半载，就算不能天下无敌，做你的孙女婿，却也不丢你老人家的脸了。"丁不三冷笑道："丁老三说过的话，岂有改口的？第一、我说过他既要娶你为妻，永远就别想学我武艺；第二、我限他十天之内打败白万剑。再过得五天，他性命也不在了，还说什么一年半载。"

丁珰心中一寒，昨天晚上还想亲手去杀死石破天，今日却已万万舍不得石郎死于爷爷之手，但爷爷说过的话，确是从来没不算数的，这便如何是好？思前想后，只有照着原来的法子，从这一十八路擒拿手中别出机谋。

于是此后几天之中，丁珰除了吃饭睡觉，只将这一十八路擒拿手的诸般变化，反来覆去的和石破天拆解。到得后来，石破天已练得纯熟之极，纵然不借强劲内力，也已勉强可和丁珰攻拒进退，拆个旗鼓相当。

第八天早晨，丁不三咳嗽一声，说道："只剩下三天了。"

丁珰道："爷爷，你要他去打败白万剑，依我看也不是什么难事。白万剑雪山派的剑法虽然厉害，总还不是我丁家的武功可比。石郎这套擒拿手练得差不多了。单凭一双空手，便能将那姓白的手中长剑夺了下来。他空手夺人长剑，算不算得是胜了？"

丁不三冷笑道："小丫头说得好不稀松！凭他这一点子能耐，便能把'气寒西北'手中长剑夺了下来？我叫你乘早别发清秋大梦。

就是你爷爷,一双空手只怕也夺不下那姓白的手中长剑。"丁珰道:
"原来连你也夺不下,那么你的武功我瞧……哼,哼,也不过……哼,
哼!"丁不三怒道:"什么哼哼?"丁珰仰头望着天空,说道:"哼哼就是
哼哼,就是说你武功了得。"丁不三道:"你说什么鬼话? 哼哼就是说
我武功稀松平常。"丁珰道:"你自己说你武功稀松平常,可不是我说
的。"丁不三道:"你哼哼也好,哈哈也好,总而言之,十天之内他不能
打败白万剑,我就杀了这白痴。"

丁珰嘟起了小嘴,说道:"你叫他十天之内去打败白万剑,但若
十天之内找不到那姓白的,可不是石郎的错。"丁不三道:"我说十
天,就是十天。找得到也好,找不到也好,十天之内不将他打败,我
就杀了这小白痴。"丁珰急道:"现下只剩三天了,却到哪里找白万剑
去? 你……你……你当真是不讲道理。"丁不三笑道:"丁不三若讲
道理,也就不是丁不三了。你到江湖上打听打听,丁不三几时讲过
道理了?"

到第九天上,丁不三嘴角边总挂着一丝微笑,有时斜睨石破天,
眼神极是古怪,带着三分卑视,却有七分杀气。

丁珰知道爷爷定是要在第十天上杀了石郎,这时候别说石破天
的武功仍与白万剑天差地远,就算当真胜得了他,短短两天之中,茫
茫大江之上,却又到哪里找这"气寒西北"去?

这日午后,丁珰和石破天拆了一会擒拿手,脸颊晕红,她打了个
呵欠,说道:"八月天时,还这么热!"坐在石破天身边,指着长江中并
排而游的两只水鸟,说道:"天哥,你瞧这对夫妻水鸟在江中游来游
去,何等逍遥快乐,倘若一箭把雄鸟射死了,雌鸟孤苦伶仃的,岂不
可怜?"石破天道:"我以前在山里打猎、射鸟的时候,倒也没想到它
是雌是雄,依你这么说,我以后只拣雌鸟来射罢!"丁珰叹了口气,心
道:"我这石郎毕竟痴痴呆呆。"又打个呵欠,斜身倚着石破天,将头
靠在他肩上,合上了眼。

石破天道:"叮叮当当,你倦了吗? 我扶你到船舱里睡,好不
好?"丁珰迷迷糊糊的道:"不,我就爱这么睡。"石破天不便拂她之
意,便任由她以自己左肩为枕,只听得她气息悠长,越睡越沉,一头
秀发擦在自己左颊之上,微感麻痒,却也是说不出的舒服。

突然之间，一缕极细微的声音钻入了自己左耳，轻如蜂鸣，几不可辨："我跟你说话，你只听着，不可点头，更不可说话，脸上也不可露出半点惊奇的神气。你最好闭上眼睛，假装睡着，再发出一些鼾声，以便遮掩我的话声。"

石破天大感奇怪，还道她是在说梦话，斜眼看去，但见她长长的睫毛覆盖双眼，突然间左眼张开，向他眨了两下，随即又闭上了。石破天当即省悟："原来她要跟我说说几句秘密话儿，不让爷爷听见。"于是也打了个呵欠，说道："好倦！"合上了眼睛。

丁珰心下暗喜："天哥毕竟不是白痴，一点便透，要他装睡，他便装得真像。"又低声道："爷爷说你武功低微，又是个白痴，不配做他孙女婿。十天期限，明天便到，他定要将你杀死。咱们又找不着白万剑，就算找到了，你也打他不过。唯一的法子，只有咱夫妻俩脱身逃走，躲到深山之中，让爷爷找你不到。"

石破天心道："好端端地，爷爷怎么会杀我，叮叮当当究竟是个小孩子，将爷爷的笑话也当了真，不过她说咱两个躲到深山之中，让爷爷找不到，那倒好玩得很。"他一生之中，都是二人共处深山，自觉那是自然不过的生涯，这些日子来遇到的事无令他茫然失措，实盼得能回归深山，想到此后日常相伴的竟是这个美丽可爱的叮叮当当，不由得大是兴奋。

丁珰又道："咱两个如上岸逃走，定给爷爷追到，无论如何逃不了。你记好了，今晚三更时分，我突然抱住爷爷，哭叫：'爷爷，你饶了石郎，别打他，别杀他！'你便立刻抢进舱来，右手使'虎爪手'，抓住爷爷的背心正中，左手使'玉女拈针'拿住他后腰。记着，听到我叫'别杀他'，你得赶快动手，是'虎爪手'和'玉女拈针'。爷爷给我抱住双臂，一时不能分手抵挡，你内力很强，这么一拿，爷爷便不能动了。"

石破天心道："叮叮当当真顽皮，叫我帮忙，开爷爷这么个大玩笑，却不知爷爷会不会生气？也罢，她既爱闹着玩，我顺着她意思行事便了。想来倒有趣得紧。"

丁珰又低声道："这一抓一拿，可跟我二人生死攸关。你用左手摸一下我背心的'灵台穴'，那'虎爪手'该当抓在这里。"石破天仍闭着眼睛，慢慢提起左手，在丁珰"灵台穴"上轻轻抚摸一下。丁珰道："是啦，黑暗之中出手要快，认穴要准，我拼命抱住爷爷，只能挨得一霎时之间，只要他一惊觉，立时便能将我摔开，那时你万难抓得到他了。你再轻轻碰我后腰的'悬枢穴'，且看对是不对。那'玉女拈针'这一招，只用大拇指和食指两根手指，劲力要从指尖直透穴道。"

石破天左手缓缓移下，以两根手指在她后腰"悬枢穴"上轻轻搔爬了一下，他这时自是丝毫没使劲，不料丁珰是黄花闺女，分外怕痒，给他在后腰上这么轻轻一搔，忍不住格的一声笑了出来，笑喝："你胡闹！"石破天哈哈大笑。丁珰也伸手去他胁下呵痒。两人嘻嘻哈哈，笑作一团，把装睡之事全然置之脑后。

这日黄昏时分，老梢公将船泊在江边的一个小市镇旁，上岸去沽酒买菜。丁珰道："天哥，咱们也上岸去走走。"石破天道："甚好！"丁珰携了他手，上岸闲行。

那小市镇只不过八九十家人家，倒有十来家是鱼行。两人行到市梢，眼看身旁无人。石破天道："爷爷在船舱中睡觉，咱们这么拔足便走，岂不就逃走了？"他只盼尽早与丁珰躲入深山。丁珰摇头道："哪有这么容易，就是让咱们逃出十里二十里，他一样也能追上。"

忽听得背后一人粗声道："不错，你便是逃出一千里，一万里，咱们一样也能追上。"

石破天和丁珰回过头来，只见两名汉子从一棵大树后转了出来，向着二人狞笑。石破天识得这两人便是雪山派中的呼延万善和闻万夫，不由得一怔，暗暗惊惧。

原来雪山派两名弟子在长江中发现了石破天的踪迹，上船动手，其一身受重伤。白万剑得报，分遣众师弟水陆两路追寻。呼延万善和闻万夫这一拨乘马溯江向西追来，竟在这小镇上和石破天相遇。呼延万善为人持重，心想自己二人未必是这姓石小子的对手，正想依着白师兄的嘱咐发射冲天火箭传讯，不料闻万夫忍耐不住，登时叫了出来。

丁珰也是一惊："这二人是雪山派弟子，不知白万剑是否便在左近？倘若那姓白的也赶了来，爷爷逼着石郎和他动手，那可糟了。"

向二人横了一眼,啐道:"我们自己说话,谁要你们插口?天哥,咱们回船去。"石破天也心存怯意,点了点头,两人转身便走。

闻万夫向来便瞧不起这师侄,心想:"王万仞王师哥、张万风张师弟两人都折在这小子手下,也不知他二人怎么搞的。这小子要是当真武功高强,怎么会一招之间便给白师哥擒了来?我今日将他擒了去,那可是大功一件,从此在本门中出人头地。"当即喝道:"往哪里走?姓石的小子,乖乖跟我走罢!"口中叱喝,左手便向石破天肩头抓来。

石破天侧身避过,使出丁珰所教的擒拿手法,横臂格开来招。闻万夫一抓不中,飞脚便向石破天小腹上踢去。

这一脚如何拆解,石破天却没学过。他这半天中,心头反来覆去的便是想着"虎爪手"和"玉女拈针"两招,危急之际,所想起的也只这两招。但闻万夫和他相对而立,这两招攻人后心的手法却全然用不上,这时他也顾不得合式不合式,拔步便抢向对方身后。他内功深厚,转侧迅捷无比,这么一奔,便已将闻万夫那一足避过,同时右手"虎爪手"抓他"灵台穴",左手"玉女拈针"拿他"悬枢穴",内力到处,闻万夫微一痉挛,便即萎倒。

呼延万善正欲上前夹攻,突见石破天已拿住师弟要穴,情急之下不及抽剑,挥拳往石破天腰间击来。他这一拳用上了十成劲力,波的一响,跟着喀喇一声,右臂竟尔震断。

石破天却只腰间略觉疼痛,松手放开闻万夫时,只见他缩成了一团,毫不动弹,扳过他肩头,见他双目上挺,神情可怖。石破天吃了一惊,叫道:"啊哟,不好,叮叮当当,他……他……他怎么忽然抽筋,莫非……莫非死了?"

丁珰格的一笑,道:"天哥,你这两招使得甚好,只不过慌慌张张的,姿势太也难看。你这么一拿,他死是不会死的,残废却免不了,双手双脚,总得治上一年半载罢。"

石破天伸手去扶闻万夫,道:"真……真对不起,我……我不是有意伤你,那怎么……怎么办?叮叮当当,得想法子给他治治。"丁珰伸手从闻万夫身畔抽出长剑,道:"你要让他不多受苦楚?那容易得紧,一剑杀了就是。"石破天忙道:"不行,不行!"

呼延万善怒道:"你这两个无耻小妖。雪山派弟子能杀不能辱。

今日老子师兄弟折在你手里,快快把我们两个都杀了。多说这些气人的话干么?"

石破天深恐丁珰真的将闻万夫杀了,忙夺下她手中长剑,在地下一插,说道:"叮叮当当,快……快回去罢。"拉着她衣袖,快步回船。

丁珰晒道:"听人说长乐帮石帮主心狠手辣,杀人不眨眼,怎地忽然婆婆妈妈起来? 刚才之事,可别跟爷爷说。"石破天道:"是,我不说。你说那个人,他……他当真会手足残废?"丁珰道:"你拿了他两处要穴,若还不能令他手足残废,咱们丁家这一十八路擒拿手法还有什么用处?"石破天道:"那怎么你叫我待会也这么去擒拿爷爷?"丁珰笑道:"傻哥哥,爷爷是何等样人物,岂可和雪山派中这等脓包相比? 你若侥幸能拿住爷爷这两处要穴,又能使上内力,最多令他两三个时辰难以行动,难道还能叫他残废了?"

石破天心头栗六,怔忡不安,只是想着闻万夫适才的可怖模样。

这一晚迷迷糊糊的半醒半睡,到得半夜,果然听得丁珰在船舱中叫了起来:"爷爷,爷爷,你饶了石郎性命,别杀他,别杀他!"石破天急跃而起,抢到舱中,朦胧中只见丁珰抱住了丁不三的上身,不住的叫:"爷爷,别杀石郎!"

石破天伸出双手,便要往丁不三后心抓去,陡然想起闻万夫缩成一团的可怖神情,心道:"我这双手抓将下去,倘若将爷爷也抓成这般模样,那可太对不起他,我……我决计不可。"当即悄悄退出船舱,抱头而睡。

丁珰眼见石破天抢进舱来,时刻配合得恰到好处,正欣喜间,不料他迟疑片刻,便即退出,功败垂成,不由得又急又怒。

石破天回到后梢,心中兀自怦怦乱跳,过了一会,只听得丁珰道:"啊哟,爷爷,我怎么抱着你? 我……我刚才做了个恶梦,梦见你将石郎打死了,我求你……求你饶他性命,你总不答允,谢天谢地,只不过是个梦。"

却听丁不三道:"你做梦也好,不做梦也好,天一亮便是咱们说好了的第十天。且瞧他这一日之中,能不能找到白万剑来将他打败了。"丁珰叹了口气,说道:"我知道石郎不是白痴!"丁不三道:"是啊,他良心好! 良心好的人若非傻子,便是白痴,该死之极。唉,以

'虎爪手'抓'灵台穴',以'玉女拈针'拿'悬枢穴',妙计啊妙计! 就可惜白痴良心好,不忍下手。不忍下手,就是白痴,白痴就该死。"

这几句话钻入了舱内舱外丁珰和石破天耳里,两人同时大惊:"爷爷怎知道我们的计策?"石破天还不怎么样,丁珰却不由得遍体都是冷汗,心想:"原来爷爷早已知晓,那么暗中自必有备,天哥刚才没下手,也不知是祸是福?"

石破天浑浑噩噩,却绝不信次日丁不三真会下手杀他,过不多时,便即睡着了。

天刚破晓,忽听得岸上人声喧哗,纷纷叫嚷:"在这里了!""便是这艘船。""别让老妖怪走了!"石破天坐起身来,只见岸边十多人手提灯笼火把,奔到船边,当先四五人抢上船头,大声叱喝:"老妖怪在哪里? 害人老妖往哪里逃?"

丁不三从船舱中钻了出来,喝道:"什么东西在这里大呼小叫?"

一条汉子喝道:"是他,是他! 快泼!"他身后两人手中拿着竹做的喷筒,对准丁不三,两股血水向他急速射去。岸上众人欢呼吆喝:"黑狗血洒中老妖怪,他就逃不了!"

可是这两股狗血哪里能溅中丁不三半点? 他腾身而起,心下大怒:"哪里来的妄人,当老夫是妖怪,用黑狗血喷我?"旁人不去惹他,他喜怒无常之时,举手便能杀人,何况有人欺上头来? 他身子落下来时,双脚齐飞,踢中两名手持喷筒的汉子,跟着呼的一掌,将当先的大汉击得直飞出去。这三人都不会什么武功,中了这江湖怪杰的拳脚,哪里还有性命? 两人当即死在船头,当先的那大汉在半空中便狂喷鲜血。

丁不三又要举脚向余人扫去,忽听得丁珰在身后冷冷的道:"爷爷,一日不过三!"

丁不三一怔,盛怒之下,险些儿忘了自己当年立下的毒誓,这一脚离那船头汉子已不过尺许,当即硬生生的收脚。

众人吓得魂飞魄散,叫道:"老妖怪厉害,快逃,快逃!"霎时之间逃了个干干净净,灯笼火把有的抛在江中,有的丢在岸上。三具尸首一在岸上,二在船头,谁也顾不得了。

丁不三将船头的尸首踢入江中,向梢公道:"快开船,再有人来,

188

我可不能杀啦!"那梢公吓得呆了,双手不住发抖,几乎无力拔篙。丁不三提起竹篙,将船撑离岸边。狗血没射到人,却都射在舱里,腥气难闻。

丁不三冷冷的道:"阿珰,你捣这鬼为了什么?"丁珰笑道:"爷爷,你说过的话算不算数?"丁不三道:"我几时说过话不算数了?"丁珰道:"好,你说十天一满,若是石郎没将那姓白的打败,便要杀他。今日是第十天,可是你已经杀了三个人啦!"

丁不三一凛,怒道:"小丫头,诡计多端,原来爷爷上了你的恶当。"

丁珰极是得意,笑吟吟的道:"丁家三老爷素来说话算数,你说在第十天上定要杀了这小子,可是'一日不过三',你已杀了三个人,这第四个人,便不能杀了。你既在第十天上杀他不得,以后也就不能再杀了。我瞧你的孙女婿儿也不是真的什么白痴,等他身子慢慢复原,武功自会大进,包不丢了你的脸面便是。"

丁不三伸足在船头用力一蹬,喀的一声,船头木板登时给他踹了一个洞,怒道:"不成,不成!丁不三折在你小丫头手下,便已丢了脸。"丁珰笑道:"我是你的孙女儿,大家是一家人,有什么丢不丢脸的? 这件事我又不会说出去。"丁不三怒道:"我输了便心中不痛快,你说不说有什么相干?"丁珰道:"那就算是你赢好了。"丁不三道:"输便输,赢便赢。我又不是你那不成器的四爷爷,他小时候跟我打架,输了反而自吹是赢了。"

石破天听着他祖孙二人对话,这才恍然大悟,原来那些人是丁珰故意引来给她爷爷杀的,好让他连杀三人之后,限于"一日不过三"的规定,便不能再杀他,眼看丁不三于一瞬间连杀三人的凶狠神态,那么要杀死自己的话,只怕也不是开玩笑的了;见丁珰笑嘻嘻的走到后梢,便道:"叮叮当当,你为了救我性命,却无缘无故的害死了三人,那不是……不是太也残忍了么?"丁珰脸一沉,说道:"是你害的,怎么反而怪起我来了?"石破天惘然道:"是……是我害的?"丁珰道:"怎么不是? 昨晚你事到临头,不敢动手。否则咱二人早已逃得远远的到了深山之中,又何至累那三人无辜送命?"

石破天心想这话倒也不错,一时说不出话来。

忽听得丁不三哈哈大笑,说道:"有了,有了! 姓石的白痴,爷爷要挖出你眼珠子,斩了你的双手,教你死是死不了,却成为一个废人。我只须不取你性命,那就不算破了'一日不过三'的规矩。"丁珰和石破天面面相觑,神色大变。

丁不三越想越得意,不住口的道:"妙计,妙计! 小白痴,我不杀死你,却将你弄成人不像人,鬼不像鬼。阿珰哪,那总可以的罢?"丁珰一时无辞可辩,只得道:"这第十天又没过,说不定待会就遇到白万剑,石郎又出手将他打败了呢?"丁不三呵呵而笑,道:"不错,不错,咱们须得公平交易,童叟无欺。爷爷等到今晚三更再动手便了。"

丁珰愁肠百结,再也想不出别的法子来令石破天脱此危难。偏偏石破天似仍不知大祸临头,反来问她:"你为什么皱起了眉头,有什么心事?"丁珰嗔道:"你没听爷爷说么? 他要挖了你眼珠子,斩了你双手。"石破天笑道:"爷爷说笑话吓人呢,你也当真! 他挖了我眼睛、斩了我双手去,又有什么用? 我又没得罪他。"

丁珰由嗔转怒,心道:"这人行事婆婆妈妈,脑筋胡里胡涂,我一辈子跟着他确也没趣得紧,爷爷要杀他,让他死了便是。"但想到爷爷待会将他挖去双目、斩去双手,自己如果回心转意,又要起他来,我叮叮当当嫁了这么一个没眼没手的丈夫,更加无味之极。

眼见太阳渐渐西沉,丁珰面向船尾,见自己和石破天的影子双双浮在江面之上,就像是游泳一般,随舟逐波而西。丁珰侧过身来,见石破天背脊向着自己,她双手伸出,便向他背心要穴拿去。她右手使"虎爪手"抓住石破天背心"灵台穴",左手以"玉女拈针"拿他"悬枢穴"。石破天绝无防备,两处要穴给她拿住后,立时全身酸软,动弹不得。

丁珰却受到他内力震荡,身子向后反弹,险些堕入江中,伸手抓住船篷,骂道:"爷爷要挖你双眼,斩你双手,你这种废人留在世上,就算不丢爷爷的脸,我叮叮当当也没脸见人了。也不用爷爷动手,我自己先挖出你眼珠子。"在后梢取过一条长长的帆索,将石破天双手双脚都缚住了,又将帆索从肩至脚,一圈又一圈的紧紧捆绑,少说也缠了八九十圈,直如一只大粽子相似。

本来如此这般的被擒拿了穴道,一个对时中难以开口说话,但石破天内力深厚,四肢虽不能动,却张口说道:"叮叮当当,你跟我闹着玩吗?"他话是这般说,但见着丁珰凶狠的神气,也已知道大事不妙,眼神中流露出乞怜之色。丁珰伸足在他腰间狠狠踢了一脚,骂道:"哼,我跟你闹着玩? 死在临头,还在发你清秋大梦,这般的傻蛋,我将你千刀万剐,也是不冤。"飕的一声,拔出了柳叶刀来,在石破天脸颊上来回擦了两下,作磨刀之状。

石破天大骇,说道:"叮叮当当,我今后总听你话就是。你杀了我,我⋯⋯我⋯⋯可活不转来啦!"丁珰恨恨的道:"谁要你活转来了? 我有心救你性命,你偏不照我吩咐。那是你自寻死路,又怪得谁来? 我此刻不杀你,爷爷也会害你。哼,是我老公,要杀便由我自己动手,让别人来杀我老公,我叮叮当当一世也不快活。"

石破天道:"你饶了我,我不再做你老公便是。"他说这几句话,已是在极情哀求,只是自幼禀承母训,不能向人求恳,这个"求"字却始终不出口。

丁珰道:"天地也拜过了,怎能不做我老公? 再啰唆,我一刀便砍下你的狗头。"

石破天吓得不敢再作声。只听得丁不三笑道:"很好,很好,妙得很! 那才是丁不三的乖孙女儿。爽爽快快,一刀两断便是!"

那老梢公见丁珰举刀要杀人,吓得全身发抖,舵也掌得歪了。船身斜里横过去,恰好迎面一艘小船顺着江水激流冲将过来,眼见两船便要相撞。对面小船上的梢公大叫:"扳梢,扳梢!"

丁珰提起刀来,落日余晖映在刀锋之上,只照得石破天双目微眯,猛见丁珰手臂往下急落,啪的一声响,这一刀却砍得偏了,砍在他头旁数寸处的船板上。丁珰随即撒手放刀,双手抓起石破天的身子,双臂运劲向外一抛,将他向着擦舟而过的小船船舱摔去。

丁不三见孙女突施诡计,怒喝:"你⋯⋯你干什么?"飞身从舱中扑出,伸手去抓石破天时,终究慢了一步。江流湍急,两船瞬息间已相距十余丈,丁不三轻功再高,却也没法纵跳过去。他反手重重打了丁珰一个耳光,大叫:"回舵,回舵,快追!"

但长江之中风劲水急,岂能片刻之间便能回舵? 何况那小船轻舟疾行,越驶越远,再也追不上了。

丁不四危急中灵机一动，双掌倏地上举，掌力向天上送去，石破天便也双掌呼的一声，向上拍出。两人四掌对着天空，你瞧瞧我，我瞧瞧你。

第九回　大粽子

　　石破天耳畔呼呼风响，身子在空中转了半个圈，落下时脸孔朝下俯伏，冲入一个所在，但觉着身处甚为柔软，倒也不感疼痛，只黑沉沉的目不见物，但听得耳畔有人惊呼。他身不能动，也不敢开口说话，鼻中闻到一阵幽香，似是回到了长乐帮总舵中自己床上。

　　微一定神，果然觉到是躺在被褥之上，口鼻埋在一个枕头之中，枕畔却另有一个人头，长发披枕，竟是个女子。石破天大吃一惊，"啊"的一声，叫了出来。

　　只听得一个女子的声音说道："什么人？你……你怎么……"石破天道："我……我……"不知如何回答才是。那女子道："你怎么钻到我们船里？我一刀将你杀了！"石破天大叫："不，不是我自己钻进来的，是人家摔我进来的。"那女子急道："你……你……你快出去，怎么爬在我被……被窝里？"

　　石破天一凝神间，果觉自己胸前有褥，背上有被，脸上有枕，而被褥之间更颇为温暖，才知丁珰这么一掷，恰巧将他摔入这艘小船的舱门，穿入船舱中一个被窝；更糟的是，从那女子的话中听来，似乎这被窝竟是她的。他若非手足被绑，早已急跃而起，逃了出去，偏生身上穴道未解，连一根手指也抬不起来，只得说道："我动不得，劳你的驾，将我搬了出去，推出去也好，踢出去也好。"

　　只听得脚后一个苍老的妇人声音道："这混蛋说什么胡话？快将他一刀杀了。"那女子道："奶奶，如杀了他，我被窝中都是鲜血，

195

那……那怎么办？"语气甚为焦急。那老妇怒道："是什么鬼东西？喂，你这混蛋，快爬出来。"

石破天急道："我真动不得啊，你们瞧，我给人抓了灵台穴，又拿了悬枢穴，全身又给绑得结结实实，要移动半分也动不了。这位姑娘还是太太，你快起来罢，咱们睡在一个被窝里，可……可实在不大妙。"

那女子啐道："什么太太的？我是姑娘，我也动不了。奶奶，你……你快想个法子，这人当真是给人绑着的。"石破天道："老太太，你做做好事，劳你驾，把我拉出去。我……我得罪了这位姑娘……唉……这个……真说不过去。"

那老妇怒道："小混蛋，倒来说风凉话。"那姑娘道："奶奶，咱们叫后梢的船家来把他提出去，好不好？"那老妇道："不成，不成！这般乱七八糟的模样，怎能让旁人见到？偏生你我又动弹不得，这……这……"

石破天心道："莫非这位老太太和那姑娘也给人绑住了？"

那老妇不住口的怒骂："小混蛋，臭混蛋，你怎么别的船不去，偏偏撞到我们这里来？阿绣，快把他杀了，被窝中有血，有什么打紧？这人早晚总是要杀的。"那姑娘道："我没力气杀人。"那老妇道："用刀子慢慢的锯断他喉管，这小混蛋就活不了。"

石破天大叫："锯不得，锯不得！我的血脏得很，把这香喷喷的被窝弄得一塌胡涂，而且……而且……被窝里有个死尸，过一会定要变成僵尸，也不大妙。"只听得嘤的一声，那姑娘显是听到"被窝里有个死尸要变僵尸"这话很害怕，石破天心中一喜，听那姑娘道："奶奶，我拔刀子也没力气。"石破天道："你没力气拔刀子，那再好没有了。我此刻动不得，你如将我杀了，我就变成僵尸，躺在你身旁，那有多可怕。我活着不能动，变成僵尸，就能动了，我两只冷冰冰的僵尸手握住你喉咙……"

那姑娘给他说得更加怕了，忙道："我不杀你，我不杀你！"过了一会儿，又道："奶奶，怎生想个法子，叫他出去？"那老妇道："我在想哪，你别多说话。"

这时已然入夜，船舱中漆黑一团。石破天和那姑娘虽同盖一被，幸好掷进来时偏在一旁，没碰到她身子，黑暗中只听得那姑娘气息急促,显然十分惶急。过了良久,那老妇仍没想出什么法子来。

突然之间,远处传来两下尖锐的啸声,静夜中凄厉刺耳。跟着飘来一阵大笑之声,声音苍老豪迈。那人边笑边呼:"小翠,我已等了你一日一晚,怎么这会儿才到?"

那姑娘急道:"奶奶,他……他追过来了,那怎么是好?"那老妇哼了一声,说道:"你别作声,我正凝聚真气,只要足上经脉稍通,能有片刻动弹,我便往江心中一跳,免得受这老妖之辱。"那姑娘急道:"奶奶,奶奶,那使不得。"那老妇怒道:"我叫你别来打扰我。奶奶投江之时,你跟不跟我去?"那姑娘微一迟疑,说道:"我……我跟着奶奶一块儿死。"那老妇道:"好!"说了这个"好"后,便不作声了。

石破天两度尝过这"走火"的滋味,心想:"原来老太太和小姑娘都练内功走火,动弹不得,偏生敌人在这当头赶到,当真为难之极。"

只听下游那苍老的声音又叫道:"你爱比剑也好,斗拳也好,丁老四定然奉陪到底。小翠,你怎不回答我?"这时话声又近了数十丈。过不多时,只听得半空中呛啷啷铁链响动,跟着嘭的一声巨响,一件重物落上了船头,显是迎面而来的船上有人掷来铁锚铁链。后梢的船家大叫:"喂,喂,干什么? 干什么?"

石破天只觉坐船向右急剧倾侧,不由自主的也向右滚去,那姑娘向他滚过来,靠在他身上。石破天道:"这个……这个……你……"要想叫她别靠在自己身上,但随即想起她跟自己一样,也动弹不得,话到口边,又缩了回去。

跟着觉得船头一沉,有人跃到了船上,倾侧的船身又回复平稳。那老人站在船头说道:"小翠,我来啦,咱们是不是就动手?"

后梢的船家叫道:"你这么搅,两艘船都要给你弄翻了。"那老人怒道:"狗贼,快给我闭上了鸟嘴!"提起铁锚掷出。两艘船便即分开,同时顺着江水疾流而下。船家见他如此神力,将一只两百来斤重的铁锚掷来掷去,有如无物,吓得咋舌不下,再也不敢作声了。

那老人笑道:"小翠,我在船头等你。你伏在舱里想施暗算,我可不上你当。"

石破天心头一宽,心想他一时不进舱来,便可多挨得片刻,但随即想起,多挨片刻,未必是好,那老妇若能凝聚真气,便要挟了这小姑娘投江自尽,这时那姑娘的耳朵正挨在他口边,便低声道:"姑娘,你叫你奶奶别跳到江里。"

那姑娘道："她……她不肯的，一定要跳江。"一时悲伤不禁，流下泪来，眼泪既夺眶而出，便再也忍耐不住，抽抽噎噎的哭了起来，泪水滚滚，沾湿了石破天的脸颊。她哽咽道："对……对不住！我的眼泪流到了你脸上。"这姑娘竟十分斯文有礼。

石破天轻叹一声，说道："姑娘不用客气，一些眼泪水，又算得了什么？"那姑娘泣道："我不愿意死。可是船头那人很凶，奶奶说宁可死了，也不能落在他手里。我……我的眼泪，真对不住，你可别见怪……"只听得船板格的一声响，船舱彼端一个人影坐了起来。

石破天本来口目向下，埋在枕上，但滚动之下，已侧在一旁，见到这人坐起，心中怦怦乱跳，颤声说道："姑……姑娘，你奶奶坐起来啦。"那姑娘"啊"的一声，她脸孔对着石破天，已瞧不见舱中情景。过了一会，只听石破天叫道："老太太，你别抓她，她不愿陪你投江自尽，救人哪，救人哪！"

船头上那老人听到船舱中有个青年男子的声音，奇道："什么人大呼小叫？"

石破天道："你快进来救人。老太太要投江自尽了。"

那老人大惊，一掌将船篷掀起了半边，右手探出，已抓住了那老妇手臂。那老妇凝聚了半天的真气立时涣散，应声而倒。那老人一搭她脉搏，惊道："小翠，你是练功走了火吗？干么不早说，却在强撑？"那老妇气喘喘的道："放开手，别管我，快滚出去！"那老人道："你经脉逆转，甚为凶险，若不早救，只怕……只怕要成为残废。我来助你一臂之力。"那老妇怒道："你再碰一下我身子，我纵不能动，也要咬断舌头，立时自尽。"

那老人忙缩回手掌，说道："你的手太阴肺经、手少阴心经、手少阳三焦经全都乱了，这个……这个……"那老妇道："你一心一意只想胜过我。我练功走火，岂不再好也没有了？正好如了你心愿。否则的话，你怎么胜得了我。"那老人道："咱们不谈这个。阿绣，你怎么了？快劝劝你奶奶。你……你……咦！你怎么跟个大男人睡在一起，他是你的情郎，还是你的小女婿儿？"

阿绣和石破天齐声道："不，不是的，我们都动不了啦。"

那老人大为奇怪，伸手将石破天一拉。石破天给帆索绑得直挺挺地,腰不能曲,手不能弯,给他这么一拉,便如一根木材般从被窝中竖了起来。那老人出其不意,倒吓了一大跳,向后急避,待得看清,不禁哈哈大笑,道:"阿绣,端阳节早过,你却在被窝中藏了一只大粽子。"

阿绣急道:"不是的,他是外边飞进来的,不……不是我藏的。"

那老人笑道:"你怎么也不能动,也变成了一只大粽子么?"

那老妇厉声道:"你敢伸一根指头碰到阿绣,我跟你拼命。"

那老人叹了口气,道:"好,我不碰她。"转头向梢公道:"船家,转舵掉头,扯起帆来,我叫你停时便停船。"那梢公不敢违拗,应道:"是!"慢慢转舵。

那老妇怒道:"干什么?"那老人道:"接你到碧螺山去好好调养。你这次走火,非同小可。"那老妇道:"我死也不上碧螺山。我又没输给你,干么迫我到你狗窝去?"那老人道:"咱们约好了在长江比武,我输了到你家磕头,你输了便到我家里,不过不必磕头。是你自己练功走火也好,是你斗不过我也好,总而言之,这一次你非上碧螺山走一遭不可。我几十年来的心愿,这番总算得偿,妙极,妙极!"那老妇怒发如狂,叫道:"不去,不去,不……"越叫越凄厉,陡然间一口气转不过来,竟晕了过去。

那老人笑吟吟的道:"你不去也得去,今日还由得你吗?"

石破天忍不住插口道:"她既不愿去,你怎能勉强人家?"

那老人大怒,喝道:"要你放什么狗屁?"反掌便往他脸上打去。

这一掌眼见便要打得他头晕眼花、牙齿跌落,突然之间,见到石破天脸上一个漆黑的小小掌印,那老人一怔之下,登时收掌,笑道:"啊哈,大粽子,我道是谁将你绑成这等模样,原来是我那乖乖侄孙女。你脸上这一掌,是给我侄孙女打的,是不是?"

石破天不明所以,问道:"你侄孙女?"那老人道:"你还不知老夫是谁? 我是丁不四,丁不三是我哥哥,他年纪比我大,武功却不及我……我的侄孙女……"石破天看他相貌确和丁不三有几分相似,服饰也差不多,只腰间缠着一条黄光灿然的金带,便道:"啊,是了,叮叮当当是你侄孙女。不错,这一掌正是叮叮当当打的,我也是给她绑的。"

丁不四捧腹大笑,道:"我原说天下除了阿踏这小丫头,再没第二个人这么顽皮淘气。很好,很好,很好! 她为什么绑你?"石破天道:"她爷爷要杀我,说我武功太差,是个白痴。"丁不四更加大乐,笑得弯下腰来,道:"老三要杀的人,老四既然撞上了,那就……那就……"石破天惊道:"你也要杀?"

丁不四道:"丁不四的心意,天下有谁猜得中? 你以为我要杀你,我就偏偏不杀。"站起身来,左手抓住石破天后领提将起来,右手并掌如刀,在他身上自上而下急划而落,本来重重缠绕的数十重帆索立时纷纷断绝,当真是利刃也未必有如此锋锐。

石破天赞道:"老爷子,你这手功夫厉害得很,那叫什么名堂?"

丁不四听石破天一赞,登时心花怒放,道:"这一手功夫自然了不起,普天下能有如此功力的,除了丁不四外,再没第二个了。这手功夫吗? 叫做……"

这时那老妇已醒,听到丁不四自吹自擂,当即冷笑道:"哼,耗子上天平,自称自赞! 这一手'快刀斩乱麻',不论哪个学过几手三脚猫把式的庄稼汉子,又有谁不会使的?"丁不四道:"呸! 呸! 学过几手三脚猫把式的人,就会使我这手'快刀斩乱麻'? 你倒使给我瞧瞧!"那老妇道:"你明知我练功走火,没了力气,来说这种风凉言语。大粽子,我跟你说,你到随便哪一处市镇上,见到有人练把式卖膏药,骗人骗财,只须给他一文两文,他就会练这手'快刀斩乱麻'给你瞧,包管跟你这老骗子练得一模一样,没半点分别,说不定还比他强些。这是普天下所有骗人的混蛋个个都会练的法门,只消手指间夹一片快刀,又有什么希罕了!"

其实丁不四这一手乃真功夫,并非骗术,听那老妇说得刻薄,不由得怒发如狂,顺手便向她肩头抓落。

石破天叫道:"不可动粗!"斜身反手,向他右腕上切去,正是丁珰所教一十八路擒拿手中的一招"白鹤手"。他给丁珰拿中穴道后为时已久,在内力撞击之下,穴道渐解,待得身上帆索断绝,血行顺畅,立时行动自如。

丁不四"咦"的一声,反手勾他小臂。石破天于这一十八路擒拿手练得已甚纯熟,当即变招,左掌拍出,右手取对方双目。丁不四喝道:"好! 这是老三的擒拿手。"伸臂上前,压他手肘。石破天双臂圈转,两拳反击他太阳穴。丁不四两条手臂自下穿上,向外一分,快如电闪般向石破天手臂上震去。只道这一震之下，石破天双臂立断，不料四臂相撞，石破天稳立不动，丁不四却感上身一阵酸麻，喀喇一声，足下所踏的一块船板从中折断，船身也向左右猛烈摇晃两下。他急忙后退一步，以免陷入断板，嘴里又"咦"的一声。

他前一声"咦"，只是惊异石破天居然会使他丁家的一十八路擒拿手，但当双臂与石破天较劲，震得他退出一步，那一声"咦"乃大大吃惊，只觉这年轻人内力充盈厚实，直如无穷无尽，自己适才虽未出全力，但对方浑若无事，自己却踏断了船板，可说已输了一招。此人这等厉害，怎能为丁珰所擒？脸上又怎会给她打中一掌？一时心中疑团丛生。

那老妇惊诧之情丝毫不亚于丁不四，哈哈大笑，说道："连……连一个浑小子也……也……也……"一时气息不畅，说不下去了。丁不四怒道："我代你说了罢，'连一个浑小子也斗不过，还逞什么英雄好汉？'是不是？这句话你说不出口，只怕把你憋也憋死了。"那老妇满脸笑容，连连点头。

丁不四侧头向石破天道："大粽子，你……你师父是谁？"石破天搔了搔头，心想自己虽跟谢烟客和丁珰学过武功，却没拜过师父，说道："我没师父！"丁不四怒道："胡说八道，那么你这一十八路擒拿手，又是哪里偷学得来的？"石破天道："我不是偷学得来的，叮叮当当教了我十天。她不是我师父，是我……是我……"要想说"是我老婆"总觉有些不妥，便不说了。丁不四更加恼怒，骂道："你奶奶的，这武功是阿珰教你的？胡说八道。"

那老妇这时已顺过气来，冷冷的道："江湖上人人都说，'丁氏双雄，一是英雄，一是狗熊！'这句话当真不错。今日老婆子亲眼目睹，果然是江湖传言，千真万确。"

丁不四气得哇哇大叫，道："几时有这句话了？定是你捏造出来的。你说，谁是英雄，谁是狗熊？我的武功比老三强，武林中谁人不知，哪个不晓？"

那老妇不敢急促说话，一个字一个字的缓缓说道："丁珰是丁老三的孙女儿。丁老三教了他儿子，他儿子教他的女儿丁珰，丁珰又教这个浑小子。这浑小子只学了十天，就胜过了丁老四，你教天下人去评……评……评……"连说了三个"评"字，一口气又转不过来了。

丁不四听着她慢条斯理、一板一眼的说话，早已十分不耐，这时忍不住抢着说道："我来代你说：'你教天下人评评这道理看，到底谁是英雄，谁是狗熊？自然丁老三是英雄，丁老四是狗熊！'"越说声音越响，到后来声如雷震，满江皆闻。

那老妇笑眯眯的点了点头，道："你……你自己知道就好。"这几个字说得气若游丝，但听在丁不四耳中，却令他愤懑难当，大声叫道："谁说这大粽子胜过丁老四了？来，来，来，咱们再比过！我不在……不在……"

他本想说"不在三招之内就将你打下江去，那就如何如何"，但话到口边，心想此人武功非同小可，"三招之内"只怕拾夺他不下，要想说"十招之内"，仍觉没有把握，说"二十招"罢，还是怕这句话说得太满，若说"一百招之内"，却已没了英雄气概，自己一个成名人物，要花到一百招才能将侄孙女儿的徒弟打败，那又有什么了不起？他略一迟疑，那老妇已道："你不在十万招之内将他打败，你就拜他……拜他……拜他……咳……咳……"

丁不四怒吼："'你就拜他为师！'你要说这句话，是不是？""拜他为师"这四个字一出口，身子已纵在半空，掌影翻飞，向石破天头顶及胸口同时拍落。

石破天虽学过一十八路擒拿手法，但只能拆解丁珰的一十八路擒拿手，学时既非活学，用时也不能活用，眼见丁不四犹似千手万掌般拍将下来，哪里能够抵御？只得双掌上伸，护住头顶，便在这时，后颈大椎穴上感到一阵极沉重的压力，已然中掌。

那大椎穴乃人手足三阳督脉之会，最是要害，但也正因是人手足三阳督脉之会，诸处经脉中内力同时生出反击的劲道。丁不四只感全身剧震，向旁反弹了开去，看石破天时，却浑若无事。这一招石破天固然遭他击中，但丁不四反而向外弹出，不能说分了输赢。

那老妇却阴阳怪气的道："丁不四，人家故意让你击中，你却给弹了开去，当真没用之极，只交手一招，你便输了。"丁不四怒道："我怎么输了？胡说八道！"那老妇道："就算你没输，那么你让他在你大椎穴上拍一掌瞧瞧。要是你不死，反能将他弹开几步，那么你们就算打成平手。"丁不四心想："这小子内力雄厚之极，我大椎穴若给他

202

击上一掌,那是不死也得重伤。"说道:"好端端地,我为什么要给他打?你的大椎穴倒给我打一掌看。"那老妇道:"早知丁狗熊没种,就只会一门取巧捡便宜的功夫,倘若跟人家一掌还一掌、一拳还一拳的文比,谁也不得躲闪挡架,你就不敢。"

丁不四给她说中了心事,讪讪的道:"这等蛮打,是不会武功的粗鲁汉子所为,咱们武学名家,怎么能玩这等笨法子?"他自知这番话强词夺理,经不起驳,在那老妇笑声中,向石破天道:"再来,再来,咱们再比过。"

石破天道:"我只学过叮叮当当教的那些擒拿手,别的武功都不会,你刚才那样手掌乱晃的功夫,我不会招架。老爷子,就算你赢了,咱们不比啦。"

那"就算你赢了"这五个字,听在丁不四耳中极不受用,他大声说道:"赢就是赢,输就是输,哪有什么算不算的?我让你先动手,你过来打我啊。"石破天摇头道:"我就是不会。"丁不四听那老妇不住冷笑,心头火起,骂道:"他妈的,你不会,我来教你。你瞧仔细了,你这样出掌打我,我就这么架开,跟着反手这么打你,你就斜身这么闪过,跟着左手拳头打我这里。"

石破天学招倒很快,依样出手,丁不四回手反击。两人只拆得四招,丁不四呼的一拳打到,石破天不知如何还手,双手下垂,说道:"下面的我不会了。"

丁不四又好气,又好笑,道:"你奶奶的,都是我教你的,那还比什么武?"石破天道:"我原说不用比啦,算你赢就是了。"丁不四道:"不成,我若不是真正胜了你,小翠一辈子都笑话我,丁大英雄给她说成是丁大狗熊,我这张脸往哪里搁去?你记着,我这么打来,你不用招架,最好抢上一步,伸指反来戳我小腹,这一招很阴毒,我这拳就不能打实了,就只得避让,这叫做以攻为守,攻敌之所必救。"

他口中教招,手上比划。石破天用心记忆,学会后两人便从头打起,打到丁不四所教的武功用尽之时,便即停了,只得一个往下再教,一个继续又学。丁不四这些拳法掌法变化本来甚为繁复,但他跟石破天对打,却只以曾经教过的为限。

丁不四心想这般斗将下去,如何胜得了他?唯一机缘只是这浑小子将所学的招数忘了,拆解稍有错误,便立中自己毒手。但偏偏石破天记心甚好,丁不四只教过一遍,他便牢牢记住。两人直拆了数十招,他招式中仍无破绽。

那老妇不时发出几下冷笑之声,又令丁不四不敢以凡庸的招数相授,只要攻守之际有一招不够凌厉精妙,那老妇便出言相讥。她走火之后虽行动不得,眼光仍十分厉害,就算是一招高明武功,她也要故意诋毁几句,何况是不算十分出色精奥的招式。

丁不四打醒了精神,传授石破天拳掌,这股全力以赴的兢兢业业之意,竟丝毫不亚于当年数度和那老妇真刀真枪的拼斗。又教数十招,天色将明,丁不四渐感焦躁,突然拳法一变,使出一招先前教过的"渴马奔泉",连拳带人,猛地扑将过去。

石破天叫道:"次序不对了!"丁不四收招站定,说道:"有什么次序不次序的? 只要是教过你的便行。"石破天倒也没忘他曾教过用"粉蝶翻飞"来拆解,当即依式纵身闪开。丁不四心想:"我只须将你逼下江去,就算是赢了。小翠再要说嘴,也已无用。"踏上一步,一招"横扫千军",双臂猛扫过去。石破天仍依式使招"和风细雨",避开了对方狂暴的攻势,但这步一退,左足已踏上了船舷。

丁不四大喜,喝道:"下去罢!"一招"钟鼓齐鸣",双拳环击,攻他左右太阳穴。依照丁不四所授的功夫,石破天该当退后一步,再以"春云乍展"化开来掌,可是此刻身后已无退路,一步后退,便踏入了江中,情急之下不暇多想,生平学得最熟的只丁珰所教的那两招,也不理会用得上用不上,一闪身,已穿到了丁不四背后,右手以"虎爪手"抓住他"灵台穴",左手以"玉女拈针"拿住他"悬枢穴",双手一拿实,强劲内力陡然发出。

丁不四大叫一声,坐倒舱板。

其实石破天内力再强,凭他只学几天的擒拿手法,又如何能拿得住丁不四这等武学大高手? 只因丁不四有了先入为主的成见,认定石破天必以"春云乍展"来解自己这招"钟鼓齐鸣",而要使"春云乍展",非退后一步而摔入江中不可。他若和另一个高手比武,自会设想对方能有种种拆解之法,拆解之后跟着便有诸般厉害后着,自必四面八方都防到了,决不能让对手闪到自己后心而拿住了要穴。但他跟石破天对拳大半夜,拆解百余招,对方招招都一板一眼,全然依准自己所授的法门而发,心下对他既没半分提防之意,又全没想

侠客行

【上】

204

到这浑小子居然会突然变招,所使的招数却又纯熟无比,出手如风,待要挡避,已然不及,竟着了他的道儿。偏生石破天的内力厉害,劲透要穴,以丁不四修为之高,竟也抵挡不住。

这一下变故之生,丁不四和石破天固吃惊不小,那老妇也错愕无已,"哈哈,哈哈"狂笑两下,晕厥了过去,双目翻白,神情可怖。

石破天惊呼:"老太太,你……你怎么啦?"

阿绣身在舱里,瞧不见船头上情景,听石破天叫得惶急,忙问:"这位大哥,我奶奶怎么了?"石破天道:"啊哟……她……晕过去啦,这一次……这一次模样不对,只怕……只怕……难以醒转。"阿绣惊道:"你说我奶奶……已经……已经死了?"石破天伸手去探了探那老妇鼻息,道:"气倒还有,只不过模样儿……那个……那个很不对。"阿绣急道:"到底怎么不对?"石破天道:"她神色像是死了一般,我扶起你来瞧瞧。"

阿绣不愿受他扶抱,但实在关心祖母,踌躇道:"好!那就劳你这位大哥的大驾。"

石破天一生之中,从未听人说话如此斯文有礼,长乐帮中诸人跟他说话之时尽管恭谨,却是敬畏多过了友善,连小丫头侍剑也总是掩不住脸上惶恐的神色。丁珰跟他说话有时十分亲热,却也十分无礼。只这个姑娘的说话,听在耳中当真是说不出的熨贴舒服,于是轻轻扶她坐起,将一条薄被裹在她身上,然后将她抱到船头。

阿绣见到祖母晕去不醒的情状,"啊"的一声呼叫,说道:"这位大哥,可不可以请你在奶奶'灵台穴'上,用手掌运一些内力过去?这是不情之请,可真不好意思。"

石破天听她说话柔和,垂眼向她瞧去。这时朝阳初升,只见她一张瓜子脸,下巴微圆,却没丁珰那么尖,但清丽文秀,一双明亮清澈的大眼睛也正在瞧着他。两人目光相接,阿绣登时羞得满脸通红,她没法转头避开,便即闭上了眼睛。石破天冲口而出:"姑娘,原来你也这么好看。"阿绣脸上更加红了,两人相距这么近,生怕说话时将口气喷到他脸上,小嘴紧紧闭住。

石破天一呆,道:"对不起!"轻轻将她放上舱板,靠在船舱门边,再伸掌按住那老妇的"灵台穴",也不知如何运送内力,便照丁珰所教以"虎爪手"抓人"灵台穴"的法子，发劲吐出。

那老妇"啊"的一声，醒了过来，骂道："浑小子，你干什么？"石破天道："这位姑娘叫我给你运送内力，你……你果然醒过来啦。"那老妇骂道："你封了我穴道啦，运送内力，是这么干的？"石破天讪讪的道："对不起，对不起。我实在不会，请你教一教。"

适才他这么一使劲，只震得那老妇五脏六腑几欲翻转，"灵台穴"更遭封闭，好在她练功走火，穴道早已自塞，这时封上加封，也不相干。她初醒时十分恼怒，但已知他内力浑厚无比，心想："这傻小子天赋异禀，莫非无意中食了灵芝仙草，还是什么通灵异物的内丹，以致内力虽强，却不会运使。我练功走火，或能凭他之力，得能打通被封的经脉？"便道："好，我来教你。你将内息存于丹田，感到有一股热烘烘的暖气了，是不是？你心中想着，让那暖气通到手少阳三焦经的经脉上。"

这些经脉穴道的名称，当年谢烟客在摩天崖上都曾教过，石破天依言而为，毫不费力的便将内力集到了掌心，他所修习的"罗汉伏魔功"乃少林派第一精妙内功，并兼阴阳刚柔之用，只向来不知用法，等如有人家有宝库，金银堆积如山，却觅不到那枚开库的钥匙，此刻经那老妇略加指拨，依法而为，体内本来蓄积的内力便排山倒海般涌出。

那老妇叫道："慢些，慢……"一言未毕，已"哇"的一声，吐出大口黑血。

石破天吃了一惊，叫道："啊哟！怎么了？不对么？"阿绣道："这位大哥，我奶奶请你缓缓运力，不可太急了。"那老妇骂道："傻瓜，你想要我的命吗？你将内力运一点儿过来，等我吸得几口气，再送一点儿过来。"

石破天道："是，是！对不起，真正对不起！"正要依法施为，突见丁不四一跃而起，叫道："他奶奶的，咱们再比过，刚才不算。"那老妇道："老不要脸，为什么不算？明明是你输了。刚才他只须在你身上补上一刀一剑，又或在你天灵盖上拍击一掌，你还有命么？"

丁不四自知理亏，不再和那老妇斗口，呼的一掌，便向石破天拍来，喝道："这招拆法我教过你，不算不讲理罢？"石破天忙即站起，依他所授招式，挥掌挡开。丁不四跟着又出一掌，喝道："这一招我也教过你的,总不能说我耍无赖欺侮小辈了罢?"他所出的每一招,果然都是曾教过石破天的,显得自己言而有信,是个君子。

他越打越快,十余招后,已来不及说话,只不住叱喝:"教过你的,教过的,教过!教过!教……教……教……"如此迅速出招,石破天虽天资聪颖,总没法只学过一遍,便将诸般繁复的掌法尽数记住活用,对方拳脚一快,登时便无法应付,眼见数招之间,便会伤于丁不四掌底,正自手忙脚乱,忽听得那老妇叫道:"且慢,我有话说。"

丁不四住手不攻,问道:"小翠,你要说什么?"那老妇向石破天道:"少年,我身子不舒服,你再来送一些内力给我。"丁不四点头道:"那很好。你走火后经脉窒滞,你既不愿我相助,叫他出点力气倒好。这少年武功不行,内力挺强!"

那老妇哼了一声,冷冷的道:"是啊,他武功是你教,内力却不是你教的,他武功不行,内力挺强。"丁不四怒道:"他武功怎么能算是我教的,我只教了他半天,只须他跟我学得三年五载,哼,小一辈人物之中,没一个能是他敌手。"那老妇道:"就算学得跟你一模一样,又有什么用?他不学你的武功,便能将你打败,学得了你的武功,只怕反而打你不过了。越学越差,你说是学你的好,还是不学的好?"丁不四登时语塞,呆了一呆,说道:"他那两招虎爪手和玉女拈针,还不是我丁家的功夫?"

那老妇道:"这是丁不三的孙女所教,可不是你教的。少年,你过来,别去理他。"

石破天道:"是!"坐到那老妇身侧,伸手又去按住她灵台穴,运功助她打通经脉,这一次将内力极慢极慢的送去,惟恐又激得她吐血。

那老妇缓缓伸臂,将衣袖遮在脸上,令丁不四见不到自己在开口说话,又听不到话声,低声道:"待会他再和你厮打,你手掌之上须带内劲。就像这样把内劲运到拳掌之中。只要见到他伸掌拍来,你就用他一模一样的招式,跟他手心相抵,把内劲传到他身上。这老儿想把你逼下江中淹死,你记好了,见到他使什么招,你也就使什么招。只有用这法子,方能保得……保得咱们三人活命。"她和石破天只相处几个时辰,便已瞧出他心地良善,若要他为他自己而跟丁不四为难,多半他会生退让之心,不一定能遵照嘱咐,但说"方能保得

207

咱三人活命",那是将他祖孙二人的性命也包括在内了,料想他便能全力以赴。

石破天轻轻"嗯"的一声答应。那老妇又道:"你暂且不用给我送内力。待会你和那老儿双掌相抵,送出内力时可不能慢慢的来,须得急吐而出,越强越好。"石破天道:"他会不会吐血? 可别伤了他。"那老妇道:"不会的。你良心倒好。我练功走火,半点内力也没有了,你的内力猛然涌到,我没法抗拒,这才吐血。这老儿的内力强得很,刚才你抓住他背心穴道,他并没吐血,是不是? 你若不出全力,反而会给他震得吐血。你如受伤,那便没人来保护我祖孙二人,一个老太婆,一个小姑娘,躺在这里动弹不得,只有任人宰割欺凌。"

石破天听到这里,心头热血上涌,只觉此刻立时为这老婆婆和姑娘死了也毫不皱眉,其实她二人是何等样人,是善是恶,他却一无所知。

那老妇将遮在脸上的衣袖缓缓拿开,说道:"多谢你啦。丁老四死不认输,你就跟他过过招。唉,老婆子活了这一把年纪,天下的真好汉、大英雄也见过不少,想不到临到归天之际,眼前见到的却是一只老狗熊,当真够冤。"丁不四怒道:"你说老狗熊,他两个都不老,但总不是说自己,是骂我吗?"那老妇微微一笑,说道:"一个人若有三分自知之明,也许还不算坏得到了家。丁老四,你要杀他,还不容易? 只管使些从来没教过他的招数出来,包管他招架不了。"

丁不四怒道:"丁老四岂是这等无耻之徒? 你瞧仔细了,招招都是我教过他的。"那老妇原是要激他说这句话,叹了口气,不再作声。

丁不四"哼"的一声,大声道:"大粽子,这招'逆水行舟'要打过来啦! 那是我教过你的,可别忘了。"说着双膝微曲,身子便矮了下去,左掌自下而上的挥出。

石破天听他说"逆水行舟",心下已有预备,也是双膝微曲,左掌自下而上的挥出。

丁不四喝道:"错了! 不是这样拆法。"一句话没说完,眼见石破天左掌即将和自己左掌相碰,心下一凛:"这小子内力甚强,只怕犹在我之上。若跟他比拼内力,那可没什么味道。"当即收回左掌,右掌推了出去,那一招叫作"奇峰突起"。石破天心中记着那老妇的话,跟着也使一招"奇峰突起",掌中已带了三分内劲。丁不四陡觉对方掌力陡强，手掌未到，掌风已扑面而来，心下微感惊讶，立即变招。

石破天凝视丁不四的招式，见他如何出掌，便跟着依样葫芦，这么一来，不须记忆如何拆解，只依样学样，心思全用以凝聚内力，果然掌底生风，打出的掌力越来越强。

丁不四却有了极大顾忌，处处要防到对手手掌和自己手掌相碰，生怕一黏上手之后，硬碰硬的比拼内力，好几次捉到石破天的破绽，总是眼见他照式施为，便不得不收掌变招。他自成名以来，江湖上的名家高手会过不知多少，却从未遇到过这样的对手，不论自己出什么招式，对方总是照抄。倘若对方是个成名人物，如此打法迹近无赖，当下便可立斥其非，但偏偏石破天是个徒具内力、不会武功之人，讲明只用自己所授的招式来跟自己对打，这般学了个十足十，原为名正言顺。他心下焦躁，不住咒骂，却始终奈何这小子不得。

这般拆了五六十招，石破天渐渐摸到运使内力的法门，不必每一招均须先行动念聚力，每一拳、每一掌打将出去，劲力愈来愈大，船头上呼呼风响，便如疾风大至一般。

丁不四不敢丝毫怠忽，惟有全力相抗，心道："这小子到底是什么邪门？莫非他有意装傻藏奸，其实却是个身负绝顶武功的高手？"再拆数招，觉得要避开对方来掌越来越难，幸好石破天一味模仿自己的招数，倒也不必费心去提防他出其不意的攻击。

又斗数招，丁不四双掌转了几个弧形，斜斜拍出，这一招叫做"左右逢源"，掌力击左还是击右，要看当时情景而定，心头暗喜："臭小子，这一次你可不能照抄了罢？你怎知我掌力从哪一个方向袭来？"果然石破天见这一招难以仿效，问道："你是攻左还是攻右？"丁不四一声狂笑，喝道："你倒猜猜看！"两只手掌不住颤动。石破天心下惊惶，只得提起双掌，同时向丁不四掌上按去，他不知对方掌力来自何方，惟有左右同时运劲。

丁不四见他双掌一齐按到，不由得大惊，暗想傻小子把这招虚中套实、实中套虚的巧招使得笨拙无比，"左右逢源"变成了"亦左亦右"，双掌齐重，不但令此招妙处全失，且违反了武学的精义。但这么一来，自己非和他比拼内力不可，霎时间额头冒汗，危急中灵机一动，双掌倏地上举，掌力向天上送去。这一招叫做"天王托塔"，原是对付敌人飞身而起、凌空下击而用。石破天此时并非自空下搏,这招本来全然用不上。但石破天每一招都学对方而施,眼见丁不四忽出这招"天王托塔",不明其中道理,便也双掌上举,呼的一声,向上拍出。

两人四掌对着天空,你瞧瞧我,我瞧瞧你。

丁不四忍俊不禁,哈哈大笑。石破天见对方敌意尽去,跟着纵声而笑。阿绣斜倚在舱门木柱上,见此情景,也不由得嫣然微笑。

那老妇却道:"不要脸,不要脸! 打不过人家,便出这等鬼主意来骗小孩子!"

丁不四在电光石火的一瞬之间,竟想出这古怪法子来避免和石破天以内力相拼,躲过了危难,于自己的机警灵变甚为得意,虽听那老妇出言讥刺,便也不放在心上,只嘻嘻一笑,说道:"我跟这小子无怨无仇,何必以内力取他性命!"

那老妇正要再出言讥刺,突然船身颠簸了几下,向下游直冲,原来此处江面陡狭,水流忽变湍急。丁不四又哈哈大笑,叫道:"小翠,到碧螺岛啦,你们祖孙两位,连同大粽子一起,都请上去盘桓盘桓。"那老妇脸色立变,颤声道:"不去,我宁死也不踏上你的鬼岛一步。"丁不四道:"上去住几天打什么紧? 你是我家贵客,在我家里好好养伤,好饮好食,名贵药物齐全,舒服得很。"那老妇怒道:"舒服个屁!"惶急之下,竟口出粗言。

江水滔滔,波涛汹涌,浪花不绝的打上船来。石破天顺着丁不四的目光望去,只见右前方江中现出一个山峰,一片青翠,上尖下圆,果然形如一螺,心想这便是碧螺岛了。

丁不四向梢公道:"靠到那边岛上。"那梢公道:"是!"丁不四俯身提起铁锚,站在船头,只待驶近,便将铁锚抛上岛去。

石破天道:"老爷子,这位老太太既然不愿到你家里去,你又何必……"一句话没说完,突然那老妇一跃而起,握住阿绣的手臂,踊身入江。

丁不四大叫:"不可!"反手来抓,却哪里来得及? 只听得扑通一声,江水飞溅,两人已没入水中。

石破天大惊,抓起一块船板,也向江中跳了下去,他跃下时双足在船舷上力撑,身子直飞出去,是以虽比那老妇投江迟了片刻,入水之处却就在她二人身侧。他不会游水，江浪一打，口中咕咕入水，他一心救人，右手抱住船板，左手乱抓，正好抓住了那老妇头发，当下再不放手，三人顺着江水直冲下去。

江水冲了一阵，石破天已头晕眼花，知觉渐失，口中仍不住的喝水，突然间身子一震，腰间疼痛，重重的撞上一块岩石。石破天大喜，伸足凝力踏住，忙将那老妇拉近，幸喜她双臂仍紧紧抱着孙女儿，只死活难知。

石破天见岩石离岸不远，江水在脚边汹涌而过，卷起无数浪花，幸好石边江水不深，举目可以见底，忙将她两人一起抱起，一脚高一脚低，拖泥带水，向陆地上走去。只走出十余丈便已到了干地，忽听那老妇骂道："无礼小子，你刚才怎敢抓我头发？"

石破天一怔，忙道："是，是！真对不起。"那老妇道："你怎……哇！"她这么一声"哇"，随着吐了许多江水出来。阿绣道："奶奶，若不是这位大哥相救，咱二人又不识水性，此刻……此刻……"说到这里，也呕出了不少江水。那老妇道："如此说来，这小子于咱们倒有救命之恩了。也罢，抓我头发的无礼之举，不跟他计较便是。"

阿绣微笑道："救人之际，那是无可奈何。这位大哥，可当真……当真多谢了。"她为石破天抱在怀中，四只眼睛相距不过尺许，她说话之时，转动目光，不和石破天相对，但她祖孙二人呕出江水，终究淋淋漓漓的溅了石破天一身。好在他全身早已湿透，再湿些也不相干，但阿绣胀红了脸，甚为不好意思。

那老妇道："好啦，你可放我们下来了，这里是紫烟岛，离那老怪居住之处不远，须得防他过来啰唪。"石破天道："是，是！"正要将她二人放下，忽听得树丛之后有人说道："这小子多半没死，咱们非找到他不可。"石破天吃了一惊，低声道："丁不四追来啦。"抱着二人，便在树丛中一缩，一动也不敢动。只听得脚踏枯草之声，有二人从身侧走过，一个是老人，另一个却是少女。

石破天这一下却比见到丁不四追来更加怕得厉害，向二人背影瞧去，果然一个是丁珰，一个却是丁不三。他颤声道："不好，是……是丁三爷爷。"

那老妇奇道："你为什么怕成这个样子？丁不三的孙女儿不是

传了你武功么？"石破天道："爷爷要杀我，叮叮当当又怪我不听话，将我绑成一只大粽子，投入江中。幸好你们的船从旁经过，否则……否则……"那老妇笑道："否则你早成了江中老乌龟、老甲鱼的点心啦。"石破天道："是，是！"想起昨日让丁珰以帆索全身缠绕的情景，兀自心有余悸，道："婆婆，他们还在找我。这一次若给他们捉到，我……我可糟了！"

那老妇怒道："我如不是练功走火，区区丁不三何足道哉！你去叫他来，瞧他敢不敢动你一根毫毛。"阿绣劝道："奶奶，此刻你老人家功力未复，暂且避一避丁氏兄弟的锋头，等你身子大好了，再去找他们的晦气不迟。"那老妇气忿忿的道："这一次你奶奶也真倒足了大霉，说来说去，都是那小畜生、老不死这两个鬼家伙不好。"阿绣柔声道："奶奶，过去的事情，又提它干么？咱二人同时走火，须得平心静气的休养，那才能好得快。你心中不快，便于身子有损。"那老妇怒道："身子有损就有损，怕什么了？今日喝了这许多江水，史小翠一世英名，那是半点也不剩了。"越说越大声。

石破天生怕给丁不三听到了，劝道："婆婆，你平平气。我……我再运些内力给你。"也不等她答应，便伸掌按上她灵台穴，将内力缓缓送去。内力既到，那老妇史婆婆只得凝神运息，将石破天这股内力引入自己各处闭塞了的经脉穴道，一个穴道跟着一个穴道的冲开，口中再也不能出声。石破天只求她不惊动丁不三，掌上内力源源不绝的送出。

史婆婆心下暗自惊讶："这小子内力如此精强，却何以不会半点武功？"她念头只这么一转，胸口便气血翻涌，当下不敢多想，直至足少阳经脉打通，才长长舒了口气，站起身来，笑道："辛苦你了。"

石破天和阿绣同感惊喜，齐声道："你能行动了？"

史婆婆道："通了足上一脉，还有好多经脉未通呢！"

石破天道："我又不累，咱们便把其余经脉都打通了。"

史婆婆眉头一皱，说道："小子胡说八道，我是和阿绣同练'无妄神功'以致走火，岂是寻常的疯瘫？今日打通一处经脉，已经谢天谢地了，就算达摩祖师、张三丰真人复生，也未必能在一日之中打通我全身塞住了的经脉。"石破天讪讪的道："是，是！我不懂这中间的道理，请你指教。"史婆婆道："左右闲着无事，你就帮助阿绣打通足少阳经脉。"

石破天道:"是,是!"将阿绣扶起,让她左肩靠在一根树干之上,然后伸掌按她灵台穴,以那老妇所教的法门,缓缓将内力送去。阿绣内功修为比之祖母浅得多了,石破天直花了四倍时间,才将她足少阳经脉打通。

阿绣挣扎着站起,细声细语的道:"多谢你啦。奶奶,咱们也不知这位大哥高姓大名,不知如何称呼,多有失礼。"她这句话是向祖母说的,其实是在问石破天的姓名,只是对着这青年男子十分腼腆,不敢正面和他说话。

史婆婆道:"喂,大粽子,我孙女儿问你叫什么名字呢?"

石破天道:"我……我……也不知道,我妈妈叫我……叫我那个……"他想说"狗杂种",但此时已知这三字十分不雅,无法在这温文端庄的姑娘面前出口,又道:"他们却又把我认错是另外一个人,其实我不是那个人。到底我是谁,我……我实在说不上来……"

史婆婆听得老大不耐烦,喝道:"你不肯说就不说好了,偏有这么啰哩啰唆的一大套鬼话。"阿绣道:"奶奶,人家不愿说,总是有什么难言之隐,咱们也不用问了。叫不叫名字没什么分别,咱们心里记着人家的恩德好处,也就是了。"

石破天忙即分辩:"不,不,我不是不肯说,实在说出来太难听了。"史婆婆道:"什么难听好听?还有难听过大粽子的么?你不说,我就叫你大粽子了。"石破天心道:"大粽子比狗杂种好听得多了。"笑道:"叫大粽子很好,那也没什么难听。"

阿绣见石破天性子随和,祖母言语无礼,他居然一点也不生气,更加过意不去,忙道:"奶奶,你别取笑。这位大哥可别见怪。"

石破天嘻嘻一笑,道:"没什么。谢天谢地,只盼丁三爷爷和叮叮当当找不到我就好了。你们在这里歇一会,我去瞧瞧有什么吃的没有。"史婆婆道:"这紫烟岛上柿子甚多,这时正当红熟,你去采些来。岛上鱼蟹也肥,不妨去捉些。"

石破天答应了,闪身在树木之后蹑手蹑脚,一步步的走去,生怕给丁氏祖孙见到,只走出数十丈,果见山边十余株柿树,树上点点殷红,都是熟透了的圆柿。

他走到树下,抓住树干用力摇晃,柿子早已熟透,登时纷纷跌落。他张开衣衫兜接住，奔回树丛，给史婆婆和阿绣吃。她二人双足已能行走，手上经脉未通，史婆婆勉强能提起手臂，阿绣的双臂却仍瘫痪不灵。石破天剥去柿皮，先喂史婆婆吃一枚，又喂阿绣吃一枚。

阿绣见他将剥了皮的柿子送到自己口边，满脸羞得就如红柿子一般，又不能拒却，只得在他手中吃了。石破天欲待再喂，阿绣道："这位大哥，你自己还没吃，你先吃饱了，再……再……"

史婆婆道："这边向西南行出一里多些，有个石洞，咱们待天黑后，到那边安身，好让这对不三不四的鬼兄弟找咱们不到。"

石破天大喜，道："好极了！"他对丁不四倒不如何忌惮，但丁不三祖孙二人一意要取他性命，委实害怕之极，听史婆婆说有地方可以躲藏，心下大慰，吃了几枚柿子。

眼巴巴的好容易等到天色昏暗，当下右手扶着史婆婆，左手扶了阿绣，三人向西南方行去。这紫烟岛显是史婆婆旧游之所，熟悉地势，只行了一里多路，右首便全是山壁。史婆婆指点着转了两个弯，从一排矮树间穿了过去，赫然现出一个山洞的洞口。

史婆婆道："大粽子，今晚你睡在外面守着，可不许进来。"石破天道："是，是！"又道："可惜咱们不敢生火，烤干浸湿的衣服。"

史婆婆冷冷的道："这叫做虎落平阳被犬欺。日后终要让这对不三不四的鬼兄弟身受十倍报应。"

阿绣拿起那把烂柴刀，缓缓使个架式，跟着横刀向前推出，随即刀锋向左掠去，拖过刀来，又向右斜研。

第十回　太阳出来了

次晨醒来,三人吃了几枚柿子,石破天又为她祖孙分别打通了一处经脉,于是两人双手也能动弹了。

史婆婆道:"大粽子,这岛上的小湖里有螃蟹,你去捉些来,螃蟹虽还没肥,总胜过天天吃柿子。"石破天微感踌躇,轻声道:"捉蟹倒不难,就是没法子煮,又不能生吃。"

史婆婆道:"好好一个年轻力壮的大男人,对丁不三这老鬼如此害怕,成什么样子?"石破天摇头道:"别说丁三爷爷,连叮叮当当也比我厉害得多。如给他们捉到了,再将我绑成一只大粽子丢在江里,那可糟了。"

阿绣劝道:"奶奶,这位大哥说得是,咱们暂且忍耐,等奶奶的经脉都打通了,恢复功力,那时又怕他们什么丁不三、丁不四。"史婆婆道:"哼,你说得倒也稀松平常,回复功力,谈何容易?咱二人经脉全通,少说也得十天,要回复功力,多则一年,少则八月。难道今后一年咱们天天吃柿子?过不了十天,柿子都烂光啦。"

石破天道:"那倒不用发愁,我去多摘些柿子,晒成柿饼,咱三人吃他一年半载,也饿不死。"这些日子来他多遇困苦,迭遭凶险,但觉世情烦纷,什么事都难以明白,不如在这石洞旁安稳渡日,远为平安喜乐,何况又有阿绣这可爱之极的姑娘相伴。

史婆婆骂道:"你肯做缩头乌龟,我却不肯。再说,丁不四那厮一两日之内定会寻上岛来,你想做缩头乌龟也做不成。大粽子,你

到底怎么搅的？怎地空有一身深厚内功,却又没练过武艺?"石破天
歉然道:"我就是没跟人好好学过。只叮叮当当教过我一十八手擒
拿法,我自然斗他们不过。丁不四老爷爷教我的这些武功,又是每
一招他都知道的。"

阿绣忽然插口道:"奶奶,你为什么不指点这位大哥几招? 他学
了你的功夫,如将丁不四打败了,岂不比你老人家自己出手取胜还
要光采?"

史婆婆不答,双眼盯住了石破天,目不转睛的瞧着他。

突然之间,她目光中流露出十分凶悍憎恶的神色,双手发颤,便
似要扑将上去,一口将他咬死一般。石破天害怕起来,不由自主的
倒退了一步,道:"老太太,你……你……"史婆婆厉声道:"阿绣,你
再瞧瞧他,像是不像?"

阿绣一双大眼睛在石破天脸上转了一转,眼色却甚柔和,说道:
"奶奶,相貌是有些像的,然而……然而决计不是。只要他……他有
这位大哥一成的忠诚厚道,是位仁善君子……他也就决计不会……
不会……"

史婆婆眼色中的凶光慢慢消失,哼了一声,道:"虽不是他,可是
相貌这么像,我也决计不教。"

石破天登时恍然:"是了,她又疑心我是那个石破天了。这个石
帮主得罪的人真多,天下竟有这许多人恨他。日后若能遇上,我得
好好劝他一劝。"只听史婆婆道:"你是不是也姓石?"石破天摇头道:
"不是! 人家都说我是长乐帮的什么石帮主,其实我一点也不是,半
点也不是。唉,说来说去,谁也不信。"说着长长叹了口气,十分
烦恼。

阿绣低声道:"我相信你不是。"

石破天大喜,叫道:"你当真相信我不是他? 那……那好极了。
只有你一个人,才不相信。"阿绣道:"你是好人,他……他是坏人。
你们两个全然不同。"

石破天情不自禁的拉着她手,连声道:"多谢你! 多谢你! 多谢
你!"这些日子来人人都当他是石帮主,令他无从辩白,这时便如一个
满腹含冤的犯人忽然得到昭雪,对这位明镜高悬的青天大老爷自是感
激涕零,说得几句"多谢你",忍不住流下泪来,滴滴眼泪,都落在阿绣

218

的纤纤素手之上。阿绣羞红了脸，却不忍将手从他掌中抽回。

史婆婆冷冷的道："是便是，不是便不是。一个大男人，哭哭啼啼的，像什么样子。"

石破天道："是！"伸手要擦眼泪，猛地惊觉自己将阿绣的手抓着，忙道："对不起，对不起！"放开她手掌，道："我……我……我不是……我再去摘些柿子。"不敢再向阿绣多看，向外直奔。

史婆婆见到他如此狼狈，绝非作伪，不禁也感好笑，叹了口气，道："果然不是。那姓石的小畜生若有大粽子一成的厚道老实，也不会……唉！"

过不多时，忽听得洞外树丛唰的一声响，石破天急奔回来，脸色惨白，惊惶无已，颤声道："糟糕……这可糟啦。"史婆婆道："怎么？丁不三见到你了？"

石破天道："不，不是！雪山派的人到了岛上，危险之极……"

史婆婆和阿绣脸色齐变，两人对瞧了一眼。史婆婆问道："是谁？"石破天道："那个白万剑白师傅，率领了十几个师弟。他们……他们定是来找我的，要捉我到什么凌霄城去处死。"史婆婆向阿绣又瞧了一眼，问石破天道："他们见到你没有？"石破天道："幸亏没见到，不过我见到白师傅和丁……丁……不四爷爷在说话。"史婆婆眉头一皱，问道："丁不四？不是丁不三？"

石破天道："丁不四。他说：'长江中没浮尸，定是在这岛上。'他们定要一路慢慢找来，我这……这可……可糟了。"只急得满头大汗。

阿绣安慰他道："那位白师傅把你也认错了，是不是？你既不是那个坏人，总说得明白的，那也不用耽心。"石破天急道："说不明白的。"

史婆婆道："说不明白，那就打啊！天下给人冤枉的，又不止你一人！"石破天道："那位白师傅是雪山派里的高手，剑法好得不得了，我……我怎打他得过？"史婆婆冷笑道："雪山派剑法便怎么了？我瞧那也稀松平常！"

石破天摇头道："不对，不对！这个白师傅的剑术，真是说不出的厉害得。他手中长剑这么一抖，就能在柱子上或是人身上留下六个剑痕，你信不信？"伸足拉起裤脚，将自己大腿上的六朵剑痕给

219

她们瞧,至于此举十分不雅,他是山乡粗鄙之人,却也不懂。

史婆婆哼的一声,道:"我有什么不信?"随即气忿忿的道:"雪山派的武功又有什么了不起,在我史小翠眼中不值一文。白自在这老鬼在凌霄城中自大为王,不知天高地厚,只道他雪山派的剑法天下第一。哼,我金乌派的刀法,偏偏就是他雪山派的克星。大粽子,你知道金乌派是什么意思?"石破天道:"不……不知道。"

史婆婆道:"金乌就是太阳,太阳出来,雪就怎么啦?"石破天道:"雪就融了。"史婆婆哈哈一笑,道:"对啦! 太阳一出来,雪就融成了水,金乌派武功是雪山派的克星对头,就是这道理。他们雪山派弟子遇上了我金乌派,只有磕头求饶的份儿。"

雪山派剑法的神妙,石破天是亲眼目睹过的,史婆婆将她金乌派的功夫说得如此厉害,他不免有些将信将疑。他心下既不信服,脸上登时便流露出来。

史婆婆道:"你不信吗?"石破天道:"我在土地庙中给那位白师傅擒住,见到他们师兄弟过招,心中也记得了一些,我觉得……我觉得雪山派的剑法实在……实在……"史婆婆怒问:"实在怎么样?"石破天道:"实在是好!"史婆婆道:"你只见到人家师兄弟过招,一晚之间又学得到什么? 怎知是好是坏? 你演给我瞧瞧。"

石破天道:"我学到的剑法,可没白师傅那么厉害。"

史婆婆哈哈大笑,阿绣也不禁嫣然。史婆婆道:"白万剑这小子天资聪颖,用功又勤,从小至今练了二十几年剑,没一天间断。你只瞧了一晚,就想有他那么厉害,可不笑歪了人嘴巴?"阿绣道:"奶奶,这位大哥原是说没白师傅那么厉害。"史婆婆向她瞪了一眼,转头向石破天道:"好罢,你快试着演演,让我瞧瞧到底有多'厉害'!"

石破天知她是在讥讽自己,当下红着脸,拾起地下一根树枝,折去了枝叶,当作长剑,照着呼延万善、闻万夫他们所使的招数,一"剑"刺了出去。

史婆婆"哈"的一声,说道:"第一招便不对!"石破天脸色更红了,垂下手来。史婆婆道:"练下去,练下去,我要瞧瞧你'厉害'的雪山剑法。"

石破天羞惭无地,正想掷下树枝,一转眼间,见阿绣神色殷切,目光中流露出鼓励之色,绝无讥讽含意,当即反手又刺一剑。他使出招数之后，深恐记错，更贻史婆婆之讥，当下心无旁骛，一剑剑的使将下去。

七八招一出，他记着那晚土地庙中石夫人和他拆解的剑招，越使越纯熟，风声渐响。史婆婆和阿绣本来脸上都带笑意，虽一个意存讥嘲，一个温文微笑，均觉石破天的剑招似是而非，破绽百出，委实不成模样，可是越看脸上笑意越少，轻视之心渐去，惊佩之色渐浓。待得石破天将那颠三倒四、七零八落的七十二路雪山剑法使完（其实只使了六十三路，其余九路记不起了），史婆婆和阿绣又对望一眼，均想此人于雪山派剑法学得甚不周全，显然未经传授，但挟以深厚内力，招数上的威力实已非同寻常。

石破天见二人不语，讪讪的掷下树枝，道："真令两位笑掉了牙齿，我人太蠢，隔了十多天，便记不全啦。"

史婆婆道："你说是在土地庙中看雪山派弟子练剑，这才偷学到的？"石破天红了脸道："我知偷学人家武功，甚是不该。带我到高山上的那位老伯伯说，不得准许而拿了人家东西，便是小贼。我偷学了雪山派的剑法，只怕也是小贼了。只不过当时觉得这样使剑实在很好，不知不觉中便记了一些。"

史婆婆喜道："你只一晚功夫，便学到这般模样，那已是绝顶聪明的资质。我那金乌刀法，你也学得会的。这样罢，你就拜我为师好了……"

阿绣插口道："奶奶，那不好。"史婆婆奇道："为什么不好？"阿绣满脸红晕，道："那……那我岂不是要叫他师叔，平空矮了一辈？"史婆婆脸色一沉，道："师叔就师叔，又有什么了不起啦？丁不四寻到这儿，定要再逼我上碧螺岛去，咱二人岂不是又得再投江寻死？只有快快把大粽子教会了武功，才能抵挡，眼下事势紧迫，哪还顾得到什么辈份大小？大粽子，我史婆婆今日要开宗立派，收你做我金乌派的首徒，你拜不拜师？"

石破天性子随和，本来史婆婆要他拜师，他就拜师，但听阿绣说不愿叫他师叔，不由得有些踌躇。史婆婆道："你快跪下磕头，就成了我金乌派的嫡系传人啦。我是金乌派创派祖师，你是第二代的大弟子。"

阿绣突然想起一事，微微一笑，说道："奶奶，恭喜你开宗立派。

这位大哥,你就拜奶奶为师好啦。我不是金乌派弟子,咱们是两派的,大家不相统属,不用叫你做师叔。"

史婆婆急于要开派收徒,也不去跟阿绣多说,只道:"快跪下,磕八个头。"

石破天见阿绣已无异议,当下欢欢喜喜的向史婆婆跪下,磕了八个头。这八个头磕得咚咚有声,着实不轻。

史婆婆眉花眼笑,甚是欢喜,说道:"罢了!乖徒儿,你我既是一家,这情份就不同了。我金乌派今日开宗立派,你可须用心学我功夫,日后金乌派在江湖上名声如何,全要瞧你的啦。大粽子……"

阿绣抿嘴笑道:"金乌派的祖师奶奶,贵派首徒英雄了得,这个外号儿可不够气派。"

史婆婆道:"不错,你到底叫什么名字?对着师父,可什么都不许隐瞒的了。"石破天道:"是!是!我妈叫我狗杂种。长乐帮中的人,却说我是他们的帮主石破天,其实我不是的。只不过……只不过我不知道自己真的姓什么,叫什么名字。"

史婆婆"嘿"的一声,道:"什么狗杂种?胡说八道,你妈妈多半是个疯子。这样罢,你就跟我姓,姓史。咱们金乌派第二代弟子用什么字排行?嗯,雪山派弟子叫什么白万剑、封万里、耿万钟的,咱们可强他一万倍。他们是'万'字辈,咱们就是'亿'字辈。那个姓白的叫白万剑。我就给你取个名字,叫作史亿刀。"

石破天一生之中从未有过真正的姓名,叫他狗杂种也好、石破天也好、大粽子也好,都不怎么放在心上。史婆婆给他取名史亿刀,他本不知"亿"乃"万万"之义,听了也就随口答应,浑不在意。

史婆婆却兴高采烈,精神大振,说道:"我这路金乌刀法,五六年前已想得周全,只是使这刀法,须有极强的内力,否则刀法的妙处运使不出来。这次长江中遇到了丁不四这老怪,他定要邀我上他碧螺岛去。非恶斗一场,不能叫他知难而退,当下我便和阿绣同练'无妄神功',练成之后,我使金乌刀法,她使雪……她使……那个玉兔剑法,日月轮转,别说丁不四区区一个旁门左道的老妖怪,便是为祸武林的什么'赏善罚恶'使者,只怕也要望风远遁。至于雪山派中那些狂妄自大之辈,更加非甘拜下风不可。不料阿绣给我催得急了,一个不小心,内息走入了岔道,我忙救援,累得两人一齐走火,动弹不得。"她既收石破天为徒,一切直言无忌,将走火的原因和经过都说了出来。

史婆婆又道:"幸好你天生内力浑厚,正是练我金乌刀法的好材料。刀法不同剑法,剑以轻灵翔动为高,刀以厚实狠辣为尚。这根树枝太轻,你再去另找一根粗些的树枝来。"

石破天应了,到树林中去找树枝,见一株断树之下丢着一柄满是铁锈的柴刀。他俯身拾起,见刀柄已然腐朽,刀锋上累累都是缺口,也不知是哪一年遗在那里的,拿着倒也沉沉的有些坠手,心想:"虽是柄锈烂的柴刀,总也胜于树枝。"于是将腐坏的刀柄拔了出来,另找一段树枝,塞入柄中,兴冲冲的回来。

史婆婆和阿绣见了这柄锈烂柴刀,不禁失笑。阿绣笑道:"奶奶,贵派今日开山大典,用这把宝刀传授开山大弟子的武功,未免……未免有欠冠冕。"

史婆婆道:"什么有欠冠冕?我金乌派他日望重武林,威震江湖,全是以这柄……这柄宝刀起家。哈哈!"她说到"宝刀"二字,自己也忍俊不禁。三人同时大笑。

史婆婆笑道:"好啦,你记住了,金乌刀法第一招,叫做'开门揖盗'。"拿起一根短树枝,缓缓作了个姿势,又道:"我手脚无力,出招不快,你却须使得越快越好。"

石破天提起柴刀,依样使招,甚是迅捷,出刀风声凌厉。

史婆婆点头道:"很好,使熟之后,还得再快些。这招'开门揖盗',是用来克制雪山剑法那招'苍松迎客'的。他们假仁假义的迎客,咱们就直截了当的迎贼。好像是向对方作揖行礼,其实心中当他盗贼。第二招'梅雪逢夏',是克制他'梅雪争春'那一招。雪山剑法又是梅花五瓣啦,又是雪花六出啦,咱们叫他们梅雪逢夏。一到夏天,他们的梅花、雪花还有什么威风?"

"梅雪争春"这招剑法甚是繁复,石破天在长乐帮总舵中曾见白万剑使过,剑光点点,大具威势,他在土地庙中就没学会。这招"梅雪逢夏"的刀法,是在霎息之间上三刀、下三刀、左三刀、右三刀,连砍三四一十二刀,不理对方剑招如何千变万化,只以一股威猛迅狠的劲力,将对方繁复的剑招尽数消解,有如炎炎夏日照到点点雪花上一般。

那第三招叫"千钧压驼"，用以克制雪山剑法的"双驼西来"；第四招"大海沉沙"克制"风沙莽莽"；第五招"赤日炎炎"克制"月色昏黄"，以光胜暗；第七招"鲍鱼之肆"克制"暗香疏影"，以臭破香。每招刀法都有个稀奇古怪的名称，无不和雪山剑法的招名针锋相对，名称虽怪，刀法却当真十分精奇。

石破天一字不识，这些刀法剑法的招名大都是书上成语，他既不懂，自然也记不住，但只用心记忆出刀的部位和手势。史婆婆口讲手比，缓缓而使，石破天学得不对，立加校正，比之在土地庙中偷学剑法，难易自然大不相同。

史婆婆授了十八招后，已感疲累，当下闭目休息，任由石破天自行练习。过得大半个时辰，史婆婆又传了十八招。到得黄昏时分，已传了七十二招。同时将他已忘了的九招雪山剑法也都教了。金乌刀法以克制雪山剑法为主，自也须得学会雪山剑法。

史婆婆道："雪山派剑法有七十二招，我金乌派武功处处胜他一筹，却有七十三招。咱们七十三招破他七十二招，最后一招，你瞧仔细了！"说着将那树枝从上而下的直劈下来，又道："你使这招之时，须得跃起半空，和身直劈！"当下又教他如何纵跃，如何运劲，如何封死对方逃遁退避的空隙。

石破天凝思半晌，依法施为，纵身跃起，从半空中挥刀直劈下来，呼的一声，刀锋离地尚有数尺，地下已尘沙飞扬，败草落叶为刀风激得团团而舞，果然威力惊人。

石破天一劈之下，收势而立，看史婆婆时，只见她脸色惨白，再转头去瞧阿绣，却见她一对大眼中泪水盈盈，凄然欲泣，显然十分伤心。石破天大奇，嗫嚅道："我这一招……使得不对吗？"

史婆婆不语，过了片刻，摆摆手道："对的。"呆了一阵，又道："此招威力太大，千万不可轻用，以免误伤好人。"石破天道："是，是！好人是决计伤不得的。"

这一晚他便是在睡梦之间，也是翻来覆去的在心中比划着那七十三招刀法，竟将强敌在外搜索之事搁在一旁。幸好这紫烟岛方圆虽不大，却树木丛生，径曲洞多，白万剑等一时没找到左近。

次晨天刚黎明,他便起身练这刀法,直练到第七十三招,纵跃半空,一刀劈将下来,这一次威力更强,刀风撞到地上,砰的一声,发出巨响。

只听得阿绣在背后说道:"史……史大哥,你起身好早。"石破天转过身来,见她斜倚在石洞口,一双妙目正凝视着自己,忙道:"你也早。"

阿绣脸上微微一红,道:"我想到那边林中走走,舒舒筋骨,你陪我去,好不好?"石破天道:"好好,你全身经脉刚通,正该多活动活动。"两人并肩向林中走去。

走出十余丈,已入树林深处,此时日光尚未照到,林中到处是轻烟薄雾,瞧出来蒙蒙眬眬地,树上、草上,阿绣身上、脸上,似乎都蒙着一层轻纱。林中万籁俱寂,只两人踏在枯草之上,发出沙沙微声。

突然之间,石破天听得身旁发出几下抽噎声息,一转头,见阿绣正在哭泣,晶莹的泪珠正从她脸颊上缓缓流下。石破天吃了一惊,忙问:"阿绣姑娘,你……你为什么哭?"

阿绣不答,走了几步,伸手扶住一棵树干,哭得更加伤心了。

石破天道:"为什么啊?是婆婆骂你吗?"阿绣摇摇头。石破天又问:"你身子不舒服,是不是?"阿绣又摇摇头。石破天连猜了七八样原因,阿绣只是摇头。霎时间叫他可没了主意,过去他所遇到的女子如他母亲、侍剑、丁珰、花万紫等,都是性格爽朗之辈,石夫人闵柔虽为人温和斯文,却也端凝大方,从没见过如同阿绣这般娇羞忸怩的姑娘,实不知如何应付才好。阿绣越哭泣,他越心慌,只道:"到底为了什么事?你跟我说好不好?"阿绣抽抽噎噎的道:"都是……都是……你……你不好,你……你……还要问呢!"

石破天大吃一惊,心想:"我什么事做错了?"他对这位温柔腼腆的阿绣甚为敬重,她既说都是他不好,自然一定是他不好了,颤声道:"阿……阿绣姑娘,请你跟我说,我是蠢人,自己做错了事也不知道,当真该死。"

阿绣泪眼盈盈的回过头来,说道:"昨儿晚上我做了个梦,吓人得很,你……你……你对我这么凶!"说到这里,眼泪又似珍珠断线般流将下来。石破天奇道:"我对你很凶?"阿绣道:"是啊,我梦见你使金乌刀法第七十三招,从半空中一刀劈将下来,把我杀了。"石破天一怔，伸拳在自己胸口重重捶了两下，骂道："该死，该死！我在梦中吓着了你。"

阿绣破涕为笑，说道："史大哥，那是我自己做梦，原怪不得你。"石破天见她白玉般的脸颊上兀自留着几滴泪水，但笑靥生春，说不出的娇美动人，不由得痴痴的看得呆了。阿绣面上一红，身子微颤，那几颗泪水便滚了下来，说道："我做的梦，常常是很准的，因此我害怕将来总有一日，你真的会使这一招将我杀了。"

石破天连连摇头，道："不会的，不会的，我说什么也不会杀你。别说我决不会杀你，就是你要杀我，我……我也不还手，不逃走。好像叮叮当当要杀我，我就想逃走。"阿绣问道："叮叮当当就是丁不三的孙女儿，将你绑成大粽子的那个姑娘吗？"石破天道："是啊！"阿绣低声道："那么你对我，是好过对叮叮当当了？"石破天道："那当然啦！"

阿绣脸上一红，又问："倘若我要杀你，你为什么不逃不还手？"石破天伸手搔了搔头，傻笑道："我觉得……我觉得不论你要我做什么事，我总会依顺你，听你的话。你真要杀我，我倘若不给你杀，逃了开去，让你杀不到，你就不快活了。我要你开心、快活，还是让你杀了的好。"

阿绣怔怔的听着，只觉他这几句话诚挚无比，确是出于肺腑，不由得心中感激，眼眶儿又是红了，道："你……你为什么对我这么好？"

石破天道："只要你快活，我就说不出的喜欢。阿绣姑娘，我……我真想天天这样瞧着你。"他说这几句话时，只心中这么想，嘴里就说了出来。阿绣年纪虽和他差不多同年，于人情世故却不知比他多懂了多少，一听之下，就知他是在表示情意，要和自己终身厮守，结成眷属，不禁满脸含羞，连头颈中也红了，慢慢把头低了下去。

良久良久，两人谁也不说一句话。过了一会，阿绣仍低着头，轻声道："我也知道你是好人，何况那也正巧，在那船中，咱们……咱们共……共一个枕头，我……我宁可死了，也决不会去跟别一个人。"她意思是说，冥冥之中，老天似是早有安排，你全身被绑，却偏偏钻进我的被窝之中，同处了一夜，只是这句话毕竟羞于出口，说到"咱们共一个枕头"这几句时，已声若蚊鸣，几不可闻。

226

石破天还不明白她这番话已是天长地久的盟誓，但也知她言下对自己甚好，忍不住心花怒放，忽道："倘若这岛上只有你奶奶和我们三个人，那可有多好，咱们就永远住在这里，偏偏又有白万剑师傅啦、丁不四爷爷啦，叫人提心吊胆的老是害怕。"

阿绣抬起头来，道："丁不四、白师傅他们，我倒不怕。我只怕你将来杀我。"石破天急道："我宁可先杀自己，也决不会伤了你一根小指头儿。"

阿绣提起左手，瞧着自己的手掌，这时日光从树叶之间照进林中，映得她几根手指透明如玛瑙。石破天情不自禁的抓起她的手掌，放到嘴边去吻了一吻。

阿绣"啊"的一声，将手抽回，内息一岔，四肢突然乏力，倚在树上，喘息不已。

石破天忙道："阿绣姑娘，你别见怪。我……我……我不是想得罪你。下次我不敢了，真正再也不敢了。"阿绣见他急得额上汗水也流出来了，将左手又放在他粗大的手掌之中，柔声道："你没得罪我。下次……下次……也不用不敢。"石破天大喜，心中怦怦乱跳，只是将她柔嫩的小手这么轻轻握着，却再也不敢放到嘴边去亲吻了。

阿绣调匀了内息，说道："我和奶奶虽蒙你打通了经脉，却不知何年何月，才能回复功力。"石破天不懂这些走火、运功之事，也不会空言安慰，只道："只盼丁不四爷爷找不到咱们，那么你奶奶功力一时未复，也不打紧。"

阿绣嫣然道："怎么还是你奶奶、我奶奶的？她是你金乌派的开山大师祖，你连师父也不叫一声？"石破天道："是，是。叫惯了就不容易改口。阿绣姑娘……"阿绣道："你怎么仍然姑娘长，姑娘短的，对我这般生分客气？"石破天道："是，是。你教教我，我怎么叫你才好？"

阿绣脸蛋儿又是一红，心道："你该叫我'绣妹'才是，那我就叫你一声'大哥'。"可是终究脸嫩，这句话说不出口，道："你就叫我'阿绣'好啦。我叫你什么？"石破天道："你爱叫什么，就叫什么。"阿绣笑道："我叫你大粽子，你生不生气？"石破天笑道："好得很，我怎么会生气？"

阿绣娇声叫道："大粽子！"石破天应道："嗯，阿绣。"阿绣也应了

227

一声。两人相视而笑，心中喜乐，不可言喻。

石破天道："你站着很累，咱们坐下来说话。"当下两人并肩坐在大树之下。阿绣长发垂肩，阳光照在她乌黑的头发上发出点点闪光。她右首的头发拂到了石破天胸前，石破天拿在手里，用手指轻轻梳理。

阿绣道："大粽子哥哥，倘若我没遇上你，奶奶和我都已在长江中淹死啦，哪里还有此刻的时光？"石破天道："倘若没你们这艘船刚好经过，我也早在长江中淹死啦。大家永远像此刻这样过日子，岂不快乐？为什么又要学武功你打我、我打你的，害得人家伤心难过？我真不懂。"阿绣道："武功是一定要学的。世界上坏人多得很，你不去打人，别人却会来打你。给人打了还不要紧，给人杀了可活不成啦。大粽子哥哥，我求你一件事，成不成？"

石破天道："当然成！你吩咐什么，我就做什么。"

阿绣道："我奶奶的金乌刀法，的确是很厉害的，你内力又强，练熟之后，武林中就很少有人是你对手了。不过我很耽心一件事，你忠厚老实，江湖上人心险诈，要是你结下的冤家多，那些坏人使鬼计来害你，你一定会吃大亏。因此我求你少结冤家。"

石破天点头道："你这是为我好，我自然更加要听你的话。"

阿绣脸上泛过一层薄薄的红晕，说道："以后你别净说必定听我的话。你说的话，我也一定依从。没的叫人笑话于你，说你没了男子汉大丈夫气概。"顿了一顿，又道："我瞧奶奶教你这门金乌刀法，招招都是凶狠毒辣的杀着，日后和人动手，伤人杀人必多，那时便想不结冤家，也不可得了。"

石破天惕然惊惧，道："你说得对！不如我不学这套刀法，请你奶奶另教别的。"

阿绣摇头道："她金乌派的武功，就只这套刀法，别的没有了。再说，不论什么武功，一定会伤人杀人的。不能伤人杀人，那就不是武功了。只要你和人家动手之时，处处手下留情，记着得饶人处且饶人，那就是了。"石破天道："'得饶人处且饶人'，这句话很好！阿绣，你真聪明，说得出这样好的话。"阿绣微笑道："我岂有这般聪明，想得出这样的话来？那是有首诗的，叫什么'自出洞来无敌手，得饶人处且饶人'。"

石破天问道:"什么有首诗?"他连字也不识,自不知什么诗词歌赋。

阿绣向他瞧了一眼,目光中露出诧异的神色,也不知他真是不懂,还是随口问问,当下也不答言,沉吟半晌,说道:"要能天下无敌手,那才可以想饶人便饶人。否则便是向人家讨饶,往往也不可得。大粽……"突然间嫣然一笑,道:"我叫你'大哥'好不好?那是'大粽子哥哥'五个字的截头留尾,叫起来简便一点。"也不等石破天示意可否,接着道:"我要你饶人,但武林中人心险诈,你若心地好,不下杀手,说不定对方乘机反施暗算,那可害了你啦。大哥,我曾见人使过一招,倒也奥妙得很,我比划给你瞧瞧。"

她说着从石破天身旁拿起那把烂柴刀,站起身来,缓缓使个架式,跟着横刀向前推出,随即刀锋向左掠去,拖过刀来,又向右斜斫,然后运刀反砍,从自己眉心向下,在身前尺许处直砍而落。石破天见她衣带飘飘,姿式美妙,万料不到这样一个娇怯怯的少女,居然能使这般精奥的刀法,只看得心旷神怡,就没记住她的刀招。

阿绣一收柴刀,退后两步,抱刀而立,说道:"收刀之后,仍须鼓动内劲,护住前后左右,以防敌人突施偷袭。"却见石破天呆呆的瞧着自己出神,显是没听到自己说话,问道:"你怎么啦?我这一招不好,是不是?"

石破天一怔,道:"这个……这个……"阿绣嗔道:"我知道啦,你是金乌派的开山大弟子,压根儿就没将我这些三脚猫的招式放在眼里。"石破天慌了,忙道:"对不起,我……我瞧着你真好看,只管瞧你,就忘了去记刀法。"阿绣脸现红晕,问道:"你说我好看,挺爱瞧着我,是不是?"石破天道:"是啊!"阿绣道:"那你不能再去瞧那个叮叮当当了,她也挺好看吗?"石破天道:"好看的,不过我瞧着你,就没第三只眼睛去瞧她了。阿绣姑娘,刚才的刀法,请你……你再使一遍。"

阿绣佯怒道:"不使啦!你又叫我'阿绣姑娘'!"石破天伸指在自己额头上打个爆栗,说道:"该死,老是忘记。阿绣,阿绣!你再使一遍罢。"

阿绣微笑道:"好,再使一遍,我可没气力使第三遍啦。"当下提起刀来,又拉开架式,横推左掠,斜右反斫,下砍抱刀,将这一招缓缓使了一遍。

这一次石破天打醒了精神,将她手势、步法、刀式、方位,一一牢记。阿绣再度叮嘱他收刀后鼓劲防敌,他也记在心中,于是接过柴刀,依式使招。

阿绣见他即时学会,心下甚喜,赞道:"大哥,你真聪明,只须用心,一下子便学会了。这一招刀法叫做'旁敲侧击',刀刃到哪里,内力便到哪里。"

石破天道:"这一招果然好得很,忽左忽右,忽上忽下,叫对方防不胜防。"阿绣道:"这招的妙处还是在饶人之用。一动上手比武,自然十分凶险,败了的非死即伤。你比不过人家,自然无话可说,就算比人家厉害,要想不伤对方而自己全身而退,却也十分不易。这一招'旁敲侧击',却能既不伤人,也不致为人所伤。"

石破天见她肩头倚在树上,颇为吃力,道:"你累啦,坐下来再说。"

阿绣曲膝慢慢跪下,坐在自己脚跟上,问道:"你有没听到我的话?"石破天道:"听到的。这一招叫做旁敲……旁敲什么的。"这一次他倒不是没用心听,只因"旁敲侧击"四字是个文诌诌的成语,他不明其意,就说不上来。

阿绣道:"哼,你又分心啦,你转过头去,不许瞧着我。"这句话原是跟他说笑,哪知石破天当真转过头去,不再瞧她。

阿绣微微一笑,道:"这叫做'旁敲侧击'。大哥,武林人士大都甚为好名。一个成名人物给你打伤了,倒也没什么,但如败在你手下,他往往比死还难过。因此比武较量之时,最好给人留有余地。如果你已经胜了,不妨便使这一招,这般东砍西斫,旁人不免眼花缭乱,你到后来又退后两步,再收回兵刃,就算旁边有人瞧着,也不知谁胜谁败。给敌人留了面子,就少结了冤家。要是你再说上一两句场面话,比如说:'阁下剑法精妙,在下佩服得紧。今日难分胜败,就此罢手,大家交个朋友如何?'这么一来,对方知你故意容让,却又不伤他面子,多半便会跟你做朋友了。"

石破天听得好生佩服,道:"阿绣,你小小年纪,怎么懂得这许多事情?这个法子真再好也没有了。"阿绣笑道:"我话说完了,你回过头来罢。"

石破天回过头来,只见她脸颊生春,笑嘻嘻的瞧着自己,不由得心中一荡:"她真好看之至!"

阿绣道:"我又懂得什么了? 都是见大人们这么干,又听他们说得多了,才知道该当这样。"

石破天道:"我再练一遍,可别忘记了。"当下跃起身来,提起柴刀,将这招"旁敲侧击"连练了两遍。

阿绣点头道:"好得很,一点也没忘记。"

石破天喜孜孜的坐到她身旁。阿绣忽然叹了口气,说道:"大哥,我教你这招'旁敲侧击',可别跟奶奶说。"石破天道:"是啊,我不说。我知道你奶奶会不高兴。"阿绣道:"你怎知奶奶会不高兴?"石破天道:"你不是金乌派的。我这金乌派弟子去学别派武功,她自然不喜欢了。"阿绣嘻嘻一笑,说道:"金乌派,嘿,金乌派! 奶奶倒像是小孩儿一般。"

石破天道:"我说你奶奶确是有点小孩儿脾气。丁不四老爷子请她到碧螺岛去玩,去一趟也就是了,又何必带着你一起投江? 最多是碧螺岛不好玩。那也没什么打紧。我瞧丁不四老爷子对你奶奶倒也挺好的,你奶奶不断骂他,他也不生气。倒是你奶奶对他很凶。"

阿绣微笑道:"你在师父背后说她坏话,我去告你,小心她抽你的筋,剥你的皮。"石破天虽见她这般笑着说,心中却也有些着慌,忙道:"下次我不说了。"

阿绣见他神情惶恐,不禁心中歉然,觉得欺侮他这老实人很不该,又想到自己引导他学这招"旁敲侧击",虽说于他无害,终究颇存私心,便柔声道:"大哥,你答允我以后跟人动手,既不随便杀人伤人,又不伤人颜面,我……我实在好生感激。我无可报答,先在这里多谢你了。"随即俯身向他拜了下去。

石破天一惊,忙道:"你怎……怎么拜我?"忙也跪倒,磕头还礼。

忽听得远处一个女子声音怒喝:"哒! 不要脸,你又在跟人拜天地了!"正是丁珰的声音。

石破天一惊非同小可,"啊哟"一声,跃起身来,叫道:"叮叮当当!"果见丁珰从树林彼端纵身奔来,丁不三跟在她后面。

石破天一见二人，吓得魂飞天外，弯腰将阿绣抱在臂中，拔足便奔。丁不三身法好快，几个起落，已抢到石破天面前，拦住去路。石破天又是一声："啊哟！"斜刺里逃去。他轻身功夫本就不如丁不三远甚，何况臂中又抱了一人？片刻间又让丁不三迎面拦住。

这时丁珰也已追到身后，石破天见到她手中柳叶刀闪闪发光，更加心惊。只听得丁珰怒喝："把小贱人放下来，让我一刀将她砍了便罢，否则咱俩永世没完没了。"石破天道："不行，不行，万万不行！她是我心肝宝贝！宁可我给你杀了！"丁珰唰的一刀，便向阿绣头上砍去。石破天大惊，双足一蹬，向旁纵跃。他深恐丁珰砍死了阿绣，不知不觉间力与神会，劲由意生，一股雄浑的内力起自足底，呼的一声，身子向上跃起，竟高过了树巅。

一跃之劲，竟致如斯，丁不三、丁珰固然大吃一惊，石破天在半空中也大叫："啊哟！"心想这一落下来，跌得筋折腿断倒罢了，阿绣如为丁珰杀死，那可如何是好？见双足落向一根松树的树干，心慌意乱的使劲一撑，只盼逃得远些，却听喀喇一声，树干折断，身子向前弹了数丈，身旁风声呼呼，身子飞得极快。

只听怀中的阿绣说道："落下去时用力轻些，弹得更……"她一言未毕，石破天双足又落向一棵松树，当即依言微微弯膝，收小了劲力一撑，那树干一沉，并未折断，反弹上来，却将他弹得更远更高。丁珰的喝骂之声仍可听到，却也渐渐远了。

阿绣红着脸问道："大哥，你说我是你的什么？"石破天道："对不起，我说你是我的心肝宝贝！"阿绣道："不用对不起，我很开心啊。你说宁可你给她杀了，却万万不能杀我，这话是真的吗？"石破天道："真的，真的！你是我的心肝宝贝！"阿绣红着脸道："好，那我也当你是我的心肝宝贝。"石破天俯下头去，在她小嘴上轻轻一吻，二人都喜悦不禁。石破天本就抱着她飞在空中，这时更如飞在云端一般。

石破天在松树枝干上一起一落，甚觉有趣。阿绣在他怀中，不住出言指点他运劲使力之法。他本来内力有余，一得轻功的诀窍，在树枝上纵跃自如，便似猿猴松鼠一般，轻巧自在，喜乐无穷，说道："这法子真好，这么一来，他们便追不上咱们了。"

眼见树林将到尽头，忽听得叱喝之声，又见日光一闪一闪，显是从兵刃上反照出来，有人正在打斗。石破天道："不好，那边有人，不能过去了!"左足在树干上一点,轻轻落下,依着阿绣所说的法子,提一口气,足尖向下,手中虽抱着人,却着地极轻。

他躲在一株大松树后,悄悄探头出去张望,不由得吓了一跳。只见林隙的一片大空地中两人斗得正紧,一个是手持长剑的白万剑,另一个是双手空空的丁不四。十余名雪山派弟子手中各挺长剑,疏疏落落的站在四周凝神观斗,为白万剑作声援之势。丁不四手中虽没兵刃,但擒、拿、劈、打、点、戳、勾、抓,两只手掌便如是一对厉害兵器一般,遇到白万剑长剑刺削而来,他往往猱身而上,硬打抢攻。

石破天只看得数招,便即全神贯注,浑忘了怀中还抱着一人。他既学过雪山剑法,而丁不四所用的招数,一小半是曾经教过他的,没教过的却也理路相通,有脉络可寻。那些招式在长江船上比试之时,似乎平平无奇,但这时在长剑击刺之间抢攻,锋锐凌厉,其势不下于刀剑。两大高手比武,斗得紧凑异常,所使武功他又大部分学过,自瞧得兴高采烈。

但见丁不四招招抢攻,双掌如刀如剑、如枪如戟,逼得白万剑守势多而攻着少,但白万剑打得极是沉着,朴实无华,偶然间锋芒一现,又即收敛,看来丁不四若想取胜,可着实不易,斗得久了,只怕白万剑还会占到上风。

连石破天都看出了这点,丁不四和白万剑自早就心中有数。原来丁不四自负与白万剑之父威德先生白自在同辈,声称不肯以大压小,只以空手接他长剑。但一动上手,丁不四立即暗暗叫苦不迭,对方出招之迅,变化之精,内力之厚,法度之谨,在在均是第一流高手风范,即令白自在当年纵横江湖的全盛之时,剑法之高,只怕也不过如是。

丁不四打醒十二分精神,施展小巧腾挪功夫,在他剑锋中纵跃来去,有时迫不得已,只得行险侥幸,以两败俱伤的狠着,逼退白万剑凌厉剑招。遇上这等情形,白万剑总退让一步,不跟他硬拼,似乎是智珠在握,心有必胜成算一般。以二人真功夫而论,毕竟还是丁不四高出一筹,但他输在过于托大,不肯用兵刃和对方动手,明明一条金光灿然的九节软鞭围在腰间,既已说过不用,便杀了他头,也不肯抖将出来。

再拆二十余招，白万剑道："丁四叔，你使九节鞭罢，单凭空手，你打我不过的。"

丁不四怒道："放屁，我怎会打你不过？你试试这招！"左手划个圈子，右手拳从圈子中直击出去。这一招来得甚怪。白万剑不明拆法，便退了一步。丁不四哈哈大笑，右足在地下一蹬，身子向左弹出，便似脚底下装了弹簧，突然飞起，双脚在半空中急速踢出。白万剑又退一步，挥剑护住面门。

丁不四倏左倏右，忽前忽后，只将石破天看得眼花缭乱。猛听得嗤的一声响，丁不四右腿裤管上中了一剑，虽没伤到皮肉，却将他裤子划了一条长长破口。白万剑收剑退回，说道："承让，承让！"

高手比武，这一招原可说胜败已分。但丁不四老羞成怒，喝道："谁来让你了？这一招你一时运气好，算得什么？"一招"逆水行舟"，向白万剑又攻了过去。白万剑只得挺剑接住。刚才这一剑划破对方裤脚，说是运气好，确也不错，其时白万剑挺剑刺去，丁不四刚好挥足踢出，倒似是将自己裤管送到剑锋上去给他划破一般。但这么一来，丁不四一股凌厉的气焰不免稍煞，出招时就慎重得多，越打越处下风。

雪山派众弟子瞧着十分得意，就有人出声称赞："你瞧白师哥这一招'月色昏黄'，使得若有若无，朦朦胧胧，当真是得了雪山剑法的神髓。丁四老爷子手忙脚乱，若不是白师哥剑下留情，他身上已然挂彩了。"

猛听得一声"放屁！"同时从两处响出。一处出自丁不四之口，那是应有之义，毫不希奇，另一处却来自东北角上。

众人目光不约而同的转了过去。这些人中，倒以石破天吓得最为厉害。只见两人并肩站在林边，一是丁不三，另一个是丁珰。

丁不四叫道："老三，你走开些！我跟人家过招，你站在这里干什么？"他虽正全神贯注和白万剑动手，但究竟兄弟之亲，丁不三只说了"放屁"两字，他便知道是兄长到了，何况他兄弟俩自幼到老，相互间说得最多的便是这"放屁"两字。

丁不三笑道："我要瞧瞧你近来武功长进了些没有。"

丁不四大急，情知眼前情势，自己已无法取胜，这个自幼便跟他争强斗胜、互不相下的兄长偏偏在这时现身，真正不巧之极，他大声叫道："你在旁边来搞乱我心神。我既分心和你说话，怎么还有心思跟人家厮打？"

丁不三笑道："你不用和我说话，专心打架好了。"转头向丁珰道："你四爷爷老是自称武功了得，天下无敌，倒似比你亲爷爷还强些一般。现下你睁大了眼，可要瞧仔细了，瞧你四爷爷单凭一双肉掌，要将人家打得撤剑认输，跪地求饶。哈哈，哈哈！"笑声怪作，人人耳鼓中嗡嗡作响，都十分的不舒服。

丁不四边斗边喝："老三，你笑什么鬼？"丁不三笑道："我笑你啊！"丁不四怒道："笑我什么？我有什么好笑？"丁不三道："我笑你一生要强好胜，遇到危难之际，总还得靠哥哥来提你一把。"丁不四怒道："这姓白的是我后辈，若不是瞧在他父母脸上，早就一掌将他毙了。我有什么危难？谁要你来提一把，你还是去提一把酒壶、提一把尿壶的好！要不，就提一只马桶！哎哟！好小子，你乘人之危……"

他空手和白万剑对打，本已落了下风，这么分心和丁不三说话，门户中便即现出空隙。白万剑乘势直上，在他左肩上划了一剑，登时鲜血淋漓。

丁不三、丁不四两兄弟自幼吵斗不休，互争雄长，做哥哥的不似哥哥，做兄弟的不似兄弟，但这时丁不三眼见兄弟受伤，却也不禁关心，怒道："好小子，你胆敢伤我丁老三的兄弟！"身形微矮，突然呼的一声弹将出去，伸手直抓白万剑后心。

白万剑前后受攻，心神不乱，长剑向丁不四先刺一剑，将他逼开一步，随即回剑向丁不三斜削过去。

丁不四叫道："老三退开！谁要你来帮我？"丁不三道："谁帮你了？丁老三最恼人打架不公平。我先弄掉他的剑，再在他身上弄些血出来，你们再公公平平的打一架。"

雪山派群弟子见师兄受二人夹击，何况这丁不三乃杀害同门的大仇人，他一上前动手，众人发一声喊，纷纷攻上。

丁不三喝道："狗崽子，活得不耐烦了，通统给我滚回去！"却见剑光闪闪，几柄长剑同时向他刺来。丁不三一一避过，大声叫道："再不滚开，老子可要杀人了。"

白万剑知道这些师弟决不是他对手，他说要杀人，那是真的杀人，忙叫道："大家退回！"雪山群弟子对这位师兄的号令不敢丝毫违拗，当即散开退后。

丁不三向着一名肥肥矮矮、名叫李万山的雪山弟子道："把你的剑给我！"李万山怒道："好！给你！"剑起中锋，嗤的一声，向他小腹直刺过去。丁不三左手疾探，从侧抓住了他右腕，轻轻一扭，便将他手中长剑夺过，便如李万山真是乖乖的将长剑递给他一般。这一扭之下，李万山右腕已然脱臼，丁不三跟着飞脚将他踢了个筋斗。

其余雪山弟子挺剑欲上前相助，丁不三已手持长剑，剑尖刺地，绕着白万剑和丁不四二人奔了一圈，在地下画了个径长丈许的圆圈，站定身子，向雪山群弟子冷冷说道："哪一个踏进这圈子一步，便算踏进鬼门关了！"

白万剑打得虽然镇定，心中却已十分焦急，情知这不三、不四两兄弟杀人不眨眼，此刻二人联手，自己已无论如何讨不了好去，比之当日土地庙中独斗石清夫妇，情势更凶险得多，丁氏兄弟可不似石清夫妇那么讲究武林道义，只怕雪山派十七弟子，今日要尽数毕命于紫烟岛上。迫着剑走险势，要抢着将丁不四先毙于剑底，雪山派十七人生死存亡，全看是否能先行杀了丁不四而定。

但丁不四胁下虽中一剑，伤非要害，尽能支撑得住，白万剑这一躁急求胜，剑招虽狠，"稳、准"二字便不如先前了。丁不四双掌翻飞，在长剑中穿来插去，仍然矫捷狠辣之极，创口中的鲜血却也不住飞溅出来。

丁不三挺剑向前，叫道："老四，你先退下，把剑伤裹好了，再打不迟。"丁不四大声道："什么剑伤？我身上有什么剑伤？谅这小子的一把烂剑，又怎伤得了我？"丁不三道："咦！怎么你身上有伤口、又有鲜血？"丁不四道："我高兴起来，自己在身上搔搔痒，弄了点血出来，有什么希奇？"

丁不三哈哈大笑，挺剑向白万剑刺去，大声说道："姓白的，你听仔细了，现下是我跟你单打独斗，丁老四也在跟你单打独斗，可不是咱们两兄弟联手夹攻于你。老四叫我不可出手，我不听他的。我叫老四退下，他也不听我的。我瞧着你不顺眼，要教训教训你。他讨厌你老子，要打你几个耳光。咱们各人打各人的，别让人说丁氏双雄以二打一，传到江湖上可不大好听。"口中啰唆，手下丝毫没闲着，出招悍辣之极。

侠客行

[上]

236

白万剑以一敌二，心想："原来你跟我单打独斗，丁老四也跟我单打独斗，不是两人夹攻。"他生性端严，不喜和人作口舌之争，心里又瞧不起丁氏兄弟的无赖；而在这两名高手的夹击之下，也委实不能分心答话，只全神贯注的严密防守，寻瑕反击，一句话也不说。

　　斗到分际，丁不三的长剑和他长剑一交，白万剑只觉手臂剧震，对方的内力猛攻而至，忙运内力外荡，回剑横削，便在此时，右腿上给丁不四左掌作刀，重重的斫了一掌，当即向后退出两步，脚步踉跄，险些摔倒。

　　雪山派一名弟子叫道："休得伤我师哥！"挺剑来助，左脚刚踏进丁不三所画的圆圈，眼前白光一闪，长剑贯胸而过，已遭丁不三一剑刺死。两名雪山弟子又惊又怒，双双进袭。

　　丁不三大喝一声，跃起半空，长剑从空中劈将下来，同时左掌击落。剑锋落处，将一名雪山派弟子从右肩劈至左腰，以斜切藕势削成两截，左手这掌击在另一名雪山弟子的天灵盖上。那人闷哼一声，委顿在地，头颅扭过来向着背心，颈骨折断，自也不活了。

　　他顷刻间连杀三人，石破天在树后见着，不由得心惊胆战，脸如土色。

　　丁不三余威不歇，长剑如疾风骤雨般向白万剑攻去，猛听得喀喀两响，双剑同时折断。两人同时以半截断剑向对方掷出，同时低头矮身，两截断剑同时向两人头顶掠去，相去均不到半尺。

　　两人一般行动，一般快速，又一般的生死悬于一线。

　　白万剑右腿受伤，步履不便，再失去了兵刃，登时变成了只有挨打，难以还手的地步。两名雪山弟子明知踏进圈子不免有死无生，但总不能眼睁睁的瞧着师兄为这两个凶人联手害死，当即挺剑冲进。

　　丁不三叫道："老四，你来打发，我今天已杀了三人。"

　　丁不四笑道："哈，你也有求我出手的时候。"竟不转身，左足向后弹出，便似骡马以后腿踢人一般，啪啪两声，分别踢中两人胸口。两名雪山弟子飞出数丈，摔跌在地，哼也没哼一声。两人胸口中腿，立即毙命。

　　丁氏兄弟凶性大发，足掌齐施，各以狠毒手法向白万剑攻击。白万剑跛着一足，沉着应付，一步步退出圈子，突然一声低哼，右肩

237

又中了丁不四一掌，右臂几乎提不起来。

眼见白万剑命在顷刻，石破天只瞧得热血沸腾，叫道："你们不能杀白师傅！"随手将阿绣往地下一放，拔出插在腰带中那把烂锈柴刀，大呼："不能再杀人了！"

阿绣突然给他放落，"啊"的一声叫了出来。石破天百忙中回头，说道："对不起！"几个起落，已踏入圈中。

丁不四仍头也不回，反脚踢出。石破天右足一点，轻飘飘的从他头顶跃过，落在他面前，使的正是阿绣适才所教的轻身功夫。丁不四一脚踢空，眼前却多了一人，一怔之下，叫道："大粽子，原来是你！"

石破天道："是，是我。爷爷、四爷爷，你们已经……已杀了五人，应该住手啦。"斜眼向丁不三瞧去，心中怦怦乱跳，眼见他杀死的那三名雪山派弟子尸横就地，连自己足上也溅满了鲜血，更怕得厉害。

丁不三道："小白痴，那日给你在船上逃得性命，却原来躲在这里。此刻你又出来干什么？"石破天道："我来劝两位老爷子少结冤家，既然胜了，得饶人处且饶人，又何必赶尽杀绝？"

丁不三和丁不四相对哈哈大笑。丁不四道："老三，这小子不知从哪里听了几句狗屁不通的言语，居然来相劝老爷爷。"

石破天提起柴刀，将地下一柄长剑挑起，向白万剑掷去，说道："白师傅，你们雪山派的，一定要用剑。"

白万剑转眼便要丧于丁氏兄弟手下，万不料这小冤家石中玉反会出来相助，心下满不是滋味。他掷过来这柄长剑，是遭丁不三劈死的那师弟遗下来的，当下接过长剑，凝立不动，一剑在手，精神陡振。

丁不三骂道："这姓白的要捉你去杀了，当日若不是我相救，你还有命么？"石破天点头道："正是。爷爷，我是很感激你的。所以嘛，我也劝白师傅得饶人处且饶人。"

丁不四生怕石破天说出在小船上打败了自己之事，急于要将他一掌毙了，喝道："胡说八道些什么？"呼的一掌向他直击过去，这一次并无史婆婆在旁，再没顾忌，这招"黑云满天"却是从未教过他的。

白万剑不愿石中玉就此给他如此凌厉的一招击毙，挺剑使招

"老枝横斜"，从侧刺去。石破天柴刀一落，使出一招"长者折枝"，去砍丁不四的手掌。说也奇怪，这一剑一刀的招数本来相克，但合并使用，居然生出极大威力，霎时之间，将丁不四笼罩在刀剑之下。

丁不三大叫："小心！"但刀光剑势，凌厉无俦，他虽欲插手相助，可是一双空手实不敢伸入这刀剑织成的光网之中。

丁不四也大吃一惊，危急中就地一个打滚，逃出圈子之外，挺起身来时，只见对方的一刀一剑之旁飞舞着无数白丝，一摸下颏，一排胡子竟已给割去了一截。

丁不四自然又惊又怒，丁不三骇然失色，白万剑大出意外，只石破天还不知自己适才这一招内力雄浑，刀法精妙，已令当世三大高手大为震动。

丁不三道："好，咱们也用兵刃了。"从地下拾起一把长剑，叫道："老四，还逞个屁能？用鞭子！"剑尖一抖，向石破天刺了过去。

石破天究无应变之能，眼见剑到，便即慌乱，不知该使哪一招才好。白万剑使招"双驼西来"从旁相助，这一剑提醒了石破天，当即使出"千钧压驼"，以刀背从空中压将下来，柴刀虽钝，但加上沉重内力，丁不三登感剑招窒滞，幸好丁不四已抖出腰间金龙九节鞭，抢着来救，丁不三乘机闪开。

白万剑使一招"风沙莽莽"，石破天便跟着使"大海沉沙"。一刀一剑配合得天衣无缝，上似有狂风黄沙之重压，下如有怒海洪涛之汹涌。丁不三、丁不四齐声大呼。

石破天内力强劲之极，所学武功也十分精妙，只是少了习练，更无临敌应变的经历，眼见敌招之来，不知该出哪一招去应付才是。他所学的金乌刀法，除了最后一招之外，每一招都是针对雪山剑法而施，史婆婆传授之时，总也是和每招雪山剑法合并指点。此刻他心中慌乱，无暇细思，但见白万剑使什么招数，他便跟着使出那一招相应的招数，是以白万剑使"老枝横斜"，他便使"长者折枝"，白万剑使"双驼西来"，他便使"千钧压驼"。哪知这金乌刀法虽说是雪山剑法的克星，但正因为相克，一到联手并使之时，竟将双方招数中的空隙尽数弥合，变成了威力无穷的一套武功。

白万剑惊诧之极，数招之下，便知石破天这套刀法和自己的剑招联成一气之后，直是无坚不摧，这小子内力更似有一股有质无形的力道,不断的渐渐扩展。

丁不三、丁不四自然也早就瞧了出来,只两人不肯认输,还盼石破天这路古怪刀法招数有限,两兄弟打起精神,苦苦撑持。白万剑也怕石破天不过是"程咬金三斧头",时刻一长,又让丁氏兄弟占了先机,眼下情势,须当速战速决,当即使一招"暗香疏影",长剑颤动,剑光若有若无,那是雪山剑法中最精微的一招,往往伤人于不知不觉之间。石破天柴刀横削,也是连连抖动,这一招"鲍鱼之肆",内力从四面八方涌出。

只听得"啊、啊"两声,丁不四肩头中刀,丁不三臂上中剑。两人倏然转身,跃出圈外。丁不三反手抓住丁珰,迅速之极的隐入了东边林中。丁不四却在西首山后逸去,只听山背后传来他的大声呼叫:"白万剑,老子瞧在你老娘面上,今日饶你一命,下次可决不轻饶了……"声音渐渐远去。

但见满地是血,衰草上躺着五具尸首,雪山派群弟子你看看我,我看看你,又惊又悲,又是满腹疑团。

白万剑侧目瞧着石破天,一时之间痛恨、悲伤、惭愧、庆幸、惶惑、诧异、佩服,百感交集,而感激之意却也着实不少,若不是这小子出手,雪山派十余人自必尽数毕命于紫烟岛上,回想适才丁氏兄弟出手之狠辣,兀自心有余悸。他长长舒了口气,问道:"你这路刀法是谁教你的?"

石破天道:"是史婆婆教的,共有七十三路,比你们的雪山剑法多一路,招招是雪山剑法的克星。"白万剑哼的一声,说道:"招招是雪山剑法的克星?口气未免太大。谁是史婆婆?"石破天道:"史婆婆是我金乌派的开山祖师,她是我师父,我是金乌派的第二代大弟子。"白万剑不禁大怒,冷冷的道:"你不认师门,那也罢了,却又另投什么金乌派门下。金乌派,金乌派?没听见过,武林中没这个字号。"

石破天还不知他已动怒,继续解释:"我师父说道,金乌就是太阳,太阳一出,雪就融了。因此雪山派弟子遇到我金乌派,只有……只有……"下面本来是"磕头求饶的份儿",但他只不过不通人情世故,毕竟不是傻子,话到口边,想起这句话不能在雪山派弟子面前说出来,当即住口。

白万剑脸色铁青,厉声道:"我雪山弟子遇上你金乌派的,那便如何?只有什么?"石破天摇头道:"这句话你听了要不高兴的,我也以为师父这话不对。"白万剑道:"只有大败亏输,望风而逃,是不是?"石破天道:"我师父的话,意思也就差不多。白师傅你别生气,我师父恐怕也是说着玩的,当不得真。"

白万剑右腿、右肩都给丁不四手掌斩中,这时候更觉疼痛难当,然石破天的言语句句辱及本门,却如何忍得,长剑一举,叫道:"好!我来领教领教金乌派的高招,且看如何招招是雪山剑法的克星!"但这一举剑,肩头登时剧痛,脸上变色,长剑险些脱手。

一名雪山弟子包万叶上前两步,挺剑说道:"姓石的小子,你当然不认我这师叔了,我来接你高招!"

白万剑咬牙忍痛,说道:"包师弟,你……你……"他本要说"你不行",但学武之人,脸面最是要紧,随即改口道:"我来接他好了!"剑交左手,说道:"姓石的小子,上罢!"石破天摇头道:"你肩头、腿上都受了伤,咱们不用比了,而且,而且,我一定打你不过的。"

白万剑道:"你有胆子侮辱雪山派,却没胆子跟我比剑!"长剑挺出,一招"梅雪争春",剑光点点,向石破天头顶罩了下来,他虽左手使剑,不如右手灵便,但凌厉之意,丝毫不减。石破天见剑光当头而落,只得举起柴刀,还了一招"梅雪逢夏",攻瑕抵隙,果然正是这招"梅雪争春"的克星。

白万剑心中一凛,不等这招"梅雪争春"使老,急变"胡马越岭",石破天依着来一招"汉将当关"。白万剑眼见对方这一招守得严密异常,不但将自己去招全部封住,而且显然还含有厉害后着,当即换成一招"明月羌笛",石破天跟着变为"赤日金鼓"。白万剑又是一惊,眼见他柴刀直攻而进,正对准了自己这招最软弱之处,忙又变招。

幸好石破天不懂这其间的奥妙,眼见对方变招,跟着便即变化。其实适才已占敌机先,不管白万剑变招也好,不变招也好,乘势直进,立时便可迫他急退三步。此时他腿上不便,这三步难以疾退,不免便要撒剑认输。但说到当真拆招斗剑,石破天可差得远了,他只是眼见白万剑使出什么剑招,便照式应以金乌刀法中配好了的一

241

招,较之日前与丁不四在舟中斗拳,其依样葫芦之处,实无多大分别。他招数既不会稍有变更,自不免错过了这大好机会。

白万剑心中暗叫:"惭愧!"旁观的雪山派弟子中,倒也有半数瞧了出来,也是暗道:"侥幸,侥幸!"

数招一过,白万剑又遇凶险。不管他剑招如何巧妙繁复,石破天以拙应巧,一柄烂柴刀总是在每一招中都占了上风。白万剑越斗越惊,心想:"这小子倒也不是胡吹,他的什么金乌刀法,果然是我雪山剑法的克星。那个史婆婆莫非是我爹爹的大仇人?她如此处心积虑的创了这套刀法出来,显是要打得我雪山派一败涂地。"

拆到三十余招时,石破天柴刀斫落,劈向白万剑左肩。白万剑本可飞腿踢他手腕,以解此招,但他右脚一提,伤处突然奇痛彻骨,右膝竟尔不由自主的跪倒,急忙右掌按地。石破天这刀砍下,他已无法抗御,眼见便要将他左臂齐肩斫落。雪山群弟子大声惊呼。不料石破天提起柴刀,说道:"这一下不算。"

白万剑左脚使劲,奋力跃起,心中如闪电般转过了无数念头:"这小子早就可以胜我,何以每一招都使不足?倒似他没好好学过雪山剑法似的。此刻他明明已经胜我了,何以又故意让我?石中玉这小子向来阴狠,他只消一刀杀了我,其余众师弟哪一个是他对手?他忽发善心,那是什么缘故?难道……难道……他当真不是石中玉?"

一转到这个念头,左手长剑轻送,一招"朝天势"向前刺出。雪山诸弟子都是"咦"的一声。这"朝天势"不属雪山剑法七十二招,是每个弟子初入门时锻炼筋骨、打熬气力的十二式基本功夫之一,招式寻常,简便易记,虽于练功大有好处,却不能用以临敌。众人见他突然使出这一招来,都吃了一惊,只道白师哥伤重,已无力使剑。

不料石破天也是一呆,这一招"朝天势"他从未见过,史婆婆也没教过破法,不知如何拆解才是。可是在"气寒西北"的长剑之前,又有谁能呆上一呆?石破天只这么稍一迟疑,白万剑长剑犹似电闪,中宫直进,剑尖已指住了他心口,喝道:"怎么样?"

石破天道:"你这一招是什么剑法?我没见过。"

白万剑见他此刻生死系于一线,居然还问及剑法,倒也佩服他的胆气,说道:"你当真没学过?"石破天摇了摇头。白万剑道:"我此

242

时取你性命,易如反掌,只是适才我受丁氏兄弟围攻,阁下有解围大德,咱们一命换一命,谁也不亏负谁。从今而后,你可不许再说金乌刀法是雪山剑法克星的话。"

石破天点头道:"我原说打你不过。你叫我不可再说,我听你的话就是,以后不说了。白师傅,我想明白了,刚才你这一招剑法,好像也可破解。"陡然间胸口一缩,凹入数寸,手中柴刀横掠,啪的一声,刀剑相交,内力到处,白万剑手中长剑断为两截。

白万剑脸色大变,左足一挑,地下的一柄长剑又跃入他手中,嗖嗖嗖三剑,都是本派练功的入门招式,快速无伦。石破天只瞧得眼花缭乱,手忙足乱之际,突然间手腕中剑,柴刀再也抓捏不住,当的一声,掉在地下。便在那时,对方长剑又已指住了他心口。

白万剑手腕轻抖,石破天叫声"哎哟",低头看时,只见自己胸口已整整齐齐的给刺了六点,鲜血从衣衫中渗将出来,但着剑不深,并不如何疼痛。

雪山群弟子齐声喝采:"好一招'雪花六出'!"

白万剑道:"相烦阁下回去告知令师,雪山派多有得罪。"他见石破天不会雪山派这几路最粗浅的入门功夫,显非作伪,该当从未在雪山派中学过武功,而神情举止、性情脾气,和石中玉更是大异,一个仁厚谦和,一个狡诈阴狠,截然相反;又想:"他于我有救命之恩,适才一刀又没斫我肩膀,明着是手下留情。此人自然不是石中玉。就算当真是他,今日也总不能杀他、拿他。他虽曾对花师妹言语轻薄,但今日雪山弟子的性命,总都是他救的。这一招'雪花六出',不过惩戒他金乌派口出大言,在他身上留个记认。"

他抛下长剑,抱起一名师弟的尸身,既伤同门之谊,又愧自身无能,致令这五个师弟死于丁氏兄弟之手,忍不住热泪长流,其余雪山弟子将另外四具尸身也抱了起来。白万剑恨恨的道:"不三、不四两个老贼别死得太早。"向众师弟道:"咱们走!"一伙人快步走入树林,有人回头望石破天一眼,眼光中也充满了大惑不解之意。

石破天已听到二人先前说话，便道：『这里野猪肉甚多，便十个人也吃不完，两位尽管大吃便了。』那胖子笑道：『如此我们便不客气了。』

第十一回　毒酒和义兄

　　石破天见地下血迹殷然,歪歪斜斜的躺着几柄断剑,几只乌鸦啊啊啊的叫着从头顶飞过,忙拾起柴刀,叫道:"阿绣,阿绣!"奔到大树之后,阿绣却已不在。

　　石破天心道:"她先回去了?"心中挂念,忙快步跑回山洞,叫道:"阿绣,阿绣!"非但阿绣不在,连史婆婆也不在了。他惊惶起来,见地下用焦炭横七竖八的画了几十个图形,他不知写的是字,更不知是什么意思,料想史婆婆和阿绣都已走了。原来史婆婆和阿绣留字告别,约他去雪山凌霄城相会,言词甚为亲厚,却没料到他竟一字不识。

　　初时只觉好生寂寞,但他从小孤单惯了的,只过得大半个时辰,便已泰然。这时胸口剑伤已然不再流血,心道:"大家都走了,我也走了罢,还是去寻妈妈和阿黄去。"这时不再有人没来由的向他纠缠,心中倒有一阵轻松快慰之感,只是想到史婆婆和阿绣,却又颇为恋恋不舍,将柴刀插在腰间,走到江边。

　　但见波涛汹涌,岸旁更没一艘船只,于是沿岸寻去。那紫烟岛并不甚大,他快步而行,只一个多时辰,已环行小岛一周,不见有船只的踪影,举目向江中望去,连帆影也没见到一片。

　　他还盼史婆婆和阿绣去而复回,又到山洞中去探视,却哪里再见二人的踪迹?好生怅惘,只得又去摘些柿子充饥。到得天黑,便在洞中睡了。

睡到中夜，忽听得江边豁啦一声大响，似是撕裂了一幅大布一般，纵起身来，循声奔到江边，稀淡星光下见有一艘大船靠在岸旁，不住的晃动。他生怕是丁不三或是丁不四的坐船，不敢贸然上前，缩身躲在树后，只听得又豁啦一下巨响，原来船上张的风帆缠在一起，给强风吹动，撕了开来，但船上竟没人理会。

　　眼见那船摇摇晃晃的又要离岛而去，他发足奔近，叫道："船上有人么？"不闻应声。一个箭步跃上船头，向舱内望去，黑沉沉地什么也看不见。

　　走进舱去，脚下一绊，碰到一人，有人躺在舱板之上。石破天忙道："对不起！"伸手要扶他起来，哪知触手冰冷，竟是一具死尸。他大吃一惊，"啊"的一声，叫了出来，左手挥出，又碰到一人的手臂，冷冰冰的，也早死了。

　　他心中怦怦乱跳，摸索着走向后舱，脚下踏到的是死尸，伸手出去碰到的也是死尸。他大声惊叫："船……船中有人吗？"惊惶过甚，只听得自己声音也全变了。跌跌撞撞的来到后梢，星光下只见甲板上横七竖八的躺着十来人，个个僵伏，显然也都是死尸。

　　这时江上秋风甚劲，几张破帆在风中猎猎作响，疾风吹过船上的破竹管，其声嘘嘘，似是鬼啸。石破天虽孤寂惯了，素来大胆，但静夜之中，满船都是死尸，竟没一个活人，耳听得异声杂作，便似死尸都已活转，要扑上来扼他咽喉。他记起侯监集上那僵尸要剖开他肚子找烧饼的情景，登时满身寒毛直竖，便欲跃上岸去。但一足踏上船舷，只叫得一声苦，那船离岸已远，正顺着江水飘下。原来这艘大船顺流飘到紫烟岛来，在岛旁江底狭峡的岩石上搁住了，团团转了几个圈子，又顺流沿江飘下。

　　这一晚他不敢在船舱、后梢停留，跃上船篷，抱住桅杆，坐待天明。

　　次晨太阳出来，四下里一片明亮，这才怖意大减，跃下后梢，只见舱里舱外少说也有五六十具尸首，当真触目惊心，但每具死尸身上均无血迹，也无刀剑创伤，不知因何而死。

　　绕到船首，只见舱门正中钉着两块闪闪发光的白铜牌子，约有巴掌大小，一块牌上刻有一张笑脸，和蔼慈祥，另一牌上刻的却是一张狰狞的煞神凶脸。两块铜牌上均有小孔，各有一根铁钉穿过，钉在舱门顶上，显得十分诡异。他向两块铜牌上注视片刻，见牌上人脸似乎活的一般，不敢多看，转过脸去，见众尸有的手握兵刃，有的腰插刀剑，显然都是武林中人。再细看时，见每人肩头衣衫上都用白丝线绣着一条生翅膀的小鱼。他猜想船上这一群人都是同伙，只不知如何猝遇强敌，尽数毕命。

那船顺着滔滔江水，向下游流去，到得响午，迎面两艘船并排着溯江而上。来船梢公见到那船斜斜淌下，大叫："扳梢，扳梢!"可是那船无人把舵，江中急涡一旋，转得那船打横冲了过去，砰的一声巨响，撞在两艘来船之上。只听得人声喧哗，夹着不少粗语秽骂。石破天心下惊惶，寻思："撞坏了来船，他们势必跟我为难，追究起来，定要怪我害死了船上这许多人，那便如何是好?"情急之下，忙缩入舱中，揭开舱板，躲入舱底。

这时三艘船已纠缠在一起，过不多时，便听得有人跃上船来，惊呼之声，响成一片。有人尖声大叫："是飞鱼帮的人! 怎……怎么都死了。"又有人叫道："连帮主……帮主成大洋也死在这里。"突然间船头有人叫道："是……是赏善……罚恶令……令……令……"这人声音并不甚响，但语声颤抖，充满着恐惧。他一言未毕，船中人声登歇，霎时间一片寂静。石破天在舱底虽见不到各人神色，但众人惊惧已达极点，却可想而知。

过了良久，才有人道："算来原该是赏善罚恶令复出的时候了，料想是赏善罚恶两使出巡。这飞鱼帮嘛，过往劣迹太多……唉!"长长叹了口气，不再往下说。另一人问道："胡大哥，听说这赏善罚恶令，乃是召人前往……前往侠客岛，到了岛上再加处份，并不是当场杀害的。"先说话的那人道："倘若乖乖的听命前去，原是如此。然而去也是死，不去也是死，早死迟死，也没什么分别。成大洋成帮主定是不肯奉令，率众抗拒，以致……以致落得这下场。"一个嗓音尖细的人道："那两位赏善罚恶使者，当真如此神通广大，武林中谁也抵敌不过?"那胡大哥反问："你说呢?"那人默然，过了一会，低低的道："赏善罚恶使者重入江湖，各帮各派都难逃大劫。唉!"

石破天突然想到："这船上的死尸都是什么飞鱼帮的，又有一个帮主。啊哟不好，这两个什么赏善罚恶使者，会不会去找我们长乐帮?"

他想到此事,不由得心急如焚,寻思:"该当尽快赶回总舱,告知贝先生他们,也好先有防备。"他给人误认为长乐帮石帮主,引来了不少麻烦,且数度危及性命,但长乐帮中上下人等个个对他恭谨有礼,虽有个展飞起心杀害,却也显然是认错了人,这时听到"各帮各派都难逃大劫",对帮中各人的安危不由得大为关切,更加凝神倾听舱中各人谈论。

只听得一人说道:"胡大哥,你说此事会不会牵连到咱们。那两个使者,会不会找上咱们铁叉会?"那胡大哥道:"赏善罚恶二使既已出巡,江湖上任何帮会门派都难逍遥……这个逍遥事外,且看大伙儿的运气如何了。"他沉吟半晌,又道:"这样罢,你悄悄传下号令,派人即刻去禀报总舱主知晓。两艘船上的兄弟们,都集到这儿来。这船上的东西,什么都不要动,咱们驶到红柳港外的小渔村中去。善恶二使既已来过此船,将飞鱼帮中的首脑人物都诛杀了,第二次决计不会再来。"

那人喜道:"对,对,胡大哥此计大妙。善恶二使再见到此船,定然以为这是飞鱼帮的死尸船,说什么也不会上来。我这便去传令。"

过不多时,又有许多人拥上船来。石破天伏在舱底,听着各人低声纷纷议论,语音中都充满了惶恐之情,便如大祸临头一般。

有人道:"咱们铁叉会又没得罪侠客岛,赏善罚恶二使未必便找到咱们头上来。"

另有一人道:"难道飞鱼帮就胆敢得罪侠客岛了?我看江湖上的这十年一劫,恐怕这一次……这一次……"

又有人道:"老李,要是总舱主奉令而去,那便如何?"那老李哼了一声,道:"自然是有去无回。过去三十年中奉令而去侠客岛的那些帮主、总舱主、掌门人,又有哪一个回来过了?总舱主向来待大伙儿不薄,咱们难道贪生怕死,让他老人家孤身去涉险送命?"又有人道:"是啊,那也只有避上一避。咱们幸亏发觉得早,看来阴差阳错,老天爷保佑,教咱们铁叉会得以逃过这一劫。红柳港外那小渔村何等隐蔽,大伙儿去躲在那里,善恶二使耳目再灵,也难发见。"那胡大哥道:"当年总舱主经营这个小渔村,正是为了今日之用。这本是个避难的世外……那个世外桃源。"

一个嗓子粗亮的声音突然说道："咱们铁叉会横行长江边上，天不怕，地不怕，连皇帝老儿都不卖他帐，可是一听到他妈的侠客岛什么赏善罚恶使者，大伙儿便吓得夹起尾巴，躲到红柳港渔村中去做缩头乌龟，那算什么话？就算这次躲过了，日后他妈的有人问起来，大伙儿这张脸往哪里搁去？不如跟他们拼上一拼，他妈的也未必都送了老命。"他说了这番心雄胆壮的话，船舱中却谁也没接口。

过了半晌，那胡大哥道："不错，咱们吃这一口江湖饭，干的本来就是刀头上舐血的勾当，他妈的，你几时见癞头鼋王老六怕过谁来……"

"啊，啊——"突然那粗嗓子的人长声惨呼。霎时之间，船舱中鸦雀无声。

嗒的一声轻响，石破天忽觉得有水滴落到手背之上，抬手到鼻边一闻，腥气直冲，果然是血。鲜血还是一滴一滴的落下来。他知道众人就在头顶，不敢稍有移动出声，只得任由鲜血不绝的落在身上。

只听那胡大哥厉声道："你怪我不该杀了癞头鼋吗？"一人颤声道："没有，不……不是！王老六说话果然莽撞，也难怪胡大哥生气。不过……不过他对本会……这个……这个，倒一向是挺忠心的。"胡大哥道："那么你是不服我的处置了？"那人忙道："不，不是……"一言未毕，又是一声惨叫，显然又让那姓胡的杀了。但听得血水又一滴一滴的从船板缝中掉入舱底，幸好这一次那人不在石破天头顶，血水没落在他身上。

那胡大哥连杀两人，随即说道："不是我心狠手辣，不顾同道义气，实因这件事牵连到本会数百名兄弟的性命，只要漏了半点风声出去，大伙儿人人都跟这里飞鱼帮的朋友们一模一样。癞头鼋王老六自逞英雄好汉，大叫大嚷的，他自己性命不要，那好得很啊，却难道要总舵主和大伙儿都陪他一块儿送命？"众人都道："是，是！"那胡大哥道："不想死的，就在舱里呆着。小宋，你去把舵，身上盖一块破帆，可别让人瞧见了。"

石破天伏在舱底，耳听得船旁水声汩汩，舱中各人却谁也没再说话。他更加不敢发出半点声息，心中只是想："那侠客岛是什么地方？岛上派出来的赏善罚恶使者，为什么又这样凶狠，将满船人众杀得干干净净？难怪铁叉会这干人要怕得这么厉害。"

过了良久，他蒙蒙眬眬的大有倦意，只想合眼睡觉，但想睡梦中如打鼾什么的发出声响，给上面的人发觉了，势必性命难保，只得睁大了眼睛，说什么也不敢合上。又过一会，忽听得当啷啷铁链声响，船身不再晃动，料来已抛锚停泊。

只听那胡大哥道："大家进屋之后，谁也不许出来，静候总舵主驾到，听他老人家号令。"各人低声答应，放轻了脚步上岸，片刻之间，尽行离船。

石破天又等了半天，船中更无丝毫声息，料想众人均已离去，这才揭开舱板，探头向外张望，不见有人，于是蹑手蹑足的从舱底上来，见舱中仍躺满了死尸，当下捡起一柄单刀，换去了腰里的烂柴刀，伸手到死尸袋里摸了几块碎银子，以便到前边买饭吃，心想死尸不能给人银子，拿他的银子，不算是小贼。走到后梢，轻轻跳上岸，弯了腰沿着河滩疾走，俯身江边，喝了几大口水，再胡乱洗去脸上及衣上血迹，直奔出一里有余，方从河滩走到岸上道路。

他想此时未脱险境，离得越远越好，当下发足快跑，幸好这渔村果然隐僻之极，左近十余里内竟没一家人家，始终没遇到一个行人。他心下暗暗庆幸。却不知附近本来有些零碎农户，都给铁叉会暗中放毒害死了。有人迁居而来，过不多时也必中毒而死。四周乡民只道红柳港厉鬼为患，易染瘟疫，七八年来，人人避道而行，因而成为铁叉会极隐秘的巢穴。

又走数里，离那渔村已远，他实在饿得狠了，走入树林之中想找些野味。说也凑巧，行不数步，忽喇声响，长草中钻出一头大野猪，低头向他急冲过来。他身子略侧，右手拔出单刀，顺势一招金乌刀法中的"长者折枝"，唰的一声，将野猪一个大头砍了下来。那野猪极是凶猛，头虽落地，仍向前冲出十余步，这才倒地而死。

他心下甚喜："以前我没学过金乌刀法之时，见了野猪只有拼命逃走，哪敢去杀它？"在山边觅到一块黑色燧石，用刀背打出火星，生了个火。将野猪的四条腿割了下来，到溪边洗去血迹，回到火旁，将单刀在火中烧红，炙去猪腿上的猪毛，将猪腿串在一根树枝之上，便烧烤起来。过不多时，浓香四溢。

正烧炙之间,忽听得十余丈外有人说道:"好香,好香,当真令人食指大动矣!"另一人道:"那边有人烧烤野味,不妨过去情商,让些来吃吃,有何不可?"先前那人道:"正是!"两个人说着缓步走来。

但见一人身材魁梧,圆脸大耳,穿一袭古铜色绸袍,笑嘻嘻地和蔼可亲;另一个身形也是甚高,但甚为瘦削,身穿天蓝色长衫,身阔还不及先前那人一半,留一撇鼠尾须,脸色却颇为阴沉。那胖子哈哈一笑,说道:"小兄弟,你这个……"

石破天已听到二人先前说话,便道:"我这里野猪肉甚多,便十个人也吃不完,两位尽管大吃便了。"

那胖子笑道:"如此我们便不客气了。"两人便即围坐在火堆之旁,火光下见石破天服饰华贵,但衣衫污秽,满是绉纹,更有不少没洗去的血迹,两人脸上闪过一丝讶异的神色,随即四只眼都注视于火堆上的猪腿,不再理他。野猪腿上的油脂大滴大滴落入火中,混着松柴的清香,虽未入口,已料到滋味佳美。

那瘦子从腰间取下了一个蓝色葫芦,拔开塞子,喝了一口,说道:"好酒!"那胖子也从腰间取下一个朱红色葫芦,摇晃了几下,拔开塞子喝了一口,说道:"好酒!"

石破天跟随谢烟客时常和他一起喝酒,此刻闻到酒香,也想喝个痛快,见这二人各喝各的,并无邀请自己喝上一两口之意,他生平决不向人求恳索讨,只有干咽馋涎。再过得一会,四条猪腿俱已烤熟,他说道:"熟了,请吃吧!"

一胖一瘦二人同时伸手,各抢了一条肥大猪腿,送到口边,张嘴正要咬去,石破天笑道:"这两条野猪腿虽大,却都是后腿,滋味不及前腿的美。"那胖子笑道:"你这娃娃良心倒好。"换了一条前腿,吃了起来。那瘦子已在后腿上咬了一口,略一迟疑,便不再换。两人吃了一会,又各喝一口酒,赞道:"好酒!"塞上木塞,将葫芦挂回腰间。

石破天心想:"这二人怎地小气,只喝两口酒便不再喝,难道那酒当真名贵之极吗?"便向那胖子道:"大爷,你这葫芦中的酒,滋味很好吗? 我倒也想喝几口。"他这话虽非求人,但讨酒之意已再也明白不过。

那胖子摇头道:"不行,不行,这不是酒,喝不得的。我们吃了你的野猪腿,少停自有礼物相赠。"石破天笑道:"你骗人,你刚才明明说'好酒',我又闻到酒香。"转头向瘦子道:"这位大爷,你葫芦中的总是酒罢?"

那瘦子双眼翻白,道:"这是毒药,你有胆子便喝罢。"说着解下葫芦,放在地下。石破天笑道:"若是毒药,怎地又毒不死你?"拿起葫芦拔开塞子,扑鼻便闻到一阵酒香。

那胖子脸色微变,说道:"好端端地,谁来骗你? 快放下了!"伸出五指抓他右腕,要夺下他手中葫芦,哪知手指刚碰他手腕,登时感到一股大力一震,将他手指弹了开去。

那胖子吃了一惊,"咦"的一声,道:"原来如此,我们倒失眼了。那你请喝罢!"

石破天端起葫芦,骨嘟嘟的喝了一大口,心想这瘦子爱惜此酒,不敢多喝,便塞上了木塞,说道:"多谢!"霎时之间,一股冰冷的寒气直从丹田中升了上来。这股寒气犹如一条冰线,顷刻间好似全身都要冻僵了,他全身剧震几下,牙关格格相撞,实是寒冷难当,忙运起内力相抗,那条冰线才渐渐融化。一经消融,登时四肢百骸说不出的舒适受用,非但不再感到有丝毫寒冷,反而暖洋洋地飘飘欲仙,大声赞道:"好酒!"忍不住拿起葫芦,拔开木塞,又喝了一口,待得内力将冰线融去,醺醺之意更加浓了,叹道:"当真是我从来没喝过的美酒,可惜这酒太也贵重,否则我真要喝他个干净。"

胖瘦二人脸上都现出十分诧异的神情。那胖子道:"小兄弟若真量大,便将一葫芦酒都喝光了,却也不妨。"石破天喜道:"当真?这位大爷就算舍得,我也不好意思。"那瘦子冷冷的道:"那位大爷红葫芦里的毒酒滋味更好,你要不要试试?"

石破天眼望胖子,大有一试美酒之意。那胖子叹道:"小小年纪,一身内功,如此无端端送命,可惜啊,可惜。"一面说,一面解下那朱漆葫芦来,放在地下。

石破天心想:"这两人都爱说笑,若说真是毒酒,怎么他们自己又喝?"拿过那朱红葫芦来,一拔开塞子,扑鼻奇香,两口喝将下去,这一次却是有如一团烈火立时在小腹中烧将起来。他"啊"的一声大叫,跳起身来,催动内力,才把这团烈火扑熄,叫道:"好厉害的酒。"说也奇怪,肚腹中热气一消,全身便舒畅无比。

那胖子道:"你内力如此强劲,便把这两葫芦酒一齐喝干了,却又如何？"

石破天笑道："只我一个人喝，可不敢当。咱三人今日相会，结成了朋友，大家喝一口酒，吃一块肉，岂不有趣？大爷，你请。"说着将葫芦递将过去。

那胖子笑道："小兄弟既要伸量于我，那只有舍命陪君子了！"接过葫芦喝了一口，将葫芦递给石破天，道："你再喝罢！"石破天喝了一口，将葫芦递给瘦子，道："这位大爷请喝！"

那瘦子脸色一变，说道："我喝我自己的。"拿起蓝漆葫芦来喝了一口，递给石破天。

石破天接过，喝了一大口，只觉喝一口烈酒后再喝一口冰酒，冷热交替，滋味更佳。他见胖瘦二人四目瞪着自己，登时会意，歉然笑道："对不起，这口喝得太大了。"

那瘦子冷冷的道："你要逞好汉，越大口越好。"

石破天笑道："倘若喝不尽兴，咱们同到那边市镇去，我这里有银子，买他一大坛来喝个痛快。只是这般好的美酒，那多半就买不到了。"说着在红葫芦中喝了一口，将葫芦递给胖子。

那胖子盘膝而坐，暗运功力，这才喝了一口。他见石破天若无其事的又是一大口喝将下去，越来越惊异。

胖瘦二人面面相觑，脸上都现出大为惊异之色。他二人都是身负绝顶武功的高手，只二人所练武功，家数截然相反。胖子练的是阳刚一路，瘦子则是阴柔一路。两人葫芦中所盛，均是辅助内功的药酒。朱红葫芦中是大燥大热的烈性药酒，以"烈火丹"投入烈酒而化成；蓝色葫芦中是大凉大寒的凉性药酒，以"九九丸"混入酒中而成。那烈火丹与九九丸中各含有不少灵丹妙药，九九丸内有九九八十一种毒草，烈火丹中毒物较少，却有鹤顶红、孔雀胆等剧毒，乃两人累年采集制炼而成。药性奇猛，常人只须舌尖上舐得数滴，便能致命。他二人内功既高，又服有镇毒的药物，才能连饮数口不致中毒。但若胖子误饮寒酒，瘦子误饮烈酒，当场便即毙命。二人眼见石破天如此饮法，仍行若无事，宁不骇然？

他二人虽见多识广，于天下武学十知七八，却万万想不到石破天身得奇缘，先练纯阴内功，再练纯阳内功，这一阴一阳两门内功本来互相冲克，势须令得他走火而死，不料机缘巧合，反而相生相济，竟令他功力大进，待得他练了从大悲老人处得来的"罗汉伏魔功"，更得丁不三的药酒之助，将阴阳两门内功合而为一，体内阴阳交泰，已能抵挡任何大燥大热或是大凉大寒的毒药。

石破天喝了二人携来的美酒，心下过意不去，又再烧烤野猪肉，将最好的烧肉布给他二人，不住劝二人饮酒。

那二人只道他是要以喝毒酒来比拼内力，不肯当场认输，只得勉为其难，和他一口一口的对饮，偷偷将镇制酒毒的药丸塞入口中。二人目不转睛的注视着石破天，见他确未另服化解药物，如此神功，实属罕见，真不知从何处钻出来这样一位少年英雄？

那胖子见石破天喝了一口酒后，又将朱红葫芦递将过来，伸手接住，说道："小兄弟内力如此了得，在下好生佩服。请问小兄弟尊姓大名？"石破天皱起眉头，说道："这件事最教我头痛，人家一见，不是硬指我姓石，便来问我姓名。其实我既不是姓石，又无名无姓，因此哪，你这句话我可真的答不上来了。"那胖子心道："这小子装傻，不肯吐露姓名。"又问："然则小兄弟尊师是哪一位？是哪一家哪一派的门下？"

石破天道："我师父姓史，是位老婆婆，你见到过她没有？她老人家是金乌派的开山师祖，我是她的第二代大弟子。"

胖瘦二人均想："胡说八道，天下门派我们无一不知。哪里有什么金乌派，什么史婆婆了？这小子信口搪塞。"

那胖子乘着说这番话，并不喝酒，便将葫芦递了回去，说道："原来小兄弟是金乌派的开山大弟子，怪不得如此了得，请喝酒罢。"

石破天见到他没有喝酒，心想："他说话说得忘记了。"说道："你还没喝酒呢。"

那胖子脸上微微一红，道："是吗？"自己想占少喝一口的便宜，却让对方识破机关，心下微感恼怒，又不禁有些惭愧，哪知道石破天却纯是一番好意，生怕他少喝了美酒吃亏。那胖子连着先前喝的两口，一共已喝了八口药酒，早已逾量，再喝下去，纵有药物镇制，也必有大害，当下提葫芦就在口边，仰脖子作个喝酒之势，却闭紧了牙齿，待放下葫芦，药酒又流回葫芦之中。那胖子这番做作，如何逃得过那瘦子的眼去？他当真依样葫芦，也这样葫芦就口，酒不入喉。

这样你一口，我一口，每只葫芦中本来都装满了八成药酒，十之七八都倾入了石破天的肚中。他酒量原不甚宏,仗着内力深厚,尽还支持得住,毒药虽害他不死,却不免有些酒力不胜,说话渐渐多了起来,什么阿绣,什么叮叮当当的,胖瘦二人听了全不知所云。

那瘦子寻思:“这少年定是练就了奇功,专门对付我二人而来。他不动声色,尽只胡言乱语,当真阴毒之极。待会动手,只怕我二人要命送他手。”

那胖子心道:“今日我二人以二敌一,尚自不胜,此人内力如此了得,委实罕见罕闻。待我加重药力,瞧他是否仍能抵挡?”便向那瘦子使了个眼色。

那瘦子会意,探手入怀,捏开一颗蜡丸,将一枚“九九丸”藏在掌心,待石破天将蓝漆葫芦又递过来时,假装喝了一口,伸手拭去葫芦口的唾沫,轻轻巧巧的将一枚九九丸投入其中,慢慢摇晃,赞道:“好酒啊,好酒!”当瘦子做手脚时,那胖子也已将怀中的一枚“烈火丹”取出,偷偷融入酒中。

石破天只道是遇上了两个慷慨豪爽的朋友,只管自己饮酒吃肉,他阅历既浅,此刻酒意又浓,于二人投药入酒全未察觉。

那瘦子道:“小兄弟,葫芦中酒已不多,你酒量好,就一口喝干了罢!”

石破天笑道:“好!你两位这等豪爽,我也不客气了。”拿起葫芦来正要喝酒,忽然想起一事,说道:“在长江船上,我曾听叮叮当当说过,男人和女人若情投意合,就结为夫妇,男人和男人交情好,就结拜为兄弟。难得两位大爷瞧得起,咱们三人喝干了这两葫芦酒之后,索性便结义为兄弟,以后时时一同喝酒,两位说可好?”胖瘦二人气派俨然,结拜为兄弟云云,石破天平时既不会心生此意,就算想到了,也不敢出口,此刻酒意有九分了,便顺口说了出来。

那胖子听他越说越亲热,自然句句都是反话,料得他顷刻之间便要发难动手,以他如此内力,势必难以抗御,只有以猛烈之极的药物,先行将他内力摧破,虽此举委实颇不光明正大,但看来这少年用心险恶,那也不得不以辣手对付,生怕他不喝药酒,忙道:“甚好,甚好,那再好也没有了。你先喝干了这葫芦的酒罢。”

石破天向那瘦子道:“这位大爷意下如何?”那瘦子道:“恭敬不如从命,小兄弟有此美意,咳,咳!我是求之不得。”

石破天酒意上涌，头脑中迷迷糊糊地，仰起头来，将蓝漆葫芦中的酒尽数喝干，入口反不如先前的寒冷难当。

那胖子拍手道："好酒量，好酒量！我这葫芦里也还剩得一两口酒，小兄弟索性便也干了，咱们这就结拜。"

石破天兴致甚高，接过朱漆葫芦，想也不想，一口气便喝了下去。

两人对望了一眼，均想："我们制这药酒，每一枚九九丸或烈火丹，都要对六葫芦酒，一葫芦酒得喝上一个月，每日依照师传妙法运功，以内力缓缓化去，方能有益无害。这一枚九九丸再加一枚烈火丹，足足开得十二大葫芦药酒，我二人分别须得喝上半年。他将我们的一年之量于顷刻之间饮尽，倘若仍能抵受得住，天下决无此理。"

果然便听石破天大声叫道："啊哟，不……不好了，肚子痛得厉害。"抱着肚子弯下腰去。胖瘦二人相视一笑。那胖子微笑道："怎么？肚子痛么？想必野猪肉吃得太多了。"

石破天道："不是，啊哟，不好了！"大叫一声，突然间高跃丈许。

胖瘦二人同时站起，只道他临死之时要奋力一击，各人凝力待发，均想以他功力，来势定然凌厉无匹，两人须得同时出手抵挡。

不料石破天呼的一掌向一株大树拍了过去，叫道："哎唷，这……这可痛死我了！"他腹痛如绞，当下运起内力，要将肚中这团害人之物化去，哪知这九九丸和烈火丹的毒性非同小可，这一发作出来，他只痛得立时便欲晕去，全身抽搐，手足痉挛。

他奇痛难忍之际，左手一拳又向那大树击去，击了这一拳后，腹痛略减，当下右手又一掌拍出，只震得那株大树枝叶乱舞。他击过一拳一掌，腹内疼痛略觉和缓，但顷刻间肚中立时又如万把钢刀同时剐割一般。他口中哇哇大叫，手脚乱舞，自然而然将以前学过、见过的诸般武功施展出来。他学得本未到家，此时腹中如千万把钢刀乱绞，头脑中一片混乱，哪里还去思索什么招数，不住手的乱打乱拍，虽然乱七八糟，不成规矩，但挟以深厚内力，威势却十分厉害。他越打越快，只觉每发出一拳一掌，腹中的疼痛便随内力的行走而带了一些出来。

胖瘦二人只瞧得面面相觑，一步一步的向后退开。他二人知道如石破天这等武学高手，身中剧毒，临死之时散去全身功力，犹如发了疯的猛虎一般，只要给他双手抱住了，那就万难得脱。但听得他拳脚发出虎虎风声，招式又如雪山剑法，又如丁家的拳掌功夫，又夹了些上清观剑法中的零碎招数。但尽是似是而非，生平从所未见，心想此人莫非真的是什么金乌派门徒。以他二人武功之高，石破天这些招数纵怪，可也没放在眼里，只是他拳腿上发出的劲风，却令二人暗暗称异。

但见他越打越快，劲风居然也越来越加凌厉，二人不约而同的又是对望了一眼，微微一笑，均想："这小子内力虽强，武功却不值一哂，就算九九丸和烈火丹毒他不死，此人也非我二人敌手。先前看了他内力了得，可将他的武功估得高了。"这么一想，不由得都可惜自己那一壶药酒和那一枚药丸起来，早知如此，他若要动武，一出手便能杀了他，实不须耗费这等珍贵之极的药物。

凝聚阴阳两股相反的猛烈药性，使之互相中和融化，原是石破天所练"罗汉伏魔功"最擅长的本事。倘若他只饮那胖子的热性药酒，或是只饮那瘦子的寒性药酒，以如此剧毒，他内功虽了得，终究非送命不可。哪知道胖瘦二人同时下手，两股相反的毒药又同样猛烈，误打误撞，阴阳二毒反相互克制。胖瘦二人万想不到谢烟客先前曾以此法加诸这少年身上，意欲伤他性命，而他已习得了抵御之法。

石破天使了一阵拳脚，肚中的剧毒药物随着内力渐渐逼到了手掌之上，腹内疼痛也随之而减，直到剧毒尽数逼离肚腹，也就不再疼痛。他跟跟跄跄的走回火堆，笑道："啊哟，刚才这一阵肚痛，我还怕是肚肠断了，真吓得我要命。"

胖瘦二人心下骇异，均想："此人内功之怪，当真匪夷所思。"

那胖子道："现今你肚子还痛不痛？"

石破天道："不痛了！"伸手去火堆上取了一块烤得已成焦炭的野猪肉，火光下见右掌心有一块铜钱大小的红斑，红斑旁围绕着无数蓝色细点，"咦"的一声，道："这……这是什么？"再看左掌心时，也是如此。他自不知已将腹内剧毒逼到掌上，只是不会运使内力，未能将毒质逼出体外，以致尽数凝聚在掌心之中。

胖瘦二人自然明白其中原因，不禁又放了一层心，均想："原来这小子连内力也还不大会运使，那更加不足畏了。他若不是天赋异禀，便是无意中服食了什么仙草灵芝，无怪内力如此强劲。"本来料定他心怀恶念，必要出手加害，哪知他只是以拳掌拍击大树，虽腹痛大作之时，瞧过来的眼色中也仍无丝毫敌意，二人早已明白只是一场误会，均觉以如此手段对付这傻小子，既感内疚于心，又不免大失武林高手身分。

石破天道："刚才咱们说义结金兰，却不知哪位年纪大些？又不知两位尊姓大名。"

胖瘦二人本来只道石破天服了毒药后立时毙命，是以随口答允和他结拜，万没想到居然毒他不死。这二人素来十分自负，言出必践，自从武功大成之后，更从没说过一句不算数的话，虽真不愿跟这傻小子结拜，却更不愿食言而肥。

那胖子咳嗽一声，道："我叫张三，年纪比这位李四兄弟大着点儿。小兄弟，你无名无姓，怎能跟我们结拜？"

石破天道："我原来的名字不大好听，我师父给我取过一个名儿，叫做史亿刀。你们就叫我这个名字，那也不妨。"

那胖子笑道："那么咱们三人今日就结拜为兄弟了。"他单膝一跪，朗声说道："张三和李四、史亿刀结拜为兄弟，此后有福共享，有难同当，若违此言，他日张三就如同这头野猪一般，给人杀了烤来吃了，哈哈，哈哈！"这"张三"两字当然是他假名。他口口声声只说张三，不提一个"我"字，自是毫没半分诚意。

那瘦子跟着跪下，笑道："李四和张三、史亿刀二位今日结义为兄弟，此后情同骨肉，祸福与共。李四和两位不能同年同月同日生，但愿同年同月同日死，若违此誓，教李四乱刀分尸，万箭穿身。嘿嘿，嘿嘿。"冷笑连声，也是一片虚假。

石破天既不知"张三、李四"人人都可叫得，乃是泛称，又浑没觉察到二人神情中的虚伪，双膝跪地，诚诚恳恳的说道："我和张三、李四二位哥哥结为兄弟，有好酒好肉，让两位哥哥先吃，有人要杀两位哥哥，我先上去抵挡。好的让两位哥哥先享，坏的由我先来遭殃。我如说过了话不算数，老天爷罚我天天像刚才这样肚痛。"

胖瘦二人听他说得十分至诚，不由得微感内愧。

那胖子站起身来，说道："三弟，我二人身有要事，咱们这就分手了。"

石破天道："两位哥哥却要到哪里去？适才大哥言道，咱们结成兄弟之后，有难同当，有福共享。反正我也没事，不如便随两位哥哥同去。"

那胖子张三哈哈一笑，说道："咱们是去请客，那也没什么好玩，你不必同去了。"说着扬长便行。

石破天乍结好友，一生之中，从来没一个朋友，今日终于得到两个结义哥哥，实不胜之喜，见他们即要离去，大感不舍，拔足跟随在后，说道："那么我陪两位哥哥多走一段路也是好的。这番别过，不知何日再能见两位哥哥的面，再来一同喝酒吃肉。"

那瘦子李四阴沉着脸，不去睬他。张三却有一句没一句的撩他说笑，说道："兄弟，你说你师父给你取名为史亿刀。那么在你师父取名之前，你的真名字叫作什么？咱们已结义金兰，难道还有什么要瞒着两个哥哥不成？"石破天尴尬一笑，说道："倒不是瞒着哥哥，只是这名字人人都说太也难听。我娘叫我狗杂种。"张三哈哈大笑，道："狗杂种，狗杂种，这名字果然古怪！"张三、李四二人起步似不甚快，但足底已暗暗使开轻功，两旁树木飞快的从身边掠过。

石破天一怔之间，已落后了丈余，忙飞步追了上去。三人两个在前，一个在后，相距也只三步。张三、李四急欲摆脱这傻小子，但全力展开轻功，石破天仍紧跟在后。只听石破天赞道："两位哥哥好功夫，毫不费力的便走得这么快。我拼命奔跑，才勉强跟上。"

说到那行走的姿势，三人功夫的高下确然相差极远。张三、李四潇洒而行，毫无急促之态。石破天却迈开大步，双臂狂摆，弓身疾冲，直如是逃命一般。但两人听得他虽在狂奔之际说话，仍吐气舒畅，一如平时，不由得也佩服他内力之强。

石破天见二人沿着自己行过的来路，正走向铁叉会众隐匿的那个小渔村，越行越近，大声道："两位哥哥，前面是险地，可去不得了。咱们改道而行罢，没的送了性命。"

张三、李四同时停步，转过身来。李四问道："怎说前面是险地？"

石破天也即停步，说道："前面是红柳港外的一个渔村，有许多江湖汉子避在那里，不愿给旁人知道他们的踪迹。他们如见到咱三人,说不定就会行凶杀人。"李四寒着脸又问:"你怎知道?"石破天将如何误入死尸船、如何在舱底听到铁叉会诸人商议、如何随船来到渔村之事简略说了。

李四道:"他们躲在渔村之中,只是害怕赏善罚恶二使,这跟咱们并不相干,又怎会来杀咱们三个?"石破天摇手道:"不,不! 这些人穷凶极恶,动不动就杀人。他们怕泄漏秘密,连自己人也杀。你瞧,我一身血迹,就是他们杀了两个自己人,鲜血滴在我衣衫上,那时我躲在舱底下,一动也不敢动。"李四道:"你既害怕,别跟着我们就是!"石破天道:"两位哥哥还是别去的为是,这……这……可不是闹着玩的。"

张三、李四转过身来,径自前行,心想:"这小子空有一些内力,武功既差,更加胆小如鼠。"哪知只行出数丈,石破天又快步跟了上来。

张三道:"你怕铁叉会杀人,又跟来干什么?"石破天道:"咱们不是起过誓么? 有难同当,有福共享。两位哥哥定要前去,我只有和你们同年同月同日死了。男子汉大丈夫,说过了的话不能不算数。"李四阴森森的道:"嘿嘿,铁叉会的汉子几十柄铁叉一齐刺来,插在你的身上,将你插得好似一只大刺猬,你不害怕?"

石破天想起在船舱底听到铁叉会中被杀二人的惨呼之声,此刻兀自不寒而栗,眼下这小渔村中少说也有一二百人匿居在内,两位结义哥哥武功再高,三个人定是寡不敌众。

李四见他脸上变色,冷笑道:"咱二人自愿送死,也不希罕多一人陪伴。你乖乖回家去罢。咱们这次若是不死,十年之后,当再相见。"石破天摇手道:"两位哥哥多一个帮手,也是好的。咱们人少打不过人多,危急之时,不妨逃命,那也不一定便死。"李四皱眉道:"打不过便逃,那算什么英雄好汉? 你还是别跟咱们去丢人现眼了。"石破天道:"好,我不逃就是。"

张三、李四无法将他摆脱,相视苦笑,拔步便行,心下均想:"原来这傻小子倒也挺有义气,锐身赴难,义无反顾,当真了不起。远胜于武林中无数成名的英雄豪杰。"虽觉石破天颠颠蠢蠢,莫名其妙,但人品高尚,挺有义气,不禁都大为尊重钦佩。均觉跟这样的人义结兄弟,倒也值得。

过不多时,三人到了小渔村中。

众人听那人话声中气充沛，都是一惊，一齐回过头来，只见数丈外站着个汉子，其时东方渐明，瞧他脸容，似乎年纪甚轻。

第十二回　两块铜牌

石破天见那艘死尸船已影踪不见，村中静悄悄地竟无一人，走一步，心中便怦的一跳，脸色早已惨白，自言自语："幸好他们都已躲了起来，瞧不见咱们。"

张三、李四端相地形，走到一座小茅舍前，张三伸手推开板门，径自走到灶边，四面看了一下，略一沉吟，抱起一口盛满了水的大石缸，放在一旁，缸底露出一个大铁环来。李四抓住铁环，往上一提，忽喇一声响，一块铁板应手而起，现出一个大洞。

张三当先跃下，李四跟着跳落。石破天只看得啧啧称奇，料得必是铁叉会中那干凶人的藏身之所，忙劝道："两位哥哥，这可下去不得……"话未说完，张三、李四早已不见，心想："有难同当。"只得硬起头皮，也跳了下去。

前面是条通道，石破天跟在二人身后惴惴而行，只走出数步，便听得有人大喝："哪一个？"劲风起处，两柄明晃晃的铁叉向张三刺来。张三双手挥出，在铁叉杆上一拍，内力震荡之下，那二人翻身倒地而死。

甬道墙上点着牛油巨烛，走出数丈，便即转弯，每个转角处必有两名汉子把守。张三每次只一挥手间，便将手持铁叉的汉子震死，出手既快且准，干净利落，决不使到第二招。

石破天张大了口合不拢来，心想："张大哥使的是什么法术？倘若这竟是武功，那可比丁不三、丁不四爷爷、白师傅他们厉害得

265

多了。”

他心神恍惚之间,只听得人声喧哗,许多人从甬道中迎面冲来。张三、李四仍这么缓步前进,对面冲来的众人却陡然站定,脸色都惊恐异常。

张三问道:“总舵主在这儿吗?”

一名身材高大的壮汉抱拳道:“在下尤得胜,是小小铁叉会的头脑。两位大驾降临,失迎之至。请到厅上喝一杯酒。啊,还有一位贵客,请三位赏光。”

张三、李四点了点头。石破天见周遭情景诡异之极,在这甬道之中,张三已一口气杀了十二名铁叉会的会众,料想对方决不肯罢休,只想转身逃命,然见张三、李四毫不在乎的迈步而前,势不能独自退出,只得跟随在后,却忍不住全身簌簌发抖。

铁叉会总舵主尤得胜在前恭恭敬敬的领路,甬道旁排满了铁叉会会众,都手执铁叉,叉头锋锐,闪闪发光。张三、李四和石破天在两排会众之间经过,只转了个弯,眼前突然大亮,竟到了一间大厅之中,墙上插着无数火把,照耀如同白昼,四周也站满了手持铁叉的会众。石破天偶尔和这些人恶毒凶狠的目光相触,急忙转头,不敢再看。

尤得胜肃请张三、李四上座。张李二人也不推让,径自坐了。张三笑指身旁的座位,道:“小兄弟,你就坐在这里罢。”石破天就座后,尤得胜在主位相陪。

片刻间几名身穿青袍、不带兵刃的会众捧上杯筷酒菜。张三、李四左手各是一抖,袍袖中同时飞出一物,啪的一声,并排落在尤得胜面前,却是两块铜牌,平平整整的嵌入桌子,恰与桌面相齐,便似是细工镶嵌一般。每块牌上均刻有一张人脸,一笑一怒,与飞鱼帮死尸船舱门上所钉两块铜牌一模一样。

尤得胜脸色立变,站起身来,呛啷啷之声大响,四周百余名汉子一齐抖动铁叉,叉上铁环发出震耳之声,各人踏上了一步。

石破天叫声:“啊哟!”忙即站起,便欲奔逃,暗想:“在这地底下的厅堂之中,可不易脱身。”斜眼瞧张三、李四时,只见一个仍笑嘻嘻地,另一个阴阳怪气,丝毫不动声色,石破天不敢自行动,无可奈何,只得又再坐下。

尤得胜惨然道:"既然如此,那还有什么话可说。"张三笑道:"尤总舵主,你是山西'伏虎门'的惟一传人,双短叉神功,当世只你一人会使。而且你别出心裁,对前人所传叉法,更作了不少精妙变化,算得上并世无双,令人佩服。我们是来邀请你到侠客岛去喝碗腊八粥,别无他意,不用多疑。"尤得胜迟疑了片刻,伸手在桌上一拍,两块铜牌跳了起来,他伸手接住,放入怀中,说道:"姓尤的腊八准到。"张三右手大拇指一竖,说道:"多谢尤总舵主,令我哥儿俩不致空手而回。"

人丛中忽有一人大声说道:"尤总舵主虽是咱们头脑,但铁叉会众兄弟义同生死,可不能让总舵主独自为众兄弟送命。"石破天一听声音,便认出他是在船舱中连杀二人的那个胡大哥,知道此人凶悍异常,不由得一颗心又怦怦乱跳。

尤得胜苦笑道:"徒然多送性命,又有何益?我意已决,胡兄弟不必多言。"提起酒壶,去给张三斟酒,但右手忍不住发抖,在桌面上溅出了不少酒水。

张三笑道:"素闻尤总舵主英雄了得,杀人不眨眼,怎么今天有点害怕了吗?"端起酒杯放到嘴边,突然间乒乓一声,酒杯摔在地下,跌得粉碎,跟着身子歪斜,侧在椅上。石破天惊道:"大哥,怎么了?"侧头问李四道:"二哥,他……他……"一言未毕,见李四慢慢向桌底溜了下去。石破天更加惊惶,一时手足无措。

尤得胜初时还道张三、李四故意做作,但见张三脸上血红,呼吸喘急,李四两眼翻白,脸上隐隐现出紫黑之色,显是身中剧毒之象。他心下大喜,却不敢便有所行动,假意问道:"两位怎么了?"只见李四在桌底缩成一团,不住抽搐。

石破天惊惶无已,忙将李四扶起,问道:"二哥,你……你……身子不舒服么?"他哪知适才张三、李四和他斗酒,饮的是剧毒药酒,每个都饮了八九口之多。以他二人功力,若连饮三口,急运内力与抗,尚无大碍,这八九口不停的喝下,却大大逾量了,当时勉强支持,又自喜近来功力大进,喝了这许多毒酒,居然并没觉得腹痛。二人已都服了解药,这解药旨在令酒中毒质暂不发作,留待稍后以内力将药酒融吸化解,增强内力,但这解药惟有镇毒之功,却无解毒之效,否则如此珍贵难得的药酒,若服解药而消去药性,岂不可惜?他二人虽知解药的作用，但以往从未如此大份量服过，待得二人一阵急行，酒中剧毒竟在这时突然同时发作，实大出二人意料之外。

其时张三、李四腹中剧痛，全身麻木。两人知情势危急，忙引丹田真气，裹住肚中毒酒，盼望缓缓的任其一点一滴的化去，否则剧毒陡发，只怕心脏便会立时停跳。但迟不迟，早不早，偏在这时毒发，当真命悬他人之手，就算抵挡得住肚中毒酒，却也难逃铁叉会的毒手。两人均想："我二人纵横天下，今日却死在这里。"

铁叉会的尤总舵主、那姓胡的及一干会众见张三、李四二人突然间歪在椅上，满头大汗，脸上肌肉抽搐，神情痛苦，都大为惊诧。各人震于二人的威名，虽见这是千载难逢的良机，一时却也不敢有何异动。

石破天只问："大哥、二哥，你们是喝醉了，还是忽然生病？"张三、李四均不置答，就这么半卧半坐，急运内力与腹中毒质相抵，过不多时，头顶都冒出了丝丝白气。

尤得胜见到二人头顶冒出白气，已明就里，低声道："胡兄弟，这二人不是走火入魔，便是恶疾突发，正在急运内力，大伙儿快上啊！"那姓胡的大喜，却不敢逼近动手，提起一柄铁叉，一运劲，呼的一声向张三掷去。张三无力招架，只略略斜身，噗的一声，铁叉插入他肩头，鲜血四溅。石破天大惊，叫道："你……你干么？竟敢伤我大哥？"

铁叉会会众见他年轻，又慌慌张张的手足无措，谁也没将他放在心上。待见那姓胡的飞叉刺中张三，对方别说招架，连闪避也有所不能，无不精神大振，呼呼呼一阵声响，三柄铁叉同时向石破天飞掷而至。

石破天左臂横格，震开两柄铁叉，右手伸出去接住第三柄铁叉，闪身挡在张三、李四二人身前，混乱之中，又有五柄铁叉掷将过来。石破天举起手中铁叉手忙脚乱的一一击飞，两柄铁叉回震出去，击破了一名会众的脑袋，刺入了另一名会众的肚腹。

尤得胜见地方狭窄，铁叉施展不开，这么混战，反多伤自己兄弟，叫道："大家且住，让我先收拾了这小贼再说。"一弯腰，双手向裹腿中摸去，再行站直时，手中各已多了一柄明晃晃的短柄小钢叉。

铁叉会会众纷纷退后，靠墙而立，齐声呼叫："瞧总舵主收拾这

268

贼小子。"地下密室之中,声音传不出去,听来甚为郁闷。

尤得胜身子稍弓,迅速异常的欺到石破天身侧,两把小钢叉一上一下,分向他脸颊和腰眼中插去。石破天万没料到对方攻势之来竟如此快法,"啊"的一声呼叫,向前冲出一步,但腰间和右臂已同时中刃,当的一声,手中抓着的铁叉落在地下。尤得胜见他武功不高,已放了一大半心,连声吆喝,跟着又如旋风般扑到。

石破天右臂受伤甚轻,腰间受刺这一下却着实疼痛,见他又恶狠狠的冲上,当下斜身闪开,反掌向他背心击落,使的是丁不四所教一招。尤得胜最擅长的是小巧腾挪,近身肉搏,见石破天出招时姿式难看,但举手投足之际风声隐隐,内力厉害,心下也颇忌惮,施展平生所学,两柄小钢叉招招向石破天要害刺去。

张三和李四一面运气裹住腹中毒质,一面瞧着石破天和尤总舵主相斗,知道今日二人生死,全系于石破天能否获胜,眼见他错过了无数良机,既感可惜,又甚焦急,却又不敢过于分神旁骛,以致岔了内息。

又斗一阵,石破天右腿又给小钢叉扫中,"啊哟"一声,右掌急拍。尤得胜突然闻到一股浓洌甜香,头脑晕眩,登时昏倒。石破天一呆,向后跃开。

那姓胡的抢将上去,见尤得胜脸上全是紫黑之色,显是中了剧毒,探他鼻息,已然毙命。他惊怒交集,嘶声叫道:"贼小……小子,你使毒害人,咱们跟他拼了!大伙儿上啊,总舵主给贼小子害死了。"铁叉会会众呐喊拥上,纷举铁叉向石破天乱刺乱戳。

石破天挡在张三、李四二人身前,不敢闪避,只怕自己稍一移身,两位义兄便命丧于十余柄铁叉之下,情急之际,抢过一柄铁叉,奋力折断,使开金乌刀法,横扫挡架。他雄浑之极的内力运到了叉上,当者披靡,霎时间十余柄铁叉都给他震飞脱手。一人站得最近,铁叉脱手,随即和身扑上,双手成爪,向石破天脸上抓去。石破天见他势头来得凶悍,左手横掠出去,啪的一声,打在他的十根手指之上,只听得喀喀数声,腕骨连指折断,那人跟着委顿在地,一动也不动了。

混战之中,谁也无暇留意那人死活,七八人逼近石破天进攻,有的使叉,有的空手。石破天不敢后退一步,见有人扑近,便伸掌拍去。他发掌击出,也不知是什么缘故,对方定然立即摔倒,其效如神。

这么一连击倒了六人,好几人大叫:"这小子毒掌厉害,大伙儿小心些。"又有人叫道:"王三哥也给这小子毒掌击死了,小……小……心……"这人话未说完,咕咚一声,摔倒在地,一根铁叉重重击在自己脸上。这人并没给石破天手掌击中,居然也中毒而死。

铁叉会会众神色惶怖,一步步退后,但听得呛啷啷、砰嘭、喀喇、啊啊之声不绝,一个个摔倒,有的转身欲逃,但跑不了两步,也即滚倒。

转眼之间,大厅中百余名壮汉横七竖八的摔满了一地,只剩下四个功力最高之人,伸手掩住口鼻,夺路外闯,但只奔到厅门口,四人便挤成一团,同时倒毙。

石破天见了这等情景,只吓得目瞪口呆,比之那日在紫烟岛上误闯死尸船更加惊恐多了。在死尸船中所见的飞鱼帮帮众都已毙命,而此刻铁叉会会众却一个个在自己眼前死去,不知是中邪着魔,还是为恶鬼所迷。

他想起那些人说自己毒掌厉害,提起手掌来看时,只见双掌之中都有一团殷红如血的红云,红云之旁又有无数青蓝色的条纹,颜色鲜艳之极。在和张三李四结拜之前,双掌掌心中已有红斑和蓝点,但其时甚为细小,不知在什么时候竟已变成这般模样。再看了一阵,忍不住感到恶心,只觉得两只手掌心变得如同毒蛇之口、蜈蚣之背,鼻中又隐隐闻到一些似香非香、又带腥臭的浓冽气息。

他转头去看张三、李四时,见二人神色平和,头顶白气愈浓,张三的肩头上兀自钉着那柄铁叉。他想:"得给大哥拔出铁叉。"抓住叉柄轻轻一拔,铁叉应手而起,一股鲜血从张三肩头创口中喷出。石破天忙即按住,撕下一角衣襟,为他裹住了创口。

只听得张三深深吸了口气,低声道:"你……听……我……说……照……我……的……话……做……"一个字一个字说来,声音既低,语调又极缓慢。他所中之毒本与李四不相上下,但肩头创口中放了许多血出来,令他所受毒质的侵袭为之一缓。

石破天忙点头道:"是,是,请大哥吩咐。"张三说:"你……左……手……按……我……背……心……灵……台……穴……"接着吸一口气,说一句话,费了好半天功夫,才教会石破天如何运用内力,助他催逼出体内所中的毒药,待得说完,已满头大汗,脸色更红得犹似要滴出血来。石破天不敢怠慢,当即依他嘱咐,解开他上衣,左手按住他灵台穴,右手按住他膻中穴,左手以内息送入,右手运气外吸,果然过不多时,便有一股炙热之气,细如游丝,从右掌心中钻了进去。

正自一掌送气、一掌吸气的全力运用之际,忽听得脚步声响,十余人奔了进来,手中都持铁叉。这些人奉命在外把守,过了良久,不听得有何声息,当下进来探视,万料不到同伙首领和兄弟尽数尸横就地,惊骇之下,见石破天和张三、李四坐在地下,显然也受了重伤,各人发一声喊,挺叉向三人刺来。石破天正待起身抵御,不料这十余人奔到离他身前丈余之处,突然身子摇晃,一个个软瘫下来,一声不出,就此死去。

石破天吓得一颗心几乎要从胸中跳将出来,颤声道:“大……大哥,这屋里有恶鬼。咱们还是快走……”张三摇了摇头,这时他体内毒质已去了一小半,腹痛已不如先前剧烈,说道:“你就……用这法子……给……给二哥……也……这么……搞搞……”

石破天道:“是,是。”依着张三所授之法,为李四吸毒,这时进入他手掌的却是一丝丝的凉气了。约莫过了一顿饭时分,李四体内毒质减轻,要他再给张三吸毒。

如此周而复始,石破天为每人都吸了三次。二人体内虽余毒未净,但已全然无碍。他二人本就要以这些毒药助长本身功力,只须慢慢加以融炼便是。

两人环顾四周死尸,想起适才情景之险,忍不住心有余悸,心想石破天适才为二人解毒,手掌中又吸了不少毒质进去,只怕有碍,须得设法为他解毒,却见他脸上虽大有惧色,但举止如常,全无中毒之象,均想这小子不知服食过什么灵芝仙草,这般厉害的剧毒竟也奈何他不得,既为他庆幸,又暗暗感激。他二人自然知道,铁叉会会众所以遇到他的掌风立即毙命,是因他体内的剧毒散发出来之故,到得后来,厅内氤氲氲氲,毒雾弥漫,吸入口鼻,便即致命。但此事不易解释,他既不问,也就不提。

张三道:“二弟、三弟,咱们走罢!”当先走了出去,李四和石破天跟随在后。

三人走出地道，只见外面空地上站着数十人，手持铁叉，正在探头探脑的张望。

众人见三人出来，发一声喊，都围了上来。有人喝问："总舵主呢？怎么还不出来？"张三笑道："总舵主在里面！"当先那人又问："怎么你们先出来了？"

张三笑道："这可连我也不明白了，你们自己进去瞧瞧罢。"双手探出，一手抓住一人胸口，便向地道中掷了进去。余人大声惊呼，纷挺铁叉向他刺去。张三不闪不避，双手一探，便抓住两人，向后掷出。

石破天站在一旁，但见张三随手抓出，手到擒来，不论对方如何抵御躲闪，总难逃脱他的一抓一掷。他越看越惊讶，心想原来大哥武功如此了得，以往所见到的高手，实没一个比得上他。

李四双手负在背后，并不上前相助。张三掷出十余人后，兜向各人背后，专抓离得最远之人，逐步将众人逼到地道口前。有人大叫："逃啊！"抢先向地道中奔入，余人也都跟了进去。石破天叫道："里面危险，别进去！"却又有谁来听他的话？

他心下充满了无数疑团：何以铁叉会会众一个个突然倒毙？大哥、二哥何以突然中毒肚痛？大哥又为什么将这许多人赶入地道？一时也不知该先问哪一件事，只叫了声："大哥，二哥！"便听张三道："咦！那边是谁来了？"

石破天回头一看，不见人影，问道："什么人来了？"却不听得张三回答，再回过头来时，不由得吃了一惊，张三、李四二人已然不见，便如隐身遁去一般。石破天惊叫："大哥，二哥！你们去了哪里？"连叫几声，竟没一人答应。

他六神无主，忙到四下房舍中去找寻。渔村中都是土屋茅舍，他连闯了七八家人家，竟一个人影也无。

其时红日初升，遍地阳光，一个大村庄之中，空荡荡地便只剩下他一人。

他想起地道中、大厅上各人惨死的情状，不由得打个寒噤，大叫一声，发足便奔。直奔出十余里地，这才放缓脚步，再提起手掌看时，掌心的红云蓝纹已隐没了一小半，不似初见时的恶心，心下稍慰。他自不知手掌不使内力,剧毒顺着经脉逐渐回归体内。嗣后每日行功练气,剧毒便缓缓消减,功力也随之而增,至快要到七七四十九日后,毒性才能化去。

他信步而行,走了半天,又到了长江边上,沿着江边大路,向下游行去。

中午时分在一处小镇上买些面条吃了,又向东行。他无牵无挂,任意漫游,走到傍晚,前面树林中露出一角黄墙,行到近处,见是一所寺观,屋宇宏伟,门前铺着一条宽阔平正的青石板路,山门中走出两个身负长剑的黄冠道人来。

两名道人见到石破天,便即快步走近。一名中年道人问道:"干什么的?"他见石破天衣衫污秽,年纪既轻,笨头笨脑的东张西望,言语中便不客气。

石破天也不以为忤,笑道:"我随便走走,不干什么。这是和尚庙吗? 我有银子,跟你们买些什么吃的,行不行?"那道人怒道:"混小子胡说八道,你瞧我是不是和尚? 我们又不是开饭店的,卖什么吃的给你? 快走,快走! 再到上清观来胡闹,小心打断了你的腿。"另一个年轻道人手按剑柄,脸上恶狠狠地,作出便要拔剑杀人的模样。

石破天道:"我肚子饿了,问你们买些吃的,又不是来打架。好端端地,我又何必再打死你们?"说着便转身走开。那年轻道人怒道:"你说什么?"拔步赶上。

石破天这话实出真心,他在铁叉会大厅上手一扬便杀一人,心下老大后悔,实不愿再跟人动手,见那年轻道人要上来打架,生怕莫名其妙的又杀了他,当即发足便奔,逃入树林。只听得两个道人哈哈大笑,那中年道人道:"是个浑小子,只一吓,夹了尾巴就逃。"

石破天见两个道士不再追来,眼见天色已晚,想找些野果之类充饥,林中却都是松树、杉树、柏树之属,不生野果。他奔上一个小山坡,四下瞭望,见那道士庙依山而建,前后左右一共数十间屋宇,后进屋子的烟囱中不断升起白烟,显是在煮菜烧饭。除这座道士庙外,极目四望,左近更无其他屋舍。

他见到炊烟,肚中更咕咕乱响,心想:"这些道人好凶,一开口便要打架,我且到后边瞧瞧,若有什么吃的,拿了便走。只须放下银子,便不是小贼。"当即从林中绕到道观之后,看准了炊烟所在,挨墙而行,见一扇后门半开半掩,闪身走进。

这时天色已然全黑,进去是个天井,但听得人声嘈杂,锅铲在铁锅中敲得当当直响,菜肴在热油中发出吱吱声音,阵阵香气飘入天井,正是厨房的所在。石破天咽了口唾沫,从走廊悄悄掩到厨房门口,躲在一条黑沉沉的甬道之中,寻思:"且看这些饭菜煮好了送到哪里去?若饭堂中一时无人,我买了一碗肉便走,就不会打架杀人了。"

果然过不多时,便有三人从厨房中出来。三个都是小道士,当先一人提着一盏灯笼,后面两人各端一只托盘,盘中热香四溢,显是放满了美肴。石破天大咽馋涎,放轻脚步,悄悄跟在后面。三名小道士穿过甬道,又经过一处走廊,来到一座厅堂,在桌上放下菜肴,两名小道士转身走出,余下一人留下来端整坐椅,摆齐杯筷,共设了三席。

石破天躲在长窗之外,探眼向厅堂中凝望。好容易等到这小道士转到后堂,他快步抢进堂中,抓起碗中一块红烧牛肉便往口中塞去,双手又去撕一只清蒸鸡的鸡腿。

第一口牛肉刚吞入肚,便听得长窗外有人道:"师弟、师妹这边请。"脚步声响,有好几人走到厅前。

石破天暗叫:"不好!"将那只清蒸肥鸡抓在手中,百忙中还从怀里掏出一锭银子,放在桌上,便要向后堂闯去,却听得脚步声响,后堂也有人来。四下一瞥,见厅堂中空荡荡地无处可躲,不由得暗暗叫苦:"又要打架不成?"

耳听得那几人已走到长窗之前,他想起铁叉会地道中诸人的死状,虽说或许暗中有妖魔鬼怪作祟,一干会众未必是自己打死的,究竟心中凛凛,不敢再试,情急之下,瞥眼见横梁上悬着一块大匾,当下无暇多想,纵身跃上横梁,钻入了匾后。他平身而卧,恰可容身。这时相去当真只一瞬之间,他刚在匾后藏好,长窗便即推开,好几人走了进来。

只听得一人说道:"自己师兄弟,师哥却恁地客气,设下这等丰盛的酒馔。"

石破天听这口音甚熟,从木匾与横梁之间的隙缝中向下窥视,只见十几人陪着男女二人相偕入座,这二人便是玄素庄的石庄主夫妇。他对这二人一直甚是感激,尤其石夫人闵柔当年既有赠银之惠,日前又曾教他剑法,一见之下,心中便感到一阵温暖。

一个白须白发的老道说道:"师弟、师妹远道而来,愚兄喜之不尽,一杯水酒,如何说得上丰盛二字?"见到桌上汁水淋漓,一只大碗中只剩下一些残汤,碗中的主肴不知是蒸鸡还是蹄子,却已不翼而飞,碗旁还放着一锭银子,更不知所云。

那老道眉头一皱,心想小道士们如何这等疏忽,没人看守,给猫子来偷了食去,只远客在座,不便为这些小事斥责下属。这时又有小道士端上菜来,各人见了那碗残汤,神色都感尴尬,忙收拾了去,谁也不提。那老道肃请石清夫妇坐了首席,自己打横相陪,袍袖轻拂,罩在银锭之上,待得袍袖移开,桌上的银锭已然不见。中间这一席上又坐了另外三名中年道人,其余十二名道人则分坐了另外两席。

酒过三巡,那老道喟然说道:"八年不见,师弟、师妹丰采尤胜昔日,愚兄却老朽不堪了。"石清道:"师哥头发稍白了些,精神却仍十分健旺。"

那老道道:"什么白了些? 我是忧心如捣,一夜头白。师弟、师妹若于三天之前到来,我的胡子、头发也不过是半黑半白而已。"石清道:"师哥所挂怀的,是为了赏善罚恶二使么?"那老道叹了口气,说道:"除了此事,天下恐怕也没第二件事,能叫上清观天虚道人数日之间老了二十岁。"

石清道:"我和师妹在巢湖边上听到讯息,赏善罚恶二使复出,武林中正面临大劫,是以星夜赶来,想跟掌门师哥以及诸位师兄弟商个善策。我上清观近十年来在武林中名头越来越响,树大招风,善恶二使说不定会光顾到咱们头上。小弟夫妇意欲在观中逗留一两月,他们若真欺上门来,小弟夫妇虽然不济,也得为师门舍命效力。"

天虚轻轻一声叹息,从怀中摸出两块铜牌,啪啪两声,放在桌上。

275

石破天正在他们头顶,瞧得清楚,两块牌上一张笑脸,一张怒脸,正和他已见过两次的铜牌一模一样,不禁心中打了个突:"这老道士也有这两块牌子?"

石清"咦"了一声,道:"原来善恶二使已来过了,小弟夫妇马不停蹄的赶来,毕竟还是晚了一步。是哪一天的事?师哥你……你如何应付?"

天虚心神不定,一时未答,坐在他身边的一个中年道人说道:"那是三天前的事。掌门师哥大仁大义,一力担当,已答应上侠客岛去喝腊八粥。"

石清见到两块铜牌,又见观中诸人无恙,原已猜到了九成,当下霍地站起,向天虚深深一揖,说道:"师哥一肩挑起重担,保全上清观全观平安,小弟既感且愧,这里先行申谢。但小弟有个不情之请,师哥莫怪。"天虚道人微笑还礼,说道:"天下事物,此刻于愚兄皆如浮云。贤弟但有所命,无不遵依。"石清道:"如此说来,师哥是答允了?"天虚道:"自然答允了。但不知贤弟有何吩咐?"石清道:"小弟厚颜大胆,要请师哥将这上清观一派的掌门人,让给小弟夫妇共同执掌。"

他此言一出,厅上群道尽皆耸然动容。天虚沉吟未答,石清又道:"小弟夫妇执掌本门之后,这碗腊八粥,便由我们二人上侠客岛去尝一尝。"

天虚哈哈大笑,但笑声之中却充满了苦涩之意,眼中泪光莹然,说道:"贤弟美意,愚兄心领了。但愚兄忝为上清观一派之长已有十余年,武林中众所周知。今日面临危难,就此畏避退缩,天虚这张老脸今后往哪里搁去?"他说到这里,伸手抓住了石清的右掌,说道:"贤弟,你我年纪相差远了,你又是俗家,以往少在一块。但你我向来交厚,何况你武功人品,确为本门的第一等人物,愚兄素所钦佩。若不是为了这腊八之约,你要做本派掌门,愚兄自当欣然奉让。今日情势大异,愚兄却万万不能应命了,哈哈,哈哈!"笑得甚是苍凉。

石破天心想那侠客岛上的"腊八粥"不知是什么东西,在铁叉会中曾听大哥说起过,现今这天虚道人一提到腊八粥的约会,神色便是大异,难道是什么致命的剧毒不成?

只听天虚又道:"贤弟,愚兄一夜头白,决不是贪生怕死。我行年已六十四岁,今年再死,也算得是寿终。只是我反覆思量,如何方能除去这场武林中每十年便出现一次的大劫?如何方能维持本派威名于不堕?那才是真正的难事。过去三十年之中,侠客岛已约过三次腊八之宴。各门各派、各帮各会中应约赴会的英雄豪杰,没一个得能回来。愚兄一死,毫不足惜,这善后之事,咱们却须想个妥法才是。"

石清也哈哈一笑,端起面前的酒杯,一口喝干,说道:"师哥,小弟夫妇不自量力,要请师哥让位,并非去代师哥送上两条性命,却是要去探个明白。说不定老天爷保佑,竟能查悉其中真相。虽不敢说能为武林中除去这个大害,但只要将其中秘奥漏了出来,天下武人群策群力,难道当真便敌不过侠客岛这一干人?"

天虚缓缓摇头,说道:"不是我长他人志气,小觑了贤弟。像少林寺妙谛方丈、武当派愚茶道长、崆峒派清空道长这等的高手,也都一去不返。唉,贤弟武功虽高,终究……终究尚非妙谛方丈、愚茶道长这些前辈高人之可比。"

石清道:"这一节小弟倒也有自知之明。但事功之成,一半靠本事,一半靠运气。要诛灭大害固有所不能,设法查探一些隐秘,谅来也不见得全然无望。"

天虚仍然摇头,说道:"上清观的掌门,百年来总是由道流执掌。愚兄死后,已定下由冲虚师弟接任。此后贤弟伉俪尽力匡助,令本派不致衰败湮没,愚兄已感激不尽了。"

石清说之再三,天虚终是不允。各人停杯不饮,也忘了吃菜。石破天将一块块鸡肉轻轻撕下,塞入口中,生怕咀嚼出声,就此囫囵入肚,但一双眼睛仍从隙缝中向下凝神窥看。

只见石夫人闵柔听着丈夫和天虚道人分说,并不插嘴,却缓缓伸出手去,拿起了两块铜牌,看了一会,顺手便往怀中揣去。天虚叫道:"师妹,请放下!"闵柔微微一笑,说道:"我代师哥收着,也是一样。"天虚道人见话声阻她不得,伸手便夺。恰在此时,石清伸出筷去向一碗红烧鳝段夹菜,右臂正好阻住了天虚的手掌。坐在石夫人下首的冲虚手臂一缩,伸手去抓铜牌,说道:"还是由我收着罢!"

石夫人左手抬起,四根手指像弹琵琶一般往他手腕上拂去。冲虚左手也即出指,点向石夫人右腕。石夫人右腕轻扬,左手中指弹出，一股劲风射向冲虚胸口。

冲虚已受天虚道人之命接任上清观观主，也即是他们这一派道俗众弟子的掌门。他知石清夫妇急难赴义，原是一番美意，但这两块铜牌关及全观道侣的性命，天虚道人既已接下，若再落入旁人之手，全观道侣俱有性命之忧，是以不顾一切的来和石夫人争夺，见对方手指点到，当即挥掌挡开。

两人身不离座，霎时间交手了七八招，两人一师所授，所使俱是本门擒拿手法，虽无伤害对方之意，但出手明快利落，在尺许方圆的范围之中全力以搏。两人当年同窗学艺时曾一起切磋武功，分手二十余年来，其间虽曾数度相晤，一直未见对方出手。此刻突然交手，心下于对方的精湛武功都暗暗喝采。围坐在三张饭桌旁的其余一十六人，也都目不转睛的瞧着二人较艺，坐得较远的人还都站起身来观看。这些人都是本门高手，均知石清夫妇近十多年来江湖上闯下了极响亮的名头，眼见她和冲虚不动声色的抢夺铜牌，将本门武功的妙诣发挥到了淋漓尽致，无不赞叹。又均知石清夫妇意欲代替天虚去赴侠客岛之约，那是舍命赴难的大仁大义行径，心下尽皆感佩。

起初十余招中，二人势均力敌，但石夫人右手抓着两块铜牌，右手只能使拳，无法勾、拿、弹、抓，本门的擒拿法绝技便打了个大大折扣。又拆得数招，冲虚左手运力将石夫人左臂压落，右手五指已碰上了铜牌。石夫人心知这一下非给他抓到不可，两人若各运内力抢夺，一来观之不雅，二来自己究是女流，气力恐不及冲虚师哥浑厚，当下松手任由两块铜牌落下，那自是交给了丈夫。

石清伸手正要去拿，突然两股劲风扑面而至，正是天虚道人向他双掌推出。这两股劲风虽无霸道之气，但蓄势甚厚，若不抵挡，必受重伤，那时纵然将铜牌取在手中，也必跌落，只得伸掌一抵。就这么缓得一缓，坐在天虚下首的照虚道人已伸手取过铜牌。

铜牌一入照虚之手，石清夫妇和天虚、冲虚四人同时哈哈一笑，一齐罢手。冲虚和照虚躬身行礼，说道："师弟、师妹，得罪莫怪。"

石清夫妇忙也站起还礼。石清说道："两位师哥何出此言，却是小弟夫妇鲁莽了。掌门师兄内功如此深厚，胜于小弟十倍，此行虽然凶险，若求全身而退，也未始无望。"适才和天虚对了一掌，石清已知这位掌门师兄的内功实比自己深厚得多。

天虚苦笑道："但愿得如师弟金口，请，请!"端起酒杯，一饮而尽。

石破天见闵柔夺牌不成，他不知这两块铜牌有何重大干系，只念着石夫人对自己的好处，寻思："这道士把铜牌抢了去，待会我去抢了过来，送给石夫人。"

只见石清站起身来，说道："但愿师哥此行，平安而归。小弟的犬子为人所掳，急于要去搭救，此番难以多和众位师兄师弟叙旧。这就告辞。"

群道心中都是一凛。天虚问道："听说贤弟的令郎是在雪山派门下学艺，以贤夫妇的威名，雪山派的声势，如何竟有大胆妄为之徒将令郎劫持而去?"

石清叹了口气，道："此事说来话长，大半皆由小弟无德，失于管教，犬子胡作非为，须怪不得旁人。"他是非分明，虽然玄素庄偌大的家宅为白万剑一把火烧得干干净净，仍知祸由己起，对雪山派并不怨恨。

冲虚道人朗声说道："师弟、师妹，对头掳你们爱子，便是瞧不起上清观了。不管他是多大来头，愚兄纵然不济，也要助你一臂之力。"顿了一顿，又道："你爱子落于人手，却赶着来赴师门之难，足见师兄弟间情义深重。难道我们这些牛鼻子老道，便是毫无心肝之人吗?"他想对头不怕石清夫妇，不怕人多势众的雪山派师徒，定是十分厉害的人物，上清观群道为了同门义气，自当出手，与这劲敌去斗上一斗，哪想得到擒去石清之子的竟便是雪山派人士。

石清既不愿自扬家丑，更不愿上清观于大难临头之际，又去另树强敌，和雪山派结怨成仇，说道："各位师兄盛情厚意，小弟夫妇感激不尽。这件事现下尚未查访明白，待有头绪之后，倘若小弟夫妇人孤势单，自会回观求救，请师兄弟们援手。"冲虚道："这就是了。贤弟贤妹那时也不须亲至，只教送个讯来，上清观自当全观尽出。"

石清夫妇拱手道谢，心下却黯自神伤："雪山派纵将我儿千刀万剐的处死，我夫妇也只有认命，决不能来向上清观讨一名救兵。"两人辞了出去，天虚、冲虚等都送将出去。

石破天见众人走远,当即从匾后跃出,翻身上屋,跳到墙外,寻思:"石庄主、石夫人说他们的儿子给人掳了去,却不知是谁下的手。那铜牌只是个玩意儿,抢不抢到无关紧要,看来他们师兄妹之间情谊甚好,抢铜牌多半是闹着玩的。石夫人待我甚好,我要助她找寻儿子。我先去问她,她儿子多大年纪,怎生模样,是给谁掳了去。"跃到一株树上,眼见东北方十余盏灯笼排成两列,上清观群道正送石清夫妇出观。

石破天心想:"石庄主夫妇胯下坐骑奔行甚快,我还是尽速赶上前去的为是。"看明了石清夫妇的去路,跃下树来,从山坡旁追将上去。

还没奔过上清观的观门,只听得有人喝道:"是谁?站住了!"他躲在匾中之时,屏气凝息,没发出半点声息,厅堂中众人均未知觉,这一发足奔跑,上清观群道武功了得,立时便察知来了外人,初时不动声色,待石清夫妇上马行远,当即分头兜截过来。

黑暗之中,石破天猛觉剑气森森,两名道人挺剑挡在面前,剑刃反映星月微光,朦朦胧胧中瞧出左首一人正是照虚。他心中一喜,问道:"是照虚道长吗?"照虚一怔,说道:"正是,阁下是谁?"石破天右手伸出,说道:"请你把铜牌给我。"

照虚大怒,喝道:"给你这个。"挺剑便向他腿上刺去。上清观戒律精严,不得滥杀无辜,这时未明对方来历,虽石破天出口便要铜牌,犯了大忌,但照虚这一剑仍然并非刺向要害。石破天斜身避开,右手去抓他肩头。照虚见他身手敏捷,长剑圈转,指向他右肩。石破天忙低头从剑下钻过,生怕他剑锋削到自己脑袋,右手自然而然的向上托去。照虚只觉一股腥气刺鼻,头脑一阵晕眩,登时翻身倒地。

石破天一怔之际,第二名道人的长剑已从后心刺到。他知自己掌上大有古怪,一出手便即杀人,再也不敢出掌还击,急忙向前纵出,嗤的一声响,长袍后背已为剑尖划破了一道口子。那道人见照虚给敌人不知用什么邪法迷倒,急于救人,长剑唰唰唰的疾向石破天刺来。

石破天斜身逃开,百忙中拾起照虚抛下的长剑,见对方剑法凌厉,当下以剑作刀,使动金乌刀法,当的一声,架开来剑。他手上内

侠客行
【上】

力奇劲,这道人手中长剑把捏不住,脱手飞出。但他上清观武功不单以剑法取胜,擒拿手法也是武林中一绝,这道人兵刃脱手,竟丝毫不惧,猱身而上,直扑进石破天怀中,双手成抓,抓向他胸口和小腹要穴。他手中无剑而敌人有剑,就利于近身肉搏,要令敌人的兵刃施展不出。

石破天叫道:"使不得!"左手掠过,将那道人推开,这时他内力发动,剧毒涌至掌心,一推之下,那道人应手倒地,缩成了一团。石破天连连顿足,叹道:"唉!我真的不想害你!"耳听得四下里都是呼啸之声,群道渐渐逼近,忙到照虚身上一摸,那两块铜牌尚在怀中。他伸手取过,放入袋里,拔步向石清夫妇的去路急追。

他一口气直追出十余里,始终没听到马蹄之声,寻思:"这两匹马难道跑得当真如此之快,再也追他们不上?又莫非我走错了方向,石庄主和石夫人不是顺着这条大道走?"又奔行数里,猛听得一声马嘶,向声音来处望去,见一株柳树下系着两匹马,一黑一白,正是石清夫妇的坐骑。

石破天大喜,从袋中取出铜牌,拿在手里,正待张口叫唤,忽听得石清的声音在远处说道:"师妹,这小贼鬼鬼祟祟的跟着咱们,不怀好意,便将他打发了罢。"石破天吃了一惊:"他们不喜欢我跟来?"虽听到石清话声,但不见二人,生怕石夫人向自己动手,倘若被迫还招,一个不小心又害死了她,那便如何是好?忙缩身伏入长草,只等闵柔赶来,将铜牌掷了给她,转身便逃。

忽听得呼的一声,一条人影疾从左侧大槐树后飞出,手挺长剑,剑尖指着草丛,喝道:"朋友,你跟着我们干什么?快给我出来。"正是闵柔。石破天一个"我"字刚到口边,忽听得草丛中嗤嗤嗤三声连响,有人向闵柔发射暗器。闵柔长剑颤处,刚将暗器拍落,草丛中便跃出一个青衣汉子,挥单刀向闵柔砍去。这一下大出石破天意料之外,万万想不到这草丛中居然伏得有人。但见这汉子身手矫捷,单刀舞得呼呼风响。闵柔随手招架,并不还击。

石清也从槐树后走了出来,长剑悬在腰间,负手旁观,看了几招,说道:"喂,老兄,你是泰山卢十八门下,是不是?"那人喝道:"是便怎样?"手中单刀丝毫不缓。石清笑道:"卢十八跟我们虽没交情,也没梁子,你跟了我们夫妇六七里路,是什么用意?"那汉子道:"没空跟你说……"原来闵柔虽轻描淡写的出招,却已迫得他手忙脚乱。

石清笑道:"卢十八的刀法比我们高明,你却还没学到师父本事的三成,这就撤刀住手了罢!"石清此言一出,闵柔长剑应声刺中他手腕,飘身转到他背后,倒转剑柄撞出,已封住了他穴道。当的一声响,那汉子手中单刀落地,他后心大穴被封,动弹不得了。

石清微笑道:"朋友,你贵姓?"那汉子甚是倔强,恶狠狠的道:"你要杀便杀,多问作甚?"石清笑道:"朋友不说,那也不要紧。你加盟了哪一家帮会,你师父只怕还不知道罢?"那汉子脸上露出诧异之色,似乎是说:"你怎知道?"石清又道:"在下和尊师卢十八师傅素来没嫌隙,他就真要派人跟踪我夫妇,嘿嘿,不瞒老兄说,尊师总算还瞧得起我们,决不会派你老兄。"言下之意,显是说你武功差得太远,着实不配,你师父不会不知。那汉子一张脸胀成了紫酱色,幸好黑夜之中,旁人也看不到。

石清伸手在他肩头拍了两下,说道:"在下夫妇光明磊落,事事不怕人知,你要知我二人行踪,不妨明白奉告。我们适才从上清观来,探访了观主天虚道长。你回去问你师父,便知石清、闵柔少年时在上清观学艺,天虚道长是我们师哥。现下我们要赴雪山,到凌霄城去拜访雪山派掌门人威德先生。朋友倘若没别的要问,这就请罢!"

那汉子只觉四肢麻痹已失,显是石清随手这两拍,已解开了他穴道,心下好生佩服,便拱了拱手,说道:"石庄主仁义待人,名不虚传,晚辈冒犯了。"石清道:"好说!"那汉子也不敢拾起在地下的单刀,向石夫人一抱拳,说道:"石夫人,得罪了!"转身便走。石夫人裣衽还礼。

那汉子走出数步,石清忽然问道:"朋友,贵帮石帮主可有下落了吗?"那汉子身子一震,转身道:"你……你……都……都知道了?"石清轻叹一声,说道:"我不知道。没有讯息,是不是?"那汉子摇了摇头,说道:"没讯息。"石清道:"我们夫妇,也正想找他。"三个人相对半晌,那汉子才转身又行。

待那汉子走远,闵柔道:"师哥,他是长乐帮的?"石破天听到"长乐帮"三字,心中又是一震。石清道:"他刚才转身走开,扬起袍襟,我依稀见到袍角上绣有一朵黄花,黑暗中看不清楚,随口一问,居然不错。他……他跟踪我们，原来是为了……为了玉儿，早知如此，也不用难为他了。"闵柔道："他们……他们帮中对玉儿倒很忠心。"石清道："玉儿为白万剑擒去，长乐帮定要四出派人，全力兜截。他们人多势大，耳目众多，想不到仍然音讯全无。"闵柔凄然道："你怎知仍然……仍然音讯全无？"

石清挽着妻子的手，拉着她并肩坐在柳树之下，温言道："他们倘若已查到玉儿的讯息，便不会这般派人到处跟踪江湖人物。这个卢十八的弟子无缘无故的钉着咱们，除了打探他们帮主下落，不会更有别情。"

石清夫妇所坐之处，和石破天藏身的草丛，相距不过两丈。石清说话虽轻，石破天却听得清清楚楚。本来以石清夫妇的武功修为，石破天从远处奔来之时便当发觉，只是当时二人全神留意着一直跟踪在后的那使刀汉子，石破天又内功甚高，脚步着地极轻，是以二人打发了那汉子之后，没想到草丛中竟另藏得有人。石破天听着二人的言语，什么长乐帮主，什么给白万剑擒去，说的似乎便是自己，但"玉儿"什么的，却又不是自己了。他本来对自己的身世存着满腹疑团，这时躲在草中，倘若出人不意的突然现身，未免十分尴尬，索性便躲着想听个明白。

四野虫声唧唧，清风动树，石清夫妇却不再说话。石破天生怕自己踪迹给二人发见，连大气也不敢喘一口，过了良久，才听得石夫人叹了口气，跟着轻轻啜泣。

只听石清缓缓道："你我二人行侠江湖，生平没做过亏心之事。这几年来为了要保玉儿平安，更竭力多行善举，倘若老天爷真要我二人无后，那也是人力不可胜天。何况像玉儿这样的不肖孩儿，无子胜于有子。咱们算是没生这个孩儿，也就是了。"

闵柔低声道："玉儿虽从小顽皮淘气，他……他还是我们的心肝宝贝。总是为了坚儿惨死人手，咱们对玉儿特别宠爱了些，才成今日之累，可是……可是我也始终不怨。那日在那小庙之中，我瞧他也决不是坏到了透顶，倘若不是我失手刺了他一剑，也不会……也不会……"说到这里，语音呜咽，自伤自艾，痛不自胜。

石清道："我一直劝你不必为此自己难受，就算那日咱们将他救了出来，也难保不再给他们抢去。这件事也真奇怪，雪山派这些人怎么突然间个个不知去向,中原武林之中再也没半点讯息。明日咱们就动程往凌霄城去,到了那边,好歹也有个水落石出。"闵柔道:"咱们若不找几个得力帮手,怎能到凌霄城这龙潭虎穴之中,将玉儿救出来?"石清叹道:"救人之事,谈何容易? 倘若不在中途截劫,玉儿一到凌霄城,那是羊入虎口,再难生还了。"

闵柔不语,取帕拭泪,过了一会,说道:"师哥,咱们便请上清观的师兄弟们拔剑相助罢! 我看此事也不会全是玉儿的过错。你看玉儿的雪山剑法如此生疏,雪山派定是没好好传他武功,玉儿又是个心高气傲、要强好胜之人,定是和不少人结下了怨。这些年中,可将他折磨得苦了。"说着声音又有些呜咽。

石清道:"天虚师兄已接了赏善罚恶铜牌,在这当口,我们又怎忍说得出'求助'两字? 都是我打算错了,对你实在好生抱愧。当日我一力主张送他赴雪山派学艺,你虽不说什么,我知你心中实在万分舍不得。想不到风火神龙封万里如此响当当的男儿,跟咱夫妇这般交情,竟会亏待玉儿。"

闵柔道:"这事又怎怪得你? 你送玉儿上凌霄城,一番心思全是为了我,你虽不言,我岂有不知? 要报坚儿之仇,我独力难成,到得要紧关头,你又不便如何出手,再加对头于本门武功知之甚稔,定有破解之法。倘若玉儿学成了雪山剑法,我娘儿两个联手,便可制敌死命,哪知道……哪知道……唉!"

石破天听着二人说话,倒有一大半难以索解,只想:"石夫人这般想念她孩儿。听来好像她儿子是给雪山派擒去啦,我不如便跟他们同上凌霄城去,助他们救人。她不是说想找几个帮手么?"正寻思间,忽听得远处蹄声隐隐,有十余匹马疾驰而来。

石清夫妇跟着也听到了,两人不再谈论儿子,默然而坐。

过不多时,马蹄声渐近,有人叫道:"在这里了!"跟着有人叫道:"石师弟、闵师妹,我们有几句话说。"

石清、闵柔听得是冲虚的呼声,略感诧异,双双纵出。石清问道:"冲虚师哥,观中有什么事么?"只见天虚、冲虚以及其他十余个师兄弟都骑在马上,其中两个道人怀中又都抱着一人。其时天色未明,看不清那二人是谁。

冲虚气急败坏的大声说道："石……石师弟、闵师妹，你们在观中抢不到那赏善罚恶两块铜牌，怎地另使诡计，又抢了去？要抢铜牌，那也罢了，怎地竟下毒手打死了照虚、通虚两个师弟，那……那……实在太不成话了！"

石清和闵柔听他这么说，都大吃一惊。石清道："照虚、通虚两位师哥遭了人家毒手，这……这……这是从何说起？两位师哥给……给人打死了？"他关切两位师兄的安危，一时之间，也不及为自己分辩洗刷。

冲虚怒气冲冲的说道："也不知你去勾结了什么下三滥的匪类，竟敢使用最为人所不齿的剧毒。两个师弟虽尚未断气，这时恐怕也差不多了。"石清道："我瞧瞧。"说着走近身去，要去瞧照虚、通虚二人。唰唰几声，几名道人拔出剑来，挡住了石清去路。天虚叹道："让路！石师弟岂是那样的人。"那几名道人哼的一声，撤剑让道。

石清从怀中取出火折打亮了，照向照虚、通虚脸上，见二道脸上一片紫黑，确是中了剧毒，一探二人鼻息，呼吸微弱，性命已在顷刻之间。上清观的武功原有过人之长，照虚、通虚二道内力深厚，又均非直中石破天的毒掌，只闻到他掌上逼出来的毒气，因而晕眩栽倒，但饶是如此，看来也已挨不了一时三刻。石清回头问道："师妹，你瞧这是哪一派人下的毒手？"这一回头，只见七八名师兄弟各挺长剑，已将他夫妇二人围在垓心。

闵柔对群道的敌意只作视而不见，接过石清手中火折，挨近去瞧二人脸色，微微闻到二道口鼻中呼出来的毒气，便觉头晕，不由得退了一步，沉吟道："江湖上没见过这般毒药。请问冲虚师哥，这两位师哥是怎生中的毒？是误服了毒药呢？还是中了敌人喂毒暗器？身上可有伤痕？"

冲虚怒道："我怎知道？我们正是来问你呢！你这婆娘鬼鬼祟祟的不是好人，多半是适才吃饭之时，你争铜牌不得，便在酒中下了毒药。否则为什么旁人不中毒，偏偏铜牌在照虚师弟身上，他就中了毒，而……而……怀中的铜牌，又给你们盗了去？"

闵柔只气得脸容失色，但她天性温柔，自幼对诸位师兄谦和有礼，不愿和他们作口舌之争，眼眶中泪水却已滚来滚去，险些便要夺眶而出。石清知道这中间必有重大误会，自己夫妇二人在上清观中抢夺铜牌未得，照虚便身中剧毒而失了铜牌，自己夫妇确是身处重大嫌疑之地。他伸出左手握住妻子右掌，意示安慰，一时也彷徨无计。闵柔道："我……我……"只说得两个"我"字，已哭了出来，别瞧她是剑术通神、威震江湖的女杰，在受到这般重大委屈之时，却也和寻常女子一般的柔弱。

冲虚怒冲冲的道："你再哭多几声，能把我两个师弟哭活来吗？猫哭耗子……"

一句话没说完，忽听身后有人大声道："你们怎地不分青红皂白，胡乱冤枉好人？"

众人听那人话声中气充沛，都是一惊，一齐回过头来，只见数丈外站着一个衣衫不整的汉子，其时东方渐明，瞧他脸容，似乎年纪甚轻。

石清、闵柔见到那少年，都不禁喜出望外。闵柔更"啊"的一声叫了出来，道："你……你……"总算她江湖阅历甚富，那"玉儿"两字才没叫出口来。

这少年正是石破天，他躲在草丛之中，听到群道责问石清夫妇，心想自己倘若出头，不免要和群道动手，自己一双毒掌，杀人必多，实在十分不愿。但听冲虚越说越凶，石夫人更给他骂得哭了起来，再也忍耐不住，当即挺身而出。

冲虚大声喝道："你是什么人？怎知我们是冤枉人了？"石破天道："石庄主和石夫人没拿你们的铜牌，你们却硬说他们拿了，那不是冤枉好人么？"冲虚挺剑踏上一步，喝道："你这小孩子又知道什么了，却在这里胡说八道！"

石破天道："我自然知道。"他本想实说是自己拿了，但想只要一说出口，对方定要抢夺，自己倘若不还，势必动手，那么又要杀人，是以忍住不说。

冲虚心中一动："说不定这少年得悉其中情由。"便问："那么是谁拿的？"

石破天道："总而言之，决不是石庄主、石夫人拿的。你们得罪了他们，又惹得石夫人哭了，大是不该，快快向石夫人赔礼罢。"

闵柔陡然间见到自己朝思暮想、牵肚挂肠的孩儿安然无恙，已是不胜之喜，这时听得他叫冲虚向自己赔礼，全是维护母亲之意。

她生了两个儿子,花了无数心血,流了无数眼泪,直到此刻,才听到儿子说一句回护母亲的言语,登时情怀大慰,只觉过去二十年来为他而受的诸般辛劳、伤心、焦虑、屈辱,那是全都不枉了。

石清见妻子喜动颜色,眼泪却涔涔而下,明白她心意,一直捏着她手掌的手又紧了一紧,心中也想:"玉儿虽有种种不肖,对母亲倒极有孝心。"

冲虚听他出言挺撞,心下大怒,高声道:"你是谁? 凭什么来叫我向石夫人赔礼?"

闵柔心中一欢喜,对冲虚的枉责已丝毫不以为意,生怕儿子和他冲突起来,伤了师门和气,忙道:"冲虚师哥是一时误会,大家自己人,说明白了就是,又赔什么礼了。"转头向石破天柔声道:"这里的都是师伯、师叔,你磕头行礼罢。"

石破天对闵柔本就大有好感,这时见她脸色温和,泪眼盈盈的瞧着自己,充满了爱怜之情,一生之中,从未有谁对自己如此的真心怜爱,不由得热血上涌,但觉不论她叫自己去做什么万死不辞,磕几个头又算得什么? 当下不加思索,双膝跪地,向冲虚磕头,说道:"石夫人叫我向你们磕头,我就磕了!"

天虚、冲虚等都是一呆,眼见石破天对闵柔如此顺服,心想石清有两个儿子,一个给仇家杀了,一个给人掳去,这少年多半是他夫妇的弟子。

冲虚脾气虽然暴躁,究是玄门练气有道之士,见石破天行此大礼,胸中怒气登平,当即翻身下马,伸手扶起,道:"不须如此客气!"哪知石破天心想石夫人叫自己磕头,总须磕完才行,冲虚伸手来扶,却不即行起身。冲虚一扶之下,只觉对方的身子端凝如山,竟纹风不动,不禁又怒气上冲,心道:"你当我长辈,却自恃内功了得,在我面前显本事来了!"当下吸一口气,将内力运到双臂之上,用力向上一抬,要将他掀个筋斗。

石清夫妇眼见冲虚的姿式,他们同门学艺,练的是一般功夫,如何不知他臂上已使上了真力? 石清哼的一声,微感气恼,但想他是师兄,也只好让儿子吃一点亏了。闵柔却叫道:"师哥手下留情!"

却听得呼的一声,冲虚的身子腾空而起,向后飞出,正好重重撞上了他自己的坐骑。冲虚脚下踉跄,连使"千斤坠"功夫,这才定住,那匹马给他这么一撞,却长嘶一声,前腿跪倒。原来石破天内力充沛,冲虚大力掀他,没能掀动,若不是撞在马上,便会摔一个大筋斗。

这一下人人都瞧得清楚,自都大吃一惊。石清夫妇在扬州城外土地庙中曾和石破天交剑,知他内力浑厚,但决计想不到他内力修为竟已到了这等地步,单借反击之力,便将上清观中一位一等一的高手如此凭空摔出。

冲虚站定身子,左手在腰间一搭,已拔出长剑,气极反笑,说道:"好,好,好!"连说了三个"好",才调匀了气息,说道:"师弟、师妹调教出来的弟子果然不同凡响,我这可要领教领教。"说着长剑一挺,指向石破天胸口。

石破天退了一步,连连摇手,道:"不,不,我不跟你打架。"

天虚瞧出石破天的武功修为非同小可,心想冲虚师弟和他相斗,以师伯的身分,胜了没什么光采,如若不胜,更成了大大笑柄,见石破天退让,正中下怀,便道:"都是自己人,又较量什么?便要切磋武艺,也不忙在这一时三刻。"

石破天道:"是啊,你们是石庄主、石夫人的师兄,我一出手又打死了你们,就大大不好了。"他全然不通人情世故,只怕自己毒掌出手,又杀死了对方,随口便说了出来。

上清观群道素以武功自负,哪想到他实是一番好意,一听之下,无不勃然大怒。十多名道人中,倒有七八个胡子气得不住颤动。石清也喝:"你说什么?不得胡言乱语。"

冲虚遵从掌门师兄的嘱咐,已收剑退开,听石破天这句凌辱藐视之言,哪里还再忍耐得住?大踏步上前,喝道:"好,我倒想瞧瞧你如何将我们都打死了,出招罢!"石破天不住摇手,道:"我不和你动手。"冲虚愈益恼怒,道:"哼,你连和我动手也不屑!"唰的一剑,刺向他肩头。他见石破天手中并无兵刃,这一剑剑尖所指之处并非要害,他是上清观中的剑术高手,临敌的经历虽比不上石清夫妇,出招之快却丝毫不逊。

石破天一闪身没能避开,只听得噗的一声轻响,肩头已然中剑,立时鲜血冒出。闵柔惊叫:"哎哟!"冲虚喝道:"快取剑出来!"

石破天寻思:"你是石夫人的师兄,适才我已误杀了她两个师兄,若再杀你,一来对不起石夫人,二来我也成为大坏人了。"当冲虚一剑刺来之时，他若出掌劈击，便能挡开，但他怕极了自己掌上剧毒，双手负在背后，用力互握，说什么也不肯出手。

上清观群道见了他这般模样，都道他有心藐视，即连修养再好的道人也都大为生气。有人便道："冲虚师兄，这小子狂妄得紧，不妨教训教训他！"

冲虚道："你真不屑和我动手？"唰唰又是两剑。他出招实在太快，石破天对剑法又没多大造诣，身子虽然急闪，仍没能避开，左臂右胸又中了一剑。幸好冲虚剑下留情，只求逼他出手，并非要取他性命，这两剑一刺中他皮肉，立即缩回，所伤极轻。

闵柔见爱子连中三处剑伤，心疼无比，见冲虚又一剑刺出，当的一声，立时挥剑架开，只听得当当当当，便如爆豆般接连响了一十三下，瞬息间已拆了一十三招。冲虚连攻一十三剑，闵柔挡了一十三剑，两人都是本派好手，这"上清快剑"施展出来，直如星丸跳掷，火光飞溅，迅捷无伦。这一十三剑一过，群道和石清都忍不住大叫一声："好！"

场上这些人，除石破天外，个个是上清观一派的剑术好手，眼见冲虚这一十三剑攻得凌厉剽悍，锋锐之极，而闵柔连挡一十三剑，却也是绵绵密密，严谨稳实，两人在弹指之间一攻一守，都施展了本门剑术的巅峰之作，自是人人瞧得心旷神怡。

天虚知道再斗下去，两人也不易分出胜败，问道："闵师妹，你是护定这少年了？"

闵柔不答，眼望丈夫，要他拿个主意。

石清道："这孩子目无尊长，大胆妄为，原该好好教训才是。他连中冲虚师兄三剑，幸蒙师兄剑下留情，这才没送了他小命。这孩子功夫粗浅，怎配跟冲虚师兄过招？孩子，快向众位师伯磕头赔罪。"

冲虚大声道："他明明瞧不起人，不屑动手。否则怎么说一出手便将我们都打死了？"

石破天摊开手掌，见掌心中隐隐又现红云蓝线，叹了口气，说道："我这一双手老是会闯祸，动不动便打死人。"

上清观群道又人人变色。石清听他兀自狂气逼人，讨那嘴头上便宜，心下也不禁生气，喝道："你这小子当真不知天高地厚，适才冲虚师伯手下留情，才没将你杀死，你难道不知么？"石破天道："我知道他手下留情，那很好啊！我……我……我也不想杀死他，因此也是手下留情。"石清大怒，登时便想抢上去挥拳便打。他身形稍动，闵柔立知其意，当即拉住了他左臂，这一拉虽然使力不大，石清却也不动了。

冲虚适才向石破天连刺三剑，见他闪避之际，显然全未明白本门剑法的精要所在，而内力却又如此强劲，以武功而论，颇不像是石清夫妇的弟子，心下已然起疑，而当石破天举掌察看之时，又闻到了一股淡淡的腥臭，更疑窦丛生，喝问："小子，你是谁的徒弟，却学得这般贫嘴滑舌？"

石破天道："我……我……我是金乌派的开山大弟子。"

冲虚一怔，心想："什么金乌派，银乌派？武林中可没这门派，这小子多半又在胡说八道。"便冷笑道："我还道阁下是石师弟的高足呢。原来不是自己人，那便无碍了。"向站在身旁的两名师弟使个眼色。

两名道人会意，倒转长剑，各使一招"朝拜金顶"，一个对着石清，一个对着闵柔。这"朝拜金顶"是上清剑法中礼敬对方的招数，通常是和尊长或是武林名宿动手时所用，这一招剑尖向地，左手剑诀搭在剑柄之上，纯是守势，看似行礼，却已将身前五尺之地守御得十分严密，敌未动，己不动，敌如抢攻，立遇反击。

石清夫妇如何不明两道的用意，那是监视住了自己，若再出剑回护儿子，这二道手中的长剑立时便弹起应战，但只要自己不出招，这二道却永远不会有敌对的举动，那是不伤同门义气之意。闵柔向身前的师兄灵虚瞧了一眼，心想："当年在上清观学艺之时，灵虚师兄笨手笨脚，剑术远不如我，但瞧他这一招'朝拜金顶'似拙实稳，已非吴下阿蒙，真要动手，只怕非三四十招间能将他打败。"

她心念略转之间，只见冲虚手中长剑连续抖动，已将石破天圈住，听他喝道："你再不还手，我将你这金乌派的恶徒立毙于当场。"他叫明"金乌派"，显是要石清夫妇事后无法为此翻脸。石清当机立断，知道儿子再不还手，冲虚真的会将他刺得重伤，但若还手相斗，冲虚既知自己夫妇有回护之意，下手决不会过份，只点到为止，杀杀他的狂气，于少年人反有益处，当即叫道："孩子，师伯要点拨你功夫,于你大有好处。师伯决不会伤你,不用害怕,快取兵刃招架罢!"

石破天只见前后左右都是冲虚长剑的剑光,逼得自己脸上寒气森森,不由得大是害怕,适才为他接连刺中三剑,躲闪不得,知这道人剑法十分厉害,听石清命他取兵刃还手,心头一喜:"是了,我用兵刃招架,手上的毒药便不会害死了他。"瞥眼见到地下一柄单刀,正是那个卢十八的弟子所遗,忙叫道:"好,好!我还手就是,你……你可别用剑刺我。等我拾起地下这柄刀再说。你如乘机在我背心刺上一剑,那可不成,你不许赖皮。"

冲虚见他说得气急败坏,又好气,又好笑,"呸"的一声,退开了两步,跟着噗的一响,将长剑插在地上,说道:"你当我冲虚是什么人,难道还会偷袭你这小子?"双手插在腰间,等他拾刀,心想:"这小子原来使刀,那么绝非石师弟夫妇的弟子了。只不知石师弟如何又叫他称我师伯?"

石破天俯身正要去拾单刀,突然心念一动:"待会打得凶了,说不定我一个不小心,左手又随手出掌打他,岂不是又要打死人,还是把左手绑在身上,那就太平无事。"当下又站直身子,向冲虚道:"师伯,对不起,请你等一等。"随即解开腰带,左手垂在身旁,右手用腰带将左臂缚在身上,各人眼睁睁的瞧着,均不知他古里古怪的玩什么花样。石破天收紧腰带,牢牢打了个结,这才俯身抓起单刀,说道:"好了,咱们比罢,那就不会打死你了。"

这一下冲虚险些给他气得当场晕去,眼见他缚住了左手和自己比武,对自己的藐视实已达于极点。上清观群道固然齐声喝骂,石清和闵柔也都斥道:"孩子无礼,快解开腰带!"

石破天微一迟疑,冲虚唰的一剑已疾刺而至。石破天来不及遵照闵柔吩咐,只得举刀挡格。冲虚知他内力强劲,不让他单刀和自己长剑相交,立即变招,唰唰唰唰六七剑,只刺得石破天手忙脚乱,别说招架,连对方剑势来路也瞧不清楚。他心中暗叫:"我命休矣!"提起单刀乱劈乱砍,全然不成章法,将所学的七十三路金乌刀法,尽数抛到了天上的金乌玉兔之间。幸好冲虚领略过他的厉害内力,虽见他刀法中破绽百出,但当他挥刀砍来之时,却也不得不回剑以避,生怕长剑给他砸飞,那就颜面扫地了。

石破天乱劈了一阵,见冲虚反而退后,定一定神,那七十三招金乌刀法渐渐来到脑中。只冲虚虽然退后，出招仍然极快，石破天想以史婆婆所授刀法拆解，说什么也办不到。何况金乌刀法专为克制雪山派剑法而创，遇上了浑不相同的上清剑法，全然格格不入。他心下慌乱，只得随兴所至，随手挥舞。

使了一会，忽然想起，那日在紫烟岛上最后给白万剑杀得大败，只因自己不识对方剑法，此刻这道士的剑法自己更加不识，既然不识，索性就不看，于是挥刀自己使自己的，将那七十三路金乌刀法颠三倒四的乱使，浑厚的内力激荡之下，自然而然的构成了一个守御圈子，冲虚再也攻不进去。

群道和石清夫妇都暗暗讶异，冲虚更又惊又怒，又加上几分胆怯。他于武林中各大门派的刀法大致均了然于胸，眼见石破天的刀法既稚拙，又杂乱，大违武学的根本道理，本当一击即溃，偏偏自己连遇险着，实在是不通情理之至。

又拆得十余招，冲虚焦躁起来，呼的一剑，进中宫抢攻，恰在此时，石破天挥刀回转，两人出手均快，当的一声，刀剑相交。冲虚早有预防，将长剑抓得甚紧，但石破天内力实在太强，众人惊呼声中，冲虚见手中长剑已弯成一把曲尺，剑上鲜血淋漓，却原来虎口已遭震裂。他心中一凉，暗想一世英名付于流水，还练什么剑？做什么上清观一派掌门？急怒之下，挥手将弯剑向石破天掷出，随即双手成抓，和身扑去。石破天一刀将弯剑砸飞，不知此后该当如何，心中迟疑，胸口门户大开。冲虚双手已抓住了他前心的两处要穴。

冲虚这一招势同拼命，上清观一派的擒拿法原也是武学一绝，哪知他双手刚碰到石破天的穴道，便给他内力回弹，反冲出去，身子仰后便倒。这一次他使的力道更强，反弹之力也就愈大，眼见站立不住，倘若一屁股坐倒，这个丑可就丢得大了。

天虚道人飞身上前，伸掌在他左肩向旁推出，卸去了反弹的劲力。冲虚纵身跃起，这才站定，脸上已没半点血色。

天虚拔出长剑，说道："果然是英雄出在少年，佩服，佩服！待贫道来领教几招，只怕年老力衰，也不是阁下对手了。"说着挺剑缓缓刺出。石破天举刀一格，突觉刀锋所触，有如凭虚，刀上劲力竟消失得无影无踪，不禁叫道："咦，奇怪！"

原来天虚知他内力厉害，这一剑使的是个"卸"字诀，却已震得右臂酸麻,胸口隐隐生疼。他暗吃一惊,生怕已受内伤,待第二剑刺出,石破天又举单刀挡架时,便不敢再卸他内劲,立时斜剑击刺。

天虚虽已年逾六旬,身手之矫捷却不减少年,出招更稳健狠辣。石破天却仍不与他拆招,对他剑招视而不见,便如是闭上了眼睛自己练刀,不管对方剑招是虚中套实也好,实中带虚也好,刺向胸口也罢,削来肩头也罢,自己只管"梅雪逢夏"、"鲍鱼之肆"、"汉将当关"、"千钧压驼"。这场比试,的的确确是文不对题,答非所问,天虚所出的题目再难,石破天也只管自己练自己的。

两人这一搭上手,顷刻间也斗了二十余招,刀风剑气不住向外伸展,旁观众人所围的圈子也愈来愈大。灵虚等二人本来监视着石清夫妇,防他们出手相助石破天,但见天虚和石破天斗得激烈,石清夫妇既转头凝视,二道的四只眼睛也不由自主的都转到相斗的二人身上。

石破天惧怕之心既去,金乌刀法渐渐使得似模似样,显得招数也颇为精妙,内力更随之增长。天虚初时尽还抵敌得住,但每拆一招,对方的劲力便强了一分,真似无穷无尽、永无枯竭一般。他只觉双腿渐酸,手臂渐痛,多拆一招,便多一分艰难。

这时石清夫妇都已瞧出再斗下去,天虚必吃大亏,但若出声喝止儿子,摆明了要他全然相让,实大削天虚的脸面,不由得甚是焦急。

石破天斗得兴起,刀刀进逼,蓦地里只见天虚右膝一软,险些跪倒,强自撑住,脸色却已大变。石破天心念一动,记起阿绣在紫烟岛上说过的话来:"你和人家动手之时,要处处手下留情,记着得饶人处且饶人,那就是了。"一想到她那款款叮嘱的言语,眼前便出现她温雅腼腆的容颜,立时横刀推出。

天虚见他这一刀推来,劲风逼得自己呼吸为艰,忙退了两步,这两步脚下蹒跚,身子摇晃,暗暗叫苦:"他再逼前两步,我要再退也没力气了。"却见他向左虚掠一刀,拖过刀来,又向右空斫,然后回刀在自己脸前砍落,只激得地下尘土飞扬。

天虚气喘吁吁,正惊异间,只见他单刀回收,退后两步,竖刀而立,又听他说道:"阁下剑法精妙,在下佩服得紧,今日难分胜败,就此罢手,大家交个朋友如何?"天虚几乎不相信自己的耳朵,怔怔而立,说不出话来。

石清微微一笑，如释重负。闵柔更乐得眉花眼笑。他夫妇见儿子武功高强，那倒还罢了，最欢喜的是他在胜定之后反能退让，正合他夫妇处处为人留有余地的性情。闵柔笑喝："傻孩子瞎说八道，什么'阁下'、'在下'的，怎不称师伯、小侄？"这一句笑喝，其辞若有憾焉，其实乃深喜之，慈母情怀，欣慰不可言喻。

天虚吁了口气，摇摇头，叹道："长江后浪推前浪，我们老了，不中用啦。"

闵柔笑道："孩子，你得罪了师伯，快上前谢过。"石破天应道："是！"抛下单刀，解开绑住左臂的腰带，恭恭敬敬的上前躬身行礼。闵柔甚是得意，柔声道："掌门师哥，这是你师弟、师妹的顽皮孩子，从小少了家教，得罪莫怪。"

天虚微微一惊，说道："原来是令郎，怪不得，怪不得！师弟先前说令郎为人掳去，原来那是假的。"石清道："小弟岂敢欺骗师兄？小儿原是为人掳去，不知如何脱险，匆忙间还没问过他呢。"天虚点头道："这就是了，以他本事，脱身原亦不难。只是贤郎的武功既非师弟、师妹亲传，刀法中也没多少雪山派的招数，内力却又如此强劲，实令人莫测高深。最后这一招，更加少见。"

石破天道："是啊，这招是阿绣教我的，她说人家打不过你，你要处处手下留情，得饶人处且饶人，这一招叫'旁敲侧击'，既让了对方，又不致为对方所伤。"他毫无机心，滔滔说来。天虚脸上登时红一阵，白一阵，羞愧得无地自容。

石清喝道："住嘴，瞎说什么？"石破天道："是，我不说啦。要是我早想到将这两只掌心有毒的手绑了起来，只用单刀跟人动手，也不会……也不会……"说到这里，心想若是自承打死了照虚、通虚，定要大起纠纷，当即住口。

但天虚等都已心中一凛，纷纷喝问："你手掌上有毒？""两位师兄是你害死的？""那两块铜牌是不是你偷去的？"群道手中长剑本已入鞘，当下唰唰声响，又都拔将出来。

石破天叹了口气，道："我本来不想害死他们，不料我手掌只是这么一扬，他们就倒在地下不动了。"

冲虚怒极，向着石清大声道："石师弟，这事怎么办，你拿一句话来罢！"

石清心中乱极，一转头，但见妻子泪眼盈盈，神情惶恐，当下硬着心肠说道："师门义气为重。这小畜生到处闯祸，我夫妇也已回护不得，但凭掌门师哥处治便是。"

冲虚道："很好！"长剑一挺，便欲上前夹攻。

闵柔道："且慢！"冲虚冷眼相睨，说道："师妹更有什么话说？"闵柔颤声道："照虚、通虚两位师哥此刻未死，说不定……说不定……也……尚可有救。"冲虚仰天嘿嘿一声冷笑，说道："两个师弟中了这等剧毒，哪里还有生望？师妹这句话，可不是消遣人么？"

闵柔也知无望，向石破天道："孩儿，你手掌上到底是什么毒药？可有解药没有？"一面问，一面走到他身边，道："我瞧瞧你衣袋中可有解药。"假装伸手去搜他衣袋，却在他耳边低声道："快逃，快逃！爹爹、妈妈可救你不得！"

石破天大吃一惊，叫道："爹爹，妈妈？谁是爹爹、妈妈？"适才天虚满口"令郎"什么，"贤郎"如何，石破天却不知道"令郎、贤郎"就是"儿子"，石清夫妇称他为"孩儿"，他也只道是对少年人的通称，万万料不到他夫妇竟是将自己错认为他们的儿子。

便在这时，只觉背心上微有所感，却是石清将剑尖抵住了他后心，说道："师妹，咱们不能为这畜生坏了师门义气。他不能逃！"语音中充满了苦涩之意。

闵柔颤声道："孩儿，这两位师伯中了剧毒，你当真……当真没药可救么？"

灵虚站在她身旁，见她神情大变，心想女娘们什么事都做得出，既怕她动手阻挡，更怕她横剑自尽，伸五指搭上她手腕，便将她手中长剑夺了下来。这时闵柔全副心神都贯注在石破天身上，于身周事物全不理会，灵虚道人轻轻易易的便将她长剑夺过。

石破天见他欺侮闵柔，叫道："你干什么？"右手探出，要去夺还闵柔长剑。灵虚挥剑横削，剑锋将及他手掌，石破天手掌一沉，反手勾他手腕，那是丁珰所教十八擒拿手的一招"九连环"，式中套式，共有九变。这招擒拿手虽然精妙，但怎奈何得了灵虚这样的上清观高手。他喝一声："好！"回剑以挡，突然间身子摇晃，咕咚摔倒。原来石破天掌上剧毒已因使用擒拿手而散发出来，灵虚喝了一声"好"，随着自然要吸一口气，当即中毒。

第十二回

两块铜牌

295

群道大骇之下，不由自主的都退了几步。人人脸色大变，如见鬼魅。

石破天知道这个祸闯得更加大了，眼见群道虽然退开，各人仍手持长剑，四周团团围住，若要冲出，非多伤人命不可，瞥眼见灵虚双手抱住小腹，不住揉擦，显是肚痛难当。上清观群道内力修为深厚，不似铁叉会会众那么一遇他掌上剧毒便即毙命，尚有几个时辰好挨。石破天猛地想起张三、李四两个义兄在地下大厅中毒之后，也是这般剧烈肚痛的情状，后来张三教他救治的方法，将二人身上的剧毒解了，当即将灵虚扶起坐好。

四周群道剑光闪闪，作势要往他身上刺去。他急于救人，一时也无暇理会，左手按住灵虚后心灵台穴，右手按住他胸口膻中穴，依照张三所授的法门，左手送气，右手吸气。果然不到一盏茶时分，灵虚便长长吁了口气，骂道："他妈的，你这贼小子！"

众人一听之下，登时欢声雷动。灵虚破口大骂，未免和他玄门清修的出家人风度不符，但只这一句话，人人都知他的性命是捡回来了。

闵柔喜极流泪，道："孩子，照虚、通虚两位师伯中毒在先，快替他们救治。"

早有两名道人将气息奄奄的照虚、通虚抱了过来，放在石破天身前。他依法施为。这两道中毒时刻较长，每个人都花了一炷香功夫，体内毒性方得吸出。照虚醒转后大骂："你奶奶个雄！"通虚则骂："狗娘养的王八蛋，胆敢使毒害你道爷。"

石清夫妇喜之不尽，这三个师兄的骂人言语虽都牵扯上自己，却也不以为意，只暗暗好笑："三位师哥枉自修为多年，平时一脸正气，似是有道高士，情急之时，出言却也这般粗俗。"

闵柔又道："孩子，照虚师伯的铜牌倘若是你取的，你还了师伯，娘不要啦！"

石破天心下骇然，道："娘？娘？"取出怀中铜牌，茫然交还给照虚，自言自语的道："你……你是我娘？"

天虚道人叹了口气，向石清、闵柔道："师弟、师妹，就此别过。"他知道此后更无相见之日，连"后会有期"也不说，率领群道，告辞而去。

石破天激动之下，扑上前去，搂住了她身子，叫道：「妈妈！妈妈！你真是我的妈妈。」闵柔回手也抱住了他，叫道：「我的苦命孩儿！」

第十三回　变得忠厚老实了

　　石破天一直怔怔的瞧着闵柔，满腹都是疑团。闵柔双目含泪，微笑道："傻孩子，你……你不认得爹爹、妈妈了吗？"张开双臂，一把将他搂在怀里。石破天自识人事以来，从未有人如此怜爱过他，心中激情充溢，不知说什么好，隔了半晌，才道："他……石庄主是我爹爹吗？我可不知道。不过……不过……你不是我妈妈，我正在找我妈妈。"

　　闵柔听他不认自己，心头一酸，险些又要掉下泪来，说道："可怜的孩子，这也难怪得你……隔了这许多年，你连爹爹、妈妈也不认得了。你离开玄素庄时，头顶只到妈心口，现今可长得比你爹爹还高了。你相貌模样，果然也变了不少。那晚在土地庙中，若不是你爹娘先已得知你给白万剑擒了去，乍见之下，说什么也不会认得你。"

　　石破天越听越奇，但自己的母亲脸孔黄肿，身裁又比闵柔矮得多，怎么会认错？嗫嚅道："石夫人，你认错了人，我……我……我不是你们的儿子！"

　　闵柔转头向着石清，忍不住泪水夺眶而出，颤声道："师哥，你瞧这孩子……"

　　石清一听石破天不认父母，便自盘算："这孩子甚工心计，他不认父母，定有深意。莫非他在凌霄城中闯下了大祸，在长乐帮中为非作歹，声名狼藉，没面目和父母相认？还是怕我们责罚？怕牵累了父母？"便问："那么你是不是长乐帮的石帮主？"

299

石破天道："大家都说我是石帮主,其实我不是的,大家可都把我认错了。"石清道："那你叫什么名字?"石破天脸色迷惘,道："我真不知道啊。我娘叫我'狗杂种'。"

石清夫妇对望一眼,见石破天说得诚挚,实不似故意欺瞒。石清向妻子使个眼色,两人走出了十余步。石清低声道："这孩子到底是不是玉儿? 咱们只打听到玉儿做了长乐帮帮主,但一帮之主,哪能如此痴痴呆呆?"闵柔哽咽道："玉儿离开爹娘身边,已有十多年,孩子年纪一大,身材相貌千变万化,可是……可是……我认定他是我的儿子。"石清沉吟道："你心中毫无怀疑?"闵柔道："怀疑是有的,但不知怎么,我相信他……他是我们的孩儿。什么道理,我却说不上来。"

石清突然想到一事,说道："啊,有了,师妹,当日那贱人动手害你那天……"

这是他夫妇俩的毕生恨事,两人时刻不忘,却谁也不愿提到,石清只说了个头,便不再往下说。闵柔立时醒悟,道："不错,我跟他说去。"走到一块大石之旁,坐了下来,向石破天招招手,道："孩子,你过来,我有话说。"

石破天走到她跟前,闵柔手指大石,要他坐在身侧,说道："孩子,那年你刚满周岁不久,有个女贼来害你妈妈。你爹爹不在家,你妈刚生你弟弟还没满月,没力气跟那女贼对打。那女贼恶得很,不但要杀你妈妈,还要杀你,杀你弟弟。"

石破天惊道："杀到我没有?"随即失笑,说道："我真胡涂,当然没杀到我了。"

闵柔却没笑,继续道："妈妈左手抱着你,右手使剑拼命支持。那女贼武功很了得,正在危急关头,你爹爹恰好赶回来了。那女贼发出三枚金镖,两枚给妈砸飞了,第三枚却打在你的小屁股上,妈妈又急又疲,晕了过去。那女贼见到你爹爹,也就逃走,不料她心也真狠,逃走之时却顺手将你弟弟抱了去。你爹爹忙着救我,又怕她暗中伏下帮手,乘机害我,不敢远追,再想那女贼……那女贼也不会真的害他儿子,不过将婴儿抱去,吓他一吓。哪知道到得第三天上,那女贼竟将你弟弟的尸首送了回来,心窝中插了两柄短剑。一柄是黑剑,一柄白剑,剑上还刻着你爹爹、妈妈的名字……"说到此处,已泪如雨下。

石破天听得也义愤填膺,怒道:"这女贼当真可恶,小小孩子懂得什么,却也下毒手将他害死。否则我有个弟弟,岂不是好?石夫人,这件事我妈从来没跟我说过。"

闵柔垂泪道:"孩子,难道你真将你亲生的娘忘记了?我……我就是你娘啊。"

石破天凝视她的脸,缓缓摇头,说道:"不是的。你认错了人。"

闵柔道:"那日这女贼用金镖在你左股上打了一镖,你年纪虽然长大,这镖痕决不会褪去,你解下小衣来瞧瞧罢。"

石破天道:"我……我……"想起自己肩头有丁珰所咬的牙印,腿上有雪山派"廖师叔"所刺的六朵雪花剑印,自己早忘得干干净净了,一旦解衣检视,却清清楚楚的留在肌肤,此中情由,实百思不得其解。石夫人说自己屁股上有金镖的伤痕,只怕真有这镖印也未可知。他伸手隔衣摸自己左臀,似摸不到什么伤痕,只是有过两次先例在,不免大有惊弓之意,脸上神色不定。

闵柔微笑道:"我是你亲生的娘,不知给你换过多少屎布尿片,还怕什么丑?好罢,你给你爹爹瞧瞧。"说着转过身子,走开几步。石清道:"孩子,你解下裤子来自己瞧瞧。"

石破天伸手又隔衣摸了一下,觉得确没伤疤,这才解开裤带,褪下裤子,回头瞧了一下,只见左臀之上果有一条一寸来长的伤痕。只淡淡的极不明显。一时之间,他心中惊骇无限,只觉天地都在旋转,似乎自己突然变成了另一个人,可是自己却又一点也不知道,极度害怕之际,忍不住放声大哭。

闵柔急忙转身。石清向她点了点头,意思说:"他确是玉儿。"

闵柔又欢喜,又难过,抢到他身边,将他搂在怀里,流泪道:"玉儿,玉儿,不用害怕,便有天大的事,也有爹爹、妈妈给你作主。"

石破天哭道:"从前的事,我什么都记不起来了。我不知道你是我妈妈,不知道他是我爹爹,不知道我屁股上有这么一条伤疤。我不知道,什么都不知道……"

石清道:"你这深厚的内力,是哪里学来的?"石破天摇头道:"我不知道。"石清又问:"你这毒掌功夫,是这几天中学到的,又是谁教你的?"石破天骇道:"没人教我……我怎么啦?什么都胡涂了。难

第十三回

变得忠厚老实了

301

道我真的便是石破天？石帮主？石……石……我姓石，是你们的儿子？"他吓得脸无人色，双手抓着裤头，只怕裤子掉下去，却忘了系上裤带。

石清夫妇眼见他吓成这个模样，闵柔自是充满了怜惜之情，不住轻抚他头顶，柔声道："玉儿，别怕，别怕！"石清也将这几年的恼恨之心抛在一边，寻思："我曾见有人脑袋上受了重击，或身染大病之后，将前事忘得干干净净，听说叫做什么'离魂症'，极难治愈复原。难道……难道玉儿也患上了这病症？"他心中的盘算一时不敢对妻子提起，不料闵柔却也在这般思量。夫妻俩你瞧着我，我瞧着你，不约而同的冲口而出："离魂症！"

石清知道患上了这种病症的人，若加催逼，反致加深他疾患，只有引逗诱导，慢慢助他回复记心，和颜悦色的道："今日咱们骨肉重逢，实不胜之喜，孩子，你肚子想必饿了，咱们到前面去买些酒饭吃。"

石破天却仍魂不守舍，问道："我……我到底是谁？"

闵柔伸手去替他将裤腰折好，系上了裤带，柔声道："孩儿，你有没重重摔过一交，撞痛了脑袋？有没和人动手，头上给人打伤了？"石破天摇头道："没有，没有！"闵柔又问："那么这些年中，有没生过重病？发过高烧？"

石破天道："有啊！早几个月前，我全身发烧，好似给人放在大火炉中烧烤一般，后来又全身发冷，那天……那天，在荒山中晕了过去，从此就什么都不知道了。"

石清和闵柔探明了他的病源，心头一喜，同时舒了口气。闵柔缓缓的道："孩儿，你不用害怕，你那次发烧挺厉害，把从前的事都烧得忘记啦，慢慢的就会记起来。"

石破天将信将疑，问道："那么你真是我娘，石……石庄主是我爹爹？"闵柔道："是啊，孩儿，你爹爹和我到处找你，天可怜见，让我们一家三口，骨肉团圆。你……你怎不叫爹爹？"石破天深信闵柔决不会骗他，自己本来又无父亲，略一迟疑，便向石清叫道："爹爹！"石清微笑答应，道："你叫妈妈。"

要他叫闵柔作娘，那可难得多了，他记得清清楚楚，自己的妈妈相貌和闵柔完全不同，数年前妈妈一去不返之时，她头发已经灰白，绝非闵柔这般一头乌丝,他妈妈性情暴戾,动不动张口便骂,伸手便打,哪有闵柔这么温柔慈祥?但见闵柔满脸企盼之色,等了一会,不听他叫出声来,眼眶已自红了,不由得心中不忍,低声叫道:"妈妈!"

闵柔大喜,伸臂将他搂在怀里,叫道:"好孩儿,乖儿子!"珠泪滚滚而下。

石清的眼睛也有些湿润,心想:凭这孩子在凌霄城和长乐帮中的作为,实是死有余辜,怎说得上是"好孩儿,乖儿子"?只是念着他身上有病,一时也不便发作,又想"浪子回头金不换",日后好好教训,说不定有悔改之机,又想从小便让他远离父母,自己有疏教诲,未始不是没过失,只玄素双剑行侠仗义,一世英名,却生下这样一个儿子贻羞江湖。霎时间思如潮涌,既感欢喜,又觉懊恨。

闵柔见到丈夫脸色,便明白他心事,生怕他追问儿子过失,说道:"清哥,玉儿,我饿得很,咱们快些去找些东西来吃。"一声唿哨,黑白双驹奔了过来。闵柔微笑道:"孩儿,你跟妈一起骑这白马。"石清见妻子十余年来极少有今日这般欢喜,微微一笑,纵身上了黑马。石破天和闵柔共乘白马,沿大路向前驰去。

石破天满腹疑团:"她真是我妈妈?那么从小养大我的妈妈,难道不是我妈妈?"

三人二骑,行了数里,见道旁有所小庙。闵柔道:"咱们到庙里去拜拜菩萨。"下马走进庙门。石清和石破天也跟着进庙。石清素知妻子向来不信神佛,却见她走进佛殿,在一尊如来佛像之前不住磕头。他回头向石破天瞧了一眼,心中突然涌起感激之情:"这孩儿虽然不肖,胡作非为,其实我爱他胜过自己性命。若有人要伤害于他,我宁可性命不在,也要护他周全。今日咱们父子团聚,老天菩萨,待我石清实是恩重。"双膝一曲,也磕下头去。

石破天站在一旁,只听得闵柔低声祝告:"如来佛保佑,佑护我儿疾病早愈。他小时无知,干下的罪孽,都由为娘的一身抵挡,一切责罚,都由为娘的来承受。千刀万剐,甘受不辞,只求我儿今后重新做人,一生无灾无难,平安喜乐。"

闵柔的祝祷声音极低,只口唇微动,但石破天内力既强,目明耳聪,自然而然的大胜常人,闵柔这些祝告之辞,每一个字都听入了耳里,胸中登时热血上涌,心想:"她若不是亲生我的妈妈,怎会对我如此好法？我一直不肯叫她'妈妈'，当真胡涂透顶。"激动之下，扑上前去搂住了她身子，叫道："妈妈！妈妈！你真是我的妈妈。"

他先前的称呼出于勉强，闵柔如何听不出来？这时才听到他出自内心的叫唤，回手也抱住了他，叫道："我的苦命孩儿！"

石破天想起在荒山中和自己共处十多年的那个妈妈，虽待自己不好，但母子俩相依为命了这许多年，总是割舍不下，忍不住又问："那么我从前那个妈妈呢？难道……难道她是骗我的么？"闵柔轻抚他头发，道："从前那个妈妈是怎样的，你说给娘听。"石破天道："她……她头发有些白了。她不会武功，常常自己生气，有时候向我干瞪眼，常常打我骂我。"闵柔道："她说是你妈妈，也叫你'孩儿'？"石破天道："不，她叫我'狗杂种'！"

石清和闵柔心中都是一动："这女人叫玉儿'狗杂种'，自是心中恨极了咱夫妇，莫非……莫非是那个女人？"闵柔忙道："那女子瓜子脸儿，皮肤很白，相貌很美，笑起来脸上有个酒窝儿，是不是？"石破天摇摇头道："不是，我那个妈妈脸蛋胖胖的，有些黄，有些黑，难看得很，整天板起了脸，很少笑的。酒窝儿是什么？"

闵柔吁了口气，说道："原来不是她。孩儿，那晚在土地庙中，妈的剑尖不小心刺中了你，伤得怎样？"石破天道："伤势很轻，过得几天就好了。"闵柔又问："你又怎样逃脱白万剑的手？咱们孩儿当真了不起，连'气寒西北'也拿他不住。"最后这两句话是向石清说的，言下颇为得意。石清和白万剑在土地庙中酣斗千余招，对他剑法之精，委实好生钦佩，听妻子这么说，内心也自赞同，只道："别太夸奖孩子，小心宠坏了他。"

石破天道："不是我自己逃走的，是丁不三爷爷和叮叮当当救我的。"石清夫妇听到丁不三名字，都是一凛，忙问究竟。这件事说来话长，石破天当下源源本本将丁不三和丁珰怎么相救，丁不三怎么要杀他，丁珰又怎么教他擒拿手、怎么将他抛出船去等事情说了。

闵柔反问前事，石破天只得又述说如何和丁珰拜天地，如何在长乐帮总舵中为白万剑所擒，回过来再说怎么在长江中遇到史婆婆和阿绣，怎么和丁不四比武，史婆婆怎么在紫烟岛上收他为金乌派的大弟子，怎么见到飞鱼帮的死尸船，怎么和张三李四结拜，直说到大闹铁叉会、误入上清观为止。他当时遇到这些江湖奇士之时，一

304

直便迷迷糊糊,不明其中原因,此时说来,自不免颠三倒四,但石清、闵柔逐项盘问,终于明白了十之八九。夫妇俩越来越讶异,心头也越来越沉重。

石清问到他怎会来到长乐帮。石破天便述说如何在摩天崖上练捉麻雀的功夫,又回述当年如何在烧饼铺外蒙闵柔赠银,如何见到谢烟客抢他夫妇的黑白双剑,如何为谢烟客带上高山。夫妇俩万万料想不到,当年侯监集上所见那个污秽小丐竟便是自己儿子,闵柔回想当年这小丐的沦落之状,又是一阵心酸。

石清寻思:"按时日推算,咱们在侯监集相遇之时,正是这孩子从凌霄城中逃出不久。耿万钟他们怎会不认得?"想到此处,细细又看石中玉的面貌,当年侯监集上所见小丐形貌如何,记忆中已甚模糊,只记得他其时衣衫褴褛,满脸泥污,又想:"他自凌霄城中逃出之后,一路乞食,面目污秽,说不定又故意涂上些泥污,以致耿万钟他们对面不识。我夫妇和他分别多年,小孩儿变得好快,自更加认不出了。"问道:"那日在烧饼铺外你见到耿万钟师叔他们,心里怕不怕?"

闵柔本不愿丈夫即提雪山派之事,但既已提到,也已阻止不来,只秀眉微蹙,生恐石清严辞盘诘爱儿,却听石破天道:"耿万钟? 他们当真是我师叔吗? 那时我不知他们要捉我,我自然不怕。"石清道:"那时你不知他们要捉你? 你……你不知耿万钟是你师叔?"石破天摇头道:"不知!"

闵柔见丈夫脸上掠过一层暗云,知他甚为恼怒,只强自克制,便道:"孩儿,人孰无过? 知过能改,善莫大焉。从前的事既已做了下来,只有设法补过,爹爹妈妈爱你胜于性命,你不须隐瞒,将各种情由都对爹妈说好了。封师父待你怎样?"石破天问道:"封师父,哪个封师父?"他记得在那土地庙中曾听父母和白万剑提过封万里的名字,便道:"是风火神龙封万里么? 我听你们说起过,但我没见过他。"石清夫妇对瞧了一眼,石清又问:"白爷爷呢? 他老人家脾气挺暴躁,是不是?"石破天摇头道:"我不识得什么白爷爷,从来没见过。"石清、闵柔跟着问起凌霄城雪山派中的事物,石破天竟也全然不知。

闵柔道:"师哥,这病是从那时起的。"石清点了点头,默不作声。

二人已了然于胸："他从凌霄城中逃出来，若不是在雪山下撞伤了头脑，便是害怕过度，吓得将旧事忘了个干干净净。他说在摩天崖和长乐帮中发冷发热，真正的病根却在几年前便种下了。"

闵柔再问他年幼时的事情，石破天说来说去，只是在荒山如何打猎捕雀，如何带了阿黄漫游，再也问不出什么所以然来，似乎从他出生到十几岁之间，便只一片空白。

石清道："玉儿，有一件事很要紧，跟你生死有重大干系。雪山派的武功，你到底学了多少？"石破天一呆，说道："我便是在土地庙中，见到他们练剑，心中记了一些。他们很生气么？是不是因此要杀我？爹爹，那个白师傅硬说我是雪山派弟子，不知是什么道理。但我腿上却当真又有雪山剑法留下的疤痕，唉！"

石清向妻子道："师妹，我再试试他的剑法。"拔出长剑，道："你用学到的雪山剑法和爹爹拆招，不可隐瞒。"

闵柔将自己长剑交在石破天手中，向他微微一笑，意示激励。石清缓缓挺剑刺去，石破天举剑一挡，使的是雪山剑法中一招"朔风忽起"，剑招似是而非，破绽百出。

石清眉头微皱，不与他长剑相交，随即变招，说道："你只管还招好了！"石破天道："是！"斜劈一剑，却是以剑作刀，更似金乌刀法，显然不是剑法。石清长剑疾刺，渐渐紧迫，心想："这孩子再机灵，也休想在武功上瞒得过我，一个人面临生死关头之际，决不能以剑法作伪。"当下每一招都刺向他要害。石破天心下微慌，自然而然的又和冲虚、天虚相斗时那般，以剑作刀，自管自的使动金乌刀法。石清出剑如风，越使越快。

石破天知道这是跟爹爹试招，使动金乌刀法时剑上全无内力狠劲，单有招数，自是威力全失。倘若石清的对手不是自己儿子，真要制他死命，在第十一招时已可一剑贯胸而入，到第二十三招时更可横剑将他脑袋削去半边。在第二十八招上，石破天更门户洞开，前胸、小腹、左肩、右腿，四处同时露出破绽。石清向妻子望了一眼，摇了摇头，长剑中宫直进，指向石破天小腹。

石破天手忙脚乱之下，挥刀乱挡，当的一声响，石清手中长剑立时震飞，胸口塞闷，气也透不过来，登时向后连退四五步，险些站立不定。石破天惊呼："爹爹！你……你怎么？"抛下长剑，抢上前去搀扶。石清脑中一阵晕眩，急忙闭气，挥手命他不可走近。原来石破天和人动手过招，体内剧毒自然而然受内力之逼而散发出来。幸好石清事前得知内情，凝气不吸，才未中毒昏倒，但受到毒气侵袭，也已头昏脑胀。

闵柔关心丈夫，忙上前扶住，转头向石破天道："爹爹试你武功，怎地出手如此没轻没重？"石破天甚是惶恐，道："爹爹，是……是我不好！你……你没受伤么？"

石清见他关切之情甚为真切，甚感喜慰，微微一笑，调匀了一下气息，道："没什么。师妹，你不须怪玉儿，他确没学到雪山派剑法，倘若他真的能发能收，决不会对我无礼。这孩子内力真强，武林中能及上他的可还没几个。"

闵柔知丈夫素来对一般武学之士少所许可，听得他如此称赞爱儿，不由得满脸春风，道："但他武功太也生疏，便请做爹爹的调教一番。"石清笑道："你在那土地庙中早就教过他了，看来教诲顽皮儿子，严父不如慈母。"闵柔嫣然一笑，道："爷儿两个一定都饿啦，咱们吃饭去罢。"

三人到了一处镇甸吃饭。闵柔欢喜之余，竟破例多吃了一碗。

饭后来到荒僻的山坳之中。石清便将剑法的精义所在说给儿子听。石破天数月来亲炙高手，于武学之道已领悟了不少，此刻经石清这大行家一加指点，登时豁然贯通。史婆婆虽收他为徒，但相处时日无多，教得七十三招金乌刀法后便即分手，没来得及如石清这般详加指点。何况史婆婆似乎只是志在克制雪山派剑法，别无所求，教刀之时，说来说去，总不离如何打败雪山剑法。并不似石清那样，所教的是兵刃拳脚中的武学道理。

石清夫妇轮流和他过招，见到他招数中的破绽，随时指点，比之当日闵柔在土地庙中默不作声的教招，自然简明快捷得多。石破天遇有疑难，立即询问。石清夫妇听他所问，竟连武学中最粗浅的道理也全不懂，细加解释之后，于雪山派如此小气藏私，亏待爱儿，都忍不住极为恼怒。

石破天内力悠长，自午迄晚，专心致志的学剑，竟丝毫不见疲累，练了半天，面不红，气不喘。石清夫妇轮流给他喂招，各人反都累出了一身大汗。如此教了七八日，石破天进步神速，对父母所授上清观一派的剑法，领会甚多。

石氏夫妇腹笥甚广，于武林中各大门派的武功所知渊博，随口指点，石破天学得的着实不少，于待人待物之道，不知不觉中也学到一些。

这六七天中，石清夫妇每当饮食或休息之际，总引逗他述说往事，盼能助他恢复记忆。但石破天只对在长乐帮总舵大病醒转之后的事迹记得清清楚楚，虽小事细节，亦能叙述明白，一说到幼时在玄素庄的往事，在凌霄城中学艺的经过，便瞠目不知所对。

这日午后，三人吃过饭后，又来到每日练剑的柳树之下，坐着闲谈。闵柔拾起一根小树枝，在地下写了"黑白分明"四字，问道："玉儿，你记得这四个字吗？"

石破天摇头道："我不识字。"石清夫妇都是一惊，当这孩子离家之时，闵柔已教他识字逾千，"三字经"、唐诗等都已朗朗上口。此刻怎会说出"我不识字"这句话来？

那"黑白分明"四字，写于玄素庄大厅正中的大匾之上，出于一位武林名宿之手，既合黑白双剑的身分，又誉他夫妇主持公道、伸张正义。当年石中玉四岁之时，闵柔将他抱在怀里，指点大匾，教了他这四个字，石中玉当时便认得了，石清夫妻俩都赞他聪明。此刻她写此四字，盼他能由此而记起往事，哪知他竟连四岁时便已识得的字也都忘了，当下又用树枝在地下划了个"一"字，笑问："这个字你还记得么？"石破天道："我什么字都不识，没人教过我。"闵柔心下凄楚，泪水已在眼眶中滚来滚去。

石清道："玉儿，你到那边歇歇去。"石破天答应了，却提起长剑，自去练习剑招。

石清劝妻子道："师妹，玉儿染疾不轻，非朝夕之间所能痊可。"他顿了一顿，又道："再说，就算他把前事全忘了，也未始不是美事。这孩子从前轻浮跳脱，此刻虽然有点……有点神不守舍，却稳重厚实得多，而且学武很快，悟性也高。他是大大的长进了。"

闵柔一想丈夫之言不错，登时转悲为喜，心想："不识字有什么打紧？最多我再重头教起，也就是了。"想起当年调儿教子之乐，不由得心下柔情荡漾，虽此刻孩儿已然长大，但在她心中，儿子还是一般的天真幼稚，越胡涂不懂事，反而更加可喜可爱。

石清忽道："有一件事我好生不解，这孩子的离魂病，显是在离开凌霄城之时就得下了的，后来一场热病，只不过令他疾患加深而已。可是……可是……"

闵柔听丈夫言语之中似含深忧，不禁耽心，问道："你想到了什么？"

石清道："玉儿论文才是一字不识，论武功也毫不高明，徒然内力深厚而已，说到阅历资望、计谋手腕，更不足一哂。长乐帮是近年来江湖上崛起的一个大帮，八九年间闯下了好大的万儿，怎能……"闵柔点头道："是啊，怎能奉他这样一个孩子做帮主？"

石清沉吟道："那日咱们在徐州听鲁东三雄说起，长乐帮始创帮主名叫'快马'司徒横，本是辽东的马贼头儿，也不是怎么了不起的脚色，倒是做他副手的那'着手成春'贝海石甚是了得。不知怎样，帮主换作了个少年石破天。鲁东三雄说道长乐帮这少年帮主贪花好色，行事诡诈，武功颇为高强。本来谁也不知他来历，后来却给雪山派的女弟子花万紫认了出来，竟然是该派的弃徒石中玉，说雪山派正在上门去和他理论。此刻看来，什么'行事诡诈、武功高强'，这八个字评语，实在安不到他身上呢。"

闵柔双眉紧锁，道："当时咱们想玉儿年纪虽轻，心计却很厉害，倘若武功真强，做个什么帮主也非奇事，是以当时毫不怀疑，只计议如何相救，免遭雪山派的毒手。可是他这个模样……"凝思片刻，突然提高嗓子说道："师哥，其中定有重大阴谋。你想'着手成春'贝大夫是何等精明能干的脚色……"说到这里，心中害怕起来，话声也颤抖了。

石清双手负在背后，在柳树下踱步转圈，嘴里不住叨念："叫他做帮主，为了什么？为了什么？"他转到第五个圈子时，心下已自雪亮，种种事情，全合符节，只是这件事实在太可怕，却不敢说出口来。他转到第七个圈子上，向闵柔瞥了一眼，只见她目光也正向自己射来。两人四目交投，目光中都露出惊怖之极的神色。夫妇俩怔怔的对望片刻，突然同声说道："赏善罚恶！"

两人这四字说得甚响，石破天在远处也听到了，走近身来，问道："爹，妈，那'赏善罚恶'到底是什么名堂？我听铁叉会的人提到过,上清观的道长们也说起过几次。"

石清不即答他的问话,反问道:"张三、李四二人和你结拜之时,知不知道你是长乐帮的帮主?"石破天道:"他们没提,多半不知。"石清又道:"他们和你赌喝毒酒之时,情状如何?你再详细说给我听。"石破天奇道:"那是毒酒么?怎么我却没中毒?"当下将如何遇见张三、李四,如何吃肉喝酒等情,从头详述了一遍。

石清待他说完后,沉吟半晌,才道:"玉儿,有一件事须得跟你说明白,好在此刻尚可挽回,你也不用惊慌。"顿了一顿,续道:"三十年之前,武林中许多大门派、大帮会的首脑,忽然先后接到请柬,邀他们于十二月初八那日,到南海的侠客岛去喝腊八粥。"

石破天点头道:"是了,大家一听得'到侠客岛去喝腊八粥'就非常害怕,不知是什么道理?腊八粥有毒么?"

石清道:"那就谁也不知了。这些大门派、大帮会的首脑接到铜牌请柬……"石破天插嘴问道:"铜牌请柬?就是那两块铜牌么?"石清道:"不错,就是你曾从照虚师伯身上拿来的那两块铜牌。一块牌上刻着一张笑脸,那是'赏善'之意;另一块牌上有发怒的面容,那是'罚恶'。投送铜牌的是一胖一瘦两个少年。"

石破天道:"少年?"他已猜到那是张三、李四,但说少年,却又不是。

石清道:"那是三十年前的事了,他二人那时尚是少年。各门派帮会的首脑接到铜牌请柬,便问请客的主人是谁,那两个使者说道,嘉宾到得侠客岛上,自然知晓;又道,倘若接到请柬之人依约前往,自然无事,否则他这一门派或帮会免不了大祸临头,当时便问:'到底去是不去?'最先接到铜牌请柬的,是凉州崆峒派掌门人旭山道长。他长笑之下,将两块铜牌抓在手中,运用内力,将两块铜牌镕成了两团废铜。这原是震烁当时的独步内功,原盼这两个狂妄少年知难而退。岂知他刚捏毁铜牌,这两个少年突然四掌齐出,击在他前胸,登时将这位西凉武林的领袖生生击死!"

石破天"啊"的一声,说道:"下手如此狠毒!"

石清道:"崆峒派群雄自然群起而攻,当时这两少年的武功,还未到后来这般登峰造极的地步,当下抢过两柄长剑,杀了三名好手,便即逃走。崆峒派是何等声势,旭山道长又是何等名望,竟给两个无名少年上门杀死，全身而退，这件事半月之内便已轰传武林。二十天后，渝州巴旺镖局的刁老镖头正在大张筵席，庆祝六十大寿，到贺的宾客甚众，这两个少年不速而至，递上铜牌。一众贺客本就正在谈论此事，一见之下，动了公愤，大家上前围攻，不料竟给这两个少年从容逸去。

"三天之后，巴旺镖局自刁老镖头以下，镖师、趟子手，三十余人个个死于非命，只余下老弱妇孺不杀。镖局大门上，赫然便钉着那两块铜牌，还有一张大字书写的告示，声称刁老镖头一年之前假冒盗贼杀害保家，吞没五十万镖银的劣迹，又说一干镖师、趟子手均有参与恶行，因此予以'罚恶'，此事也不知真假。后来崆峒派由旭山道长的师弟清空道长接任掌门，他要报师兄之仇，便自行找到那一胖一瘦两个少年，讨了铜牌，到侠客岛去喝腊八粥，可是一去之后，始终就没回来，多半是仇没报成，反将性命送在侠客岛了。"

石破天叹口气，道："我最先看到两块铜牌，是在飞鱼帮死尸船的舱门上，想不到……想不到这竟是阎罗王送来的请客帖子。"

石清道："这件事一传开，大伙儿便想去请少林派掌门人妙谛大师领头对付。哪知到得少林寺，寺中僧人说道方丈大师出外云游未归，言语支吾，说来不尽不实。大伙儿便去武当山，找武当派掌门愚茶道长，不料真武观的道人个个愁眉苦脸，也说掌门人出观去了。众人一琢磨，料想这两位当世武林中顶儿尖儿的高人忽然同时失踪，若不是中了侠客岛使者的毒手，便是躲了起来避祸。当下由五台山善本长老和昆仑派苦柏道长共同出面，邀请武林中各大门派的掌门人，商议对付之策，同时侦骑四出，探查这两个使者的下落。但这两个使者神出鬼没，对方有备之时，到处找不到他二人踪影，一旦戒备稍疏，便不知从哪里钻了出来，传递这两块拘魂牌。这二人又善于用毒。善本长老和苦柏道长接到铜牌后立即毁去，当时也没什么，隔了月余，却先后染上恶疾而死。众人事后思量，才想到善本长老和苦柏道长武功太高，赏善罚恶二使自知单凭武功斗他们不过，更动摇不了五台、昆仑这两个大派，便在铜牌上下了剧毒，善本长老和苦柏道长沾手后剧毒上身，终于毒发身死。"

石破天只听得毛骨悚然，道："我那张三、李四两位义兄，难道竟是……竟是这等狠毒之人？他们和这许多门派帮会为难，到底是为

311

了什么?"

石清摇头道:"三十年来,这件大事始终没人索解得透。少林派妙谛方丈、武当派愚茶道长失踪,事隔多年后终于消息先后泄漏,这两位高手果然是给侠客岛强请去的。在少林寺外曾激斗了七日七夜,武当山上却没动手,多半愚茶道长一拔剑便即失手。这一僧一道,武功之高,江湖上罕有匹敌,再加上崆峒旭山道人、渝州刁老镖头、五台派善本大师、昆仑派苦柏道人四位先后遭了毒手,其余武林人物自忖武功跟这六大高手差得甚远,待得再接到那铜牌请柬,便有人答允去喝腊八粥。两个使者说道:'阁下惠允光临侠客岛,实不胜荣幸,某月某日请在某地相候,届时有人来迎接上船。'这一年中,遭他二人明打暗袭、行刺下毒而害死的掌门人、帮会帮主,已有一十四人,此外有三十七人应邀赴宴。可是三十七人一去无踪,三十年来更没半点消息。"

石破天道:"侠客岛在南海什么地方? 何不邀集人手,去救那三十七人出来?"

石清道:"这侠客岛三字,问遍了老于航海的舵工海师,竟没一人听见过,看来多半并无此岛,不过是那两个少年信口胡诌。如此一年又一年的过去,除了那数十家身受其祸的子弟亲人,大家也就渐渐淡忘了。不料过得十年,这两块铜牌请柬又再出现。

"这时那两名使者武功已然大进,只在十余天之内,便将不肯赴宴的三个门派、两个大帮,上下数百人丁杀得干干净净。江湖上自然群相耸动,于是由峨嵋派的三长老出面,邀集三十余名高手,埋伏在河南红枪会总舵之中,静候这两名凶手到来。哪知这两名使者竟便避开了红枪会,甚至不踏进河南省境,铜牌却仍到处分送。只要接到铜牌的首脑答应赴会,他这门派帮会便太平无事,否则不论如何防备周密,终究先后遭了毒手。

"那一年黑龙帮的沙帮主也接到了铜牌,他当时一口答允,暗中却将上船的时间地点通知了红枪会。那三十余名高手届时赶往,不知如何走漏了风声,到时竟没人迎接。

"众人守候数日,却一个接一个的中毒而死。余人害怕起来,登时一哄而散,还没回到家中,道上便已听得讯息,这些人不是途中遭害,便是全帮已遭人诛灭。这一来,谁也不敢抗拒,接到铜牌,便即依命前往。这一年中共有四十八人乘船前赴侠客岛，却也都一去无踪，从此更没半点音讯。那真是武林中的浩劫，思之可怖可叹！"

石破天欲待不信，但飞鱼帮帮众死尸盈船，铁叉会会众尽数就歼，自己却亲眼目睹，而诛灭铁叉会会众之时，自己无意中还作了张三、李四二人的帮凶，想来兀自不寒而栗。

石清又道："十年之前，江西无极门首先接到铜牌请柬。早一年之前，各大门派帮会的首脑已经商议定当，大伙儿抱着'不入虎穴，焉得虎子'的打算，决意到侠客岛上去瞧个究竟，人人齐心合力，好歹也要除去这武林中的公敌。是以这一年中铜牌所到之处，竟没伤到一条人命，共五十三人接到请柬，便有五十三人赴会。这五十三位英雄好汉有的武功卓绝，有的智谋过人，可是一去之后，却又无影无踪，从此没了音讯。侠客岛这般为祸江湖，令得武林中的菁英为之一空。普天下武人竟束手无策，只有十年一度的听任宰割。我上清观深自隐晦，从来不在江湖招摇，你爹爹妈妈武功出自上清观，在外行道，却只用玄素庄的名头。你众位师伯、师叔武功虽高，但极少与人动手，旁人只道上清观中只是一批修真养性、不会武功的道人罢了……"

石破天问道："那是怕了侠客岛吗？"

石清脸上掠过一丝尴尬之色，略一迟疑，道："众位师伯师叔都是与世无争，出家清修的道士，原本也不慕这武林的虚名。但若说是怕了侠客岛，那也不错。武林之中，任你是多么人多势众、武艺高强的大派大帮，一提起'侠客岛'三字，又有谁不眉头深皱？想不到上清观如此韬光养晦，仍然难逃这一劫。"说着长叹一声。

石破天又问："爹爹妈妈要共做上清观的掌门，想去探查侠客岛的虚实。过去那三批大有本领之人没一个能回来，这件事只怕难办得很罢？"石清道："难当然是极难。但我们素以扶危解困为己任，何况事情临到自己师门，岂有袖手之理？我和你娘都想，难道老天爷当真这般没眼，任由恶人横行？你爹娘的武功，比之妙谛、愚茶那些高人，当然颇有不及，但自来邪不胜正，也说不定老天爷要假手于你爹娘，将诛灭侠客岛的关键泄露出来。"

他说到这里，与妻子对望了一眼，两人均想："我们所以甘愿舍命去干这件大事，其实都是为了你。你奸邪淫侠，犯上欺师，实已不

313

容于武林，我夫妻亦已无面目见江湖朋友，我二人上侠客岛去，如所谋不成，自是送了性命，倘能为武林同道立一大功，人人便能见谅，不再追究你的罪愆。"但这番为子拼命的苦心，却也不必对石破天明言。

石破天沉吟半晌，忽道："张三、李四我那两个义兄，就是侠客岛派出来分送铜牌的使者？"石清道："确然无疑。"石破天道："他们既是恶人，为什么肯和我结拜为兄弟？"石清哑然失笑，道："当时你呆头呆脑的一番言语，缠得他们无可推托。何况他们发的都是假誓，当不得真的。"

石破天奇道："怎么是假誓？"石清道："张三、李四本是假名，他们说我张三如何如何，我李四怎样怎样，名字都是假的，自然不论说什么都是假的了。"石破天道："原来如此！"想起两个义兄竟会相欺，不禁怅然不乐；但想爹爹所料未必真是如此，说不定他们真的便叫张三、李四呢，说道："下次见到他们，倒要问个清楚。"

闵柔一直默不作声，这时忙插嘴道："玉儿，下次再见到这二人可千万要小心了。这二人杀人不眨眼，明斗不胜，就行暗算，偷袭不得，便使毒药，实是凶狠阴毒到了极处。"

石清道："玉儿，你要记住娘的话。别说你如此忠厚老实，就是比你机灵百倍之人，遇上了这两个使者也难逃毒手。说到防范，那是防不胜防的，下次一见到他二人，立刻便使杀招，先下手为强，纵使只杀得一人，那也是为武林中除去一个大害，造无穷之福。"

石破天迟疑道："我们是拜把子兄弟，他们是我大哥、二哥，可杀不得的。"

石清叹了口气，回思儿子与张三、李四结义，以及在铁叉会中的经历，只觉他轻生重义，实是豪杰行径，又想他对义兄重情重义，颇合侠义之道，虽然用在张三、李四身上，未免迂腐，但宁可人负我、不可我负人，若非如此，不免是无耻小人了，便微笑点头，意示赞许。

闵柔笑道："师哥，连你也说玉儿忠厚老实。咱们的孩儿当真变乖了，是不是？"

石清点了点头，道："他确是变得忠厚老实了，正因如此，便有人利用他来挡灾解难。玉儿，你可知长乐帮群雄奉你为帮主，到底是什么用意？"

石破天原非蠢笨，只幼时和母亲僻处荒山，少年时又和谢烟客共居摩天崖，两人均极少和他说话，是以于世务人情一窍不通。此刻听石清一番讲述，登时省悟，失声道："他们奉我为帮主，莫非……莫非要我做替死鬼？"

石清叹了口气，道："本来嘛，真相尚未大明之前，无凭无据，原不该以小人之心，妄自度测江湖上的英雄好汉。但若非如此，长乐帮中英才济济，怎能奉你这不通世务的少年为帮主？推想起来，长乐帮近年好生兴旺，帮中首脑算来侠客岛的铜牌请柬又届重现之期，这一次长乐帮定会接到请柬，他们事先便物色好一个和他们没甚渊源之人来做帮主，事到临头之际，便由这个人来挡过这一劫。"

石破天心下茫然，实难相信人心竟如此险恶。但父亲的推想合情合理，却不由得不信。

闵柔也道："孩子，长乐帮在江湖上名声甚坏，虽非无恶不作，但行凶伤人，恃强抢劫之事，着实做了不少，尤其不禁淫戒，更为武林中所不齿。帮中的舵主香主大多不是好人，他们安排了一个圈套给你钻，那半点也不希奇。"

石清哼了一声，道："要找个外人来做帮主，玉儿原是挺合适的人选。他忘了往事，于江湖上的风波险恶又浑浑噩噩，全然不解。不过他们万万没料想到，这个小帮主竟是玄素庄石清、闵柔的儿子。这个如意算盘，打起来也未必如意得很呢。"说到这里，手按剑柄，遥望东方，那正是长乐帮总舵的所在。

闵柔道："咱们既识穿了他们的奸谋，那就不用耽心，好在玉儿尚未接到铜牌请柬。师哥，眼下该当怎么办？"石清微一沉吟，道："咱三人自须到长乐帮去，将这件事揭穿了。这些人老羞成怒，难免动武，咱三人寡不敌众；再则也得有几位武林中知名之士在旁作个见证，以免他们日后再对玉儿纠缠不清。"闵柔道："江南松江府银戟杨光杨大哥交游广阔，又是咱们至交，不妨由他出面，广邀同道，同到长乐帮去拜山。"石清喜道："此计大佳。江南一带武林朋友，总还得买我夫妻这个小小面子。"

他夫妇在武林中人缘极好，二十年来仗义疏财，扶难解困，只有他夫妇去帮人家的忙，从来不求人做过什么事，一旦需人相助，自必登高一呼，从者云集。

高三娘子弯腰避开软鞭，只听得众人大声惊呼，跟着便是头顶一紧，身不由主的向上空飞去，原来丁不四软鞭的鞭梢已卷住了她发髻，将她提向半空。

第十四回　关东四大门派

石清一家三口取道向东南松江府行去。在道上走了三日,这一晚到了双凤镇。三人在一家客店中借宿。石清夫妇住了间上房,石破天在院子的另一端住了间小房。闵柔爱惜儿子,本想在隔房找间宽大上房给他住宿,但上房都住满了,只索罢了。

当晚石破天在床上盘膝而坐,运转内息,只觉全身真气流动,神清气畅,再在灯下看双掌时,掌心中的红云蓝筋已若有若无,褪得甚淡。他不知那两葫芦毒酒大半已化作了内力,还道连日用功,已将毒质驱出了十之八九,甚感欣慰,便即就枕。

睡到中夜,忽听得窗上剥啄有声。石破天翻身而起,低问:“是谁?”只听得窗上又是得得得轻击三下,这敲窗之声甚是熟悉,他心中怦的一跳,问道:“是叮叮当当么?”窗外丁珰的声音低声道:“自然是我,你盼望是谁?”

石破天听到丁珰说话之声,又欢喜,又着慌,一时说不出话来。嗤的一声,窗纸穿破,一只手从窗格中伸了进来,扭住他耳朵重重一拧,听得丁珰说道:“还不开窗?”

石破天吃痛,生怕惊动了父母,不敢出声,忙轻轻推开窗格。丁珰跳进房来,格的一笑,道:“天哥,你想不想我?”石破天道:“我……我……我……”

丁珰嗔道:“好啊,你不想我,是不是?你只想着那个新和你拜天地的新娘子。”石破天道:“我几时又和人拜天地了?”丁珰笑道:

"我亲眼瞧见的,还想赖? 好罢,我也不怪你,这原是你风流成性,我反欢喜。那个小姑娘呢?"

石破天道:"不见啦,我回到山洞去,再也找不到她了。"想到阿绣的娇羞温雅,瞧着自己时那含情脉脉的眼色,想到她说把自己"也当做心肝宝贝",此后却再也见不到她,心下惘然若失。这些日子来,他确是思念阿绣的时候远比想到丁珰为多,但他人虽忠诚,也知此事决不能向丁珰坦然直陈。

丁珰嘻嘻一笑,道:"菩萨保佑,但愿你永生永世再也找不着她。"

石破天心想:"我定要再找到阿绣。"但这话可不能对丁珰说,只得岔开话题,问道:"你爷爷呢? 他老人家好不好?"丁珰伸手到他手臂上一扭,嗔道:"你也不问我好不好? 唉唷! 死鬼!"原来石破天体内真气发动,将她两根手指猛力向外弹开。

石破天道:"叮叮当当,你好不好? 那天我给你抛到江中,幸好掉在一艘船上,才没淹死。"随即想到和阿绣同衾共枕的情景,只想:"阿绣到哪里去了? 她为什么不等我?"这些日来他虽勤于学武,阿绣的面貌身形在心中仍时时出现,此刻见到丁珰,不知如何,更念念不忘的想起了阿绣。

丁珰道:"什么幸好掉在一艘船上? 是我故意抛你上去的,难道你不知道?"石破天忸怩道:"我心中自然知道你待我好,只不过……只不过说起来有些不好意思。"丁珰噗哧一笑,说道:"我和你是夫妻,有什么好不好意思?"

两人并肩坐在床沿,身侧相接。石破天闻到丁珰身上微微的兰馨之气,不禁有些心猿意马,但想:"阿绣要是见到我跟叮叮当当亲热,一定会生气的。"伸出右臂本想去搂丁珰肩头,只轻轻碰了碰,又缩回了手。

丁珰道:"天哥,你老实跟我说,是我好看呢,还是你那个新的老婆好看?"

石破天叹道:"我哪里有什么新的老婆? 就只有你……只有你一个老婆。"说着又叹了口气,心想:"要是阿绣肯做我老婆,那我就开心死了。只不知能不能再见到她? 又不知她肯不肯做我老婆?"他本来无心无事,但一想到阿绣,心中不由得千回百转,当真是牵肚挂肠,情难自已。

丁珰伸臂抱住他头颈,在他嘴上亲了一吻,随即伸手在他额头凿了一下,说道:"只有我一个老婆,嫌太少么?又为什么叹气?"石破天只道给她识破了自己心事,窘得满脸通红,给她抱住了,不知如何是好,想要推拒,又舍不得这温柔滋味,想伸臂反抱,却又不敢。

丁珰虽行事大胆任性,究竟是个黄花闺女,情不自禁的吻了石破天一下,好生羞惭,一缩身便躲入床角,抓过被来裹住了身子。

石破天犹豫半晌,低声唤道:"叮叮当当,叮叮当当!"丁珰却不理睬。石破天心中只想着阿绣,突然之间,明白了那日在紫烟岛树林中她瞧着自己的眼色,明白了她叫自己作"心肝宝贝"的含意,心中大喜若狂:"阿绣肯做我老婆的,阿绣肯做我老婆的。"随即又想:"却到哪里找她去呢?"叹了口气,坐到椅上,伏案竟自睡了。

丁珰见他不上床来,既感宽慰,又有些失望,心想:"我终于找着他啦!"连日奔波,这时心中甜甜地,只觉娇慵无限,过不多时便即沉沉睡去。

睡到天明,只听得有人轻轻打门,闵柔在门外叫道:"玉儿,起来了吗?"石破天应了声,道:"妈!"站起身来,向丁珰望了一眼,不由得手足无措。闵柔道:"你开门,我有话说!"石破天道:"是!"略一犹豫,便要去拔门闩。

丁珰大羞,心想自己和石破天深宵同处一室,虽以礼自持,旁人见了这等情景却焉能相信?何况进来的是婆婆,自必为她大为轻贱,忙从床上跃起,推开窗格,便想纵身逃出,但斜眼见到石破天,心想好容易才找到石郎,这番分手,不知何日又再会面,连打手势,要他别去开门。石破天低声道:"是我妈妈,不要紧的。"双手已碰到了门闩。

丁珰大急,心想:"是旁人还不要紧,是你妈妈却最要紧。"再要跃窗而逃,其势已然不及。她本是个天不怕地不怕的姑娘,但想到要和婆婆见面,且是在如此尴尬的情景下给她撞见,不由得全身发热,眼见石破天便要拔闩开门,情急之下,右手使出"虎爪手"抓住他背心"灵台穴",左手使"玉女拈针"捏住他"悬枢穴"。石破天只觉两处要穴上微微一阵酸麻,丁珰已将他身子抱起,钻入了床底。

闵柔江湖上阅历甚富,只听得儿子轻噫一声,料知已出了事,她护子心切,肩头撞去,门闩早断,踏进门便见窗户大开,房中却已不见了爱子所在。她纵声叫道:"师哥快来!"石清提剑赶到。

闵柔颤声道:"玉儿……玉儿给人劫走啦!"说着向窗口一指。两人更不打话,同时右足一蹬,双双从窗口穿出,一黑一白,犹如两头大鸟一般,姿式甚为美妙。丁珰躲在床底见了,不由得暗暗喝一声采。

以石清夫妇这般江湖上的大行家,原不易如此轻易上当,只关心则乱,闵柔一见爱子失了踪影,心神便即大乱,心中先入为主,料想不是雪山派、便是长乐帮来掳了去。她破门而入之时,距石破天那声惊噫只顷刻间事,算来定可赶上,是以再没在室中多瞧上一眼,以免延搁了时刻。

石破天为丁珰拿住了要穴,他内力浑厚,立时便冲开给闭住的穴道,但他身子为丁珰抱着,却也不愿出声呼唤父母,微一迟疑之际,石清夫妇已双双越窗而出。床底下尽是灰土,微尘入鼻,石破天连打了三个喷嚏,拉着丁珰的手腕,从床底下钻出,只见她兀自满脸通红,娇羞无限。

石破天道:"那是我爹爹妈妈。"丁珰道:"我早知道啦!昨日下午我听到你叫他们的。"石破天道:"等我爹爹妈妈回来,你见见他们好不好?"丁珰微微侧头,道:"我不见。你爹娘瞧不起我爷爷,自然也瞧不起我。"

石破天这几日中和父母在一起,多听了二人谈吐,觉得父母侠义为怀,光明磊落,坦率正大,和丁不三动不动杀人的行径确然大不相同。石破天虽跟丁珰拜了天地,但当时为丁不三所迫,近月来多明世事,虽觉丁珰明艳可爱,总不愿她就此做了自己老婆,何况心中又多了个阿绣,而这阿绣,才真正是自己的"心肝宝贝",只有这阿绣,自己才肯为她而死,丁珰却不成。沉吟道:"那怎么办?"

丁珰心想石清夫妇不久定然复回,便道:"你到我房里去,我跟你说一件事。"石破天奇道:"你也宿在这客店?"丁珰笑道:"是啊,我要半夜里来捉老公,怎不宿在这里?"向石破天一招手,穿窗而出,经过院子,眼看四下无人,推门走进一间小房。

石破天跟了进去,不见丁不三,大为宽慰,问道:"你爷爷呢?"丁珰道:"我一个儿溜啦,没跟爷爷在一起。"石破天问道:"为什么?"丁珰哼的一声,说道:"我要来找你,爷爷不许,我只好独自走。"石破天心下感动,老实说出心里话:"叮叮当当,你待我真好。"丁珰笑道:"昨儿晚上不好意思说,怎么今天好意思了?"石破天笑道:"你说咱们是夫妻,没什么不好意思的。"丁珰脸上又是一红。

只听得院子中人声响动,石清朗声道:"这是房饭钱!"马蹄声响,夫妇俩牵马出店。石破天追出两步,又即停步,回头问丁珰道:"你可知松江府在哪里?"丁珰笑道:"松江府偌大地方,怎会不知?"石破天道:"爹爹妈妈要去松江府,找一个叫做银戟杨光的人,待会咱们赶上去便是。"他乍与丁珰相遇,虽然心里念着阿绣,却也不舍得就此和她分手。

丁珰心念一动:"这呆郎不识得路,此去松江府是向东南,我引他往东北走,他和爹娘越离越远,道上便不怕碰面了。"心下得意,不由得笑靥如花,明艳不可方物。石破天目不转睛的瞧着她。

丁珰笑道:"你没见过么?这般瞧我干么?"石破天道:"叮叮当当,你……你真好看,比我妈妈还好看。"又想:"她跟阿绣相比,不知是谁更好看些?不过阿绣比她好,我只要阿绣做老婆!"丁珰嘻嘻而笑,道:"天哥,你也很好看,比我爷爷还好看。"说着哈哈大笑。

两人说了一会闲话,石破天终究记挂父母,道:"我爹娘找我不见,一定好生记挂,咱们这就追上去罢。"丁珰道:"好,真是孝顺儿子。"当下算了房饭钱,出店而去。

客店中掌柜和店小二见石破天和石清夫妇同来投店,却和这个单身美貌姑娘在房中同住一夜,相偕而出,无不啧啧称奇,自此一直口沫横飞的谈论了十余日,言词中自然猥亵者有之,香艳者有之,众议纷纭,猜测多端。

石破天和丁珰出得双凤镇来,即向东行,走了三里,便到了一处三岔路口。丁珰想也不想,径向东北方走去。

石破天料想她识得道路,便和她并肩而行,说道:"我爹爹妈妈骑着快马,他们若不在打尖处等我,就追不上了。"丁珰抿嘴笑道:"到了松江府杨家,自然遇上。你爹娘这么大的人,还怕不认得路么?"石破天道:"我爹爹妈妈走遍天下,哪有不认得路之理?"

两人一路谈笑。石破天自和父母相聚数日,颇得指点教导,于世务已懂了许多。丁珰见他呆气大减，芳心窃喜，寻思："石郎大病一场之后，许多事情都忘记了，但只须提他一次，他便不再忘。"一路上将诸般江湖规矩、人情好恶，说了许多给他听。

眼见日中，两人来到一处小镇打尖。丁珰寻着了一家饭店，走进大堂，见三张大白木桌旁都坐满了人。两人便在屋角里一张小桌旁坐下。那饭店本不甚大，店小二忙着给三张大桌的客人张罗饭菜，没空来理会二人。

丁珰见大桌旁坐着十八九人，内有三个女子，年纪均已不轻，姿色也自平庸，一干人身上各带兵刃，说的是辽东口音，大碗饮酒，大块吃肉，神情豪迈，心想："这些江湖朋友，不是镖局子的，便是绿林豪客。"看了几眼，没再理会，心想："我和天哥这般并肩行路，同桌吃饭，就这么过一辈子，也快活得很了。"店小二不过来招呼，她也不着恼。

忽听得门口有人说道："好啊，有酒有肉，爷爷正饿得很了。"

石破天一听声音好熟，见一个老者大踏步走进店来，却是丁不四。石破天吃了一惊，暗叫："糟糕！"回过头来，不敢和他相对。丁珰低声道："是我叔公，你别瞧他，我去打扮打扮。"也不等石破天回答，便向后堂溜了进去。

丁不四见四张桌旁都坐满了人，石破天的桌旁虽有空位，桌上却既无碗筷，更没菜肴，当即向中间白木桌旁的一张长凳上坐落，左肩一挨，将身旁一条大汉挤了开去。

那大汉大怒，用力回挤，心想这一挤之下，非将这糟老头摔出门外不可。哪知刚撞到丁不四身上，立时便有一股刚猛之极的力道反逼出来，登时没法坐稳，臀部离凳，便要斜身摔跌。丁不四左手一拉，道："别客气，大家一块儿坐！"那大汉给他这么一拉，才不摔跌，登时紫胀了脸皮，不知如何是好。

丁不四道："请，请！大家别客气。"端起酒碗，仰脖子便即喝干，提起别人用过的筷子，夹了一大块牛肉，吃得津津有味。

三张桌上的人都不识得他是谁，但均知那大汉武功不弱，给他这么一挤之下，险些摔跌，这老儿自是本领非小。丁不四自管饮酒吃肉，摇头晃脑的十分高兴。三桌上的十八九人却个个停箸不食，眼睁睁的瞧着他。

丁不四道："你怎么不喝酒?"抢过一名矮瘦老者面前的一碗酒，骨嘟骨嘟的喝了一大半碗，一抹胡子，说道："这酒有些酸，不好。"

那瘦老者强忍怒气，问道："尊驾贵姓大名?"丁不四哈哈笑道："你不知我姓名，本事也好不到哪里去了。"那老者道："我们向在关东营生，少识关内英雄好汉的名号。在下辽东鹤范一飞。"丁不四笑道："瞧你这么黑不溜秋的，不像白鹤像乌鸦，倒是改称'辽东鸦'为妙。"范一飞大怒，拍案而起，大声喝道："咱们素不相识，我敬你一把白胡子，不来跟你计较，却恁地消遣爷爷!"

另一桌上一名高身材的中年汉子忽道："这老儿莫非是长乐帮的?"

石破天听到"长乐帮"三字，心中一凛，只见丁珰头戴毡帽，身穿灰布直裰，打扮成个饭店中店小二的模样，回到桌旁。石破天好生奇怪，不知仓卒之间，她从何处寻来这一身衣服。丁珰微微一笑，在他耳边轻声道："我点倒了店小二，跟他借了衣裳，别让四爷爷认出我来。天哥，我跟你抹抹脸儿。"说着双手在石破天脸上涂抹一遍。她掌心涂满了煤灰，登时将石破天脸蛋抹得污黑不堪，跟着又在自己脸上抹了一阵。饭店中虽然人众，人人都正瞧着丁不四，谁也没去留意他两人捣鬼。

丁不四向那高身材的汉子侧目斜视，微微冷笑，道："你是锦州青龙门的，是不是? 好小子，缠了一条九节软鞭，大模大样的来到中原，当真活得不耐烦了。"

这汉子正是锦州青龙门的掌门人风良，九节软鞭是他家祖传武功。他听得丁不四报出自己门户来历，倒微微一喜："这老儿单凭我腰中一条九节软鞭，便知我的门派。原来我青龙门的名头，在中原倒也着实有人知道。"当下说道："在下锦州风良，忝掌青龙门的门户。老爷子贵姓?"言语中便颇客气。

丁不四将桌子拍得震天价响，大声道："气死我了! 气死我了! 气死我了!"他连说三句"气死我了"，举碗又自喝酒，脸上却笑嘻嘻地，殊无生气之状，旁人谁也不知这"气死我了"四字意何所指。只听他大声自言自语："九节鞭矫矢灵动，向称'兵中之龙'，最是难学难使、难用难精。什么长枪大戟、双刀单剑，当之无不披靡。气死我了！气死我了！气死我了！"

风良心中又是一喜："这老儿说出九节鞭的道理来，看来对本门功夫倒是个知音。"听他接下去连说三句"气死我了"，便道："不知老爷子因何生气？"

丁不四对他全不理睬，仰头瞧着屋梁，仍然自言自语："你爷爷见到人家舞刀弄棍，都不生气，单是见到有人提一根九节鞭，便怒不可遏。你奶奶的，长沙彭氏兄弟使九节鞭，去年爷爷将他两兄弟双双宰了。四川有个姓章的武官使九节鞭，爷爷把他的脑壳子打了个稀巴烂。安徽凤阳有个女子使九节鞭，爷爷不爱杀女人，只斩去了她的双手，叫她从此不能去碰那兵中之龙。"

众人越听越骇异，看来这老儿乃冲着风良而来，听他说话虽疯疯颠颠，却又不似假话。长沙彭氏兄弟彭镇江、彭锁湖都使九节鞭，去年为人所害，他们在辽东也曾有所闻。

风良面色铁青，手按九节鞭的柄子，说道："尊驾何以对使九节鞭之人如此痛恨？"

丁不四呵呵大笑，说道："胡说八道！爷爷怎会痛恨使九节鞭之人？"探手入怀，豁喇一声响，手中已多了一条软鞭。这条软鞭金光闪闪，共分九节，显是黄金打成，鞭首是个龙头，鞭身上镶嵌各色宝石，闪闪发光，灿烂辉煌，一展动间，既威猛，又华丽，端的好看。

众人心中一凛："原来他自己也使九节鞭。"

丁不四道："小娃娃武功没学到两三成，居然便胆敢动九节软鞭，跟人家动上手，打到后来，不是爬着，便是躺着，很少有站着走回家的，那岂不让人将使九节鞭之人小觑了？爷爷早就听得关东锦州有你这么一个青龙门，他妈的祖传七八代都使九节鞭。我早就想来把你全家杀得干干净净。只不过关东太冷，爷爷懒得千里迢迢的赶去杀人，碰巧你这小子腰缠九节鞭，大摇大摆的来到中原，好极，好极！还不快快自己上吊，更等什么？"

风良这才明白，原来这老儿自己使九节鞭，便不许别人使同样的兵刃，当真横蛮之至。他尚未答话，却听西首桌上一个响亮的声音说道："哼！幸好你这老小子不使单刀。"

丁不四向说话之人瞧去，只见他一张西字脸，腮上一部虬髯，将大半脸都遮没了，脸上直是毛多肉少，便问："我使单刀便怎样？"那虬髯汉子道："你爷爷也使单刀，照你老小子这般横法，岂不是要将爷爷杀了？你就算杀得了爷爷，天下使单刀的成千成万，你又怎杀得干净？"说着唰的一声，从腰间拔出单刀，插在桌上。

这口单刀刀身紫金，刀口锋利纯钢，厚背薄刃，刀柄上挂着一块紫绸，一插到桌上，全桌震动，碗碟撞击作响，良久不绝，足见刀既沉重，这一插之力也是极大。

这汉子是长白山畔快刀门掌门人紫金刀吕正平。

只听得豁啦一响，丁不四收回九节鞭，揣入怀中，左手一弯，已将身旁那汉子腰间的单刀拔在手中，说道："就算爷爷使单刀，却又怎地？啊哟，不对！气死我了！气死我了！气死我了！"

单刀是武林中最寻常的兵器，这一十九人中倒有十一人身上带刀，眼见丁不四抢刀手法奇快，心头都是一惊，不由自主的人人都手按刀把。

只听他又道："爷爷外号叫做'一日不过四'，这里倒有一十一个贼小子使单刀，再加上这个使九节鞭的，爷爷倒要分开三日来杀……"众人听他自称"一日不过四"，便有几人脱口而出："他……他是丁不四！"

丁不四哈哈大笑，道："爷爷今儿还没杀过人，还有四个小贼好杀。是哪四个？自己报上名来！要不然，除了这个使九节鞭的小子，别的只要乖乖的向我磕十个响头，叫我三声好爷爷，我也可饶了不杀。"

但听得嘿嘿冷笑，四个人霍然站起，大踏步走出店门，在门外一字排开，除了风良、范一飞、吕正平三人外，第四人是个中年女子。

这女子不持兵刃，一到门外便将两幅罗裙往上一翻，系上腰带，腰间明晃晃地露出两排短刀，每把刀半尺来长，少说也有三十几把，整整齐齐的插在腰间一条绣花鸾带之上。

范一飞左手倒持判官双笔，朗声说道："在下辽东鹤范一飞，忝居鹤笔门掌门，会同青龙门掌门人风良风兄弟、快刀门掌门人吕正平吕兄弟、万马庄女庄主飞凤刀高三娘子，和人有约，率领本派门人自关东来到中原。我关东四门和丁老爷子往日无仇、近日无怨，如此一再戏侮，到底为了什么？"

丁不四对他的话宛如全然不闻，侧头向高三娘子瞧了半晌，说道:"不美,不好看!"他说这五个字时眼光对着高三娘子,连连摇头,似是鉴赏字画,看得大大不合意一般。这神情自人人都知,他在说高三娘子相貌不佳。

那高三娘子性如烈火,平素自高自大,一来她本人确有惊人艺业,二来她父亲、公公、师父三人在关东武林中都极有权势,三来万马庄良田万顷,马场、参场、山林不计其数,是以她虽是个寡妇,在关东却大大有名,不论白道黑道,官府百姓,人人都让她三尺,敬她几分。丁不四如此放肆胡言,实是她生平从未受过的羞辱,何况高三娘子年轻之时,在关东武林中颇有艳名,此时年近四旬,风华亦未老去。关东风俗淳厚,女子大都稳重,旁人当面赞美尚且不可,何况大肆讥弹?她气得脸都白了,叫道:"丁不四,你出来!"

丁不四慢慢踱步出店,道:"就是你们四人?四个人?那挺合式!"突然间白光耀眼,五柄飞刀分从上下左右激射而至。这五柄飞刀来得好快,刀身虽短,劈风之声却浑似长剑大刀发出来一般。

丁不四喝道:"人不美,刀美!"右手在怀中一探,抽出九节软鞭,黄光抖动,将四柄飞刀击落,眼见第五柄飞刀射到面门,索性卖弄本领,口一张,咬住了刀头。

范一飞、风良、吕正平一怔之下,各展兵刃,左右攻上。

丁不四斜身闪开吕正平砍来的一刀,飞足踢向范一飞手腕,教他不得不缩回判官笔,手中黄金软鞭缠向风良的软鞭。

风良一出店门,便已打叠起十二分精神,心知这老儿其实只冲着自己一人而来,余人都不过陪衬,眼见丁不四软鞭卷到,手腕抖处,鞭身挺直,便如一枝长枪般刺向对方胸口。这一招"四夷宾服"本来是长枪的枪法,他以真力贯到软鞭之上,再加上一股巧劲,竟然运鞭如枪。锦州青龙门的鞭法原也着实了得,他知对方实是劲敌,一上来便施展平生绝技。

丁不四吐下飞刀,赞道:"这一下挺好。贼小子倒有几下子!"伸出右手,硬去抓他鞭头。风良吃了一惊,忙收臂回鞭,丁不四的手臂却跟着过来,幸好吕正平恰好挥刀往他臂弯砍去,丁不四才缩回手掌。嗤的一声急响,高三娘子又发出一柄飞刀。

四人这一交上手,丁不四登时收起了嘻皮笑脸,凝神接战,九节软鞭舞成一团黄光,护住了全身,心下暗自嘀咕:"想不到辽东武功半点也不含糊，爷爷倒小觑他们了。这四个家伙倘若一个一个上来，爷爷杀来毫不费力，一起拥上来打群架，倒有点扎手。"

这次关东四大门派齐赴中原，四个掌门人事先曾在万马庄切磋了一月有余，研讨四派武功的得失，临敌之时如何互相救援。这番事先操练的功夫果没白费，一到江南，便四人并肩御敌。这时吕正平和范一飞贴身近攻，风良的软鞭寻瑕抵隙，圈打丁不四中盘，高三娘子站在远处，每发出一把飞刀，都教丁不四不得不分心闪避。这四人招数以范一飞最为老辣，吕正平则膂力沉雄，每一刀砍出都有八九十斤的力道。

石破天和丁珰站在众人身后观战。石破天自跟父母学了十多日武功后，见识已然大进。看到三四十招后，见吕正平和范一飞同时抢攻，丁不四挥鞭将两人挡开，风良的软鞭正好往他头上扫去。丁不四头一低，嗤的一声，两柄飞刀从他咽喉边掠过，相去不过数寸。丁不四虽然避过，颏下的花白胡子已给飞刀削下了数十根，条条银丝，在他脸前飞舞。

站在饭店门边观战的关东四派门人齐声喝采："高三娘子好飞刀！"

丁不四暗暗心惊："这婆娘好生了得，若不再下杀手，只怕丁不四今日要吃大亏！"陡然间一声长啸，九节鞭展了开来，鞭影之中，左手施展擒拿手法，软鞭远打，左手近攻，单是一只左手，竟将吕正平和范一飞二人逼得遮拦多，进击少。

关东四大派的门人喝采之声甫毕，脸上便均现忧色。

石破天在一旁却瞧得眉飞色舞。这些手法丁不四在长江船上都曾传授过他，只当时他于武学的道理所知太也有限，囫囵吞枣的记在心里，全不知如何运用。这些日子来跟着父母学剑，剑术固然大进，拳脚上的门道也学到了不少，眼见丁不四一抓一拿，一勾一打，无不巧妙狠辣，而所使手法他大都熟知，只看得又惊又喜，原来这一招竟可如此使用，而对方只好缩身闪避。

眼见五人斗到酣处，丁不四突然间左臂一探，手掌已搭向吕正平肩头。吕正平挥刀便削他手臂。石破天大吃一惊，知道这一刀削出，丁不四乘势反掌，必定击中他脸面，以他凌厉的掌力，吕正平性命难保，忍不住脱口呼叫："要打你脸哪！"

他内力充沛，一声叫出，虽在诸般兵刃呼呼风响之中，各人仍听得清清楚楚。吕正平武艺了得，听得这一声呼喝，立时省悟，百忙中脱手掷刀，卧地急滚，饶是变招迅速，脸上已着了丁不四的掌风，登时气也喘不过来，脸上如受刀削，甚是疼痛。他滚出数丈后这才跃起，心中怦怦乱跳，情知适才生死只相去一线，若非有人提醒，这一掌非给打实了不可。

吕正平滚出战圈，范一飞随即连遇险着。吕正平吸了口气，叫道："刀来！"他的大弟子立时抛上单刀，吕正平伸手抄住，又攻了上去。却见丁不四的金鞭已和风良的软鞭缠住，一拉之下，竟提起风良身子，向吕正平的刀锋上冲来。吕正平回刀急让。

石破天叫道："辽东鹤小心，抓你咽喉！"范一飞一怔，不及细想，判官双笔先护住咽喉再说，果然丁不四左手五根手指同时抓到，嚓的一声，在他咽喉边掠过，抓出了五条血痕，当真只一瞬之差。

石破天连叫两声，先后救了二人性命。关东群豪无不心存感激，回头瞧他，见他脸上搽了煤灰，显不愿以真面示人。

丁不四破口大骂："你奶奶的，是哪一个狗杂种在这里多嘴多舌？有本事便出来跟爷爷斗上一斗！"石破天伸了伸舌头，向丁珰道："他……他认出来啦！"丁珰道："谁叫你多口？不过他说'哪一个狗杂种'，未必便知是你。"

这时吕正平和范一飞连续急攻数招，高三娘子连发飞刀相助，风良也已解脱了鞭上的纠缠，五人又斗在一起。丁不四急于要知出言相救对手的人是谁，出手越来越快。石破天不忍见关东四豪无辜丧命，又少年好事，每逢四人遇到危难，总事先及时叫破。不到一顿饭之间，救了吕正平三次、范一飞四次、风良三次。

丁不四狂怒之下，忽使险着，金鞭高挥，身子跃起，扑向高三娘子，左掌斗然挥落。这招"天马行空"的落手处甚是怪异，石破天急忙叫破，高三娘子才得躲过，但右肩还是为丁不四手指扫中，右臂再也提不起来。她右手乏劲，立时左手拔刀，嗤嗤嗤三声，三柄飞刀向丁不四射去。丁不四软鞭斜卷，裹住两柄飞刀，张口咬住了第三柄，随即抖鞭，将两柄飞刀分射风良与吕正平，同时身子纵起，软鞭从半空中掠将下来。

高三娘子弯腰避开软鞭，只听得众人大声惊呼，跟着便是头顶一紧,身不由主的向上空飞去,原来丁不四软鞭的鞭梢已卷住了她发髻,将她提向半空。风良等三人大惊,四人联手,已让敌人逼得惊险万状,高三娘子倘再遭难,余下三人也绝难幸免,当下三人奋不顾身的向丁不四扑去。

丁不四运一口真气,噗的一声,将口中衔着的那柄飞刀喷向高三娘子肚腹,左手拿、打、勾、掠,瞬时间连使杀着,将扑来的三人挡了开去。

高三娘子身在半空,这一刀之厄万难躲过,她双目一闭,脑海中掠过一个念头:"死在我飞刀之下的胡匪马贼,少说也已有七八十人。今日报应不爽,竟还是毕命于自己刀下。"

说来也真巧,丁不四软鞭上甩出的两柄飞刀分别给风良与吕正平砸开,正好激射而过石破天身旁。他眼见情势危急,便出声提醒也已无用,当即右手抄出,抓住了两柄飞刀,甩了出去。他从未练过暗器,接飞刀时毛手毛脚,掷出时也乱七八糟,全没准头,只内力雄浑之极,飞刀去势劲急,当的一声响,一刀撞开射向高三娘子肚腹的飞刀,另一刀却割断了她头发。

高三娘子从数丈高处落下,足尖点地,倒纵数丈,已吓得脸无人色。

这一下连丁不四也大出意料之外,当即转过身来,喝道:"是哪一位朋友在这里碍我的事? 有种的便出来斗三百回合,藏头露尾的不是好汉。"双目瞪着石破天,只因他脸上涂满了煤灰,一时没认他出来。他听石破天连番叫破自己杀着,似乎自己每一招、每一式功夫全在对方意料之中,而适才这两柄飞刀将自己发出的飞刀撞开之时,劲道更大得异乎寻常,飞刀竟尔飞出数丈,转眼便无影无踪,他心下虽恼,却也知这股内劲远非自己所及,说出话来毕竟干净了些,什么"爷爷"、"小子"的,居然尽数收起。

石破天当救人之际,什么都不及细想,双刀掷出,居然奏功,自己也又惊又喜,只是接刀掷刀之际,飞刀的刀锋将手掌割出了两道口子,鲜血淋漓,一时也还不觉如何疼痛,眼见丁不四如此声势汹汹的向自己说话,早忘了丁珰已将自己脸蛋涂黑,战战兢兢的道:"四爷爷,是……是我……是大粽子!"

丁不四一怔,随即哈哈大笑,笑道:"哈哈! 我道是谁,却原来是你大粽子!"心想:"这小子学过我的武功,难怪他能出言点破,那当真半点也不希奇了。"怯意一去,怒气陡生,喝道:"臭粽子来多管爷爷的闲事!"呼的一鞭,向他当头击去。

石破天顺着软鞭的劲风,向后纵开,避得虽远,身法却难看之极。

丁不四一击不中,怒气更盛,呼呼呼连环三鞭,招数极尽巧妙,却都给石破天闪跃避开。石破天的内功修为既到此境界,身随心转,无所不可,左右高下,尽皆如意,但在丁不四积威之下,余悸尚在,只管闪避,却不还手。

丁不四暗暗奇怪:"这软鞭功夫我又没教过这小子,他怎么也知道招数?"一条软鞭越使越急,霎时间幻成一团金光闪闪的黄云,将石破天裹在其中。眼看始终奈何他不得,突然想起:"这臭粽子在紫烟岛上和白万剑联手,居然将我和老三打得狼狈而逃……不,老三固然败得挺不光采,我丁老四却是不愿跟后辈多所计较,潇潇洒洒的飘然引退,扬长而去。这小子怕了爷爷,不敢追赶,可是这小子总有点古怪……"

旁人见石破天在软鞭的横扫直打之间东闪西避,迭遭奇险,往往间不容发,手心中都为他捏一把冷汗。石破天心中却想:"四爷爷为什么不真的打我? 他在跟我闹着玩,故意将软鞭在我身旁掠过?"他哪知丁不四已施出了十成功夫,只因自己内功了得,闪避神速,软鞭始终差了少些,扫不到他身上。

丁珰素知这位叔祖父的厉害,眼见他大展神威,似乎每一鞭挥出,都能将石破天打得筋折骨断,越看越耽心,叫道:"天哥,快还手啊! 你不还手,那就糟啦!"

众人听得这几句清脆的女子呼声发自一个店小二口中,当真奇事迭生,层出不穷,但眼看丁不四和石破天一个狂挥金鞭,一个乱闪急避,对于店小二的忽发娇声,那也来不及去惊诧了。

石破天却想:"为什么要糟? 是了,那日我缚起左臂和上清观道长们动手,他们十分生气,说我瞧他们不起。我娘说倘若和人动手过招,最忌的就是轻视对手。你打胜了他,倒也罢了,但若言语举止之时稍露轻视之意,对方必当奇耻大辱,从此结为死仇。我只闪避而不还手,那是轻视四爷爷了。"当即双手齐伸,抓向丁不四胸膛,所使的正是丁珰所授的一十八路擒拿手。除此之外，他手上功夫别的就没有了。

这是丁家的祖传武功，丁不四如何不识？立即便避开了。可是这一十八路擒拿手在石破天雄浑的内力运使之下，勾、带、锁、拿、戳、击、劈、拗，每一招全挟着嗤嗤劲风，威猛之极。丁珰见他所使全是自己所授，芳心大喜，连声喝采。丁不四大骇，叫道："见了鬼啦，见了鬼啦！"拆到第十二招上，石破天反手抓去，使出"凤尾手"的第五变招，将金鞭鞭梢抓住。丁不四运力回夺，竟纹丝不动。他大喝一声，奋起平生之力急拉，心想自己不许人家使九节鞭，但若自己的九节鞭却教一个后生小子夺了去，那还了得？回夺之时，全身骨节格格作响，将功力发挥到了极致。

石破天心想："你要拉回兵刃，我放手便是了。"手指松开，只听得砰嘭、喀喇几声大响，丁不四身子向后撞去，将饭店的土墙撞坍了半堵，砖坭跌进店中，桌子板凳、碗碟家生也不知压坏了多少。

跟着听得四声惨呼，两名关东子弟、两名闲人俯身扑倒，背心涌出鲜血。

石破天抢过看时，只见四人背上或中破碗，或中竹筷，丁不四已不知去向。却是他自知不敌，急怒而去，一口恶气无处发泄，随手抓起破碗竹筷，打中了四人。

范一飞等忙将四人扶起，只见每人都给打中了要害，已然气绝，眼见丁不四如此凶横，无不骇然，又想若不是石破天仗义出手，此刻尸横就地的不是这四人，而是四个掌门人了，当即齐向石破天拜倒，说道："少侠高义，恩德难忘，请问少侠高姓大名。"

石破天已得母亲指点江湖上的仪节，当下也即拜倒还礼，说道："不敢，不敢！小事微劳，何足挂齿？在下姓石，贱名中玉。"他得母亲告知，自己真名石中玉，便不再自称石破天了。四人的姓名门派他早听他们说过，也称呼为礼。范一飞等又问起丁珰姓名。石破天道："她叫叮叮当当，是我的……我的……我的……"连说三个"我的"，胀红了脸，却说不下去了。

范一飞等阅历广博，心想一对青年男女化了装结伴同行，自不免有些尴尴尬尬的难言之隐，见石破天神色忸怩，当下便不再问。

丁珰道："咱们走罢！"石破天道："是，是！"拱手和众人作别。

范一飞等不住道谢，直送出镇外。各人想再请教石破天的师承门派，但见丁珰不住向石破天使眼色，显是不愿旁人多所打扰，只得说道："石少侠大恩大德，此生难报，日后但有所命，我关东众兄弟赴汤蹈火，在所不辞。"

石破天记起母亲教过他的对答，便道："大家是武林一脉，义当互助。各位再这般客气，倒令小可汗颜了。今日结成了朋友，小可实不胜之喜。"

范一飞等承他救了性命，本已十分感激，见他年纪轻轻，武功高强，偏生又如此谦和，更加钦佩，雅不愿就此和他分手。

丁珰听他谈吐得体，芳心窃喜："谁说我那石郎是白痴？他武功已强过了四爷爷，只怕比爷爷也已高了些，连脑筋也越来越清楚了。"心中高兴，脸上登时露出笑靥。她虽脸上煤灰涂得一塌胡涂，但众人留心细看之下，都瞧出是个明艳少女，只头戴破毡帽，穿着一件胸前油腻如镜的市侩直裰，人人不免暗暗好笑。

高三娘子伸手挽住了她手臂，笑道："这样一个美貌的店小二，耳上又戴了一副明珠耳环。江南果然是繁华风雅之地，连店小二也跟我们关东的大不相同。"众人听了，无不哈哈大笑。丁珰也噗哧一声，笑了出来，心想："适才一见四爷爷，便慌了手脚，忙着改装，却忘了除下耳环。"

高三娘子见数百名镇上百姓远远站着观看，不敢过来，知道刚才这一场恶战斗得甚凶，丁不四又杀了两名镇人，当地百姓定当自己这干人是打家劫舍的绿林豪客了，说道："此地不可久留，咱们也都走罢。"向丁珰道："小妹子，你这一改装，只怕将里衣也弄脏了，我带的替换衣服甚多，你若不嫌弃，咱们就找家客店，你洗个澡，换上几件。小妹子，像你这样的江南小美人儿，老姊姊可从来没见过，你改了女装之后，这副画儿上美女般的相貌，老姊姊真想瞧瞧，日后回到关东，也好向没见过世面的亲戚朋友们夸夸口。"

高三娘子这般甜嘴蜜舌的称赞，丁珰听在耳中，实是说不出的受用，抿了嘴笑了笑，道："我不会打扮，姊姊你可别笑话我。"

高三娘子听她这么说，知已允诺，左手一挥，道："大伙儿走罢！"众人轰然答应，牵过马来，先请石破天和丁珰上马，然后各人纷纷上马,带了那两个关东弟子的尸体,疾驰出镇。这一行人论年纪和武功,均以范一飞居首,但此次来到中原,一应使费都由万马庄出货,高三娘子生性豪阔,使钱如流水一般,便成了这行人的首领。

各人所乘的都是辽东健马,顷刻间便驰出数十里。石破天悄悄问丁珰道:"这是去松江府的道路么?"丁珰笑着点点头。其实松江府是在东南,各人却驰向西北,和石清夫妇越离越远了。

傍晚时分,到得一城市常熟,众人径投当地最大的客店。那死了的两名汉子都是快刀门的,吕正平自和群弟子去料理丧事,拜祭后火化了,收了骨灰。

高三娘子却在房中助丁珰改换女装。她见丁珰虽作少妇装束,但体态举止,却显是个黄花闺女,不由得暗暗纳罕。

当晚关东群豪在客店中杀猪屠羊,大张筵席,推石破天坐了首席。丁珰不愿述说丁不四和自己的干连,当高三娘子和范一飞兜圈子探询石破天和她的师承门派之时,总支吾以应。群豪见他们不肯说,也就不敢多问。

高三娘子见石破天和丁珰神情亲密,丁珰向他凝睇之时,更含情脉脉,心想:"恩公和这小妹子多半是私奔离家的一对小情人,我们可不能不识趣,阻了他俩的好事。"

范一飞等在关东素来气焰不可一世,这次来到中原,与丁不四一战,险些儿闹了个全军覆没,心中均感老大不是味儿,吕正平死了两个得力门人,更加心中郁闷,但在石破天、丁珰面前,只得强打精神,吃了个酒醉饭饱。

筵席散后,高三娘子向范一飞使个眼色,二人分别挽着丁珰和石破天的手臂,送入一间店房。范一飞一笑退开。高三娘子笑道:"恩公,你说咱们这个新娘子美不美?"

石破天红着脸向丁珰瞧了一眼,只见她满脸红晕,眼波欲流,不由得心中怦的一跳。两人同时转开了头,各自退后两步,倚墙而立。

高三娘子格格笑道:"两位今晚洞房花烛,却怕丑么? 这般离得远远的,是不是相敬如宾?"左手去关房门,右手一挥,嗤的一声响,一柄飞刀飞出,将一枝点得明晃晃的蜡烛斩去了半截。那飞刀余势不衰,破窗而出,房中已黑漆一团。高三娘子笑道:"恭祝两位百年好合,白头偕老!"砰的一声,关上了房门。

石破天和丁珰脸上发烧,心中情意荡漾。突然之间,石破天又想起了阿绣:"阿绣见到我此刻这副情景,定要生气,只怕她从此不肯做我老婆了。那怎么办?"

忽听得院子中一个男子声音喝道:"是英雄好汉,咱们就明刀明枪的来打上一架,偷偷的放一柄飞刀,算是什么狗熊?"

丁珰"嘤"的一声,奔到石破天身前,两人四手相握,都忍不住暗暗好笑:"高三娘子这一刀是给咱们灭烛,却叫人误会了。"石破天开口待欲分说,只觉一只温软嫩滑的手掌按上了自己嘴巴。

只听院子中那人继续骂道:"这飞刀险狠毒辣,多半还是关东那不要脸的姓高贱人所使。听说辽东有个什么千狗庄、万马庄,姓高的寡妇学不好武功,就用这种飞刀暗算人。咱们中原的江湖同道,还真没这么差劲的暗器。"

高三娘子这一刀给人误会了,本想多一事不如少一事,由得他骂几句算了,哪知他竟然骂到自己头上来,心想:"不知他是认得我的飞刀呢,还是只不过随口说说?"

只听那人越骂越起劲:"关东地方穷得到了家,胡匪马贼到处都是,他妈的有个叫什么慢刀门的,刀子使得不快,就专用蒙汗药害人。还有个什么叫青蛇门的,拿几条毒蛇儿沿门讨饭。又有个姓范的叫什么'辽东小麻雀',使两橛掏粪短棍儿,真叫人笑歪了嘴。"

听这人这般大声叫嚷,关东群豪无不变色,自知此人是冲着自己这伙人而来。

吕正平手提紫金刀,冲进院子,只见一个矮小的汉子指手划脚的正骂得高兴。吕正平喝道:"朋友,你在这里胡言乱语,是何用意?"那人道:"有什么用意? 老子一见到关东的扁脑壳,心中就生气,就想一个个都砍将下来,挂在梁上。"

吕正平道:"很好,扁脑壳在这里,你来砍罢!"身形一晃,已欺到他的身侧,横过紫金刀,一刀挥出,登时将他拦腰斩为两截,上半截飞出丈余,满院子都是鲜血。

这时范一飞、风良、高三娘子等都已站在院子中观看,不论这矮小汉子使出如何神奇的武功,甚至将吕正平斩为两截,各人的惊讶都没如此之甚。吕正平更惊得呆了。这汉子大言炎炎,将关东四大门派的武功说得一钱不值，身上就算没惊人艺业，至少也能跟吕正平拆上几招，哪想得到竟丝毫不会武功。

群豪正在面面相觑之际，忽听得屋顶有人冷冷的道："好功夫啊好功夫，关东快刀门吕大侠，一刀将一个端茶送饭的店小二斩为两截！"

群豪仰头向声音来处瞧去，只见一人身穿灰袍，双手叉腰，站在屋顶。群豪立时省悟，吕正平所杀的乃这家客店中的店小二，他定是受了此人银子，到院子中来胡骂一番，岂知竟尔送了性命。

高三娘子右手挥处，嗤嗤声响，三柄飞刀势挟劲风，向他射去。

那人左手抄处，抓住了一柄飞刀的刀柄，跟着向左一跃，避开了余下两柄，长笑说道："关东四大门派大驾光临，咱们在镇北十二里的松林相会，倘若不愿来，也就罢了！"不等范一飞等回答，一跃落屋，飞奔而去。

高三娘子问道："去不去？"范一飞道："不管对方是谁，既来叫了阵，咱们非得赴约不可。"高三娘子道："不错，总不能教咱们把关东武林的脸面丢得干干净净。"

她走到石破天窗下，朗声说道："石恩公，小妹子，我们跟人家定了约会，须得先行一步，明日在前面镇上再一同喝酒罢。"她顿了一顿，不听石破天回答，又道："此处闹出了人命，不免有些麻烦，两位也请及早动身为是，免受无谓牵累。"她并不邀石丁二人同去赴约，心想日间恶战丁不四，石破天救了他四人性命，倘再邀他同去，变成求他保护一般，显得关东四派太也脓包了。

这时客店中发现店小二被杀，已然大呼小叫，乱成一团。有的叫嚷："强盗杀了人哪，救命，救命！"有的叫道："快去报官！"有的低声道："别作声，强盗还没走！"

石破天低声问道："怎么办？"丁珰叹了口气，道："反正这里是不能住了，跟在他们后面去瞧瞧热闹罢。"石破天道："却不知对方是谁，会不会是你四爷爷？"丁珰道："我也不知。咱二人可别露面，说不定是我爷爷。"石破天"啊"的一声，惊道："那可糟糕，我……我还是不去了。"丁珰道："傻子，倘若是我爷爷，咱们不会溜吗？你现下武功这么强，爷爷也杀不了你啦。他是聪明白痴，你不是白痴，你是聪明天哥。"

说话之间，马蹄声响，关东群豪陆续出店。只听高三娘子大声道："这里二百一十两银子，十两是房饭钱，二百两是那店小二的丧葬和安家费用。杀人的是山东响马王大虎，可别连累了旁人。"

　　石破天低声问道："怎么出了个山东响马王大虎？"丁珰道："那是假的。报起官来，有个推搪就是了。"

　　两人出了店门，只见门前马桩上系着两匹坐骑，料想是关东群豪留给他们的，当即上马，向北而去。

侠客行
【上】

敬告读者

    为了维护读者、著作权人和出版发行者的合法权益,本书采用了新型数码防伪技术。正版图书的定价标示处及外包装盒上均贴有完好的防伪标签。刮开涂层,可见到一组数码,您可以通过两种途径查验真伪。

1. 拨打全国免费电话4008301315,按语音提示从左到右依次输入相应数码并按#键结束。
2. 扫描防伪标上的二维码,按提示输入相应数码。

    读者如发现盗版图书,可向当地"扫黄打非"办公室、新闻出版局、公安机关、市场监督管理局等部门举报,或直接与我们联系。

    联系电话:020-34297719　13570022400

    我们对举报盗版、盗印、销售盗版图书等侵权行为的有功人员将予以重奖。

广州市朗声图书有限公司

飛雪連天射白鹿

笑書神俠倚碧鴛

金庸

孔子曰：「知之者不如好之者，好之者
不如樂之者。」誠哉斯言，請從
讀書中求賞心樂事。

金庸

【新修珍藏本】

侠客行

下

金庸

朗声图书　广州出版社

图书在版编目(CIP)数据

侠客行/金庸著. —广州:广州出版社,2009.9(2022.9重印)

ISBN 978-7-5462-0152-8

Ⅰ.侠…　Ⅱ.金…　Ⅲ.侠义小说—中国—当代　Ⅳ.I247.5

中国版本图书馆CIP数据核字(2009)第127118号

───────────────────────────────

广东省版权局版权合同登记图字:19-2012-023号

本书版权由著作权人授权广州市朗声图书有限公司在中国大陆(不包括香港、澳门、台湾地区)专有使用

封面图画选自董培新先生金庸小说国画

───────────────────────────────

敬告读者

为了维护读者、著作权人和出版发行者的合法权益,本书采用了新型数码防伪技术。正版图书的定价标示处及外包装盒上均贴有完好的防伪标签。刮开涂层,可见到一组数码,您可以通过两种途径查验真伪。

1. 拨打全国免费电话4008301315,按语音提示从左到右依次输入相应数码并按#键结束。
2. 扫描防伪标上的二维码,按提示输入相应数码。

读者如发现盗版图书,可向当地"扫黄打非"办公室、新闻出版局、公安机关、市场监督管理局等部门举报,或直接与我们联系。

联系电话:020-34297719　13570022400

我们对举报盗版、盗印、销售盗版图书等侵权行为的有功人员将予以重奖。

广州市朗声图书有限公司

衬页印章／
齐白石「不贪为宝」「心无妄思」。

任颐《玉壶买春》。

西安慈恩寺大雁塔：玄奘大师所建。

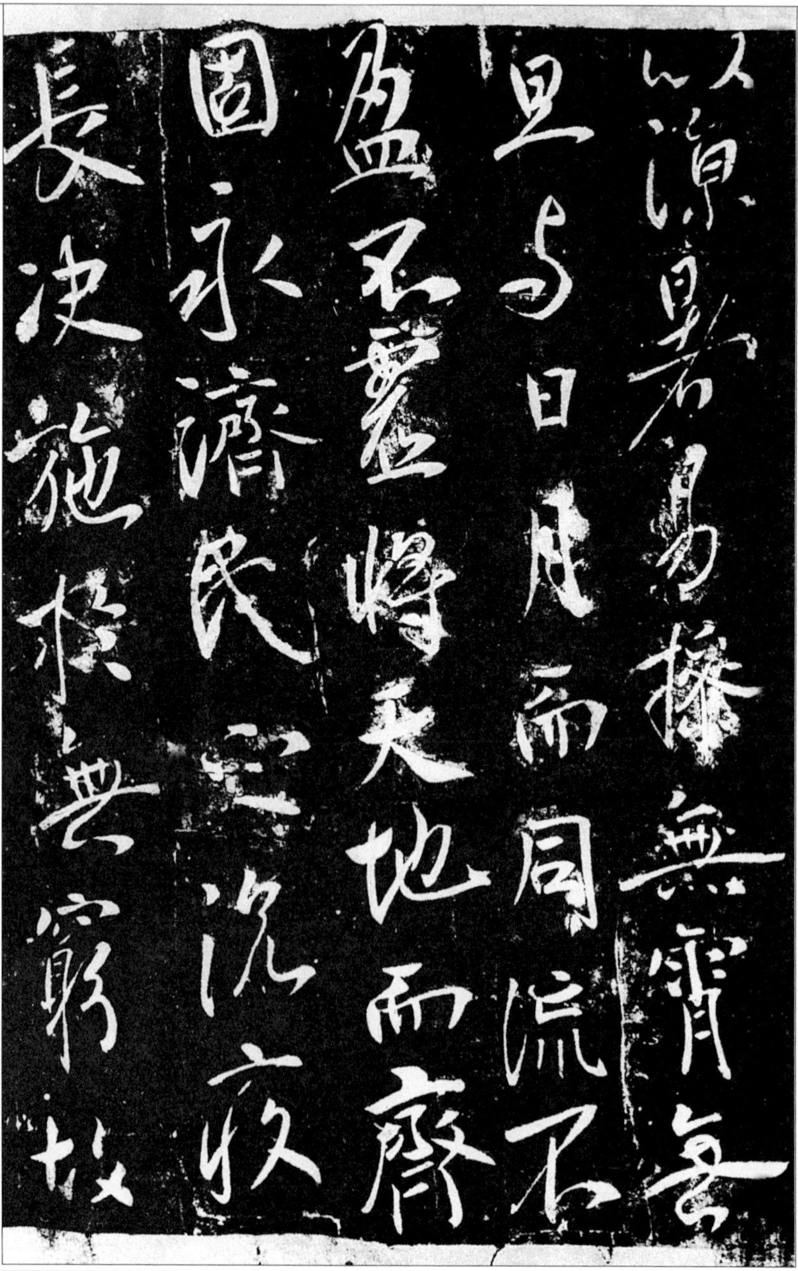

唐太宗书《温泉铭》。

以源巨易拯无宵寄

旦与日月而同流不

盈不虚将天地而齐

圆永济民定沈疴

长波施恺兴窮故

褚遂良书《大唐三藏圣教序》：

《圣教序》系唐太宗为赞誉玄奘大师所作，

「圣教」指佛教。碑在大雁塔内。

大唐三藏聖教序

太宗文皇帝製

蓋聞二儀有象顯

覆載以含生四時

春秋时吴国的铜尊：一种酒器，江苏武进出土。吴王夫差和西施饮宴之时，或许用过这一类铜尊装酒。

楚国的金币：文种和范蠡本来都在楚国做官，可能使用过这一类金币。

越王勾践剑：近年在湖北省楚墓出土。

9

春秋时吴国武士所用的戈：装在柄上，是一种长形武器。

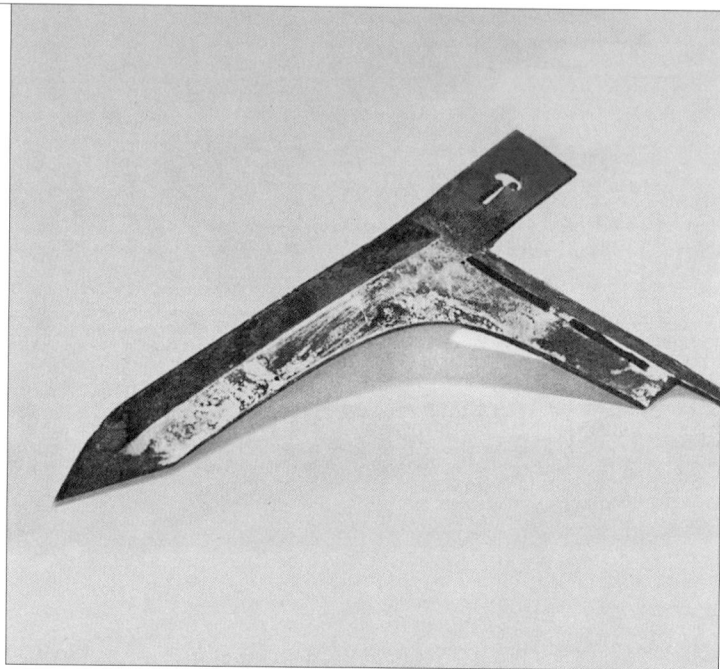

鱼肠剑图：吴王阖闾（夫差的父亲）为公子时，用伍子胥的计策，利用刺客专诸，以鱼肠剑刺死堂弟王僚，夺得王位。

11

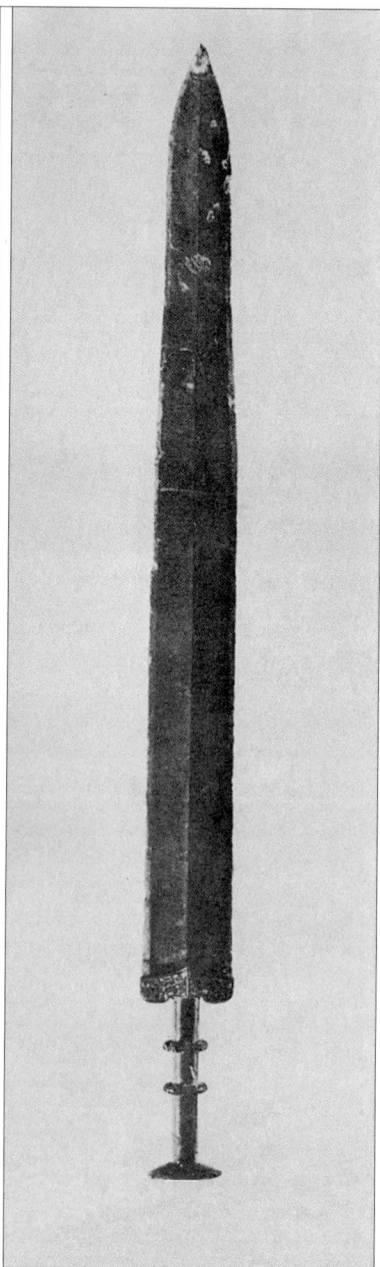

右图／越王与夷剑：与夷是勾践的儿子。

左图／吴王夫差剑。

干将、莫邪铸剑之剑池飞瀑：

干将、莫邪是夫妻，铸剑名手，曾为吴王阖闾铸剑。

在浙江莫干山，莫干山即因干将、莫邪而得名。

东汉时所铸铜镜：左为吴王夫差坐于帷中，上为伍子胥自刎时怒发冲冠之状，下为越王勾践持节，范蠡席地而坐。

吴王夫差为西施所建的馆娃宫遗址：在苏州灵岩。图中房屋自然是后来所建。

15

越大夫范公蠡

任渭长绘「越大夫范蠡」：任熊，字渭长，浙江萧山人，清末著名画家，善画人物，画宗陈老莲，所绘版画甚有名。

本图及下图均录自《于越先贤传》，刻工为蔡照初，刀法精练圆熟，镌刻极佳。

本书所录《卅三剑客图》均为任渭长绘，蔡照初刻，是中国版画中难得的精品。

本书首页图的画家任颐，是任渭长同族的侄儿。

16

越女西施

任渭长绘「越女西施」。

任颐《风尘三侠图》。

目录

闵柔柔微微仰头瞧着儿子，笑道：『昨日早晨在客店中不见了你，我急得什么似的。你爹爹说，到长乐帮来打听打听，定能得知你的讯息，果然是在这里。』

第十五回　真假帮主

　　石破天和丁珰远远跟在关东群豪之后,驰出十余里,便见前面黑压压地好大一片松林。只听得范一飞朗声道:"是哪一路好朋友相邀? 关东万马庄、快刀门、青龙门、鹤笔门拜山来啦。"丁珰道:"咱们躲在草丛里瞧瞧,且看是不是爷爷。"两人纵身下马,弯腰走近,伏在一块大石之后。

　　范一飞等听到马蹄之声,早知二人跟着来,也不过去招呼,只凝目瞧着松林。四个掌门人站在前面,十余名弟子隔着丈许,排成一列,站在四人之后。松林中静悄悄地没半点声息。下弦月不甚明亮,映着满野松林,照得人面皆青。

　　过了良久,忽听得林中一声唿哨,左侧和右侧各有一行黑衣汉子奔出。每一行都有五六十人,百余人远远绕到关东群豪之后,兜将转来,将群豪和石丁两人都围住了,站定身子,手按兵刃,一声不出。跟着松林中又出来十名黑衣汉子,一字排开。石破天轻噫一声,这十人竟是长乐帮内外各堂的正副香主,米横野、陈冲之、展飞等一齐到了。这十人一站定,林中缓步走出一人,正是"着手成春"贝海石。他咳嗽了几声,说道:"关东四大门派掌门人枉顾,敝帮兄弟……咳咳……深感荣幸,特来远迎。咳……只是各位大驾未能早日光临,教敝帮合帮上下,等得十分心焦。"

　　范一飞听得他说话之间咳嗽连声,便知是武林中大大有名的贝海石,心想原来对方正是自己此番前来找寻的正主儿,虽见长乐帮

343

声势浩大，反放下了心事，寻思："既是长乐帮，那么生死荣辱，凭此一战，倒免了跟毫不相干的丁不四等人纠缠不清。"一想到丁不四，忍不住打个寒战，便抱拳道："原来是贝先生远道来迎，何以克当？在下鹤笔门范一飞。"跟着给吕正平、风良、高三娘子等三人引见了。

石破天见他们客客气气的厮见，心道："他们不是来打架的。"低声道："是自己人，咱们出去相见罢。"丁珰拉住他手臂，在他耳边道："且慢，等一等再说。"

只听范一飞道："我们约定来贵帮拜山，不料途中遇到一些耽搁，是以来得迟了，还请贝先生和众位香主海涵。"贝海石道："好说，好说。不过敝帮石帮主恭候多日，不见大驾光临，只道各位已将约会之事作罢。石帮主另有要事，便没再等下去了。"

范一飞一怔，说道："不知石英雄到了何处？不瞒贝先生说，我们万里迢迢的来到中原，便是盼望有幸会见贵帮的石英雄。如果会不到石英雄，那……那……未免令我们好生失望了。"贝海石按住嘴咳嗽了几声，却不作答。

范一飞又道："我们携得一些关东土产，几张貂皮，几斤人参，奉赠石英雄、贝先生和众位香主。微礼不成敬意，不过是千里送鹅毛的意思罢了，请各位笑纳。"左手摆了摆，便有三名弟子走到马旁，从马上解下三个包裹，躬身送到贝海石面前。

贝海石笑道："这……这实在太客气了。承各位赐以厚礼，当真……咳咳……当真是却之不恭，受之有愧了，多谢，多谢！"米横野等将三个包裹接了过去。

范一飞从自己背上解下一个小小包裹，双手托了，走上三步，朗声道："贵帮司徒帮主昔年在关东之时，和在下以及这三位朋友甚为交好，蒙司徒帮主不弃，跟我们可说是有过命的交情。这里是一只成形的人参，有几百年了，服之延年益寿，算得是十分稀有之物，是送给司徒大哥的。"他双手托着包裹，望定了贝海石，却不将包裹递过去。

石破天好生奇怪："怎么另外还有个司徒帮主？"

只听贝海石咳了几声，又叹了口长气，说道："敝帮前帮主司徒大哥，咳咳……前几年遇上了一件不快意事，心灰意懒，不愿再理帮务，因此上将帮中大事交给了石帮主。司徒大哥……他老人家……

咳咳……入山隐居，久已不闻消息，帮中老兄弟们都牵记得紧。各位这份厚礼，要交到他老人家手上，倒不大容易了。"

范一飞道："不知司徒大哥在何处隐居？又不知为了何事退隐？"辞意渐严，已隐隐有质问之意。

贝海石微微一笑，说道："在下不过是司徒帮主的下属，于他老人家的私事，所知实在不多，范兄等几位既是司徒帮主的知交，在下正好请教，何以正当长乐帮好生兴旺之际，司徒帮主却突然将这副重担交托了给石帮主？"这一来反客为主，登时将范一飞的咄咄言辞顶了回去，反令他好生难答。范一飞道："这个……这个我们怎么知道？"

贝海石道："当司徒帮主交卸重任之时，众兄弟对石帮主的人品武功，可说一无所知，见他年纪甚轻，武林中又没多少名望，由他来率领群雄，老实说大伙儿心中都有点儿不服。可是石帮主接任之后，便为本帮立了几件大功，于本帮名声大有好处。果然司徒帮主巨眼识英雄，他老人家不但武功高人一等，见识亦是非凡，咳咳……若非如此，他又怎会和众位辽东英雄论交？嘿嘿！"言下之意自是说，倘若你们认为司徒帮主眼光不对，那么你们自己也不是什么好脚色了。

吕正平突然插口道："贝大夫，我们在关东得到的讯息，却非如此，因此上一齐来到中原，要查个明白。"

贝海石淡淡的道："万里之外以讹传讹，也是有的。却不知列位听到了什么谣言？"

吕正平道："真相尚未大白之前，这到底是否谣言，那也还难说。我们听一位好朋友说道，司徒大哥是……是……"眼中精光突然大盛，朗声道："……是遭长乐帮的奸人所害，死得不明不白。这帮主之位，却落在一个贪淫好色、凶横残暴的少年浪子手里。这位朋友言之凿凿，听来似乎不是虚语。我们记着司徒大哥昔年的好处，虽自知武功名望，实在不配来过问贵帮的大事，但为友心热，未免……未免冒昧了。"

贝海石嘿嘿一声冷笑，说道："吕兄言之有理，这未免冒昧了。"

吕正平脸上一热，心道："人道'着手成春'贝海石精明了得，果然名不虚传。"大声说道："贵帮愿奉何人为主，局外人何得过问？我们这些关东武林道，只想请问贵帮，司徒大哥眼下是死是活？他不任贵帮帮主，到底是心所甘愿，还是为人所迫？"

贝海石道："姓贝的虽不成器，在江湖上也算薄有浮名，说过了的话，岂有改口的？阁下要是咬定贝某撒谎，贝某也只有撒谎到底了。嘿嘿，列位都是武林中大有身分来历之人，热心为朋友，本来令人好生钦佩。但这一件事，却是欠通啊，欠通！"

高三娘子向来只受人戴高帽，拍马屁，给贝海石如此奚落，不禁大怒，厉声说道："害死司徒大哥的，只怕你姓贝的便是主谋。我们来到中原，是给司徒大哥报仇来着，早就没想活着回去。你男子汉大丈夫，既有胆子作下事来，就该有胆子承担，你给我爽爽快快说一句，司徒大哥到底是死是活？"

贝海石懒洋洋的道："姓贝的生了这许多年病，闹得死不死，活不活的，早就觉得活着也没多大味道。高三娘子要杀，不妨便请动手。"

高三娘子怒道："还亏你是位武林名宿，却来给老娘耍这愫懒劲儿。你不肯说，好，你去将那姓石的小子叫出来，老娘当面问他。"她想贝海石老奸巨猾，斗嘴斗他不过，动武也怕寡不敌众，那石帮主是个后生小子，纵然不肯吐实，从他神色之间，总也可看到些端倪。

站在贝海石身旁的陈冲之忽然笑道："不瞒高三娘子说，我们石帮主喜欢女娘们，那是不错，但他只挺爱见年轻貌美、温柔斯文的小姐儿。要他来见高三娘子，这个 …… 嘿嘿 …… 只怕他 …… 嘿嘿……"这几句话语气轻薄，言下之意，自是讥嘲高三娘子老丑泼辣，石帮主全无见她一见的胃口。

丁珰在暗中偷笑，低声道："其实高姊姊相貌也很好看啊，你又看上了她，是不是？"石破天道："又来胡说八道！小心她放飞刀射你！"丁珰笑道："她放飞刀射我，你帮哪一个？"石破天还没回答，高三娘子大怒之下，果然放出了三柄飞刀，银光急闪，向陈冲之射去。

陈冲之一一躲开，笑道："你看中我有什么用？"口中还在不干不净的大肆轻薄。

范一飞叫道："且慢动手！"但高三娘子怒气一发，便不可收拾，飞刀接连发出，越放越快。陈冲之避开了六把，第七把竟没能避过，噗的一声，正中右腿，登时屈腿跪倒。高三娘子冷笑道："下跪求饶么?"陈冲之大怒,拔刀扑了上来。风良挥软鞭挡开。

眼见便是一场群殴之局,石破天突然叫道:"不可打架,不可打架!你们要见我,不是已经见到了么?"说着携了丁珰之手,从大石后窜了出来,几个起落,已站在人丛之中。

陈冲之和风良各自向后跃开。长乐帮中群豪欢声雷动,一齐躬身说道:"参见帮主!"

范一飞等都大吃一惊,眼见长乐帮众人的神气绝非作伪,转念又想:"恩公自称姓石,年纪甚轻,武功极高,他是长乐帮的帮主,本来毫不希奇,只怪我们事先没想到。他自称石中玉,我们却听说长乐帮帮主叫什么石破天。嗯,石中玉,字破天,那也寻常得很啊。"

高三娘子欷然道:"石……石恩公,原来你……你便是长乐帮的帮主,我们可当真卤莽得紧。早知如此,那还有什么信不过的?"

石破天微微一笑,向贝海石道:"贝先生,没想到在这里碰到大家,这几位是我朋友,大家别伤和气。"

贝海石见到石破天,不胜之喜,他和关东群豪原无嫌隙,略略躬身,说道:"帮主亲来主持大局,那再好也没有了,一切仗帮主作主。"

高三娘子道:"我们误听人言,只道司徒大哥为人所害,因此上和贵帮订下约会,哪里知道新帮主竟然便是石恩公。石恩公义薄云天,自不会对司徒大哥作下什么亏心事,定是司徒大哥见石恩公武功比他强,年少有为,因此上退位让贤,却不知司徒大哥可好?"

石破天不知如何回答,转头向贝海石道:"这位司徒……司徒大哥……"

贝海石道:"司徒前帮主眼下隐居深山,什么客人都不见,否则各位如此热心,万里赶来,本该是和他会会的。"

吕正平道:"在下适才出言无状,得罪了贝先生,当真该死之极,这里谢过。"说着深深一揖,又道:"但司徒大哥和我们交情非同寻常,当年在辽东,大家算得上是生死之交,我们这番来到中原,终须见上他一面,万望恩公和贝先生代为求恳。司徒大哥不见外人,我们可不是外人。"说着双目注视石破天。

石破天向贝海石道:"这位司徒前辈,不知住得远不远?范大哥他们走了这许多路来探访他,倘若见不到,岂非好生失望?便我自己,也想见见他老人家。"

贝海石甚感为难，帮主的说话就是命令，不便当众违抗，只得道："其中的种种干系，一时也说不明白。各位远道来访，长乐帮岂可不稍尽地主之谊？敝帮总舵离此不远，请各位远客驾临敝帮，喝一杯水酒，慢慢再说不迟。"

石破天奇道："总舵离此不远？"贝海石微现诧异之色，说道："此处向东北，抄近路到镇江总舵，只七十来里路。"石破天转头向丁珰望去。丁珰格的一笑，伸手捂住了嘴。

范一飞等正要追查司徒帮主"快马"司徒横的下落，不约而同的都道："来到江南，自须到贵帮总舵拜山。"

当下一行人径向东北进发，当日午前到了镇江长乐帮总舵。帮中自有管事人员对辽东群豪殷勤接待。

石破天和丁珰并肩走进室内。侍剑见帮主回来，不由得又惊又喜，但见他带着个美貌少女，那是见得多了，不由得暗自恼怒："身子刚好了些，老毛病又发作了。先前我还道他一场大病之后变了性子，哼，他如变性，当真日头从西方出来呢。"

石破天洗了脸，刚喝得一杯茶，听得贝海石在门外说道："侍剑，请你禀告帮主，贝海石求见。"石破天不等侍剑来禀，便擎帷走出，说道："贝先生，我正想请问你，那位司徒帮主到底是怎么回事？"

贝海石道："请帮主移步。"领着他穿过花园，来到菊畔坛的一座八角亭中，待石破天坐下，这才就坐，道："帮主生了这场病，隔了这许多日子，以前的事仍然记不得么？"

石破天曾听父母仔细剖析，说道长乐帮群豪要他出任帮主，用心险恶，是要他为长乐帮挡灾，送他一条小命，以解除全帮人众的危难。但贝海石一直对他恭谨有礼，自己在摩天崖上寒热交攻，幸得他相救，其后连日发病，他又曾用心诊治，虽说出于自私，但自己这条命总是他救的，此刻如直言质询，未免令他脸上难堪，再说，从前之事确是全然不知，也须问个明白，便道："正是，请贝先生从头至尾，详述一遍。"

贝海石道："司徒前帮主名叫司徒横，有个外号叫'快马'，以前是在辽东长白山下的，是帮主的师叔，帮主这总记得罢？"石破天奇道："是我师叔，我……我怎么一点也不记得了？那是什么门派？"

贝海石道："司徒帮主向来不说他师承来历,我们属下也不便多问。三年以前,帮主奉了师父之命……"石破天问道："奉了师父之命,我师父是谁?"贝海石摇了摇头,道："帮主这场病当真不轻,竟连师父也忘记了。帮主的师承,属下却也不知。上次雪山派那白万剑硬说帮主是雪山派弟子,属下也好生疑惑,瞧帮主的武功家数,似乎不像,雪山派的功夫及不上帮主。"

石破天道："我师父?我只拜过金乌派的史婆婆为师,不过那是最近的事。"伸指敲了敲脑袋,只觉自己所记得的往事,与旁人所说总不相符合,好生烦恼,问道："我奉师父之命,那便如何?"

贝海石道："帮主奉师父之命,前来投靠司徒帮主,要他提携,在江湖上创名立万。过不多时,本帮便发生了一件大事,那是因商议赏善罚恶、铜牌邀宴之事而起。这一回事,帮主可记得么?"石破天道："赏善罚恶的铜牌,我倒知道。当时怎么商议,我脑子里却一点影子也没有了。"贝海石道："本帮每年一度,例于三月初三全帮大聚,总舵各香主、各地分舵舵主,都来镇江聚会,商讨帮中要务。三年前的大聚之中,有个何香主忽然提到,本帮近年来好生兴旺,再过得三年,邀宴铜牌便将重现江湖,那时本帮势难幸免,如何应付,须得先行有个打算才好,免得事到临头,慌了手脚。"

石破天点头道："是啊,赏善罚恶的铜牌一到,帮主若不接牌答允去喝腊八粥,全帮上下都有尽遭杀戮之祸。那是我亲眼见到过的。"贝海石心中一凛,奇道："帮主亲眼见到过了?"石破天道："其实我真的不是你们帮主。不过这件事我却见到了,那是飞鱼帮和铁叉会,两帮人众都给杀得干干净净。"心道："唉!大哥、二哥可也太辣手了。"

飞鱼帮和铁叉会因不接铜牌而惨遭全帮屠歼,早已轰传武林,人人皆知。贝海石叹了口气,说道："我们早料到有这一天,因此那位何香主当年提出这件事来,实在也不能说是杞人忧天,是不是?可是司徒帮主一听,立时便勃然大怒,说何香主煽动人心,图谋不轨,当即下令将他扣押。大伙儿纷纷求情,司徒帮主嘴上答允,半夜里却悄悄将他杀了,第二日却说何香主畏罪自杀。"

石破天道："那为了什么?想必司徒帮主和这位何香主有仇,找个因头将他害死了。"贝海石摇头道："那倒不是,真正原因是司徒帮主不愿旁人提及这回事。"

石破天点了点头。他资质本甚聪明,只是从来少见人面,于人情世故才一窍不通,近来与石清夫妇及丁珰相处多日,已颇能揣摩旁人心思,寻思:"司徒帮主情知倘若接了铜牌赴宴,那便葬身海岛,有去无回;但若不接铜牌,却又是要全帮上下弟兄陪着自己一块儿送命。这件事他自己多半早就日思夜想,盘算了好几年,却不愿别人公然提起这难题。"

贝海石续道:"众兄弟自然都知何香主是他杀的。他杀何香主不打紧,但由此可想而知,当邀宴铜牌到来之时,他一定不接,决不肯慷慨赴难,以换得全帮上下平安。众兄弟当时各怀心事,默不作声,便在那时,帮主你挺身而出,质问师叔。"

石破天大为奇怪,问道:"是我挺身而出,质问……质问他?"

贝海石道:"是啊!当时帮主你侃侃陈辞,说道:'师叔,你既为本帮之主,便当深谋远虑,为本帮图个长久打算。善恶二使复出江湖之期,已在不远。何香主提出这件事来,也是为全帮兄弟着想。师叔你逼他自杀,只恐众兄弟不服。'司徒帮主当即变脸喝骂,说道:'大胆小子,这长乐帮总舵之中,哪有你说话的地方?长乐帮自我手中而创,便算自我手中而毁,也挨不上别人来多嘴多舌。'司徒帮主这几句话,更教众兄弟心寒。帮主你却说道:'师叔,你接牌也是死,不接牌也是死,又有什么分别?若不接牌,只不过教这许多忠肝义胆的好兄弟们都陪上一条性命而已,于你有什么好处?倒不如爽爽快快的慷慨接牌,教全帮上下,永远记着你的恩德。'"

石破天点头道:"这番话倒也不错,可是……可是……贝先生,我却没这般好口才,没本事说得这般清楚明白。"贝海石微笑道:"帮主何必过谦?帮主只不过大病之后,脑力未曾全复。日后痊愈,自又辩才无碍,别说本帮无人能及,便江湖之上,又有谁及得上你?"石破天将信将疑,道:"是么?我……我说了这番话后,那又如何?"

贝海石道:"司徒帮主登时脸色发青,拍桌大骂,叫道:'快……快给我将这没上没下的小子绑了起来!'可是他连喝数声,众人你看看我,我看看你,竟谁也不动。司徒帮主更加气恼,大叫:'反了,反了!你们都跟这小子勾结了起来,要造我的反是不是?好,你们不动手,我自己来宰了这小子!'"

侠
客
行
〔下〕

石破天道:"众兄弟可劝住了他没有?"

贝海石道:"众兄弟心中不服,仍然谁也没作声。司徒帮主当即拔出刀鞘中的弯刀,纵身离座,便向帮主你砍了过来。你身子一晃,登时避开。司徒帮主连使杀着,却都给你一一避开,也始终没有还手。你双手空空,司徒帮主的弯刀在武林中也是一绝,在辽东有'快马神刀'之称,你居然能避得七八招,可说难能可贵。当时米香主便叫了起来:'帮主,你师侄让了你八招不还手,一来尊你是帮主,二来敬你是师叔,你再下杀手,天下人可都要派你的不是了。'司徒帮主怒喝:'谁叫他不还手了?反正你们都已偏向了他,大伙儿齐心合力将我杀了,奉这小子为帮主,岂不遂了众人心愿?'

"他口中怒骂,手上丝毫不停,霎时之间,你连遇凶险,眼见要命丧于他弯刀之下。米香主叫道:'石兄弟,接剑!'将一柄长剑抛过来给你。你伸手抄去,又让了三招,说道:'师叔,我已让了二十招,你再不住手,我迫不得已,可要得罪了。'司徒帮主目露凶光,挥弯刀向你头顶砍落,当时议事厅上二十余人齐声大呼:'还手,还手,莫给他害了!'你说道:'得罪!'这才举剑挡开他的弯刀。

"你二人这一动手,那就斗得十分激烈。斗了一盏茶时分,人人都已瞧出帮主你未出全力,是在让他,但他还是狠命相扑,终于你使了一招犹似'顺水推舟'那样的招式,剑尖刺中了他右腕,他弯刀落地,你立即收剑,跃开三步。司徒帮主怔怔而立,脸上已全无血色,眼光从众兄弟的脸上一个个横扫过去。这时议事厅上半点声息也无,只有他手腕伤口中的鲜血,一滴一滴的落在地下,发出极轻微的嗒嗒之声。过了好半晌,他惨然说道:'好,好,好!'大踏步向外走去。厅上四十余人目送他走出,仍是谁也没出声。

"司徒帮主这么一走,谁都知道他再也没面目回来了,帮中不可无主,大家就推你继承。当时你慨然说道:'小子无德无能,本来决计不敢当此重任,不过再过三年,善恶铜牌便将重现江湖。小子暂居此位,那邀宴铜牌倘若送到本帮,小子便照接不误,为各位挡去一场灾难便是。'众兄弟一听,齐声欢呼,当即拜倒。不瞒帮主说,你力战司徒帮主,武功之强,众目所睹,大家本已心服,其实即使你武功平平,只要答允为本帮挡灾解难,大家出于私心,也都必拥你为主。"

石破天点头道:"因此我几番外出,你们都急得什么似的,唯恐我一去不回。"

贝海石脸上微微一红,说道:"帮主就任之后,诸多措施,大家也无异言,虽说待众兄弟严峻了些,但大家想到帮主大仁大义,甘愿舍生以救众人之命,什么也都不在乎了。"

石破天沉吟道:"贝先生,过去之事,我都记不起了,请你不必隐瞒,我到底做过什么大错事了?"贝海石微笑道:"说是大错,却也未必。帮主方当年少,风流倜傥了些,也不足为病。好在这些女子大都出于自愿,强迫之事,并不算多。长乐帮的声名本来也不如何高明,众兄弟听到消息,也不过置之一笑而已。"

石破天只听得额头涔涔冒汗,贝海石这几句话轻描淡写,但显然这几年来自己的风流罪过定然作下了不少。可是他苦苦思索,除了丁珰一人之外,又跟那些女子有过不清不白的私情勾当,却一个也想不起来;突然之间,心中转过一个念头:"倘若阿绣听到了这番话,只须向我瞧上一眼,我就……我就……"

贝海石道:"帮主,属下有一句不知进退的话,不知是否该说?"石破天忙道:"正要请贝先生教我,请你说得越老实越好。"贝海石道:"咱们长乐帮做些见不得人的买卖,原本势所难免,否则全帮二万多兄弟吃饭穿衣,又从哪里生发得来? 咱们本就不是白道上的好汉,也用不着守他们那些仁义道德的臭规矩。只不过帮中自家兄弟们的妻子女儿,依属下之见,帮主还是……还是少理睬她们为妙,免得伤了兄弟间的和气。"

石破天登时满脸通红,羞愧无地,想起那晚展香主来行刺,说自己抢了他的老婆,只怕此事确是有的,那便如何是好?

贝海石又道:"丁不三老先生行为古怪,武功又是极高,帮主跟他孙女儿来往,将来遗弃了她,只怕丁老先生不肯干休,帮主虽也不会怕他,但总是多树一个强敌……"石破天插口道:"我怎会遗弃丁姑娘?"贝海石微笑道:"帮主喜欢一个姑娘之时,自是当她心肝宝贝一般,只是帮主对这些姑娘都没长性。这位丁姑娘嘛,帮主真要跟她相好,也没什么。但拜堂成亲什么的,似乎可以不必了,免得中了丁老儿的圈套。"石破天道:"可是……可是我已经和她拜堂成亲了。"贝海石道:"其时帮主重病未愈,多半是病中迷迷糊糊的受了丁老儿的摆布,那也不能作得准的。"石破天皱起眉头,一时难以回答。

贝海石心想谈到此处,已该适可而止,便即扯开话题,说道:"关东四门派声势汹汹的找上门来,一见帮主,登时便软了下来,恩公长、恩公短的,足见帮主威德。帮主武功增长奇速,可喜可贺,但不知是什么缘故?"石破天如何力退丁不四、救了高三娘子等人性命之事,途中关东群豪早已加油添酱的说与长乐帮众人知晓。贝海石万万料不到石破天武功竟会如此高强,当下想套问原由,但石破天自己也莫名其妙,自说不出个所以然来。

贝海石却以为他不肯说,便道:"这些人在武林中也都算是颇有名望的人物。帮主于他们既有大恩,便可乘机笼络,以为本帮之用。他们如问起司徒前帮主的事,帮主只须说司徒前帮主已经退隐,属下适才所说的经过,却不必告知他们,以免另生枝节,再起争端,于大家都没好处。"石破天点点头道:"贝先生说得是。"

两人又说了一会闲话,贝海石从怀中摸出一张清单,禀告这几个月来各处分舵调换了哪些管事人员,什么山寨送来多少银米,在什么码头收了多少月规。石破天不明所以,只唯唯而应,但听贝海石之言,长乐帮的作为,有些正是父母这几日来所说的伤天害理勾当,许多地方的绿林山寨向长乐帮送来金银财物、粮食牲口,摆明了是坐地分赃;又有什么地方的帮会山寨不听号令,长乐帮便去将之挑了、灭了。他心觉不对,却不知如何向贝海石说才是。

当晚总舵大张筵席,宴请关东群豪,石破天、贝海石、丁珰在下首相陪。

酒过三巡,各人说了些客气话。范一飞道:"恩公大才,整理得长乐帮这般兴旺,司徒大哥想来也必十分欢喜。"贝海石道:"司徒前辈此刻钓鱼种花,什么人都不见,好生清闲舒适。他老人家中使用,敝帮每个月从丰送去,他要什么我们便送什么。"

范一飞正想再设辞探问,忽见虎猛堂的副香主匆匆走到贝海石身旁,在他耳旁低语了几句。

贝海石笑着点头,道:"很好,很好。"转头向石破天笑道:"好教帮主得知,雪山派群弟子给咱们擒获之后,这几天凌霄城又派来后援,意图救人。哪知偷鸡不着蚀把米,刚才又给咱们抓了两个。"石破天微微一惊,道:"将雪山派的弟子都拿住了?"贝海石笑道:"上次帮主和白万剑那厮一起离开总舵,众兄弟好生记挂,只怕帮主忠厚待人,着了那厮的道儿……"他当着关东群豪之面,不便直说石破天为白万剑所擒,是以如此的含糊其辞,又道:"咱们全帮出动,探问帮主下落,在当涂附近撞到一干雪山弟子,略使小计,便将他们都擒了来,禁在总舵,只可惜白万剑那厮机警了得,单单走了他一人。"

丁珰突然插口问道:"那个花万紫花姑娘呢?"贝海石笑道:"那是第一批在总舵擒住的,丁姑娘当时也在场,是不是?那次一共拿住了七个。"

范一飞等心下骇然,均想:"雪山派赫赫威名,不料在长乐帮手下遭此大败。"

贝海石又道:"我们向雪山派群弟子盘问帮主的下落,大家都说当晚帮主在土地庙自行离去,从此没再见过。大家得知帮主无恙,当时便放了心。现下这些雪山派弟子是杀是关,但凭帮主发落。"

石破天寻思:"爹爹、妈妈说,从前我确曾拜在雪山派门下学艺,这些雪山派弟子们算来都是我的师叔,怎可关着不放?当然更加不可杀害。"便道:"我们和雪山派之间有些误会,还是……化……"他想说一句成语,但新学不久,一时想不起来。

贝海石接口道:"化敌为友。"

石破天道:"是啊,还是化敌为友罢!贝先生,我想把他们放了,请他们一起来喝酒,你说好不好?"他不知武林中是否有这规矩,因此问上一声,又想贝海石他们花了很多力气,才将雪山群弟子拿到,自己轻易一句话便将他们放了,未免擅专。旁人虽尊他为帮主,他自己却不觉帮中上下人人都须遵从他的号令。

贝海石笑道:"帮主如此宽宏大量,正是武林中一件美事。"便吩咐道:"将雪山派那些人都带上来。"

那副香主答应了下去,不久便有四名帮众押着两个白衣汉子上来。那二人都双手给反绑了,白衣上染了不少血迹,显是经过一番争斗,两人都受了伤。那副香主喝道:"上前参见帮主。"

那年纪较大的中年人怒目而视,另一个三十岁左右的壮汉破口大骂:"爽爽快快的,将老爷一刀杀了!你们这些作恶多端的贼强盗,总有一日恶贯满盈,等我师父威德先生到来,将你们一个个碎尸万段,为我报仇。"

忽听得窗外暴雷也似的一声喝道："时师弟骂得好痛快！狗强盗，下三滥的王八蛋！"但听得铁链叮当之声，自远而近，二十余名雪山派弟子都戴了足镣手铐，昂然走入大厅。耿万钟、呼延万善、王万仞、柯万钧、花万紫等均在其内，连那轻功十分了得的汪万翼这次也给拿住了。王万仞一进门来，便"狗强盗、王八蛋"的骂不绝口，有的则道："有本事便真刀真枪的动手，使闷香蒙药，那是下三滥的小贼所为。"

范一飞与风良等对望了一眼，均想："倘若是使闷香蒙汗药将他们擒住的，那便没什么光采了。"

贝海石一瞥之间，已知关东群豪的心意，当即离座而起，笑吟吟的道："当涂一役，我们确是使了蒙汗药，倒不是怕了各位武功了得，只是顾念石帮主和各位的师长昔年有一些渊源，不愿动刀动枪的伤了各位，有失和气。各位这么说，显是心中不服，这样罢，各位一个个上来和在下过过招，只要有哪一位能接得住在下十招，咱们长乐帮就算是下三滥的狗强盗如何？"

当日长乐帮总舵一战，贝海石施展五行六合掌，柯万钧等都是走不了两三招便即给他点倒，若说要接他十招，确是难以办到。新被擒的雪山弟子时万年却不知他功夫如此了得，眼见他面黄憔悴、骨瘦如柴，一派病夫模样，对他有何忌惮？当即大声叫道："你们长乐帮只不过倚多为胜，有什么了不起？别说十招，你一百招老子也接了。"

贝海石笑道："很好，很好！这位老弟台果然胆气过人。咱们便这么打个赌，你接得下我十招，长乐帮是下三滥的狗强盗。倘若你老弟在十招之内输了，雪山派便是下三滥的狗强盗，好不好？"说着走近身去，右手一拂，绑在时万年身上几根手指粗细的麻绳应手而断，笑道："请罢！"

时万年遭绑之后，不知已挣扎了多少次，知道身上这些麻绳十分坚韧，哪知这病夫如此轻描淡写的随手一拂，自己说什么也挣不断的麻绳竟如粉丝面条一般。霎时之间，他脸色大变，不由自主的身子发抖，哪里还敢和贝海石动手？

忽然间厅外有人朗声道："很好，很好！这个赌咱们打了！"众人一听到这声音，雪山弟子登时脸现喜色，长乐帮帮众俱都一愕，连贝

第十五回

真假帮主

海石也微微变色。

只听得厅门砰的一声推开，有人大踏步走了进来，器宇轩昂，英姿飒爽，正是"气寒西北"白万剑。他抱拳拱手，说道："在下不才，就试接贝先生十招。"

贝海石微微一笑，神色虽仍镇定，心下却已十分尴尬，以白万剑的武功而论，自己虽能胜得过他，但势非在百招以外不可，要在十招之内取胜，那可万万不能。他心念一转，便即笑道："十招之赌，只能欺欺白大侠的众位师弟。白大侠亲身驾到，咱们这个打赌便须改一改了。白大侠倘若有兴与在下过招，咱们点到为止，二三百招内决胜败罢！"

白万剑森然道："原来贝先生说过的话，是不算数的。"贝海石哈哈一笑，说道："十招之赌，只是对付一般武艺低微、狂妄无知的少年，难道白大侠是这种人么？"

白万剑道："倘若长乐帮自承是下三滥的狗强盗，那么在下就算武艺低微、狂妄无知，又有何妨？"他进得厅来，见石破天神采奕奕的坐在席上，众师弟却个个全身铐镣，容色萎悴，心下恼怒已极，因此抓住了贝海石一句话，定要逼得他自承是下三滥的狗强盗。

便在此时，门外忽然有人朗声道："松江府杨光、玄素庄石清、闵柔前来拜访。"正是石清的声音。

石破天大喜，一跃而起，叫道："爹爹，妈妈！"奔了出去。他掠过白万剑身旁之时，白万剑一伸手便扣他手腕。

这一下出手极快，石破天猝不及防，已给扣住脉门，但他急于和父母相见，不暇多想，随手一甩，真力到处，白万剑只觉半身酸麻，急忙松指，只觉一股大力冲来，忙向旁跨出两步，这才站定，一变色间，只听贝海石笑吟吟的道："果然武艺高强，见识广博！"这句话明里似是称赞石破天，骨子里正是讥刺白万剑"武艺低微、狂妄无知"。

只见石破天眉花眼笑的陪着石清夫妇走进厅来，另一个身材高大的白须老者走在中间，他身后又跟着五个汉子。镇江与松江相去不远，长乐帮群豪知他是江南武林名宿银戟杨光，更听帮主叫石清夫妇为"爹爹、妈妈"，自是人人都站起身来。但见石破天携着闵柔之手，神情极是亲密。

闵柔微微仰头瞧着儿子,笑着说道:"昨日早晨在客店中不见了你,我急得什么似的,你爹爹却说,倘若有人暗算于你,你或者难以防备,要说将你掳去,那就再也不能了。他说到长乐帮来打听打听,定能得知你的讯息,果然是在这里。"

丁珰一见石清夫妇进来,脸上红得犹如火炭一般,转过了头不敢去瞧他二人,却竖起耳朵,倾听他们说些什么。

只听得石清夫妇、杨光和贝海石、范一飞、吕正平等一一见礼。杨光身后那五个汉子均是江南出名的武师,是杨光与石清就近邀来长乐帮评理作见证的。各人都是武林中颇有名望的人物,什么"久仰大名、如雷贯耳"之类的客套话,好一会才说完。范一飞等既知他们是石破天的父母,执礼更为恭谨。石清夫妇不知就里,见对方礼貌逾恒,自不免加倍的客气。只贝海石突然见到石破天多了一对父母出来,而这两人更是闻名江湖的玄素庄庄主,饶是他足智多谋,霎时间也不禁茫然失措。

石破天向贝海石道:"贝先生,这些雪山派的英雄们,咱们就都放了罢,行不行?"他不敢发施号令,要让贝海石拿主意。

贝海石笑道:"帮主有令,把雪山派的'英雄们'都放了。"他将"英雄们"三字说得加倍响亮,显是大有讥嘲之意。长乐帮中十余名帮众轰然答应:"是!帮主有令,把雪山派的'英雄们'都放了。"当下便有人拿出钥匙,去开雪山弟子身上的足镣手铐。

白万剑手按剑柄,大声说道:"且慢!石……哼,石帮主,贝先生,当着松江府银戟杨老英雄和玄素庄石庄主夫妇在此,咱们有句话须得说个明白。"顿了一顿,说道:"咱们武林中人,如若学艺不精,刀枪拳脚上败于人手,对方要杀要辱,那是咎由自取,死而无怨。可是我这些师弟,却是中了长乐帮的蒙汗药而失手被擒,长乐帮使这等卑鄙无耻的手段,到底是损了雪山派的声誉,还是坏了长乐帮名头?这位贝先生适才又说什么来,不妨再说给几位新来的朋友听听。"

贝海石干咳两声,笑道:"这位白兄弟……"白万剑厉声道:"谁跟下三滥的狗强盗称兄道弟了!好不要脸!"贝海石道:"我们石帮主……"

石清插口道:"贝先生,我这孩儿年轻识浅,何德何能,怎可当贵帮的帮主？不久之前他又生了一场重病，将旧事都忘记了。这中间定有重大误会，那'帮主'两字，再也休得提起。在下邀得杨老英雄等六位朋友来此，便是要评说分解此事。白师兄，贵派和长乐帮有过节，我不肖的孩儿又曾得罪了你。这两件事该当分开来谈。我姓石的虽是江湖上泛泛之辈，对人可从不说一句假话。我这孩儿确是将旧事忘得干干净净了。"他顿了一顿，朗声又道："然而只要是他曾经做过的事，不管记不记得，决不敢推卸罪责。至于旁人假借他名头来干的事，却和我孩儿一概无涉。"

厅上群雄愕然相对，谁也没料到突然竟会有这意外变故发生。

贝海石干笑道："嘿嘿，嘿嘿，这是从哪里说起？石帮主……"心下只连珠价叫苦。

石破天摇头道："我爹爹说得不错。我不是你们的帮主，我不知说过多少遍了，可是你们一定不信。"

范一飞道："这中间到底有什么隐秘，兄弟颇想洗耳恭听。我们只知长乐帮的帮主是辽东'快马'司徒横司徒大哥，怎么变成是石恩公了？"

杨光一直不作声，这时撚须说道："白师傅，你也不用性急，谁是谁非，武林中自有公论。"他年纪虽老，说起话来却声若洪钟，中气充沛，随随便便几句话，便威势十足，教人不由得不服。只听他又道："一切事情，咱们慢慢分说，这几位师傅身上的铐镣，先行开了。"

长乐帮的几名帮众见贝海石点了点头，便用钥匙将雪山弟子身上的镣铐一一打开。

白万剑听石清和杨光二人的言语，竟大有向贝海石问罪之意，对自己反而并无敌意，倒大非始料之所及。他众师弟为长乐帮所擒，人孤势单，向贝海石斥骂叫阵，那也是硬着头皮的无可奈何之举，为了雪山派的面子，纵然身遭乱刀分尸，也不肯吞声忍辱，说到取胜的把握，自然半分也无，单贝海石一人自己便未必斗得过。不料石清夫妇与杨光突然来到，忽尔生出了转机，当下并不多言，静观贝海石如何应付。

石清待雪山群弟子身上镣铐脱去、分别就坐之后，又道："贝先生，小儿这么一点儿年纪，见识浅陋之极，要说能为贵帮一帮之主，岂不令天下英雄齿冷？今日当着杨老英雄和江南武林朋友，白师兄和雪山派众位师兄，关东四大门派众位面前，将这事说个明白。我这孩儿石中玉与长乐帮自今而后再没半分干系。他这些年来自己所做的事，自当一一清理，至于旁人借他名义做下的勾当，是好事不敢掠美，是坏事却也不能空担恶名。"

贝海石笑道："石庄主说出这番话来，可真令人大大的摸不着头脑了。石帮主出任敝帮帮主，已历三年，并非一朝一夕之事，咳咳……我们可从来没听帮主说过，名动江湖的玄素双剑……咳咳……竟是我们帮主的父母。"转头对石破天道："帮主，你怎地先前一直不说？否则玄素庄离此又没多远，当你出任帮主之时，咱们就该请令尊令堂大人前来观礼了。"

石破天道："我……我……我本来也不知道啊。"

此语一出，众人都大为诧愕："怎么你本来也不知道？"

石清道："我这孩儿生了一场重病，将过往之事一概忘了，连父母也记不起来，须怪他不得。"

贝海石本来给石清逼问得狼狈之极，难以置答，长乐帮众首脑心中都知，所以立石破天为帮主，不过要他去挡侠客岛铜牌的劫难，直截了当的说，便是要他做替死鬼，但这话即在本帮之内，大家也只心照，实不便宣之于口，又如何能对外人说起？忽听石破天说连他自己也不知石清夫妇是他父母，登时抓住了话头，说道："帮主确曾患过一场重病，寒热大作，昏迷多日，但那只是两个多月之前的事。他出任长乐帮帮主之时，却是身子好好的，神智清明，否则怎能以一柄长剑与司徒前帮主的弯刀拆上近百招，凭武功将司徒前帮主打败，因而登上帮主之位？"

石清和闵柔没听儿子说过此事，均感诧异。闵柔问道："孩儿，这事到底怎样？"关东四门派掌门人听说石破天打败了司徒横，也十分关注，听闵柔问起，同时瞧着石破天。

贝海石道："我们向来只知帮主姓石，双名上破下天。'石中玉'这三字，却只从白师傅和石庄主口中听到。是不是石庄主认错了人呢？"

闵柔怒道："我亲生的孩儿，哪有认错之理？"她虽素来温文有礼，但贝海石竟说这宝贝儿子不是她的孩儿，却忍不住发怒。

石清见贝海石纠缠不清，心想此事终须叫穿，说道："贝先生，咱们明人不说暗话,贵帮这般瞧得起我孩儿这无知少年,决非为了他有什么雄才伟略、神机妙算,只不过想借他这条小命,来挡过侠客岛铜牌邀宴这一劫,你说是也不是?"

这句话开门见山,直说到了贝海石心中,他虽老辣,脸上也不禁变色,干咳了几下,又苦笑几声,拖延时刻,脑中却在飞快的转动念头,该当如何对答。忽听得一人哈哈大笑,说道:"各位在等侠客岛铜牌邀宴,是不是? 很好,好得很,铜牌便在这里!"

只见大厅之中忽然站着两个人,一胖一瘦,衣饰华贵,这两人何时来到,竟谁也没有知觉。

石破天眼见二人,心下大喜,叫道:"大哥,二哥,多日不见,别来可好?"

石清夫妇曾听他说起和张三、李四结拜之事,听得他口称"大哥、二哥",这一惊当真非同小可。石清忙道:"二位来得正好。我们正在分说长乐帮帮主身分之事,二位正可也来作个见证。"这时石破天已走到张三、李四身边,拉着二人的手,甚是亲热欢喜。

张三笑嘻嘻的道:"三弟,你这个长乐帮帮主,只怕是冒牌货罢?"

闵柔心想孩儿的生死便悬于这顷刻之间,再也顾不得什么温文娴淑,当即插口道:"是啊! 长乐帮的帮主是'快马'司徒横司徒帮主,他们骗了我孩儿来挡灾,那是当不得真的。"

张三向李四问道:"老二,你说如何?"李四阴恻恻的道:"该找正主儿。"张三笑嘻嘻的道:"是啊,咱三个义结金兰,说过有福共享,有难同当。长乐帮要咱们三弟来挡灾,那不是要我哥儿们的好看吗?"

群雄一见张三、李四突然现身的身手,已知他二人武功高得出奇,再见他二人的形态,宛然便是三十年来武林中闻之色变的善恶二使,无不凛然,便贝海石、白万剑这等高手,也不由得心中怦怦而跳。但听他们自称和石破天是结义兄弟,又均不明其故。

张三又道:"我哥儿俩奉命来请人去喝腊八粥,原是一番好意。不知如何,大家总不肯赏脸,推三阻四的,教人好生扫兴。再说,我们所请的,不是大门派的掌门人,便是大帮的帮主、大教的教主,等闲之人,那两块铜牌也还到不了他手上。很好,很好,很好!"

他连说三个"很好",眼光向范一飞、吕正平、风良、高三娘子四人脸上扫过,只瞧得四人心中发毛。他最后瞧到高三娘子时,目光多停了一会,笑嘻嘻的又道:"很好!"范一飞等都已猜到,自己是关东四大门派掌门人,这次也在受邀之列,张三所以连说"很好",当是说四个人都在这里遇到,倒省了一番跋涉之劳。

高三娘子大声道:"你瞧着老娘连说'很好',那是什么意思?"张三笑嘻嘻的道:"很好就是很好,那还有什么意思? 总之不是'很不好',也不是'不很好'就是了。"

高三娘子喝道:"你要杀便杀,老娘可不接你铜牌!"右手一挥,呼呼风响,两柄飞刀便向张三激射过去。

众人都是一惊,均想不到她一言不合便即动手,对善恶二使竟也毫不忌惮。其实高三娘子性子虽然暴躁,却非全无心机的草包,她料想善恶二使既送铜牌到来,这场灾难无论如何躲不过了,眼下长乐帮总舵之中高手如云,敌忾同仇,一动上手,谁都不会置身事外,与其让他二人来逐一歼灭,不如乘着人多势众之际,合关东四派、长乐帮、雪山派、玄素庄、杨光等江南豪杰诸路人马之力,打他一个以多胜少。

石破天叫道:"大哥,小心!"

张三笑道:"不碍事!"衣袖轻挥,两块黄澄澄的东西从袖中飞了出去,分别射向两柄飞刀,当的一声,两块黄色之物由竖变横,托着飞刀向高三娘子撞去。

从风声听来,这飞撞之力甚是凌厉,高三娘子双手齐伸,抓住了两块黄色之物,只觉双臂震得发痛,上半身尽皆酸麻,低头看时,不由得倒抽一口凉气,托着飞刀的黄色之物,正是那两块追魂夺命的赏善罚恶铜牌。

她早就听人说过善恶二使的规矩,只要伸手接了他二人交来的铜牌,就算是答允赴侠客岛之宴,再也不能推托。霎时之间,她脸上更无半分血色,身子也不由自主的微微发抖,干笑道:"哈哈,要我……我……我……我去侠客岛……喝……腊八……粥……"声音苦涩不堪,旁人听着都不禁代她难受。

张三仍笑嘻嘻的道:"贝先生,你们安排下机关,骗我三弟来冒充帮主。他是个忠厚老实之人,不免上当。我张三、李四却不忠厚老实了。我们来邀客人，岂有不查个明白的？倘然邀错了人，闹下天大的笑话，张三、李四颜面何存？长乐帮帮主这个正主儿，我们早查得清清楚楚，倒花了不少力气，已找了来放在这里。兄弟，咱们请正主儿下来，好不好？"李四道："不错，该当请他下来。"伸手抓住两张圆凳，呼的一声，向厅顶掷了上去。

只听得轰隆一声响亮，厅顶登时撞出个大洞，泥沙纷落之中，挟着一团物事掉了下来，砰的一声，摔在筵席之前。

群豪不约而同的向旁避了几步，只见从厅顶摔下来的竟然是个人。这人缩成一团，蜷伏于地。

李四左手食指点出，嗤嗤声响，解开了那人穴道。那人慢慢站起身来，伸手揉眼，茫然四顾。

众人齐声惊呼，有的说："他，他！"有的说："怎……怎么……"有的说："怪……怪了！"众人见李四凌虚解穴，以指风撞击数尺外旁人的穴道，这等高深的武功向来只是耳闻，从未目睹，人人早已惊骇无已，又见那人五官面目宛然便又是一个石破天，只全身绫罗，服饰华丽，更感诧异。

只听那人颤声道："你……你们又要对我怎样？"

张三笑道："石帮主，你躲在扬州妓院之中，数月来埋头不出，艳福无边。贝先生他们到处寻你不着，只得另外找了个人来冒充你作帮主。但你想瞒过侠客岛使者的耳目，可没这么容易了。我们来请你去喝腊八粥，你去是不去？"说着从袖中取出两块铜牌，托在手中。

那少年脸现惧色，急退两步，颤声道："我……我当然不去。我干么……干么要去？"

石破天奇道："大哥，这……这到底是怎么回事？"

张三笑道："三弟，你瞧这人相貌跟你像不像？长乐帮奉他为帮主，本是要他来接铜牌的，可是这人怕死，悄悄躲了起来，贝先生他们无可奈何，便骗了你来顶替他作帮主。可是你大哥、二哥还是将他揪了出来，叫你作不成长乐帮的帮主，你怪不怪我？"

石破天摇摇头，目不转睛的瞧着那人，过了半晌，说道："妈妈，爹爹，叮叮当当，贝先生，我……我早说你们认错了人，我不是他，他……他才是真的。"

闵柔抢上一步，颤声道："你……你是玉儿？"那人点了点头，道：

"妈,爹,你们都在这里。"

白万剑踏上一步,森然道:"你还认得我吗?"那人低下了头,抱拳行礼,说道:"白师叔,众……众位师叔,也都来了。"白万剑嘿嘿冷笑,道:"我们都来了。"

贝海石皱眉道:"这两位容貌相似,身材年岁又是一样,到底哪一位是本帮的帮主,我可认不出来,这当真是天下之大,无奇不有。你……你才是石帮主,是不是?"那人点了点头。贝海石道:"这些日子中,帮主却又到了何处? 咱们到处找你不到。后来有人见到这个……这个少年,说道帮主是在摩天崖上,我们这才去请了来,咳咳……真正想不到……咳咳……"那人道:"一言难尽,慢慢再说。"

厅上突然间寂静无声,众人瞧瞧石破天,又瞧瞧石帮主,两人容貌果然颇为肖似,但并立在一起,相较之下,毕竟也大为不同。一个似是乡下粗鄙农夫,另一个却是翩翩浊世富家公子。石破天脸色较黑,眉毛较粗,手脚也较粗壮,不及石帮主的俊美文秀,但若非同时现身,却也委实不易分辨。过了一会,只听得闵柔抽抽噎噎的哭了出来。

白万剑说道:"容貌可以相同,难道腿上的剑疤也一般无异,此中大有情弊。"丁珰忍不住也道:"这人是假的。真的天哥,左肩上有……有个疤痕。"石清也怀疑满腹,说道:"我那孩儿幼时曾为人暗器所伤。"指着石破天道:"这人身上有此暗器伤痕,到底谁真谁假,一验便知。"众人瞧瞧石破天,又瞧瞧那华服少年,都是满腹疑窦。

张三哈哈笑道:"既要伪造石帮主,自然是一笔一划,都要造得真像才行。真的身上有疤,假的当然也有。贝大夫这'着手成春'四个字外号,难道是白叫的吗? 他说我三弟昏迷多日,自然是那时候在我三弟身上作上了手脚。"突然间欺近身去,随手在那华服少年的肩头、左腿、左臀三处分别抓了一下。那少年衣裤上登时给他抓出了三个圆孔,露出雪白的肌肤来。

只见他肩头有疤、腿上有伤、臀部有痕,与丁珰、白万剑、石清三人所说尽皆相符。

众人都"啊"的一声惊呼,既讶异张三手法之精,这么随手几抓丝毫不伤皮肉,而切割衣衫利逾并剪,复见那少年身上的疤痕,果与石破天身上一模一样。

丁珰抢上前去,颤声道:"你……你……果真是天哥?"那少年苦笑道:"叮叮当当,这么些日子不见你,我想得你好苦,你却早将我抛在九霄云外了。你认不得我,可是你啊,我便再隔一千年、一万年,也永远认得你。"丁珰听他这么说,喜极而泣,道:"你……你才是真的天哥。他……他可恶的骗子,又怎说得出这些真心深情的话来?我险些儿给他骗上了!"说着向石破天怒目而视,同时情不自禁的伸手拉住了那少年的手。那少年将手掌紧了一紧,向她微微一笑。丁珰登觉如沐春风,喜悦无限。

石破天走上两步,说道:"叮叮当当,我早就跟你说,我不是你的天哥,你……你生不生我的气?"

突然间啪的一声,他脸上热辣辣的着了个耳光。

丁珰怒道:"你这骗子,啊唷,啊唷!"连连挥手,原来她这一掌打得甚是着力,却给石破天的内力反激出来,震得她手掌好不疼痛。

石破天道:"你……你的手掌痛吗?"丁珰怒道:"滚开,滚开,我再也不要见你这无耻的骗子!"石破天黯然神伤,喃喃道:"我……我又不是故意骗你的。"丁珰怒道:"还说不是故意? 你肩头做了个假伤疤,干么不早说?"石破天摇头道:"我自己也不知道!"丁珰顿足道:"骗子,骗子,你走开!"一张俏脸蛋胀得通红。

石破天眼中泪珠滚来滚去,险些便要夺眶而出,强自忍住,退了开去,好在心中自有安慰:"我又不想要你做老婆,我另外有个'心肝宝贝'阿绣,她可比你斯文多了,她从来不打我。"

石清转头问贝海石道:"贝先生,这……这位少年,你们从何处觅来? 我这孩儿,又如何给你们硬栽为贵帮的帮主? 武林中朋友在此不少,还得请你分说明白,以释众人之疑。"

贝海石道:"这位少年相貌与石帮主一模一样,连你们玄素双剑是亲生的父母,也都分辨不出。我们外人认错了,怕也难怪罢?"

石清点了点头,心想这话倒也不错。

闵柔却道:"我夫妇和儿子多年不见,孩子长大了,自不易辨认。贝先生这几年来和我孩子日夕相见,以贝先生的精明,却是不该认错的。"

贝海石咳嗽几声,苦笑道:"这……这也未必。"那日他在摩天崖见到石破天,便知不是石中玉,但遍寻石中玉不获,正自心焦如焚,灵机一动，便有意要石破天顶替。恰好石破天浑浑噩噩，安排起来容易不过，这番用心自是说什么也不能承认的，又道："石帮主接任敝帮帮主，那是凭武功打败了司徒前帮主，才由众兄弟群相推戴。石帮主，此事可是有的？'硬栽'二字，从何说起？"

那少年石中玉道："贝先生，事情到了这步田地，也就什么都不用隐瞒了。那日在淮安府我得罪了你，给你擒住。你说只须一切听你吩咐，就饶我性命，于是你叫我入了你们长乐帮，要我当众质问司徒帮主为何逼得何香主自杀，问他为什么不肯接侠客岛铜牌，又叫我跟司徒帮主动手。凭我这点儿微末功夫，又怎是司徒帮主的对手？是你贝先生和众香主在混乱中一拥而上，假意相劝，其实是一起制住了司徒帮主，逼得他大怒而去，于是你便叫我当帮主。此后一切事情，还不是都听你贝先生的吩咐，你要我东，我又怎敢向西？我想想实在没味儿，便逃到了扬州，倒也逍遥快活。哪知莫名其妙的却又给这两位老兄抓到了这里，将我点了穴道，放在大厅顶上。贝先生，这长乐帮的帮主，还是你来当。这个傀儡帮主的差使，请你开恩免了罢。"他口才便捷，说来有条有理，人人登时恍然。

贝海石脸色铁青，说道："那时候帮主说什么话来？事到临头，却又翻悔推托。"

石中玉道："唉，那时候我怎敢不听你吩咐？此刻我爹娘在此，你尚且对我这么狠霸霸的，别的事也就可想而知了。"他眼见赏善罚恶二使已到，倘若推不掉这帮主之位，势必性命难保，又有了父母作靠山，言语中便强硬起来。

米横野大声道："帮主，你这番话未免颠倒是非了。你作本帮帮主，也不是三天两日之事，平日作威作福，风流快活，作践良家妇女，难道都是贝先生逼迫你的？若不是你口口声声向众兄弟拍胸担保，赌咒发誓，说道定然会接侠客岛铜牌，众兄弟又怎容你如此胡闹？"

石中玉难以置辩，便只作没听见，笑道："贝先生本事当真不小，我隐居不出，免惹麻烦，亏得你不知从何处去找了这小子出来。这小子的相貌和我也真相像。他既爱冒充，就冒充到底好了，又来问我干什么？爹，妈，这是非之地，咱们及早离去为是。"他口齿伶俐，比之石破天当真天差地远，两人一开口说话，立时全然不同。

米横野、陈冲之、展飞等同时厉声道："你想撒手便走，可没这般容易。"说着各自按住腰间刀柄、剑把。

张三哈哈笑道："石帮主，贝先生，咱们打开天窗说亮话。凭着司徒横和石帮主的武功声望，老实说，也真还不配上侠客岛去喝一口腊八粥。长乐帮这几年来干的恶事太多，我兄弟二人今天来到贵帮的本意，乃是'罚恶'，本来也不盼望石帮主能接铜牌。只不过向例如此，总不免先问上一声。石帮主你不接铜牌，是不是？好极，好极！你不接最好！"

贝海石与长乐帮群豪都心头大震，知道石中玉若不接他手中铜牌，这胖瘦二人便要大开杀戒。听这胖子言中之意，此行主旨显是诛灭长乐帮。他二人适才露的几手功夫，全帮无人能敌。但石中玉显然说什么也不肯做帮主，那便如何是好？

霎时之间，大厅中更没半点声息。人人目光都瞧着石中玉。

石破天道："贝先生，我大哥……他可不是说着玩的，说杀人便当真杀人，飞鱼帮、铁叉会那些人，都给他两个杀得干干净净。我看不论是谁做帮主都好，先将这两块铜牌接了下来，免得多伤人命。双方都是好兄弟，真要打起架来，我可不知要帮谁才好。"

贝海石道："是啊，石帮主，这铜牌是不能不接的。"

石破天向石中玉道："石帮主，你就接了铜牌罢。你接牌也是死，不接也是死。只不过倘若不接呢，那就累得全帮兄弟都陪了你一起死，这……这于心何忍？"

石中玉嘿嘿冷笑，说道："你慷他人之慨，话倒说得容易。你既如此大仁大义，干么不给长乐帮挡灾解难，自己接了这两块铜牌？嘿嘿，当真好笑！"

石破天叹了口气，向石清、闵柔瞧了一眼，向丁珰瞧了一眼，说道："贝先生，众位一直待我不错，原本盼我能为长乐帮消此大难，真的石帮主既不肯接，就由我来接罢！"说着走向张三身前，伸手便去取他掌中铜牌。众人尽皆愕然。

张三将手一缩，说道："且慢！"向贝海石道："侠客岛邀宴铜牌，只交正主。贵帮到底奉哪一位作帮主？"

贝海石等万料不到，石破天在识破各人的阴谋诡计之后，竟仍肯为本帮卖命，这些人虽然个个凶狡剽悍，但此时无不油然而生感激之情，不约而同的齐向石破天躬身行礼，说道："愿奉大侠为本帮帮主,遵从帮主号令,决不敢有违。"这几句话倒也说得万分诚恳。

石破天还礼道:"不敢,不敢! 我什么事都不懂,说错了话,做错了事,你们不要怪我才好。"贝海石等齐声道:"不敢!"

张三哈哈一笑,问道:"兄弟,你到底姓什么?"石破天茫然摇头,说道:"我真的不知道。"向闵柔瞧了一眼,又向石清瞧了一眼,见两人对自己瞧着的目光中仍充满爱怜之情,说道:"我……我还是姓石罢!"张三道:"好! 长乐帮石帮主,今年十二月初八,请到侠客岛来喝腊八粥。"石破天道:"自当前来拜访两位哥哥。"

张三道:"凭你的武功,这碗腊八粥大可喝得。只可惜长乐帮却从此逍遥自在了。"李四摇头道:"可惜,可惜!"不知是深以不能诛灭长乐帮为憾,还是说可惜石破天枉自为长乐帮送了性命。贝海石等都低下了头,不敢和张三、李四的目光相对。

张三、李四对望一眼,都点了点头。张三右手扬处,两块铜牌缓缓向石破天飞去。铜牌份量不轻,掷出之后,本当势挟劲风的飞出,但如此缓缓凌空推前,便如空中有两根瞧不见的细线吊住一般,内力之奇,实是罕见罕闻。

众人睁大了眼睛,瞧着石破天。闵柔突然叫道:"孩儿别接!"石破天道:"妈,我已经答允了的。"双手伸去,一手抓住了一块铜牌,向石清道:"爹爹……不……石……石……石庄主明知凶险,攸关性命生死,仍要代上清观主赴侠客岛去,英雄侠义,孩儿……我也要学上一学。"

李四道:"好! 英雄侠义,重义轻生,这才是好汉子、大丈夫,不枉了跟你结拜一场。兄弟,咱们把话说在前头,到得侠客岛上,大哥、二哥对你一视同仁,可不能给你什么特别照顾。"石破天道:"这个自然。"

李四道:"这里还有几块铜牌,是邀请关东范、风、吕三位去侠客岛喝腊八粥的。三位接是不接?"

范一飞向高三娘子瞧了一眼,心想:"你既已经接了,咱们关东四大门派同进同退,也只有硬着头皮,将这条老命去送在侠客岛了。"当即说道:"承蒙侠客岛上的大侠客们瞧得起,姓范的焉有敬酒不喝喝罚酒之理?"走上前去,从李四手中接过两块铜牌。风良哈哈一笑,说道:"到十二月初八还有两个月,就算到那时非死不可,可也是多活了两个月。"当下与吕正平都接了铜牌。

张三、李四二人抱拳行礼，说道："各位赏脸，多谢了。"向石破天道："兄弟，我们尚有远行，今日可不能跟你一起喝酒了，这就告辞。"石破天道："喝三碗酒，那也无妨。两位哥哥的酒葫芦呢？"张三笑道："扔了，扔了！这种酒配起来可艰难得紧，带着两个空葫芦有什么趣味？好罢，二弟，咱哥儿三个这就喝三碗酒。"

长乐帮中的帮众斟上酒来，张三、李四和石破天对干三碗。

石清踏上一步，朗声道："在下石清，忝为玄素庄庄主，意欲与内子同上侠客岛来讨一碗腊八粥喝。"

张三说道："三十多年来，武林中人一听到侠客岛三字，无不心惊胆战，今日居然有人自愿前往，倒第一次听见。英雄肝胆，了不起！"李四道："石庄主、石夫人，这可对不起了。你两位是上清观门下，未曾另行开宗立派，剑术虽精，也仍是上清观一派，此番难以奉请。杨老英雄和别的几位也是这般。"

白万剑问道："两位尚有远行，是否……是否前去凌霄城？"张三道："白英雄料事如神，我二人正要前去拜访令尊威德先生白老英雄。"白万剑脸上登时变色，踏上一步，欲言又止，隔了半响，才道："好。"

张三笑道："白英雄倘若回去得快，咱们还可在凌霄城再见。请了，请了！"和李四一举手，二人一齐转身，缓步出门。

高三娘子骂道："王八羔子，什么东西！"左手挥处，四柄飞刀向二人背心掷去。她明知这一下万难伤到二人，只心中愤懑难宣，放几口飞刀发泄一下也是好的。

眼见四柄飞刀转瞬间便到了二人背后，二人似乎丝毫不觉。石破天忍不住叫道："两位哥哥小心了！"猛听得呼的一声，二人向前飞跃而出，迅捷难言，众人眼前只一花，四柄飞刀啪的一声，同时钉在门外的木屏风上，张三李四却已不知去向。飞刀是手中掷出的暗器，但二人使轻功纵跃，居然比之暗器尚要快速。群豪相顾失色，如见鬼魅。高三娘子兀自骂道："王八羔……"但忍不住心惊，只骂得三个字，下面就没声音了。

石中玉携着丁珰的手，正慢慢溜到门口，想乘众人不觉，就此溜出门去，不料高三娘子这四口飞刀，却将各人的目光都引到了门边。白万剑厉声喝道："站住了！"转头向石清道："石庄主，你交代一句话下来罢！"

石清叹道："姓石的生了这样……这样的儿子,更有什么话说?白师兄,我夫妇携带犬子,同你一齐去凌霄城向白老伯领罪便是。"

一听此言,白万剑和雪山群弟子无不大感意外,先前为了个假儿子,他夫妇奋力相救,此刻真儿子现身,他反而轻易答允同去凌霄城领罪,莫非其中有诈?

闵柔向丈夫望了一眼,这时石清也正向妻子瞧来。二人目光相接,见到对方神色凄然,都不忍再看,各将眼光转了开去,均想:"原来咱们的儿子终究是如此不成材的东西,既答允了做长乐帮的帮主,大难临头之际,却又缩头避祸,这样的人品,唉!"

他夫妇二人这几日来和石破天相处,虽觉他大病之后,记忆未复,说话举动甚是幼稚可笑,但觉他天性淳厚,天真烂漫之中往往流露出一股英侠之气、仁厚之情,心下甚为欢喜。闵柔更加心花怒放,石破天愈不通世务,她愈觉这孩子就像是从前那依依膝下的七八岁孩童,勾引起当年许多甜蜜往事。不料真的石中玉突然出现,容貌虽然相似,行为却全然大异,一个狡狯懦怯,一个锐身任难,偏偏那个懦夫才真是自己的儿子。

闵柔对石中玉好生失望,但毕竟是自己亲生的孩子,向他招招手,柔声道:"孩子,你过来!"石中玉走到她身前,笑道:"妈,这些年来,孩儿真想念你得紧。妈,你越来越年轻俊俏啦,任谁见了,都会说是我姊姊,决不信你是我亲娘。"闵柔微微一笑,心头气苦:"这孩子就只学得了一副油腔滑调。"笑容之中,不免充满了苦涩之意。

石中玉又道:"妈,孩儿早几年曾觅得一对碧玉镯儿,一直带在身边,只盼哪一日见到你,亲手给你戴在手上。"说着从怀中掏出个黄缎包儿,打了开来,取出一对玉镯,一朵镶宝石的珠花,拉过母亲手来,将玉镯给她戴在腕上。

闵柔原本喜爱首饰打扮,见这副玉镯子温润晶莹,甚是好看,想到儿子的孝心,不由得愠意渐减。她可不知这儿子到处拈花惹草,一向身边总带着珍贵的珍宝首饰,一见到美貌女子,便取出赠送,以博欢心。

石中玉转过身来,将珠花插在丁珰头发上,低声笑道:"这朵花该当再美十倍,才配得我那叮叮当当的花容月貌,眼下没法子,将就着戴戴罢。"丁珰大喜,低声道:"天哥,你总这般会说话。"伸手轻轻抚弄鬓上的珠花,斜视石中玉,脸上喜气盎然。

贝海石咳嗽了几声,说道:"难得杨老英雄、石庄主夫妇、雪山派各位英雄、关东四大门派众位大驾光临。种种误会,亦已解释明白。让敝帮重整杯盘,共谋一醉。"

但石清夫妇、白万剑、范一飞等各怀心事,均想:"你长乐帮的大难有人出头挡过了,我们却哪有心情来喝你的酒?"白万剑首先说道:"侠客岛的两个使者说道要上凌霄城去,在下非得立时赶回不可。贝先生的好意,只有心领了。"石清道:"我们三人须和白师兄同去。"范一飞等也即告辞,说道腊八粥之约为期不远,须得赶回关东;言语中含糊其辞,但人人心下明白,他们是要赶回去分别料理后事。

当下群豪告辞出来。石破天神色木然,随着贝海石送客,心中凄凉:"我早知他们弄错了,偏偏叮叮当当说我是她的天哥,石庄主夫妇又说我是他们的儿子。"突然之间,只觉世上孤另另的只剩下了自己一人,谁也跟自己无关。"我真的妈妈不要我了,师父史婆婆和阿绣不要我了,连阿黄也不要我了!"

范一飞等又再三向他道谢解围之德。白万剑道:"石帮主,数次得罪,万分不该,尚请见谅。石帮主英雄豪迈,以德报怨,紫烟岛上又多承相救,敝派全都心感。此番回去,倘若侥幸留得性命,日后若蒙不弃,很盼跟石帮主交个朋友。"执着他手,感德之意甚为诚挚。石破天唯唯以应,只想放声大哭。

石清夫妇和石破天告别之时,见他容色凄苦,心头也大感辛酸。闵柔本想说收他做自己义子,但想他是江南大帮的帮主,身分可说已高于自己夫妇,又是张三、李四的义弟,武功如此了得,认他为子的言语自不便出口,只得柔声道:"石帮主,先前数日,我夫妇认错了你,对你甚为不敬,只盼……只盼咱们此后尚有再见之日。"

石破天道:"是,是!爹,妈,你们……你们不要我了吗?"闵柔双目含泪,伸手握了他手捏了捏,稍表亲厚之意。石破天目送众人离去,直到各人走得人影不见,他兀自怔怔的站在大门外出神。

隔了半晌,石破天回过身来,只见长乐帮众人黑压压的跪了一地,带头的正是贝海石。众人齐道:"多谢帮主大仁大义,属下感激不尽!"

眼前一座山峰冲天而起，峰顶建着数百间房屋，屋外围以一道白色高墙。石清赞道：「雄踞绝顶，俯视群山，『凌霄』两字，果然名副其实。」

第十六回　凌霄城

这日晚间,石破天一早就上了床,但思如潮涌,翻来覆去的直到中宵,才迷迷糊糊的入睡。

睡梦之中,忽听得窗格上得得得的轻敲三下,他翻身坐起,记得丁珰以前两次半夜里来寻自己,都这般击窗为号,不禁冲口而出:"是叮叮……"只说得三个字,立即住口,叹了口气,心想:"我这可不是发痴?叮叮当当早随她那天哥去了,又怎会再来看我?"

却见窗子缓缓推开,一个苗条的身影轻轻跃入,格的一笑,却不是丁珰是谁?她走到床前,低声笑道:"怎么将我截去了一半?叮叮当当变成了叮叮?"

石破天又惊又喜,"啊"的一声,从床上跳了下来,道:"你……你怎么又来了?"丁珰抿嘴笑道:"我记挂着你,来瞧你啊。怎么啦,来不得么?"石破天摇头说:"你找到了你真天哥,又来瞧我这假的作甚?"

丁珰笑道:"啊唷,生气了,是不是?天哥,日里我打了你一记,你恼不恼?"说着伸手轻抚他面颊。

石破天鼻中闻到甜甜的香气,脸上受着她滑腻手掌温柔的抚摸,不由得心烦意乱,嗫嚅道:"我不恼。叮叮当当,你不用再来看我。你认错人了,大家都没法子,只要你不当我是骗子,那就好了。"

丁珰柔声道:"小骗子,小骗子!唉,你倘若真是个骗子,说不定我反而欢喜。天哥,你是天下少有的正人君子,你跟我拜堂成亲,始

373

终……始终没把我当成是你的老婆。"

石破天全身发烧，不由得羞惭无地，道："我……我不是正人君子！我不是不想，只是我不……不敢！幸亏……幸亏咱们没什么，否则……否则可就不知如何是好！"

丁珰退开一步，坐在床沿之上，双手按着脸，突然呜呜咽咽的啜泣起来。石破天慌了手脚，忙问："怎……怎么啦？"丁珰哭道："我……我知道你是正人君子，可是人家……人家却不这么想啊。我当真是跳进黄河里也洗不清了。那个石中玉，他……他说我跟你拜过了天地，同过了房，他不肯要我了。"石破天顿足道："这……这便如何是好？叮叮当当，你不用着急，我跟他说去。我去对他说，我跟你清清白白，那个相敬如……如什么的。"

丁珰忍不住噗哧一声，破涕为笑，说道："'相敬如宾'是不能说的，人家夫妻那才是相敬如宾。"石破天道："啊，对不起，我又说错了。我听高三娘子说过，却不明白这四个字的真正意思。"

丁珰忽又哭了起来，轻轻顿足，说道："他恨死你了，你跟他说，他也不会信你的。"

石破天内心隐隐感到欢喜，心道："他不要你，我可要你。"但知这句话不对，就是想想也不该，何况自己心里真正想要的老婆，是阿绣而不是她，便道："那怎么办？那怎么办？唉，都是我不好，这可累了你啦！"

丁珰哭道："他跟你无亲无故，你又无恩于他，反而和他心上人拜堂成亲，洞房花烛，他不恨你恨谁？倘若他……他不是他，而是范一飞、吕正平他们，你是救过他性命的大恩公，当然不论你说什么，他就信什么了。"

石破天点头道："是，是，叮叮当当，我好生过意不去。咱们总得想个法子才是。啊，有了，你请爷爷去跟他说个明白，好不好？"丁珰顿足哭道："没用的，没用的。他……他石中玉过不了几天就没命啦，咱们一时三刻，又到哪里找爷爷去？"石破天大惊，问道："为什么他过不了几天就没了性命？"

丁珰道："雪山派那白万剑先前误认你是石中玉，将你捉拿了去，幸亏爷爷和我将你救得性命，否则的话，他将你押到凌霄城中，早将你零零碎碎的割来杀了，你记不记得？"石破天道："当然记得。

啊哟,不好,这一次石庄主和白师傅又将他送上凌霄城去。"丁珰哭道:"雪山派对他恨之切骨。他一入凌霄城,哪里还有性命?"石破天道:"不错,雪山派的人一次又一次的来捉我,事情确然非同小可。不过他们冲着石庄主夫妇的面子,说不定只将你的天哥责骂几句,也就算了。"

丁珰咬牙道:"你倒说得容易! 他们要责骂,不会在这里开口吗? 何必万里迢迢的押他回去? 他们雪山派为了拿他,已死了多少人,你知不知道?"

石破天登时背上出了一阵冷汗,雪山派此次东来江南,确然死伤不少,别说石中玉在凌霄城中所犯的事必定十分重大,单是江南这笔帐,就决非几句责骂便能了事。

丁珰又道:"天哥他确有过犯,自己送了命也就罢啦,最可惜石庄主夫妇这等侠义仁厚之人,却也要陪上两条性命。"

石破天跳将起来,颤声道:"你……你说什么? 石庄主夫妇也要陪上性命?"石清、闵柔二人这数日来待他亲情深厚,虽说是认错了人,但在他心中,仍是世上待他最好之人,一听到二人有生死危难,自是关切无比。

丁珰道:"石庄主夫妇是天哥的父母,他们送天哥上凌霄城去,难道是叫他去送死? 自然是要向白老爷子求情了。然而白老爷子一定不会答允的,非杀了天哥不可。石庄主夫妇爱护儿子之心何等深切,到得紧要关头,势须动武。你倒想想看,凌霄城高手如云,又占了地利之便,石庄主夫妇再加上天哥,只不过三个人,又怎能是他们的对手? 唉,我瞧石夫人待你真好,你自己的妈妈恐怕也没她这般爱惜你。她……她……竟要去死在凌霄城中,我想想就难过。"说着双手掩面,又嘤嘤啜泣起来。

石破天全身热血如沸,说道:"石庄主夫妇有难,不论凌霄城有多大凶险,我都非赶去救援不可。就算救他们不得,我也宁可将性命赔在那里,决不独生。叮叮当当,我去了!"说着大踏步便走向房门。

丁珰拉住他衣袖,问道:"你去哪里?"

石破天道:"我连夜赶上他们,和石庄主夫妇同上凌霄城去。"丁珰道:"威德先生白老爷子武功厉害得紧,再加上他儿子白万剑,还有什么风火神龙封万里啦等等高手,就说你武功上胜得过他们,但凌霄城中步步都是机关,铜网毒箭,不计其数。你一个不小心踏入了陷阱,便有天大本事,饿也饿死了你。"石破天道:"那也顾不得啦。"

丁珰道:"你逞一时血气之勇,也死在凌霄城中,能救得了石庄主夫妇么? 你如死了,我可不知有多伤心,我……我也不能活了。"

石破天突然听到她如此情致缠绵的言语,一颗心不由得急速跳动,颤声道:"你……你为什么对我这样好? 我又不是你的……你的真天哥。"

丁珰叹道:"你们两个长得一模一样,在我心里,实在也没什么分别,何况我和你相聚多日,你又一直待我这么好。'日久生情'这四个字,你总听见过罢?"她抓住了石破天双手,说道:"天哥,你答允我,你无论如何,不能去死。"石破天道:"可是石庄主夫妇不能不救。"丁珰道:"我倒有个计较在此,就怕你疑心我不怀好意,却不便说。"石破天急道:"快说,快说! 你又怎会对我不怀好意?"

丁珰迟疑道:"天哥,这事太委屈了你,又太便宜了他。任谁知道了,都会说我安排了个圈套要你去钻。不行,这件事不能这么办。虽说万无一失,毕竟太不公道。"

石破天道:"到底是什么法子? 只须救得石庄主夫妇,委屈了我,又有何妨?"

丁珰道:"天哥,你既定要我说,我便听你的话,这就说了。不过你倘若真要照这法子去干,我可又不愿。我问你,他们雪山派到底为什么这般痛恨石中玉,非杀了他不可?"

石破天道:"似乎石中玉本是雪山派弟子,犯了重大门规,在凌霄城中害死了白师傅的小姐,又累得他师父封万里给白老爷爷斩了一条臂膀,说不定他还做了些别的坏事。"丁珰道:"不错,正因为石中玉害死了人,他们才要杀他抵命。天哥,你有没害死过白师傅的小姐?"石破天一怔,道:"我? 我当然没有。白师傅的小姐我从来就没见过。"

丁珰道:"这就是了。我想的法子,说来也没什么大不了,就是让你去扮石中玉,陪着石庄主夫妇到凌霄城去。等得他们要杀你之时,你再吐露真相,说道你是狗杂种,不是石中玉。他们仔细一查,终究便查明白了,何况白万剑师傅他们几十个弟子亲眼见到,的的确确有两个相貌相同的石中玉。他们要杀的是石中玉,并不是你,最多骂你一顿,说你不该扮了他来骗人,终究会将你放了。他们不杀你,石庄主夫妇也不会出手,当然也就不会送了性命。"

石破天沉吟道:"这法子倒真好。只凌霄城远在西域,几千里路和白师傅他们一路同行,只怕……只怕我说不了三句话,就露了破绽出来。叮叮当当,你知道,我笨嘴笨舌,哪里及得上你这个……你这个真天哥的聪明伶俐。"说着不禁黯然。

丁珰道:"这个我倒想过了。你只须在喉头涂上些药物,让咽喉处肿了起来,装作生了个大疮,从此不再说话,肿消之后仍不说话,假装变了哑巴,就什么破绽也没有了。"说着忽然叹了口气,幽幽的道:"天哥,法子虽妙,但总是教你吃亏,我实在过意不去。你知道的,在我心中,宁可我自己死了,也不能让你受到半点委屈。"

石破天听她语意之中对自己这等情深爱重,这时候别说要他假装哑巴,就是要自己为她而死,那也是勇往直前,绝无异言,当即大声道:"很好,这主意真妙!只是我怎么去换了石中玉出来?"

丁珰道:"他们一行人都在龙潭镇上住宿,咱们这就赶去。我知道石中玉睡的房间,咱们悄悄进去,让他跟你换了衣衫。明日早晨你就大声呻吟,说喉头生了恶疮,从此之后,不到白老爷子真要杀你,你总不开口说话。"石破天喜道:"叮叮当当,这般好法子,亏你怎么想得出来?"

丁珰道:"一路上你跟谁也不可说话,和石庄主夫妇也不可太亲近了。白师傅他们十分精明厉害,你只要露出半点马脚,他们一起疑心,可就救不了石庄主夫妇了。唉,石庄主夫妇英雄侠义,倘若就此将性命断送在凌霄城里……"说着摇摇头,叹了口长气。

石破天点头道:"这个我自理会得,便要杀我头也不开口。咱们这就走罢。"

突然间房门呀的一声推开,一个女子声音叫道:"少爷,你千万别上她当!"朦胧夜色之中,只见一个少女站在门口,正是侍剑。

石破天道:"侍剑姊姊,什……什么别上她当?"侍剑道:"我在房门外都听见啦。这丁姑娘不安好心,她……她只是想救她那个天哥,骗了你去作替死鬼。"石破天道:"不是的! 丁姑娘是帮我想法子去救石庄主、石夫人。"侍剑急道："你再好好想一想，少爷，她决不会对你安什么好心。"

丁珰冷笑道："好啊，你本来是真帮主的人，这当儿吃里扒外，却来挑拨是非。"转头向石破天道："天哥，别理这小贱人，你快去问陈香主他们要一把闷香，可千万别说起咱们计较之事。要到闷香后，别再回来，在大门外等我。"石破天问道："要闷香作什么？"丁珰道："待会你自然知道，快去，快去！"石破天道："是！"

丁珰微微冷笑，道："小丫头，你良心倒好！"

侍剑惊呼一声，转身便逃。丁珰哪容她逃走？抢将上去，双掌齐发，向她后心击去。石破天抢上伸臂一格，将她双手掠开。丁珰"啊哟"一声大叫，左手急出，点中了侍剑后心穴道。侍剑昏倒在地。丁珰嗔道："你又搭上这小丫头了，干么救她？"说着推开窗子，跳了出去。

石破天见侍剑并未受伤，料想穴道受点，过得一会便自解开，自己又不会解穴，只得道："侍剑姊姊，你等着我回来。"跟着从窗中跳出，追赶丁珰而去。

石破天先去向陈冲之要了闷香，告知他有事出外，越墙出来。丁珰等在大门外，石破天道："闷香拿到了。"丁珰道："很好！"两人快步而行，来到河边，乘上小船。

丁珰执桨划了数里，弃船上岸，只见柳树下系着两匹马。丁珰道："上马罢！"石破天道："你真想得周到，连坐骑都早备下了。"丁珰脸上一红，嗔道："什么周到不周到？这是爷爷的马，我又不知道你急着想去搭救石庄主夫妇。那丫头偷听到了我的话，别去告密！"

石破天忙道："不会的。"他不愿跟丁珰多说侍剑的事，便即上马。两人驰到四更天时，到了龙潭镇外，下马入镇。

丁珰引着他来到镇上四海客栈门外，低声道："石庄主夫妇和儿子睡在东厢第二间大房里。"石破天道："他们三个睡在一房吗？可别让石庄主、石夫人惊觉了。"

丁珰道："哼，做父母的怕儿子逃走，对雪山派没法子交代啊，睡在一房，以便日夜监视。他们只管顾着自己侠义英雄的面子，却不理会亲生儿子是死是活。这样的父母，天下倒是少有。"言语中大有愤愤不平之意。

侠客行
【下】

378

石破天听她突然发起牢骚来,倒不知如何接口才是,低声问道:
"那怎么办?"

丁珰道:"你把闷香点着了,塞在他们窗中,待闷香点完,石庄主
夫妇都已昏迷,就推窗进内,悄悄将石中玉抱出来便是。你轻功好,
翻墙进去,白师傅他们不会知觉的,我可不成,就在那边屋檐下等
你。"石破天点头道:"那倒不难。陈香主他们将雪山派弟子迷倒擒
获,使的便是这种闷香吗?"丁珰点了点头,笑道:"这是贵帮的下三
滥法宝,想必十分灵验,否则雪山群弟子也非泛泛之辈,怎能如此轻
易的手到擒来?"又道:"不过你千万得小心了,不可发出半点声息。
石庄主夫妇却又非雪山派弟子可比。"

石破天答应了,打火点燃了闷香,虽在空旷之处,只闻到点烟
气,便已觉头昏脑胀。他微微一惊,问道:"这会熏死人吗?"丁珰道:
"他们用这闷香去捉拿雪山弟子,不知有没熏死了人。"

石破天道:"那倒没有。好,你在这里等我。"走到墙边,轻轻一
跃,逾垣而入,了无声息,找到东厢第二间房的窗子,侧耳听得房中
三人呼吸匀净,好梦正酣,便伸舌头舐湿窗纸,轻轻挖个小孔,将点
燃了的香头塞入孔中。

闷香燃得好快,过不多时便已燃尽。他倾听四下里并无人声,
当下潜运内力轻推,窗扣便断,随即推开窗子,左手撑在窗槛上,轻
轻翻进房中,借着院子中射进来的星月微光,见房中并列两炕,石清
夫妇睡于北炕,石中玉睡于南炕,三人都睡着不动。

他踏上两步,忽觉一阵晕眩,知是吸进了闷香,忙屏住呼吸,将
石中玉抱起,轻轻跃到窗外,翻墙而出。丁珰守在墙外,低声赞道:
"干净利落,天哥,你真能干。"又道:"咱们走得远些,别惊动了白师
傅他们。"

石破天抱着石中玉,跟着她走出数十丈外。丁珰道:"你把自己
里里外外的衣衫都脱了下来,和他对换了。袋里的东西也都换过。"
石破天探手入怀,摸到大悲老人所赠的一盒木偶,又有两块铜牌,掏
了出来,问道:"这……这个也交给他么?"丁珰道:"都交给他! 你留
在身上,万一给人见到,岂不露出了马脚? 我在那边给你望风。"

石破天见丁珰走远,便浑身上下脱个精光,换上石中玉的内衣
内裤,再将自己的衣服给石中玉穿上,说道:"行啦,换好了!"

丁珰回过身来，说道："石庄主、石夫人的两条性命，此后全在乎你装得像不像了。"石破天道："是，我一定小心。"

　　丁珰从腰间解下水囊，将一皮囊清水都淋在石中玉头上，向他脸上凝视一会，这才转过头来，从怀中取出一只小小铁盒，揭开盒盖，伸手指挖了半盒油膏，对石破天道："仰起头来！"将油膏涂在他喉头，说道："天亮之前，便抹去了药膏，免得给人瞧破。明天会有些痛，这可委屈你啦。"石破天道："不打紧！"只见石中玉身子略略一动，似将醒转，忙道："叮叮当当，我……我去啦。"丁珰道："快去，快去！"

　　石破天举步向客栈走去，走出数丈，一回头，见石中玉已坐起身来，似在和丁珰低声说话，忽听得丁珰格的一笑，声音虽轻，却充满了欢畅之意，又见两人搂抱在一起。石破天突然之间心中一阵酸痛难过，隐隐觉得：从今而后，再也不能和丁珰在一起了。

　　他略一踌躇，随即跃入客栈，推窗进房。房中闷香气息尚浓，他凝住呼吸开了窗子，让冷风吹入，只听远处马蹄声响起，知是丁珰和石中玉并骑而去，心想："他们到哪里去了？叮叮当当这可真的开心了罢？我这般笨嘴笨舌，跟她在一起，原常常惹她生气。"

　　在窗前悄立良久，喉头渐渐痛了起来，当即钻入被窝。

　　丁珰所敷的药膏果然灵验，过不到小半个时辰，石破天喉头已十分疼痛，伸手摸去，触手犹似火烧，肿得便如生了个大瘤。他挨到天色微明，将喉头药膏都擦在被上，然后将被子倒转来盖在身上，以防给人发觉药膏，然后呻吟了起来，那是丁珰教他的计策，好令石清夫妇关注他的喉痛，纵然觉察到头晕，怀疑或曾中过闷香，也不会去分心查究。

　　他呻吟了片刻，石清便已听到，问道："怎么啦？"语意之中，颇有恼意。闵柔翻身坐起，道："玉儿，身子不舒服么？"不等石破天回答，便即披衣过来探看，一眼见到他双颊如火，颈中更肿起了一大块，不由得慌了手脚，叫道："师哥，师哥，你……你来看！"

　　石清听得妻子叫声之中充满了惊惶，当即跃起，纵到儿子炕前，见到他颈中红肿得厉害，心下也有些发慌，说道："这多半是初起的痛疽，及早医治，当无大害。"问石破天道："痛得怎样？"

　　石破天呻吟了几声，不敢开口说话，心想："我为了救你们，才假装生这大疮。你们这等关心，可见石中玉虽做了许多坏事，你们还是十分爱他。可就没一人爱我。"心中一酸，不由得目中含泪。

石清、闵柔见他几乎要哭了出来，只道他痛得厉害，更加慌乱。石清道："我去找个医生来瞧瞧。"闵柔道："这小镇上怕没好医生，咱们回镇江去请贝大夫瞧瞧，好不好？"石清摇头道："不！没的既让白万剑他们起疑，又让贝海石更多一番轻贱。"他知贝海石对他儿子十分不满，说不定会乘机用药，加害于他，当即快步走出。

闵柔斟了碗热汤来给石破天喝。这毒药药性甚为厉害，丁珰又给他搽得极多，咽喉内外齐肿，连汤水都不易下咽。闵柔更加惊慌。

不久石清陪了个六十多岁的大夫进来。那大夫看看石破天的喉头，又搭了他双手腕脉，连连摇头，说道："医书云：痈发有六不可治，咽喉之处，药食难进，此不可治之一也。这位世兄脉洪弦数，乃阳盛而阴滞之象。气，阳也，血，阴也，血行脉内，气行脉外，气得邪而郁，津液稠粘，积久渗入脉中，血为之浊……"他还在滔滔不绝的说下去，石清插口道："先生，小儿之痈，尚属初起，以药散之，谅无不可。"那大夫摇头摆脑的道："总算这位世兄命大，这大痈在龙潭镇上发作出来，遇上了我，性命是无碍的，只不过想要在数日之内消肿复原，却也不易。"

石清、闵柔听得性命无碍，都放了心，忙请大夫开方。那大夫沉吟良久，开了张药方，用的是芍药、大黄、当归、桔梗、防风、薄荷、芒硝、金银花、黄耆、赤茯苓几味药物。石清粗通药性，见这些药物都是消肿、化脓、清毒之物，倒是对症，便道："高明，高明！"送了二两银子诊金，将大夫送了出去，亲去药铺赎药。

待得将药赎来，雪山派诸人都已得知。白万剑生怕石清夫妇闹什么玄虚，想法子搭救儿子，假意到房中探病，实则是察看真相，待见石破天咽喉处的确肿得厉害，闵柔惊惶之态绝非虚假，白万剑心下暗暗得意："你这奸猾小子好事多为，到得凌霄城后一刀将你杀了，倒便宜了你，原是要你多受些折磨。这叫做冥冥之中，自有报应。"但当着石清夫妇的面，也不便现出幸灾乐祸的神色，反向闵柔安慰了几句，退出房去。

石清瞧着妻子煎好了药，服侍儿子一口一口的喝了，说道："我已在外面套好了大车。中玉，男子汉大丈夫，可得硬朗些，一点儿小病,别耽误了人家大事。咱们走罢。"

闵柔踌躇道:"孩子病得这么厉害,要他硬挺着上路,只怕……只怕病势转剧。"石清道:"善恶二使正赴凌霄城送邀客铜牌,白师兄非及时赶到不可。要是威德先生跟他们动手之时咱们不能出手相助,那更加对不起人家了。"闵柔点头道:"是!"帮着石破天穿好了衣衫,扶他走出客栈。

她明白丈夫的打算,以石清的为人,决不肯带同儿子偷偷溜走。侠客岛善恶二使上凌霄城送牌,白自在性情暴躁无比,一向自尊自大,决不会轻易便接下铜牌,势必和张三、李四恶斗一场。石清是要及时赶到,全力相助雪山派,若不幸战死,那是武林的常事,石家三人全都送命在凌霄城中,儿子的污名也就洗刷干净了。但若竟尔取胜,合雪山派和玄素庄之力打败了张三、李四,儿子将功赎罪,白自在总不能再下手杀他。

闵柔在长乐帮总舵中亲眼见到张三、李四二人的武功,动起手来自是胜少败多,然而血肉之躯,武功再高,总也难免有疏忽失手之时,一线机会总是有的,与其每日里提心吊胆,郁郁不乐,不如去死战一场,图个侥幸。他夫妇二人心意相通,石清一说要将儿子送上凌霄城去,闵柔便已揣摸到了他用意。她虽爱怜儿子,终究是武林中成名的侠女,思前想后,毕竟还是丈夫的主意最高,是以一直没加反对。

白万剑见石清夫妇不顾儿子身染恶疾,竟逼着他赶路,心下也不禁钦佩。

龙潭镇那大夫毫不高明,将石破天颈中红肿当作了痈疽,这么一来,更令石清夫妇丝毫不起疑心。白万剑等人自然更加瞧不出来。石破天与石中玉相貌本像,穿上了石中玉一身华丽的衣饰,宛然便是个翩翩公子。他躺在大车之中,一言不发。他不善作伪,沿途露出的破绽着实不少,只石清夫妇与儿子分别已久,他的举止习惯原本如何,二人毫不知情,石破天破绽虽多,但不开口说话,他二人纵然精明,却也分辨不出。石破天本来比石中玉年纪略小,但两人只须不相并列,其间些微差别便不易看得出来。

一行人加紧赶路,唯恐给张三、李四走在头里,凌霄城中众人遇到凶险,是以路上毫不耽搁。到得湖南境内,石破天喉肿已消,弃车骑马,却仍哑哑的说不出话来。石清陪了他去瞧了几次医生,痴疯本是最大难症,真痴疯尚且难诊,何况是假的? 自诊不出半点端倪,不免平添了几分烦恼,教闵柔多滴无数眼泪。

不一日,已到得西域境内。雪山弟子熟悉路径,尽抄小路行走,料想张三、李四脚程虽快,不知这些小路,势必难以赶在前头。但石清夫妇想着见到威德先生之时,倘若他大发雷霆,立时要将石中玉杀了,而张三、李四决无如此凑巧的恰好赶到,那可就十分难处,当真是早到也不好,迟到也不好。夫妻二人暗中商量了几次,苦无善法,惟有一则听天由命,二则相机行事了。

又行数日,路上又是沙漠,又有戈壁,难行之极。众人向一条山岭上行去,走了两日,地势越来越高,道路崎岖。这日午间,众人到了一排大木屋中。白万剑询问屋中看守之人,得知近日并无生面人到凌霄城来,登时大为宽心,当晚众人在木屋中宿了一宵。次日一早,将马匹留在大木屋中,步行上山。此去向西,山势陡峭,已没法乘马。几名雪山弟子在前领路,一路攀山越岭而上。只行得一个多时辰,已满地皆雪。一群人展开轻功,在雪径中攀援而上。

石破天跟在父母身后,既不超前,亦不落后。石清和闵柔见他脚程甚健,气息悠长,均想:"这孩子内力修为,大是不弱,倒不在我夫妇之下。"想到不久便要见到白自在,却又耽起心来。

行到傍晚,见前面一座山峰冲天而起,峰顶建着数百间房屋,屋外围以一道白色高墙。白万剑道:"石庄主,这就是敝处凌霄城了。僻处穷乡,一切俱甚粗简。"石清赞道:"雄踞绝顶,俯视群山,'凌霄'两字,果然名副其实。"眼见山腰里云雾蔼蔼上升,渐渐将凌霄城笼罩在白茫茫的一片云气之中。

众人行到山脚下时,天已全黑,即在山脚稍高处的两座大石屋中住宿。这两座石屋也是雪山派所建,专供上峰之人先行留宿一宵,以便养足精神,次晨上峰。

第二日天刚微明,众人便即起程上峰,这山峰远看已甚陡峭,待得亲身攀援而上,更觉险峻。众人虽身具武功,沿途却也休息了两次,才在半山亭中打尖。申牌时分,到了凌霄城外,只见城墙高逾三丈,墙头墙垣雪白一片,尽是冰雪。

石清道："白师兄，城墙上凝结冰雪，坚如精铁，外人实难攻入。"

白万剑笑道："敝派在这里建城开派，已有一百七十余年，倒不曾有外敌来攻过。只隆冬之际常有饿狼侵袭，却也走不进城去。"说到这里，见护城冰沟上的吊桥仍高高曳起，并不放下，不由得心中有气，大声喝道："今日是谁轮值？不见我们回来吗？"

城头上探出一个头来，说道："白师伯和众位师伯、师叔回来了。我这就禀报去。"白万剑喝道："玄素庄石庄主夫妇大驾光临，快放下吊桥。"那人道："是，是！"缩了头进去，但隔了良久，仍不见放下吊桥。

石清见城外那道冰沟有三丈来阔，不易跃过。寻常城墙外都有护城河，此处气候严寒，护城河中河水都结成了冰，但这沟挖得极深，沟边滑溜溜地结成一片冰壁，不论人兽，掉将下去都极难上来。

耿万钟、柯万钧等连声呼喝，命守城弟子赶快开门。白万剑见情形颇不寻常，耽心城中出了变故，低声道："众师弟小心，说不定侠客岛那二人已先到了。"众人一听，都吃了一惊，不由自主的伸手去按剑柄。

便在此时，只听得轧轧声响，吊桥缓缓放下，城中奔出一人，身穿白色长袍，一只右袖缚在腰带之中，衣袖内空荡荡地，显是缺了一条手臂。这人大声叫道："原来是石大哥、石大嫂到了，稀客，稀客！"

石清见是风火神龙封万里亲自出迎，想到他断了一臂，全是受了儿子牵连，心下十分抱憾，抢步上前，说道："封贤弟，愚夫妇带同逆子，向白师伯和你领罪来啦。"说着上前拜倒，双膝跪地。他自成名以来，除了见到尊长，从未向同辈朋友行过如此大礼，实因封万里受害太甚，情不自禁的拜了下去。要知封万里剑术之精，实不在白万剑之下，此刻他断了右臂，二十多年的勤学苦练尽付流水，"剑术"二字是再也休提了。

闵柔见丈夫跪倒，儿子却怔怔的站在一旁，忙在他衣襟上一拉，自己在丈夫身旁跪倒。

石破天心道："他是石中玉的师父。见了师父，自当磕头。"他生怕扮得不像，给封万里看破，跪倒后立即磕头，咚咚有声。

雪山群弟子一路上对他谁也不加理睬，此刻见他大磕响头，均想："你这小子知道命在顷刻，便来磕头求饶，可没这般容易便饶了你！"

封万里却道："石大哥、石大嫂，这可折杀小弟了！"忙也跪倒

384

还礼。

石清夫妇与封万里站起后,石破天兀自跪在地下。封万里正眼也不瞧他一下,向石清道:"大哥、大嫂,当年恒山聚会,屈指已一十二年,二位丰采如昔。小弟虽僻处边陲,却也得知贤伉俪在武林中行侠仗义,威名越来越大,实乃可喜可贺。"

石清道:"愚兄教子无方,些许虚名,又何足道? 今日见贤弟如此,当真羞愧难当,无地自容。"

封万里哈哈大笑,道:"我辈是道义之交,承蒙两位不弃,说得上'肝胆相照'四字。咱们这生死交情,历久常新。是你们得罪了我也好,是我得罪了你们也好,难道咱们还能挂在心上吗? 两位远来辛苦,快进城休息去。"石破天虽跪在他面前,他眼前只如便没这个人一般。

当下石清和封万里并肩进城。闵柔拉起儿子,眉头双蹙,见封万里这般神情,嘴里说得漂亮,语气中显然恨意极深,并没原宥了儿子的过犯。

白万剑向侍立在城门边的一名弟子招招手,低声问道:"老爷子可好? 我出去之后,城里出了什么事?"那弟子道:"老爷子……就是……就是近来脾气大些。师伯去后,城里也没出什么事。只是……只是……"白万剑脸一沉,问道:"只是什么?"

那弟子吓得打了个突,道:"五天之前,老爷子脾气大发,将陆师伯和苏师叔杀了。"白万剑吃了一惊,忙问:"为什么?"那弟子道:"弟子也不知情。前天老爷子又将燕师叔杀了,还斩去了杜师伯的一条大腿。"白万剑只吓得一颗心怦怦乱跳,寻思:"陆、苏、燕、杜四位师兄弟都是本派好手,父亲平时对他们都甚为看重,为什么陡下毒手?"忙将那弟子拉在一边,待闵柔、石破天走远,才问:"到底为了什么事?"

那弟子道:"弟子确不知情。凌霄城中自从死了这三位师伯、师叔后,大家人心惶惶。前天晚上,张师叔、马师叔不别而行,留下书信,说是下山来寻白师伯。天幸白师伯今日归来,正好劝劝老爷子。"

白万剑又问了几句,不得要领,当即快步走进大厅,见封万里已陪着石清夫妇在用茶,便道:"两位请宽坐。小弟少陪,进内拜见家严,请他老人家出来见客。"封万里皱眉道:"师父忽然自前天起身染恶疾,只怕还须休息几天,才能见客。否则他老人家对石大哥向来十分看重,早就出来会见了。"

白万剑心乱如麻,道:"我这就瞧瞧去。"他急步走进内堂,来到父亲的卧室门外,咳嗽一声,说道:"爹爹,孩儿回来啦。"

门帘掀起,走出一个三十来岁的美妇人,正是白自在的妾侍窈娘,她脸色憔悴,说道:"谢天谢地,大少爷这可回来啦,咱们正没脚蟹似的,不知道怎么才好。老爷子打大前天上忽然神智胡涂了,我……我求神拜佛的毫不效验,大少爷,你……你……"说到这里,便抽抽噎噎的哭了起来。白万剑道:"什么事惹得爹爹生这么大气?"窈娘哭道:"也不知道是弟子们说错了什么话,惹得老爷子大发雷霆,连杀了几个弟子。老爷子气得全身发抖,一回进房中,脸上抽筋,口角流涎,连话也不会说了,有人说是中风,也不知是不是……"一面说,一面呜咽不止。

白万剑听到"中风"二字,全身犹如浸入了冰水一般,更不打话,大叫:"爹爹!"冲进卧室,只见父亲炕前锦帐低垂,房中一瓦罐药,正煮得噗噗噗地冒着热气。白万剑又叫:"爹爹!"伸手揭开帐子,只见父亲朝里而卧,身子一动也不动,竟似呼吸也停了,大惊之下,忙伸手去探他鼻息。

手指刚伸到他口边,被窝中突然探出一物,喀喇一响,将他右手牢牢拑住,竟是一只生满了尖刺的钢夹。白万剑惊叫:"爹爹,是我,孩儿回来了。"突然胸腹间同时中了两指,正中要穴,穴道遭封,再也不能动弹了。

石清夫妇坐在大厅上喝茶,封万里下首相陪。石破天垂手站在父亲身旁。封万里尽问些中原武林中的近事,言谈始终不涉正题。

石清鉴貌辨色,觉得凌霄城中上上下下各人均怀极大隐忧,却也不感诧异,心想:"他们得知侠客岛使者即将到来,这是雪山派存亡荣辱的大关头,人人休戚相关,自不免忧心忡忡。"

过了良久,始终不见白万剑出来。封万里道:"家师这场疾病,起得委实好凶,白师弟想是在侍候汤药。师父内功深厚,身子向来清健,这十几年来,连伤风咳嗽也没一次,想不到平时不生病,突然染疾,竟会如此厉害,但愿他老人家早日痊愈才好。"石清道:"白师伯内功造诣,天下罕有,年纪又不甚高,调养几日,定占勿药。贤弟也不须太过担忧。"心中却不由得暗喜:"白师伯既然有病,便不能立时处置我孩儿,天可怜见,好歹拖得几日,待那张三、李四到来,大伙儿拼力一战,咱们玄素庄和雪山派同存共亡便是。"

说话之间,天色渐黑,封万里命人摆下筵席,倒也给石破天设了座位。除封万里外,雪山派又有四名弟子相陪。耿万钟、柯万钧等新归的弟子却俱不露面。陪客的弟子中有一人年岁甚轻,名叫陆万通,口舌便给,不住劝酒,连石破天喝干一杯后,也随即给他斟上。

闵柔喝了三杯,便道:"酒力不胜,请赐饭罢。"陆万通道:"石夫人有所不知,敝处地势高峻,气候寒冷,兼之终年云雾缭绕,湿气甚重,两位虽内功深厚,寒气湿气俱不能侵害,但这参阳玉酒饮之于身子大有补益,通体融和,是凌霄城中一日不可或缺之物。两位还请多饮几杯。"说着又给石清夫妇及石破天斟上了酒。

闵柔早觉这酒微辛而甘,参气甚重,听得叫做"参阳玉酒",心想:"他说得客气,说什么我们内功深厚,不畏寒气湿气侵袭,看来不饮这种烈性药酒,于身子还真有害。"于是又饮了两杯,突然之间,只觉小腹间热气上冲,跟着胸口间便如火烧般热了起来,忙运气按捺,笑道:"封贤弟,这……这酒好生厉害!"

石清却霍地站起,喝道:"这是什么酒?"

封万里笑道:"这参阳玉酒,酒性确是厉害些,却还难不倒名闻天下的黑白双剑罢?"

石清厉声道:"你……你……"突然身子摇晃,向桌面俯跌下去。闵柔和石破天忙伸手去扶,不料二人同时头晕眼花,天旋地转,都摔在石清身上。

也不知道过了多少时候,石破天迷迷糊糊的醒来,初时还如身在睡梦之中,缓缓伸手,想要撑身坐起,突觉双手手腕上都扣着一圈冰冷坚硬之物,心中一惊,登时便清醒了,惊觉手脚都已戴上了铐镣,眼前却黑漆一团,不知身在何处。忙跳起身来,只跨出两步,砰的一声,额头便撞上了坚硬的石壁。

他定了定神,慢慢移动脚步,伸手触摸四周,发觉处身在一间丈许见方的石室之中,地下高低不平,都是巨石。他睁大眼睛四下察看,见左角落里略有微光透入,凝目看去,是个不到一尺见方的洞穴,猫儿或可出入,却连小狗也钻不进去。他举起手臂,以手铐敲打石壁,四周发出重浊之声,显然石壁坚厚异常,难以攻破。

他倚墙而坐,寻思:"我怎么会到了这里?那些人给我们喝的什么参阳玉酒,定是大有古怪,想是其中有蒙汗药之类,是以石庄主也会晕倒,摔跌在酒席之上。看来雪山派的人执意要杀石中玉,生怕石庄主夫妇抗拒,因此将我们迷倒了。然而他们怎么又不杀我?多半是因白老爷子有病,先将我们监禁几日,待他病愈之后,亲自处置。"

又想:"白老爷子问起之时,我只须说明我是狗杂种,不是石中玉,他跟我无怨无仇,查明真相后自会放我。但石庄主夫妇他却未必肯放,说不定要将他二人关入石牢,待石中玉自行投到再放,可就不知要关到何年何月了。石夫人这么斯文干净的人,给关在瞧不见天光的石牢之中,气也气死她啦。怎么想个法子将她和石庄主救了出去,然后我留着慢慢再和白老爷子分说?"

想到救人,登时发起愁来:"我自己给上了脚镣手铐,还得等人来救,怎么能去救人?凌霄城中个个都是雪山派的,又有谁能来救我?"

他双臂一分,运力崩动铁铐,但听得呛啷啷铁链声响个不绝,铁铐却纹丝不动,原来手铐和脚镣之间还串连着铁链。

便在此时,那小洞中突然射进灯光,有人提灯走近,跟着洞中塞进一只瓦钵,盛着半钵米饭,饭上铺着几根咸菜,一双毛竹筷插在米饭中。石破天顾不得再装哑巴,叫道:"喂,喂,我有话跟白老爷子说!"外面那人嘿嘿几声冷笑,洞中射进来的灯光渐渐隐去,竟一句话也不说便走了。

石破天闻到饭香,便即感到十分饥饿,心想:"我在酒筵中吃了不少菜,怎么这时候又饿得厉害?只怕我晕去的时候着实不短。"捧起瓦钵,拔筷便吃,将半钵白饭连着咸菜吃了个干净。

吃完饭后,将瓦钵放回原处,数次用力挣扎,发觉手足上铐镣竟是精钢所铸,虽运起内力,亦无法将之拉得扭曲,反而手腕和足踝上都擦破了皮;再去摸索门户,不久便摸到石门的缝隙,以肩头推去,石门竟绝不摇晃,也不知有多重实。他叹了口气,心想:"只有等人来带我出去,此外再无别法。只不知他们可难为了石庄主夫妇没有?"

既然无法可想,索性也不去多想,眼前出现的只是阿绣那温柔斯文的可爱面貌,有时偶尔也想到了侍剑,而自从见到丁珰轻声浅笑,和石中玉搂在一起之后,便再也不想到她了,心想:"她骗我来冒充石中玉,只怕是跟贝大夫一样,也是叫我做替死鬼。"靠着石壁,闭眼入睡。

石牢之中,不知时刻,多半是等了整整一天,才又有人前来送饭,只见一只手从洞中伸了进来,把瓦钵拿出洞去。

石破天脑海中突然间闪过一个念头,待那人又将盛了饭菜的瓦钵从洞中塞进来时,疾扑而上,呛啷啷铁链乱响声中已抓住了那人右腕。他的擒拿功夫加上深厚内力,这一抓之下,纵是武林中的好手也禁受不起,只听那人痛得杀猪也似大叫,石破天跟着回扯,已将他整条手臂扯进洞来,喝道:"你再喊,便把你手臂扭断了!"

那人哀求道:"我不叫,你……你放手。"石破天道:"快打开门,放我出来。"那人道:"好,你松手,我来开门。"石破天道:"我一放手,你便逃走了,不能放。"那人道:"你不放手,我怎能去开门?"

石破天心想此话倒也不错,老是抓住他的手也无用处,但好容易抓住了他,总不能轻易放手。灵机一动,道:"将我手铐的钥匙丢进来。"那人道:"钥匙?那……那不在我身边。小人只是个送饭的伙伕。"

石破天听他语气有点不尽不实,便将手指紧了紧,道:"好,那便将你手腕先扭断了再说。"那人痛得连叫:"哎哟,哎哟。"终于当的一声,一条钥匙从洞中丢了进来。这人甚是狡猾,将钥匙丢得远远地,石破天要伸手去拾,便非放他的手不可。

石破天一时没了主意,拉着他手力扯,伸左脚去勾那钥匙,虽将那人的手臂尽数拉进洞来,左脚脚尖跟钥匙还是差着数尺。那人给扯得疼痛异常,叫道:"你再这么扯,可要把我手臂扯断了。"

石破天尽力伸腿,但双足之间有铁链相系,足尖始终碰不到钥匙。他瞧着自己伸出去的那只脚,突然灵机一动,屈左腿脱下鞋子,对准了墙壁着地掷出。鞋子在壁上一撞,弹将转来,正好带着钥匙一齐回转。石破天一声欢呼,左手拾起钥匙,插入右腕手铐匙孔,轻轻一转,喀的一声,手铐便即开了。

他换手又开了左腕手铐,反手便将手铐扣在那人腕上。那人惊道:"你……你干什么?"石破天笑道:"你可以去开门了。"将铁链从洞中送出。那人兀自迟疑,石破天抓住铁链一扯,又将那人手臂扯进洞来,力气使得大了,将那人扯得脸孔撞上石壁,登时鼻血长流。那人情知无可抗拒,只得拖着那条呛啷啷直响的铁链,打开石门。可是铁链的另一端系在石破天的足镣之上,室门虽开,铁链通过一个小洞,缚住了二人,石破天仍无法出来。

他扯了扯铁链,道:"把脚镣的钥匙给我。"那人愁眉苦脸的道:"我真的没有。小人只是个扫地煮饭的伙伕,有什么钥匙?"石破天道:"好,等我出来了再说。"将那人的手臂又扯进洞中,打开了手铐。

那人一得自由,急忙冲过去想顶上石门。石破天身子一晃,早已从门中闪出,只见这人一身白袍,形貌精悍,多半是雪山派的正式弟子,哪里是什么扫地煮饭的伙伕。一把抓住他后领提起,喝道:"你不开我脚镣,我把你脑袋在这石墙上撞它一百下再说。"说着便将他脑袋在石墙上轻轻一撞。那人武功本也不弱,但落在石破天手中,宛如雏鸡入了老鹰爪底,竟半分动弹不得,脑袋疼痛,只得又取出钥匙,为他打开脚镣。

石破天喝道:"石庄主和石夫人给你们关在哪里?快领我去。"那人道:"雪山派跟玄素庄无怨无仇,早放了石庄主夫妇走啦,没关住他们。"

石破天将信将疑,但见那人的目光不住向甬道彼端的一道石门瞧去,心想:"此人定是说谎,多半将石庄主夫妇关在那边。"提着他后领,大踏步走到那石门之前,喝道:"快打开了门!"

那人脸色大变,道:"我……我没钥匙。这里面关的不是人,是一头狮子,两只老虎,一开门可不得了。"石破天听说里面关的是狮子老虎,大是奇怪,将耳朵贴到石门之上,却听不到里面有狮吼虎啸之声。那人道:"你既然出来了,这就快快逃走罢,在这里多耽搁,别给人发觉了,又让抓了起来。"

石破天心想:"你又不是我朋友,为什么对我这般关心?初时我要你打开手铐和石门,你定是不肯,此刻却劝我快逃。是了,石庄主夫妇定然给关在这间石室之中。"提起那人身子,又将他脑袋在石壁上轻轻一撞,道:"到底开不开?我就是要瞧瞧狮子老虎。"

那人惊道:"里面的狮子老虎可凶狠得紧,好几天没吃东西了,一见到人,立刻扑了出来……"石破天急于救人,不耐烦听他东拉西扯,倒提他身子,头下脚上的用力摇晃,当当两声,他身上掉下两枚钥匙。石破天大喜,将那人放在一边,拾起钥匙,便去插入石门上的铁锁孔中,喀喀喀的转了几下,铁锁便即打开。那人一声"啊哟",转身便逃。

石破天心想:"给他逃了出去通风报信,多有未便。"抢上去将他一把抓过,丢入先前监禁自己的那间石室,连那副带着长链的足镣手铐也一起投了进去,然后关上石门,上了锁,再回到甬道彼端的石门处,探头进内,叫道:"石庄主、石夫人,你们在这里吗?"

他叫了两声,室中没半点声息。石破天将门拉得大开,却见里面隔着丈许之处,又有一道石门,心道:"是了,怪不得有两枚钥匙。"

于是取过另一枚钥匙,打开第二道石门,刚将石门拉开数寸,叫得一声"石庄主……",便听得室中有人破口大骂:"龟儿子,龟孙子,乌龟王八蛋,我一个个把你们千刀割、万刀剐的,叫你们不得好死……"又听得铁链声呛啷啷直响。这人骂声语音重浊,嗓子嘶哑,与石清清亮的江南口音截然不同。

石破天心道:"石庄主夫妇虽不在这里,但此人既给雪山派关着,也不妨救他出来。"便道:"你不用骂了,我来救你出去。"

那人继续骂道:"你是什么东西?敢来胡说八道欺骗老子?我……我把你的狗头颈扭得断断地……"

石破天微微一笑,心道:"这人脾气好大。给关在这暗无天日的石牢之中,也真难怪他生气。"当即闪身进内,说道:"你也给戴上了足镣手铐么?"刚问得这句话,黑暗中便听得呼的一声,一件沉重的物事向头顶击落。

石破天闪身向左,避开了这一击,立足未定,后心要穴已让一把抓住,跟着一条粗大的手臂扼了他咽喉,用力收紧。这人力道凌厉之极,石破天登时便觉呼吸为艰,耳中嗡嗡嗡直响,却又隐隐听得那人在"乌龟儿子王八蛋"的乱骂。

石破天好意救人,万料不到对方竟会出手加害,在这黑囚牢中陡逢如此厉害的高手,一着先机既失,立时便为所制,暗叫:"这一下可死了!"无可奈何之中,只有运气于颈,与对方手臂硬挺。喉头肌肉柔软,决不及手臂的劲力,但他内力浑厚之极,猛力挺出,竟将那人的手臂推开了几分。他急速吸了口气,待那人手臂再度收紧,他右手已反将上来,一把格开,身子向外窜出,说道:"我是想救你出去,干么对我动粗?"

那人"咦"的一声,甚是惊异,道:"你……你是谁? 内力可还真不弱。"向石破天呆呆瞪视,过了半晌,又"咦"的一声,喝问:"臭小子,你是谁?"

石破天道:"我……我……"一时不知该当自承是"狗杂种",还是继续冒充石中玉。那人怒道:"你自然是你,难道没名没姓么?"石破天道:"我把你先救了出去,别的慢慢再说不迟。"那人嘿嘿冷笑,说道:"你救我? 嘿嘿,那岂不笑掉了天下人的下巴。我是何人也?你是什么东西? 凭你一点点三脚猫的本领,也能救我?"

这时第二道石门打开了一半,日光透将进来,只见那人满脸花白胡子,身材魁梧,背脊微弓,倒似这间小小石室装不下他这个大身子似的,眼光耀如闪电,威猛无俦。

石破天见他目光在自己脸上扫来扫去,心下不禁发毛:"适才那雪山弟子说这里关着狮子老虎,这人的模样倒真像是头猛兽。"不敢再和他多说什么,只道:"我去找钥匙来,给你打开足镣手铐。"

那人怒道:"谁要你来讨好? 我是自愿留在这里静修,否则的话,天下焉能有人关得我住? 你这小子没带眼睛,还道我是给人关在这里的,是不是? 嘿嘿,爷爷今天若不是脾气挺好,单凭这一句话,便将你斩成十七廿八段。"双手摇晃,将铁链摇得当当直响,道:"爷爷只消性起,一下子就将这铁链崩断了。这些足镣手铐,在我眼中只不过是豆腐一般。"

石破天并不相信,寻思:"这人神情说话倒似是个疯子。他既不愿我相救,倘若我硬要给他打开铐镣,他反会打我。他武功甚高,我斗他不过,还是去救石庄主、石夫人要紧。"便道:"既然这样,那我就去了。"

那人怒道:"滚你妈的臭鸭蛋,爷爷纵横天下,从未遇过敌手,要你这小子来救我? 当真是滑天下之大稽,荒天下之大唐,放天下之大狗屁! ……"

石破天道:"得罪,得罪,对不住。那我就不来救爷爷了。"轻轻带上两道石门,沿着甬道走了出去。

甬道甚长,转了个弯,又行十余丈才到尽头,只见左右各有一门。他推了推左边那门,牢牢关着,推右边那门时,却应手而开,进门后是间小厅,进厅中没行得几步,便听得左首传来兵刃相交之声,乒乒乓乓的斗得甚是激烈。

石破天心道："原来石庄主兀自在和人相斗。"忙循声而前。

打斗声从左首传来,一时却找不到门户,他系念石清、闵柔的安危,眼见左首的板壁并不甚厚,肩头撞去,板壁立破,兵刃声登时大盛,眼前也是一间小小厅堂,四个白衣汉子各使长剑,正在围攻两个女子。

石破天一见这两个女子,情不自禁的大声叫道："师父,阿绣!"

那二人正是史婆婆和阿绣。

史婆婆手持单刀,阿绣挥舞长剑,但见她二人头发散乱,每人身上都已带了几处伤,血溅衣襟,情势危殆。二人听得石破天的叫声,但四名汉子攻得甚紧,剑法凌厉,竟没余暇转头来看。但听得阿绣一声惊呼,肩头又中了一剑。

石破天不及多想,疾扑而上,向那急攻阿绣的中年人背心抓去。那人斜身闪开,回了一剑。石破天左掌拍出,劲风到处,将那人长剑激开,右手发掌攻向另一个老者。

那老者后发先至,剑尖已刺向他小腹,剑招迅捷无伦。幸好石破天当日曾由史婆婆指点过雪山派剑法的精要,知道这一招"岭上双梅"虽是一招,却是两刺,一剑刺出后跟着又再刺一剑,当即小腹一缩,避开了第一剑,立即左手掠下,伸中指弹出。那老者的第二剑恰好于此时刺到,便如长剑伸过去凑他手指一般,铮的一声响,剑刃断为两截。那老者只震得半身酸麻,连半截剑也拿捏不住,撒手丢下,立时纵身跃开,已吓得脸色大变。

石破天左手探出,抓住了攻向阿绣的一人后腰,提将起来,挥向另一人的长剑。那人大惊,急忙缩剑,石破天乘势出掌,正中他胸膛。那人蹭蹭蹭连退三步,身子晃了几下,终于坐倒。

石破天将手中的汉子向第四人掷出,去势奇急。那人正与史婆婆拼斗,待要闪避,却已不及,给飞来那人重重撞中,两人立时口喷鲜血,双双昏晕。

四名白衣汉子遭石破天于顷刻间打得一败涂地,其中只那老者并未受伤,眼见石破天这等神威,已惊得心胆俱裂,说道:"你……你……"突然纵身急奔,意欲夺门而出。史婆婆叫道:"别放他走了!"石破天左腿横扫,正中那老者下盘。那老者两腿膝盖关节一齐震脱,摔在地下。

史婆婆笑道:"好徒儿,我金乌派的开山大弟子果然了得!"阿绣脸色苍白,按住了肩头创口,一双妙目凝视着石破天,目光中掩不住喜悦无限。

石破天道:"师父,阿绣心肝宝贝,你们都好吗?"他这些日子中,日里晚间,叫的便是"阿绣心肝宝贝",把这六个字念得滚瓜烂熟,这时见到,想也不想便冲口而出。

史婆婆匆匆为阿绣包扎创口,跟着阿绣撕下自己裙边,给婆婆包扎剑伤。幸好二人剑伤均不甚重,并无大碍。石破天又道:"在紫烟岛上找不到你们,我日夜想念,今日重会,那真好……最好以后再也不分开了。"

阿绣先前听他一开口便叫自己"心肝宝贝",在婆婆面前这么叫法,不由得大感羞愧,又听他这么说,苍白的脸上更堆起满脸红晕,低下头去。她知石破天性子淳朴,不善言词,这几句话实是发自肺腑,虽当着婆婆之面吐露真情,未免令人腼腆,但心中确也欢喜不胜。

史婆婆嘿嘿一笑,说道:"你若能立下大功,这件事也未始不能办到,就算是婆婆亲口许给你好了。"阿绣的头垂得更低,羞得耳根子也都红了。

石破天却尚未明白这便是史婆婆许婚,问道:"师父许什么?"史婆婆笑道:"我把这孙女儿给了你做老婆,你要不要? 想不想? 欢不欢喜?"石破天又惊又喜,道:"我……我……我自然要,自然想得很,欢喜得很。我不见了你们,天天就在想要阿绣做老婆……"史婆婆道:"不过,你先得出力立一件大功劳。雪山派中发生了重大内变,咱们先得去救一个人。"石破天道:"是啊,我正要去救石庄主和石夫人,咱们快去寻找。"他一想到石清、闵柔身处险地,登时便心急如焚。

史婆婆道:"石清夫妇也到了凌霄城中吗? 咱们平了内乱,石清夫妇的事稀松平常。阿绣,先将这四人宰了罢?"

阿绣提起长剑,只见那老者和倚在墙壁上那人的目光之中,都露出乞怜之色,不由得起了恻隐之心。她得祖母许婚,正自喜悦不胜,殊无杀人之意,说道:"婆婆,这几人不是主谋,不如暂且饶下,待审问明白,再杀不迟。"

史婆婆哼了一声,道:"快走,快走,别耽误了大事。"当即拔步而出。阿绣和石破天跟在后面。

史婆婆穿堂过户,走得极快,每遇有人,她缩在门后或屋角中避过,似乎对各处房舍门户十分熟悉。

石破天和阿绣并肩而行,觉得刚才师父所说实在太好,有点不放心,问道:"阿绣,你肯做我老婆吗?"阿绣轻声道:"你如要我,我自然肯的。"石破天道:"自然要,自然要。一千个一万个要!"越说越大声。阿绣红了脸,道:"别这么大声。"

石破天应道:"是!"随即低声问道:"师父要我立什么大功劳?去救谁?"阿绣正要回答,只听得脚步声响,迎面走来五六人。史婆婆忙向柱子后一缩,阿绣拉着石破天的衣袖,躲入了门后。

只听得那几人边行边谈,一个道:"大伙儿齐心合力,将老疯子关了起来,这才松了口气。这几天哪,我当真一口饭也吃不下,只睡得片刻,就吓得从梦中醒了转来。"另一人道:"不将老疯子杀了,终究是天大后患。齐师伯却一直犹豫不决,我看这件事说不定要糟。"又一人粗声粗气的道:"一不做,二不休,咱们索性连齐师伯一起干了。"一人低声喝道:"嗟声!怎么这种话也大声嚷嚷的?要是给老齐门下那些家伙听见了,咱们还没干了他,你的脑袋只怕先搬了家。"那粗声之人似是心下不服,说道:"咱们和老齐门下斗上一斗,未必便输。"嗓门却已放低了许多。

这伙人渐行渐远,石破天和阿绣挤在门后,身子相贴,只觉阿绣在微微发抖,低声问道:"阿绣,你害怕么?"阿绣道:"我……我确是害怕。他们人多,咱们只怕斗不过。"

史婆婆从柱后闪身出来,低声道:"快走。"弓着身子,向前疾趋。石破天和阿绣跟随在后,穿过院子,绕过一道长廊,来到一座大花园中。园中满地是雪,一条鹅卵石铺成的小路通向园中一座暖厅。

史婆婆纵身窜到一株树后,在地下抓起一把雪,向暖厅外投去,啪的一声,雪团落地,厅侧左右便各有一人挺剑奔过来查看。史婆婆僵立不动,待那二人行近,手中单刀唰唰两刀砍出,去势奇急,两人颈口中刀,割断了咽喉,哼也没哼一声,便即毙命。

石破天初次见到史婆婆杀人,见她出手狠辣之极,这招刀法史婆婆也曾教过，叫作"赤焰暴长"，自己早已会使，只是从没想到这一招杀起人来竟如此干净爽脆，不由得心中怦怦而跳。待他心神宁定，史婆婆已将两具尸身拖入假山背后，悄没声的走到暖厅之外，附耳长窗，倾听厅内动静。石破天和阿绣并肩走近厅去，只听得厅内有两人在激烈争辩，声音虽不甚响，但二人语气显然都十分愤怒。

只听得一人道："缚虎容易纵虎难，这句老话你总听见过的。这件事大伙儿豁出性命不要，已做下来了。常言道得好，量小非君子，无毒不丈夫，你这般婆婆妈妈的，要是给老疯子逃了出来，咱们人人死无葬身之地。"

石破天寻思："他们老是说'老疯子'什么的，莫非便是石牢中的老人？那人古古怪怪的，我要救他出来，他偏不肯，只怕真是个疯子。这老人武功果然十分厉害，难怪大家对他都这般惧怕。"

只听另一人道："老疯子已身入兽牢，便有通天本事，也决计逃不出来。咱们此刻要杀他，自是容易不过，只须不给他送饭，过得十天八天，还不饿死了他？可是若要人不知，除非己莫为。江湖上人言可畏，这等犯上忤逆的罪名，你廖师弟固然不在乎，大伙儿的脸却往哪里搁去？雪山派总不成就此毁了？"

那姓廖的冷笑道："你既怕担当犯上忤逆的罪名，当初又怎地带头来干？现今事情已做下来了，却又想假撇清，天下哪有这等便宜事？齐师哥，你的用心小弟岂有不知？大家打开天窗说亮话，你想装伪君子、假道学，又骗得过谁？"那姓齐的道："我又有什么用心了？廖师弟说话，当真言中有刺，骨头太多。"那姓廖的道："什么是言中有刺，骨头太多？齐师哥，你只不过假装好人，想将这忤逆大罪推在我头上，一箭双雕，自己好安安稳稳的坐上大位。"说到这里，声音渐渐提高。

那姓齐的道："笑话，笑话！我有什么资格坐上大位，照次序挨下来，上面还有成师哥呢，却也轮不到我。"另一个苍老的声音插口道："你们争你们的，可别将我牵扯在内。"那姓廖的道："成师哥，你是老实人，齐师哥只不过拿你当作挡箭牌、炮架子。你得想清楚些，当了傀儡，自己还睡在鼓里。"

石破天听得厅中呼吸之声，人数着实不少，当下伸指蘸唾沫湿了窗纸，轻轻刺破一孔，张目往内瞧时，只见坐的站的竟不下二三百人,有男有女,有老有少,个个身穿白袍,一色雪山派弟子打扮。

大厅上朝外摆着五张太师椅,中间一张空着,两旁两张椅中共坐着四人。听那三人兀自争辩不休,从语音之中,得知左首坐的是成、廖二人,右首那人姓齐,另一人面容清癯,愁眉苦脸的,神色难看。这时那姓廖的道:"梁师弟,你自始至终不发一言,到底打的是什么主意?"这姓梁的汉子叹了口气,摇摇头,又叹了口气,仍没说话。

那姓齐的道:"梁师弟不说话,自是对这件事不以为然了。"那姓廖的怒道:"你不是梁师弟肚里蛔虫,怎知他不以为然? 这件事是咱四人齐心合力干的,大丈夫既然干了,却又畏首畏尾,算是什么英雄好汉?"那姓齐的冷冷的道:"大伙儿贪生怕死,才干下了这件事来,又怎说得上英雄好汉? 这叫做事出无奈,铤而走险。"那姓廖的大声道:"万里,你倒说说看,这件事怎么办?"

人群中走出一人,正是那断了一臂的风火神龙封万里,躬身说道:"弟子无用,没能周旋此事,致生大祸,已是罪该万死,如何还敢再起弑逆之心? 弟子赞同齐师叔的主意,万万不能对他再下毒手。"

那姓廖的厉声道:"那么中原回来的这些长门弟子,又怎生处置?"封万里道:"师叔若准弟子多口,那么依弟子之见,须当都监禁起来,大家慢慢再想主意。"那姓廖的冷笑道:"嘿嘿,那又何必慢慢再想主意? 你们的主意早就想好了,以为我不知道吗?"封万里道:"请问廖师叔这话,是什么意思?"

那姓廖的道:"你们长门弟子人多势众,武功又高,这掌门之位,自然不肯落在别支手上。你便是想将弑逆的罪名往我头上一推,将我四支的弟子杀得干干净净,那就天下太平,自己却又心安理得。哼哼,打的好如意算盘!"突然提高嗓子叫道:"凡是长门弟子,个个都是祸胎。咱们今日一不做,二不休,斩草除根,大家一齐动手,将长门一支都给宰了!"说着唰的一声,拔出了长剑。

顷刻之间,大厅中众人奔跃来去,二三十人各拔长剑,站在封万里身周,另有六七十人也手执长剑,围在这些人之外。

石破天寻思:"看来封师傅他们寡不敌众,不知我该不该出手相助?"

封万里大叫:"成师叔、齐师叔、梁师叔,你们由得廖师叔横行么？他四支杀尽了长门弟子，就轮到你们二支、三支、五支了。"

那姓廖的喝道："动手！"身子扑出，挺剑便往封万里胸口刺去。封万里左手拔剑，挡开来剑。只听得当的一声响，跟着嗤的一下，封万里右手衣袖已给削去了一大截。

封万里与白万剑齐名，本是雪山派第二代弟子中数一数二的人物，剑术之精，尚在成、齐、廖、梁四个师叔之上，可是他右臂已失，左手使剑究属不便。那姓廖的一剑疾刺，他虽挡开，但姓廖的跟着变招横削，封万里明知对方剑招来路，手中长剑却不听使唤，幸好右臂早去，只给削去了一截衣袖。那姓廖的一招得手，二招继出。封万里身旁两柄剑递上，双双将他来剑格开。

那姓廖的喝道："还不动手？"四支中的六七十名弟子齐声呐喊，挺剑攻上。长门弟子分头接战，都是以一敌二或是敌三。白光闪耀，叮当乒乓之声大作，雪山派的议事大厅登时变成了战场。

那姓廖的跃出战团，只见二支、三支、五支的众弟子都倚墙而立，按剑旁观，他心念一动之际，已明其理，狂怒大叫："老二、老三、老五，你们心肠好毒，想来捡现成便宜，哼哼，莫发清秋大梦！"他红了双眼，挺剑向那姓齐的刺去。两人长剑挥舞，剧斗起来。那姓廖的剑术显比那姓齐的为佳，拆到十余招后，姓齐的连连后退。

姓梁的五师弟仗剑而出，说道："老四，有话好说，自己师兄弟这般动蛮，那成什么样子？"挥剑将那姓廖的长剑挡开。齐老三见到便宜，中宫直进，疾刺姓廖的小腹，这一剑竟欲制他死命，下手丝毫不留余地。

那姓廖的长剑给五师弟黏住了，成为比拼内力的局面，三师兄这一剑刺到，如何再能挡架？那姓成的二师兄突然举剑向姓齐的背心刺去，叹道："唉，罪过，罪过！"那姓齐的急图自救，忙回剑挡架。

二支、三支、五支的众门人见师父们已打成一团，都纷纷上前助阵。片刻之间，大厅中便鲜血四溅，断肢折足，惨呼之声四起。

阿绣拉着石破天右手，颤声道："大哥，我……我怕！"石破天道："到底是怎么回事？大家为什么打架？"这时大厅中人人自顾不暇，他二人在窗外说话，也已没人再加理会了。

史婆婆冷笑道："好，好，打得好，一个个都死得干干净净，才合我心意。"

史婆婆居中往太师椅上一坐，冷冷的道：「将这些人身上的铐镣都给打开了。」

第十七回　自大成狂

这二三百人群相斗殴，都是穿一色衣服，使一般兵刃，谁友谁敌，倒也不易分辨。本来四支和长门斗，三支和四支斗，二支和五支斗，到得后来，本支师兄弟间素有嫌隙的，乘着这个机会，或明攻，或暗袭，也都厮杀起来，局面混乱已极。

忽听得砰嘭一声响，两扇厅门脱钮飞出，一人朗声说道："侠客岛赏善罚恶使者，前来拜见雪山派掌门人！"语音清朗，竟将数百人大呼酣战之声也压了下去。

众人都大吃一惊，有人便即罢手停斗，跃在一旁。渐渐罢斗之人愈来愈多，过不片刻，人人都退向墙边，目光齐望厅门，大厅中除了伤者的呻吟之外，更无别般声息。又过片刻，连身受重伤之人也都住口止唤，瞧向厅门。

厅门口并肩站着二人，一胖一瘦。石破天见是张三、李四到了，险些儿尖声呼叫，但随即想起自己假扮石中玉，不能在此刻表露身分。

张三笑嘻嘻地道："难怪雪山派武功驰名天下，为别派所不及。原来贵派同门习练武功之时，竟也真砍真杀。如此认真，嘿嘿，难得，难得！佩服，佩服！"

那姓廖的名叫廖自砺，踏上一步，说道："尊驾二位便是侠客岛的赏善罚恶使者么？"

张三道："正是。不知哪位是雪山派掌门人？我们奉侠客岛岛主之命，手持铜牌前来，邀请贵派掌门人赴敝岛相叙，喝一碗腊八粥。"说着探手入怀，取出两块铜牌，转头向李四道："听说雪山派掌门人是威德先生白老爷子，这里的人，似乎都不像啊。"李四摇头道："我瞧着也不像。"

廖自砺道："姓白的早已死了，新的掌门人……"他一言未毕，封万里接口骂道："放屁！威德先生并没死，不过……"廖自砺怒道："你对师叔说话，是这等模样么？"封万里道："你这种人，也配做师叔！"

廖自砺长剑直指，便向他刺去。封万里举剑挡开，退了一步。廖自砺杀得红了双眼，仗剑直上。一名长门弟子上前招架。跟着成自学、齐自勉、梁自进纷纷挥剑，又杀成一团。

雪山派这场大变，关涉重大，成、齐、廖、梁四个师兄弟互相牵制，互相嫉妒，长门处境虽甚不利，实力却也殊不可侮，因此虽有赏善罚恶使者在场，但本支面临生死存亡的大关头，各人竟不放松半步，一时杀得难解难分，均盼先在内争中占了上风，再来处理铜牌邀宴之事。

张三笑道："各位专心研习剑法，发扬武学，原是大大美事，但来日方长，却也不争这片刻。雪山派掌门人到底是哪一位？"说着缓步上前，双手伸出，乱抓乱拿，只听得呛啷啷响声不绝，七八柄长剑都已投在地下。成、齐、廖、梁四人以及封万里与几名二代弟子手中的长剑，不知如何竟都给他夺下，抛掷在地。各人只感到胳臂一震，兵刃便已离手。

这一来，厅上众人无不骇然失色，才知来人武功之高，委实匪夷所思。各人登时忘却了内争，记起武林中所盛传赏善罚恶使者所到之处、整个门派尽遭屠灭的种种故事，不自禁的都觉全身寒毛竖立，好些人更牙齿相击，身子发抖。

先前各人均想凌霄城偏处西域，极少与中土武林人士往还，这邀宴铜牌未见得会送来雪山派；善恶二使的武功得诸传闻，多半言过其实，未必真有这等厉害；再则雪山派有掌门人威德先生白自在大树遮荫，便有天大祸事，也自有他挺身抵挡，因此于这件事谁也没多加在意。岂知突然之间，预想不会来的人终究来了，所显示的武功只有比传闻更高，而遮荫的大树又偏偏给自己砍倒了。人人都知,过去三十年中前赴侠客岛的掌门人,没一人能活着回来,此时谁做了雪山派掌门人,便等如是自杀一般。

还在片刻之前,五支互争雄长,均盼由本支首脑出任掌门。五支由勾心斗角的暗斗,进而为挥剑击杀的明争,蓦地里情势急转直下,封、成、齐、廖、梁五人一怔之间,不约而同的伸手指出,说道:"是他! 他是掌门人!"

霎时之间,大厅中寂静无声。

僵持片刻,廖自砺道:"三师哥年纪最大,顺理成章,自当接任本派掌门。"齐自勉道:"年纪大有什么用? 廖师弟武功既高,门下又人才济济,这次行事,以你出力最多。廖师弟如不做掌门,就算旁人做了,这位子也决计坐不稳。"梁自进冷冷的道:"本门掌门人本来是大师兄,大师兄不做,当然是二师兄做,那有什么可争的?"成自学道:"咱四人中论到足智多谋,还推五师弟。我赞成由五师弟来担当大任。须知今日之事,乃斗智不斗力。"廖自砺道:"掌门人本来是长门一支,齐师哥既然不肯做,那么由长门中的封师侄接任,大伙儿也没异言,至少我姓廖的大表赞成。"封万里道:"刚才有人大声叱喝,要将长门一支的弟子尽数杀了,不知是谁放的狗屁?"廖自砺双眉陡竖,待要怒骂,但转念一想,强自忍耐,说道:"事到临头,临阵退缩,未免也太无耻。"

五人你一言,我一语,都是推举别人出任掌门。

张三笑吟吟的听着,不发一言。李四却耐不住了,喝道:"到底哪一个是掌门人? 你们这般的吵下去,再吵十天半月也不会有结果,我们可不能多等。"

梁自进道:"成师哥,你快答应吧,别要惹出祸事来,都是你一个人连累了大家。"成自学怒道:"为什么是我牵累了大家,却不是你?"五人又吵嚷不休。

张三笑道:"我倒有个主意在此。你们五位以武功决胜败,谁的功夫最强,谁便是雪山派掌门。"五人面面相觑,你瞧我一眼,我瞧你一眼,均不接嘴。

张三又道:"适才我二人进来之时,你们五位正在动手厮杀,猜想一来是研讨武功,二来是凭强弱定掌门。我二人进来得快了,打断了列位的雅兴。这样罢,你们接着打下去,不到一个时辰,胜败必分。否则的话，我这个兄弟性子最急，一个时辰中办不完这件事，他只怕要将雪山派尽数诛灭了。那时谁也做不成掌门，反而不美。一、二、三！这就动手罢！"

唰的一声，廖自砺第一个拔出剑来。

张三忽道："站在窗外偷瞧的，想必也都是雪山派的人了，一起都请进来罢！既是凭武功强弱以定掌门，那就不分辈份大小，人人都可出手。"袍袖向后拂出，砰的一声响，两扇长窗为他袖风所激，直飞了出去。

史婆婆道："进去罢！"左手拉着阿绣，右手拉着石破天，三人并肩走进厅去。

厅上众人一见，无不变色。成、齐、廖、梁四人各执兵刃，将史婆婆等三人围住了。史婆婆只嘿嘿冷笑，并不作声。封万里却上前躬身行礼，颤声道："参……参……参见师……师……娘！"

石破天心中一惊："怎么我师父是他的师娘？"史婆婆双眼向天，浑不理睬。

张三笑道："很好，很好！这位冒充长乐帮主的小朋友，却回到雪山派来啦！二弟，你瞧这家伙跟咱们三弟可真有多像！"李四点头道："就是有点儿油腔滑调，贼头狗脑！哪里有漂亮妞儿，他就往哪里钻。"

石破天心道："大哥、二哥也当我是石中玉。我只要不说话，他们便认我不出。"

张三说道："原来这位婆婆是白老夫人，多有失敬。你的师弟们看上了白老爷子的掌门之位，正在较量武功，争夺大位，好罢！大伙儿这便开始！"

史婆婆满脸鄙夷之色，携着石破天和阿绣两人，昂首而前。成自学等四人不敢阻拦，眼睁睁瞧着她往太师椅中一坐。

李四喝道："你们还不动手，更待何时？"

成自学道："不错！"举剑向梁自进刺去。梁自进挥剑挡开，脚下跟跄，站立不定，说道："成师哥剑底留情，小弟不是你对手！"这边廖自砺和齐自勉也作对儿斗了起来。

四人只拆得十余招，旁观的人无不暗暗摇头，但见四人剑招中漏洞百出，发招不是全无准头，便是有气没力，哪有半点雪山派第一代名手的风范？便是只学过一两年剑法的少年，只怕也比他们强上几分。显而易见，这四人此刻不是"争胜"，而是在"争败"，人人不肯做雪山派掌门，不过事出无奈，勉强出手，只盼输在对方剑下。

可是既然人同此心，那就谁也不易落败。梁自进身子一斜，向成自学的剑尖撞将过去。成自学叫声："啊哟！"左膝突然软倒，剑尖拄向地下。廖自砺挺剑刺向齐自勉，但见对方不闪不避，呆若木鸡，这一剑便要刺入他肩头，忙削剑转身，将背心要害卖给对方。

张三哈哈大笑，说道："老二，咱二人足迹遍天下，这般精采的比武，今日却是破题儿第一遭得见，当真大开眼界。难怪雪山派武功独步当世，果然与众不同。"

史婆婆厉声喝道："万里，你把掌门人和长门弟子都关在哪里？快去放出来！"

封万里颤声道："是……是廖师叔关的，弟子确实不知。"史婆婆道："你知道也好，不知也好，不快去放了出来，我立时便将你毙了！"封万里道："是，是，弟子这就立刻去找。"说着转身便欲出厅。

张三笑道："且慢！阁下也是雪山掌门的继承人，岂可贸然出去？你！你！你！你！"连指四名雪山弟子，说道："你们四人，去把监禁着的众人都带到这里来，少了一个，你们的脑袋便像这样。"右手一探，向厅中木柱抓去，柱子上登时出现一个大洞，只见他手指缝中木屑纷纷而落。

那四名雪山弟子不由自主的都打了个寒战，只见张三的目光射向自己脑袋，右手五指抖动，像是要向自己头上抓一把似的，当即喏喏连声，走出厅去。

这时成、齐、廖、梁四人兀自在你一剑、我一剑的假斗不休。四人听了张三的讥嘲，都已不敢在招数上故露破绽，因此内劲固然惟恐不弱，姿式却是只怕不狠，厉声吆喝之余，再辅以咬牙切齿，横眉怒目，他四人先前真是性命相拼，神情也没这般凶神恶煞般狰狞可怖。只见剑去如风，招招落空，掌来似电，轻软胜绵。

史婆婆越看越恼，喝道："这些鬼把式，也算是雪山派的武功吗？凌霄城的脸面可给你们丢得干干净净了。"转头向石破天道："徒儿，拿了这把刀去，将他们每一个的手臂都砍一条下来。"

石破天在张三、李四面前不敢开口说话，只得接过单刀，向成自学一指，挥刀砍去。

成自学听得史婆婆叫人砍自己的臂膀，这可不是闹着玩的，眼见他单刀砍到，忙挥剑挡开，这一剑守中含攻，凝重狠辣，不知不觉显出了雪山剑法的真功夫来。

张三喝采道："这一剑才像个样子。"

石破天心念一动："大哥二哥知道我内力不错，倘若我凭内力取胜，他们便认出我是狗杂种了。我既冒充石中玉，便只有使雪山剑法。"当下挥刀斜刺，使一招雪山剑法的"暗香疏影"。成自学见他招数平平，心下不再忌惮，运剑封住了要害，数招之后，引得他一刀刺向自己左腿，假装封挡不及，"啊哟"一声，刀尖已在腿上划了一道口子。成自学投剑于地，凄然叹道："英雄出在少年，老头子是不中用的了。"

梁自进挥剑向石破天肩头削下，喝道："你这小子无法无天，连师叔祖也敢伤害！"他对石破天所使剑法自是了然于胸，数招之间，便引得他以一招"风沙莽莽"在自己左臂轻轻掠过，登时跌出三步，左膝跪地，大叫："不得了，不得了，这条手臂险些给这小子砍下来了。"跟着齐自勉和廖自砺双战石破天，各使巧招，让他刀锋在自己身上划破一些皮肉，双双认输退下。一个连连摇头，黯然神伤；一个暴跳如雷，破口大骂。

史婆婆厉声道："你们输给了这孩儿，那是甘心奉他为掌门了？"

成、齐、廖、梁四人一般心思："奉他为掌门，只不过是送他上侠客岛去做替死鬼，有何不可？"成自学道："两位使者先生定下规矩，要我们各凭武功争夺掌门。我艺不如人，以大事小，那也是无法可想。"齐、廖、梁三人随声附和。

史婆婆道："你们服是不服？"四人齐声道："口服心服，更无异言。"心中却想："待这两个恶人走后，凌霄城中还不是我们的天下？谅一个老婆子和一个小鬼有何作为？"史婆婆道："那么怎不参拜新任雪山派掌门？"想到金乌派开山大弟子居然做了雪山派掌门人，登时乐不可支，一时却没想到，此举不免要令这位金乌派大弟子兼雪山派掌门人小命不保。

忽然厅外有人厉声喝道："谁是新任雪山派掌门？"正是白万剑的声音，跟着铁链呛啷啷声响，走进数十人来。这些人手足都锁在镣铐之中，白万剑当先，其后是耿万钟、王万仞、柯万钧、呼延万善、汪万翼、花万紫等一干新自中原归来的长门弟子。

白万剑一见史婆婆，叫道："妈，你回来了！"声音中充满惊喜之情。

石破天先前听封万里叫史婆婆为师娘，已隐约料到她是白自在的夫人，此刻听白万剑呼她为娘，自是更无疑惑，只好生奇怪："我师父既是雪山派掌门人的夫人，为什么要另创金乌派，又口口声声说金乌派武功是雪山派的克星？"

阿绣奔到白万剑身前，叫道："爹爹！"

史婆婆既是白万剑的母亲，阿绣自是白万剑的女儿了，可是她这一声"爹爹"，还是让石破天大吃了一惊。

白万剑大喜，颤声道："阿绣，好啊，你……你……没死？"

史婆婆冷冷的道："她自然没死！难道都像你这般脓包鼻涕虫？亏你还有脸叫我一声妈！我生了你这混蛋，恨不得一头撞死了干净！老子给人家关了起来，自己身上叮叮当当的戴上这一大堆废铜烂铁，臭美啦，是不是？什么'气寒西北'？你是'气死西北'！他妈的什么雪山派，戴上手铐脚链，是雪山派什么高明武功啊？老的是混蛋，小的也是混蛋，他妈的师弟、徒弟、徒子、徒孙，一古脑儿都是混蛋，乘早给我改名作混蛋派是正经！"

白万剑等她骂了一阵，才道："妈，孩儿和众师弟并非武功不敌，为人所擒，乃是这些反贼暗使奸计。他……"手指廖自砺，气愤愤的道："这家伙扮作了爹爹，在被窝中暗藏机关，孩儿这才失手……"史婆婆怒斥："你这小混蛋更加不成话了，认错了旁人，也还罢了，连自己爹爹也都认错，还算是人么？"

石破天心想："认错爹爹，也不算希奇。石庄主、石夫人就认错我是他们的儿子，连带我也认错了爹爹。唉，却不知我的爹爹到底是谁。"

白万剑自幼给母亲打骂惯了，此刻给她当众大骂，虽感羞愧，也不如何放在心上，只是记挂着父亲的安危，问道："妈，爹爹可平安么？"史婆婆怒道："老混蛋是活是死，你小混蛋不知道，我又怎知道？老混蛋活在世上丢人现眼，让师弟和徒弟们给关了起来，还不如早早死了的好！"白万剑听了，知道父亲只是给本门叛徒监禁了，性命却尚无碍，心中登时大慰，道："谢天谢地，爹爹平安！"

史婆婆骂道："平安个屁！"她口中怒骂，心中却也着实关怀，向成自学等道："你们把大师兄关在哪里？怎么还不放他出来？"成自学道："大师兄脾气大得紧，谁也不敢走近一步，一近身他便要杀人。"史婆婆脸上掠过一丝喜色，道："好，好，好！这老混蛋自以为武功天下第一，骄傲狂妄，不可一世，让他多受些折磨，也是应得之报。"

李四听她怒骂不休，忍不住插口道："到底哪一个是混蛋派的掌门人？"

史婆婆霍地站起，踏上两步，戟指喝道："'混蛋派'三字，岂是你这个混蛋说得的？我自骂我老公、儿子，你是什么东西，胆敢出言辱我雪山派？你武功高强，不妨一掌把老身打死了，要在我面前骂人，却是不能！"

旁人听到她如此对李四疾言厉色的喝骂，无不手心中捏了一把冷汗，均知李四若是一怒出手，史婆婆万无幸理。石破天晃身挡于史婆婆之前，倘若李四出手伤她，便代为挡架。白万剑苦于手足失却自由，只暗暗叫苦。哪知李四只微微一笑，说道："是在下失言，这里谢过，请白老夫人恕罪！那么雪山派的掌门人到底是哪一位？"

史婆婆向石破天一指，说道："这少年已打败了成、齐、廖、梁四个叛徒，他们奉他为雪山派掌门，有哪一个不服？"

白万剑大声道："孩儿不服，要和他比划！"

史婆婆道："好，把各人的铐镣开了！"

成、齐、廖、梁四人面面相觑，均想："若将长门弟子放了出来，这群大虫再也不可复制。咱们犯上作乱的四支，那是死无葬身之地了。但眼前情势，要想不放，却又不成。"

廖自砺转头向白万剑道："你是我手下败将，我都服了，你又凭什么不服？"白万剑怒道："你这犯上作乱的逆贼，我恨不得将你碎尸万断。你暗使卑鄙行径，居然还有脸跟我说话？说什么是你手下败将？"

原来白自在的师父早死，成、齐、廖、梁四人的武功大半系由白自在所授。白自在和四个师弟名虽同门，实系师徒。雪山派武功以招数变幻见长,内力修为却无独到之秘。白自在早年以机缘巧合,服食雪山上异蛇的蛇胆蛇血,得以内力大增,雄浑内力再加上精微招数,数十年来独步西域。他传授师弟和弟子之时,并未藏私,但他这内功却由天授,非关人力,因此众师弟的武功始终和他差着一大截。白自在逞强好胜,于巧服异物、大增内力之事始终秘而不宣,以示自己功夫之强,乃自行钻研修为而成,并非得自运气。

四个师弟心中却不免存了怨怼之意,以为师父临终之时遗命大师兄传授,大师兄却有私心,将本门祖艺藏起一大半。再加白万剑武功甚强,骎骎然有凌驾四个师叔之势,成、齐、廖、梁四人更感不满。只在白威德积威之下,谁都不敢有半句抱怨的言语。此番长门弟子中的菁英尽数离山,而白自在突然心智失常,倒行逆施,凌霄城中人人朝不保夕。众师弟既为势所逼,又见有机可乘,这才发难。

便在此时,长门众弟子回山。廖自砺躲在白自在床上,逼迫白自在的侍妾将白万剑诱入房中探病,出其不意的将他擒住。自中原归来的一众长门弟子首脑就逮,余人或遭计擒,或为力服,尽数陷入牢笼。此刻白万剑见到廖自砺,当真是恨得牙痒痒地。

廖自砺道:"你若不是我手下败将,怎地手铐会戴上你的双腕?我可既没用暗器,又没使迷药!"

李四喝道:"这半天争执不清,快将他手上铐镣开了,两个人好好斗一场。"

廖自砺兀自犹豫,李四左手一探,夹手夺过他手中长剑,当当当当四声,白万剑的手铐足镣一齐断绝,却是给他在霎时之间挥剑斩断。这副铐镣以精钢铸成,廖自砺的长剑虽是利器,却非削铁如泥的宝剑,让他运以浑厚内力一斫即断,直如摧枯拉朽一般。铐镣连着铁链落地,白万剑手足上却连血痕也没多上一条,众人情不自禁的大声喝采。几名谄佞之徒为了讨好李四,这个"好"字还叫得加倍漫长响亮。

白万剑向来自负,极少服人,这时也忍不住说道:"佩服,佩服!"长门弟子之中早有人送过剑来。白万剑呸的一声,一口唾沫吐在他脸上,跟着提足踢了他一个筋斗,骂道:"叛徒!"既为长门弟子,留在凌霄城中而安然无恙,自然是参与叛师逆谋了。

阿绣叫了声:"爹!"倒持佩剑,送了过去。

白万剑微微一笑,说道:"乖女儿!"他迭遭横逆,只有见到母亲和女儿健在,才真是十分喜慰之事。他一转过头来,脸上慈和之色立时换作了憎恨,目光中如欲喷出火来,向廖自砺喝道:"你这本门叛徒,再也非我长辈,接招罢!"唰的一剑,刺了过去。

　　李四倒转长剑,轻轻挡过了白万剑这一剑,将剑柄塞入廖自砺手中。

　　二人这一展开剑招,却是性命相扑的真斗,各展平生绝艺,与适才成、齐、廖、梁的儿戏大不相同。雪山派第一代人物中,除白自在外,以廖自砺武功最高,他知白万剑亟欲杀了自己,此刻出招哪里还有半分怠忽,一柄长剑使开来矫矢灵动,招招狠辣。白万剑急于复仇雪耻,有些沉不住气,贪于进攻,拆了三十余招后,一剑直刺,力道用得老了,给廖自砺斜身闪过,还了一剑,嗤的一声,削下他一片衣袖。

　　阿绣"啊"的一声惊呼。史婆婆骂道:"小混蛋,跟老子一模一样,老混蛋教出来的儿子,本来就没多大用处。"

　　白万剑心中一急,剑招更见散乱。廖自砺暗暗欢喜,狞笑道:"我早就说你是我手下败将,难道还有假的?"他这句话,本想扰乱对方心神,由此取胜,不料弄巧成拙,白万剑此次中原之行连遭挫折,令他增加了三分狠劲,听得这讥讽之言,并不发怒,反深自收敛,连取了七招守势。这七招一守,登时将战局拉平,白万剑剑招走上了绵密稳健的路子。

　　廖自砺绕着他身子急转,口中嘲骂不停,剑光闪烁中,白万剑一声长啸,唰唰唰连展三剑,第四剑青光闪处,嚓的一声响,廖自砺左腿齐膝而断,大声惨呼,倒在血泊之中。

　　白万剑长剑斜竖,指着齐自勉道:"你过来!"剑锋上的血水一滴滴的掉在地下。

　　齐自勉脸色惨白,手按剑柄,并不拔剑,过了一会才道:"你要做掌门人,自己……自己做好了,我不来跟你们争。"

　　白万剑目光向成自学、梁自进二人脸上扫去。成梁二个都摇了摇头。

　　史婆婆忽道:"打败几名叛徒,又有什么了不起?"向石破天道:"徒儿,你去跟他比比,瞧是老混蛋的徒儿厉害,还是我的徒儿厉害。"

众人听了都大为诧异:"石中玉这小子明明是封万里的徒儿,怎么是你的徒儿了?"

史婆婆喝道:"快上前!用刀不用剑,老混蛋教的剑法稀松平常,咱们的刀法可比他们厉害得多啦。"

石破天实不愿与白万剑比武,他是阿绣的父亲,更不想得罪了他,只是一开口推却,立时便会给张三、李四认出,当下倒提着单刀,站在史婆婆跟前,神色十分尴尬。

史婆婆喝道:"刚才我答允过你的事,你不想要了吗?我要你立下一件大功,这事才算数。这件大功劳,就是去打败这个老混蛋的徒儿。你倘若输了,立即给我滚得远远的,永远别想再见我一面,更别想再见阿绣。"

石破天伸左手搔了搔头,大为诧异:"原来师父叫我立件大功,却是去打败她的亲生儿子。此事当真奇怪之极。"脸上一片迷惘。

旁人却都渐渐自以为明白了其中原由:"史婆婆要这小子做上雪山派掌门,好到侠客岛去送死,以免她亲儿死于非命。"只白万剑和阿绣二人,才真正懂得她的用意。

白自在和史婆婆这对夫妻都性如烈火,平时史婆婆对丈夫总还容让三分,心中却积怨已久。这次石中玉强暴阿绣不遂,害得阿绣失踪,人人都以为她跳崖身亡,白自在不但斩断了封万里的手臂,与史婆婆争吵之下,盛怒中更打了妻子一个耳光。史婆婆大怒下山,凑巧在山谷深雪中救了阿绣,对这个耳光却始终耿耿于心。她武功远远及不上丈夫,一口气无处可出,立志要教个徒弟出来打败自己儿子,那便是打败白自在的徒弟,占到丈夫上风。

不过白万剑认定石破天是石中玉,更不知他是母亲的徒儿,于其中过节又不及阿绣的全部了然,当下对石破天瞪目而视,满脸鄙夷之色。

史婆婆道:"怎么?你瞧他不起么?这少年拜了我为师,经我一番调教,已跟往日大不相同。现下你跟他比武,倘若你胜得了他,算你的师父老混蛋厉害;倘若你败在他刀下,阿绣就是他的老婆了。"

白万剑吃了一惊,道:"妈,此事万万不可,咱们阿绣岂能嫁这小子?"史婆婆笑道:"你若打败了这小子,阿绣自然嫁他不成。否则你

411

又怎能作得主?"白万剑不禁暗暗有气:"妈跟爹爹呕气,却迁怒于我。你儿子若连这小子也斗不过,当真枉在世上为人了。"

史婆婆见他脸有怒容,喝道:"你心中不服,那就提剑上啊。空发狠劲有什么用?"白万剑道:"是!"向石破天道:"你进招罢。"

石破天向阿绣望了一眼,见她娇羞之中又带着几分关切,心想:"师父说倘若我输了,永远不能再见阿绣之面。这场比武,那是非胜不可的。"于是单刀下垂,左手抱住右拳,微微躬身,使的是"金乌刀法"第一招"开门揖盗"。他不知"开门揖盗"是骂人的话,白万剑更不知这一招的名称,见他姿式倒也恭谨,哼了一声,长剑递出,势挟劲风。

石破天挥刀挡开,还了一刀。他曾在紫烟岛上以一柄烂柴刀和白万剑交过手,待得白万剑使出雪山派中最粗浅的入门功夫时,他便无法招架。后来得石清夫妇指点武学的道理,才明白动手之际实须随机而施,不能拘泥于招式,雪山派这些入门练功的初步粗浅招式,自然举手之间便能破去。此番和白万剑再度交手,既再不如首次那么见招出招,依样葫芦,而出刀之时,将石清夫妇所教的武术诀窍也融入其中。他内力到处,即是极平庸的招式,亦具极大威力,何况史婆婆与石清夫妇所教的皆是上乘功夫。

十余招一过,白万剑暗暗心惊:"这小子从哪里学到了这么高明的刀法?"想起当日在紫烟岛上,曾和那个今日做了长乐帮帮主的少年比武,那人自称是金乌派的开山大弟子,两人刀法依稀有些相似,但变幻之奇,却远远不及眼前这个石中玉了,寻思:"这二人相貌相似,莫非出于一师所授。我娘说经过她一番调教,难道当真是我娘所教的?"

史婆婆与白自在新婚不久,两人谈论武功,所见不合,便动手试招,史婆婆自然不敌。白自在随即停手,自吹自擂一番。史婆婆耻于武功不及丈夫,此后再不显示过一招半式,因此连白万剑也丝毫不知母亲的武功家数。

又拆数招,白万剑横剑削来,石破天举刀挡格,当的一声,火光四溅,白万剑只觉一股大力猛撞过来,震得他右臂酸麻,胸口剧痛,心下更是吃惊,不由得退了三步。

石破天并不追击,转头向史婆婆瞧去,意思是问:"我这算是胜

侠客行

[下]

了罢?"

但白万剑越遇劲敌,勇气越增。阿绣既然无恙,本来对石中玉的切齿之恨已消了十之八九,但对他奸猾无行的鄙视之意却未稍减,何况他是本门后辈,倘若输在他手下,这口气如何咽得下去?喝道:"小子,看剑!"抢上三步,挺剑刺出。待得石中玉举刀招架,白万剑不再和他兵刃相碰,立时变招,带转剑锋,斜削敌喉。这一招"雪泥鸿爪"出剑部位极巧,发挥了雪山派剑法的绝艺。

张三赞道:"好剑法!"

石破天横刀挥出,斫他手臂,用上了金乌刀法中的"踏雪寻梅",正好是这一招雪山剑法的克星。在雪地中践踏而过,寻梅也好,寻狗也好,哪还有什么雪泥鸿爪的痕迹?

张三又赞:"好刀法!"

二人越斗越快,白万剑胜在剑法纯熟,石破天则在内力上大占便宜。堪堪又拆了二十余招,石破天挺刀中宫直进,势道凌厉,白万剑不及避让,迫得横剑挡格,只听到喀的一声,手中长剑竟给震断。石破天立时收刀,向后退开。白万剑脸色铁青,从身旁雪山弟子手中抢过一柄长剑,又向石破天刺来。

石破天剧斗渐酣,体内积蓄着的内力不断生发出来,每一刀之出都令对方抵挡艰难,刀刃上更含了强劲无比的劲力,拆不上数招,喀的一声,又将白万剑的长剑震断。白万剑换剑再战,第四招上又跟着断了。白万剑提着断剑,大声道:"你内力远胜于我,招数上我却未输给你。"掷下断剑,反手抓过一柄长剑,抢身又上。

石破天斜身闪开,只盼史婆婆下令罢斗,不住向她瞧去,却见她笑吟吟的甚有得色,又见阿绣站在婆婆身旁,眼光中却大有关切担忧之意。石破天心中蓦地一动,想起当日在紫烟岛上她曾谆谆叮嘱,和人比武时不可赶尽杀绝,得饶人处且饶人:"大哥,武林人士大都甚是好名。一个成名人物给你打得重伤倒没什么,但如败在你的手下,往往比死还要难过。"眼见白万剑脸色凝重,心想:"他是雪山派中大有名望之人,又是阿绣的爹爹,当着这许多人之前,我如将他打败,岂不令他脸上无光?但如我输了给他,师父又不许我再见阿绣。那便如何是好?是了,我使出阿绣教我的那招'旁敲侧击',打个不胜不败便是。"想及此处,脑中突然转过一个念头,登时恍然大悟:"那天我答允阿绣,与人比武之时决不赶尽杀绝,得饶人处且饶人,她感激不尽,竟向我下拜。当时她那一拜,自是为着今日之战了。若不是为了她亲生的爹爹,她何必向我下拜?那日她见到史婆婆所教我的刀法,已料到她父亲多半不敌。"当下向左砍出一刀,又向右砍出一刀,胸口立时门户大开。

白万剑斗得兴起,斗见对方露出破绽,想也不想便挺剑中宫直进。

正在此时,石破天挥刀在身前虚劈而落。白万剑长剑剑尖离他胸口尚有尺许,已触到他这一刀下砍的内劲,只觉全身大震,如触雷电,长剑只震得嗡嗡直响,颤动不已。

石破天又退了两步,心想:"我已震断他三柄长剑,若要打成平手,他也非震断我的单刀不可。"手上暗运内劲,喀喇一声,单刀的刀刃已凭空断为两截,倒似是让白万剑剑上的劲力震断一般。

阿绣吁了一口气,如释重负,高声叫道:"爹爹,大哥,你们两人斗成平手,谁也没胜谁!"转头向石破天望去,嫣然一笑,心想:"你总算记得我从前说的话,体会到了我的用心。"郎君处事得体,对己情义深重,心下喜不自胜。

白万剑脸上却已全无血色,将手中长剑直插入地,没入大半,向石破天道:"你手下容让,我岂有不知?你没叫我当众出丑,足感盛情。"

史婆婆十分得意,说道:"孩儿,你不用难过。这路刀法是娘教他的,回头我也一般的传你便是。你输了给他,便是输了给娘,咱们娘儿还分什么彼此?"先前她一肚子怒火,是以"老混蛋"、"小混蛋"的骂个不休,待见石破天以金乌刀法打败了他儿子,自己终于占到了丈夫上风,大喜之下,便安慰起儿子来。

白万剑啼笑皆非,只得道:"娘的刀法果然厉害,只怕孩儿太蠢,学不会。"

史婆婆走到他身边,轻轻抚摸他头发,一脸爱怜横溢的神气,说道:"你比这傻小子聪明得多了,他学得会,你怎能学不会?"转头向石破天道:"快向你岳父磕头赔罪。"

石破天一怔之下,这才会意,又惊又喜,忙向白万剑磕下头去。

白万剑闪身避开,厉声道:"且慢,此事容缓再议。"向史婆婆道:

"娘,这小子武功虽高,为人却轻薄无行,莫要误了阿绣的终身。"

只听得李四朗声道:"好了,好了!你招他做女婿也罢,不招也罢,咱们这杯喜酒,终究是不喝的了。我看雪山派之中,武功没人能胜得了这小兄弟的。是不是便由他做掌门人?大家服是不服?"

白万剑、成自学以及雪山群弟子谁都没有出声,有的自忖武功不及,有的更盼他做了掌门人后,即刻便到侠客岛去送死。大厅上寂静一片,更无异议。

张三从怀中取出两块铜牌,笑道:"恭喜兄弟又做了雪山派掌门人,这两块铜牌便一并接过去罢!"说着左眼向着石破天眨了几眨。

石破天一怔:"大哥认了我出来?我一句话也没说,却在哪里露出了破绽?"他哪知张三、李四武功既高,见识自也高人一等,他虽不作一声,言语举止中并未露出破绽,但适才与白万剑动手过招,刀法也还罢了,内力之强,却是江湖上罕见罕闻。张三、李四曾和他赌饮毒酒,对他的内力极为心折,岂有认不出之理?

石破天见铜牌递到自己身前,心想:"反正我在长乐帮中已接过铜牌,一次是死,两次也不过是死,再接一次,又有何妨?"正要伸手去接,忽听史婆婆喝道:"且慢!"

石破天缩手回头,瞧着史婆婆,只听她道:"这雪山派掌门之位,言明全凭武功而决,算是你夺到了。不过我见老混蛋当了掌门人,狂妄自大,威风不可一世,我倒也想当当掌门人,过一过瘾。孩儿,你将这掌门之位让给我罢!"石破天愕然道:"我……我让给你?"

史婆婆此举全是爱惜他与阿绣的一片至情厚意,不愿他去侠客岛送了性命。她自己风烛残年,多活几年,少活几年,也没什么分别,至于石破天在长乐帮中已接过铜牌之事,她却一无所知,当下怒道:"怎么?你不肯吗?那么咱们就比划比划,凭武功而定掌门。"石破天见她发怒,不敢再说,忙道:"是,是!"躬身退开。史婆婆哈哈一笑,说道:"我当雪山派的掌门,有谁不服?"

众人面面相觑,均想这变故来得奇怪之极,但仍谁也不发一言。

史婆婆踏步上前,从张三手中接过两块铜牌,说道:"雪山派新任掌门人白门史氏,多谢贵岛奉邀,定当于期前赶到便是。"

张三哈哈一笑,说道:"白老夫人,铜牌虽是你亲手接了,但若威德先生待会跟你比武,又抢了过去,你这掌门人还是做不成罢?好罢,你夫妇待会再决胜败,哪一位武功高强,便是雪山派掌门人。"和李四相视一笑,转身出了大门。

倏忽之间,只听得两人大笑之声已在十余丈外。

史婆婆居中往太师椅上一坐,冷冷的道:"将这些人身上的铐镣都给打开了。"

梁自进道:"你凭什么发施号令?雪山派掌门大位,岂能如此儿戏的私相授受?"成自学、齐自勉同声附和:"你使刀不使剑,并非雪山派家数,怎能为本派掌门?"

当张三、李四站在厅中之时,各人想的均是如何尽早送走这两个煞星,只盼有人出头答应赴侠客岛送死,免了众人的大劫。但二人一去,各人噩运已过,便即想到自己犯了叛逆重罪,真由史婆婆来做掌门人,她定要追究报复,那可是性命攸关、非同小可之事。登时大厅之上许多人都鼓噪起来。

史婆婆道:"好罢,你们不服我做掌门,那也无妨。"双手拿着那两块铜牌,叮叮当当的敲得直响,说道:"哪一个想做掌门,想去侠客岛喝腊八粥,尽管来拿铜牌好了。刚才那胖子说过,铜牌虽是我接的,雪山派掌门人之位,仍可再凭武功而定。"目光向成自学、齐自勉、梁自进各人脸上逐一扫去。各人都转过了头,不敢和她目光相触。

封万里道:"启禀师娘:大伙儿犯上作乱,忤逆了师父,实在罪该万死,但其中却实有不得已的苦衷。"说着双膝跪地,连连磕头,说道:"师娘来做本派掌门,那是再好不过。师娘要杀弟子,弟子甘愿领死,但请师娘赦了旁人之罪,以安众人之心,免得本派之中再起自相残杀的大祸。"

史婆婆道:"你师父脾气不好,我岂有不知?他断你一臂,就大大不该。到底此事如何而起,你且说来听听。"

封万里又磕了两个头,说道:"自从师娘和白师弟、众师弟下山之后,师父每日里都大发脾气。本门弟子受他老人家打骂,那是小事,大家受师门重恩,又怎敢生什么怨言?七八天前,忽有两个老人前来拜访师父,乃是两兄弟。一个叫丁不三,一个叫丁不四。"

史婆婆一惊,颤声问道:"丁不三……丁不四?这两个死家伙来

416

干什么？"

封万里道："这两个老儿到凌霄城后，便和师父在书房中密谈，说的是什么话，弟子们都不得知，只知道这两个老家伙得罪了师父，三人大声争吵起来。徒儿们心想师父何等身分，岂能亲自出手料理这两个来历不明之辈，是以都守在书房之外，只待师父有命，便冲进去将这两个老家伙撵了出去。但听得师父十分生气，和那丁不四对骂，说什么'碧螺山'、'紫烟岛'，又提到一个女子的名字，叫什么'小翠'的。"

史婆婆哼的一声，脸色一沉，但想众徒儿不知自己的闺名叫做小翠，说穿了反而不美，只问："后来怎样？"

封万里道："后来也不知如何动上了手，只听得书房中掌风呼呼大作，大伙儿没奉师父号令，也不敢进去。过了一会，墙壁一块一块的震了下来，我们才见到师父是在和丁不四动手，那丁不三却袖手旁观。两人掌风激荡，将书房的四堵墙壁都震坍了。斗了一会，丁不四终究不敌师父的神勇，给师父一拳打在胸口，吐了几口鲜血。"史婆婆"啊"的一声。

封万里续道："师父跟着又一掌拍去，那丁不三出手拦住，说道：'胜败既分，还打什么？又不是什么不共戴天的大仇，咱两兄弟也不联手再斗了。'扶着丁不四，两个人就此出了凌霄城。"

史婆婆点点头道："他们走了？以后有没再来？"

封万里道："这两个老儿没再来过，但师父却从此神智有些失常，整日只哈哈大笑，自言自语：'丁不四这老贼以前就是我手下败将，这一次总输得服了罢？他说小翠曾随他到过碧螺山上……'"史婆婆怒道："胡说，哪有此事？"封万里道："是，是，师父也说：'胡说，哪有此事？这老贼明明骗人，小翠凭什么到他的碧螺山去？不过……别要听信了他的花言巧语，一时拿不定主意……'"史婆婆脸色铁青，喝道："老混蛋胡说八道，哪有什么拿不定主意的？"封万里不明其意，只得顺口道："是，是！"

史婆婆又问："老混蛋又说了些什么？"封万里道："你老人家问的是师父？"史婆婆道："自然是了。"封万里道："师父从此心事重重，老是说：'她去了碧螺山没有？一定没去。可是她一个人浪荡江湖，寂寞无聊之际，过去聊聊天，那也难说得很，难说得很。说不定旧情

417

未忘,藕断丝连。'"

史婆婆又哼了一声,骂道:"放屁! 放屁!"

封万里跪在地下,神色甚是尴尬,倘若应一声"是",便承认师父的话是"放屁"。

史婆婆道:"你站起来再说,后来又怎样?"

封万里磕了个头,道:"多谢师娘。"站起身来,说道:"又过了两天,师父忽然不住的高声大笑,见了人便问:'你说普天之下,谁的武功最高?'大伙儿总答:'自然是咱们雪山派掌门人最高。'瞧师父的神情,和往日实在大不相同。他有时又问:'我的武功怎样高法?'大伙儿总答:'掌门人内力既独步天下,剑法更当世无敌,其实掌门人根本不必用剑,便已打遍天下无敌手了。'他听我们这样回答,便笑笑不作声,显得很是高兴。这天他在院子中撞到陆师弟,问他:'我的武功和少林派的普法大师相比,到底谁高?'陆师弟如何回答,我们都没听见,只是后来见到他脑袋给师父一掌打得稀烂,死在当地。"

史婆婆叹了口气,神色黯然,说道:"阿陆这孩子本来就是憨头憨脑的,却又怎知是你师父下的手?"

封万里道:"我们见陆师弟死得很惨,只道凌霄城中有敌入侵,忙去禀告师父。哪知师父却哈哈大笑,说道:'该死,死得好! 我问他,我和少林派普法大师二人,到底武功谁高? 这小子说道,自从少林派掌门人妙谛大师死在侠客岛上之后,听说少林寺中以普法大师武功居首。这话是不错的,可是他跟着便胡说八道了,说什么本派武功长于剑招变幻,少林武功却博大精深,七十二门绝技俱有高深造诣。以剑法而言,本派胜于少林,以总的武功来说,少林开派千余年,能人辈出,或许会较本派所得为多。'"

史婆婆道:"这么回答很不错啊,阿陆这孩子,几时学得口齿这般伶俐了? 就算以剑法而论,雪山剑法也不见得便在人家达摩剑法之上。嗯,那老混蛋又怎么说?"

封万里道:"师娘斥骂师父,弟子不敢接口。"史婆婆怒道:"这会儿你倒又尊敬起师父来啦! 哼,我没上凌霄城之时,怎么又敢勾结叛徒,忤逆师父?"封万里双膝跪地,磕头道:"弟子罪该万死。"

史婆婆道:"哼,老混蛋门下,个个都是万字排行,人人都有个挺会臭美的好字眼，依我说，个个罪该万死，都该叫作万死才是，封万死、白万死、耿万死、王万死、柯万死、呼延万死、花万死……"她每说一个名字，眼光便逐一射向众弟子脸上。耿万钟、王万仞等未能救得师哥，长门全体受制，都内心有愧，低下头去。史婆婆喝道："起来，后来你师父又怎样说？"

封万里道："是！"站起身来，续道："师父说道：'这小子说本派和少林派武功各有千秋，便是说我和普法这秃驴难分上下了，该死，该死！我威德先生白自在不但武功天下无双，而且上下五千年，纵横数万里，古往今来，没一个及得上我。'"

史婆婆骂道："呸，大言不惭。"

封万里道："我们看师父说这些话时，神智已有点儿失常，作不得真的。好在这里都是自己人，否则传了出去，只怕给别派武师们当作笑柄。当时大伙儿面面相觑，谁都不敢说什么。师父怒道：'你们都是哑巴么？为什么不说话？我的话不对，是不是？'他指着苏师弟问道：'万虹，你说师父的话对不对？'苏师弟只得答道：'师父的话，当然是对的。'师父怒道：'对就是对，错就是错，有什么当然不当然的。我问你，师父的武功高到怎样？'苏师弟战战兢兢的道：'师父的武功深不可测，古往今来，唯师父一人而已。本派的武功全在师父一人手中发扬光大。'师父却又大发脾气，喝道：'依你这么说，我的功夫都是从本派前人手中学来的了？你错了，压根儿错了。雪山派所有功夫，全是我自己独创的。什么祖师爷开创雪山派，都是骗人的鬼话。祖师爷传下来的剑谱、拳谱，大家都见过了，有没有我的武功高明？'苏师弟只得道：'恐怕还不及师父高明。'"

史婆婆叹道："你师父狂妄自大的性子由来已久，他自三十岁上当了本派掌门，此后一直没遇上胜过他的对手，便自以为武功天下第一，说到少林、武当这些名门大派之时，他总是不以为然，说是浪得虚名，何足道哉。想不到这狂妄自大的性子愈来愈厉害，竟连创派祖师爷也不瞧在眼里了。万虹这孩子怎地没骨气，为了附和师父，连祖师爷也敢诽谤？"

封万里道："师娘，你再也想不到，师父一听此言，手起一掌，便将苏师弟击出数丈之外，登时便取了他的性命，骂道：'不及便是不及，有什么恐怕不恐怕的？'"

史婆婆喝道:"胡说八道,老混蛋就算再胡涂十倍,也不至于为了'恐怕'二字,便杀了他心爱的弟子!"

封万里道:"师娘明鉴:师父他老人家平日对大伙儿恩重如山,弟子说什么也不敢造谣胡说。这件事有二十余人亲眼目睹,师娘一问便知。"

史婆婆目光射向其余留在凌霄城的长门弟子脸上,这些人齐声说道:"当时情形确是这样,封师哥并无虚言。"史婆婆连连摇头叹气,说道:"这样的事怎能教人相信? 那不是发疯吗?"封万里道:"师父他老人家确是有了病,神智不大清楚。"史婆婆道:"那你们就该延医给他诊治才是啊。"

封万里道:"弟子等当时也就这么想,只不敢自专,和几位师叔商议了,请了城里最高明的南大夫和戴大夫两位给师父看脉。师父一见到,就问他们来干什么。两位大夫不敢直言,只说听说师父饮食有些违和,他们在城中久蒙师父照顾,一来感激,二来关切,特来探望。师父即说自己没有病,反问他们:'可知道古往今来,武功最高强的是谁?'南大夫道:'小人于武学一道,一窍不通,在威德先生面前谈论,岂不是孔夫子门前读孝经,鲁班门前弄大斧?'师父哈哈一笑,说道:'班门弄斧,那也不妨。你倒说来听听。'南大夫道:'向来只听说少林派是武林中的泰山北斗,达摩祖师一苇渡江,开创少林一派,想必是古往今来武功最高之人了。'"

史婆婆点头道:"这南大夫说得很得体啊。"

封万里道:"可是师父一听之下,却大大不快,怒道:'那达摩是西域天竺之人,乃蛮夷戎狄之类,你把一个胡人说得如此厉害,岂不是灭了我堂堂中华的威风?'南大夫甚是惶恐,道:'是,是,小人知罪了。'我师父又问那戴大夫,要他来说。戴大夫眼见南大夫碰了个大钉子,如何敢提少林派,便道:'听说武当派创派祖师张三丰武术通神,所创的内家拳掌尤在少林派之上。依小人之见,达摩祖师乃是胡人,殊不足道,张三丰祖师才算得是古往今来武林中的第一人。'"

史婆婆道:"少林、武当两大门派,武功各有千秋,不能说武当便胜过了少林。但张三丰祖师是数百年来武林中震铄古今的大宗师,又是我中华上国之人,那是绝无疑义的。"

封万里道:"师父本坐在椅上,听了这番话后,霍地站起,说道:

'你说张三丰所创的内家拳掌了不起？在我眼中瞧来，却也稀松平常。以他武当长拳而论，这一招虚中有实，我只须这么拆，这么打，便即破了。又如太极拳的"野马分鬃"，我只须这里一勾，那里一脚踢去，立时便叫他倒在地下，变成"野马失蹄"。他武当派的太极剑，更怎是我雪山派剑法的对手？'师父一面说，一面比划，掌风呼呼，只吓得两名大夫面无人色。我们众弟子在门外瞧着，谁也不敢进去劝解。师父连比了数十招，问道：'我这些功夫，比之秃驴达摩、牛鼻子张三丰，却又如何？'南大夫只道：'这个……这个……'戴大夫却道：'咱二人只会治病，不会武功。威德先生既如此说，说不定你老先生的武功，比达摩和张三丰还厉害些。'"

史婆婆骂道："不要脸！"也不知这三个字是骂戴大夫，还是骂白自在。

封万里道："师父当即怒骂：'我比划了这几十招，你还是信不过我的话，"说不定"三字，当真欺人太甚！'提起手掌，登时将两位大夫击毙在房中。"

史婆婆听了这番言语，不由得冷了半截，眼见雪山派门下个个面有不以为然之色，儿子白万剑含羞带愧，垂下了头，心想："本派门规第三条，不得伤害不会武功之人；第四条，不得伤害无辜。老混蛋滥杀本门弟子，已令众人大为不满，再杀这两个大夫，更加大犯门规，如何能再为本派掌门？"

只听封万里又道："师父当下开门出房，见我们神色有异，便道：'你们古古怪怪的瞧着我干么？哼，心里在骂我坏了门规，是不是？雪山派的门规是谁定的？是天上掉下来的，还是凡人定出来的？既是由人所定，为什么便更改不得？制订这十条门规的祖师爷倘若今日还不死，一样斗我不过，给我将掌门人抢了过来，照样要他听我号令！'他指着燕师弟鼻子说道：'老七，你倒说说看，古往今来，谁的武功最高？'

"燕师弟性子十分倔强，说道：'弟子不知道！'师父大怒，提高了声音又问：'为什么不知道？'燕师弟：'师父没教过，因此弟子不知道。'师父道：'好，我现在教你：雪山派掌门人威德先生白自在，是古往今来剑法第一、拳脚第一、内功第一、暗器第一的大英雄、大豪杰、大侠士、大宗师！你且念一遍来我听。'燕师弟道：'弟子笨得很，记

不住这么一连串的话！'师父提起手掌，怒喝：'你念是不念？'燕师弟
悻悻的道：'弟子照念便是。雪山派掌门人威德先生白老爷子自己
说，他是古往今来剑法第一……'师父不等他念完，便已一掌击在他
的脑门，喝道：'你加上"自己说"三字，那是什么用意？你当我没听
见吗？'燕师弟给他这么一掌，自是脑浆迸裂而死。余下众人便有天
大的胆子，也只得顺着师父之意，一个个念道：'雪山派掌门人威德
先生白老爷子，是古往今来剑法第一、拳脚第一、内功第一、暗器第
一的大英雄、大豪杰、大侠士、大宗师！'要念得一字不错，师父才放
我们走。

"这样一来，人人都敢怒而不敢言。第二日，我们为三位师弟和
两位大夫大殓出殡，师父却来大闹灵堂，把五个死者的灵位都踢翻
了。杜师弟大着胆子上前相劝，师父顺手抄起一块灵牌，将他的一
条腿生生削了下来。这天晚上，便有七名师弟不别而行。大伙儿眼
见雪山派已成瓦解冰消的局面，人人自危，都觉师父的手掌随时都
会拍到自己天灵盖上，迫不得已，这才商议定当，偷偷在师父的饮食
中下了迷药，将他老人家迷倒，在手足加上铐镣。我们此举犯上作
乱，确是罪孽重大之极，今后如何处置，任凭师娘作主。"他说完后，
向史婆婆一躬身，退入人丛。

史婆婆呆了半晌，想起丈夫一世英雄，临到老来竟如此昏庸胡
涂，不由得眼圈儿红了，泪水便欲夺眶而出，颤声问道："万里的言语
之中，可有什么夸张过火、不尽不实之处？"问了这句话，泪水已涔涔
而下。

众人都不说话。隔了良久，成自学才道："师嫂，实情确是如此。
我们若再骗你，岂不是罪上加罪？"

史婆婆厉声道："就算你掌门师兄神智昏迷，滥杀无辜，你们联
手将他废了，那如何连万剑等一干人从中原归来，你们竟也暗算加
害？为何要将长门弟子尽皆除灭，下这斩草除根的毒手？"

齐自勉道："小弟并不赞成加害掌门师哥和长门弟子，以此与廖
师弟激烈争辩，为此还厮杀动手。师嫂想必也已听到见到。"

史婆婆抬头出神，泪水不绝从脸颊流下，长长叹了口气，说道：
"这叫做一不作，二不休，事已如此，须怪大家不得。"

廖自砺自遭白万剑砍断一腿后，伤口血流如注，这人也真硬气，

竟一声不哼,自点穴道止血,勉力撕下衣襟来包扎伤处。他的亲传弟子畏祸,却没一人过来相救。

史婆婆先前听他力主杀害白自在与长门弟子,对他好生痛恨,但听得封万里陈述情由之后,才明白祸变之起,实发端于自己丈夫,不由得心肠顿软,向四支的众弟子喝道:"你们这些畜生,眼见自己师父身受重伤,竟都袖手旁观,还算得是人么?"

四支的群弟子这才抢将过去,争着为廖自砺包扎断腿。其余众人心头也都落下了一块大石,均想:"她连廖自砺也都饶了,我们的罪名更轻,当无大碍。"当下有人取过钥匙,将耿万钟、王万仞、汪万翼、花万紫等人的铐镣都打开了。

史婆婆道:"掌门人一时神智失常,行为不当,你们该得设法劝谏才是,却干下了这等犯上作乱的大事,终究是大违师规。此事如何了结,我也拿不出主意。咱们第一步,只有将掌门人放出来,和他商议商议。"

众人一听,无不脸色大变,均想:"这凶神恶煞身脱牢笼,大伙儿哪里还有命在?"各人你瞧瞧我,我瞧瞧你,谁也不敢作声。

史婆婆怒道:"怎么? 你们要将他关一辈子吗? 你们作的恶还嫌不够?"

成自学道:"师嫂,眼下雪山派的掌门人是你,须不是白师哥。白师哥当然是要放的,但总得先设法治好他的病,否则……否则……"史婆婆厉声喝道:"否则怎样?"成自学道:"小弟得罪了他,无颜再见白师哥之面,这就告辞。"说着深深一揖。齐自勉、梁自进也道:"师嫂倘若宽宏大量,饶了大伙儿,我们这就下山,终身不敢再踏进凌霄城一步,在外面也决不敢自称是雪山派弟子,免得堕了雪山派的威名。"

史婆婆心想:"这些人怕老混蛋出来后跟他们算帐,那也是情理之常。大伙儿若一哄而散,凌霄城只剩下一座空城,还成什么雪山派?"便道:"好! 那也不必忙于一时,我先瞧瞧他去,若无妥善的法子,决不轻易放他便了。"

成自学、齐自勉、梁自进相互瞧了一眼,均想:"你夫妻情深,自是偏向着他。好在两条腿生在我们身上,你真要放这老疯子,我们难道不会逃吗?"

史婆婆道:"剑儿,阿绣!"再向石破天道:"亿刀,你们三个都跟我来。"又向成自学等三人道:"请三位师弟带路,也好在牢外听我和他说话,免得大家放心不下。说不定我和他定下什么阴谋,将你们一网打尽呢。"

成自学道:"小弟岂敢如此多心?"他话是这么说,毕竟这件事生死攸关,还是和齐自勉、梁自进一齐跟出。廖自砺向本支一名精灵弟子努了努嘴。那人会意,也跟在后面。

一行人穿厅过廊,行了好一会,到了石破天先前被禁之所。成自学走到囚禁那老者的所在,说道:"就在这里! 一切请掌门人多多担待。"

石破天先前在大厅上听众人说话,已猜想石牢中的老者便是白自在,果然所料不错。

成自学自身边取出钥匙,去开石牢之门,哪知一转之下,铁锁早已为人打开。他"咦"的一声,只吓得面无人色,心想:"铁锁已开,老疯子已经出来了。"双手发抖,竟不敢去推石门。

史婆婆用力一推,石门应手而开。成自学、齐自勉、梁自进三人不约而同的退出数步。只见石室中空无一人,成自学叫道:"糟啦,糟啦! 给他……给他逃了!"一言出口,立即想起这只是石牢的外间,要再开一道门才是牢房的所在。他右手发抖,提着的一串钥匙叮当作响,不敢去开第二道石门。

石破天本想跟他说:"这扇门也早给我开了锁。"但想自己在装哑巴,总是以少说话为妙,便不作声。

史婆婆抢过钥匙,插入匙孔中一转,发觉这道石门也已打开,只道丈夫确已脱身而出,不由得反增了几分忧虑:"他脑子有病,倘若逃出了凌霄城去,在江湖上不知要闯出多大的祸来。"推门之时,一双手也不禁发抖。

石门只推开数寸,便听得一个苍老的声音在哈哈大笑。

众人都吁了一口气,如释重负。只听得白自在狂笑一阵,大声道:"什么少林派、武当派,这些门派的功夫又有屁用? 从今儿起,武林之中,人人都须改学雪山派武功,其他任何门派,一概都要取消。大家听见了没有? 普天之下,做官的以皇帝为尊,读书人以孔夫子为尊,做和尚的以释迦牟尼为尊,做道士的以太上老君为尊,说到刀剑拳脚,便是我威德先生白自在为尊。哪一个不服,我便把他脑袋揪下来。"

史婆婆又将门推开数寸,在黯淡的微光之中,只见丈夫手足受铐,全身绕了铁链,缚在两根巨大的石柱之间,不禁心中一酸。

白自在乍见妻子,呆了一呆,随即笑道:"很好,很好! 你回来啦。现下武林中人人奉我为尊,雪山派君临天下,其他各家各派,一概取消。你瞧好是不好?"

史婆婆冷冷的道:"好得很啊! 但不知为何各家各派都要一概取消?"

白自在笑道:"你的脑筋又转不过来了。雪山派武功最高,各家各派谁也比不上,自然非取消不可了。"

史婆婆将阿绣拉到身前,道:"你瞧,是谁回来了?"她知丈夫最疼爱这个小孙女,此次神智失常,便因阿绣堕崖而起,盼他见到孙女儿后,心中一欢喜,这失心疯的毛病便得痊愈。阿绣叫道:"爷爷,我回来啦,我没死,我掉在山谷底的雪里,幸得婆婆救了上来。"

白自在向她瞧了一眼,说道:"很好,你是阿绣。你没死,爷爷欢喜得很。阿绣,乖宝,你可知当今之世,谁的武功最高? 谁是武林至尊?"阿绣低声道:"当然是爷爷!"白自在哈哈大笑,说道:"阿绣真乖!"

白万剑抢上两步,说道:"爹爹,孩儿来得迟了,累得爹爹为小人所欺。让孩儿给你开锁。"成自学等在门外登时脸如土色,只待白万剑上前开锁,大伙儿立即转身便逃。

却听白自在喝道:"走开! 谁要你来开锁? 这些足镣手铐,在你爹爹眼中,便如朽木烂泥一般,我只须轻轻一挣便挣脱了。我只是不爱挣,自愿在这里闭目养神、图个清静而已。我白自在纵横天下,便数千数万人一起过来,也伤不了你爹爹的一根毫毛,又怎有人能锁得住我?"

白万剑道:"是,爹爹天下无敌,当然没人能奈何得了爹爹。此刻母亲和阿绣归来,大家很欢喜,便请爹爹同到堂上,喝几杯团圆酒。"说着拿起钥匙,便要去开他手铐。

白自在怒道:"我叫你走开,你便走开! 我手脚上戴了这些玩意儿,很是有趣,你难道以为我自己弄不掉么? 快走!"

这"快走"二字喝得甚响,白万剑吃惊,全身剧颤,当的一声,将一串钥匙掉在地下,退了两步。他知父亲以颜面攸关,不许旁人助他脱离,是以假作失惊,掉了钥匙。

成自学等本在外间窃听,听得白自在这么一声大喝,忍不住都在门边探头探脑的窥看。白自在喝道:"你们见了我,为什么不请安? 哪一个是当世第一的大英雄、大豪杰?"

成自学寻思:"他此刻给缚在石柱上,自亦不必怕他,但师嫂终究会放了他,不如及早讨好,免惹日后杀身之祸。"便躬身道:"雪山派掌门人白老爷子,是古往今来剑法第一、拳脚第一、内功第一、暗器第一的大英雄、大豪杰、大侠士、大宗师。"梁自进忙接着道:"白老爷子既为雪山派掌门,什么少林、武当、峨嵋、昆仑,任何门派都应取消。普天之下,唯白老爷子一人独尊,唯雪山派一派独存。"齐自勉和四支的那弟子跟着也说了不少谄谀之言。

白自在洋洋自得,点头微笑。

史婆婆大感羞愧,心想:"这老儿说他发疯,却又未必。他见到我和剑儿、阿绣,一个个都认得清清楚楚,只狂妄自大,到了难以救药的地步,这便如何是好?"

白自在突然抬头,问史婆婆道:"丁家老四前几日到来,向我自鸣得意,说你到了碧螺山去看他,跟他在一起盘桓了数日,可有此事?"

史婆婆怒道:"你又没真的发了疯,怎地相信这家伙的胡说八道?"阿绣道:"爷爷,那丁不四确是想逼奶奶到他碧螺山去,他乘人之危,奶奶宁可投江自尽,也不肯去。"

白自在微笑说道:"很好,很好,我白自在的夫人,怎能受人之辱? 后来怎样?"阿绣道:"后来,后来……"手指石破天道:"幸亏这位大哥出手相助,才将丁不四赶跑了。"

白自在向石破天斜睨一眼,石牢中没甚光亮,没认出他是石中玉,但知他便是适才想来救自己出去的少年,心中微有好感,点头道:"这小子的功夫还算可以。虽然跟我相比还差着这么一大截儿,但要赶跑丁不四,倒也够了。"

史婆婆忍无可忍,大声道:"你吹什么大气? 什么雪山派天下第一,当真胡说八道。这孩儿是我徒儿,是我一手亲传的弟子,我的徒儿比你的徒儿功夫就强得多。"

白自在哈哈大笑,说道:"荒唐,荒唐!你有什么本领能胜得过我的?"

史婆婆道:"剑儿是你调教的徒儿,你这许多徒弟之中,剑儿的武功最强,是不是? 剑儿,你向你师父说,是我的徒儿强,还是他的徒儿强?"

白万剑道:"这个……这个……"他在父亲积威之下,不敢直说拂逆他心意的言语。

白自在笑道:"你的徒儿,岂能是我徒儿的对手? 剑儿,你娘这可不是胡说八道吗?"

白万剑是个直性汉子,赢便是赢,输便是输,既曾败在石破天手底,岂能不认? 说道:"孩儿无能,适才跟这小子动手过招,确是敌他不过。"

白自在陡然跳起,将全身铁链扯得呛啷直响,叫道:"反了,反了! 哪有此事?"

史婆婆和他做了几十年夫妻,对他心思此刻已明白了十之八九,寻思:"老混蛋自以为武功天下无敌,在凌霄城中自大称王,给丁不四一激之后,就此半疯不疯。 常言道:心病还须心药医。 教他遇上个强过他的对手,挫折一下他的狂气,说不定这疯病倒可治好了。 只可惜张三、李四已去,否则请他二人来治治这疯病,倒是一剂对症良药。 不得已求其次,我这徒儿武功虽不高,内力却远在老混蛋之上,何不激他一激?"便道:"什么古往今来武功第一、内功第一,当真不怕羞。 单以内力而论,我这徒儿便胜得你多了。"

白自在仰天狂笑,说道:"便是达摩和张三丰复生,也不是白老爷子的对手。 这个乳臭未干的黄口小儿,只须能有我内力三成,那也足以威震武林了。"史婆婆冷笑道:"大言不惭,当真令天下人齿冷。 你倒跟他比拼一下内力试试。"白自在笑道:"这小子怎配跟我动手? 好罢,我只用一只手,便翻他三个筋斗。"

史婆婆知道丈夫武功了得,当真比试,只怕他伤了石破天性命,他能说这一句话,正是求之不得,便道:"这少年是我的徒儿,又是阿绣没过门的女婿,便是你的孙女婿。 你们比只管比,却谁也不许真

427

的伤了谁。"

白自在笑道："他想做我孙女婿么？那也得瞧他配不配。好，我不伤他性命便是。"

忽听得脚步声响，一人匆匆来到石牢之外，高声说道："启禀掌门人，长乐帮帮主石破天，会同摩天居士谢烟客，将石清夫妇救了出去，正在大厅上索战。"却是耿万钟的声音。

白自在和史婆婆同声惊噫，不约而同的道："摩天居士谢烟客？"

石破天得悉石清夫妇无恙，已脱险境，登感宽心，石中玉既然来到，自己这个冒牌货却要拆穿了，谢烟客多时不见，想到能和他见面，甚是欢喜。

史婆婆道："咱们和长乐帮、谢烟客素无瓜葛，他们来生什么事？是石清夫妇约来的帮手么？"耿万钟道："那石破天好生无礼，说道他看中了咱们的凌霄城，要咱们都……都搬出去让给他。"

白自在怒道："放他的狗屁！长乐帮是什么东西？石破天又是什么东西？他长乐帮来了多少人？"

耿万钟道："他们一起只五个人，除了石清夫妇俩、谢烟客和石破天之外，还有一个年轻姑娘，说是丁不三的孙女儿。"

石破天听得丁珰也到了，不禁眉头一皱，侧眼向阿绣瞧去，只见她一双妙眼正凝视着自己，不由得脸上一红，转开了头，心想："她叫我冒充石中玉，好救石庄主夫妇的性命，怎么她自己又和石中玉来了？是了，想必她和石中玉放心不下，怕我吃亏，说不定在凌霄城中送了性命，是以冒险前来相救。谢先生当然是为救我而来的了。"

白自在道："区区五人，何足道哉？你有没跟他们说：凌霄城城主、雪山派掌门人白老爷子，是古往今来剑法第一、拳脚第一、内功第一、暗器第一的大英雄、大豪杰、大侠士、大宗师？"

耿万钟道："这个……这个……他们既是武林中人，自必久闻师父的威名。"

白自在道："是啊，这可奇了！既知我的威名，怎么又敢到凌霄城来惹是生非？啊，是了！我在这石室中小隐，以避俗事，想必已传遍了天下。大家都以为白老爷子金盆洗手，不再言武，是以欺上门来了。嘿嘿！你瞧，你师父这棵大树一不遮荫，你们立刻便糟啦。"

史婆婆怒道："你自个儿在这里臭美罢！大伙儿跟我出去瞧

瞧。"说着快步而出。白万剑、成自学等都跟了出去。

石破天正要跟着出去,忽听得白自在叫道:"你这小子留着,我来教训教训你。"

石破天停步,转过身来。阿绣本已走到门边,关心石破天的安危,也退了回来,她想爷爷半疯不疯,和石破天比试内力,只怕下手不分轻重而杀了他,自己功力不济,危急之际却无法出手解救,叫道:"奶奶,爷爷真的要跟……跟他比试呢!"

史婆婆回过头来,对白自在道:"你要是伤了我徒儿性命,我这就上碧螺山去,一辈子也不回来了。"白自在大怒,叫道:"你……你说去哪里?"

史婆婆更不理睬,扬长出了石牢,反手带上石门,牢中登时黑漆一团。

阿绣俯身拾起白自在脚边的钥匙,给爷爷打开了足镣手铐,说道:"爷爷,你就教他几招武功罢。他没练过多少功夫,本领是很差的。"

白自在大乐,笑道:"好,我只须教他几招,他便终身受用不尽。"

石破天一听,正合心意,他听白自在不住口的自称什么"古往今来拳脚第一"云云,自己当然斗他不过,由"比划"改为"教招",自是求之不得,忙道:"多谢老爷子指点。"

白自在笑道:"很好,我教你几招最粗浅的功夫,深一些的,谅你也难以领会。"

阿绣退到门边,推开牢门,石牢中又明亮了起来。石破天陡见白自在站直了身子,几乎比自己高一个头,神威凛凛,直如天神一般,对他更增敬畏,不由自主的退了两步。

白自在笑道:"不用怕,不用怕,爷爷不会伤你。你瞧着,我这么伸手,揪住你的后颈,便摔你一个筋……"右手一探,果然已揪住了石破天后颈。

这一下出手既快,方位又奇,石破天如何避得,只觉他手上力道大得出奇,给他一揪之下,身子便欲腾空而起,忙凝力稳住,右臂挥出,格开他手臂。

白自在这一下明明已揪住他后颈要穴,岂知运力一提之下,石破天起而复堕,竟没能将他提起,同时右臂给他一格,只觉臂上酸麻,只得放开了手。他"噫"的一声,心想:"这小子的内力果然了得。"左手探出,又已抓住他胸口,顺势一甩,却仍没能拖动他身子。

这第二下石破天本来早有提防,存心闪避,可是终究还是让他一出手便即抓住,心下好生佩服,赞道:"老爷子果然了得,这两下便比丁不四爷爷厉害得多。"

白自在本已暗自惭愧,听他说自己比丁不四厉害得多,又高兴起来,说道:"丁不四如何是我对手?"左脚随即绊去,石破天身子一晃,没给他绊倒。

白自在一揪、一抓、一绊,接连三招,号称"神倒鬼跌三连环",实是他生平的得意绝技,哪里是什么粗浅功夫了? 数十年来,不知有多少成名的英雄好汉曾栽在这三连环之下,哪知此刻这三招每一招虽都得手,但碰上石破天浑厚无比的内力,竟一招也不能奏效。

那日他和丁氏兄弟会面,听丁不四言道史婆婆曾到碧螺山盘桓数日,又妒又怒,竟至神智失常,今日见到爱妻归来,得知碧螺山之行全属虚妄,又见到了阿绣,心中一喜,疯病已然好了大半,但"武功天下第一"的念头,自己一直深信不疑,此刻连环三招居然摔不倒这少年,怒火上升,脑筋又胡涂起来,呼的一掌,向他当胸拍去,竟然使出了三四成力道。

石破天见掌势凶猛,左臂横挡,格了开去。白自在左拳随即击出,石破天闪身欲避,但白自在这一拳来势奇妙,砰的一声,已击中他的右肩。

阿绣"啊"的一声惊呼。石破天安慰她道:"不用耽心,我也不大痛。"

白自在怒道:"好小子,你不痛? 再吃我一拳。"这一拳给石破天伸手格开。白自在连续四拳,第四拳拳中夹腿,终于踢中石破天的左胯。

阿绣见他二人越斗越快,白自在发出的拳脚,石破天只能挡架得一半,另有一半都打在他身上,初时十分担忧,只叫:"爷爷,手下留情!"但见石破天脸色平和,并无痛楚之状,又略宽怀。

白自在在石破天身上连打十余下,初时还记得妻子之言,只使三四成力道,生怕打伤了他,但不论是拳是掌,打在他身上,石破天都不过身子一晃，便若无其事的承受了去。

　　白自在又惊又怒，出手渐重，可是说也奇怪，自己尽管加力，始终没法将对方击倒。他吼叫连连，终于将全身劲力都使了出来。霎时之间，石牢中拳脚生风，只激得石柱上的铁链叮叮当当响个不停。

　　阿绣但觉呼吸为艰，虽已贴身于门背，仍难忍受，只得推开牢门，走到外间。她眼见爷爷一拳一掌的打在石破天身上，不忍多看，反手带上石门，双手合什，暗暗祷告："老天爷保佑，别让他二人这场打斗生出事来，最好是不分胜败，两家罢手。"

　　只觉背脊所靠的石门不住摇晃，铁链撞击之声愈来愈响，她脑子有些晕眩，倒似足底下的地面也有些摇动了。也不知过了多少时候，突然之间，石门不再摇晃，铁链声也已止歇。

　　阿绣贴耳门上，石牢中竟半点声息也无，这一片寂静，令她比之听到天翻地覆的打斗之声更加惊恐："倘若爷爷胜了，他定会得意洋洋，哈哈大笑。如是石郎得胜，他定然会推门出来叫我，怎么一点声音也没有？难道有人身受重伤？莫非两人都力竭而死？"

　　她全身发抖，伸手缓缓推开石门，双目紧闭，不敢去看牢中情形，唯恐一睁开眼来，见到有一人尸横就地，甚至是两人都呕血身亡。又隔了一会，这才眼睁一线，只见白自在和石破天二人都坐在地下，白自在双目紧闭，石破天却脸露微笑的向着自己。

　　阿绣"哦"的一声，长吁了口气，睁大双眼，看清楚石破天伸出右掌，按住白自在的后心，原来是在助他运气疗伤。阿绣道："爷爷……受了伤？"石破天道："没受伤。他一口气转不过来，一会儿就好了！"阿绣右手抚胸，说道："谢天谢……"

　　突然之间，白自在一跃而起，喝道："什么一口气转不过来，我……我这口气可不是转过来了么？"伸掌又要向石破天头顶击落，猛觉一双手掌疼痛难当，提掌看时，但见双掌已肿成两个圆球相似，红得几乎成了紫色，这一掌若打在石破天身上，只怕自己的手掌非先破裂不可。

　　他一怔之下，已明其理，原来眼前这小子内力之强，当真匪夷所思，自己数十招拳掌招呼在他身上，都给他内力反弹出来，每一拳每一掌都如击在石墙之上，对方未曾受伤，自己的手掌却抵受不住了，跟着觉得双脚隐隐作痛，便如有数千万根细针不断钻刺，知道自己踢了他十几脚,脚上也已受到了反震。

他呆立半晌,说道:"罢了,罢了!"登觉万念俱灰,什么"古往今来内功第一"云云,实是大言不惭的欺人之谈,拿起足镣手铐,套在自己手足之上,喀喇喀喇数声,都上了锁。

阿绣惊道:"爷爷,你怎么啦?"

白自在转过身子,朝着石壁,黯然道:"我白自在狂妄自大,罪孽深重,在这里面壁思过。你们快出去,我从此谁也不见。你叫奶奶上碧螺山去罢,永远再别回凌霄城来。"

阿绣和石破天面面相觑,不知如何是好。过了好一会,阿绣埋怨道:"都是你不好,为什么这般逞强好胜?"石破天愕然道:"我……我没有啊,我一拳也没打到你爷爷。"

阿绣白了他一眼,道:"他单是'我的'爷爷吗?你叫声'爷爷',也不怕辱没了你。"石破天心中一甜,叫道:"爷爷!是我输了,爷爷赢了!"

白自在挥手道:"快去,快去!你强过我,我是你孙子,你是我爷爷!"

阿绣伸了伸舌头,微笑道:"爷爷生气啦,咱们快跟奶奶说去。"

谢烟客嘿嘿冷笑，一双目光直上直下的在石中玉身上扫射。石中玉只吓得周身俱软，魂不附体。

第十八回　有所求

　　两人出了石牢,走向大厅。石破天道:"阿绣,人人见了我,都道我便是那个石中玉。连石庄主、石夫人也分辨不出,怎地你却没认错?"

　　阿绣脸上一阵飞红,霎时间脸色苍白,停住了脚步。这时两人正走在花园中的一条小径上,阿绣身子微晃,伸手扶住一株白梅,脸色便似白梅的花瓣一般。她定了定神,道:"这石中玉曾想欺侮我,我气得投崖自尽。大哥,你肯不肯为我出这口气,把他杀了?"

　　石破天踌躇道:"他是石庄主夫妇独生爱子,石庄主、石夫人待我极好,我……我……我可不能去杀他们的儿子。"阿绣头一低,两行泪水从面颊上流了下来,呜咽道:"我第一件事求你,你就不答允,以后……你一定会欺侮我,就像爷爷对奶奶一般。我……我告诉奶奶和妈去。"说着掩面奔了出去。

　　石破天道:"阿绣,阿绣,除此之外,我什么都听你的。"

　　阿绣呜咽道:"你不杀了他,我永远不睬你。"足下不停,片刻间便到了大厅。

　　石破天跟着进去,只见厅中剑光闪闪,四个人斗得正紧,却是白万剑、成自学、齐自勉三人各挺长剑,正在围攻一个青袍短须的老者。石破天一见之下,脱口叫道:"老伯伯,你好啊,我时常在想念你。"这老者正是摩天居士谢烟客。

　　谢烟客在雪山派三大高手围攻之下,以一双肉掌对付三柄长剑,仍挥洒自如,大占上风,陡然间听得石破天这一声呼叫,举目向他瞧去,不由得大吃一惊,叫道:"怎……怎么又有一个?"

高手过招,岂能心神稍有失常?他这一惊又是非同小可,白、成、齐三柄长剑同时乘虚而入,刺向他小腹。三人一师所授,使的同是一招"明驼骏足",剑势又迅又狠,眼见剑尖已碰到他的青袍,三剑同时要透腹而入。

石破天大叫:"小心!"纵身跃起,一把抓住齐自勉右肩,硬生生将他向后拖出几步。只听得喀喀两声,谢烟客在危急中使出生平绝技"碧针清掌",左掌震断了白万剑的长剑,右掌震断了成自学的长剑。

这两掌击得虽快,他青袍的下摆还是给双剑划破了两道口子,他双掌翻转,内力疾吐,成白二人直飞出去,砰砰两声,背脊撞上厅壁,只震得屋顶泥灰簌簌而落,犹似下了一阵急雨。又听得啪的一声,却是石破天松手放开齐自勉肩头,将他摔入厅上一张椅中。

谢烟客向石破天看了一眼,目光转向坐在角落里的另一个少年石中玉,兀自惊疑不定,道:"你……你二人怎地一模一样?"

石破天满脸堆欢,说道:"老伯伯,你是来救我的吗?多谢你啦!我很好,他们没杀我。叮叮当当、石大哥,你们也一块来了。石庄主、石夫人,他们没伤你,我这可放心啦!师父,爷爷自己又戴上了足镣手铐,不肯出来,说要你上碧螺山去。"顷刻之间,他向谢烟客、丁珰、石中玉、石清夫妇、史婆婆每人都说了几句话。

他这几句话说得兴高采烈,听他说话之人却尽皆大吃一惊。

谢烟客当日在摩天崖上修习"碧针清掌",为逞一时之快,将全身内力尽数使了出来。恰在此时,贝海石率领长乐帮八名好手来到摩天崖上,说是迎接帮主,一口咬定帮主是在崖上。谢烟客一招之间,便将米横野擒住,但其后与贝海石动手,恰逢自己内力垂尽。他当机立断,乘着败象未显,立即飘然引退。这一掌而退,虽然不能说败,终究是让人欺上门来,逼下崖去,实是毕生的奇耻大辱。仔细思量,此番受逼,全系自己练功时过耗内力所致,否则对方纵然人多,也无所惧。

此仇不报,非丈夫也,但须谋定而动,于是寻了个隐僻所在,花了不少功夫,将一路"碧针清掌"直练得出神入化,无懈可击,这才寻上镇江长乐帮总舵去,一进门便掌伤四名香主,登时长乐帮全帮为之震动。

其时石破天已受丁珰之骗,将石中玉掉换了出来。石中玉正想和丁珰远走高飞,不料长乐帮到处布满了人,不到半天便遇上了,又将他强行迎回总舵。贝海石等此后监视甚紧,均想这小子当时嘴上说得豪气干云,但事后越想越怕,竟想脚底抹油,一走了之,天下哪有这么便宜之事?数十人四下守卫,日夜不离,不论他如何狡计百出,再也没法溜走。石中玉甫脱凌霄城之难,又陷进了长乐帮之劫,好生发愁。和丁珰商议了几次,两人打定了主意,侠客岛当然无论如何是不去的,在长乐帮总舵中也已难溜走,只有在前赴侠客岛途中设法脱身。

当下只得暂且冒充石破天再说。他是个千伶百俐之人,帮中上下人等又个个熟识,各人性格摸得清清楚楚,他要假装石破天而不令人起疑,比之石破天冒充他是易上百倍了。但他毕竟心中有鬼,不敢大模大样如从前那么做他的帮主,每日里只躲在房中与丁珰鬼混。有人问起帮中大事,他也唯唯否否的不出什么主意。侍剑见真帮主和丁珰回来,立即逃之夭夭。

长乐帮这干人只求帮主准期去侠客岛赴约,乐得他诸事不理,正好自行其是。

贝海石那日前赴摩天崖接得石破天归来,一掌逼走谢烟客,虽知从此伏下了个隐忧,但觉他掌法虽精,内力却是平平,颇与他在武林中所享的大名不符,也不如何放在心上。其后发觉石破天原来并非石中玉,这样一来,变成无缘无故的得罪了一位武林高手,心下更微有内疚之意,但铜牌邀宴之事迫在眉睫,帮中不可无主出头承担此事,乘着石破天阴阳内力激荡而昏迷不醒之时,便在他身上做下了手脚。

石中玉那日在贝海石指使之下做了帮主,不数日便即逃脱,给贝海石擒了回来,将他脱得赤条条地监禁数日,教他难以再逃,其后石中玉虽终于又再逃脱,他身上的各处创伤疤痕,却已让贝海石尽数瞧在眼里。贝大夫并非真的大夫,然久病成医,医道着实高明,于是在石破天肩头、腿上、臀部仿制疤痕,竟也做得一模一样,毫无破绽,以致情人丁珰、仇人白万剑,甚至父母石清夫妇都给瞒过。

贝海石只道石中玉既再次逃走,在腊八日之前必不会现身,是以放胆而为。其实石破天和石中玉二人相貌虽颇相似,毕竟不能一般无异,但有了身上这几处疤痕之后,人人心中先入为主,纵有再多不似之处,也一概略而不计了。石破天全然不通人情世故,种种奇事既难索解,也只好信了旁人之言,只道自己一场大病之后,将前事忘得干干净净。

哪知侠客岛的善恶二使实有过人之能,竟将石中玉从扬州妓院中揪了出来,贝海石的把戏全遭拆穿。虽石破天应承接任帮主,让长乐帮免了一劫,贝海石却面目无光,深自匿居,不敢和帮主见面。以致石中玉将石破天掉换之事,本来唯独难以瞒过他的眼睛,却也以此并未败露。

这日谢烟客上门指名索战,贝海石听得他连伤四名香主,自忖并无胜他把握,一面出厅周旋,一面遣人请帮主出来应付。

石中玉推三阻四,前来相请的香主、舵主已站得满房都是,消息一个接一个的传来:

"贝先生和那姓谢的已在厅上激斗,快请帮主出去掠阵!"

"贝先生肩头给谢烟客拍了一掌,左臂已有些不灵。"

"贝先生扯下了谢烟客半幅衣袖,谢烟客却乘机在贝先生胸口印了一掌。"

"贝先生咳嗽连连,口喷鲜血,帮主再不出去,贝先生难免丧命。"

"那姓谢的口出大言,说道凭一双肉掌便要将长乐帮挑了,帮主再不出去,他要放火焚烧咱们总舵!"

石中玉心想:"烧了长乐帮总舵,那是求之不得,最好那姓谢的将你们尽数宰了。"但在众香主、舵主逼迫之下,无可推托,只得硬着头皮来到大厅,打定了主意,要长乐帮众好手一拥而上,管他谁死谁活,最好是两败俱伤,同归于尽,自己便可乘机溜之大吉。

哪知谢烟客一见了他,登时大吃一惊,叫道:"狗杂种,原来是你。"

石中玉见贝海石气息奄奄,委顿在地,衣襟上都是鲜血,心惊胆战之下,那句"大伙儿齐上,跟他拼了"的话吓得叫不出口,战战兢兢的道：“原来是谢先生。”

谢烟客冷笑道：“很好，很好！你这小子居然当上了长乐帮帮主！”一想到种种情事，身上不由得凉了半截：“糟了，糟了！贝大夫这狗贼原来竟这等工于心计。我当年立下了重誓，但教受令之人有何号令，不论何事，均须为他办到，此事众所知闻。他打听到我已从狗杂种手中接了玄铁令，便来到摩天崖上，将他接去做个傀儡帮主，用意无非是要我听他长乐帮的号令。什么号令？当今大事，无非是赴侠客岛一行。长乐帮要我做替死鬼，为他们解去大难。谢烟客啊谢烟客，你聪明一世，胡涂一时，今日里竟会自投罗网，一去侠客岛，再也没翻身之日了。”

一人倘若系念于一事，不论遇上何等情景，不由自主的总是将心事与之连了起来。逃犯越狱，只道普天下公差都在捉拿自己；凶手犯案，只道人人都在思疑自己；青年男女钟情，只道对方一言一动都为自己而发，虽绝顶聪明之人，亦所难免。谢烟客念念不忘者只玄铁令誓愿未了，其时心情，正复如此。他越想越怕，料想贝海石早已伏下厉害机关，双目凝视石中玉，静候他说出要自己为长乐帮前往侠客岛。“倘若竟不是要我代去侠客岛，而是要我自断双手，从此成为一个不死不活的废人，这便如何是好？”想到此节，双手不由得微微颤抖。

他若立即转身奔出长乐帮总舱，从此不再见这狗杂种之面，自可避过这个难题，但这么一来，江湖上从此再没他这号人物，那倒事小，想起昔时所立的毒誓，他日应誓，那比之自残双手等等更加惨酷百倍了。

岂知石中玉心中也害怕之极，见谢烟客神色古怪，不知他要向自己施展什么杀手。两人你瞧着我，我瞧着你，在半晌之间，两个人都如过了好几天一般。

又过了良久，谢烟客终于厉声说道：“好罢，是你从我手中接过玄铁令的，你要我为你办什么事，快快说来。谢某一生纵横江湖，便遇上天大难事，也视作等闲。”

石中玉一听，登时呆了，但谢烟客颁下玄铁令之事，他却也曾听过，心念一转之际，已然明白，定是谢烟客也认错了人，将自己认作了那个到凌霄城去作替死鬼的呆子，听他说不论自己出什么难题，都能尽力办到,那真是天外飞来的大横财,心想以此人武功之高,说得上无事不可为,却教他去办什么事好?不由得沉吟不决。

谢烟客见他神色间又惊又喜、又是害怕,说道:"谢某曾在江湖扬言,凡是得我玄铁令之人,谢某决不伸一指加于其身,你又怕些什么?狗杂种,你居然还没死,当真命大。你那'炎炎功'练得怎样了?"料想这小子定是畏难偷懒,后来不再练功,否则体内阴阳二力交攻,怎能够活到今日。

石中玉听他叫自己为"狗杂种",只道是随口骂人,自更不知"炎炎功"是什么东西,当下不置可否,微微一笑,心中却已打定了主意:"那呆子到得凌霄城中,吐露真相,白自在、白万剑、封万里这干人岂肯罢休?定会又来找我的晦气。我一生终是难在江湖上立足。天幸眼前有这个良机,何不要他去了结此事?雪山派的实力和长乐帮不过半斤八两,这谢烟客一人能将长乐帮挑了,多半也能凭一双肉掌,将雪山派打得万劫不复。"说道:"谢先生言而有信,令人可敬。在下要谢先生去办的这件事,在俗人听来,不免有点儿骇人听闻,但以谢先生天下无双的武功,那也是轻而易举。"

谢烟客听得他这话似乎不是要作践自己,登感喜慰,忙问:"你要我去办什么事?"他心下忐忑,全没留意到石中玉吐属文雅,与狗杂种大不相同。

石中玉道:"在下斗胆,请谢先生到凌霄城去,将雪山派人众尽数杀了。"

谢烟客微微一惊,心想雪山派是武林的名门大派,威德先生白自在声名甚著,是个极不好惹的大高手,竟要将之尽数诛灭,当真谈何容易?但对方既出下了题目,那便是抓得着、摸得到的玩意儿,不用整日价提心吊胆,疑神疑鬼,雪山派一除,从此便无忧无虑,逍遥一世,当即说道:"好,我这就去。"说着转身便行。

石中玉叫道:"谢先生且慢!"谢烟客转过身来,道:"怎么?"他猜想狗杂种叫自己去诛灭雪山派,纯是贝海石等人的主意,不知长乐帮和雪山派有什么深仇大恨,这才要假手于己去诛灭对方,他只盼及早离去,深恐贝海石他们又使什么诡计。

石中玉道:"谢先生,我和你同去,要亲眼见你办成此事!"他一听谢烟客答允去诛灭雪山派,便即想到此事一举两得,正是脱离长乐帮的良机。

谢烟客当年立誓,虽说接到玄铁令后只为人办一件事,但石中玉要和他同行,却与此事有关,原不便拒绝,便道:"好,你跟我一起去就是。"长乐帮众人大急,眼望贝海石,听他示下。石中玉朗声道:"本座既已答应前赴侠客岛应约,天大的担子也由我一人挑起,届时自不会令众位兄弟为难,大家尽管放心。"

贝海石重伤之余,万料不到谢烟客竟会听石帮主号令,反正无力拦阻,只得叹一口气,有气无力的说道:"帮……帮主,一……一……路保重,恕……恕……属下……咳咳……不送了!"石中玉一拱手,随着谢烟客出了总舱。

谢烟客冷笑道:"狗杂种你这蠢才,听了贝大夫的指使,要我去诛灭雪山派,雪山派跟你又沾上什么边了?你道贝大夫他们当真奉你为帮主吗?只不过要你到侠客岛去送死而已。你这小子傻头傻脑的,跟这批奸诈凶狡的匪徒讲义气,当真胡涂透顶。你怎不叫我去做一件于你大大有好处的事?"突然想起:"幸亏他没叫我代做长乐帮帮主,派我去侠客岛送死。"他武功虽高,于侠客岛毕竟也十分忌惮,想到此节,又不禁暗自庆幸,笑骂:"他妈的,总算老子运气,你狗杂种要是聪明了三分,老子可就倒了大霉啦!"

此时石中玉既下了号令,谢烟客对他便毫不畏惧,除了不能动手打他杀他之外,言语之中尽可放肆侮辱,这小子再要他办第二件事,那是想也休想。

石中玉不敢多言,陪笑道:"这可多多得罪了。"心道:"他妈的,总算老子运气,你认错了人。你狗杂种要是聪明了三分,老子可就倒了大霉啦。"

丁珰见石中玉随谢烟客离了长乐帮,便赶上和二人会合,同上凌霄城来。

石中玉虽有谢烟客作护符,但对白自在毕竟十分害怕,一上凌霄城后便献议暗袭。谢烟客一听,正合心意。当下三人偷入凌霄城来。石中玉在城中曾居住多年,各处道路门户十分熟悉。城中又方遭大变,多处要道无人守御,三人毫不费力的便进了城。

谢烟客出手杀了四名雪山派第三代弟子,进入中门,便听到众人议论纷纷,有的气愤,有的害怕,有的想逃,有的说瞧一瞧风头再作打算。谢烟客和石中玉料知凌霄城祸起萧墙，正有巨大内争，心想正是天赐良机，随即又听到石清夫妇遭擒。石中玉虽凉薄无行，于父母之情毕竟尚在，当下也不向谢烟客恳求，径自引着他来到城中囚人之所，由谢烟客出手杀了数人，救出了石清、闵柔，来到大厅。

其时史婆婆、白万剑、石破天等正在石牢中和白自在说话，依着谢烟客之意，见一个，杀一个，当时便要将雪山派中人杀得干干净净，但石清、闵柔极力劝阻。石清更以言语相激："是英雄好汉，便当先和雪山派掌门人威德先生决个雌雄，此刻正主儿不在，却尽杀他后辈弟子，江湖上议论起来，未免说摩天居士以大压小，欺软怕硬。"谢烟客冷笑道："反正是尽数诛灭，先杀老的，再杀小的，也是一样。"

不久史婆婆和白万剑等出来，一言不合，便即动手。白万剑武功虽高，如何是这玄铁令主人的敌手？数招之下，便已险象环生。成自学、齐自勉听得谢烟客口口声声要将雪山派尽数诛灭，当即上前夹击，但以三敌一，仍挡不住他凌厉无俦的"碧针清掌"。当石破天进厅之时，史婆婆与梁自进正欲加入战团，不料谢烟客大惊之下，局面登变。

石中玉见石破天武功如此高强，自十分骇异，生怕雪山派重算旧帐，石破天不免也要跟自己为难，但见阿绣安然无恙，又稍觉宽心。

丁珰虽倾心于风流倜傥的石中玉，憎厌这不解风情的石破天，毕竟和他相处多日，不无情谊，见他尚在人间，却也暗暗欢喜。

石清夫妇直到此时，方始明白一路跟着上山的原来不是儿子，又是那少年石破天，惭愧之余，也不自禁的好笑，第一次认错儿子，那也罢了，想不到第二次又会认错。夫妻俩相对摇头，均想："玄素庄石清夫妇认错儿子，从此在武林中成为大笑话，日后遇到老友，只怕人人都会揶揄一番。"齐问："石帮主，你为什么要假装喉痛，将玉儿换了去？"

史婆婆听得石破天言道丈夫不肯从牢中出来，却要自己上碧螺山去，忙问："你们比武是谁胜了？怎么爷爷叫我上碧螺山去？"

谢烟客问道："怎么有了两个狗杂种？到底是怎么回事？"

白万剑喝道："好大胆的石中玉，你又在捣什么鬼？"

丁珰道："你没照我吩咐,早就泄露了秘密,是不是?"

你一句,我一句,齐声发问。石破天只一张嘴,一时之间怎回答得了这许多问话?

只见后堂转出一个中年妇人,问阿绣道："阿绣,这两个少年,哪一个是好的,哪一个是坏的?"这妇人是白万剑之妻,阿绣之母。她自阿绣堕崖后,忆女成狂,神智迷糊。成自学、齐自勉、廖自砺等谋叛之时,也没对她多加理会。此番阿绣随祖母暗中入城,第一个就去看娘。她母亲一见爱女,登时清醒了大半,此刻也加上了一张嘴来发问。

史婆婆大声叫道："谁也别吵,一个个来问,这般乱哄哄的谁还听得到说话?"

众人一听,都静了下来。谢烟客在鼻孔中冷笑一声,却也不再说话。

史婆婆道："你先回答我,你和爷爷比武是谁赢了?"

雪山派众人一齐望着石破天,心下均各担忧。白自在狂妄横暴,众人虽十分不满,但若他当真输了给这少年,雪山派威名扫地,却也令人人面目无光。

石破天道："自然是爷爷赢了,我怎配跟爷爷比武? 爷爷说要教我些粗浅功夫,他打了我七八十拳,踢了我二三十脚,我可一拳一脚也碰不到他身上。"白万剑等都长长吁了口气,放下心来。阿绣听他这么说,芳心暗喜,瞧向他的眼光之中情意大增："算你乖,真是我的心肝宝贝!"

史婆婆斜眼瞧他,又问："你为什么身上一处也没伤?"石破天道："定是爷爷手下留情。后来他打得倦了,坐倒在地,我见他一口气转不过来,闭了呼吸,便助他畅通气息,此刻已然大好了。"

谢烟客冷笑道："原来如此!"

史婆婆道："你爷爷说些什么?"石破天道："他说,我白自在狂什么自大,罪什么深重,在这里面……面什么思过,你们快出去,我从此谁也不见,你叫奶奶上碧螺山去罢,永远别再回凌霄城来。"他一字不识,白自在说的成语"狂妄自大"、"罪孽深重"、"面壁思过",他不知其义,便无法复述,可是旁人却都猜到了。

史婆婆怒道："这老儿当我是什么人? 我为什么要上碧螺

山去?"

　　史婆婆闺名叫做小翠,年轻时貌美如花,武林中青年子弟对之倾心者大有人在,白自在和丁不四尤为其中的杰出人物。白自在向来傲慢自大,史小翠本来对他不喜,但她父母看中了白自在的名望武功,终于将她许配了这个雪山派掌门人。成婚之初,史小翠便常和丈夫拌嘴,一拌嘴便埋怨自己父母,说道当年如若嫁了丁不四,也不致受这无穷的苦恼。

　　其实丁不四行事怪僻,为人只有比白自在差得多了,但隔河景色,看来总比眼前的为美,何况史小翠为了激得丈夫生气,本来对丁不四并无什么情意,却故意说自己爱慕丁不四,而爱慕之情更加油添酱的夸张,原只半分好感,却将之说到了十分。白自在空自暴跳,却也无可奈何。好在两人成婚之后,不久便生了白万剑,史小翠养育爱子,一步不出凌霄城,数十年来从不和丁不四见上一面。白自在纵然心中喝醋,却也不疑有他。

　　不料这对老夫妇到得晚年,却出了石中玉和阿绣这一桩事。史小翠给丈夫打了个耳光,一怒出城,在崖下雪谷中救了阿绣,怒火不熄,携着孙女前赴中原散心,好教丈夫着急一番。当真不是冤家不聚头,却在武昌府遇到了丁不四。两人青春分手,白头重逢,说起别来情事,那丁不四倒也痴心,竟始终未娶,苦苦邀她到自己所居的碧螺山去盘桓数日。二人其时都已年过六旬,原已说不上什么男女之情,丁不四所以邀她前往,也不过一偿少年时立下的心愿,只要昔日的意中人双足沾到碧螺山上的一点绿泥,那就死也甘心。

　　史婆婆一口拒却。丁不四求之不已,到得后来,竟变成了苦苦相缠。史婆婆怒气上冲,说僵了便即动手,数番相斗,史婆婆武功不及,幸好丁不四绝无伤害之意,到得生死关头,总是手下留情。史婆婆又气又急,在长江船中赶练内功,竟致和阿绣双双走火,眼见要让丁不四逼上碧螺山去,迫得投江自尽,巧逢石破天相救。后来在紫烟岛上又见到了丁氏兄弟,史婆婆既不愿和丁不四相会,更不想在这尴尬的情景下见到儿子,便携了阿绣避去。

　　丁不四数十年来不见小翠,倒也罢了,此番重逢,勾发了他的牛性,说什么也要叫她的脚底去沾一沾碧螺山的绿泥,自知一人非雪山派之敌,于是低声下气,向素来和他不睦的兄长丁不三求援,同上

444

凌霄城来,准拟强抢暗劫,将史婆婆架到碧螺山去,只要她两只脚踏上碧螺山,立即原船放她回归。

丁氏兄弟到达凌霄城之时,史婆婆尚未归来。丁不四便捏造谎言,说史婆婆曾到碧螺山上盘桓多日,和他畅叙离情。他既娶不到史小翠,有机会自要气气情敌。白自在初时不信,但丁不四说起史婆婆的近貌,转述她的言语,事事若合符节,却不由得白自在不信。两人三言两语,登时在书房中动起手来。丁不四中了白自在一掌,身受重伤,当下在兄长相护下离城。

这一来不打紧,白自在又耽心,又气恼,一肚皮怨气无处可出,竟至疯疯颠颠,乱杀无辜,酿成了凌霄城中的偌大风波。

史婆婆回城后见到丈夫这情景,心下也好生后悔,丈夫的疯病一半固因他天性自大,一半实缘自己而起,他若非深爱自己,也不致因丁不四诳言自己去碧螺山而心智错乱。此刻听得石破天言道丈夫叫自己到碧螺山去,永远别再回来,又听说丈夫自知罪孽深重,在石牢中面壁思过,登时便打定了主意:"咱二人做了一世夫妻,临到老来,岂可再行分手? 他要在石牢中自惩己过,我便在牢中陪他到死便了,免得他到死也双眼不闭。"转念又想:"我要亿刀将掌门之位让我,原是要代他去侠客岛赴约,免得他枉自送命,阿绣成了个独守空闺的小寡妇。此事难以两全,那便如何是好? 唉,且不管他,这件事慢慢再说,先去瞧瞧老疯子要紧。"当即转身入内。

白万剑挂念父亲,也想跟去,但想大敌当前,本派面临存亡绝续的大关头,毕竟是以应付谢烟客为先。

谢烟客瞧瞧石中玉,又瞧瞧石破天,好生难以委决,以言语举止而论,那是石破天较像狗杂种,但他适才一把拉退齐自勉的高深武功,迥非当日摩天崖这乡下少年之所能,分手不过数月,焉能精进如是? 突然间他青气满脸,绽舌大喝:"你们这两个小子,到底哪一个是狗杂种?"这一声断喝,屋顶灰泥又是簌簌而落,眼见他举手间便要杀人。

石中玉不知"狗杂种"三字是石破天的真名,只道谢烟客大怒之下破口骂人,心想计谋既给他识破,只有硬着头皮混赖,挨得一时是一时,然后俟机脱逃,当即说道:"我不是,他,他是狗杂种!"谢烟客向他瞪目而视,嘿嘿冷笑,道:"你真的不是狗杂种?"石中玉给他瞧得全身发毛,忙道:"我不是。"

谢烟客转头向石破天道:"那么你才是狗杂种?"石破天点头道:"是啊,老伯伯,我那日在山上练你教我的功夫,忽然全身发冷发热,痛苦难当,便昏了过去,这一醒转,古怪事情却一件接着一件而来。老伯伯,你这些日子来可好吗? 不知是谁给你洗衣煮饭。我时常记挂你,想到我不能给你洗衣煮饭,可苦了你啦。"言语中充满关怀之情。

谢烟客更无怀疑,心中温暖:"这傻小子对我倒真还不错。"转头向石中玉道:"你冒充此人,却来消遣于我,嘿嘿,胆子不小哇,胆子不小!"

石清、闵柔见他脸上青气一显而隐,双目精光大盛,知道儿子欺骗了他,自令他怒不可遏,只要一伸手,儿子立时便尸横就地,忙不迭双双跃出,拦在儿子身前。闵柔颤声说道:"谢先生,你大人大量,原谅这小儿无知,我……我教他向你磕头赔罪!"

谢烟客心中烦恼,为石中玉所欺尚在其次,只是这么一来,玄铁令誓言的了结又是没了着落,冷笑道:"谢某为竖子所欺,岂是磕几个头便能了事? 退开!"他"退开"两字一出口,双袖拂出,两股大力排山倒海般推去。石清、闵柔的内力虽非泛泛,竟也立足不稳,分向左右跌出数步。

石破天见闵柔惊惶无比,眼泪已夺眶而出,忙叫:"老伯伯,不可杀他!"

谢烟客右掌蓄发,正待击出,其时便是大厅上数十人一齐阻挡,也未必救得了石中玉的性命,但石破天这一声呼喝,对谢烟客而言却是无可违抗的严令。他怔了一怔,回头问道:"你要我不可杀他?"心想饶了这卑鄙少年的一命,便算完偿了当年誓愿,那倒是轻易之极的事,不由得脸露喜色。

石破天道:"是啊,这人是石庄主、石夫人的儿子。叮叮当当也很喜欢他。不过……不过……这人行为不好,他欺侮过阿绣,又爱骗人,做长乐帮帮主之时,又做了许多坏事。"

谢烟客道:"你说要我不可杀他?"他虽是武功绝顶的一代枭杰,说这句话时,声音竟也有些发颤,惟恐石破天变卦。

石破天道："不错，请你不可杀他。不过这人老是害人，最好你将他带在身边，教他学好，等他真的变了好人，才放他离开你。老伯伯，你心地最好，你带了我好几年，又教我练功夫。自从我找不到妈妈后，全靠你养育我长大。这位石大哥只要跟随着你，你定会好好照料他，他就会变成个好人了。"

"心地最好"四字用之于谢烟客身上，他初一入耳，不由得大为愤怒，只道石破天出言讥刺，脸上青气又现，但转念一想，不由得啼笑皆非。眼见石破天说这番话时一片至诚，回想数年来和他在摩天崖共处，自己处处机心对他，他却始终天真烂漫，绝无半分猜疑，别来数月，他兀自以不能为自己洗衣煮饭为歉，料想他失母之后，对己依恋，因之事事皆往好处着想，自己授他"炎炎功"原是意在取他性命，他却深自感恩，此刻又来要自己去管教石中玉，心道："傻小子胡说八道，谢某是个独往独来、矫矫不群的奇男子，焉能为这卑贱少年所累？"说道："我本该答允为你做一件事，你要我不杀此人，我依了你便是。咱们就此别过，从此永不相见。"

石破天道："不，不，老伯伯，你若不好好教他，他又要去骗人害人，终于会给旁人杀了，又惹得石夫人和叮叮当当伤心。我求你教他、看着他，只要他不变好人，你就不放他离开你。我妈本来教我不可求人什么事。不过……不过这件事太关要紧，我只得求求你了。"

谢烟客皱起眉头，心想这件事婆婆妈妈，说难是不难，说易却也着实不易，自己本就不是好人，如何能教人学好？何况石中玉这少年奸诈浮滑，就是由孔夫子来教，只怕也未必能教得他成为好人，倘若答允了此事，岂不是身后永远拖着一个大累赘？他连连摇头，说道："不成，这件事我干不了。你另出题目罢，再难的，我也去给你办。"

石清突然哈哈大笑，说道："人道摩天居士言出如山，玄铁令这才名动江湖。早知玄铁令主会拒人所求，那么侯监集上这许多条人命，未免也送得太冤了。"

谢烟客双眉陡竖，厉声道："石庄主此言何来？"

石清道："这位小兄弟求你管教犬子，原是强人所难。只是当日那枚玄铁令，确是由这小兄弟交在谢先生手中，其时在下夫妇亲眼目睹，这里耿兄、王兄、柯兄、花姑娘等几位都是见证。素闻摩天居士言诺重于千金，怎地此刻这位小兄弟出言相求，谢先生却推三阻四起来？"谢烟客怒道："你会生儿子，怎地不会管教？这等败坏门风的不肖之子，不如一掌毙了干净！"石清道："犬子顽劣无比，若不得严师善加琢磨，决难成器！"谢烟客怒道："琢你的鬼！我带了这小子去，不到三日，便琢得他人不像人，鬼不像鬼！"

闵柔向石清连使眼色，叫道："师哥！"心想儿子给谢烟客这大魔头带了去，定是凶多吉少，要丈夫别再以言语相激。岂知石清只作不闻，说道："江湖上英雄好汉说起玄铁令主人，无不翘起大拇指赞一声'好'，端的是人人钦服。想那背信违誓之行，岂是大名鼎鼎的摩天居士之所为？"

谢烟客给他以言语僵住了，知道推搪不通世务的石破天易，推搪这阅历丰富的石庄主却为难之极，这圈子既已套到了头上，只有认命，总胜于给狗杂种命他自断双手、命他代去侠客岛一行，说道："好，谢某这下半生，只有给你这狗杂种累了。"似是说石破天，其实是指石中玉而言。

他绕了弯子骂人，石清如何不懂，却只微笑不语。闵柔脸上一红，随即又变得苍白。

谢烟客向石中玉道："小子，跟着我来，你不变成好人，老子每天剥掉你三层皮。"石中玉甚是害怕，瞧瞧父亲，瞧瞧母亲，又瞧瞧石破天，只盼他改口。

石破天却道："石大哥，你不用害怕，谢先生假装很凶，其实他是最好的人。你只要每天煮饭烧菜给他吃，给他洗衣、种菜、打柴、养鸡，他连手指头儿也不会碰你一碰。我跟了他好几年，他待我就像是我妈妈一样，对我好得很，还教我练功夫呢。我心里感激得不得了，不知怎生报答他才好。"

谢烟客听他将自己比作他母亲，不由得长叹一声，心想："你母亲是个疯婆子，把自己儿子取名为狗杂种。你臭小子，竟把江湖上闻名丧胆的摩天居士比作了疯婆子！"

石中玉肚中更连珠价叫起苦来："你叫我洗衣、种菜、打柴、养鸡，那不是要了我命么？还要我每天煮饭烧菜给这魔头吃，我又怎么会煮饭烧菜？"

石破天又道："石大哥，谢先生的衣服倘若破了，你得赶紧给他

448

缝补。还有,谢先生吃菜爱掉花样,最好十天之内别煮同样的
菜肴。"

谢烟客嘿嘿冷笑,说道:"石庄主,贤夫妇在侯监集上,也曾看中
了我这枚玄铁令。难道当时你们心目之中,就在想聘谢某为西宾,
替你们管教这位贤公子么?"他口中对石清说话,一双目光,却是直
上直下的在石中玉身上扫射。石中玉在这双闪电般的眼光之下,便
如老鼠见猫,周身俱软,只吓得魂不附体。

石清道:"不敢。不瞒谢先生说,在下夫妇有一大仇人,杀了我
们另一个孩子。此人从此隐匿不见,十余年来在下夫妇遍寻不得。"
谢烟客道:"当时你们若得玄铁令,便欲要我去代你们报却此仇?"石
清道:"报仇不敢劳动大驾,但谢先生神通广大,当能查到那人的下
落。"谢烟客道:"这玄铁令当日倘若落在贤夫妇手中,谢某可真要谢
天谢地了。"

石清深深一揖,说道:"犬子得蒙栽培成人,石清感恩无极。我
夫妇此后馨香祷祝,愿谢先生长命百岁,但愿能报答谢
先生的大恩大德。"语意既极谦恭,亦诚恳之至,右膝一曲,便欲跪了
下去。谢烟客若受了他这一跪,石中玉今后不论如何冒犯了他,谢
烟客便不能杀他。

谢烟客"呸"的一声,突然伸手取下背上一个长长的包袱,当的
一声响,抛在地下,左手一探,抓住石中玉的右腕,纵身出了大厅。
但听得石中玉尖叫之声,倏忽远去,顷刻间已在十数丈外。

各人骇然相顾之际,丁珰伸出手来,啪的一声,重重打了石破天
一个耳光,大叫:"天哥,天哥!"飞身追出。石破天抚着面颊,愕然
道:"叮叮当当,你为什么打我?"

石清拾起包袱,在手中一掂,已知就里,打开包袱,赫然是自己
夫妇那对黑白双剑。

闵柔丝毫不以得剑为喜,含着满泡眼泪,道:"师……师哥,你为
什么让玉儿……玉儿跟了他去?"石清叹了口气,道:"师妹,玉儿为
什么会变成这等模样,你可知道么?"闵柔道:"你……你又怪我太宠
了他。"说了这句话,眼泪扑簌簌的流下。

石清道:"你对玉儿本已太好,自从坚儿给人害死,你对玉儿更
加千依百顺。我见他小小年纪,便已顽劣异常,碍着你在眼前,我实

在难以管教,这才硬着心肠送他上凌霄城来。岂知他本性太坏,反累得我夫妇无面目见雪山派的诸君。谢先生的心计胜过玉儿,手段胜过玉儿,以毒攻毒,多半有救,你放心好啦。摩天居士行事虽然任性,却是天下第一信人,这位小兄弟要他管教玉儿,他定会设法办到。"闵柔道:"可是……可是,玉儿从小娇生惯养,又怎会煮饭烧菜……"话声哽咽,又流下泪来。

石清道:"他诸般毛病,正是从娇生惯养而起。"见白万剑等人纷纷奔向内堂,知是去报知白自在和史婆婆,俯身在妻子耳畔低声道:"玉儿若不随谢先生而去,此间之事,未必轻易便能了结。雪山派的内祸由玉儿而起,他们岂肯善罢干休?"

闵柔一想不错,这才收泪,向石破天道:"你又救了我儿子性命,我……我真不知……偏生你这般好,他又这般坏。我若有你……有你这样……"她本想说:"我若有你这样一个儿子,可有多好。"话到口边,终于忍住了。

石破天见石中玉如此得她爱怜,心下好生羡慕,想起她两度错认自己为子,也曾对自己爱惜得无微不至,自己母亲不知到了何处,而母亲待己之情,可和闵柔对待儿子大大不同,不由得黯然神伤。

闵柔道:"小兄弟,你怎会乔装玉儿,一路上瞒住了我们?"石破天脸上一红,说道:"那是叮叮当当……"

突然间王万仞气急败坏的奔将进来,叫道:"不……不好了,师父不见啦。"厅上众人都吃了一惊,齐问:"怎么不见了?"王万仞只叫:"师父不见了。"

阿绣一拉石破天的袖子,道:"咱们快去!"两人急步奔向石牢。到得牢外,只见甬道中挤满了雪山弟子。各人见到阿绣,都让出路来。两人走进牢中,但见白万剑夫妇二人扶住史婆婆坐在地下。阿绣忙道:"爹、妈、奶奶……怎么了? 受了伤么?"

白万剑满脸杀气,道:"有内奸,妈是给本门手法点了穴道。爹给人劫了去,你瞧着奶奶,我去救爹。"说着纵身便出。迎面只见一名三支的弟子,白万剑气急之下,重重一推,将他直甩出去,大踏步走出。

阿绣道:"大哥,你帮奶奶运气解穴。"石破天道:"是!"这推宫过血的解穴之法史婆婆曾教过他,当即依法施为,过不多时便解了她

450

被封的三处大穴。

史婆婆叫道："大伙儿别乱，是掌门人点了我穴道，他自己走的!"

众人一听，尽皆愕然，都道："原来是掌门人亲手点的穴道，难怪连白师哥一时也解不开。"这时雪山派的掌门人到底该算是谁，大家都弄不清楚，平日叫惯白自在为掌门人，便也都沿此旧称。本来均疑心本派又生内变，难免再有一场喋血厮杀，待听得是夫妻吵闹，众人当即宽心，迅速传话出去。

白万剑得到讯息，又赶了回来，道："妈，到底是怎么回事?"语音之中，颇含不悦。这几日种种事情，弄得这精明练达的"气寒西北"犹如没头苍蝇相似，眼前之事，偏又是自己父母身上而起，空有满腔闷气，却又如何发泄?

史婆婆怒道："你又没弄明白，怎地怪起爹娘来?"白万剑道："孩儿不敢。"史婆婆道："你爹全是为大家好，他上侠客岛去了。"白万剑惊道："爹上侠客岛去? 为什么?"

史婆婆道："为什么? 你爹才是雪山派真正的掌门人啊。他不去，谁去? 我来到牢中，跟你爹说，他在牢中自囚一辈子，我便陪他坐一辈子牢，只是侠客岛之约，却不知由谁去才好。他问起情由，我一五一十的都说了。他道：'我是掌门人，自然是我去。'我劝他从长计议，图个万全之策。他道：'我对不起雪山派，害死了这许多无辜弟子，还有两位大夫，我恨不得一头撞死了。我只有去为雪山派而死，赎我的大罪，我夫人、儿子、媳妇、孙女、孙女婿、众弟子才有脸做人。'他伸手点了我几处穴道，将两块邀宴铜牌取了去，这会儿早就去得远了。"

白万剑道："妈，爹爹年迈，身子又未曾复元，如何去得? 该由儿子去才是。"

史婆婆森然道："你到今日，还是不明白自己的老子。"说着迈步走出石牢。

白万剑道："妈，你……你去哪里?"史婆婆道："我是金乌派掌门人，也有资格去侠客岛。"白万剑心乱如麻，寻思："妈也真是的，又出来一个'金乌派'。好! 大伙儿都去一拼，尽数死在侠客岛上，也就是了。"

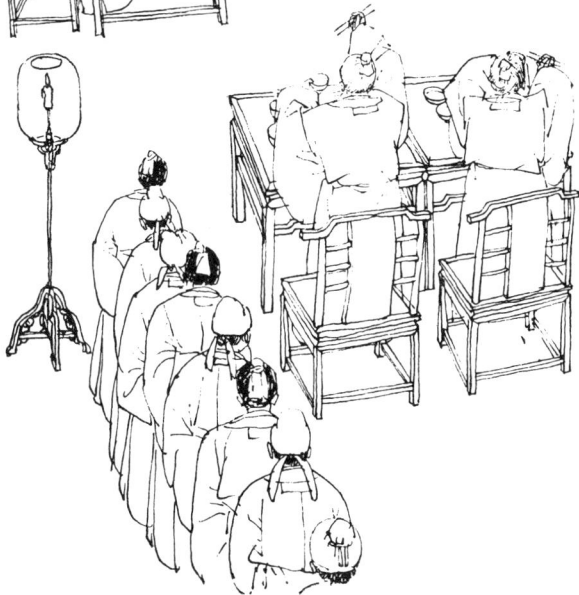

龙岛主道：「这腊八粥中，最主要的一味是「断肠蚀骨腐心草」，隔十年才开一次花，开花之后，效力方著。请，请，不用客气。」说着和木岛主左手各端粥碗，右手举箸相邀。

第十九回　腊八粥

十二月初五,史婆婆率同石清、闵柔、白万剑、石破天、阿绣、成自学、齐自勉、梁自进等一行人,来到南海之滨的一个小渔村中。

史婆婆离开凌霄城时,命耿万钟代行掌门和城主之职,由汪万翼、呼延万善为辅。风火神龙封万里参与叛师逆谋,虽为事势所迫,但白万剑等长门弟子却再也不去理他。史婆婆带了成自学、齐自勉、梁自进三人同行,是为防各支子弟再行谋叛生变。廖自砺断去一腿,武功全失,已不足为患。

在侠客岛送出的两块铜牌反面,刻有到达该渔村的日期、时辰和路径。想来每人所得之铜牌,镌刻的聚会时日与地点均有不同,是以史婆婆等一行人到达之后,发觉渔村中空无一人,固不见其他江湖豪士,白自在更无踪迹可寻,甚至海边连渔船也无一艘。

各人暂在一间茅屋中歇足。到得傍晚时分,忽有一名黄衣汉子,手持木桨,来到渔村之中,朗声说道:"侠客岛迎宾使,奉岛主之命,恭请长乐帮石帮主启程。"

史婆婆等闻声从屋中走出。那汉子走到石破天身前,躬身行礼,说道:"这位想必是石帮主了。"石破天道:"正是。阁下贵姓?"那人道:"小人姓赵,便请石帮主登程。"石破天道:"在下有几位师长朋友,想要同赴贵岛观光。"那人道:"这就为难了。小舟不堪重载。岛主颁下严令,只迎接石帮主一人前往,倘若多载一人,小舟固须倾覆,小人也首级不保。"

史婆婆冷笑道："事到如今，只怕也由不得你了。"说着欺身而上，手按刀柄。

那人对史婆婆毫不理睬，向石破天道："小人领路，石帮主请。"转身便行。石破天和史婆婆、石清等都跟随其后。只见他沿着海边而行，转过两处山坳，沙滩边泊着一艘小舟。这艘小舟宽不过三尺，长不过六尺，当真是小得无可再小，是否能容得下两人都很难说，要想多载一人，显然无法办到。

那人说道："各位要杀了小人，原只一举手之劳。哪一位如识得去侠客岛的海程，尽可带同石帮主前去。"

史婆婆和石清面面相觑，没想到侠客岛布置得如此周密，连多去一人也决不能够。各人只听过侠客岛之名，至于此岛在南在北，邻近何处，却从未听到过半点消息，何况这"侠客岛"三字，十九也非本名，纵是出惯了洋的舟师海客也未必知晓，茫茫大海之中，却又如何找去？极目四望，海中不见有一艘船只，亦无法驾舟跟踪。

史婆婆惊怒之下，伸掌便向那汉子头顶拍去，掌到半途，却又收住，向石破天道："徒儿，你把铜牌给我，我代你去，老婆子无论如何要去跟老疯子死在一起。"

那黄衣汉子道："岛主有令，倘若接错了人，小人处斩不在话下，还累得小人父母妻儿尽皆斩首。"

史婆婆怒道："斩就斩好了，有什么希罕？"话一出口，心中便想："我自不希罕，这家伙却希罕的。"当下另生一计，说道："徒儿，那么你把长乐帮帮主的位子让给我做，我是帮主，他就不算是接错了人。"

石破天踌躇道："这个……恐怕……"

那汉子道："赏善罚恶二使交代得清楚，长乐帮帮主是位年方弱冠的少年英雄，不是年高德劭的婆婆。"史婆婆怒道："放你的狗屁！你又怎知我年高德劭了？我年虽高，德却不劭！"那人微微一笑，径自走到海边，解了船缆。

史婆婆叹了口气，道："好，徒儿，你去罢，你听师父一句话。"石破天道："自当遵从师父吩咐。"史婆婆道："若有一线生机，你千万要自行脱逃，不能为了相救爷爷而自陷绝地。此是为师的严令，决不可违。"

456

石破天愕然不解:"为什么师父不要我救她丈夫? 难道她心里还在记恨么?"心想爷爷是非救不可的,对史婆婆这句话便没答应。

史婆婆又道:"你去跟老疯子说,我在这里等他三个月,到得明年三月初八,他若不到这里会我,我便跳在海里死了。他如再说什么去碧螺山的鬼话,我就做厉鬼也不饶他。"石破天点头道:"是!"

阿绣道:"大哥,我……我也一样,我也等三个月,在这里等你到三月初八。你如不回来,我就……跟着奶奶跳海。"石破天心中又甜蜜,又凄苦,忙道:"你不用这样。"阿绣道:"我要这样。"这四个字说得声音甚低,却充满了一往无悔的坚决之意。她轻声又加一句:"为了我的……心肝宝贝!"这句话只石破天一人听到,他大喜之下,大声道:"我也这样!"

闵柔道:"孩子,但愿你平安归来,大家都在这里为你祝祷。"石破天道:"石夫人你自己保重,不用为你儿子耽心,他跟着谢先生会变好的。你也不用为我耽心,我这个长乐帮帮主是假的,说不定他们会放我回来。张三、李四又是我结义兄长,真有危难,他们也不能见死不救。"闵柔道:"但愿如此。"心中却想:"这孩子不知武林中人心险恶,这种金兰结义,岂能当真?"

石清道:"小兄弟,在岛上若与人动手,你只管运起内力蛮打,不必理会什么招数刀法。"他想石破天内力惊人,一线生机,全系于此,但讲到招数刀法,就靠不住了。石破天道:"是。多谢石庄主指点。"

白万剑拉着他的手,说道:"贤婿,咱们是一家人了。我父年迈,你务必多照看他些。"石破天听他叫自己为"贤婿",不禁脸上一红,道:"这个我必尽力。阿绣的爷爷,也就是我的爷爷!"

只成自学、齐自勉、梁自进三人却充满了幸灾乐祸之心,均想:"三十年来,已有三批武林高手前赴侠客岛,可从没听说有一人活着回来,你这小子不见得三头六臂,又怎能例外?"但也分别说了些"小心在意"、"请照看着掌门人"之类敷衍言语。

当下石破天和众人分手,走向海滩。众人送到岸边,阿绣和闵柔两人早已眼圈儿红了。

史婆婆突然抢到那黄衣汉子身前,啪的一声,重重打了他一个耳光,喝道:"你对尊长无礼,教你知道好歹!"

那人竟不还手,抚着被打的面颊,微微一笑,踏入小舟之中。石破天向众人举手告别，跟着上船。那小舟载了二人，船边离海水已不过数寸，当真再不能多载一人，幸好时当寒冬，南海中风平浪静，否则稍有波涛，小舟难免倾覆。侠客岛所以选定腊月为聚会之期，或许便是为此。

那汉子划了几桨，将小舟划离海滩，掉转船头，扯起一张黄色三角帆，吃上了缓缓拂来的北风，向南进发。

石破天向北而望，但见史婆婆、阿绣等人的身形渐小，兀自站在海滩边的悬崖上凝望。直到每个人都变成了微小的黑点，终于再不可见。

入夜之后，小舟转向东南。在海中航行了三日，小船中只有些干粮清水，石破天和那船夫分食。到第四日午间，屈指正是腊月初八，那汉子指着前面一条黑线，说道："那便是侠客岛了。"

石破天极目瞧去，也不见有何异状，一颗心却忍不住怦怦而跳。

又航行了一个多时辰，看到岛上有一座高耸的石山，山上郁郁苍苍，生满树木。申牌时分，小舟驶向岛南背风处靠岸。那汉子道："石帮主请！"只见岛南是好大一片沙滩，东首石崖下停泊着四十多艘大大小小船只。石破天心中一动："这里船只不少，若能在岛上保得性命，逃到此处抢得一艘小船，脱险当亦不难。"当下跃上岸去。

那汉子提了船缆，跃上岸来，将缆索系在一块大石之上，从怀中取出一只海螺，呜呜呜的吹了几声。过不多时，山后奔出四名汉子，一色黄布短衣，快步走到石破天身前，躬身说道："岛主在迎宾馆恭候大驾，石帮主这边请。"

石破天关心白自在，问道："雪山派掌门人威德先生已到了么？"为首的黄衣汉子说道："小人专职侍候石帮主，旁人的事就不大清楚。石帮主到得迎宾馆中，自会知晓。"说着转过身来，在前领路。石破天跟随其后。余下四名黄衣汉子离开了七八步，跟在他身后。

转入山中后，两旁都是森林，一条山径穿林而过。石破天留神四周景色，以备脱身逃命时不致迷了道路。行了数里，转入一条岩石嶙峋的山道，左临深涧，涧水湍急，激石有声。一路沿着山涧渐行渐高，转了两个弯后，只见一道瀑布从十余丈高处直挂下来，看来这瀑布便是山涧的源头。

那领路汉子在路旁一株大树后取下一件挂着的油布雨衣,递给石破天,说道:"迎宾馆建在水乐洞内,请石帮主披上雨衣,以免溅湿了衣服。"

石破天接过穿上,只见那汉子走近瀑布,纵身跃了进去,石破天跟着跃进。里面是一条长长的甬道,两旁点着油灯,光线虽暗,却也可辨道路,当下跟在他身后行去。甬道依着山腹中天然洞穴修凿而成,人工开凿处甚是狭窄,有时却豁然开阔,只觉渐行渐低,洞中出现了流水之声,琮琮琤琤,清脆悦耳,如击玉磬。山洞中支路甚多,石破天用心记忆。

在洞中行了两里有多,眼前赫然出现一道玉石砌成的洞门,门额上雕有三个大字,石破天问道:"这便是迎宾馆么?"那汉子道:"正是。"心下微觉奇怪:"这里写得明明白白,又何必多问? 不成你不识字?"殊不知石破天正是一字不识。

走进玉石洞门,地下青石板铺得甚是整齐。那汉子将石破天引进左首一个石洞,说道:"石帮主请在此稍歇,待会筵席之上,岛主便和石帮主相见。"

洞中桌椅俱全,三枝红烛照耀得满洞明亮。一名小僮奉上清茶和四色点心。

石破天一见到饮食,便想起南来之时,石清数番谆谆叮嘱:"小兄弟,三十年来,无数武功高强、身怀奇技的英雄好汉去到侠客岛,竟没一个活着回来。想那侠客岛上人物虽然了得,总不能将这许多武林中顶儿尖儿的豪杰之士一网打尽。依我猜想,岛上定是使了卑鄙手段,不是设了机关陷阱,便是在饮食中下了剧毒。他们公然声言请人去喝腊八粥,这碗腊八粥既是众目所注,或许反而无甚古怪,倒是寻常的清茶点心、青菜白饭,却不可不防。只是此理甚浅,我石清既想得到,那些名门大派的首脑人物怎能想不到? 他们去侠客岛之时,自是备有诸种解毒药物,何以终于人人俱遭毒手,实令人难以索解。你心地仁厚,或者吉人天相,不致遭受恶报,一切只有小心在意了。"

他想到石清的叮嘱,但闻到点心香气,寻思:"肚子可饿得狠了,终不成来到岛上,什么都不吃不喝? 张三、李四两位哥哥和我金兰结义,曾立下重誓,有福共享,有难同当,要同年同月同日死,他们若要害我,岂不是等于害了自己?"当下将烧卖、春卷、煎饼、蒸糕四碟点心,吃了个风卷残云,一件也不剩,一壶清茶也喝了大半。

在洞中坐了一个多时辰,忽听得钟鼓丝竹之声大作。那引路的汉子走到洞口,躬身说道:"岛主请石帮主赴宴。"石破天站起身来,跟着他出去。

穿过几处石洞后,但听得钟鼓丝竹之声更响,眼前突然大亮,只见一座大山洞中点满了牛油蜡烛,洞中摆着一百来张桌子。宾客正络绎进来。这山洞好大,虽摆了这许多桌子,仍不见挤迫。数百名黄衣汉子穿梭般来去,引导宾客入座。所有宾客都是各人独占一席,亦无主方人士相陪。众宾客坐定后,乐声便即止歇。

石破天四下顾望,一眼便见到白自在巍巍踞坐,白发萧然,神态威猛,杂坐在众英雄间,只因身裁特高,一眼可见,远远望去便卓然不群。那日在石牢之中,昏暗朦胧,石破天没瞧清楚他的相貌,此刻烛光照映之下,见这位威德先生当真便似庙中神像一般形相庄严,令人肃然起敬,便走到他身前,躬身行礼,说道:"爷爷,我来啦!"

大厅上人数虽多,但主方接待人士固尽量压低嗓子说话,所有来宾均想到命在顷刻,人人心头沉重,又震于侠客岛之威,谁都不发一言。石破天这么突然一叫,声音虽然不响,每个人的目光都向他瞧去。

白自在哼了一声,道:"不识好歹的小鬼,你可累得我外家的曾孙也没有了。"

石破天一怔,过了半晌,才明白他的意思,原来说他也到侠客岛来送死,就不能和阿绣成亲生子,说道:"爷爷,奶奶在海边的渔村中等你三个月,她说要是等到三月初八还不见你的面,她……她就投海自尽。"

白自在长眉一竖,道:"她不到碧螺山去?"石破天道:"奶奶听你这么说,气得不得了,她骂你……骂你……"白自在道:"骂我什么?"石破天道:"她骂你是老疯子呢。她说丁不四这轻薄鬼嚼嘴弄舌,造谣骗人,你这老疯子脑筋不灵,居然便信了他的。奶奶说几时见到丁不四,定要使金乌刀法砍下他一条臂膀,再割下他的舌头。"白自在哈哈大笑,道:"不错,不错,正该如此。"

突然间大厅角落中一人呜呜咽咽的说道:"她为什么这般骂我?

我儿时轻薄过她？我对她一片至诚,到老不娶,她……她却心如铁石,连到碧螺山走一步也不肯。"

石破天向话声来处瞧去,只见丁不四双臂撑在桌上,全身发颤,眼泪簌簌而下。石破天心道:"他也来了。年纪这般大,还当众号哭,却不怕羞?"

若在平时,众英雄自不免群相讪笑,但此刻人人均知噩运将临,心下俱有自伤之意,恨不得同声一哭,是以竟没一人发出笑声。这干英雄豪杰不是名门大派的掌门,便是一帮一会之主,毕生在刀剑头上打滚过来,"怕死"二字自是安不到他们身上,然而一刀一枪的性命相搏,未必便死,何况自恃武功了得,想到的总是人败己胜,敌亡己生。这一回的情形却大不相同,明知来到岛上非死不可,可又不知如何死法。必死之命再加上疑惧之意,比之往日面临大敌、明枪交锋的情景,可就难堪得多了。

忽然西边角落中一个嘶哑的女子口音冷笑道:"哼,哼!什么一片至诚,到老不娶?丁不四,你好不要脸!你对史小翠倘若当真一片至诚,为什么又跟我姊姊生下个女儿?"

霎时间丁不四满脸通红,神情狼狈之极,站起身来,问道:"你……你……你是谁?怎么知道?"那女子道:"她是我亲姊姊,我怎么不知道?那女孩儿呢,死了还是活着?"

腾的一声,丁不四颓然坐落,跟着喀的一响,竟将一张梨木椅子震得四腿俱断。

那女子厉声问道:"那女孩儿呢?死了还是活着?快说。"丁不四喃喃的道:"我……我怎知道?"那女子道:"姊姊临死之时,命我务必找到你,问明那女孩儿的下落,要我照顾这个女孩。你……你这狼心狗肺的臭贼,害了我姊姊一生,却还在记挂别人的老婆。"

丁不四脸如土色,双膝酸软,他坐着的椅子椅脚早断,全仗他双腿支撑,这么一来,身子登时向下坐落,幸好他武功了得,足下轻轻一弹,又即虚坐不落。

那女子厉声道:"到底那女孩子是死是活?"丁不四道:"二十年前,她是活的,后来可不知道了。"那女子道:"你为什么不去找她?"丁不四无言可答,只道:"这个……这个……可不容易找。有人说她到了侠客岛,也不知是不是。"

石破天见那女子身材矮小，脸上蒙了一层厚厚的黑纱，容貌瞧不清楚，但不知如何，这个强凶霸道、杀人不眨眼的丁不四，见了她竟十分害怕。

突然钟鼓之声大作，一名黄衫汉子朗声说道："侠客岛龙岛主、木岛主两位岛主欢迎嘉宾。"

众来宾心头一震，直到此时，才知侠客岛原来有两个岛主，一姓龙，一姓木。

中门打开，走出两列高高矮矮的男女，右首的一色穿黄，左首的一色穿青。那赞礼人叫道："龙岛主、木岛主座下众弟子，谒见贵宾。"

只见那两个分送铜牌的赏善罚恶使者也杂在众弟子之中，张三穿黄，排在右首第十一，李四穿青，排在左首第十三，在他二人身后，又各有二十余人。众人不由得都倒抽了一口凉气。张三、李四二人的武功，大家都曾亲眼见过，哪知他二人尚有这许多同门兄弟，想来各同门的功夫和他们也均在伯仲之间，都想："难怪三十年来，来到侠客岛的英雄好汉个个有来无回。且不说旁人，单只须赏善罚恶二使出手，我们这些中原武林的成名人物，又有哪几个能在他们手底走得到二十招以上？"

两列弟子分向左右一站，一齐恭恭敬敬的向群雄躬身行礼。群雄忙即还礼。张三、李四二人在中原分送铜牌之时，谈笑杀人，一举手间，往往便将整个门派帮会尽数屠戮，此刻回到岛上，竟目不斜视，行礼如仪，恭谨之极。

细乐声中，两个老者并肩缓步而出，一个穿黄，一个穿青。那赞礼的喝道："敝岛岛主欢迎列位贵客大驾光降。"龙岛主与木岛主长揖到地，群雄纷纷还礼。

那身穿黄袍的龙岛主哈哈一笑，说道："在下和木兄弟二人僻处荒岛，今日得见众位高贤，大感荣宠。只荒岛之上，诸物简陋，款待未周，各位见谅。"说来声音十分平和，这侠客岛孤悬南海之中，他说的却是中州口音。木岛主道："各位请坐。"他语音甚尖，微带佶屈，似是闽广一带人氏。

待群雄就座后，龙木两位岛主才在西侧下首主位的一张桌旁坐下。众弟子却无坐位,各自垂手侍立。

群雄均想:"侠客岛请客十分霸道,客人倘若不来,便杀他满门满帮,但到得岛上,礼仪却又甚为周到,假惺惺的做作,倒也似模似样,且看他们下一步又出什么手段。"有的则想:"囚犯拉出去杀头之时,也要给他吃喝一顿,好言安慰几句。眼前这宴会,便是我们的杀头羹饭了。"

众人看两位岛主时,见龙岛主须眉全白,脸色红润,有如孩童;那木岛主的长须稀稀落落,兀自黑多白少,但一张脸却满是皱纹。二人到底多大年纪,委实看不出来,总是在七十岁到九十岁之间,如说两人均已年过百岁,只怕也不希奇。

各人一就座,岛上执事人等便上来斟酒,跟着端上菜肴。每人桌上四碟四碗,八色菜肴,鸡、肉、鱼、虾,煮得香气扑鼻,似也无甚异状。

石破天静下心来,四顾分座各桌的来宾,见上清观观主天虚道人到了;关东四大门派的范一飞、风良、吕正平、高三娘子也到了。这些人心下惴惴,和石破天目光相接时都只点了点头,却不出声招呼。

龙木二岛主举起酒杯,说道:"请!"二人一饮而尽。

群雄见杯中酒水碧油油地,虽酒香甚冽,心中却各自嘀咕:"这酒中不知下了多厉害的毒药。"大都举杯在口唇上碰了一碰,并不喝酒,只少数人心下计议:"对方要加害于我,不过举手之劳,酒中有毒也好,无毒也好,反正是个死,不如落得大方。"当即举杯喝干,在旁侍候的仆从便又给各人斟满。

龙木二岛主敬了三杯酒后,龙岛主左手一举。群仆从内堂鱼贯而出,各以漆盘托出不少大碗的热粥,分别放在众宾客面前。

群雄均想:"这便是江湖上闻名色变的腊八粥了。"只见热粥蒸气上冒,兀自有一个个气泡从粥底钻将上来,一碗粥尽作深绿之色,瞧上去说不出的诡异。本来寻常腊八粥,其中所和的是红枣、莲子、茨实、龙眼干、赤豆之类,但眼前粥中所和之物却菜不像菜,草不像草,有些似是切成细粒的树根,有些似是压成扁片的木薯,药气极浓。群雄均知,毒物大都呈青绿之色,这一碗粥深绿如此,只映得人面俱碧,药气刺鼻,其毒可知。

高三娘子一闻到这药味,心中便不禁发毛,想到在煮这腊八粥时,锅中不知放进了多少毒蛇、蜈蚣、蜘蛛、蝎子,忍不住便要呕吐,忙将粥碗推到桌边,伸手掩住鼻子。

龙岛主道:"各位远道光临,敝岛无以为敬。这碗腊八粥外边倒还不易喝到,其中最主要的一味'断肠蚀骨腐心草',是本岛的特产,要开花之后效力方著。但这草隔十年才开一次花。我们总要等其开花之后,这才邀请江湖同道来此同享,屈指算来,这是第四回邀请。请,请,不用客气。"说着和木岛主左手各端粥碗,右手举箸相邀。

众人一听到"断肠蚀骨腐心草"之名,心中无不打了个突。虽然来到岛上之后,人人本都已没打算活着离去,但腊八粥中所含毒草的名称如此惊心动魄,这龙岛主竟尔公然揭示,不由得人人色为之变。

只见龙木二岛主各举筷子向众人划了个圆圈,示意遍请,便举碗吃了起来。群雄心想:"你们这两碗粥中,放的自是人参燕窝之类的大补品了。"

忽见东首一条大汉霍地站起,戟指向龙木二人喝道:"姓龙的、姓木的听着:我关西解文豹来到侠客岛之前,早已料理了后事。解某是顶天立地、铁铮铮的汉子,你们要杀要剐,姓解的岂能皱一皱眉头?要我吃喝这等肮脏的毒物,却万万不能!"

龙岛主一愕,笑道:"解英雄不爱喝粥,我们岂敢相强?却又何必动怒?请坐。"

解文豹喝道:"姓解的早豁出了性命不要。早死迟死,还不是个死?偏要得罪一下你们这些恃强横行、为祸人间的狗男女!"说着端起桌上热粥,向龙岛主劈脸掷去。

隔着两只桌子的一名老者突然站起,喝道:"解贤弟不可动粗!"袍袖一拂,发出一股劲风,半空中将这碗粥挡了一挡。那碗粥不再朝前飞出,略一停顿,便向下摔落,眼见一只青花大海碗要摔成碎片,一碗粥溅得满地。一名在旁斟酒的侍仆斜身纵出,弓腰长臂,伸手将海碗抄起,其时碗底离地已不过数寸,当真险到了极处。

群雄忍不住高声喝采:"好俊功夫!"采声甫毕,群雄脸上忧色更深,均想:"一个侍酒的厮仆已具如此身手,我们怎能再活着回去?"

各人心中七上八下,有的想到家中儿孙家产;有的想着尚有大仇未报;有的心想自己一死,本帮偌大基业不免就此风流云散;更有人深自懊悔,既早算到侠客岛邀宴之期将届,何不及早在深山秘洞之中躲了起来? 一直总存着侥幸之心,企盼邀宴铜牌不会递到自己手中,待得大祸临头,又盼侠客岛并非真如传闻中的厉害,此刻眼见那侍仆飞身接碗,连这最后一分的侥幸之心,终于也消失得无影无踪。

　　一个身材高瘦的中年书生站了起来,朗声道:"侠客岛主属下厮养,到得中原,亦足以成名立万。两位岛主若欲武林为尊,原本易如反掌,却又何必花下偌大心机,将我们召来? 在下来到贵岛,自早不存生还之想,只是心中留着老大一个疑团,死不瞑目。还请二位岛主开导,以启茅塞,在下这便引颈就戮。"这番话原是大家都想说的,只不及他如此文绉绉的说得十分得体,人人听了均觉深得我心,数百道目光又都射到龙木二岛主脸上。

　　龙岛主笑道:"西门先生不必太谦。"

　　群雄一听,不约而同的都向那书生望去,心想:"这人难道便是二十多年前名震江湖的西门秀才西门观止? 瞧他年纪不过四十来岁,但二十多年前,他以一双肉掌击毙陕北七霸,三日之间,以一枝镔铁判官笔连挑河北八座绿林山寨,听说那时便已四十开外,自此之后,便即销声匿迹,不知存亡。瞧他年岁是不像,然复姓西门的本已不多,当今武林中更没另一个书生打扮的高手,多半便是他了。"

　　只听龙岛主接着说道:"西门先生当年双掌毙七霸,一笔挑八寨……"(群雄均想:果然是他!)"……在下和木兄弟仰慕已久,今日得接尊范,岂敢对先生无礼?"

　　西门观止道:"不敢,在下昔年此等小事,在中原或可逞狂于一时,但在二岛主眼中瞧来,直如童子操刀,不值一哂。"

　　龙岛主道:"西门先生太谦了。尊驾适才所问,我二人正欲向各位分说明白。只是这粥中的'断肠蚀骨腐心草'乘热而喝,效力较高,各位请先喝粥,再由在下详言如何?"转头吩咐弟子:"将'腊八粥'分送给在各处石室中观图的各位贵宾,每人至少一碗。"几名弟子应诺而去。

　　石破天听着这二人客客气气的说话,成语甚多,倒有一半不懂,饥肠辘辘,早已饿得狠了,一听龙岛主如此说,忙端起粥碗,唏哩呼噜的喝了大半碗,只觉药气虽然刺鼻,入口却甜甜的并不难吃,顷刻间便喝了个碗底朝天。

群雄有的心想:"这小子不知天高地厚,徒逞一时之豪,就是非死不可,也不用抢着去鬼门关啊。"有的心想:"左右是个死,像这位少年英雄那样,倒也干净爽快。"

白自在喝采:"妙极!我雪山派的孙女婿,果然与众不同。"时至此刻,他兀自觉得天下各门各派之中,毕竟还是雪山派高出一筹,石破天很给他挣面子。

自经凌霄城石牢中一场搏斗,白自在锐气大挫,自忖那"古往今来剑法第一、拳脚第一、内功第一、暗器第一的大英雄、大豪杰、大侠士、大宗师"这个头衔之中,"内功第一"四字势须删去;待见到那斟酒侍仆接起粥碗的身手,隐隐觉得那"拳脚第一"四字,恐怕也有点靠不住了,转念又想:"侠客岛上人物未必武功真的奇高,这侍仆说不定便是侠客岛上的第一高手,只不过装作了侍仆模样来吓唬人而已。"

他见石破天漫不在乎的大喝毒粥,颇以他是"雪山派掌门的孙女婿"而得意,胸中豪气陡生,当即端起粥碗,呼呼有声的大喝了几口,顾盼自雄:"这大厅之上,只有我和这小子胆敢喝粥,旁人哪有这等英雄豪杰?"但随即想到:"我是第二个喝粥之人,就算是英雄豪杰,却也是天下第二了。我那头衔中'大英雄、大豪杰'六字,又非删除不可。"不由得大为沮丧,自悔:"既然要喝毒粥,反正是个死,又何不第一个喝?现下成了'天下第二',好生没趣。"

他在那里自怨自艾,龙岛主以后的话就没怎么听进耳中。龙岛主说的是:"四十年前,我和木兄弟订交,意气相投,本想联手江湖,在武林中赏善罚恶,好好做一番事业,不意甫出江湖,便发见了一张地图。从那图旁所注的小字中细加参详,得悉图中所绘的无名荒岛之上,藏有一份惊天动地的武功秘诀……"

解文豹插口道:"这明明便是侠客岛了,怎地是无名荒岛?"那拂袖挡粥的老者喝道:"解兄弟不可打断了龙岛主的话头。"解文豹悻悻的道:"你就是拼命讨好,他也未必饶了你性命。"

那老者大怒,端起腊八粥,一口气喝了大半碗,说道:"你我相交半生,你当我郑光芝是什么人?"解文豹大悔,道:"大哥,是我错了,

466

小弟向你赔罪。"当即跪下，对着他磕了三个头，顺手拿起旁边席上的一碗粥来，也一口气喝了大半碗。郑光芝抢过去抱住了他，说道："兄弟，你我当年结义，立誓不能同年同月同日生，但愿同年同月同日死。这番誓愿今日果然得偿，不枉了兄弟结义一场。"两人相拥在一起，又喜又悲，都流下泪来。

石破天听到他说"不能同年同月同日生、但愿同年同月同日死"之言，不自禁的向张三、李四二人瞧去。

张三、李四相视一笑，目光却投向龙岛主和木岛主。木岛主略一点首。张三、李四越众而出，各自端起一碗腊八粥，走到石破天席边，说道："兄弟，请！"

石破天忙道："不，不！两位哥哥，你们不必陪我同死。我只求你们将来去照看一下阿绣……"张三笑道："兄弟，咱们结拜之日，曾经立誓，他日有难同当，有福共享。你既已喝了腊八粥，我们做哥哥的岂能不喝？"说着和李四二人各将一碗腊八粥喝得干干净净，转过身来，躬身向两位岛主道："谢师父赐粥！"这才回入原来行列。

群雄见张三、李四为了顾念与石破天结义的交情，竟然陪他同死，比之本就难逃大限的郑光芝和解文豹更难了万倍，心下无不钦佩。

白自在寻思："像这二人，才说得上一个'侠'字。倘若我的结义兄弟服了剧毒，我白自在能不能顾念金兰之义，陪他同死？"想到这一节，不由得大为踌躇。又想："我既有这片刻犹豫，就算终于陪人同死，那'大侠士'三字头衔，已未免当之有愧。"

只听得张三说道："兄弟，这里有些客人好像不喜欢这腊八粥的味儿，你若爱喝，不妨多喝几碗。"石破天饿了半天，一碗稀粥原本不足以解饥，心想反正已经喝了，多一碗少一碗也没多大分别，斜眼向身边席上瞧去。

附近席上数人见到他目光射来，忙端起粥碗，纷纷说道："这粥气味太浓，我喝不惯。小英雄随便请用，不必客气。"眼见石破天一双手接不了这许多碗粥，生怕张三反悔，失去良机，忙不迭的将粥碗放到石破天桌上。石破天道："多谢！"一口气又喝了两碗。

龙岛主微笑点头，说道："这位解英雄说得不错，地图上这座无名荒岛，便是眼前各位处身所在的侠客岛了。不过侠客岛之名，是我和木兄弟到了岛上之后，才给安上的。那倒也不是我二人狂妄僭越，自居侠客。其中另有缘故，各位待会便知。我们依着图中所示，在岛上寻找了十八天，终于找到了武功秘诀的所在。原来那是一首古诗的图解，含义甚为深奥繁复。我二人大喜之下，便即按图解修习。

"唉！岂不知福兮祸所倚，我二人修习数月之后，忽对这图解中所示武功生了歧见，我说该当如此练，木兄弟却说我想法错了，须得那样练。二人争辩数日，始终难以说服对方，当下约定各练各的，练成之后再来印证，且看到底谁错。练了大半年后，我二人动手拆解，只拆得数招，二人都不禁骇然，原来……原来……"

他说到这里，神色黯然，住口不言。木岛主叹了一口长气，也大有郁郁之意。过了好一会，龙岛主才又道："原来我二人都练错了！"

群雄听了，心头都是一震，均想他二人的徒弟张三、李四武功已如此了得，他二人自然更加出神入化，深不可测，所修习的当然不会是寻常拳脚，必是最高深的内功，这内功一练错，小则走火入魔，重伤残废，大则立时毙命，最是要紧不过。

只听龙岛主道："我二人发觉不对，立时停手，相互辩难剖析，钻研其中道理。也是我二人资质太差，而图解中所示的功夫又太深奥，以致再钻研了几个月，仍然疑难不解。恰在此时，有一艘海盗船飘流到岛上，我兄弟二人将三名盗魁杀了，对余众分别审讯，作恶多端的一一处死，其余受人裹胁之徒便留在岛上。我二人商议，所以钻研不通这份古诗图解，多半在于我二人多年练武，先入为主，以致把练功的路子都想错了，不如收几名弟子，让他们来想想。于是我二人从盗伙之中，选了六名识字较多、秉性聪颖而武功低微之人，分别收为徒弟，也不传他们内功，只指点了一些拳术剑法，要他们去参研图解。

"哪知我的三名徒儿和木兄弟的三名徒儿参研得固然各不相同，甚而同是我收的徒儿之间，三人的想法也大相径庭，木兄弟的三名徒儿亦复如此。我二人再仔细商量，这份图解是从李太白的一首古诗而来，我们是粗鲁武人，不过略通文墨，终不及通儒学者之能精通诗理，看来若非文武双全之士，难以真正解得明白。于是我和木兄弟分入中原，以一年为期，各收四名弟子，收的或是满腹诗书的儒

侠客行
[下]

生,或是诗才敏捷的名士。"

他伸手向身穿黄衣和青衣的七八名弟子一指,说道:"不瞒诸位说,这几名弟子若去应考,中进士、点翰林是易如反掌。他们初时来到侠客岛,未必皆是甘心情愿,但学了武功,又去研习图解,却个个死心塌地的留了下来,都觉得学武练功远胜于读书做官。"

群雄听他说:"学武练功远胜于读书做官。"均觉大获我心,不少人都点头称是。

龙岛主又道:"可是这八名士人出身的弟子一经参研图解,各人的见地却又各自不同,非但不能对我与木兄弟有所启发,议论纷纭,反而让我二人越来越胡涂了。

"我们无法可施,大是烦恼,若说弃之而去,却又无论如何狠不起心。有一日,木兄弟道:'当今之世,说到武学之精博,无过于少林高僧妙谛大师,咱们何不请他老人家前来指教一番?'我道:'妙谛大师隐居十余年,早已不问世事,就只怕请他不到。'木兄弟道:'我们何不抄录一两张图解,送到少林寺去请他老人家过目?倘若妙谛大师置之不理,只怕这图解也未必有如何了不起的地方。咱们兄弟也就不必再去理会这劳什子了。'我道:'此计大妙,咱们不妨再录一份,送到武当山愚茶道长那里。少林、武当两派的武功各擅胜场,这两位高人定有卓见。'

"当下我二人将这图解中的第一图照式绘了,图旁的小字注解也抄得一字不漏,亲自送到少林寺去。不瞒各位说,我二人初时发见这份古诗图解,略加参研后便大喜若狂,只道但须按图修习,我二人的武功当世再无第三人可以及得上。但越加修习,越多疑难不解,待得决意去少林寺之时,先前那秘籍自珍、坚不示人的心情,早消得干干净净,只要有人能将我二人心中的疑团死结代为解开,纵使将这份图解公诸天下,亦不足惜了。

"到得少林寺后,我和木兄弟将图解的第一式封在信封之中,请知客僧递交妙谛大师。知客僧初时不肯,说道妙谛大师闭关多年,早已与外人不通音问。我二人便各取一个蒲团坐了,堵住了少林寺的大门,直坐了七日七夜,不令寺中僧人出入。知客僧无奈,才将那信递了进去。"

群雄均想:"他说得轻描淡写,但要将少林寺大门堵住七日七夜,当真谈何容易？其间不知经过了多少场龙争虎斗。少林群僧定因无法将他二人逐走,这才被迫传信。"

龙岛主续道:"那知客僧接过信封,我们便即站起身来,离了少林寺,到少室山山脚等候。等不到半个时辰,妙谛大师便即赶到,只问:'在何处?'木兄弟道:'还得去请一个人。'妙谛大师道:'不错,要请愚茶!'

"三人来到武当山上,妙谛大师说道:'我是少林寺妙谛,要见愚茶。'不等通报,直闯进内。想少林寺妙谛大师是何等名声,武当弟子谁也不敢拦阻。我二人跟随其后。妙谛大师走到愚茶道长清修的苦茶斋中,拉开架式,将图解第一式中的诸般姿式演了一遍,一言不发,转身便走。愚茶道长又惊又喜,也不多问,便一齐来到侠客岛上。

"妙谛大师娴熟少林诸般绝艺,愚茶道长剑法通神,那是武林中众所公认的两位顶尖儿人物。他二位一到岛上,便去揣摩图解,第一个月中,他两位的想法尚是大同小异。第二个月时便已歧见丛生。到得第三个月,连他那两位早已淡泊自甘的世外高人,也因对图解所见不合,大起争执,甚至……甚至,唉! 竟尔动起手来。"

群雄大是诧异,有的便问:"这两位高人比武较量,却是谁胜谁败?"

龙岛主道:"妙谛大师和愚茶道长各以从图解上参悟出来的功夫较量,拆到第五招上,两人所悟相同,登时会心一笑,罢手不斗,但到第六招上却又生了歧见。如此时斗时休,转瞬数月,两人参悟所得始终是相同者少而相异者多,然而到底谁是谁非,孰高孰低,却又难言。我和木兄弟详行计议,均觉这图解博大精深,以妙谛大师与愚茶道长如此修为的高人,尚且只能领悟其中一窝,看来若要通解全图,非集思广益不可。常言道得好:三个臭皮匠,抵个诸葛亮。咱们何不广邀天下奇材异能之士同来岛上,各竭心思,一齐参研?

"恰好其时岛上的'断肠蚀骨腐心草'开花,此草若再配以其他佐使之药,熬成热粥,服后于我辈练武之士大有补益,于是我二人派出使者,邀请当世名门大派的掌门人、各教教主、各帮帮主,以及武功上各有异能绝技的名家大豪,来到敝岛喝碗腊八粥,喝过粥后,再请他们去参研图解。"

他这番话,各人只听得面面相觑,将信将疑,人人脸上神色十分古怪。

过了好半晌,丁不四大声道:"如此说来,你们邀人来喝腊八粥,纯是一番好意了?"

龙岛主道:"全是好意,也不见得。我和木兄弟自有一片自私之心,只盼天下的武学高人群集此岛,能助我兄弟解开心中疑团,将武学之道发扬光大,推高一层。但若说对众位嘉宾意存加害,各位可是想得左了。"

丁不四冷笑道:"你这话岂非当面欺人?倘若只是邀人前来共同钻研武学,何以人家不来,你们就杀人家满门?天下哪有如此强凶霸道的请客法子?"

龙岛主点了点头,双掌一拍,道:"取赏善罚恶簿来!"便有八名弟子转入内堂,每人捧了一叠簿籍出来,每一叠都有两尺来高。龙岛主道:"分给各位来宾观看。"众弟子分取簿籍,送到诸人席上。每本簿册上都有黄笺注明某门某派某帮某家等字样。

丁不四拿过来一看,只见笺上写着"六合丁氏"四字,心中不由得一惊:"我兄弟是六合人氏,此事天下少有人知,侠客岛孤悬海外,消息可灵得很啊。"翻将开来,只见注明某年某月某日,丁不三在何处干了何事;某年某月某日,丁不四在何处又干了何事。虽然未能齐备,但自己二十年来的所作所为,凡荦荦大者,簿中都有书明。

丁不四额上汗水涔涔而下,偷眼看旁人时,大都均脸现狼狈尴尬之色,只石破天自顾喝粥,不去理会摆在他面前那本注有"长乐帮"三字的簿册。他一字不识,全不知上面写的是什么东西。

过了一顿饭时分,龙岛主道:"收了赏善罚恶簿。"群弟子分别将簿籍收回。

龙岛主微笑道:"我兄弟分遣下属,在江湖上打听讯息,并非胆敢刺探朋友们的隐私,只是得悉有这么一回子事,便记了下来。凡是给侠客岛剿灭的门派帮会,都是罪大恶极、天所不容之徒。我们虽不敢说替天行道,然而是非善恶,却也分得清清楚楚。在下与木兄弟均想,我们既住在这侠客岛上,所作所为,总须对得住这'侠客'两字才是。我们只恨侠客岛能为有限,不能尽诛普天下的恶徒。各位请仔细想一想,有哪一个名门正派或是行侠仗义的帮会,是因为不接邀请铜牌而给侠客岛诛灭了的?"

隔了半晌,无人置答。

龙岛主道:"因此上,我们所杀之人,其实无一不是罪有应得……"

白自在忽然插口说道:"河北通州聂家拳聂老拳师聂立人,并无什么过恶,何以你们将他满门杀了?"

龙岛主抽出一本簿子,随手轻挥,说道:"威德先生请看。"那簿册缓缓向白自在飞了过去。白自在伸手欲接,不料那簿册突然间在空中微微一顿,猛地笔直坠落,在白自在中指外二尺之处跌向席上。

白自在急忙伸手一抄,才将簿册接住,不致落入席上粥碗之中,当场出丑。簿籍入手,颇有重甸甸之感,不由得心中暗惊:"此人将一本厚只数分的帐簿随手掷出,来势甚缓而力道极劲,远近如意,变幻莫测,实有传说中所谓'飞花攻敌、摘叶伤人'之能。以这般手劲发射暗器,又有谁闪避挡架得了?我自称'暗器第一',这四个字非摘下不可。"

只见簿面上写着"河北通州聂家拳"七字,打开簿子,第一行触目惊心,便是"庚申五月初二,聂宗台在沧州郝家庄奸杀二命,留书嫁祸于黑虎寨盗贼",第二行书道:"庚申十月十七,聂宗泰在济南府以小故击伤刘文质之长子,当夜杀刘家满门一十三人灭口。"聂宗台、聂宗泰都是聂老拳师的儿子,在江湖上颇有英侠之名,想不到暗中竟无恶不作。

白自在沉吟道:"这些事死无对证,也不知是真是假。在下不敢说二位岛主故意滥杀无辜,但侠客岛派出去的弟子误听人言,只怕也是有的。"

张三突然说道:"威德先生既是不信,请你不妨再瞧瞧一件东西。"说着转身入内,随即回出,右手一扬,一本簿籍缓缓向白自在飞去,也是飞到他身前二尺之处,突然下落,手法与龙岛主一般无异。白自在已然有备,伸手抄起,入手的份量却比先前龙岛主掷簿时轻得多了,打了开来,却见是聂家的一本帐簿。

白自在少年时便和聂老拳师相稔,识得他的笔迹,见那帐簿确是聂老拳师亲笔所书,一笔笔都是银钱来往。其中一笔之上注以

"可杀"两个朱字,这两字却是旁人所书。这一笔帐是:"初八,买周家村田八十三亩二分,价银七十两。"白自在心想:"七十两银子买了八十多亩田,这田买得忒也便宜,其中定有威逼强买之情。"

又看下去,见另一笔帐上又写了"可杀"两个朱字,这一笔帐是:"十五,收通州张县尊来银二千五百两。"心想:"聂立人好好一个侠义道,为什么要收官府的钱财,那多半是勾结贪官污吏,欺压良善,做那伤天害理的勾当了。"

一路翻将下去,出现"可杀"二字的不下五六十处,情知这朱笔二字是张三或李四所批,每一笔收支之中,显然都隐藏着卑鄙无耻的狠恶行径,不由得掩卷长叹,说道:"知人知面不知心!这聂立人当真可杀。姓白的倘若早得几年见了这本帐簿,侠客岛就算对他手下留情,姓白的也要杀他全家。"说着站起身来,走到张三身前,双手捧着帐簿还了给他,说道:"佩服,佩服!"

转头向龙木二岛主瞧去,景仰之情,油然而生,寻思:"侠客岛门下高弟,不但武功卓绝,而且行事周密,主持公道。如何赏善我虽不知,但罚恶这等公正,赏善自也妥当。'赏善罚恶'四字,当真名不虚传。我雪山派门下弟子人数虽多,却哪里有张三、李四这等人才?唉,'大宗师'三字,倘再加在白自在头上,宁不令人汗颜?"

龙岛主似猜到了他心中念头,微笑道:"威德先生请坐。先生久居西域,对中原那批衣冠禽兽的所作所为,多有未知,也怪先生不得。"白自在摇摇头,回归己座。

丁不四大声道:"如此说来,侠客岛过去数十年中杀了不少人,那些人都是罪有应得;邀请武林同道前来,用意也只在共同参研武功?"

龙木二岛主同时点头,说道:"不错!"

丁不四又道:"那为什么将来到岛上的武林高手个个都害死了,竟令他们连尸骨也不得还乡?"龙岛主摇头道:"丁先生此言差矣!道路传言,焉能尽信?"丁不四道:"依龙岛主所说,那么这些武林高手,一个都没有死?哈哈,可笑啊,可笑!"

龙岛主仰天大笑,也道:"哈哈,可笑啊,可笑!"

丁不四愕然问道:"有什么可笑?"龙岛主笑道:"丁先生是敝岛贵客。丁先生既说可笑,在下只有随声附和,也说可笑了。"

第十九回

腊八粥

丁不四道："三十年中，来到侠客岛喝腊八粥的武林高手，没有三百，也有两百。龙岛主居然说他们尚都健在，岂非可笑？"

龙岛主道："凡人皆有寿数天年，大限既届，若非大罗金仙，焉得不死？只要并非侠客岛医治不力，更非我们下手害死，也就是了。"

丁不四侧过头想了一会，道："那么在下向龙岛主打听一个人。有一个女子，名叫……名叫这个芳姑，听说二十年前来到了侠客岛上，此人可曾健在？"龙岛主道："这位女侠姓什么？多大年纪？是哪一个门派帮会的首脑？"丁不四道："姓什么……这可不知道了，本来是应该姓丁的……"

那蒙面女子突然尖声说道："就是他的私生女儿。这姑娘可不跟爷姓，她跟娘姓，叫作梅芳姑。"丁不四脸上一红，道："嘿嘿，姓梅就姓梅，用不着这般大惊小怪。她……她今年约莫四十岁……"那女子尖声道："什么约莫四十岁？是三十九岁。"丁不四道："好啦，好啦，是三十九岁。她也不是什么门派的掌门，更不是什么帮主教主，只不过她学的梅花拳，天下只她一家，多半是请上侠客岛来了。"

木岛主摇头道："梅花拳？没资格。"那蒙面女子尖声道："梅花拳为什么没资格？我……我这不是收到了你们的邀宴铜牌？"木岛主摇头道："不是梅花拳。"

龙岛主道："梅女侠，我木兄弟说话简洁，不似我这等啰唆。他意思说，我们邀请你来侠客岛，不是为了梅女侠的家传梅花拳，而是在于你两年来新创的那套剑法。"

那姓梅女子奇道："我的新创剑法，从来没人见过，你们又怎地知道？"她说话声音十分尖锐刺耳，令人听了甚不舒服，话中含了惊奇之意，更是难听。

龙岛主微微一笑，向两名弟子各指一指。那两名弟子一个着黄衫、一个着青衫，立即踏上几步，躬身听令。龙岛主道："你们将梅女侠新创的这套剑法试演一遍，有何不到之处，请梅女侠指正。"

两名弟子应道："是。"走向倚壁而置的一张几旁。黄衫弟子在几上取过一柄铁剑，青衫弟子取过一条软鞭，向那姓梅女子躬身说道："请梅女侠指教。"随即展开架式，纵横击刺，斗了起来。厅上群豪都是见闻广博之人，但黄衫弟子所使的这套剑法却是从所未见。

那女子不住口道："这可奇了，这可奇了！你们几时偷看到的？"

石破天看了数招，心念一动："这青衫人使的，可不是丁不四爷爷的金龙鞭法么？"果然听得丁不四大声叫了起来："喂，你创了这套剑法出来，针对我的金龙鞭法，那是什么用意？"那青衫弟子使的果然正是金龙鞭法，但一招一式，都遭黄衫弟子的新奇剑法所克制。那蒙面女子冷笑数声，并不回答。

丁不四越看越怒，喝道："想凭这剑法抵挡我金龙鞭法，只怕还差着一点。"一句话刚出口，便见那黄衫弟子剑法一变，招招十分刁钻古怪，阴毒狠辣，简直有点下三滥味道，绝无丝毫名家风范。

丁不四叫道："胡闹，胡闹！那是什么剑法？呸，这是泼妇剑法。"心中却不由得暗暗吃惊："倘若真和她对敌，陡然间遇上这等下作打法，只怕便着了她道儿。"然而这等阴毒招数毕竟只合用于偷袭暗算，不宜于正大光明的相斗，丁不四心下虽惊讶不止，但一面却也暗自欣喜："这种下流撒泼的招数倘若骤然向我施为，确然不易挡架，但既给我看过了一次，那就毫不足畏了。旁门左道之术，终究是可一而不可再。"

风良、高三娘子、吕正平、范一飞四人曾在丁不四手下吃过大苦头，眼见他这路金龙鞭法给对方层出不穷的怪招克制得缚手缚脚，都忍不住大声喝采。

丁不四怒道："叫什么好？"风良笑道："我是叫丁四爷子金龙鞭法的好！"高三娘子笑道："金龙鞭法妙极。气死我了，气死我了，气死我了！"连叫三声"气死我了"，学的便是那日丁不四在饭店中挑衅生事之时的口吻。

那青衫弟子一套金龙鞭法使了大半，突然挥鞭舞个圈子。黄衫弟子便即收招。青衫弟子将软鞭放回几上，空手又和黄衫弟子斗将起来。

看得招数，石破天"咦"的一声，说道："丁家的拳脚。"原来青衫弟子所使的，竟是丁不三的擒拿手，以及丁不四教过他的各种拳脚。什么"凤尾手"、"虎爪手"、"玉女拈针"、"夜叉锁喉"等等招式，全是丁珰在长江船上曾经教过他的，连丁不四用来避开和他比拼内劲的那招"天王托塔"，也都使了出来。

丁不四更加恼怒，大声说道："姓梅的，你冲着我兄弟而来，到底是什么用意？这……这……这不是太也莫名其妙么？"在他心中，自然知道那姓梅的女子处心积虑,要报复他对她姊姊始乱终弃的负心之罪。

　　眼见那黄衫弟子克制丁氏拳脚的剑法阴狠毒辣,什么撩阴挑腹、剜目戳臀,无所不至,但那青衫弟子尽也抵挡得住。突然之间,那黄衫弟子横剑下削,青衫弟子跃起闪避。黄衫弟子抛下手中铁剑,双手拦腰将青衫弟子抱住,一张口,咬住了他咽喉。

　　丁不四惊呼:"啊哟!"这一口似乎便咬在他自己喉头一般。他一颗心怦怦乱跳,知道这一抱一咬,配合得太过巧妙,自己万万躲避不过。

　　青衫弟子放开双臂,和黄衫弟子同时躬身,向丁不四及那蒙面女子道:"请丁老前辈、梅女侠指正。"再向龙木二岛主行礼,拾起铁剑,退入原来行列。

　　姓梅的女子尖声说道:"你们暗中居然将我手创的剑法学去了七八成,倒也不容易得很。可是这么演了给他看过,那……那可……"

　　丁不四怒道:"这种功夫不登大雅之堂,乱七八糟,不成体统,有什么难学?"白自在插口道:"什么不成体统? 你丁不四倘若乍然相遇,手忙脚乱之下,身上十七八个窟窿也给人家刺穿了。"丁不四怒道:"你倒来试试。"白自在道:"总而言之,你不是梅女侠的敌手。她在你喉头咬这一口,你本领再强十倍,也决计避不了。"

　　姓梅的女子尖声道:"谁要你讨好了? 我和史小翠比,却又如何?"白自在道:"差得远了。我夫人不在此处,我夫人的徒儿却到了侠客岛上,喂,孙女婿,你去跟她比比。"

　　石破天道:"我看不必比了。"那姓梅女子问道:"你是史小翠的徒儿?"石破天道:"是。"那女子道:"怎么你又是他的孙女婿? 没上没下,乱七八糟,一窝子的狗杂种,是不是?"石破天道:"是,我是狗杂种。"那女子一怔,忍不住尖声大笑。

　　木岛主道:"够了!"虽只两个字,声音却十分威严。那姓梅女子一呆,登时止声。

　　龙岛主道:"梅女侠这套剑法,平心而论,自不及丁家武功的精奥。不过梅女侠能自创新招,天资颖悟,这些招术中又有不少异想天开之处,因此我们邀请来到敝岛,盼能对那古诗的图解提出新见。至于梅花拳么,那是祖传之学,也还罢了。"

梅女侠道："如此说来,梅芳姑没来到侠客岛?"龙岛主摇头道："没有。"梅女侠颓然坐倒,喃喃的道："我姊姊……我姊姊临死之时,就是挂念她这个女儿……"

龙岛主向站在右侧第一名的黄衫弟子道："你给她查查。"

那弟子道："是。"转身入内,捧了几本簿子出来,翻了几页,伸手指着一行字,朗声读道："梅花拳掌门梅芳姑,生父姓丁,即丁……(他读到这里,含糊其词,人人均知他是免得丁不四难堪)……自幼随母学艺,十八岁上……其后隐居于豫西卢氏县与陕东商州之间熊耳山之枯草岭。"

丁不四和梅女侠同时站起,齐声说道："她是在熊耳山中? 你怎知道?"

那弟子道："我本来不知,是簿上这么写的。"

丁不四道："连我也不知,这簿子上又怎知道?"

龙岛主朗声道："侠客岛不才,以维护武林正义为己任,赏善罚恶,秉公施行。武林朋友的所作所为,一动一静,我们自当详加记录,以凭查核。"

那姓梅女子道："原来如此。那么芳姑她……她是在熊耳山的枯草岭中……"凝目向丁不四瞧去。只见他脸有喜色,但随即神色黯然,长叹一声。那姓梅女子也轻轻叹息。两人均知,虽然获悉了梅芳姑的下落,今生今世却再也无法见她一面了。

石破天转身向石壁瞧去，不由得骇然失色。只见石壁上一片片石屑正自慢慢跌落，满壁的蝌蚪文字也已七零八落，残破断缺。

第二十回　"侠客行"

"赵客缦胡缨,吴钩霜雪明。银鞍照白马,飒沓如流星。
十步杀一人,千里不留行。事了拂衣去,深藏身与名。
闲过信陵饮,脱剑膝前横。将炙啖朱亥,持觞劝侯嬴。
三杯吐然诺,五岳倒为轻。眼花耳热后,意气素霓生。
救赵挥金锤,邯郸先震惊。千秋二壮士,烜赫大梁城。
纵死侠骨香,不惭世上英。谁能书阁下,白首太玄经?"

龙岛主道:"众位心中尚有什么疑窦,便请直言。"

白自在道:"龙岛主说是邀我们来看古诗图解,那到底是什么东西,便请赐观如何?"

龙岛主和木岛主一齐站起。龙岛主道:"正要求教于各位高明博雅君子。"

四名弟子走上前来,抓住两块大屏风的边缘,向旁缓缓拉开,露出一条长长的甬道。龙木二岛主齐声道:"请!"当先领路。

群雄均想:"这甬道之内,定是布满了杀人机关。"不由得都脸上变色。白自在道:"孙女婿,咱爷儿俩打头阵。"石破天道:"是!"白自在携着他手,当先而行,口中哈哈大笑,笑声之中却不免有些颤抖。余人料想在劫难逃,一个个跟随在后。有十余人坐在桌旁始终不动,侠客岛上的众弟子侍仆却也不加理会。

白自在等行出十余丈,来到一道石门之前,门上刻着三个斗大

481

古隶:"侠客行"。石破天自然不识,也不以为意。

一名黄衫弟子上前推开石门,说道:"洞内有二十四座石室,各位可请随意来去观看,看得厌了,可到洞外散心。一应饮食,每间石室中均有置备,各位随意取用,不必客气。"

丁不四冷笑道:"一切都是随意,可客气得很啊。就是不能'随意离岛',是不是?"

龙岛主哈哈大笑,说道:"丁先生何出此言? 各位来到侠客岛是出于自愿,若要离去,又有谁敢强留? 海滩边大船小船一应俱全,各位何时意欲归去,尽可自便。"

群雄一怔,没想到侠客岛竟如此大方,去留任意,当下好几个人齐声问道:"我们现下就要去了,可不可以?"龙岛主道:"自然可以啊,各位当我和木兄弟是什么人了? 我们待客不周,已感惭愧,岂敢强留嘉宾?"群雄心下一宽,均想:"既然如此,待看了那古诗图解是什么东西,便即离去。他说过不强留宾客,以他的身分,总不能说过了话不算。"

各人络绎走进石室,只见东面是块打磨光滑的大石壁,石壁旁点燃着八根大火把,照耀明亮。壁上刻得有图有字。石室中已有十多人,有的注目凝思,有的打坐练功,有的闭着双目喃喃自语,更有三四人在大声争辩。桌上放了不少空着的大瓷碗,当是盛过腊八粥而给石室中诸人喝空了的。

白自在陡然见到一人,向他打量片刻,惊道:"温三兄,你……你……你在这里?"

这个不住在石室中打圈的黑衫老者温仁厚,是山东八仙剑的掌门,和白自在交情着实不浅。然而他见到白自在时并不如何惊喜,只淡淡一笑,说道:"怎么到今天才来?"

白自在道:"十年前我听说你让侠客岛邀来喝腊八粥,只道你……只道你早就仙去了,曾大哭了几场,哪知道……"温仁厚道:"我好端端在这里研习上乘武功,怎么就会死了? 可惜,可惜你来得迟了。你瞧,这第一句'赵客缦胡缨',其中对这个'胡'字的注解说:'胡者,西域之人也。新唐书承乾传云:数百人习音声学胡人,椎髻剪彩为舞衣……'"一面说,一面指着石壁上的小字注解,读给白自在听。

白自在乍逢良友，心下甚喜，既急欲询问别来种切，又要打听岛上情状，问道："温三兄，这十年来你起居如何？怎地也不带个信到山东家中？"

温仁厚瞪目道："你说什么？这'侠客行'的古诗图解，包蕴古往今来最最博大精深的武学秘奥，咱们竭尽心智，尚自不能参悟其中十之一二，哪里还能分心去理会世上俗事？你看图中此人，绝非燕赵悲歌慷慨的豪杰之士，却何以称之为'赵客'？要解通这一句，自非先明白这重要关键不可。"

白自在转头看壁上绘的果是个青年书生，左手执扇，右手飞掌，神态甚是优雅潇洒。

温仁厚道："白兄，我最近揣摩而得，图中人儒雅风流，本该是阴柔之象，注解中却说：'须从威猛刚强处着手'，那当然说的是阴柔为体、阳刚为用，这倒不难明白。但如何为'体'，如何为'用'，中间实有极大学问。"

白自在点头道："不错。温兄，这是我的孙女婿，你瞧他人品还过得去罢？小子，过来见过温三爷爷。"

石破天走近，向温仁厚跪倒磕头，叫了声："温三爷爷。"温仁厚道："好，好！"但正眼也没向他瞧上一眼，左手学着图中人的姿式，右手突然发掌，呼的一声，直击出去，说道："左阴右阳，阴阳共济，多半是这道理了。"石破天心道："这温三爷爷的掌力好生了得。"

白自在诵读壁上所刻注解："庄子说剑篇云：'太子曰：吾王所见剑士，皆蓬头突鬓，垂冠，缦胡之缨，短后之衣。'司马注云：'缦胡之缨，谓粗缨无文理也。'温兄，'缦胡'二字应当连在一起，'缦胡'就是粗糙简陋，'缦胡缨'是说他头上所戴之缨并不精致，并非说他戴了胡人之缨。这个'胡'字，是胡里胡涂之胡，非西域胡人之胡。"

温仁厚摇头道："不然，你看下一句注解：'左思魏都赋云：缦胡之缨。注：铣曰，缦胡，武士缨名。'这是一种武士所戴之缨，可粗陋，也可精致。前几年我曾向凉州果毅门掌门人康昆请教过，他是西域胡人，于胡人之事无所不知。他说胡人武士冠上有缨，那形状是这样……"说着蹲了下来，用手指在地下画图示形。

白自在又读壁上所刻注解道："成玄瑛疏云：'曼胡之缨，谓屯项抹额也。'权德舆文集中有云：'比屋之人，被缦胡而挥孟劳'，孟劳是宝刀名,缦胡可被,乃衣之一种,非缨也。照成玄瑛的解释,那是连帽子的披风,《谷梁传》中就有了,跟胡人并不相干……"

石破天听他二人议论不休,自己全然不懂,石壁上的注解又一字不识,听了半天,全无趣味,便即离去,信步来到第二间石室。一进门便见剑气纵横,七对人各使长剑,正在较量,剑刃撞击,铮铮不绝。这些人所使剑法似各不相同,但变幻奇巧,显然均极精奥。

只见两人拆了数招,便即罢斗,一个白须老者说道:"老弟,你刚才这一剑设想虽奇,但你要记得,这一路剑法的总纲,乃'吴钩霜雪明'五字。吴钩者,弯刀也,出剑之时,总须念念不忘'弯刀'二字,否则不免失了本意。以刀法运剑,那并不难,但当使直剑如弯刀,直中有曲,曲中有直,方是'吴钩霜雪明'这五字的宗旨。"

另一个黑须老者摇头道:"大哥,你却忘了另一个要点。你瞧壁上的注解说:鲍照乐府:'锦带佩吴钩',又李贺诗云:'男儿何不带吴钩'。这个'佩'字,这个'带'字,才是诗中最要紧的关键所在。吴钩虽是弯刀,却是佩带在身,并非拿出来使用。那是说剑法之中当隐含吴钩之势,圆转如意,却不是真的弯曲。"白须老者道:"然而不然。'吴钩霜雪明',精光闪亮,就非入鞘之吴钩,利器佩带在身而不入鞘,焉有是理?"

石破天不再听二人争执,走到另外二人身边,见那二人斗得极快,一个剑招凌厉,着着进攻,另一个却以长剑不住划着圆圈,将对方剑招尽数挡开。骤然间铮的一声响,双剑齐断,两人同时向后跃开。

那身材魁梧的黑脸汉子道:"这壁上的注解说道:白居易诗云:'勿轻直折剑,犹胜曲全钩。'可见我这直折之剑,方合石壁注文原意。"

另一个是个老道,石破天认得他便是上清观的掌门人天虚道人,是石庄主夫妇的师兄。石破天心下凛凛,生怕他见了自己便会生气,哪知他竟似没见到自己,手中拿着半截断剑,不住摇头,说道:"'吴钩霜雪明'是主,'犹胜曲全钩'是宾。喧宾夺主,必非正道。"

石破天听他二人又宾又主的争了半天,自己一点不懂,举目又去瞧西首一男一女比剑。

这男女两人出招十分缓慢,每出一招,总是比来比去,有时男的侧头凝思半晌,有时女的将一招剑招使了八九遍犹自不休,显然二人不是夫妇,便是兄妹,又或是同门,相互情谊甚深,正在齐心合力的钻研,绝无半句争执。

石破天心想:"跟这二人学学,多半可以学到些精妙剑法。"慢慢的走将过去。

只见那男子凝神运气,挺剑斜刺,刺到半途,便即收回,摇了摇头,神情甚是沮丧,叹了口气,道:"总是不对。"

那女子安慰他道:"远哥,比之五个月前,这一招可大有进境了。咱们再想想这一条注解:'吴钩者,吴王阖庐之宝刀也。'为什么吴王阖庐的宝刀,与别人的宝刀就有不同?"那男子收起长剑,诵读壁上注解道:"'吴越春秋云:阖庐既宝莫邪,复命于国中作金钩,令曰:能为善吴钩者,赏之百金。吴作钩者甚众。而有人贪王之重赏也,杀其二子,以血衅金,遂成二钩,献于阖庐。'倩妹,这故事甚是残忍,为了吴王百金之赏,竟杀死了自己的两个儿子。"那女子道:"我猜想这'残忍'二字,多半是这一招的要诀,须当下手不留余地,纵然是亲生儿子,也要杀了。否则壁上的注释文字,何以特地注明这一节。"

石破天见这女子不过四十来岁年纪,容貌清秀,但说到杀害亲子之时,竟全无凄恻之心,不愿再听下去。举目向石壁瞧去,见壁上密密麻麻的刻满了字,但见千百文字之中,有些笔划宛然便是一把把长剑,共有二三十把。

这些剑形或横或直,或撇或捺,在识字之人眼中,只是一个字中的一笔,但石破天既不识字,见到的却是一把把长长短短的剑,有的剑尖朝上,有的向下,有的斜起欲飞,有的横掠欲堕,石破天一把剑一把剑的瞧将下来,瞧到第十二柄剑时,突然间右肩"巨骨穴"间一热,有一股热气蠢蠢欲动,再看第十三柄剑时,热气顺着经脉,到了"五里穴"中,再看第十四柄剑时,热气跟着到了"曲池穴"中。热气越来越盛,从丹田中不断涌将上来。

石破天暗自奇怪:"我自从练了木偶身上的经脉图之后,内力大盛,但从不像今日这般劲急,肚子里好似火烧一般,只怕是那腊八粥的毒性发作了。"他不由得有些害怕,再看石壁上所绘剑形,内力便自行按着经脉运行,腹中热气缓缓散之于周身穴道,当下自第一柄剑从头看起,顺着剑形而观,心内存想,内力流动不息,如川之行。从第一柄剑看到第二十四柄时,内力也自"迎香穴"而至"商阳穴"运行了一周。

他暗自寻思："原来这些剑形与内力的修习有关，只可惜我不识得壁上文字，否则依法修习，倒可学到一套剑法。是了，白爷爷尚在第一室中，我去请他解给我听。"

于是回到第一室中，只见白自在和温仁厚二人手中各执一柄木剑，拆几招，辩一阵，又指着石壁上文字，各持己见，互指对方的谬误。

石破天拉拉白自在的衣袖，问道："爷爷，那些字说些什么？"

白自在解了几句。温仁厚插口道："错了，错了！白兄，你武功虽高，但我在此间已有十年，难道这十年功夫都是白费的？总有些你没领会到的心得罢？"白自在道："武学犹如佛家的禅宗，十年苦参，说不定还不及一夕顿悟。我以为这一句的意思是这样……"温仁厚连连摇头，道："大谬不然。"

石破天听二人争辩不休，心想："壁上文字的注解如此难法，刚才龙岛主说，他们邀请了无数高手、许多极有学问的人来商量，几十年来，仍弄不明白。我只字不识，何必去跟他们一同伤脑筋？"

在石室中信步来去，只听得东一簇、西一堆的人个个议论纷纭，各抒己见，要找个人来闲谈几句也不可得，独自甚为无聊，又去观看石壁上的图形。

他在第二室中观看二十四柄剑形，发觉长剑的方位指向，与体内经脉暗合，这第一图中却只一个青年书生，并无其他图形。看了片刻，觉得图中人右袖挥出之势飘逸好看，不禁多看了一会，突然间只觉得右胁下"渊腋穴"上一动，一道热线沿着"足少阳胆经"，向着"日月"、"京门"二穴行去。

他心中一喜，再细看图形，见构成图中人身上衣折、面容、扇子的线条，一笔笔均有贯串之意，当下顺着气势一路观将下来，果然自己体内的内息也依照线路运行。寻思："图画的笔法与体内经脉相合，想来这是最粗浅的道理，这里人人皆知。只是那些高深武学我没法领会，左右无事，便如当年照着泥偶身上线路练功一般，在这里练些粗浅功夫玩玩，等白爷爷领会了上乘武学，咱们便一起回去啦。"

寻到了图中笔法的源头，依势练了起来。这图形的笔法与世上书画大不相同,笔划顺逆颇异常法,好在他从来没学过写字,自不知无论写字画图,每一笔都该自上而下、自左而右,虽然勾挑是自下而上,曲撇是自右而左,然而均系斜行而非直笔。这图形中却是自下而上、自右向左的直笔甚多,与书画笔意往往截然相反,拗拙非凡。他可丝毫不以为怪,照样习练。换作一个学写字写过几十天的蒙童,便决计不会顺着如此的笔路存想了。

图中笔画上下倒顺,共八十一笔。石破天练了三十余笔后,腹中觉饥,见石室四角几上摆满面点茶水,便过去吃喝一阵,到外边厕所中小解了,回来又依着笔路照练。

石室中灯火明亮,他倦了便倚壁而睡,饿了伸手便取糕饼而食,也不知过了多少时候,已将第一图的八十一笔内功记得纯熟,去寻白自在时,已不在室中。

石破天微感惊慌,叫道:"爷爷,爷爷!"奔到第二室中,一眼便见白自在手持木剑,正和一位童颜鹤发的老道斗剑。两人剑法似乎都甚钝拙,但双剑上发出嗤嗤声响,乃各以上乘内力注入了剑招之中。只听得呼一声大响,白自在手中木剑脱手飞出,那老道手中的木剑却也断为两截。两人同时退开两步。

那老道微微一笑,说道:"威德先生,你天授神力,老道甘拜下风。然而咱们比的是剑法,可不是比内力。"白自在道:"愚茶道长,你剑法比我高明,我是佩服的。但这是你武当派世传的武学,却不是石壁上剑法的本意。"愚茶道人敛起笑容,点了点头,道:"依你说却是如何?"白自在道:"这一句'吴钩霜雪明'这个'明'字,大有道理……"

石破天走到白自在身畔,说道:"爷爷,咱们回去了,好不好?"白自在奇道:"你说什么?"石破天道:"这里龙岛主说,咱们什么时候想走,随时可以离去。海滩边有许多船只,咱们可以走了。"白自在怒道:"胡说八道!为什么这样心急?"

石破天见他发怒,有些害怕,说道:"婆婆在那边等你呢,她说要等你三个月,只等到三月初八。倘若三月初八还不见你回去,她便要投海自尽。"白自在一怔,道:"三月初八?咱们是腊月初八到的,还只过了两三天,日子长着呢,怕什么?慢慢再回去好了。"

石破天挂念着阿绣,回想到那日她站在海滩上送别,神色忧愁,情切关心,真正互相当是"心肝宝贝",恨不得插翅便飞了回去,但见白自在全心全意沉浸于这石壁武学,实无丝毫去意,总不能舍他自回,不敢再说,信步走到第三座石室。

一踏进石室,便觉风声劲急,三个劲装老者展开轻功,正在迅速异常的奔行。这三人奔得快极,只带得满室生风。三人脚下追逐奔跑,口中却不停说话,语气甚为平静,足见内功修为都是甚高,竟不因疾驰而令呼吸急促。

只听第一个老者道:"这一首'侠客行'乃大诗人李白所作。但李白是诗仙,却不是剑仙,何以短短一首二十四句的诗中,却含有武学至理?"第二人道:"创制这套武功的才是一位震古铄今、不可企及的武学大宗师。他老人家不过借用了李白这首诗,来抒写他的神奇武功。咱们不可太钻牛角尖,拘泥于李白这首'侠客行'的诗意。"

第三人道:"纪兄之言虽极有理,但这句'银鞍照白马',如离开了李白的诗意,便不可索解。"第一个老者道:"是啊。不但如此,我以为还得和第四室中那句'飒沓如流星'连在一起,方为正解。解释诗文固不可断章取义,咱们研讨武学,也不能断章取义才是。"

石破天暗自奇怪,他三人商讨武功,为何不坐下来慢慢谈论,却如此足不停步的你追我赶?但片刻之间便即明白了。只听那第二个老者道:"你既自负于这两句诗所悟比我为多,为何用到轻功之上,却也不过尔尔,始终追我不上?"第一个老者笑道:"难道你又追得我上了?"只见三人越奔越急,衣襟带风,连成了一个圆圈,但三人相互间距离始终不变,显是三人功力相若,谁也不能稍有超越。

石破天看了一会,转头去看壁上所刻图形,见画的是一匹骏马,昂首奔行,脚下云气弥漫,便如是在天空飞行一般。他照着先前法子,依着那马的去势存想,内息却毫无动静,心想:"这幅图中的功夫,和第一二室中的又自不同。"

再细看马足下的云气,只见一团团云雾似乎在不断向前推涌,直如意欲破壁飞出,他看得片刻,内息翻涌,不由自主的拔足便奔。他绕了一个圈子,向石壁上的云气瞧了一眼,内息推动,又绕了一个圈,只是他没学过轻功,足步踉跄,姿式歪歪斜斜的十分拙劣,奔行又远不如那三个老者迅速。三个老者每绕七八个圈子,他才绕了一个圈子。

耳边厢隐隐听得三个老者出言讥嘲:"哪里来的少年,竟也来学咱们一般奔跑？哈哈,这算什么样子?""这般的轻功,居然也想来钻研石壁上的武功? 嘿嘿!""人家醉八仙的醉步,那也是自有规范的高明武功,这个小兄弟的醉九仙,可太也滑稽了。"

石破天面红过耳,停下步来,但向石壁看了一会,不由自主的又奔跑起来。转了八九个圈子之后,全神贯注的记忆壁上云气,那三个老者的讥笑已一句也没听进耳中。

也不知奔了多少圈子,待得将一团团云气的形状记在心里,停下步来,那三个老者已不知去向,身边却另有四人,手持兵刃,模仿壁上飞马的姿式,正在互相击刺。

这四人出剑狠辣,口中都念念有词,诵读石壁上的口诀注解。一人道:"银光灿烂,鞍自平稳。"另一人道:"'照'者居高而临下,'白'则皎洁而渊深。"又一人道:"天马行空,瞬息万里。"第四人道:"李商隐文:'手为天马,心为国图。'韵府:'道家以手为天马',原来天马是手,并非真的是马。"

石破天心想:"这些口诀甚为深奥,我是弄不明白的。他们在这里练剑,少则十年,多则三十年。我怎能等这么久? 反正没时候多待,随便瞧瞧,也就是了。"

当下走到第四室中,壁上绘的是"飒沓如流星"那一句的图谱,他自去参悟修习。

"侠客行"一诗共二十四句,即有二十四间石室图解。他游行诸室,不识壁上文字,只从图画中去修习内功武术。第五句"十步杀一人",第十句"脱剑膝前横",第十七句"救赵挥金锤",每一句都是一套剑法。第六句"千里不留行",第七句"事了拂衣去",第八句"深藏身与名",每一句都是一套轻身功夫。第九句"闲过信陵饮",第十四句"五岳倒为轻",第二十一句"纵死侠骨香",各是一套拳法掌法。第十三句"三杯吐然诺",第十六句"意气素霓生",第二十句"烜赫大梁城",则是吐纳呼吸的内功。

他有时学得极快,一天内学了两三套,有时却连续十七八天都未学全一套。一经潜心武学,浑忘了时光流转,也不知过了多少日子,终于修毕了二十三间石室中壁上的图谱。

他每学完一幅图谱,心神宁静下来,便去催促白自在回去。但白自在对石壁上武学所知渐多,越来越沉迷,一见石破天过来催请,便即破口大骂,说他扰乱心神,耽误了钻研功夫,到后来更挥拳便打,不许他近身说话。

石破天无奈,去和范一飞、高三娘子等商量,不料这些人也一般的如痴如狂,全心都沉浸在石壁武学之中,拉着他相告,这一句的诀窍在何处,那一句的注释又怎么。

石破天惕然心惊:"龙木二岛主邀请武林高人前来参研武学,本是任由他们自归,但三十年来竟没一人离岛,足见石壁上的武学迷人极深。幸好我武功既低,又不识字,决不会像他们那样留恋不去。"因此范一飞他们一番好意,要将石壁上的文字解给他听,他却只听得几句便即走开,再也不回头,把听到的说话赶快忘记,想也不敢去想。

屈指计算,到侠客岛后已逾两个半月,再过数天,非动身回去不可,心想二十四座石室我已看过了二十三座,再到最后一座去看上一两日,图形倘若太难,便来不及学了,要是爷爷一定不肯走,自己只有先回去,将岛上情形告知史婆婆等众人,免得他们放心不下。好在任由爷爷留岛钻研武功,那也绝无凶险。当下走到第二十四室之中。

走进室门,只见龙岛主和木岛主盘膝坐在锦垫之上,面对石壁,凝神苦思。

石破天对这二人心存敬畏,不敢走近,远远站着,举目向石壁瞧去,一看之下,微感失望,原来二十三座石室壁上均有图形,这最后一室却仅刻文字,并无图画。

他想:"这里没图画,没什么好看,我去跟爷爷说,我今天便回去了。"想到数日后便可和阿绣、石清、闵柔等人见面,心中说不出的欢喜,当即跪倒,向两位岛主拜了几拜,说道:"多承二位岛主款待,又让我见识石壁上的武功,十分感谢。小人今日告辞。"

龙木二岛主浑不理睬,只凝望着石壁出神,于他的说话跪拜似乎全然不闻不见。石破天知道修习高深武功之时,人人如此全神贯注,倒也不以为忤。顺着二人目光又向石壁瞧了一眼,突然之间,只觉壁上那些文字一个个似在盘旋飞舞,不由得感到一阵晕眩,站立不定,似欲摔倒。

他定了定神,再看这些字迹时,脑中又是一阵晕眩。他转开目光,心想:"这些字怎地如此古怪,看上一眼,便会头晕?"好奇心起,注目又看,只见字迹的一笔一划似乎都变成了一条条蝌蚪,在壁上蠕蠕欲动,但若凝目只看一笔,这蝌蚪却又不动了。

他幼时独居荒山,每逢春日,常在山溪中捉了许多蝌蚪,养在峰上积水而成的小池中,看它们生脚脱尾,变成青蛙,跳出池塘,阁阁之声吵得满山皆响,解除了不少寂寞。此时便如重逢儿时的游伴,欣喜之下,细看一条条蝌蚪的情状。只见无数蝌蚪或上窜、或下跃,姿态各不相同,甚是有趣。

他看了良久,陡觉背心"至阳穴"上内息一跳,心想:"原来这些蝌蚪看似乱钻乱游,其实还是和内息有关。"看另一条蝌蚪时,背心"悬枢穴"上又是一跳,然而从"至阳穴"至"悬枢穴"的一条内息却串连不起来;转目去看第三条蝌蚪,内息却全无动静。

忽听得身旁一个冷冷的声音说道:"石帮主注目《太玄经》,原来是位精通蝌蚪文的大方家。"石破天转过头来,见木岛主一双照耀如电的目光正瞧着自己,不由得脸上一热,忙道:"小人一个字也不识,只是瞧这些小蝌蚪十分好玩,便多看了一会。"

木岛主点头道:"这就是了,这部《太玄经》以古蝌蚪文写成,我本来正自奇怪,石帮主年纪轻轻,居然有此奇才,识得这等古奥文字。"石破天讪讪的道:"那我不看了,不敢打扰两位岛主。"木岛主道:"你不用去,尽管在这里看便是,也打扰不了咱们。"说着闭上了双目。

石破天待要走开,却想如此便即离去,只怕木岛主要不高兴,再瞧上片刻,然后出去便了。转头再看壁上的蝌蚪时,小腹上的"中注穴"突然剧烈一跳,不禁全身为之震动,寻思:"这些小蝌蚪当真奇怪,还没变成青蛙,就能这么大跳而特跳。"不由得童心大盛,一条条蝌蚪的瞧去,遇到身上穴道猛烈跃动,觉得甚是好玩。

壁上所绘小蝌蚪成千成万,有时碰巧,两处穴道的内息连在一起,便觉全身舒畅。他看得兴发,早忘了木岛主的言语,自行找寻合适的蝌蚪,将各处穴道中的内息串连起来。

但壁上蝌蚪不计其数,要将全身数百处穴道串成一条内息,那是谈何容易?石室之中不见天日,惟有灯火,自然不知日夜,只是腹饥便去吃面,吃了八九餐后,串连的穴道渐多。

但这些小蝌蚪似乎一条条的都移到了体内经脉穴道之中，又像变成了一只只小青蛙，在他四肢百骸间到处跳跃。他既觉有趣，又感害怕，只有将几处穴道连了起来，其中内息的动荡跳跃才稍为平息，然而一穴方平，一穴又动，他犹似着迷中魔一般，只凝视石壁上的文字，直到倦累不堪，这才倚墙而睡，醒转之后，目光又让壁上千千万万小蝌蚪吸了过去。

如此痴痴迷迷的饥了便吃，倦了便睡，余下来的时光只瞧着那些小蝌蚪，有时见到龙木二岛主投向自己的目光甚为奇异，心中羞愧之念也是一转即过，随即不复留意。

也不知是哪一天上，突然之间，猛觉内息汹涌澎湃，顷刻间冲破了七八个窒滞之处，竟如一条大川般急速流动起来，自丹田而至头顶，自头顶又至丹田，越流越快。他惊惶失措，一时间没了主意，不知如何是好，只觉四肢百骸之中都是无可发泄的力气，顺手便将"五岳倒为轻"这套掌法使将出来。

掌法使完，精力愈盛，右手虚执空剑，便使"十步杀一人"的剑法，手中虽然无剑，剑招却源源而出。

"十步杀一人"的剑法尚未使完，全身肌肤如欲胀裂，内息不由自主的依着"赵客缦胡缨"那套经脉运行图谱转动，同时手舞足蹈，似是大欢喜，又似大苦恼。"赵客缦胡缨"既毕，接下去便是"吴钩霜雪明"，他更不思索，石壁上的图谱一幅幅在脑海中自然涌出，自"银鞍照白马"直到第二十三句"谁能书阁下"，一气呵成的使了出来，其时剑法、掌法、内功、轻功，尽皆合而为一，早已分不出是掌是剑。

待得"谁能书阁下"这套功夫演完，只觉气息逆转，便自第二十二句"不惭世上英"倒使上去，直练至第一句"赵客缦胡缨"。他情不自禁的纵声长啸，霎时之间，谢烟客所传的炎炎功、自木偶体上所学的内功、从雪山派群弟子练剑时所见到的雪山剑法、丁珰所授的擒拿法、石清夫妇所授的上清观剑法、丁不四所授的诸般拳法掌法、史婆婆所授的金乌刀法，都纷至沓来，涌向心头。他随手挥舞，已不按次序，但觉不论是"将炙啖朱亥"也好，是"脱剑膝前横"也好，皆能随心所欲，既不必存想内息，亦不须记忆招数，石壁上的千百种招式，自然而然的从心中传向手足。

他越演越是心欢，忍不住哈哈大笑，叫道："妙极！"

忽听得两人齐声喝采："果然妙极！"

石破天一惊，停手收招，只见龙岛主和木岛主各站在室角之中，满脸惊喜的望着他。石破天忙道："小人不分轻重的胡闹，请两位见谅。"心想："这番可糟糕了。我在这里乱动乱叫，可打扰了两位岛主用功。"不由得甚是惶恐。

只见两位岛主满头大汗淋漓，全身衣衫尽湿，站身之处的屋角落中也尽是水渍。

龙岛主道："石帮主天纵奇才，可喜可贺，受我一拜。"说着便拜将下去。木岛主跟着拜倒。

石破天大惊，急忙跪倒，连连磕头，只磕得咚咚有声，说道："两位如此……这个……客气，这……这可折杀小人了。"

龙岛主道："石帮主……请……请起……"

石破天站起身来，只见龙岛主欲待站直身子，忽然晃了两晃，坐倒在地。木岛主双手据地，也站不起来。石破天惊道："两位怎么了？"忙过去扶龙岛主坐好，又将木岛主扶起。龙岛主摇了摇头，脸露微笑，闭目运气。木岛主双手合什，也自行功。

石破天不敢打扰，瞧瞧龙岛主，又瞧瞧木岛主，心中惊疑不定。过了良久，木岛主呼了一口长气，一跃而起，过去抱住了龙岛主。两人搂抱在一起，纵声大笑，显是欢喜无限。

石破天不知他二人为什么这般开心，只有陪着傻笑，但料想决不会是坏事，心中大为宽慰。

龙岛主扶着石壁，慢慢站直，说道："石帮主，我兄弟闷在心中数十年的大疑团，得你今日解破，我兄弟委实感激不尽。"石破天道："我怎地……怎地解破了？"龙岛主微笑道："石帮主何必如此谦光？你参透了这首'侠客行'的石壁图谱，不但是当世武林中的第一人，除了当年在石壁上雕写图谱的那位前辈之外，只怕古往今来，也极少有人及得上你了。"

石破天甚是惶恐，连说："小人不敢，小人不敢。"

龙岛主道："这石壁上的蝌蚪古文，在下与木兄弟所识得的还不到一成，不知石帮主肯赐予指教么？"

石破天瞧瞧龙岛主，又瞧瞧木岛主，见二人脸色诚恳，却又带着几分患得患失之情，似怕自己不肯吐露秘奥，忙道："我跟两位说知便是。我看这条蝌蚪时，'中注穴'中便有跳动；再看这条蝌蚪，'太赫穴'便大跳一下……"他指着一条条蝌蚪，解释给二人听。他说了一会，见龙木二人神色迷惘，似乎全然不明，问道："我说错了么？"

龙岛主道："原来……原来……石帮主看的是一条条……一条条那个蝌蚪，不是看一个个字，那么石帮主如何能通解全篇《太玄经》？"

石破天脸上一红，道："小人自幼没读过书，当真是一字不识，惭愧得紧。"

龙木二岛主一齐跳了起来，同声问道："你不识字？"

石破天摇头道："不识字。我……我回去之后，定要阿绣教我识字，否则人人都识字，我却不识得，给人笑话，多不好意思。"

龙木二岛主见他脸上一片淳朴真诚，绝无狡黠之意，实不由得不信。龙岛主只觉脑海中一团混乱，扶住了石壁，问道："你既不识字，那么自第一室至第二十三室，壁上这许许多多注释，却是谁解给你听的？"

石破天道："没人解给我听。白爷爷解了几句，关东那位范大爷解了几句，我也不懂，没听下去。我……我只是瞧着图形，胡思乱想，忽然之间，图上的云头或是小剑什么的，就和身体内的热气连在一起了。"

木岛主道："你不识字，却能解通图谱，这……这如何能够？"龙岛主道："难道冥冥中真有天意？还是这位石帮主真有天纵奇才？"

木岛主突然一顿足，叫道："我懂了，我懂了。大哥，原来如此！"龙岛主一呆，登时也明白了。他二人共处数十年，修为相若，功力亦复相若，只木岛主沉默寡言，比龙岛主少了一分外务，因此悟到其中关窍之时，便比他早了片刻。两人四手相握，脸上神色既甚凄楚，又颇苦涩，更带了三分欢喜。

龙岛主转头向石破天道："石帮主，幸亏你不识字，才得解破这个大疑团，令我兄弟死得瞑目，不致抱恨而终。"

石破天搔了搔头，问道："什么……什么死得瞑目？"

龙岛主轻轻叹了口气，说道："原来这许许多多注释文字，每一句都在故意导人误入歧途。可是参研图谱之人，又有哪一个肯不去钻研注解？"石破天奇道："岛主你说那许多字都是没用的？"龙岛主道："非但无用，而且大大有害。倘若没这些注解，我二人的无数心血,又何至尽数虚耗,数十年苦苦思索,多少总该有些进益罢。"

木岛主喟然道:"原来这篇《太玄经》也不是真的蝌蚪文,只不过……只不过是一些经脉穴道的线路方位而已。唉,四十年的光阴,四十年的光阴!"龙岛主道:"白首太玄经! 兄弟,你的头发也真雪白了!"木岛主向龙岛主头上瞧了一眼,"嘿"的一声。他虽不说话,三人心中无不明白,他意思是说:"你的头发何尝不白?"

龙木二岛主相对长叹,突然之间,显得苍老异常,更无半分当日腊八宴中的神采威严。

石破天仍感大惑不解,又问:"他在石壁上故意写上这许多字,教人走上错路,那是为了什么?"

龙岛主摇头道:"到底是什么居心,那就难说得很了。这位武林前辈或许不愿后人得之太易,又或者这些注释是后来另外有人加上去的。这往昔之事,谁也不知道的了。"木岛主道:"或许这位武林前辈不喜读书人,故意布下圈套,好令像石帮主这样不识字的忠厚老实之人得益。"龙岛主叹道:"这位前辈用心深刻,又有谁推想得出?"

石破天见他二人神情倦怠,意兴萧索,心下好大的过意不去,说道:"二位岛主,倘若我学到的功夫确实有用,自当尽数向两位说知。咱们这就去第一座石室之中,我一一说来,我……我……我决不敢有丝毫隐瞒。"

龙岛主苦笑摇头,道:"小兄弟的好意,我二人心领了。小兄弟宅心仁厚,该受此益,日后领袖武林群伦,造福苍生,自非鲜浅。我二人这一番心血也不算白费了。"木岛主道:"正是,图谱之谜既已解破,我二人心愿已了。是小兄弟练成,还是我二人练成,那也都是一样。"

石破天求恳道:"那么我把这些小蝌蚪详详细细说给两位听,好不好?"

龙岛主凄然一笑,说道:"神功既得传人,这壁上的图谱也该功成身退了。小兄弟,你再瞧瞧。"

石破天转身向石壁瞧去,不由得骇然失色。只见石壁上一片片石屑正自慢慢跌落,满壁的蝌蚪文字也已七零八落,残破断缺,只剩下了七八成。他大惊之下,道:"怎……怎么会这样?"

龙岛主道:"小兄弟适才……"木岛主道:"此事慢慢再说,咱们且去聚会众人，宣布此事如何？"龙岛主登时会意，道："甚好，甚好。石帮主，请。"

石破天不敢先行，跟在龙木二岛主之后，从石室中出来。龙岛主传讯邀请众宾，召集弟子，同赴大厅聚会。

原来石破天解悟石壁上神功之后，情不自禁的试演。龙木二岛主一见之下大为惊异，龙岛主当即上前出掌相邀。其时石破天犹似着魔中邪，一觉有人来袭，自然而然的还掌相应，数招之后，龙岛主便觉难以抵挡，木岛主当即上前夹击。他二人的武功，当世已找不出第三个人来，可是二人联手，仍敌不住石破天新悟的神妙武功。本来二人倘若立即收招，石破天自然而然的也会住手，但二人均要试一试这壁上武功到底有多大威力，四掌翻飞，越打越紧。他二人掌势越盛，石破天的反击也是越强，三个人的掌风掌力撞向石壁，竟将石壁的浮面都震得酥了。单是龙木二岛主的掌力，便能销毁石壁，何况石破天内力本来极强，再加上新得的功力，三人的掌力都是武学中的巅峰功夫，锋芒不显，是以石壁虽毁，却并非立时破碎，而是慢慢的酥解跌落。

木岛主知道石破天试功之时便如在睡梦中一般，于外界事物全不知晓，因此阻止龙岛主再说下去，免得石破天为了无意中损坏石壁而心中难过；再说石壁之损，本是因他二人出手邀掌而起，其过在己而不在彼。

三人来到厅中坐定，众宾客和诸弟子陆续到来。龙岛主传令灭去各处石室中的灯火，以免有人贪于钻研功夫，不肯前来聚会。

众宾客纷纷入座。过去三十年中来到侠客岛上的武林首领，除因已寿终逝世之外，都已聚集大厅。三十年来，这些人朝夕在二十四间石室中来来去去，却从未如此这般相聚一堂。

龙岛主命大弟子查点人数，得悉众宾俱至，并无遗漏，便低声向那弟子吩咐了几句。那弟子神色愕然，大有惊异之态。木岛主也向本门的大弟子低声吩咐几句。两名大弟子听得师父都这么说，又再请示好一会，这才奉命，率领十余名师弟出厅办事。

龙岛主走到石破天身旁，低声道："小兄弟，适才石室中的事情，你千万不可向旁人说起。就算是你最亲近之人，也不能让他得知你已解明石壁上的武功秘奥,否则你一生之中将有无穷祸患,无穷烦恼。"石破天应道:"是,谨遵岛主吩咐。"龙岛主又道:"常言道:慢藏海盗。你身负绝世神功,倘若有人得悉,武林中不免有人因羡生妒,因妒生恨,或求你传授指点,或迫你吐露秘密,倘若所求不遂,就会千方百计的来加害于你。你武功虽高,但忠厚老实,委实防不胜防。因此这件事说什么也不能泄露了。"石破天应道:"是,多谢岛主指点,晚辈感激不尽。"

龙岛主握着他手,低声道:"可惜我和木兄弟不能见你大展奇才,扬威江湖了。"木岛主似是知道他两人说些什么,转头瞧着石破天,神色间也充满了关注与惋惜之意。石破天心想:"这两位岛主待我这样好,我回去见了阿绣之后,定要同她再来岛上,拜会他二位老人家。"

龙岛主向他嘱咐已毕,这才归座,向群雄说道:"众位朋友,咱们在这岛上相聚,总算是一番缘法。时至今日,大伙儿缘份已尽,这可要分手了。"

群雄一听之下,大为惊骇,纷纷相询:"为什么?""岛上出了什么事?""两位岛主有何见教?""两位岛主要离岛远行吗?"

众人喧杂相问声中,突然后面传来轰隆隆、轰隆隆一阵阵有如雷响的爆炸之声。群雄立时住口,不知岛上出了什么奇变。

龙岛主道:"各位,咱们在此相聚,只盼能解破这首'侠客行'武学图解的秘奥,可惜时不我予,这座侠客岛转眼便要陆沉了。"

群雄大惊,纷问:"为什么?""是地震么?""火山爆发?""岛主如何得知?"

龙岛主道:"适才我和木兄弟发见本岛中心即将有火山喷发,这一发作,全岛立时化为火海。此刻雷声隐隐,大害将作,各位急速离去罢。"

群雄将信将疑,都拿不定主意。大多数人贪恋石壁上的武功,宁可冒丧生之险,也不肯就此离去。

龙岛主道:"各位如果不信,不妨去石室一观,各室俱已震坍,石壁已毁,便地震不起,火山不喷,留在此间也无事可为了。"

群雄听得石壁已毁,无不大惊,纷纷抢出大厅,向厅后石室中奔去。

石破天也随着众人同去，只见各间石室果然俱已震得倒塌，壁上图谱尽皆损毁。石破天知是龙木二岛主命弟子故意毁去，心中好生过意不去，寻思："都是我不好，闯出这等的大祸来。"

早有人瞧出情形不对，石室之毁显是出于人为，并非地震使然，振臂高呼，又群相奔回大厅，要向龙木二岛主质问。刚到厅口，便听得哀声大作，群雄惊异更甚，只见龙木二岛主闭目而坐，群弟子围绕在二人身周，俯伏在地，放声痛哭。

石破天吓得一颗心似欲从腔中跳了出来，排众而前，叫道："龙岛主、木岛主，你……你们怎么了？"只见二人容色僵滞，原来已然逝世。石破天回头向张三、李四问道："两位岛主本来好端端地，怎么……怎么便死了？"张三呜咽道："两位师父逝世之时，说道他二人大愿得偿，虽离人世，心中……却感满足，十分平安喜乐。"

石破天心中难过，不禁哭出声来。他不知龙木二岛主突然去世，一来年寿本高，得知图谱的秘奥之后，于世上更无萦怀之事；二来更因石室中一番试掌，石破天内力源源不绝，龙木二岛主竭力抵御，终于到了油尽灯枯之境。他若知二位岛主之死与自己实有莫大干系，更要深自咎责、伤心无已了。

那身穿黄衫的大弟子拭了眼泪，朗声说道："众位嘉宾，我等恩师去世之前，遗命请各位急速离岛。各位以前所得的'赏善罚恶'铜牌，日后或仍有用，请勿随意丢弃。他日各位若有为难之事，持牌到南海之滨的小渔村中相洽，我等兄弟或可相助一臂之力。"

群雄失望之际，都不禁又是一喜，均想："侠客岛群弟子武功何等厉害，有他们出手相助，纵有天大的祸患，也担当得起。"

那身穿青衫的大弟子说道："海边船只已备，各位便请动程。"当下群雄纷纷向龙木二岛主的遗体下拜作别。

张三、李四拉着石破天的手。张三说道："兄弟，你这就去罢，日后我们当来探你。"李四道："三弟，我们恩师吩咐，以后要当你是侠客岛的自己人一般相待。"

石破天和二人别过，随着白自在、范一飞、高三娘子、天虚道人等一干人来到海边，上了海船。此番回去，所乘的均是大海船，只三四艘船，便将群雄都载走了，拔锚解缆，扬帆离岛。

石破天将阿绣拦腰抱住，右掌急探，在史婆婆背上一托一带，借力转力，史婆婆的身子便稳稳向海船中飞去。

第二十一回　"我是谁?"

在侠客岛上住过十年以上之人,对图谱沉迷已深,于石壁之毁,无不痛惜。更有人自怨自艾,深悔何不及早抄录摹写下来。海船中自撞其头者有之,自捶其胸者有之。但新来的诸人想到居然能生还故土,却是欣慰之情远胜于惋惜了。

眼见侠客岛渐渐模糊,石破天突然想起一事,不由得汗流浃背,顿足叫道:"糟糕,糟糕! 爷爷,今……今天是几……几月初……初几啊?"

白自在一惊,大叫:"啊哟!"根根胡子不绝颤动,道:"我……我不……不知道,今……今天是几月初……初几?"

丁不四坐在船舱的另一角中,问道:"什么几月初几?"

石破天问道:"丁四爷爷,你记不记得,咱们到侠客岛来,已有几天了?"丁不四道:"一百天也好,两百天也好,谁记得了?"

石破天大急,几乎要流出眼泪来,问高三娘子道:"咱们是腊月初八到的,此刻是三月里了罢?"高三娘子屈指计算,道:"咱们在岛上过了一百一十五日。今天不是四月初五,便是四月初六。"

石破天和白自在齐声惊呼:"是四月?"高三娘子道:"自然是四月了!"

白自在捶胸大叫:"苦也,苦也!"

丁不四哈哈大笑,道:"甜也,甜也!"

石破天怒道:"丁四爷爷,婆婆说过,她只等三个月,倘若三月初八不见白爷爷回去,她便投海自尽,你……你又有什么好笑?阿绣……阿绣也说要投海……"丁不四一呆,道:"她说在三月初八投海?今……今天已是四月……"石破天哭道:"是啊,那……那怎么办?"

丁不四怒道:"小翠在三月初八投海,此刻已死了二十几天啦,还有什么法子?她脾气多硬,说过是三月初八跳海,初七不行,初九也不行,三月初八便是三月初八!白自在,他妈的你这老畜生,你……你为什么不早早回去?你这狗养的老贼!"

白自在不住捶胸,叫道:"不错,我是老混蛋,我是老贼。"丁不四又骂:"你这狗杂种,该死的狗杂种,为什么不早些回去?"石破天哭道:"不错,我当真该死。"

突然一个尖锐的女子声音说道:"史小翠死也好,活也好,又关你什么事了?凭什么要你来骂人?"

说话的正是那姓梅的蒙脸女子。丁不四一听,这才不敢再骂下去,但兀自唠叨不绝。

白自在却怪起石破天来:"你既知婆婆三月初八要投海,怎地不早跟我说?你这小混蛋太也胡涂,我……我扭断你脖子。"石破天伤心欲绝,不愿置辩,任由他抱怨责骂。

其时南风大作,海船起了三张帆,航行甚速。白自在疯疯颠颠,只痛骂石破天。丁不四却不住和他们斗口,两人几次要动手相打,都为船中旁人劝开。

到第三天傍晚,远远望见海天相接处有条黑线,众人瞧见了南海之滨的陆地,都欢呼起来。白自在却双眼发直,尽瞧着海中碧波,似要寻找史婆婆和阿绣的尸首。

座船渐渐驶近,石破天极目望去,依稀见到岸上情景,宛然便和自己离开时一般无异,海滩上是一排排棕榈,右首悬崖凸出海中,崖边三棵椰树,便如三个瘦长的人影。他想起四个月前离此之时,史婆婆和阿绣站在海边相送,今日爷爷和自己无恙归来,师父和阿绣却早已葬身鱼腹,尸骨无存了,想到此处,不由得泪水潸潸而下,望出去时已一片模糊。

海船不住向岸边驶去,忽然间一声呼叫,从悬崖上传了过来,众人齐向崖上望去,只见两个人影,一灰一白,从崖上双双跃向海中。

石破天遥见跃海之人正是史婆婆和阿绣,这一下惊喜交集,委实非同小可,其时千钧一发,哪里还顾到去想何以她二人居然未死?随手提起一块船板,用力向二人落海处掷去,跟着双膝一弯,全身力道都聚到足底,拼命撑出,身子便如箭离弦,激射而出。

他在侠客岛上所学到的高深内功,登时在这一撑一跃中使了出来。眼见船板落海着水,自己落足处和船板还差着几尺,左足凌空向前跨了一大步,已踏上了船板。当真是说时迟,那时快,他左足踏上船板,阿绣的身子便从他身旁急堕。石破天左臂伸出,将她拦腰抱住。两人的身重再加上这一堕之势,石破天双腿向海中直沉下去,眼见史婆婆又在左侧跌落,当下右掌急探,在她背上一托一带,借力转力,使出石壁上"银鞍照白马"中的功夫,史婆婆的身子便稳稳向海船中飞去。这么一使力,石破天下半身便沉入了海中,他提气上跃,待船板浮起,又再抱着阿绣轻轻踏上。

船上众人齐声大呼。白自在和丁不四早已抢到船头,眼见史婆婆飞到,两人同时伸手去接。白自在喝道:"让开!"左掌向丁不四拍出。丁不四欲待回手,不料那蒙面女子伸掌疾推,手法甚是怪异,噗咚一声,丁不四登时跌入海中。

便在此时,白自在已将史婆婆接住,没想到这一飞之势中,包含着石破天雄浑之极的内力,白自在站立不定,退了一步,喀喇一声,双足将甲板踏破了一个大洞,跟着坐倒,却仍将史婆婆抱在怀中,牢牢不放。

石破天抱着阿绣,借着船板的浮力,淌到船边,跃上甲板。

丁不四幸好识得水性,一面划水,一面破口大骂。船上水手抛下绳索,将他吊上来。众人七张八嘴,乱成一团。丁不四全身湿淋淋地,呆呆的瞧着那蒙面女子,突然叫道:"你……你不是她妹子,你就是她,就是她自己!"

那蒙面女子不住冷笑,阴森森的道:"你胆子这样大,当着我的面,竟敢去抱史小翠!"丁不四嚷道:"你……你自己就是! 你推我落海这一招……这招'飞来奇峰',天下就只你一人会使。"

那女子道:"你知道就好。"一伸手,揭去面幕,露出一张满是皱纹的脸来,虽容貌甚老,但眉清目秀,肤色极白,想是面幕遮得久了,不见日光之故。

丁不四道：“文馨，文馨，果然是你！你……你怎么骗我说已经死了？”

这蒙面女子姓梅，名叫梅文馨，是丁不四昔年的情人。两人生了一个女儿，便是梅芳姑。但丁不四苦恋史小翠，中途将梅文馨遗弃，事隔数十年，竟又重逢。

梅文馨左手一探，扭住了丁不四的耳朵，尖声道：“你只盼我早已死了，这才快活，是不是？”丁不四内心有愧，不敢挣扎，苦笑道：“快放手！众英雄在此，有什么好看？”梅文馨道：“我偏要你不好看！我的芳姑呢？还我来！”丁不四道：“快放手！龙岛主查到她在熊耳山枯草岭，咱们这就找她去。”梅文馨道：“找到孩子，我才放你，倘若找不到，把你两只耳朵都撕了下来！”

吵闹声中，海船已然靠岸。石清夫妇、白万剑与雪山派的成自学等一干人都迎了上来，眼见白自在、石破天无恙归来，史婆婆和阿绣投海得救，都欢喜不尽。只成自学、齐自勉、梁自进三人心下失望，却也只得强装笑脸，趋前道贺。

船上众家英雄都归心似箭，双脚一踏上陆地，便纷纷散去。范一飞、吕正平、风良、高三娘子四人千恩万谢的别过石破天，自回辽东。

白万剑对父亲道：“爹，娘早在说，等到你三月初八再不见你回来，便要投海自尽。今日正是三月初八，我加意防范，哪知道娘竟突然出手，点了我穴道。谢天谢地，你若迟得半天回来，就见不到妈妈了。”白自在奇道：“什么？你说今天是三月初八？”

白万剑道：“是啊，今日是初八。”白自在又问一句：“三月初八？”白万剑点头道：“是三月初八。”白自在伸手不住搔头，道：“我们腊月初八到侠客岛，在岛上耽了一百多天，怎地今日仍是三月初八？”白万剑道：“你老人家忘了，今年闰二月，有两个二月。”

此言一出，白自在恍然大悟，抱住了石破天，道：“好小子，你怎不早说？哈哈，哈哈！这闰二月，当真闰得好！”石破天问道：“什么叫闰二月？为什么有两个二月？”白自在笑道：“你管他两个二月也好，有三个二月也好，只要老婆没死，师父没死，便有一百个二月也不相干！”众人放声大笑。

白自在一转头，问道：“咦，丁不四那老贼呢，怎地溜得不知去向

侠客行
【下】

了?"史婆婆笑道:"你管他干什么?梅文馨扭了他耳朵,去找他们的女儿梅芳姑啦!"

"梅芳姑"三字一出口,石清、闵柔二人脸色陡变,齐声问道:"你说是梅芳姑?到什么地方去找?"

史婆婆道:"刚才我在船中听那姓梅的女子说,他们要到熊耳山枯草岭,去找他们的私生女儿梅芳姑。"

闵柔颤声道:"谢天谢地,终于……终于打听到了这女子的下落。师哥!咱们……咱们赶着便去。"石清点头道:"是。"二人当即向白自在等人作别。

白自在嚷道:"大伙儿热热闹闹的,最少也得聚上十天半月,谁也不许走。"

石清道:"白老伯有所不知,这个梅芳姑,便是侄儿夫妇的杀子大仇人。我们东打听,西寻访,在江湖上找了她一十八年,得不到半点音讯,今日既然得知,便须急速赶去,迟得一步,只怕又给她躲了起来。"

白自在拍腿叹道:"这女子杀死了你们的儿子?岂有此理,不错,非去将她碎尸万段不可。你们的事就是我的事,去去去,大家一起去。石老弟,有丁不四那老儿护着那个女贼,梅文馨这老太婆家传的'梅花拳'也颇为厉害,你也得带些帮手,才能报得此仇。"白自在与史婆婆、阿绣劫后重逢,心情奇佳,此时任何人求他什么事,他都会一口答允。

石清、闵柔心想梅芳姑有丁不四和梅文馨撑腰,此仇确是难报,难得白自在仗义相助,当真求之不得。上清观的掌门人天虚道人坐在另一艘海船之中,尚未抵达,石清夫妇报仇心切,不及等他,便即启程。

石破天和阿绣自是随着众人一同前往。

不一日,一行人已到熊耳山。那熊耳山是在豫西卢氏县和陕东商州之间,方圆数百里,不知枯草岭是在何处。众人找了数日,全无踪影。

白自在老大的不耐烦,怪石清道:"石老弟,你玄素双剑是江南剑术名家,武功虽及不上我老人家,也已不是泛泛之辈,怎地会连个儿子也保不住，让那女贼杀了？那女贼又跟你有什么仇怨，却要杀你儿子？"

石清叹了口气，道："此事也是前世的冤孽，一时不知从何说起。"

闵柔忽道："师哥，你……你会不会故意引大伙儿走错路？你如真的不想去杀她为坚儿报仇……我……我……"说到这里，泪珠儿已点点洒向胸襟。

白自在奇道："为什么又不想去杀她了？啊哟，不好！石老弟，这个女贼相貌很美，从前跟你有些不清不白，是不是？"石清脸上一红，道："白老伯说笑了。"白自在向他瞪视半响，道："一定如此！这女贼吃醋，因此下毒手杀了闵女侠跟你生的儿子！"白自在逢到自己的事脑筋极不清楚，推测别人的事倒一夹便中。

石清无言可答。闵柔道："白老伯，倒不是我师哥跟她有什么暧昧，那……那姓梅的女子单相思，我师哥不理她，她由妒生恨，迁怒到孩子身上，我……我那苦命的孩儿……"

突然之间，石破天大叫一声："咦！"脸上神色十分古怪，又道："怎么……怎么在这里？"拔足向左首一座山岭飞奔而上。原来他蓦地里发觉这山岭的一草一木都十分熟悉，竟是他自幼长大之地，只是当年他从山岭的另一边下来，因此一直未曾看出。

他此刻的轻功何等了得，转瞬间便上了山岭，绕过一片林子，到了几间草屋之前。只听得狗吠声响，一条黄狗从屋中奔将出来，扑向他的肩头。石破天一把搂住，喜叫："阿黄，阿黄！你回来了。我妈妈呢？"大叫："妈妈，妈妈！"

只见草屋中走出三个人来，中间一个女子面容奇丑臃肿，正是石破天的母亲，两旁一个是丁不四，一个是梅文馨。

石破天喜叫："妈！"抱着阿黄，走到她身前。

那女子冷冷的道："你到哪里去啦？"

石破天道："我……"忽听得闵柔的声音在背后说道："梅芳姑，你化装易容，难道便瞒得过我了？你便逃到天涯……天……涯……我……我……"石破天大惊，跃身闪开，道："石夫人，你……你弄错了，她是我妈妈，不是杀你儿子的仇人。"

石清奇道："这女人是你的妈妈？"石破天道："是啊。我自小和

506

妈妈在一起,就是……就是那一天,我妈妈不见了,我等了几天不见她回来,到处去找她,越找越远,迷了路不能回来。阿黄也不见了。你瞧,这不是阿黄吗?"他抱着黄狗,十分欢喜。

石清转向那肿脸女子说道:"芳姑,既然你自己也有了儿子,当年又何必来杀害我的孩儿?"他语声虽然平静,但人人均听得出,话中实充满了苦涩之意。

那肿脸女子正是梅芳姑。她冷冷一笑,目光中充满了怨恨,说道:"我爱杀谁,便杀了谁,你……你又管得着么?"

石破天道:"妈,石庄主、石夫人的孩子,当真是你杀死的么?那……那为什么?"

梅芳姑冷笑道:"我爱杀谁,便杀了谁,又有什么道理?"

闵柔缓缓抽出长剑,向石清道:"师哥,我也不用你为难,你站在一旁罢。我如杀不了她,也不用你出手相帮。"

石清皱起了眉头,神情甚为苦恼。

白自在道:"丁老四,这位梅文馨梅大姐,算是你夫人吧?咱们话说在先,你夫妻倘若乖乖的站在一旁,大家都乖乖的站在一旁。你二个若要动手相助你们的宝贝女儿,石老弟请我白自在夫妻到熊耳山来,也不是叫我们来瞧热闹的。"

丁不四见对方人多,突然灵机一动,道:"好,一言为定,咱们大家都不出手。你们这边是石庄主夫妇,他们这边是母子二人。双方各是一男一女,大家见个胜败便是。"他和石破天动过几次手,知道这少年武功远在石清夫妇之上,有他相助,梅芳姑决计不会落败。

闵柔向石破天瞧了一眼,道:"小兄弟,你不许我报仇,是不是?"

石破天道:"我……我……石夫人……我……"突然双膝跪倒,叫道:"我跟你磕头,石夫人,你良心最好的,请你别伤我妈妈。我……我也叫你做妈妈好了!"说着连连磕头,咚咚有声。

梅芳姑厉声喝道:"狗杂种,站起来,谁要你为我向这贱人求情?"

闵柔突然心念一动,问道:"你为什么这样叫他?他……他是你亲生的儿子啊。莫非……莫非……"转头向石清道:"师哥,这位小兄弟的相貌和玉儿十分相像,莫非是你和梅小姐生的?"她虽身当此境,说话仍然斯文有礼。

石清连忙摇头，道："不是，不是，哪有此事？"

白自在哈哈大笑，说道："石老弟，你也不用赖了，当然是你跟她生的儿子，否则天下哪有一个女子，会把自己的儿子叫作'狗杂种'？这位梅姑娘心中好恨你啊。"

闵柔弯下腰去，将手中长剑放在地下，道："你们一家三人团圆相聚，我……我要去了。"说着转过身去，缓缓走开。

石清大急，一把拉住她手臂，厉声道："师妹，你若有疑我之意，我便先将这贱人杀了，明我心迹。"闵柔苦笑道："这孩子不但和玉儿一模一样，跟你也像得很啊。"

石清长剑挺出，便向梅芳姑刺了过去。哪知梅芳姑并不闪避，挺胸就戮。眼见这一剑便要刺入她胸中，石破天伸指弹去，铮的一声，将石清的长剑震成两截。

梅芳姑惨然笑道："好，石清，你要杀我，是不是？"

石清道："不错！芳姑，我明明白白的再跟你说一遍，在这世上，我石清心中便只闵柔一人。我石清一生一世，从未有过第二个女人。你心中倘若对我好，我虽感激，但那也只害了我。这话在二十二年前我曾跟你说过，今日仍是这么几句话。"他说到这里，声转柔和，说道："芳姑，你儿子已这般大了。这位小兄弟为人正直，武功卓绝，数年之内，便当名动江湖，为武林中数一数二的人物。他爹爹到底是谁？你怎地不跟他明言？"

石破天哭道："是啊，妈，我爹爹到底是谁？我……我姓什么？你跟我说，为什么你一直叫我'狗杂种'？"

梅芳姑惨然笑道："你爹爹到底是谁，天下便只我一人知道。"转头向石清道："石清，我早知你心中便只闵柔一人，当年我自毁容貌，便是为此。"

石清喃喃的道："你自毁容貌，却又何苦？"

梅芳姑道："当年我的容貌，和闵柔到底谁美？"

石清伸手握住了妻子手掌，踌躇半晌，说道："二十年前，你是武林中出名的美女，内子容貌虽然不恶，却不及你。"

梅芳姑微微一笑，哼了一声。

丁不四却道："是啊，石清你这小子却也太不识好歹了，明知我的芳姑相貌美丽，无人能比，何以你又不爱她？"

石清不答，只紧紧握住妻子的手掌，似乎生怕她心中着恼，又再离去。

梅芳姑又问：“当年我的武功和闵柔相比，是谁高强？”

石清道：“你梅家拳家传的武学，又兼学了许多希奇古怪的武功……”丁不四插口道：“什么希奇古怪？那是你丁四爷爷得意的功夫，你自己不识，便少见多怪，见到骆驼说是马背肿！”石清道：“不错，你武功兼修丁梅二家之所长，当时内子未得上清观剑学的真谛，自是逊你一筹。”

梅芳姑又问：“然则文学一途，又是谁高？”

石清道：“你博古通今，又会做诗填词，咱夫妇识字也是有限，如何比得上你！”

石破天心下暗暗奇怪：“原来妈妈文才武功什么都强，怎么一点也不教我？”

梅芳姑冷笑道：“想来针线之巧，烹饪之精，我是不及这位闵家妹子了。”

石清仍是摇头，道：“内子一不会补衣，二不会裁衫，连炒鸡蛋也炒不好，如何及得上你千伶百俐的手段？”

梅芳姑厉声道：“那么为什么你一见我面，始终冷冰冰的没半分好颜色，和你那闵师妹在一起，却有说有笑？为什么……为什么……”说到这里，声音发颤，甚是激动，脸上却仍木然，肌肉都不稍动。

石清缓缓道：“梅姑娘，我不知道。你样样比我闵师妹强，不但比她强，比我也强。我跟你在一起，自惭形秽，配不上你。我跟闵师妹在一起，却心中欢喜。”

梅芳姑出神半晌，说道：“原来你跟我在一起，心里不开心。”大叫一声，奔入了草房。梅文馨和丁不四跟着奔进。

闵柔将头靠在石清胸口，柔声道：“师哥，梅姑娘是个苦命人，她虽杀了我们的孩儿，我……我还是比她快活得多，我知道你心中从来就只我一个，什么都够了。咱们走罢，这仇不用报了。”石清道：“这仇不用报了？”闵柔凄然道：“便杀了她，咱们的坚儿也活不转来啦。”

忽听得丁不四大叫：“芳姑，你怎么寻了短见？我去和这姓石的拼命!"石清等都大吃一惊。

只见梅文馨抱着梅芳姑的身子,走将出来。梅芳姑左臂上袖子捋得高高地,露出她雪白娇嫩的皮肤,臂上一点猩红,却是处子的守宫砂。梅文馨尖声道:"芳姑守身如玉,至今仍是处子,这狗杂种自然不是她生的。"

众人的眼光一齐都向石破天射去,人人心中充满了疑窦:"梅芳姑是处女之身,自然不会是他母亲。那么他母亲是谁?父亲是谁?梅芳姑为什么要自认是他母亲?"

石清和闵柔均想:"难道梅芳姑当年将坚儿掳去,并未杀他?后来她送来的那具童尸脸上血肉模糊,虽穿着坚儿的衣服,其实不是坚儿?这小兄弟如果不是坚儿,她何以叫他狗杂种?何以他和玉儿这般相像?"

石破天自是更加一片迷茫:"我爹爹是谁?我妈妈是谁?我自己又是谁?"

梅芳姑既然自尽,这许许多多疑问,那就谁也无法回答了。

(全书完)

注:

我国古人传说,以壁虎和以朱砂捣烂,点于女子手臂,如为处女,则色作殷红,称为"守宫砂",因此壁虎又叫作"守宫"。婚后则守宫砂即消失。此项传说无医学根据,绝不可信,料想古代少女因此受冤者实不乏人,殊堪惋惜怜悯。小说中仍使用此项迷信,并非表示此事为真,一为方便,二为照述古人一种不正确之旧信念而已。例如发誓赌咒,违者常应验,亦为此类。

后　记

　　由于两个人相貌相似,因而引起种种误会,这种古老的传奇故事,决不能成为小说的坚实结构。虽然莎士比亚也曾一再使用孪生兄弟、孪生姊妹的题材,但那些作品都不是他最好的戏剧。在《侠客行》这部小说中,我所想写的,主要是石清夫妇爱怜儿子的感情,以及梅芳姑因爱生恨的妒情。因此石破天和石中玉相貌相似,并不是重心之所在。

　　一九七五年冬天,在《明报月刊》十周年的纪念稿《明月十年共此时》中,我曾引过石清在庙中向佛像祷祝的一段话。此番重校旧稿,眼泪又滴湿了这段文字。

　　各种牵强附会的注释,往往会损害原作者的本意,反而造成严重障碍。《侠客行》写于十二年之前,于此意有所发挥。近来多读佛经,于此更深有所感。大乘般若经以及龙树的中观之学,都极力破斥烦琐的名相戏论,认为各种知识见解,徒然令修学者心中产生虚妄念头,有碍见道,因此强调"无着"、"无住"、"无作"、"无愿"。邪见固然不可有,正见亦不可有。《金刚经》云:"凡所有相,皆是虚妄","法尚应舍,何况非法","如来所说法,皆不可取,不可说,非法、非非法",皆是此义。写《侠客行》时,于佛经全无认识之可言,《金刚经》也是在去年十一月间才开始诵读全经,对般若学和中观的修学,更是今年春夏间之事。此中因缘,殊不可解。

一九七七年七月

511

二十一世纪初重读旧作,除略改文字外,于小说内容并无多大改动。

二〇〇三年七月

越女劍

阿青横棒挥出，白猿的竹棒落地。白猿一声长啸，跃上树梢，接连几个纵跃，已窜出十数丈外，但听得啸声凄厉，渐渐远去。

越女剑

"请!""请!"

两名剑士各自倒转剑尖,右手握剑柄,左手搭于右手手背,躬身行礼。

两人身子尚未站直,突然间白光闪动,跟着铮的一声响,双剑相交,两人各退一步。旁观众人都"咦"的一声轻呼。

青衣剑士连劈三剑,锦衫剑士逐一格开。青衣剑士一声叱喝,长剑从左上角直划而下,势劲力急。锦衫剑士身手矫捷,向后跃开,避过了这剑。他左足刚着地,身子跟着弹起,唰唰两剑,向对手攻去。青衣剑士凝立不动,嘴角边微微冷笑,长剑轻摆,挡开来剑。

锦衫剑士突然发足疾奔,绕着青衣剑士的溜溜转动,脚下越来越快。青衣剑士凝视敌手长剑剑尖,敌剑甫动,便挥剑击落。锦衫剑士忽而左转,忽而右转,身法变幻不定。青衣剑士给他转得微感晕眩,喝道:"你是比剑,还是逃命?"唰唰两剑,直削过去。锦衫剑士奔转甚急,剑到之时,人已离开,敌剑剑锋总是和他身子差了尺许。

青衣剑士回剑侧身,右腿微蹲,锦衫剑士看出破绽,挺剑向他左肩疾刺。不料青衣剑士这一蹲乃是诱招,长剑突然圈转,直取敌人咽喉,势道劲急无伦。锦衫剑士大骇,长剑脱手,向敌人心窝激射。这是无可奈何中同归于尽的打法,敌人若继续进击,心窝必定中剑。当此情势,对方自须收剑挡格,自己便可脱出这难以挽救的绝境。

不料青衣剑士竟不挡架闪避,手腕抖动,噗的一声,剑尖刺入了锦衫剑士的咽喉。跟着当的一响，掷来的长剑刺中了他胸膛，长剑落地。青衣剑士嘿嘿一笑，收剑退立，原来他衣内胸口藏着一面护心铜镜，剑尖虽然刺中，身子丝毫无伤。那锦衣剑士喉头鲜血激喷，身子在地下不住扭曲。便有从者过来抬开尸首，抹去地下血迹。

青衣剑士还剑入鞘，跨前两步，躬身向北首高坐于锦披大椅中的一位王者行礼。

那王者身披紫袍，形貌拙异，头颈甚长，嘴尖如鸟，微微一笑，嘶声道："壮士剑法精妙，赐金十斤。"青衣剑士右膝跪下，躬身说道："谢赏！"那王者左手轻挥，他右首一名高高瘦瘦、四十来岁的官员喝道："吴越剑士，二次比试！"

东首锦衫剑士队中走出一条身材魁梧的汉子，手提大剑。这剑长逾五尺，剑身极厚，显然份量甚重。西首走出一名青衣剑士，中等身材，脸上尽是剑疤，东一道、西一道，少说也有十二三道，一张脸已无复人形，足见身经百战，不知已和人比过多少次剑了。二人先向王者屈膝致敬，然后转过身来，相向而立，躬身行礼。

青衣剑士站直身子，脸露狞笑。他一张脸本已十分丑陋，这么一笑，更显得说不出的难看。锦衫剑士见了他如鬼似魅的模样，不由得机伶伶打个冷战，波的一声，吐了口长气，慢慢伸过左手，搭住剑柄。

青衣剑士突然一声狂叫，声如狼嗥，挺剑向对手急刺过去。锦衫剑士也纵声大喝，提起大剑，当头对敌劈落。青衣剑士斜身闪开，长剑自左而右横削。锦衫剑士双手使剑，将大剑舞得呼呼作响。这大剑少说也有五十来斤重，但他招数仍迅捷之极。

两人一搭上手，顷刻间拆了三十来招，青衣剑士给对手沉重的剑力压得不住倒退。站在大殿东首的五十余名锦衫剑士人人脸有喜色，眼见这场比试赢定了。

只听得锦衫剑士一声大喝，声若雷震，大剑横扫。青衣剑士避无可避，提长剑奋力挡格。当的一声响，双剑相交，半截大剑飞了出去，原来青衣剑士手中长剑锋锐无比，竟将大剑斩为两截，利剑直划而下，将锦衫剑士自咽喉而至小腹，划了道两尺来长的口子。锦衫剑士连声狂吼，扑倒在地。青衣剑士向地下魁梧的身形凝视片刻，这才还剑入鞘，屈膝向王者行礼，脸上掩不住得意之色。

王者向身旁那官员微颔示意，那官员道："壮士剑利术精，大王赐金十斤。"青衣剑士称谢退开。

西首一列排着八名青衣剑士，与对面五十余名锦衫剑士相比，众寡之数颇为悬殊。

那官员缓缓说道："吴越剑士，三次比剑！"两队剑士队中各走出一人，向王者行礼后相向而立。突然间青光耀眼，众人均觉寒气袭体，见那青衣剑士手中一柄三尺长剑不住颤动，便如一根闪闪发出丝光的缎带。那官员赞道："好剑！"青衣剑士微微躬身为礼，谢他称赞。那官员道："单打独斗已看了两场，这次两个对两个！"

锦衫剑士队中一人应声而出，拔剑出鞘。那剑明亮如秋水，也是一口利器。青衣剑士队中又出来一人。四人向王者行过礼后，相互行礼，跟着剑光闪烁，斗了起来。这二对二的比剑，同伙剑士互相照应配合。数合之后，嗤的一声，一名锦衫剑士手中长剑竟遭敌手削断。这人极为悍勇，提着半截断剑，飞身向敌人扑去。那青衣剑士长剑闪处，嗤的一声响，将他右臂齐肩削落，跟着补上一剑，刺中了他心窝。

另外二人兀自缠斗不休，得胜的青衣剑士窥伺在旁，突然间长剑递出，嗤的一声，又将锦衫剑士手中长剑削断。另一人长剑中宫直进，自敌手胸膛贯入，背心穿出。

那王者呵呵大笑，拍手说道："好剑，好剑法！赏酒，赏金！咱们再来瞧一场四个对四个的比试。"

两边队中各出四人，行过礼后，出剑相斗。锦衫剑士连输三场，死了四人，这时下场的四人狠命相扑，说什么也要赢回一场。只见两名青衣剑士分从左右夹击一名锦衫剑士。余下三名锦衫剑士上前邀战，却给两名青衣剑士挺剑挡住。这两名青衣剑士纯取守势，招数严密，竟一招也不还击，却令三名锦衫剑士无法过去相援同伴，其余两名青衣剑士以二对一，大占上风，十余招间即杀死对手，跟着便攻向另一名锦衫剑士。另外两名青衣剑士仍然只守不攻，挡住两名锦衫剑士，让同伴以二对一，杀死敌手。

旁观的锦衫剑士眼见同伴只剩下二人，胜负之数已定，都大声鼓噪起来，纷纷拔剑，便欲一拥而上，将八名青衣剑士乱剑分尸。

那官员朗声喝道："学剑之士，当守剑道！"他神色语气之中有一

越女剑

股凛然之威,一众锦衫剑士立时都静了下来。

这时众人都已看得分明,四名青衣剑士的剑法截然不同,二人的守招严密无比,另二人的攻招却凌厉狠辣,分头合击,守者缠住敌手,只剩下一人,让攻者以众凌寡,逐一蚕食杀戮。以此法迎敌,纵然对方武功较高,青衣剑士一方也必操胜算。别说四人对四人,即使是四人对六人甚或八人,也能取胜。那二名守者的剑招施展开来,便如是一道剑网,纯取守势,对方难越雷池,要挡住五六人亦绰绰有余。

这时场中两名青衣剑士仍以守势缠住了一名锦衫剑士,另外两名青衣剑士快剑攻击,杀死第三名锦衫剑士后,转而向第四名敌手相攻。取守势的两名青衣剑士向左右分开,在旁掠阵。余下一名锦衫剑士虽见败局已成,却不肯弃剑投降,仍奋力应战。突然间四名青衣剑士齐声大喝,四剑并出,分从前后左右,一齐刺在锦衫剑士身上。

锦衫剑士身中四剑,立时毙命,他双目圆睁,嘴巴也张得大大的。四名青衣剑士同时拔剑,四人抬起左脚,将长剑剑刃在鞋底一拖,抹去了剑上血渍,唰的一声,还剑入鞘。这几下动作干净利落,固不待言,最难得的是整齐之极,同时抬脚,同时拖剑,四剑入鞘却只发出一下声响。

那王者呵呵大笑,鼓掌道:"好剑法,好剑法!上国剑士名扬天下,可教我们今日大开眼界了。四位剑士各赐金十斤。"四名青衣剑士一齐躬身谢赏。四人这么一弯腰,四个脑袋摆成一道直线,不见有丝毫高低,实不知花了多少功夫才练得如此划一。

一名青衣剑士转过身去,捧起一只金漆长匣,走上几步,说道:"敝国君王多谢大王厚礼,命臣奉上宝剑一口还答。此剑乃敝国新铸,谨供大王玩赏。"

那王者笑道:"多谢了。范大夫,接过来看看。"

那王者是越王勾践。那官员是越国大夫范蠡。锦衫剑士是越王宫中的卫士,八名青衣剑士则是吴王夫差派来送礼的使者。越王昔日为夫差所败,卧薪尝胆,欲报此仇,面子上对吴王十分恭顺,暗中却日夜不停的训练士卒,俟机攻吴。他为了试探吴国军力,连出卫士中的高手和吴国剑士比剑,不料一战之下,八名越国好手尽数被歼。勾践又惊又怒,脸上却不动声色,显得对吴国剑士的剑法欢喜赞叹,衷心钦服。

范蠡走上几步,接过了金漆长匣,只觉轻飘飘地,匣中有如无物,当下打开了匣盖。旁边众人没见到匣中装有何物,却见范蠡的脸上陡然间罩上了一层青色薄雾,都"哦"的一声,甚感惊讶。当真是剑气映面,发眉俱碧。

范蠡托着漆匣,走到越王身前,躬身道:"大王请看!"勾践见匣中铺以锦缎,放着一柄三尺长剑,剑身极薄,刃上宝光流动,变幻不定,不由得赞道:"好剑!"握住剑柄,提了起来,只见剑刃不住颤动,似乎只须轻轻一抖,便能折断,心想:"此剑如此单薄,只堪观赏,并无实用。"

那为首的青衣剑士从怀中取出一块轻纱,向上抛起,说道:"请大王平伸剑刃,剑锋向上,待纱落在剑上,便见此剑与众不同。"那轻纱从半空中飘飘扬扬的落将下来,越王侧剑伸出,轻纱落上剑刃,下落之势并不止歇,轻纱竟已分成两块,缓缓落地。原来这剑已将轻纱划而为二,剑刃之利,委实匪夷所思。殿上殿下,采声雷动。

青衣剑士说道:"此剑虽薄,但与沉重兵器相碰,亦不折断。"

勾践道:"范大夫,拿去试来。"范蠡道:"是!"双手托上剑匣,让勾践将剑放入匣中,倒退数步,转身走到一名锦衫剑士面前,取剑出匣,说道:"拔剑! 咱们试试!"

那锦衫剑士躬身行礼,拔出佩剑,举在空中,不敢下击。范蠡叫道:"劈下!"锦衫剑士道:"是!"挥剑劈下,落剑处却在范蠡身前一尺。范蠡提剑向上一撩,嗤的一声轻响,锦衫剑士手中的长剑已断为两截。半截断剑落下,眼见便要碰到范蠡身上,范蠡轻轻旁跃避开。众人又一声采,却不知是称赞剑利,还是赞范大夫身手敏捷。

范蠡将剑放回匣中,躬身放在越王脚边。

勾践说道:"上国剑士,请赴别座饮宴领赏。"八名青衣剑士行礼下殿。勾践手一挥,锦衫剑士和殿上侍从也均退下,只剩下范蠡一人。

勾践瞧瞧脚边长剑,又瞧瞧满地鲜血,只出神凝思,过了半晌,道:"怎样?"

范蠡道:"吴国武士剑术,未必尽如这八人之精,吴国武士所用

越女剑

兵刃，未必尽如此剑之利。但观此一端，足见其余。最令人忧心的是，吴国武士群战之术，妙用孙武子兵法，臣以为当今之世，实乃无敌于天下。"勾践沉吟道："夫差派这八人来送宝剑，大夫你看是何用意？"范蠡道："那是要咱们知难而退，不可起侵吴报仇之心。"

勾践大怒，一弯身，从匣中抓起宝剑，回手挥落，嚓的一声响，将坐椅平平整整的切去了一截，大声道："便有千难万难，勾践也决不知难而退。终有一日，我要擒住夫差，便用此剑将他脑袋砍了下来！"说着又是一剑，将一张檀木椅子一劈为二。

范蠡躬身道："恭喜大王，贺喜大王！"勾践愕然道："眼见吴国剑士如此了得，又有什么喜可贺？"范蠡道："大王说道便有千难万难，也决不知难而退。大王既有此决心，大事必成。眼前这难事，还须请文大夫共同商议。"勾践道："好，你去传文大夫来。"

范蠡走下殿去，命宫监去传大夫文种，自行站在宫门之侧相候。过不多时，文种飞马赶到，与范蠡并肩入宫。

范蠡本是楚国宛人，为人倜傥，不拘小节，所作所为，往往出人意表，当地人士都叫他"范疯子"。文种来到宛地做县令，听到范蠡的名字，便派部属去拜访。那部属见了范蠡，回来说道："这人是本地出名的疯子，行事乱七八糟。"文种笑道："一个人有与众不同的行为，凡人必笑他胡闹；他有高明独特的见解，庸人自必骂他胡涂。你们又怎能明白范先生呢？"便亲自前去拜访。范蠡避而不见，但料到他必定去而复来，向兄长借了衣冠，穿戴整齐。果然过了几个时辰，文种又再到来。两人相见之后，长谈王霸之道，各有所见，却互相投机之极，当真相见恨晚。

两人都觉中原诸国暮气沉沉，楚国邦大而乱，东南其势兴旺，当有霸兆。于是文种辞去官位，与范蠡同往吴国。其时吴王正重用伍子胥，言听计从，国势正盛。

文种和范蠡在吴国京城姑苏住了数月，见伍子胥的种种兴革措施确是才识卓越，切中时弊，令人钦佩，自己未必能胜得他过。两人一商量，以越国和吴国邻近，风俗相似，虽地域较小，却也大可一显身手，于是来到越国。勾践接见之下，于二人议论才具颇为赏识，均拜为大夫。

后来勾践不听文种、范蠡劝谏,兴兵和吴国交战,以石买为将,在钱塘江边一战大败,勾践在会稽山受围,几乎亡国殒身。勾践在危急之中用文种、范蠡之计,买通了吴王身边的奸臣太宰伯嚭,为越王陈说。吴王夫差不听伍子胥的忠谏,答允与越国讲和,将勾践俘到吴国,后来又放他归国。其后勾践卧薪尝胆,决定复仇,采用了文种的灭吴九术。

那九术第一是尊天地,事鬼神,神道设教,令越王有必胜之心。第二是赠送吴王大量财币,既使他习于奢侈,又去其防越之意。第三是先向吴国借粮,再以蒸过的大谷归还,吴王见谷大,发给农民当谷种,结果稻不生长,吴国大饥。第四是赠送美女西施和郑旦,让吴王迷恋美色,不理政事。第五是赠送巧匠,引诱吴王大起宫室高台,耗其财力民力。第六是贿赂吴王左右奸臣,使之败坏朝政。第七是离间吴王忠臣,终于迫得伍子胥自杀。第八是积蓄粮草,充实国家财力。第九是铸造武器,训练士卒,待机攻吴。据后人评论,其时吴国文明,越国野蛮,吴越相争,越国常不守当时中原通行之礼法规范,不少手段卑鄙恶劣,以致吴国受损。

文种八术都已成功,最后的第九术却在这时遇上了重大困难。眼见吴王派来剑士八人,所显示的兵刃之利、剑术之精,实非越国武士所能匹敌。

范蠡将适才比剑的情形告知了文种。文种皱眉道:"范贤弟,吴国剑士剑利术精,固是大患,而他们在群斗之时,善用孙武子遗法,更加难破难当。"范蠡道:"正是,当年孙武子辅佐吴王,统兵破楚,攻入郢都,用兵如神,天下无敌。虽齐晋大国,亦畏其锋。他兵法有言道:'我专为一,敌分为十,是以十攻其一也,则我众而敌寡。能以众击寡者,则吾之所与战者,约矣。'吴士四人与我越士四人相斗,吴士以二人挡我三人,以二人专攻一人,以众击寡,战无不胜。"

言谈之间,二人到了越王面前,只见勾践提着那柄其薄如纸的利剑,兀自出神。

过了良久,勾践抬起头来,说道:"文大夫,当年吴国有干将莫邪夫妇,善于铸剑。我越国有良工欧冶子,铸剑之术,亦不下于彼。此时干将、莫邪、欧冶子均已不在人世。吴国有这等铸剑高手,难道我越国自欧冶子一死，就此后继无人吗？"

文种道："臣闻欧冶子传有弟子二人，一名风胡子，一名薛烛。风胡子在楚，薛烛尚在越国。"勾践大喜，道："大夫速召薛烛前来，再遣人入楚，以重金聘请风胡子来越。"文种遵命而退。

次日清晨，文种回报已遣人赴楚，薛烛则已宣到。

勾践召见薛烛，说道："你师父欧冶子曾奉先王之命，铸剑五口。这五口宝剑的优劣，你且说来听听。"薛烛磕头道："小人曾听先师言道，先师为先王铸剑五口，大剑三、小剑二，一曰湛卢，二曰纯钩，三曰胜邪，四曰鱼肠，五曰巨阙。至今湛卢在楚，胜邪、鱼肠在吴，纯钩、巨阙二剑则在大王宫中。"勾践道："正是。"

原来当年勾践之父越王允常铸成五剑后，吴王得讯，便来相求。允常畏吴之强，只得以湛卢、胜邪、鱼肠三剑相献。后来吴王阖庐以鱼肠剑遣专诸刺杀王僚。湛卢剑落入水中，后为楚王所得，秦王闻之，求而不得，兴师击楚，楚王始终不与。

薛烛禀道："先师曾言，五剑之中，胜邪最上，纯钩、湛卢二剑其次，鱼肠又次之，巨阙居末。铸巨阙之时，金锡和铜而离，因此此剑只乃利剑，而非宝剑。"勾践道："然则我纯钩、巨阙二剑，不敌吴王之胜邪、鱼肠二剑了？"薛烛道："小人死罪，恕小人直言。"勾践抬头不语，从薛烛这句话中，已知越国二剑自非吴国二剑之敌。

范蠡说道："你既得传尊师之术，可即开炉铸剑。铸将几口宝剑出来，未必便及不上吴国的宝剑。"薛烛道："回禀大夫：小人已不能铸剑了。"范蠡道："却是为何？"薛烛伸出手来，只见他双手的拇指食指俱已不见，只剩下六根手指。薛烛黯然道："铸剑之劲，全仗拇指食指。小人苟延残喘，早已成为废人。"

勾践奇道："你这四根手指，是给仇家割去的么？"薛烛道："不是仇家，是给小人的师兄割去的。"勾践更加奇怪，道："你的师兄，那不是风胡子么？他为什么要割你手指？啊，一定是你铸剑之术胜过师兄，他心怀妒忌，断你手指，教你再也不能铸剑。"勾践擅行推测，薛烛不便说他猜错，唯默然不语。

勾践道："寡人本要派人到楚国去召风胡子来。他怕你报仇，或许不敢回来。"薛烛道："大王明鉴，风师兄目下是在吴国，不在楚国。"勾践微微一惊，说道："他……他在吴国，在吴国干什么？"

524

薛烛道:"三年之前,风师兄来到小人家中,取出宝剑一口,给小人观看。小人一见之下,登时大惊,原来这口宝剑,乃先师欧冶子为楚国所铸,名曰工布,剑身上文如流水,自柄至尖,连绵不断。小人曾听先师说过,一见便知。当年先师为楚王铸剑三口,一曰龙渊、二曰泰阿、三曰工布。楚王宝爱异常,岂知竟为师哥所得。"

勾践道:"想必是楚王赐给你师兄了。"

薛烛道:"若说是楚王所赐,原也不错,只不过是转了两次手。风师兄言道,吴师破楚之后,伍子胥发楚平王之棺,鞭其遗尸,在楚王墓中得此宝剑。后来回吴之后,听到风师兄的名字,便叫人将剑送去楚国给他,说道此是先师遗泽,该由风师兄承受。"

勾践大惊,沉吟道:"伍子胥居然舍得此剑,此人真乃英雄,真乃英雄也!"突然哈哈大笑,说道:"幸好夫差中我之计,已逼得此人自杀,哈哈,哈哈!"

勾践长笑之时,谁都不敢作声。他笑了好一会,才问:"伍子胥将工布宝剑赠你师兄,要办什么事?"薛烛道:"风师兄言道,当时伍子胥只说仰慕先师,别无所求。风师兄得到此剑后,心下感激,寻思伍将军是吴国上卿,赠我希世之珍,岂可不去当面叩谢?于是便去到吴国,向伍将军致谢。伍将军待以上宾之礼,为风师兄置下房舍,招待得极是客气。"勾践道:"伍子胥要人为他卖命,用的总是这套手段,当年要专诸刺王僚,便即如此。"

薛烛道:"大王料事如神。但风师兄不懂得伍子胥的阴谋,受他如此厚待,心下过意不去,一再请问,有何用己之处。伍子胥总说:'阁下枉驾过吴,乃吴国嘉宾,岂敢劳动尊驾?'"勾践骂道:"老奸巨猾,以退为进!"薛烛道:"大王明见万里。风师兄终于对伍子胥说,他别无所长,只会铸剑,承蒙如此厚待,当铸造几口希世的宝剑相赠。"

勾践伸手在大腿上一拍,道:"着了道儿啦!"薛烛道:"那伍子胥却说,吴国宝剑已多,也不必再铸了。而且铸剑极耗心力,当年干将莫邪铸剑不成,莫邪自身投入剑炉,宝剑方成。这种惨事,万万不可再行。"勾践奇道:"他当真不要风胡子铸剑?那可奇了。"薛烛道:"当时风师兄也觉奇怪。一日伍子胥又到宾馆来和风师兄闲谈,说起吴国与北方齐晋两国争霸,吴士勇悍,时占上风,便是车战之术有所不及，若以徒兵与之步战，所用剑戟却又不够锋锐。风师兄便与之谈论铸造剑戟之法。原来伍子胥所要铸的，不是一口两口宝剑，而是千口万口利剑。"

勾践登时省悟，忍不住"啊哟"一声，转眼向文种、范蠡二人瞧去，但见文种满脸焦虑之色，范蠡却呆呆出神，问道："范大夫，你以为如何？"范蠡道："伍子胥虽诡计多端，别说此人已死，就算仍在世上，也终究逃不脱大王掌心。"

勾践笑道："嘿嘿，只怕寡人不是伍子胥的对手。"范蠡道："伍子胥已为大王巧计除去，难道他还能奈何我越国吗？"勾践呵呵大笑，道："这话倒也不错。薛烛，你师兄听了伍子胥之言，便助他铸造利剑了？"薛烛道："正是。风师哥当下便随着伍子胥，来到莫干山上的铸剑房，见有一千余名剑匠正在铸剑，只其法未见尽善，于是风师兄逐一点拨，此后吴剑锋利，诸国莫及。"勾践点头道："原来如此。"

薛烛道："铸得一年，风师哥劳瘁过度，精力不支，便向伍子胥说起小人名字。伍子胥备下礼物，要风师哥来召小人前往吴国，相助风师哥铸剑。小人心想吴越世仇，吴国铸了利剑，固能杀齐人晋人，也能杀我越人，便劝风师哥休得再回吴国。"勾践道："是啊，你这人甚有见识。"

薛烛磕头道："多谢大王奖勉。可是风师哥不听小人之劝，当晚他睡在小人家中，半夜之中，他突然以利剑架在小人颈中，再砍去了小人四根手指，好教小人从此成为废人。"

勾践大怒，厉声说道："下次捉到风胡子，定将他斩成肉酱。"

文种道："薛先生，你自己虽不能铸剑，但指点剑匠，咱们也能铸成千口万口利剑。"薛烛道："回禀文大夫：铸剑之铁，吴越均有，唯精铜在越，良锡在吴。"

范蠡道："伍子胥早已派兵守住锡山，不许百姓采锡，是不是？"薛烛脸现惊异之色，道："范大夫，原来你早知道了。"范蠡微笑道："我只猜测而已。现下伍子胥已死，他的遗命吴人未必遵守。高价收购，要得良锡也就不难。"

勾践道："然而远水救不着近火，待得采铜、炼锡、造炉、铸剑，铸得不好又要从头来起，少说也是两三年的事。如果夫差活不到这么久，岂不成终生之恨？"

文种、范蠡同时躬身道："是。臣等当再思良策。"

范蠡退出宫来，寻思："大王等不得两三年，我是连多等一日一夜，也是……"想到这里，胸口一阵隐隐发痛，脑海中立刻出现了那个惊世绝艳的丽影。

那是浣纱溪畔的西施。是自己亲去访寻来的天下无双美女夷光，将越国山水灵气集于一身的娇娃夷光，自己却亲身将她送入了吴宫。

从会稽到姑苏的路程很短，只不过是几天的水程，但便在这短短的几天之中，两人情根深种，再也难分难舍。西施夷光皓洁的脸庞上，垂着两颗珍珠一般的泪珠，声音像若耶溪中温柔的流水："少伯，你答允我，一定要接我回来，越快越好，我日日夜夜的在等着你。你再说一遍，你永远永远不会忘了我。"

越国的仇非报不可，那是可以等的。但夷光在夫差的怀抱之中，妒忌和苦恼在咬啮着他的心。必须尽快大批铸造利剑，比吴国剑士所用利剑更加锋锐……

他在街上漫步，十八名卫士远远在后面跟着。

突然间长街西首传来一阵吴歌合唱："我剑利兮敌丧胆，我剑捷兮敌无首……"

八名身穿青衣的汉子，手臂挽手臂，放喉高歌，旁若无人的踏步而来。行人避在一旁。那正是昨日在越宫中大获全胜的吴国剑士，显是喝多了酒，在长街上横冲直撞。

范蠡皱起了眉头，愤怒迅速在胸口升起。

八名吴国剑士走到范蠡身前。为首一人醉眼惺忪，斜睨着他，说道："你……你是范大夫……哈哈，哈哈，哈哈！"范蠡的两名卫士抢了上来，挡在范蠡身前，喝道："不得无礼，闪开了！"八名剑士纵声大笑，学着他们的音调，笑道："不得无礼，闪开了！"两名卫士抽出长剑，喝道："大王有命，冲撞大夫者斩！"

为首的吴国剑士身子摇摇晃晃，说道："斩你，还是斩我？"

范蠡心想："这是吴国使臣，虽然无礼，不能跟他们动手。"正要说："让他过去！"突然间白光闪动，两名卫士齐声惨呼，跟着当当两声响，两人右手手掌随着所握长剑都已掉在地下。那为首的吴国剑士缓缓还剑入鞘，满脸傲色。

范蠡手下的十六名卫士一齐拔剑出鞘，团团将八名吴国剑士围住。

为首的吴士仰天大笑，说道："我们从姑苏来到会稽，原不想活着回去，且看你越国要动用多少军马，来杀我吴国八名剑士。"说到最后一个"士"字时，一声长啸，八人同时执剑在手，背靠背的站在一起。

范蠡心想："小不忍则乱大谋，眼下我国准备未周，不能杀了这八名吴士，致与夫差起衅。"喝道："这八位是上国使者，大家不得无礼，退开了！"说着让在道旁。众卫士怒气填膺，眼中如要喷出火来，只大夫有令，不敢违抗，便都让在街边。

八名吴士哈哈大笑，齐声高歌："我剑利兮敌丧胆，我剑捷兮敌无首！"

忽听得咩咩羊叫，一个身穿浅绿衫子的少女赶着十几头山羊，从长街东端走来。这群山羊来到吴士之前，便从他们身边绕过。

一名吴士兴犹未尽，长剑挥出，将一头山羊从头至臀，剖为两半，便如是划定了线仔细切开一般，连鼻子也一分为二，两爿羊身分倒左右，内脏肚肠都倾了出来，剑术之精，委实令人心惊。七名吴士大声喝采。范蠡心中也忍不住叫一声："好剑法！"

那少女手中竹棒连挥，将余下的十几头山羊赶到身后，说道："你为什么杀我山羊？"声音又娇嫩，又清脆，也含有几分愤怒。

那杀羊吴士将溅着羊血的长剑在空中连连虚劈，笑道："小姑娘，我要将你也这样劈为两半！"

范蠡叫道："姑娘，你快过来，他们喝醉了酒。"

那少女道："就算喝醉了酒，也不能随便欺侮人。"

那吴国剑士举剑在她头顶绕了几个圈子，笑道："我本想将你这小脑袋瓜儿割了下来，只瞧你这么美丽，可真舍不得。"七名吴士一齐哈哈大笑。

范蠡见这少女一张瓜子脸，睫长眼大，皮肤白皙，容貌甚为秀丽，身材苗条，弱质纤纤，心下不忍，又叫："姑娘，快过来！"那少女转头应道："是了！"

那吴国剑士长剑探出,去割她腰带,笑道:"那也……"只说得两个字,那少女手中竹棒一抖,戳在他手腕之上。那剑士只觉腕上一阵剧痛,呛啷一声,长剑落地。那少女竹棒挑起,碧影微闪,已刺入了他左眼之中。那剑士大叫一声,双手捧住了眼睛,连声狂吼。

这少女这两下轻轻巧巧的刺出,戳腕伤目,行若无事,不知如何,那吴国剑士竟避让不开。余下七名吴士大吃一惊,一名身材魁梧的吴士提起长剑,剑尖也往少女左眼刺去。剑招嗤嗤有声,足见这一剑劲力十足。

那少女更不避让,竹棒刺出,后发先至,噗的一声,刺中了那吴士右肩。那吴士这一剑之劲立时卸了。那少女竹棒疾缩疾伸,已刺入他右眼之中。那人杀猪般的大噪,双拳乱挥乱打,眼中鲜血涔涔而下,神情甚为可怖。

这少女以四招戳瞎两名吴国剑士的眼睛,人人眼见她只随手挥刺,对手便即受伤,无不耸然动容。六名吴国剑士又惊又怒,各举长剑,将那少女围在垓心。

范蠡略通剑术,见这少女不过十六七岁年纪,只以一根竹棒便戳瞎了两名吴国高手的眼睛,手法如何虽看不清楚,但显是极上乘的剑法,不由得又惊又喜,待见六名剑士各挺兵刃围住了她,心想她剑术再精,一个少女终究难敌六名高手,当即朗声说道:"吴国众位剑士,六个打一个,不怕坏了吴国的名声?倘若以多为胜,嘿嘿!"双手一拍,十六名越国卫士立即挺剑散开,围住了吴国剑士。

那少女冷笑道:"六个打一个,也未必会赢!"左手微举,右手中的竹棒已向一名吴士眼中戳去。那人举剑挡格,那少女早兜转竹棒,戳向另一名吴士胸口。便在此时,三名吴士的长剑齐向那少女身上刺到。那少女身法灵巧之极,一转一侧,将来剑尽数避开,噗的一声,挺棒戳中左首一名吴士手腕。那人五指不由得松了,长剑落地。

十六名越国卫士本欲上前自外夹击,但其时吴国剑士长剑使开,已幻成一道剑网,青光闪烁,那些越国卫士如何欺得近身?

却见那少女在剑网之中飘忽来去,浅绿色布衫的衣袖和带子飞扬开来,好看已极,但听得"啊哟"、呛啷之声不断,吴国众剑士长剑一柄柄落地,一个个退开,有的举手按眼,有的蹲在地下,每一人都给刺瞎了一只眼睛，或伤左目，或损右目。

那少女收棒而立，娇声道："你们杀了我羊儿，赔是不赔？"

八名吴国剑士又惊骇，又愤怒，有的大声咆哮，有的全身发抖。这八人原为极勇悍的武士，即使给人砍去了双手双足，也不会害怕示弱，此刻突然之间为一个牧羊少女戳瞎了眼睛，长剑又均脱手，既痛又怕，实摸不着半点头脑，震骇之下，心中一团混乱。

那少女道："你们不赔我羊儿，我连你们另一只眼睛也戳瞎了。"八剑士一听，不约而同的都退了一步。

范蠡叫道："这位姑娘，我赔你一百只羊，这八个人便放他们去罢！"那少女向他微微一笑，道："你这人很好，我也不要一百只羊，只要一只就够了。"

范蠡向卫士道："护送上国使者回宾馆休息，请医生医治伤目。"众卫士答应了，派出八人，挺剑押送。八名吴士手无兵刃，便如打败了的公鸡，双手按住瞎了的眼睛，垂头丧气的走开。

范蠡走上几步，问道："姑娘尊姓？"那少女道："你说什么？"范蠡道："姑娘姓什么？"那少女道："我叫阿青，你叫什么？"

范蠡微微一笑，心想："乡下姑娘，不懂礼法，只不知她如何学会了这一身出神入化的剑术。只须问到她师父是谁，再请她师父来教练越士，何愁吴国不破？"想到和西施重逢的时刻指日可期，不由得心口登时感到一阵热烘烘的暖意，说道："我叫范蠡。姑娘，请你到我家吃饭去。"阿青道："我不去，我要赶羊去吃草。"范蠡道："我家里有大好的草地，你赶羊去吃，我再赔你十头肥羊。"

阿青拍手笑道："你家里有大草地吗？那好极了。不过我不要你赔羊，我这羊儿又不是你杀的。"她蹲下地来，抚摸被割成了两爿的羊身，凄然道："好老白，乖老白，人家杀死了你，我……我可救你不活了。"

范蠡吩咐卫士道："把老白的两爿身子缝了起来，去埋在姑娘屋子旁边。"

阿青站起身来，面颊上有两滴泪珠，眼中却透出喜悦的光芒，说道："范蠡，你……你不许他们把老白吃了？"范蠡道："自然不许。那是你的好老白，乖老白，谁都不许吃。"阿青叹了口气，道："你真好。我最恨人家拿我的羊儿去宰来吃了，不过妈说，羊儿不卖给人家，我们就没钱买米。"范蠡道:"打从今儿起,我时时叫人送米送布给你妈,你养的羊儿,一只也不用卖。"阿青大喜,一把抱住范蠡,叫道:"范蠡,你真是个好人。"

众卫士见她天真烂漫,既直呼范蠡之名,又当街抱住了他,无不好笑,都转过了头,不敢笑出声来。

范蠡挽住了她手,似乎生怕这是个天上下凡的仙女,一转身便不见了,在十几头山羊的咩咩声中,和她并肩缓步,同回府中。

阿青赶着羊走进范蠡的大夫第,惊道:"你这屋子真大,一个人住得了吗?"范蠡微微一笑,说道:"我正嫌屋子太大,回头请你妈和你一起来住好不好? 你家里还有什么人?"阿青道:"就是我妈和我两个人,不知道我妈肯不肯来。我妈叫我别跟男人多说话。不过你是好人,不会害我们的。"

范蠡要阿青将羊群赶入花园之中,命婢仆取出糕饼点心,在花园的凉亭中殷勤款待。众仆役见羊群将花园中的牡丹、芍药、芝兰、玫瑰种种名花异卉大口咬嚼,而范蠡却笑吟吟的瞧着,全然不以为意,无不骇异。

阿青喝茶吃饼,很是高兴。范蠡跟她闲谈半天,觉她言语幼稚,于世务全然不懂,终于问道:"阿青姑娘,教你剑术的那位师父是谁?"

阿青睁着一双明澈的大眼,道:"什么剑术? 我没师父啊。"范蠡道:"你用一根竹棒戳瞎了八个坏人的眼睛,这本事就是剑术了,那是谁教的?"阿青摇头道:"没人教我,我自己会的。"范蠡见她神情坦率,并无丝毫作伪之态,心下暗异:"难道当真是天降异人?"说道:"你从小就会玩这竹棒?"

阿青道:"本来是不会的,我十三岁那年,白公公来骑羊儿玩,我不许他骑,用竹棒赶他。他也拿了根竹棒来打我,我就跟他对打。起初他总打到我,我打不着他。我们天天这样打着玩,近来我总是打到他,戳得他很痛,他可戳我不到。他也不大来跟我玩了。"

范蠡又惊又喜,道:"白公公住在哪里? 你带我去找他好不好?"阿青道:"他住在山里,找他不到的。只有他来找我,我从来没去找过他。"范蠡道:"我想见见他,有没有法子?"阿青沉吟道:"嗯,你跟我一起去牧羊,咱们到山边等他。就不知道他什么时候会来。"叹了口气道："近来好久没见到他啦！"

范蠡心想："为了越国和夷光，跟她去牧羊却又怎地？"便道："好啊，我就陪你去牧羊，等那位白公公。"寻思："这阿青姑娘的剑术，自是那位山中老人白公公所教的了。料想白公公见她年幼天真，便装作用竹棒跟她闹着玩。他能令一个乡下姑娘学到如此神妙的剑术，请他去教练越国武士，破吴必矣！"

请阿青在府中吃了饭后，便跟随她同到郊外的山里去牧羊。他手下部属不明其理，均感骇怪。一连数日，范蠡手执竹棒，和阿青在山野间牧羊唱歌，等候白公公到来。

第五日上，文种来到范府拜访，见范府掾吏面有忧色，问道："范大夫多日不见，大王颇为挂念，命我前来探望，莫非范大夫身子不适么？"那掾吏道："回禀文大夫：范大夫身子并无不适，不过……不过……"文种道："不过怎样？"那掾吏道："文大夫是范大夫的好朋友，我们下吏不敢说的话，文大夫不妨去劝劝他。"文种更加奇怪，问道："范大夫有什么事？"那掾吏道："范大夫迷上了那个……那个会使竹棒的美貌乡下姑娘，每天一早便陪着她去牧羊，不许卫士们跟随保护，直到天黑才回来。小吏有公务请示，也不敢前去打扰。"

文种哈哈大笑，心想："范贤弟在楚国之时，楚人都叫他范疯子。他行事与众不同，原非俗人所能明白。"

这时范蠡正坐在山坡草地上，讲述楚国湘妃和山鬼的故事。阿青坐在他身畔凝神倾听，一双明亮的眼睛，目不转瞬的瞧着他，忽然问道："那湘妃真这样好看么？"

范蠡轻轻说道："她的眼睛比这溪水还要明亮，还要清澈……"阿青道："她眼睛里有鱼游么？"范蠡道："她的皮肤比天上的白云还要柔和，还要温软……"阿青道："难道也有小鸟在云里飞吗？"范蠡道："她的嘴唇比这朵小红花的花瓣还要娇嫩，还要鲜艳，她的嘴唇湿湿的，比这花瓣上的露水还要晶莹。湘妃站在水边，倒影映在清澈的湘江里，江边的鲜花羞惭得都枯萎了，鱼儿不敢在江里游，生怕弄乱了她美丽的倒影。她白雪一般的手伸到湘江里，柔和得好像要溶在水里一样……"

阿青道："范蠡，你见过她的是不是？为什么说得这样仔细？"

532

范蠡轻轻叹了口气,说道:"我见过她的,我瞧得非常非常仔细。"

他说的是西施,不是湘妃。

他抬头向着北方,眼光飘过了一条波浪滔滔的大江,这美丽的女郎是在姑苏城中吴王宫里,她这时候在做什么? 是在陪伴吴王么? 是在想着我么?

阿青道:"范蠡! 你的胡子很奇怪,给我摸一摸行不行?"

范蠡想:她是在哭泣呢,还是在笑?

阿青说:"范蠡,你的胡子中有两根是白色的,真有趣,像是我羊儿的毛一样。"

范蠡想:分手的那天,她伏在我肩上哭泣,泪水湿透了我半边衣衫,这件衫子我永远不洗,她的泪痕之中,又加上了我的眼泪。

阿青说:"范蠡,我想拔你一根白色的胡子来玩,好不好? 我轻轻的拔,不会弄痛你的。"

范蠡想:她说最爱坐了船在江里湖里慢慢的顺水漂流,等我将她夺回来之后,我大夫也不做了,便整天和她坐了船,在江里湖里漂游,这么漂游一辈子。

突然之间,颏下微微一痛,阿青已拔下了他一根胡子,只听得她在格格娇笑,蓦地里笑声中断,听得她喝道:"你又来了!"

绿影闪动,阿青已激射而出,只见一团绿影、一团白影已迅捷无伦的缠斗在一起。

范蠡大喜:"白公公到了!"眼见两人斗得一会,身法渐渐缓了下来,他忍不住"啊"的一声叫了出来。

和阿青相斗的竟然不是人,而是一头白猿。

这白猿也拿着一根竹棒,和阿青手中竹棒纵横挥舞的对打。这白猿出棒招数巧妙,劲道凌厉,竹棒刺出时带着呼呼风声,但每一棒刺来,总给阿青拆解开去,随即以巧妙之极的招数还击过去。

数日前阿青与吴国剑士在长街相斗,一棒便戳瞎一名吴国剑士的眼睛,每次出棒都一式一样,直到此刻,范蠡方见到阿青剑术之精。他于剑术虽所学不多,但常去临观越国剑士练剑,剑法优劣一眼便能分别。当日吴越剑士相斗,他已看得咋舌不下,此时见到阿青和白猿斗剑,手中所持虽均是竹棒,但招法精奇之极,吴越剑士相形之下，直如儿戏一般。

白猿的竹棒越使越快，阿青却时时凝立不动，偶尔一棒刺出，便如电光急闪，逼得白猿接连倒退。

阿青将白猿逼退三步，随即收棒而立。那白猿双手持棒，身子飞起，挟着一股劲风，向范蠡疾刺过来。范蠡见到这般猛恶的情势，急忙避让，青影闪动，阿青已挡在他身前。白猿见一棒将刺到阿青，急忙收棒，阿青乘势横棒挥出，啪啪两声轻响，白猿的竹棒已掉在地下。

白猿一声长啸，跃上树梢，接连几个纵跃，已窜出数十丈外，但听得啸声凄厉，渐渐远去。山谷间猿啸回声，良久不绝。

阿青回过身来，叹了口气，道："白公公断了两条手臂，再也不肯来跟我玩了。"范蠡道："你打断了它两条手臂？"阿青点头道："今天白公公凶得很，一连三次，要扑过来刺死你。"范蠡惊道："它……它要刺死我？为什么？"阿青摇了摇头，道："我不知道。"范蠡暗暗心惊："若不是阿青挡住了它，这白猿要刺死我当真不费吹灰之力。"

第二天早晨，在越王的剑室之中，阿青手持一根竹棒，面对着越国二十名第一流剑手。范蠡知道阿青不会教人如何使剑，只有让越国剑士模仿她的剑法。

但没一个越国剑士能挡得住她的三招。

阿青竹棒一动，对手若不是手腕被戳，长剑脱手，便即要害中棒，委顿在地。范蠡事先嘱咐过她，请她不可刺瞎对方的眼睛，也不可杀伤对方的性命。越国剑士都知她是范大夫的爱宠，也不敢当真拼命厮杀。

第三天，三十名剑士败在她的棒下。第四天，又有三十名剑士在她一根短竹棒下腕折臂断，狼狈败退。

到第五天上，范蠡再要找她去会斗越国剑士时，阿青已失了踪影，寻到她家里，只余下一间空屋，十几头山羊。范蠡派遣数百名部属在会稽城内城外、荒山野岭中去找寻，再也觅不到这小姑娘的踪迹。

八十名越国剑士没学到阿青的一招剑法，但他们已亲眼见到了神剑的影子。每个人都知道了，世间确有这般神奇的剑法。八十人将一丝一忽勉强捉摸到的剑法影子传授给了旁人,单是这一丝一忽的神剑影子,越国武士的剑法便已无敌于天下。

范蠡请薛烛督率良工,铸成了千千万万口利剑。

三年之后,勾践兴兵伐吴,战于五湖之畔。越军五千人持长剑而前,吴兵逆击。两军交锋,越兵长剑闪烁,吴兵当者披靡,吴师大败。

吴王夫差退到余杭山。越兵追击,二次大战,吴兵始终挡不住越兵的快剑。夫差兵败自杀。越军攻入吴国的都城姑苏。

范蠡亲领长剑手一千,直冲到吴王的馆娃宫。那是西施所住的地方。他带了几名卫士,奔进宫去,叫道:"夷光,夷光!"

他奔过一道长廊,脚步声发出清朗的回声,长廊下面是空的。西施脚步轻盈,每一步都像是弹琴鼓瑟那样,有美妙的音乐节拍。夫差建了这道长廊,好听她奏着音乐般的脚步声。

在长廊彼端,音乐般的脚步声响了起来,像欢乐的锦瑟,像清和的瑶琴,一个轻柔的声音在说:"少伯,真的是你么?"

范蠡胸口热血上涌,说道:"是我,是我! 我来接你了。"他听得自己的声音嘶嗄,好像是别人在说话,好像是很远很远的声音。他跟跟跄跄的奔过去。

长廊上乐声繁音促节,一个柔软的身子扑入了他怀里。

春夜溶溶。花香从园中透过帘子,飘进馆娃宫。范蠡和西施在倾诉着别来的相思。

忽然间寂静之中传来了几声咩咩的羊叫。

范蠡微笑道:"你还是忘不了故乡的风光,在宫室之中也养了山羊吗?"

西施笑着摇了摇头,她有些奇怪,怎么会有羊叫? 然而在心爱之人的面前,除了温柔的爱念,任何其他的念头都不会在心中停留长久。她慢慢伸手出去,握住了范蠡的左手。炽热的血同时在两人脉管中迅速流动。

突然间,一个女子声音在静夜中响起:"范蠡! 你叫你的西施出来,我要杀了她!"

范蠡陡地站起。西施感到他的手掌忽然间变得冰冷。范蠡认得这是阿青的声音。她的呼声越过馆娃宫的高墙，飘了进来。

"范蠡，范蠡，我要杀你的西施，她逃不了的。我一定要杀你的西施。"

范蠡又惊恐，又迷惑："她为什么要杀夷光？夷光可从来没得罪过她！"蓦地里心中一亮，霎时之间都明白了："她并不真是个不懂事的乡下姑娘，她一直在喜欢我。"

迷惘已去，惊恐更甚。

范蠡一生临大事，决大疑，不知经历过多少风险，当年在会稽山为吴军围困，粮尽援绝之时，也不及此刻的惧怕。西施感到他手掌中湿腻腻的都是冷汗，觉到他的手掌在发抖。

如果阿青要杀的是他自己，范蠡不会害怕的，然而她要杀的是西施。

"范蠡，范蠡！我要杀了你的西施，她逃不了的！"

阿青的声音忽东忽西，在宫墙外传进来。

范蠡定了定神，说道："我要去见见这人。"轻轻放脱了西施的手，快步向宫门走去。

十八名卫士跟随在他身后。阿青的呼声人人都听见了，耳听得她在宫外直呼破吴英雄范大夫之名，大家都感到十分诧异。

范蠡走到宫门之外，月光铺地，一眼望去，不见有人，朗声说道："阿青姑娘，请你过来，我有话说。"四下里寂静无声。范蠡又道："阿青姑娘，多时不见，你可好么？"可是仍不闻回答。范蠡等了良久，始终不见阿青现身。

他低声嘱咐卫士，立即调来一千名甲士、一千名剑士，在馆娃宫前后守卫。

他回到西施面前，坐了下来，握住她双手，一句话也不说。从宫门外回到西施身畔，他心中已转过了无数念头："令一个宫女假装夷光，让阿青杀了她？我和夷光化装成为越国甲士，逃出吴宫，从此隐姓埋名？阿青来时，我在她面前自杀，求她饶了夷光？调二千名弓箭手守住宫门，阿青倘若硬闯，那便万箭齐发，射死了她？"但每一个计策都有破绽。阿青于越国有大功，何况在范蠡心中，阿青是小妹子，是好朋友，除了西施，她是自己最宠爱的姑娘，分别以来，除了西

536

施之外,最常想到便是这个可爱的小姑娘。当日白公公要刺杀自己,她甘愿受伤,挺身挡在自己身前。宁可自己死了,也决计不能杀她。

他怔怔的瞧着西施,心头忽然一阵温暖:"我二人就这样一起死了,那也好得很。我二人在临死之前,终于聚在一起了。"

时光缓缓流过。西施觉到范蠡的手掌温暖了。他不再害怕,脸上露出了笑容。

破晓的日光从窗中照射进来。

蓦地里宫门外响起了一阵吆喝声,跟着呛啷啷、呛啷啷响声不绝,那是兵刃落地之声。这声音从宫门外直响进来,便如一条极长的长蛇,飞快的游来,长廊上也响起了兵刃落地的声音。一千名甲士和一千名剑士阻挡不了阿青。

只听得阿青叫道:"范蠡,你在哪里?"

范蠡向西施瞧了一眼,朗声道:"阿青,我在这里。"

"里"字的声音甫绝,嗤的一声响,门帷从中裂开,一个绿衫人飞了进来,正是阿青。她右手竹棒的尖端指住了西施的心口。

她凝视着西施的容光,阿青脸上的杀气渐渐消失,变成了失望和沮丧,再变成了惊奇、羡慕,变成了崇敬,喃喃的说:"天……天下竟有这……这样的美女!范蠡,她……她比你说的还……还要美!"纤腰扭处,一声清啸,已破窗而出。

清啸迅捷之极的远去,渐远渐轻,余音袅袅,良久不绝。

数十名卫士急步奔到门外。卫士长躬身道:"大夫无恙?"范蠡摆了摆手,众卫士退了下去。范蠡握着西施的手,道:"咱们换上庶民的衣衫,我和你到太湖划船去,再也不回来了。"

西施眼中闪出无比快乐的光芒,忽然之间,微微蹙起了眉头,伸手捧着心口。阿青这一棒虽没戳中她,但棒端发出的劲气已刺伤了她心口。

两千年来,人们都知道,"西子捧心"是人间最美丽的形象。

藍□子屬任渭長

壺蔡容莊雕時在

咸豐石辰冬

趙處女一
處女如公之狙

虬髯客二
負心可暇非公世界

541

繩技三

繩何來債無臺

車中女子四
計甚驚怕不求仕罷

543

汝州僧五
五九腦後飛白不

京西老人六

風雷電板一片

蘭陵老人七君剗膚尹割鬢

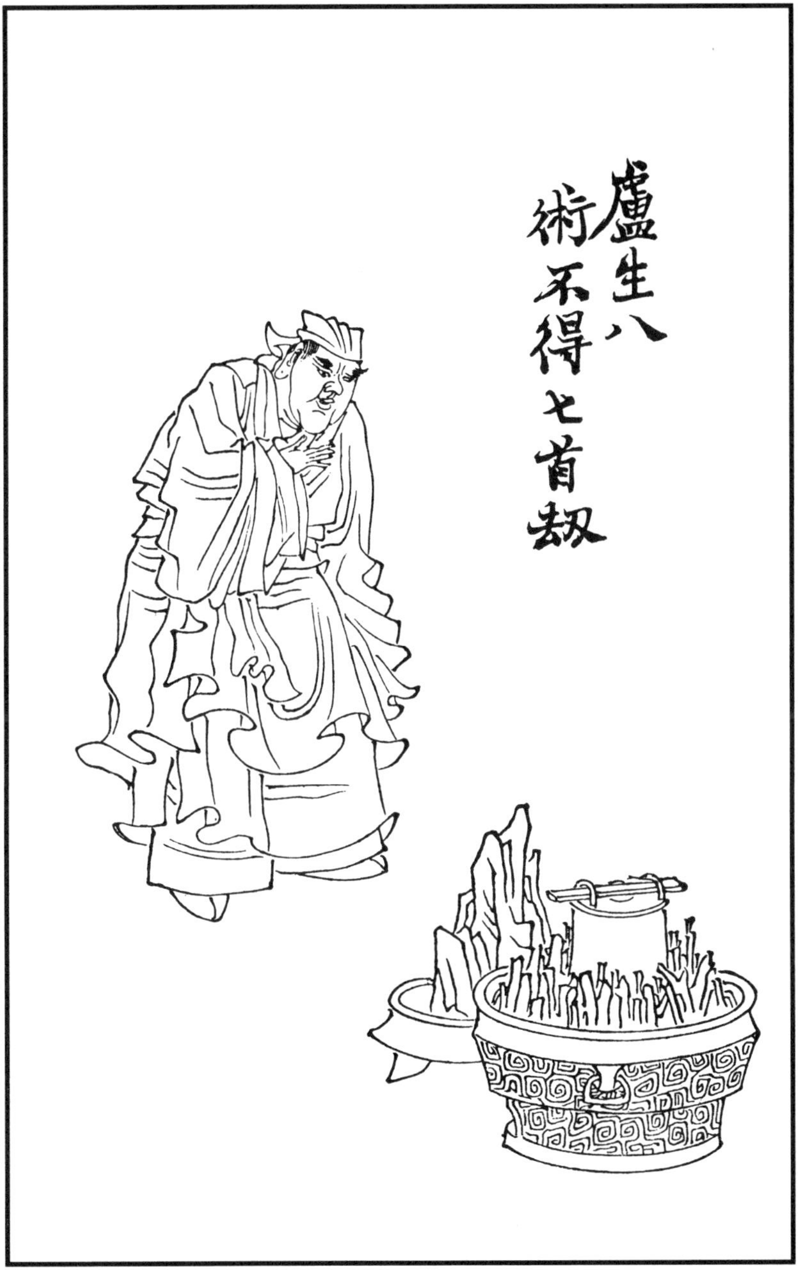
盧生八
術不得匕首刼

聶隱孃九

精、空、宜淬鏡終

荆十三孃

慕中立巍諸莒

紅綫十一

牀頭金合懺除宿孽

琵琶繡嚢一田膨郎

正敬宏僕十二

崑崙磨勒十三
崔家臣月下人

四明頭陀十四

道士不學頭陀無著

丁秀才
十五
雪晚来
飲一杯

緻鐬女十六
懷橘奇求珠宜

宣慈寺門子十七

簾何必妙批頰

李龜壽十六
嘻刺客馮花鵲

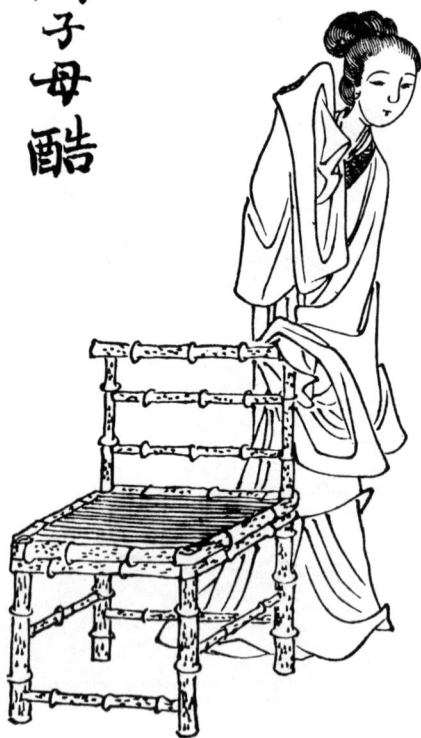

賈人妻十九
為夫婦俠為子母酷

維揚河街上叟二十
不殺用之令君
妻歸

寺行者二十一
休打鐘皮囊中

560

李勝二十二

殺亦不辜

翅使知懼

張忠定二十三

山老不乖諸君自崖

秀州刺客二十四

赤可留乃苗劉

張訓妻二十五
婢何鼻吹無謂

潘宸二十六
自稱野客依鄭匡國

565

洪州書生二十七
吾不能容書生心胸

義俠二十八
殺君負心為君報恩

青巾者二十九
公真豪俊我知命

568

淄川道士三十

髑髅儳瘵剑仙如斯

569

侠婦人三十一

黃金何勞不如衲袍

解洵婦 三十二
去何害妒可怪

角巾道人三十三

足一醉無星礒

古典章回小说有插图和绣像，是我国向来的传统。

我很喜欢读古典章回小说，也喜欢小说中的插图。可惜一般插图的美术水准，与小说的文学水准差得实在太远。这些插图都是木版画，是雕刻在木版上再印出来的，往往画得既粗俗，刻得又简陋，只有极少数的例外。

我国版画有很悠久的历史。最古的版画作品，是汉代的肖形印，在印章上刻了龙虎禽鸟等等图印，印在绢上纸上，成为精美巧丽的图形。（然而这不是最古的印章。最古的印章，是一九〇八年在地中海克里特岛上发掘法伊斯托斯（Phaistos）古宫时所发现的一只泥碟。古宫是米诺文化（希腊文化的前身）时代的建筑。经科学鉴证，泥碟大约是公元前一千七百年时所制，泥碟扁平，无彩绘，圆径六吋半，泥土制成圆碟后经日晒而硬化，碟上用凹入的印章印出二四一个阳文（凸起）的文字（？），文字从碟边直行排入碟心。文字无人识得，近一百年无数考古学家、古文字学家费了大量心力，都无法破解这些文字（或非文字而仅是花纹）的意义。其时全世界大概还未有真正的文字，要到两千五百年之后，中国才发明最早的印刷术，更要到三千一百年之后的欧洲中世纪时代，日耳曼的古登堡（Johannes Gutenberg）才从中国的印刷术中得到灵感，而用活字印刷基督教圣经。泥碟上的花纹，大约用四十五个精细雕成的印章依次印在湿泥之上。其所含意义，迄今是考古学中一个饶有兴味的难题，不过

573

这不是版画。)中国版画成长于隋唐时的佛画,盛于宋元,到明末而登峰造极,最大的艺术家是陈洪绶(老莲)。清代版画普遍发展,年画盛行于民间。咸丰年间的任渭长,一般认为是我国传统版画最后的一位大师。以后的版画受到西方美术的影响,和我国传统的风格颇为不同了。

我手边有一部任渭长画的版画集《卅三剑客图》,共有三十三个剑客的图形,人物的造型十分生动。偶有空闲,翻阅数页,很触发一些想像,常常引起一个念头:"最好能给每一幅图'插'一篇短篇小说。"惯例总是画家为小说家绘插图,古今中外,似乎从未有一个写小说的人为一系列的绘画插写小说。

由于读书不多,这三十三个剑客的故事我知道得不全。但反正是写小说,不知道原来出典的,不妨任意创造一个故事。幸而潘铭燊兄借给我《剑侠传》原文,得以知道每个故事的出典。

可是连写三十三个剑侠故事的心愿,始终完成不了。写了第一篇《越女剑》后,第二篇《虬髯客》的小说就写不下去了。写叙述文比写小说不费力得多,于是改用平铺直叙的方式,介绍原来的故事。

其中《虬髯客》、《聂隐娘》、《红线》、《昆仑奴》四个故事众所周知,不再详细叙述,同时原文的文笔极好,我没有能力译成同样简洁明丽的语体文,所以附录了原文。比较生僻的故事则将原文内容用语体文写出来。英国的莎士比亚离我们不过四百多年,乔塞(G. Chaucet)只在我们六百多年以前,可是现在我们读他们著作的英文,必须依赖大量注解和疏译,否则有些字根本不懂。我们这些《虬髯客》之类唐人小说,作于一千三四百年之前,现今诵读,虽非字字皆明,却也能轻易欣赏其文笔之美,《吴越春秋》更作于东汉年间(公元一、二世纪,在今一千八九百年前),我们今日仍可读懂,中国文字的优点,由此充分显示。

这些短文写于一九七〇年一月和二月,是为《明报晚报》创刊最初两个月所作。

一　赵处女

　　江苏与浙江到宋朝时已渐渐成为中国的经济与文化中心,苏州、杭州成为出产著名文人和美女的地方。但在春秋战国时期,吴人和越人却是勇决剽悍的象征。那样的轻视生死,追求生命中最后一刹那的光采,和现代一般中国人的性格相去是这么遥远,和现代苏浙人士的机智柔和更是两个极端。在那时候,吴人越人血管中所流动的,是原始的、犷野的热血。吴越本来的文化,更近于苗人、瑶人文化,后世史家有称为荆蛮文化的。

　　吴越的中原性文化是外来的。伍子胥、文种、范蠡都来自西方的楚国。勾践的另一个重要谋士计然来自北方的晋国。只有西施本色的美丽,才原来就属于浣纱溪那清澈的溪水。所以,教导越人剑法的那个处女,虽然住在绍兴以南的南林,《剑侠传》中却说她来自赵国,称她为"赵处女"。

　　但一般书籍中都称她为"越女"。

　　《吴越春秋》中有这样的记载:

　　"其时越王又问相国范蠡曰:'孤有报复之谋,水战则乘舟,陆行则乘舆。舆舟之利,顿于兵弩。今子为寡人谋事,莫不谬者乎?'范蠡对曰:'臣闻古之圣人,莫不习战用兵。然行阵、队伍、军鼓之事,吉凶决在其工。今闻越有处女,出于南林,国人称善。愿王请之,立可见。'越王乃使使聘之,问以剑戟之术。

　　"处女将北见于王,道逢一翁,自称曰'袁公',问于处女曰:'吾闻子善剑，愿一见之。'女曰：'妾不敢多所隐，惟公试之。'于是袁公即杖箖箊（竹名）竹，竹枝上颉桥（向上劲挑），未堕地（'未'应作'末'，竹梢折而跌落），女即捷末（'捷'应作'接'，接住竹梢）。袁公则飞上树，变为白猿，遂别去。

"见越王。越王问曰：'夫剑之道如之何？'女曰：'妾生深林之中，长于无人之野，无道不习，不达诸侯，窃好击剑之道，诵之不休。妾非受于人也，而忽自有之。'越王曰：'其道如何？'女曰：'其道甚微而易，其意甚幽而深。道有门户，亦有阴阳。开门闭户，阴衰阳兴。凡手战之道，内实精神，外示安仪。见之似好妇，夺之似惧虎（看上去好像温柔的女子，一受攻击，立刻便如受到威胁的猛虎那样，作出迅速强烈的反应）。布形候气，与神俱往。杳之若日，偏如腾兔，追形逐影，光若仿佛，呼吸往来，不及法禁，纵横逆顺，直复不闻。斯道者，一人当百，百人当万。王欲试之，其验即见。'越王即加女号，号曰'越女'。乃命五板之堕（'堕'应作'队'）高（'高'是人名，高队长）习之教军士，当世莫胜越女之剑。"

《吴越春秋》的作者是东汉时的赵晔，他是浙江绍兴人，因此书中记载多抑吴而扬越。元朝的徐天祜为此书作了考证和注解，他说赵晔"去古未甚远，晔又山阴人，故综述视他书纪二国事为详。"

书中所记叙越女综论剑术的言语，的确是最上乘的武学，恐怕是全世界最古的"搏击原理"，即使是今日的西洋剑术和拳击，也未见得能超越她所说的根本原则："内动外静，后发先至；全神贯注，反应迅捷；变化多端，出敌不意。"

《艺文类聚》引述这段文字时略有变化："（袁）公即挽林内之竹似枯槁，末折堕地。女接取其末。袁公操其本而刺处女。处女应，即入之。三入，因举杖击袁公。袁公则飞上树，化为白猿。"

叙述袁公手折生竹，如断枯木。处女以竹枝的末梢和袁公的竹杆相斗，守了三招之后还击一招。袁公不敌，飞身上树而遁。其中有了击刺的过程。

《剑侠传》则说："袁公即挽林杪之竹似桔槔，末折地，女接其末。公操其本而刺女。女因举杖击之。公即上树，化为白猿。"

"桔槔"是井上汲水的滑车，当是从《吴越春秋》中"颉桥"两字化出来的，形容袁公使动竹枝时的灵动。

《东周列国志演义》第八十一回写这故事，文字更加明白了些：

"老翁即挽林内之竹，如摘腐草，欲以刺处女。竹折，末堕于地。处女即接取竹末，还刺老翁。老翁忽飞上树，化为白猿，长啸一声而去。使者异之。

"处女见越王。越王赐座，问以击刺之道。处女曰：'内实精神，外示安佚。见之如妇，夺之似虎。布形候气，与神俱往。捷若腾兔，追形还影，纵横往来，目不及瞬。得吾道者，一人当百，百人当万。大王不信，愿得试之。'越王命勇士百人，攒戟以刺处女。处女连接其戟而投之。越王乃服，使教习军士。军士受其教者三千人。岁余，处女辞归南林。越王再使人请之，已不在矣。"

这故事明明说白猿与处女比剑，但后人的诗文却常说白猿学剑，或学剑于白猿。庾信的《宇文盛墓志》中有两句说："授图黄石，不无师表之心，学剑白猿，遂得风云之志。"杜牧有诗说："授图黄石老，学剑白猿翁。"所以我在《越女剑》的小说中，也写越女阿青的剑法最初从白猿处学来。

我在《越女剑》小说中，提到了薛烛和风胡子，这两人在《越绝书》第十三卷《外传·记宝剑》一篇中有载。

篇末记载：楚王问风胡子，宝剑的威力为什么这样强大："楚王于是大悦，曰：'此剑耶？寡人力耶？'风胡子对曰：'剑之威也，因大王之神。'楚王曰：'夫剑，铁耳，固能有精神若此乎？'风胡子对曰：'时各有使然。轩辕、神农、赫胥之时，以石为兵，断树木为宫室，死而龙臧，夫神圣主使然。至黄帝之时，以玉为兵，以伐树木为宫室、凿地。夫玉亦神物也，又遇圣主使然，死而龙臧。禹穴之时，以铜为兵，以凿伊阙，通龙门，决江导河，东注于东海，天下通平，治为宫室，岂非圣主之力哉？当此之时，作铁兵，威服三军，天下闻之，莫敢不服，此亦铁兵之神，大王有圣德。'楚王曰：'寡人闻命矣！'"

《越绝书》作于汉代。这一段文字叙述兵器用具的演进，自旧石器、新石器、青铜器而铁器，与近代历史家的考证相合，颇饶兴味。风胡子将兵刃之所以具有无比威力，归结到"大王有圣德"五字上，楚王自然要点头称善。拍马屁的手法，古今同例，两千余年来似乎也没有多少新的花样变出来。

处女是最安静斯文的人（当然不是现代着迷你裙、跳新潮舞的处女），而猿猴是最活跃的动物。《吴越春秋》这故事以处女和白猿作对比，而让处女打败了白猿，是一个很有意味的设想，也是我国哲学"以静制动"观念的表现。孙子兵法云："是故始如处女，敌人开户，后如脱兔，敌不及拒。"拿处女和奔跃的兔子相对比。或者说：开始故意示弱，令敌人松懈，不加防备，然后突然发动闪电攻击。

白猿会使剑，在唐人传奇《补江总白猿传》中也有描写，说大白猿"遍身长毛，长数寸。所居常读木简，字若符篆，了不可识；已，则置石磴下。晴昼或舞双剑，环身电飞，光圆若月。"

旧小说《绿野仙踪》中，仙人冷于冰的大弟子是头白猿，舞双剑。还珠楼主的《蜀山剑侠传》中，连续写了好几头会武功的白猿，女主角李英琼的大弟子就是一头白猿。

二　虬髯客

《虬髯客传》一文虎虎有生气，或者可以说是我国武侠小说的鼻祖。我一直很喜爱这篇文章。高中一年级那年，在浙江丽水碧湖就读，曾写过一篇《虬髯客传的考证和欣赏》，登在学校的壁报上。明报总经理沈宝新兄和我那时是同班同学，不知他还记得这篇旧文否？当时学校图书馆中书籍无多，自己又幼稚无识，所谓"考证"，只是胡说八道而已，主要考证该传的作者是杜光庭还是张说，因为典籍所传，有此两说，结论是杜光庭说证据较多。其时教高中三年级国文的老师钱南扬先生是研究元曲的名家，居然对此小文颇加赞扬（认为"欣赏"部分写得颇好）。小孩子学写文章得老师赞好，自然深以为喜。二十余年来，每翻到《虬髯客传》，往往又重读一遍。

这篇传奇为现代的武侠小说开了许多道路。有历史的背景而又不完全依照历史；有男女青年的恋爱；男的是豪杰，而女的是美人（"乃十八九佳丽人也"）；有深夜的化装逃亡；有权相的追捕；有小客栈的借宿和奇遇；有意气相投的一见如故；有寻仇十年而终于食其心肝的虬髯汉子；有神秘而见识高超的道人；有酒楼上的约会和坊曲小宅中的密谋大事；有大量财富和慷慨的赠送；有神气清朗、顾盼炜如的少年英雄；有帝王和公卿；有驴子、马匹、匕首和人头；有弈棋和盛筵；有海船千艘甲兵十万的大战；有兵法的传授……所有这一切，在当代的武侠小说中，我们不是常常读到吗？这许多事情或实叙或虚写，所用笔墨却只不过两千字。每一个人物，每一件事，都写得生动有致。艺术手腕的精炼真是惊人。当代武侠小说有时用到数十万字，也未必能达到这样的境界。

红拂女张氏是个长头发姑娘，传中说到和虬髯客邂逅的情形："张氏以发长委地，立梳床前。公方刷马。忽有一人，中形，赤髯而虬，乘蹇驴而来，投革囊于炉前，取枕欹卧，看张梳头。公怒甚，未决，犹亲刷马。张熟视其面，一手握发，一手映身摇示公，令勿怒，急急梳头毕，裣衽前问其姓。"真是雄奇瑰丽，不可方物。

虬髯客的革囊中有一个人头，他说："此人天下负心者，衔之十年，今始获之，吾憾释矣。"这个负心的人到底做了什么事而使虬髯客如此痛恨，似可铺叙成为一篇短篇小说。我又曾想，可以用一些心理学上的材料，描写虬髯客对于长头发的美貌少女有特别偏爱。很明显，虬髯客对李靖的眷顾，完全是起因于对红拂女的喜爱，只是英雄豪杰义气为重，压抑了心中的情意而已。由于爱屋及乌，于是尽量帮助李靖，其实真正的出发点，还是在爱护红拂女。我国传统的观念认为，爱上别人的妻子是不应该的，正面人物决计不可有这种心理，然而写现代小说，非但不必有这种顾忌，反应去努力发掘人物的内心世界。

但《虬髯客传》实在写得太好，不提负心的人如何负心，留下了丰富的想像余地；虬髯客对红拂女的情意表现得十分隐晦，也自有他可爱的地方。再加铺叙，未免是蛇足了。（现代电影和电视的编剧人最爱"加添蛇足"，非此不足以示其陋，总认为原作有所不足，再加蛇足方为完全，不明艺术中"空白"的道理。近代中国影视殊少佳作，固不足异。）

《新唐书·李靖传》中说："世言靖精风角鸟占、云侵孤虚之术，为善用兵。是不然。特以临机果，料敌明，根于忠智而已。俗人传著，怪诡禨祥，皆不足信。"李靖南平萧铣、辅公祏，北破突厥，西定吐谷浑，于唐武功第一，在当时便有种种传闻，说他精通异术。

唐人传奇《续玄怪录·李卫公别传》中写李靖代龙王施雨，褚人获的《隋唐演义》中引用了这故事，《说唐》更把李靖写成是个会腾云驾雾的妖道。"风尘三侠"的故事，后世有不少人写过，更是画家所爱用的题材。根据这故事而作成戏曲的，明代张凤翼和张太和都有《红拂记》，凌濛初有《虬髯翁》。但后人的铺演，都写不出原作的神韵。

郑振铎在《中国文学史》中认为陈忱《后水浒传》写李俊等到海外为王,是受了《虬髯客传》的影响,颇有见地。然而他说《虬髯客传》"是一篇荒唐不经的道士气息很重的传奇文",以"荒唐不经"四字来评论这"唐代第一篇短篇小说"(胡适的意见),读文学而去注重故事的是否真实,完全不珍视它的文学价值,当是过分重视现实主义的文学理论之过。

历史上的名将当然总是胜多败少,但李靖一生似乎从未打过败仗,那确是古今中外极罕有的事。可是他一生之中,也遇过三次大险。

第一次,他还在隋朝做小官,发觉李渊有造反的迹象,便要到江都去向隋炀帝告发,因道路不通而止。李渊取得长安后,捉住了李靖要斩。李靖大叫:"公起义兵,本为天下除暴乱,不欲就大事而以私怨斩壮士乎?"李渊觉得他言词很有气概,李世民又代为说项,于是饶了他。这是正史上所记载李靖结识、追随李世民的开始。

李渊做皇帝后,派李靖攻萧铣,因兵少而无进展。李渊还记着他当年要告发自己造反的旧怨,暗下命令,叫峡州都督许绍杀了他。许绍知道李靖有才能,极力代为求情。不久,李靖以八百兵大破冉肇则,俘虏五千余人。李渊大喜,对众公卿说:"使功不如使过,这一次做对了。"有功的人恃功而骄,往往误事,而存心赎罪之人,小心谨慎,全力以赴,成功的机会反大,那便是所谓"使功不如使过"。李渊于是亲笔写了一封敕书给李靖,说:"既往不咎,旧事吾久忘之矣!"其实说"久忘之矣",毕竟还是不忘,只不过郑重声明以后不再计较而已,所以在慰劳他的文书中说:"卿竭诚尽力,功效特彰,远览至诚,极以嘉赏。勿忧富贵也!"

但最危险的一次,是在他大破突厥之后。突厥是唐朝大敌,武力十分强大。李渊初起兵时,不得不向之称臣,唐朝君臣都引为奇耻大辱。李世民削平群雄,统一天下,突厥却一再来犯,有一次一直攻到京城长安外的渭水边,李世民干冒大险,亲自出马与之结盟。后来李靖竟将之打得一蹶不振,全国上下的兴奋可想而知。当时太宗大喜之下,大赦天下,下旨遍赐百姓酒肉,全国狂欢五日。(突厥人后来败退西迁,在西方建立土耳其帝国。李靖这个大胜仗,对欧

二

虬髯客

581

洲历史有极重大影响。我在记土耳其之游的《忧郁的突厥武士们》一文中曾谈到。）

　　李靖立下这样的大功，班师回朝，哪知御史大夫立即就弹劾他，罪名是："军无纲纪，致令虏中奇宝，散于乱兵之手。"这实在是个莫名其妙的罪名。太宗却对李靖大加责备。李靖很聪明，知道自己立功太大，皇帝内心一定不喜欢，御史的弹劾，不过是揣摩了皇帝的心理来跟自己过不去而已，他并不声辩，只连连磕头，狠狠的自我批评一番。唐太宗这才高兴了，说："隋将史万岁破达头可汗，有功不赏，反而因罪被杀。朕则不然，当赦公之罪，录公之勋。"于是加官颁赏。

　　更后来又有两名大将诬告李靖造反，一个是打平高昌国的兵部尚书侯君集，另一个是大将高甑生。这二人都是李世民做秦王时秦王府中的亲信武官，曾助他占夺帝位，幸好李世民很精明，没有偏信嫡系亲信，查明了诬告的真相，没有冤枉李靖，但也危险得很了。

　　后来李靖继续立功，但明白"功高震主"的道理，从来不敢揽权。《旧唐书》说："靖性沉厚，每与时宰参议，恂恂然似不能言。"又说他："临戎出师，凛然威断；位重能避，功成益谦。"所以直到七十九岁老死，并没被皇帝斗倒斗垮。《旧唐书》论二李（卫国公李靖、英国公李勣），赞曰："功以懋赏，震主则危。辞禄避位，除猜破疑。功定华夷，志怀忠义。白首平戎，贤哉英卫。"

　　唐人韦端符《卫公故物记》一文记载，在李靖的后裔处见到李靖遗留的一些故物，有李世民的赐书二十通，其中有几封诏书是李靖病重时的慰问信。一封中说："有昼夜视公病大老妪，令一人来，吾欲熟知起居状。"（派一名日夜照料你病的老看护来，我要亲自问她，好详细知道你病势如何。）可见李世民直到李靖逝世，始终对他极好，诏书中称之为"公"而自称"吾"，甚有礼貌。

　　研究中国历史上这些大人物的心理和个性，是一件很有趣味的事。千百年来物质生活虽然改变极大，但人的心理、对权力之争夺和保持的种种方法，还是极少有什么改变。

附录　虬髯客传

　　隋炀帝之幸江都也。命司空杨素守西京。素骄贵，又以时乱，天下之权重望崇者，莫我若也，奢贵自奉，礼异人臣。每公卿入言，宾客上谒，未尝不踞床而见，令美人捧出，侍婢罗列，颇僭于上，末年愈甚，无复知所负荷、有扶危持颠之心。一日，卫公李靖以布衣上谒，献奇策。素亦踞见。公前揖曰："天下方乱，英雄竞起。公为帝室重臣，须以收罗豪杰为心，不宜踞见宾客。"素敛容而起，谢公，与语，大悦，收其策而退。

当公之骋辩也，一妓有殊色，执红拂，立于前，独目公。公既去，而执拂者临轩，指吏曰："问去者处士第几？住何处？"公具以对。妓诵而去。（按：当时人称"妓"，实则指侍女，古文中"妓"有"美女"之意。）

公归逆旅。其夜五更初，忽闻叩门而声低者，公起问焉。乃紫衣带帽人，杖揭一囊。公问谁？曰："妾，杨家之红拂妓也。"公遽延入。脱衣去帽，乃十八九佳丽人也。素面华衣而拜。公惊答拜。曰："妾侍杨司空久，阅天下之人多矣，无如公者。丝萝非独生，愿托乔木，故来奔耳。"公曰："杨司空权重京师，如何？"曰："彼尸居余气，不足畏也。诸妓知其无成，去者众矣。彼亦不甚逐也。计之详矣。幸无疑焉。"问其姓，曰："张。"问其伯仲之次。曰："最长。"观其肌肤仪状、言词气性，真天人也。公不自意获之，愈喜愈惧，瞬息万虑不安。而窥户者无停履。数日，亦闻追讨之声，意亦非峻。乃雄服乘马，排闼而去。

将归太原。行次灵石旅舍，既设床，炉中烹肉且熟。张氏以发长委地，立梳床前。公方刷马，忽有一人，中形，赤髯如虬，乘蹇驴而来。投革囊于炉前，取枕欹卧，看张梳头。公怒甚，未决，犹刷马。张熟视其面，一手握发，一手映身摇示公，令勿怒。急急梳头毕，敛衽前问其姓。卧客答曰："姓张。"对曰："妾亦姓张。合是妹。"遂拜之。问第几。曰："第三。"问妹第几。曰："最长。"遂喜曰："今夕幸逢一妹。"张氏遥呼："李郎且来见三兄！"公骤礼之。遂环坐。曰："煮者何肉？"曰："羊肉，计已熟矣。"客曰："饥。"公出市胡饼。客抽腰间匕首，切肉共食。食竟，余肉乱切送驴前食之，甚速。

客曰："观李郎之行，贫士也。何以致斯异人？"曰："靖虽贫，亦有心者焉。他人见问，故不言，兄之问，则不隐耳。"具言其由。曰："然则将何之？"曰："将避地太原。"曰："然。吾故非君所致也。"曰：

"有酒乎?"曰:"主人西,则酒肆也。"公取酒一斗。既巡,客曰:"吾有少下酒物,李郎能同之乎?"曰:"不敢。"于是开革囊,取一人头并心肝。却头囊中,以匕首切心肝,共食之。曰:"此人天下负心者,衔之十年,今始获之。吾憾释矣。"又曰:"观李郎仪形器宇,真丈夫也。亦闻太原有异人乎?"曰:"尝识一人,愚谓之真人也。其余,将帅而已。"曰:"何姓?"曰:"靖之同姓。"曰:"年几?"曰:"仅二十。"曰:"今何为?"曰:"州将之子。"曰:"似矣。亦须见之。李郎能致吾一见乎?"曰:"靖之友刘文静者,与之狎。因文静见之可也。然兄何为?"曰:"望气者言太原有奇气,使吾访之。李郎明发,何日到太原?"靖计之日。曰:"期达之明日,日方曙,候我于汾阳桥。"言讫,乘驴而去,其行若飞,回顾已失。

公与张氏且惊且喜,久之,曰:"烈士不欺人。固无畏。"促鞭而行。

及期,入太原。果复相见。大喜,偕诣刘氏。诈谓文静曰:"有善相者思见郎君,请迎之。"文静素奇其人,一旦闻有客善相,遽致使迎之。使回而至,不衫不履,褐裘而来,神气扬扬,貌与常异。虬髯默然居末坐,见之心死,饮数杯,招靖曰:"真天子也!"公以告刘,刘益喜,自负。既出,而虬髯曰:"吾得十八九矣。然须道兄见之。李郎宜与一妹复入京。某日午时,访我于马行东酒楼,楼下有此驴及瘦驴,即我与道兄俱在其上矣。到即登焉。"又别而去,公与张氏复应之。

及期访焉,宛见二乘。揽衣登楼,虬髯与一道士方对饮,见公惊喜,召坐。围饮十数巡,曰:"楼下柜中,有钱十万。择一深隐处驻一妹。某日复会于汾阳桥。"

如期至,即道士与虬髯已到矣。俱谒文静。时方弈棋,揖而话心焉。文静飞书迎文皇看棋。道士对弈,虬髯与公傍侍焉。俄而文皇到来,精采惊人,长揖而坐。神气清朗,满坐风生,顾盼炜如也。道士一见惨然,下棋子曰:"此局全输矣!于此失却局哉!救无路矣!复奚言!"罢弈而请去。既出,谓虬髯曰:"此世界非公世界。他方可也。勉之,勿以为念。"因共入京。虬髯曰:"计李郎之程,某日方到。到之明日,可与一妹同诣某坊曲小宅相访。李郎相从一妹,悬然如磬。欲令新妇祗谒,兼议从容,无前却也。"言毕,吁嗟而去。

公策马而归。即到京，遂与张氏同往。至一小板门，扣之，有应者，拜曰："三郎令候李郎一娘子久矣。"延入重门，门愈壮丽。婢四十人，罗列廷前。奴二十人，引公入东厅。厅之陈设，穷极珍异，巾箱、妆奁、冠镜、首饰之盛，非人间之物。巾栉妆饰毕，请更衣，衣又珍异。既毕，传云："三郎来！"乃虬髯纱帽裼裘而来，亦有龙虎之状，欢然相见。催其妻出拜，盖亦天人耳。遂延中堂，陈设盘筵之盛，虽王公家不侔也。

四人对馔讫，陈女乐二十人，列奏于前，似从天降，非人间之曲。食毕，行酒。家人自东堂舁出二十床，各以锦绣帕覆之。既陈，尽去其帕，乃文簿钥匙耳。虬髯曰："此尽宝货泉贝之数。吾之所有，悉以充赠。何者？欲以此世界求事，当或龙战三二十载，建少功业。今既有主，住亦何为？太原李氏，真英主也。三五年内，即当太平。李郎以奇特之才，辅清平之主，竭心尽善，必极人臣。一妹以天人之姿，蕴不世之艺，从夫之贵，以盛轩裳。非一妹不能识李郎，非李郎不能荣一妹。起陆之渐，际会如期，虎啸风生，龙腾云萃，固非偶然也。持余之赠，以佐真主，赞功业也，勉之哉！此后十年，当东南数千里外有异事，是吾得事之秋也。一妹与李郎可沥酒东南相贺。"因命家童列拜，曰："李郎一妹，是汝主也！"言讫，与其妻从一奴，乘马而去。数步，遂不复见。

公据其宅，乃为豪家，得以助文皇缔构之资，遂匡天下。

贞观十年，公以左仆射平章事。适东南蛮入奏曰："有海船千艘，甲兵十万，入扶余国，杀其主自立。国已定矣。"公心知虬髯得事也。归告张氏，具衣拜贺，沥酒东南祝拜之。

乃知真人之兴也，非英雄所冀。况非英雄者乎？人臣之谬思乱者，乃螳臂之拒走轮耳。我皇家垂福万叶，岂虚然哉。或曰："卫公之兵法，半乃虬髯所传耳。"（原文完）

《虬髯客传》是唐人传奇的精品。唐人写传奇小说，有一部分有实用目的。唐代士人去京城考进士，主考官往往对考生的文名已先有印象。有些考生本来文名不够，便写些诗文送呈考官欣赏。但考官通常对这些诗文置之不理，有些考生别出心裁，写成短篇的传奇，叙述中表露文采，再加上一两首诗歌。考官受到传奇中故事的吸引，便阅读一遍，就此对作者有了印象。金庸如在唐代去考进士，将短篇小说《越女剑》或《鸳鸯刀》送给考官一阅，考官或者对我的文章会有一点点印象，不过也可能他认为太过胡闹荒诞，决定"不取"。

《虬髯客》一文出于《太平广记》。《太平广记》是宋太宗太平兴国二年所编集的一部小说笔记集。太平兴国二年为公元九七七年，早一年太祖赵匡胤去世，亲弟赵匡义即位，年号"太平兴国"。赵匡义喜欢文学学术，命翰林学士李昉等编了一部大百科全书，共一千卷，名"太平御览"，是全世界最早最大的百科全书。又编集小说笔记等为一书，名"太平广记"。唐朝宋初以前的许多文学著作，幸亏编入了这部小说集，才不致散失。

《虬髯客》的作者有两说，一说是张说，一说是杜光庭。

我刚入初中，是在浙江嘉兴中学初中一年级，教中国历史的刘老师身体瘦弱，但学问很好，讲到唐朝的文人时，他坐在椅上，转身在黑板上写了"燕许大手笔"五字，说燕国公张说、许国公苏颋的文章极好。刘老师还说到，张说的"说"字，应当读作"悦"音，出于《论语》中"子曰：'学而时习之，不亦说乎？'"如果读作说话的"说"，就读错了。我听了印象深刻，很觉得中文之难之美。直到现在，我还感激中学时那几位学问渊博的老师。张说是唐玄宗时的宰相，他文名早著，不用为考进士而作这篇文章。

另一说此文作者杜光庭是道士，后来在蜀国王建所割据的政权中做大官。文中说到道人和望气、相面、宿命等等观念，接近道教，又似乎有吹捧王建的政治宣传作用，说真命天子有宿命、有形相、有气势，普通人须安于本分，即使像虬髯客这样的英雄，也不可妄自觊觎大位，只有王建，才是"真命天子"。

杜光庭字宾至，浙江缙云人，曾学道于天台山（我最近改写《天龙八部》，写到乔峰和阿朱到天台山国清寺，我便和浙大的教授们一起去游天台山，见该山美景清幽，确是学道学禅的佳地），在唐末为内供奉，后来因乱而入蜀，在王建政权中作官，任金紫光禄大夫、谏议大夫，王建仍当他是道士，封他道号"广成先生"。王建去世后，后主立，封他为传真天师、崇真观大学士。他后来辞官隐居四川青城山，号"东瀛子"，著书甚多，有《录异记》十卷。鲁迅先生在所编的《唐宋传奇集》中谈到杜光庭时，说"光庭尝作《王氏神仙传》一卷，以悦蜀王。"传说中姓王的神仙不少,有王子乔等等,杜光庭既以王家神仙来拍王建的马屁,则作《虬髯客传》也不为奇。

《续玄怪录》中还写了李靖一则神怪故事。说李靖少年时常去打猎,一晚山中迷路,向人借宿,原来那人家是龙王,半夜里龙王娘娘叫醒他,说天帝有命令到,要即刻下雨,但龙子龙孙都出门未归,请他代为降雨。李靖只得应命,骑了天马,拿小瓶子去洒雨。事毕回家,龙王娘娘为酬他辛劳,送他两个丫环。一个温柔和悦,一个愤怒凶狠。李靖不好意思都受,只受一个,他想自己是猎人,带一个温柔的丫环会给人取笑,于是挑了那个凶狠的。后人说,只因他选了那个武勇的丫环,后来才只做大将军和元帅,如果两个都要,将来便出将入相,文官武将都居极品。

其实李靖虽做统军的元帅,立下极大战功,但一生小心谨慎,不敢居功,皇帝唐太宗对他很放心,曾命他做到相等于署理国务院总理的大官(检校中书令、尚书右仆射),品级与魏徵相同。李靖后来因病辞官,太宗坚决挽留,命他疾病稍愈后每三天一次到国务院主持政事("若疾少间,三日一至门下中书平章政事")。其后又统率大军平定吐谷浑,封卫国公。所以他其实也是出将入相,文官武将都升到最高位。

《虬髯客传》文章虽妙,但许多地方不符史书所载。据《唐书·李靖传》,李靖察知李渊要造反,要去江都向隋炀帝告发,李渊夺到长安后要斩他,得李世民解救才脱难,因此李靖不会事先识得李世民,照本文所述,他也不会去告发李渊父子。又,李渊于大业十二年十二月留守太原,杨素已于大业二年七月去世,相距已十一年,杨素亦未于炀帝末年留守长安。又据《新旧唐书》,当时并无扶余国,惟说高丽百济是扶余别种。高丽国有扶余城,如说扶余即朝鲜,那是在中国的东北方,并非如文中所说的东南。又,据笔记小说《酉阳杂俎》等书,说唐太宗虬髯,胡子上翘,可挂一张弓,杜甫《赠汝阳郡王琎诗》云:"虬须似太宗。"杜甫《送重表侄王砅评事使南海诗》:"次问最少年,虬髯十八九。子等成大名,皆因此人手。下云风云合,龙虎一吟吼。愿展丈夫雄,得辞儿女丑。秦王时在座,真气惊户牖。"唐人传说中,真正的虬髯客倒是唐太宗,杜光庭根据这传说,加以变化,写入小说,在历史小说那是可以容许的。

据《唐书》，李靖是隋朝大将韩擒虎的外甥，是高干子弟，早就识得杨素。杨素常拍拍自己的座位，对李靖说："我这个位子，将来终究是你坐的。"李靖少年时便通兵法，韩擒虎和他谈论军事，常说："只有他，才可和他谈论孙吴兵法。"《唐书》说他"姿貌魁秀"，身体既壮健，相貌又清秀，难怪红拂女张大小姐一见动心，竟然私奔相就。后代年画等民间绘画中画"风尘三侠"，李靖是小白脸，红拂女是美少女，虬髯客当然是虬髯大汉。

三　绳技

这部版画集画刻俱精,取材却殊不可恭维。三十三个人物之中,有许多根本不是"剑客',只不过是异人而已,例如本节玩绳技的男子。

《绳技》的故事出唐人皇甫氏所作《源化记》中的《嘉兴绳技》。

唐朝开元年间,天下升平,风流天子唐明皇常常下令赐百姓酒食,举行嘉年华会(史书上称为"酺",习惯上常常是"大酺五日")。这一年又举行了,浙江嘉兴的县司和监司比赛节目的精采,双方全力以赴。监司通令各属,选拔良材。

各监狱官在狱中谈论:"这次我们的节目若是输给了县司,监司一定要大发脾气。但只要我们能策划一个拿得出去的节目,就会得赏。"众人到处设法,想找些特别节目。

狱中有一个囚犯笑道:"我倒有一桩本事,只可惜身在狱中,不能一献身手。"狱吏惊问:"你有什么本事?"囚犯道:"我会玩绳技。"狱吏便向狱官报告。狱官查问此人犯了什么罪。狱吏道:"此人欠税未纳,别的也没什么。"狱官亲去查问,说:"玩绳技嘛,许多人都会的,又有什么了不起了?"囚犯道:"我所会的与旁人略有不同。"狱官问:"怎样?"囚犯道:"众人玩的绳技,是将绳的两头系了起来,然后在绳上行走回旋。我却用一条手指粗细的长绳,并不系住,抛向空中,腾掷翻覆,有各种各样的变化。"

狱官又惊又喜,次日命狱吏将囚犯领到戏场。各种节目表演完

毕之后,命此人演出绳技。此人捧了一团长绳,放在地上,将一头掷向空中,其劲如笔,初抛两三丈,后来加到四五丈,一条长绳直向天升,就像半空中有人拉住一般。观众大为惊异。这条绳越抛越高,竟达二十余丈,绳端没入云中。此人忽然向上攀援,身足离地,渐渐爬高,突然间长绳在空中荡出,此人便如一头大鸟,从旁边飞出,不知所踪,竟在众目睽睽之下逃走了。

这个嘉兴男子以长绳逃税,一定令全世界千千万万无计逃税之人十分羡慕。

值得讨论的,是这个会玩绳技异术的人所欠的是什么税?隋朝苏威与高颖两个贤明的大臣改革税制,财政大大改善,因之有“开皇之富”,为唐朝的经济大发展奠定了基础。唐初实行税制改革,租庸调制大为成功,成为中世纪经济发展的重要因素。到武周时代,大臣崔融主张保护工商业,反对向行商课征商税,促使工商业发展,资本主义见到一些萌芽。本文故事写的是唐玄宗时代的事,当时税收上最大的改变,是大臣刘彤向玄宗建议开征盐铁资源税,得到批准实行,便是所谓“收山泽之利”。这项征税政策,着眼点是重农,目的是收了盐铁税之后,减轻农业税,但从社会经济发展的全面来看,可能是抑制了工商业发展。当时工商业不发达,向盐铁收税,使得最初步的工商业也兴旺不起来,和今日取消农业税的经济背景全然不同。从历史观察,这个嘉兴绳技人所欠的大概是盐铁税。后来唐朝财政大臣刘晏、杨炎等所实施的税制改革,如两税法等等,那是在安史之乱以后,与这位嘉兴绳技人不相干了。

这种绳技据说在印度尚有人会,言者凿凿。但英国人统治印度期间,曾出重赏征求,却也无人应征。

笔者到印度观光时,曾询问当地的学者,无人能妥善答覆,后来向一位在香港的印度朋友 Sam Sekon 先生请教。他肯定的说:“印度有人会这技术。这是群体性催眠术,是一门十分危险的魔术。如果观众之中有人精神力量极强,不受催眠,施术者自己往往会有生命危险。”

四　车中女子

　　唐朝开元年间，吴郡有一个举人到京城去应考求仕。到了长安后，在街坊闲步，忽见两个身穿麻布衣衫的少年迎面走来，向他恭恭敬敬的作揖行礼，但其实并非相识。举人以为他们认错了人，也不以为意。

　　过了几天，又遇到了。二人道："相公驾临，我们未尽地主之谊，今日正要前来奉请，此刻相逢，那再好也没有了。"一面行礼，一面坚持相邀。举人虽甚觉疑怪，但见对方意诚，便跟了去。过了几条街，来到东市的一条胡同中，有临路店数间，一同进去，见舍宇颇为整齐。二人请他上坐，摆设酒席，甚为丰盛，席间相陪的尚有几名少年，都是二十余岁年纪，执礼甚恭，但时时出门观望，似在等候贵客。一直等到午后，众人说道："来了，来了！"

　　只听得门外车声响动，一辆华贵的钿车直驶到堂前，车后有数少年跟随。车帷卷起，一个女子从车中出来，约十七八岁，容貌艳丽，头上簪花，戴满珠宝，穿着素色绸衫。两个少年拜伏在地，那女子不答。举人亦拜，女子还礼，请客人进内。女子居中向外而坐，请二人及举人入席。三人行礼后入座。又有十余名少年，都衣服轻新，列坐于客人下首。

　　仆役再送上菜肴，极为精洁。酒过数巡，女子举杯向举人道："二君盛称尊驾，今日相逢，大是欣慰。听说尊驾身怀绝技，能让我们一饱眼福吗？"举人卑逊谦让，说道："自幼至长，唯习儒经，弦管歌曲,从未学过。"女子道:"我所说的并非这些。相公请仔细想想有什么特别技能。"

举人沉思良久,说道:"在下在学堂之时,少年顽皮,曾练习着了靴子上墙壁走路,可以走得数步。至于其余的戏耍玩乐,却实在都不会。"女子喜道:"原是要请你表演这项绝技。"

举人于是出座,提气疾奔,冲上墙壁,行走数步,这才跃下。女子道:"那也不容易得很了。"回顾座中诸少年,令各人献技。

诸少年俱向女子拜伏行礼,然后各献妙技。有的纵身行于壁上,有的手撮椽子,行于半空,各有轻身功夫,状如飞鸟。举人见所未见,拱手惊惧,不知所措。过不多时,女子起身,辞别出门。举人惊叹,回到寓所后,心神恍惚,不知那女子和众少年是何等样人。

过了数日,途中又遇到二人。二人问道:"想借尊驾的坐骑一用,可以吗?"举人当即答允。

第二日,京城中传出消息,说皇宫失窃。官府掩捕盗贼,搜查甚紧,但只查到一匹驮负赃物的马匹,验问马主,终于将举人捉了去,送入内侍省勘问。衙役将他驱入一扇小门,用力在他背上一推。举人一个倒栽筋斗,跌了一个数丈深的坑中,爬起身来,仰望屋顶,离坑约有七八丈,屋顶只开了一个尺许的小孔。

举人心中惶急,等了良久,见小孔中用绳缒了一钵饭菜下来。举人正饿得狠了,急忙取食。吃完后,长绳又将食钵吊了上去。

举人夜深不眠,心中忿甚,寻思无辜为人所害,此番只怕要毕命于此。正烦恼间,一抬头,忽见一物有如飞鸟,从小孔中跃入坑中,却是一人。这人以手拍拍他,说道:"计甚惊怕。然某在,无虑也。"(一定很受惊了罢? 但有我呢,不用耽心。)听声音原来便是那车中女子。只听她又道:"我救你出去。"取出一匹绢来,一端缚住了他胸膊,另一端缚在她自己身上。那女子耸身腾上,带了那举人飞出宫城,直飞出离宫门数十里,这才跃下,说:"相公且回故乡去,求仕之计,将来再说罢。"

举人徒步潜窜,乞食寄宿,终于回到吴地,但从此再也不敢到京城去求功名了。

这故事也出《源化记》,所描写的这个盗党,很有现代味道。首领是一个武功高强的美丽少女,下属都是衣着华丽的少年。这情形

卅三剑客图

一般武侠小说都没写过。盗党居然大偷皇宫的财宝,可见厉害。盗
党为什么要找上这个举人,很引发人的想像。似乎这个苏州举人年
少英俊,又有上壁行走的轻功,为盗党所知,女首领便想邀他入伙,
但一试他的功夫,却又平平无奇,于是打消了初意。向他借一匹马,
只不过是故意陷害,让他先给官府捉去,再救他出来,他变成了越狱
的犯人,就永远无法向官府告密了。

五　汝州僧

唐朝建中年间,士人韦生搬家到汝州去住,途中遇到一僧,并骑共行,言谈很是投机。傍晚时分,到了一条歧路口。僧人指着歧路道:"过去数里,便是贫僧的寺院,郎君能枉顾吗?"韦生道:"甚好。"于是命夫人及家口先行。僧人即指挥从者,命他们赶赴寺中,准备饮食,招待贵客。

行了十余里,还是没有到。韦生问及,那僧人指着一处林烟道:"那里就是了。"待得到达该处,僧人却又领路前行。越走越远,天已昏黑。韦生心下起疑,他素善弹弓暗器之术,于是暗暗伸手到靴子中取出弹弓,左手握了十余枚铜丸,才责备僧人道:"弟子预定即日赶到汝州,偶相邂逅,因图领教上人清论,这才勉从相邀。现下已行了二十余里,还是未到,不知何故? 却要请教。"

那僧人笑道:"不用心急,这就到了。"说着快步向前,行出百余步。韦生知他是盗,当下提起弹弓,呼的一声,射出一丸,正中僧人后脑。岂知僧人似乎并无知觉。韦生连珠弹发,五丸飞出,皆中其脑。僧人这才伸手摸了摸脑后中弹之处,缓缓的道:"郎君莫恶作剧。"

韦生知道奈何他不得,也就不再发弹,心下甚是惊惧。又行良久,来到一处大庄院前,数十人手执火炬,迎了出来,执礼甚恭。

僧人肃请韦生入厅就坐,笑道:"郎君勿忧。"转头问左右从人:"是否已好好招待夫人?"又向韦生道:"郎君请去见夫人罢,就在那一边。"韦生随着从人来到别厅,只见妻子和女儿都安然无恙,饮食供应极是丰富。三人知道身入险地,不由得相顾涕泣。韦生向妻子女儿安慰几句,又回去见那僧人。

僧人上前执韦生之手,说道:"贫僧原是大盗,本来的确想打你的主意,却不知郎君神弹,妙绝当世,若非贫僧,旁人亦难支持。现下别无他意,请勿见疑。适才所中郎君弹丸,幸未失却。"伸手一摸后脑,五颗弹丸都落了下来。

韦生见这僧人具此武功,心下更是栗然。不一会陈设酒筵,一张大桌上放了一头蒸熟的小牛,牛身上插了十余把明晃晃的锋利刀子,刀旁围了许多面饼。

僧人揖韦生就座,道:"贫僧有义弟数人,欲令谒见。"说着便有五六条大汉出来,列于阶下,都身穿红衣,腰束巨带。僧人喝道:"拜郎君!"众大汉一齐行礼。韦生拱手还礼。僧人道:"郎君武功卓绝,世所罕有。你们若是遇到郎君,和他动手,立即便粉身碎骨了。"

食毕,僧人道:"贫僧为盗已久,现下年纪大了,决意洗手不干,可是不幸有一犬子,武艺胜过老僧,请郎君为老僧作个了断。"于是高声叫道:"飞飞出来,参见郎君!"后堂转出一名少年,碧衣长袖,身形瘦削,皮肉如腊,又黄又干。僧人道:"到后堂去侍奉郎君。"飞飞走后,僧人取出一柄长剑交给韦生,又将那五颗弹丸还给他,说道:"请郎君出全力杀了这孩子,免他为老僧之累。"言辞极为诚恳。当下引韦生走进一堂,那僧人退出门去,将门反锁了。

堂中四角都点了灯火。飞飞执一短鞭,当堂而立。韦生一弹发出,料想必中,岂知啪的一声,竟为飞飞短鞭击落,余劲不衰,嵌入梁中。飞飞展开轻功,登壁游走,捷若猿猴。韦生四弹续发,一一为飞飞击开,于是挺剑追刺。飞飞倏往倏来,奔行如电,有时欺到韦生身旁,相距不及一尺。韦生以长剑连断其鞭数节,始终伤不了他。

过了良久,僧人开门,问韦生道:"郎君为老僧除了害吗?"韦生具以告知。老僧怅然,长叹一声,向飞飞凝视半晌,道:"你决意要做大盗,连郎君也奈何你不得。唉,将来不知如何了局?"

当晚僧人和韦生畅论剑法暗器之学,直至天明。僧人送韦生直至路口,赠绢百匹,流泪而别。

这故事《太平广记》称出于《唐语林》,但段成式的《酉阳杂俎》

有载,编于"盗侠"类,文中唯数字不同。本文原文题目"僧侠",此僧除了不伤人、不抢劫之外,不见得有什么"侠气"。

　　大盗老僧想洗手不干,却奈何不了自己儿子(或者是不忍亲手除他),想假手旁人杀了他,亦难如愿。这十六七岁的瘦削少年名字叫做飞飞,真是今日阿飞的老前辈了。韦生的武功明明远不及僧人,那僧人的真正用意如何,却不易推测了。大概是想杀了儿子,免得他继续作恶,不过韦生武功不够,没能办到。原文作者所以在"僧"字之上加个"侠"字,当是为他尚有是非之心。但我们通常所指的"侠",一定有"舍己为人"的含义,这个老和尚就欠缺了。

六　京西店老人

唐朝有个名叫韦行规的人，曾对人叙述他少年时所遇到的一件异事：

他年轻时有一次往京西游览，傍晚时分到了一所客店，眼见天色不早，但贪赶路程，还想继续前进。店前有个老人正在箍桶，对他说："客官不可赶夜路，这一带盗贼很多。"韦行规拍一拍腰间的弓箭，笑道："在下会弯弓射箭，小小毛贼，倒也不在我的心上。"那老人道："原来客官是位英雄，倒是老汉多言了。"

韦行规乘马驰了数十里，天已黑了，忽觉身后草中有人跃了出来，跟在马后。韦行规喝问："什么人？"对方不应，当即弯弓搭箭，连射数箭，此人却不退去。韦行规连珠箭发，始终伤他不得，一摸箭袋中箭已射尽，不禁大惧，驰马急奔。

片刻间风雷大作，韦行规纵身下马，倚大树而立，见空中电光闪闪，有白光数道，相互盘旋追逐，渐近树梢。忽觉半空中有物纷纷坠下，一看之下，却是一根根断截的树枝。断枝越坠越多，渐渐堆积齐膝。这般斩将下来，终于连脑袋也会给削去了，韦行规大惊战栗，抛下手中长弓，仰头向空中哀求乞命，跟着跪下拜倒。拜了几十拜后，电光渐高而灭，风雷亦息。

韦行规看那大树，只见枝干已被削尽，成为半截秃树，不禁骇然。再去牵坐骑时，却见马背鞍子行李都已失却，不敢再向前行，只得折回客店。见那老人仍在箍桶，韦行规知道遇到了异人，当即拜伏。

老人笑道："客官勿恃弓箭，须知剑术。"于是引到后院，见马鞍行李，都在一旁。老人笑道："你都取回罢，刚才不过试试你而已。"取出桶板一片，但见昨夜所射的羽箭，一一都插在板上。

韦行规大是敬服，请老人收他为徒，老人不许，但指点了一些击剑的要道，韦行规也学得了十之一二。

这故事出《酉阳杂俎》。跟在韦行规后面，警惕他不可大言逞技的，大概就是这个箍桶老人。

七　兰陵老人

唐时黎干做京兆尹(京城长安的市长),碰到大旱,设祭求雨,观者数千人。他带了衙役卫士到达时,众人纷纷让路,独有一名老人站在街头不避。黎干大怒,叫人捉了他来,当街杖背二十下。杖击其背时,声拍拍然,好像打在牛皮鼓上一般。那老人也不呼痛,杖毕,漫不在乎的扬长而去。

黎干心下惊异,命一名年老坊卒悄悄跟踪。一直跟他到了兰陵里之内,见他走进一道小门,只听他大声道:"今天可给人欺侮得够了,快烧汤罢!"坊卒急忙奔回禀报。

黎干越想越怕,于是取过一件旧衣,罩在公服之上,和坊卒同到那老人的住处。

这时天已昏黑,坊卒先进去通报。黎干跟着进门,拜伏于地,说道:"适才有眼不识泰山,得罪了丈人,该死之极。"老人惊起,问道:"是谁引你来的?"黎干默察对方神色,知道能以理折服,缓缓的道:"在下做京兆尹的官,如果不得百姓尊重,不免坏了规矩。丈人隐身于众人之中,非有慧眼,难识高明。倘若丈人为了日间之事而怪罪,未免不大公道,非义士之心也。"老人笑道:"这倒是老夫的不是了。"于是拿了酒菜出来,摆在地下,席地而坐,和黎干及坊卒同饮。

夜深,谈到养生之术,言辞精奥。黎干又敬又惧。老人道:"老夫有一小技,在大人面前献丑。"走进内堂,过了良久出来,已换了装束,身穿紫衣,发结红带,手持长剑短剑七口,舞于庭中。七剑奔跃挥霍，有如电光，时而直进，时而圆转，黎干看得眼也花了。有一口二尺余的短剑，剑锋时时刺到黎干的衣襟。黎干不禁全身战栗。老人舞了一顿饭时分，举手挥抛，七剑飞了起来，同时插入地下，成北斗之形，说道："适才试一试黎君的胆气。"

黎干拜倒在地，道："今后性命，皆丈人所赐，请准许随侍左右。"老人道："君骨相中无道气，不能传我之术，以后再说罢。"作了个揖，便即入内。

黎干归去，气色如病，照镜子时才发觉胡须已遭割落寸余。次日再去兰陵里寻访时，室中已无人了。（故事出《酉阳杂俎》）

黎干，唐史上真有其人，此人后来升官，做财政官，贪污凶暴，给皇帝处死。

八　卢生

如果你可以有两个愿望,那是什么? 相信绝大多数人都会说:第一是长生不老,第二是用不完的钱。中国古时道士所修练的,号称主要是这两种法术,一是长生术,二是黄白术。黄是黄金,白是白银。中国的方士一向相信,可以将水银加药料烧炼而成黄金。西方中世纪的术士长期来也在进行着相同的钻研,"炼金术"便是近代化学的祖先。炼金虽然没成功,但对物质和元素的性质与变化,知识却越来越丰富,终于累积发展而成为近代的化学。

中国道士之中,高下有很大不同,最高尚的讲究淡泊宁静,修身养生,以求身心平和,以至延年益寿,甚或救人济世,例如全真教或其他正一、太乙等派别,或武当山的道教修士。次一等的讲究金丹大道,希望长生不老,炼成金丹之后点铁成金,或烧汞成金,用以救贫济世。下焉者则是希望大发横财,金银取用不绝,或者驱邪辟鬼,降魔捉妖,欺骗迷信人士。中国下乘道士的影响所以始终不衰,自和长生术、炼金术以及驱邪术的引人入胜有重大关系。

如果再有第三个愿望,多半和"性"有关了。所以落于下乘的道士也有"房中术"。

其实这些下乘功夫和真正的道家、道教无关。所谓的"道家",是哲学家,信从老子和庄子等人的学说,清静淡泊,达观顺世;至于"道教",则是创于中国的一种宗教,信奉道教的出家人称为道士。

皇帝和大官对黄白术不感兴趣,长生术却是一等一的大事。毛泽东晚年常提到"吐故纳新"四字,这典故源出《庄子》,是后世道士长生术的基本观念之一,认为吐纳(呼吸)得法,可以寿同彭祖,或升天成仙。道教派别中还有降妖、捉鬼、符咒、追魂、治病等的一类,那当是更加比较低的一种了。

古代不少高明之士见解卓越,但对金丹大道却深信不疑,李白便是其中之一。他有许多诗篇都提到对烧丹修炼之术的向往。唐朝皇帝或崇佛教,或好道术,皇帝姓李,便和李耳拉上了关系,因此唐代道教特别盛行。

《酉阳杂俎》中记载了一个卢生的故事。

唐代元和年间,江淮有个姓唐的人,学问相当不错而好道,到处游览名山,人家叫他唐山人。他自称会"缩锡"之术。所谓缩锡,当是将锡变为银子。锡和银的颜色相像,当时人们相信两者的性质有类似之处,将价钱便宜的锡凝缩而变为银子,自是一个极大的财源。许多人大为羡慕,要跟着他学。

唐山人出外游历,在楚州的客栈之中,遇到一位姓卢的书生,言谈之下,甚是投机。卢生也谈到炉火修炼的方术,又说他妈妈姓唐,于是便叫唐山人为舅舅。两人越谈越高兴,当真相见恨晚。唐山人要到南岳山去,便邀卢生同行。卢生说有一门亲戚在阳羡,正要去探亲,和舅舅同行一程,路上有伴,那再好不过了。

中途错过了宿头,在一座僧庙中借宿。两人说起平生经历,甚是欢畅,谈到半夜,兀自未睡。卢生道:"听说舅舅善于缩锡之术,可以将此术的要点赐告吗?"唐山人笑道:"我数十年到处寻师访道,只学得此术,岂能随随便便就传给你?"卢生不断恳求。唐山人推托说,真要传授,也无不可,但须择吉日拜师,同到南岳拜师之后,便可传你。

卢生突然脸上变色,厉声道:"舅舅,非今晚传授不可,否则的话,可莫怪我对你不起了。"唐山人也怒了,道:"阁下虽叫我舅舅,其实我二人风马牛不相关,只不过路上偶然相逢、结为游伴而已。我敬重你是读书人,大家客客气气,怎可对我耍这种无赖手段?"

卢生卷起衣袖,向他怒目而视,似乎就要跳起来杀人,这样看了良久,说道:"你当我是什么人? 我是个杀人不眨眼的刺客。你今晚若不将缩锡之术说了出来,那便死在这寺院之中。"说着从怀中取出一只黑色皮囊,开囊取出一柄青光闪闪的匕首,形如新月,左手拿起火堆前的一只铁熨斗,挥匕首削去,但听得嗤嗤声响,那铁熨斗便如是土木所制,一片片的随手而落。

唐山人大惊,只得将缩锡之术说了出来。

卢生这才笑道:"你倒不顽固,刚才险些误杀了舅舅。"听他说了良久,这才说道:"我师父是仙人,令我们师兄弟十人周游天下查察,若见到有人妄自传授黄白术的,便杀了他,有人传授添金缩锡之术的也杀。我早通仙术,见你不肯随便传人,这才饶你。"说着行了一礼,出庙而去。

唐山人汗流浃背,以后遇到同道中人,常提到此事,郑重告诫。
(事见《酉阳杂俎》)

据我猜想,卢生早闻唐山人之名,想骗他传授发财秘诀,因此"舅舅、舅舅"的叫得十分亲热,待唐山人坚执不肯,便出匕首威胁,"师父是仙人"云云,只吓吓唐山人而已。又或许唐山人的名气大了,大家追住了要他传法,事实上他根本不会,只好造了个故事来推托。锡和银都是金属元素,原子量不同,根本不可能将锡变为银子。

近代人科学知识普遍了,一般道教徒所注重的,大概只在驱魔除妖、养生炼气、求仙扶乩、符咒通灵等几方面。有些道教的教派和道士研习武术,武当派古代出了一位大名人张三丰,传下不少高明武功,因而与少林派并称,是中国武术的重要派别之一。

八

卢生

603

九　聂隐娘

聂隐娘故事出于裴铏所作的《传奇》。裴铏是唐末大将高骈的从事。高骈好妖术,行为怪诞。裴铏这篇传奇小说中也有很丰富的想像。

唐贞元年间,藩镇魏博的大将聂锋有个女儿,闺名隐娘,十岁时,有个尼姑来聂家乞食,见到隐娘,求聂锋将女儿给她携去教导。聂大怒不许。当夜隐娘失踪,聂锋搜寻不到,夫妇思念女儿,相对哭泣。五年后,隐娘回家,说起师父教她剑术的经过。

尼姑教聂隐娘剑术的步骤,常为后世武侠小说所模仿:"遂令二女教某攀缘,渐觉身轻如风。一年后,刺猿狖百无一失;后刺虎豹,皆决其首而归。三年后,能使刺鹰隼无不中。剑之刃渐减五寸,飞禽遇之,不知其来也。"学会刺鸟之后,尼姑带她到都市之中,指一人给她看,先一一数明此人的罪过,然后叫她割这人的首级来,用的是羊角匕首,人头能用药化之为水。《鹿鼎记》中韦小宝能以药将人尸化而为水,当从此出典。

五年后,尼姑师父说某大官害人甚多,吩咐她夜中去行刺。那时候聂隐娘任意杀人,早已毫不困难,但这次遇到了另一种心理上的障碍。她见到那大官在玩弄孩儿,那孩子甚是可爱,一时不忍下手,直到天黑才杀了他的头。尼姑大加叱责,教她:"以后遇到这种人,必须先杀了他所爱之人,再杀他自己。"可以说是一种"忍的教育"。

聂隐娘自己选择丈夫，选的是一个以磨镜子做职业的少年。在唐代，那是一种十分奇特的行为，她父亲是魏博镇的大将聂锋，却不敢干涉，只好依从。

聂锋死后，魏博节度使知道聂隐娘有异术，便派她丈夫做个小官。后来魏博节度使和陈许节度使刘悟有意见，派聂隐娘去行刺。

刘悟会神算，召了一名牙将来，对他说："明天一早到城北，去等候一对夫妻，两人一骑黑驴、一骑白驴。有一只喜鹊鸣叫，男的用弹弓射之不中，女子夺过丈夫的弹弓，一丸即射死喜鹊，你就恭恭敬敬的上去行礼，说我邀请他们相见。"

第二天果然有这样的事发生。聂隐娘大为佩服，就做了刘悟的侍从。魏博节度使再派人去行刺，两次都得聂隐娘相救。

故事中所说的那个陈许节度使刘悟能神算，豁达大度，魏博节度使远为不及。其实刘悟这人在历史上是个无赖。《唐书》说他少年时"从恶少年，杀人屠狗，豪横犯法"。后来和主帅打马球，刘悟将主帅撞下马来。主帅要斩他，刘悟破口大骂，主帅佩服他的胆勇，反加重用。刘悟做了大将后，战阵之际倒戈反叛，杀了上司李师道而做节度使。他晚年时，有巫师妄语李师道的鬼魂领兵出现。《唐书》记载："悟惶恐，命祷祭，具千人膳，自往求哀，将易衣，呕血数斗卒。"可见他对杀害主帅一事心中自咎极深，是一个极佳的心理研究材料。

和他同时的魏博节度使先是田弘正，后是李愬，两人均是唐代名臣，人品都比刘悟高得多了。裴铏故意大捧刘悟而抑魏帅，当另有政治目的。

唐人入京考进士，常携了文章先去拜谒名流，希望得到吹嘘。普通文章读来枯燥无味，往往给人抛在一旁，若是瑰丽清灵的传奇小说，便有机会得到青睐赏识。先有了名声，考进士就容易中得多了。唐朝的考试制度还没有后世严格，主考官阅卷时可以知道考生的名字。除了在考进士之前作广告宣传、公共关系之外，唐人写传奇小说有时含有政治作用。例如《补江总白猿传》的用意是攻击政敌欧阳询（大书法家），说他是妖猿之子。牛李党争之际，李党人士写传奇小说影射攻击牛僧孺，说他和女鬼私通，而女鬼则是颇有忌讳的前朝后妃。

刘悟明明是个粗鲁的武人。《资治通鉴》中说："悟多力,好手搏,得郓州三日,则教军中壮士手搏,与魏博使者庭观之,自摇肩攘臂,离座以助其势。"这情形倒和今日的摔角观众十分相似。朝廷当时要调他的职,怕他兵权在手,不肯奉命。魏博节度使田弘正却料他没有什么能为。果然"悟闻制下,手足失坠,明日,遂行。"(一接到朝廷的命令,不由得手足无措,第二日就乖乖的去了。)

裴铏写这篇传奇,故意抬高刘悟的身分。据我猜想,裴铏是以刘悟来影射他的上司高骈,是一种拍马手法。刘悟和监军刘承偕不睦,势如水火。监军是皇帝派在军队里监视司令长官的亲信太监,权力很大,相当于当代的党代表或政委。刘承偕想将刘悟抓起来送到京城去,却给刘悟先下手为强,将刘承偕手下的卫兵都杀了,将他关了起来,一直不放。皇帝无法可施。有大臣献计,不如公然宣布刘承偕的罪状,命刘悟将他杀了。但刘承偕是皇太后的干儿子,皇帝不肯杀他,后来宣布将刘承偕充军,刘悟这才放了他。

高骈是唐朝皇帝僖宗派去对抗黄巢的大将,僖宗避黄巢之乱,逃到四川,朝政大权都在太监田令孜的手里。高骈和田令孜斗争得很剧烈,不奉朝廷的命令。裴铏大捧刘悟,主要的着眼点当在赞扬他以辣手对付皇帝的亲信太监,令朝廷毫无办法,只好屈服。

精精儿、空空儿去行刺刘悟一节,写得生动之极,"妙手空空儿"一词,已成为我们日常语言的一部份。小说中写这段情节其实也有政治动机。

唐朝之亡,和高骈有很大关系。唐僖宗命他统率大军,对抗黄巢,但他按兵不动,把局势搞得糟不可言。此人本来很会打仗,到得晚年却十分怕死,迷信神仙长生之说,任用妖人吕用之而疏远旧将。吕用之又荐了个同党张守一,一同装神弄鬼,迷惑高骈。当时朝中的宰相郑畋和高骈的关系很不好,双方不断文书来往,辩驳攻讦。《资治通鉴》中载有一个十分有趣的故事:

僖宗中和二年,即公元八八二年,"骈和郑畋有隙。用之谓骈曰:'宰相有遣刺客来刺公者,今夕至矣!'骈大惧,问计安出。用之曰:'张先生尝学斯术,可以御之。'骈请于守一,守一许诺。乃使骈衣妇人之服,潜于他室,而守一代居骈寝榻中,夜掷铜器于阶,令铿然有声,又密以囊盛彘血,潜于庭宇,如格斗之状。及旦,笑谓骈曰:

'几落奴手!'骈泣谢曰:'先生于骈,乃更生之惠也!'厚酬以金宝。"

在庭宇间投掷铜器,大洒猪血,装作与刺客格斗,居然骗得高骈深信不疑。但高骈是聪明人,时日久了,未必不会怀疑,然如读了《聂隐娘》传,就会疑心大去了。

精精儿先来行刺刘悟,格斗良久,为聂隐娘所杀。后来妙手空空儿继至,聂隐娘知道不是他敌手,要刘悟用玉器围在头颈周围,到得半夜,"果闻项上铿然声甚厉","后视其玉,果有匕首划处,痕逾数分。自此刘转厚礼之。"行刺的情形,岂不与吕用之、张守一布置的骗局十分相像?现在我们读这篇传奇,当然知道其中所说的神怪之事都是无稽之谈,但高骈深信神仙,一定会信以为真。

《通鉴》中记载:"用之每对骈呵叱风雨,仰揖空际,云有神仙过云表,骈辄随而拜之。然常赂骈左右,使伺骈动静,共为欺罔,骈不之寤。左右小有异议者,辄为用之陷死不旋踵。"如果吕用之要裴铏写这样一篇文章,证明这种事以前也发生过,看来裴铏也不敢不写;也许,裴铏是受了吕用之丰富的"稿费"。

这猜测只是我的一种推想,以前无人说过,也拿不出什么证据。

我觉这篇传奇中写得最好的人物是妙手空空儿,聂隐娘说"空空儿之神术,人莫能窥其用,鬼莫得蹑其踪"。他出手只是一招,一击不中,便即飘然远引,决不出第二招。自来武侠小说中,从未有过如此骄傲而飘逸的人物。

《太平广记》第一百九十四卷《聂隐娘》条中,陈许节度使作刘昌裔,与史实较合。刘昌裔是策士、参谋一类人物,善于用兵。刘悟做的是义成节度使。两人是同时代的人。

唐朝贞元是德宗的年号,从公元七八五年到八〇五年,共二十年,年号却算到贞元二十一年。德宗的曾祖父是唐玄宗(明皇),祖父是肃宗,父亲是代宗。德宗统治的时候,唐朝经安史之乱后,藩镇跋扈,河北、河南、山东一带都为武人所割据,朝廷所能统治的范围已大为缩小。魏博在今河北省南部,山东济南、淄博以西,河南安阳以东,节度使田承嗣兵力强盛,占有七州之地,不奉朝廷的命令。贞元后期,陈许节度使是刘昌裔,此人较有策略,是个比较有头脑的军阀,本来是带兵的大将,地位大概与聂隐娘的父亲聂锋相当,后来立了几次战功,又与朝廷的命令配合,升为节度使。他所管辖的河南陈州、蔡州一带,后来给反叛朝廷的吴少诚、吴元济父子并了去。宪宗派宰相裴度攻克蔡州,擒了吴元济,大将李愬雪夜入蔡州,是唐代有名的一场战役。(当时刘悟是昭义节度使,统治山西长治一带。)

宪宗皇帝图谋收藩时,宰相武之衡给藩镇派刺客暗杀而死。《聂隐娘传》中所述精精儿、空空儿等与聂隐娘暗杀及反暗杀的斗争,也反映了当时政界的实况。这个时候,在日本是奈良时期到平安时期,在欧洲是"神圣罗马帝国"初建,也都是动荡不安的时期。

附录 聂隐娘

聂隐娘者,贞元中魏博大将聂锋之女也。年方十岁,有尼乞食于锋舍,见隐娘,悦之,云:"问押衙乞取此女教。"锋大怒,叱尼。尼曰:"任押衙铁柜中盛,亦须偷去矣。"及夜,果失隐娘所向。锋大惊骇,令人搜寻,曾无影响。父母每思之,相对涕泣而已。

后五年,尼送隐娘归,告锋曰:"教已成矣,子却领取。"尼欻亦不见。一家悲喜,问其所学。曰:"初但读经念咒,余无他也。"锋不信,恳诘。隐娘曰:"真说又恐不信,如何?"锋曰:"但真说之。"

曰:"隐娘初被尼挈,不知行几里。及明,至大石穴,嵌空数十步,寂无居人。猿狖极多,松萝益邃。已有二女,亦各十岁。皆聪明婉丽,不食,能于峭壁上飞走,若捷猱登木,无有蹶失。尼与我药一粒,兼令长执宝剑一口,长二尺许,锋利。吹毛令断。逐二女攀缘,渐觉身轻如风。一年后,刺猿狖百无一失。后刺虎豹,皆决其首而归。三年后能飞,使刺鹰隼,无不中。剑之刃渐减五寸,飞禽遇之,不知其来也。至四年,留二女守穴。挈我于都市,不知何处也。指其人者,一一数其过,曰:'为我刺其首来,无使知觉。定其胆,若飞鸟之容易也。'受以羊角匕,刀广三寸,遂白日刺其人于都市,人莫能见。以首入囊,返主人舍,以药化之为水。五年,又曰:'某大僚有罪,无故害人若干,夜可入其室,决其首来。'又携匕首入室,度其门隙无有障碍,伏之梁上。至瞑,持得其首而归。尼大怒曰:'何太晚如是?'某云:'见前人戏弄一儿,可爱,未忍便下手。'尼叱曰:'已后遇此辈,先断其所爱,然后决之。'某拜谢。尼曰:'吾为汝开脑后藏匕首,而无所伤。用即抽之。'曰:'汝术已成,可归家。'遂送还,云:

608

'后二十年,方可一见。'"

锋闻语甚惧。后遇夜即失踪,及明而返。锋已不敢诘之,因兹亦不甚怜爱。

忽值磨镜少年及门,女曰:"此人可与我为夫。"白父,父不敢不从,遂嫁之。其夫但能淬镜,余无他能。父乃给衣食甚丰。外室而居。数年后,父卒。魏帅稍知其异,遂以金帛署为左右吏。

如此又数年,至元和间,魏帅与陈许节度使刘悟不协,使隐娘贼其首。隐娘辞帅之许。刘能神算,已知其来。召衙将,令来日早至城北,候一丈夫一女子各跨白黑卫至门,遇有鹊前噪,丈夫以弓弹之不中。妻夺夫弹,一丸而毙鹊者,揖之云:吾欲相见,故远相祗迎也。

衙将受约束,遇之。隐娘夫妻曰:"刘仆射果神人。不然者,何以洞吾也。愿见刘公。"刘劳之。隐娘夫妻拜曰:"合负仆射万死。"刘曰:"不然,各亲其主,人之常事。魏今与许何异。愿请留此,勿相疑也。"隐娘谢曰:"仆射左右无人,愿舍彼而就此,服公神明也。"知魏帅之不及刘。刘问其所须。曰:"每日只要钱二百文足矣。"乃依所请。忽不见二卫所之。刘使人寻之,不知所向。后潜于布囊中见二纸卫,一黑一白。

后月余,白刘曰:"彼未知止,必使人继至。今宵请剪发系之以红绡,送于魏帅枕前,以表不回。"刘听之,至四更,却返,曰:"送其信矣。后夜必使精精儿来杀某及贼仆射之首。此时亦万计杀之。乞不忧耳。"

刘豁达大度,亦无畏色。是夜明烛,半宵之后,果有二幡子,一红一白,飘飘然如相击于床四隅。良久,见一人自空而踣,身首异处。隐娘亦出曰:"精精儿已毙。"拽出于堂之下,以药化为水,毛发不存矣。

隐娘曰:"后夜当使妙手空空儿继至。空空儿之神术,人莫能窥其用,鬼莫得蹑其踪。能从空虚而入冥,善无形而灭影,隐娘之艺,故不能造其境。此即系仆射之福耳。但以于阗玉周其颈,拥以衾,隐娘当化为蠛蠓,潜入仆射肠中听伺,其余无逃避处。"刘如言。至三更,瞑目未熟。果闻项上铿然,声甚厉。隐娘自刘口中跃出,贺曰:"仆射无患矣。此人如俊鹘,一搏不中,即翩然远逝,耻其不中,才未逾一更,已千里矣。"后视其玉,果有匕首划处,痕逾数分。

自此刘转厚礼之。自元和八年，刘自许入觐，隐娘不愿从焉。云："自此寻山水，访至人，但乞一虚给与其夫。"刘如约，后渐不知所之。及刘薨于统军，隐娘亦鞭驴而一至京师柩前，恸哭而去。

　　开成年，昌裔（此处作刘"昌裔"而不作刘悟）子纵除陵州刺史，至蜀栈道，遇隐娘，貌若当时。甚喜相见，依前跨白卫如故。语纵曰："郎君大灾，不合适此。"出药一粒，令纵吞之。云："来年火急抛官归洛，方脱此祸。吾药力只保一年患耳。"纵亦不甚信。遗其缯彩，隐娘一无所受，但沉醉而去。后一年，纵不休官，果卒于陵州。自此无复有人见隐娘矣。（原文完）

十　荆十三娘

唐末,浙江温州有个进士,名叫赵中立,慷慨重义,性喜结交朋友。有一次到苏州,在支山禅院借住。有一位很有钱的女商荆十三娘,正在庙里为亡夫做法事,见到赵中立后,很爱慕他。两个人就同居了,俨若夫妇,一起到扬州去。赵中立对待朋友十分豪爽,出手阔绰,花了荆十三娘不少资财。十三娘心爱郎君,也不以为意。

赵中立在扬州有个朋友李正郎。李有个弟弟,排行第三十九。李三十九郎在风月场中结识了个妓女,两人互相爱恋。可是这妓女的父母贪慕权势钱财,强将女儿拿去送给诸葛殷。

当时扬州归大将高骈管辖。高骈迷信神仙,在他左右用事的方士,除了吕用之和张守一外,还有个诸葛殷。《资治通鉴》中描写高骈和诸葛殷相处的情形,很是生动有趣:

"殷始自鄱阳来,用之先言于骈曰:'玉皇以公职事繁重,辍左右尊神一人,佐公为理,公善遇之;欲其久留,亦可縻以人间重职。'明日,殷谒见,诡辩风生,骈以为神,补盐铁剧职。骈严洁,甥侄辈未尝得接坐。殷病风疽,搔扪不替手,脓血满爪,骈独与之同席促膝,传杯器而食。左右以为言,骈曰:'神仙以此试人耳!'骈有畜犬,闻其腥秽,多来近之。骈怪之,殷笑曰:'殷尝于玉皇前见之,别来数百年,犹相识。'"

这诸葛殷管扬州的盐铁税务,自然权大钱多。李三十九郎无法与之相抗,极为悲哀,又怕诸葛殷加祸,只有暗自饮泣。有一次偶然和荆十三娘谈起这件事。

荆十三娘道:"这是小事一桩,不必难过,我来给你办好了。你先过江去,六月六日正午,在润州(镇江)北固山等我便了。"

李三十九郎依时在北固山下相候,只见荆十三娘负了一个大布袋而来。打开布袋,李的爱妓跳了出来,还有两个人头,却是那妓女的父母。

后来荆十三娘和赵中立同回浙江,后事如何,便不知道了。

这故事出《北梦琐言》。打开布袋,跳出来的是自己心爱的靓女,倒像是外国杂志中常见的漫画题材:圣诞老人打开布袋,取出个美女来做圣诞礼物。

十一　红线

《红线传》是唐末袁郊所作《甘泽谣》九则故事中最精采的一则。

袁郊在昭宗朝做翰林学士和虢州刺史,曾和温庭筠唱和。《红线传》在《唐代丛书》作杨巨源作。但《甘泽谣》中其他各则故事的文体及思想风格,和《红线传》甚为相似,相信此文当为袁郊所作。当时安史大乱之余,藩镇间又攻伐不休,兵连祸结,民不聊生。郑振铎说此文作于咸通戊子(公元八六八年)。该年庞勋作乱,震动天下。袁郊此文当是反映了人民对和平的想望。

故事中的两个节度使薛嵩和田承嗣,本来都是安禄山部下的大将,安禄山死后,属史思明,后来投降唐室而得为节度使,其实都是反覆无常的武人。

红线当时十九岁,不但身具异术,而且"善弹阮咸,又通经史",是个文武全才的侠女,其他的剑侠故事中少有这样的人物。《红线传》所以流传得这么广,或许是由于她用一种巧妙而神奇的行动来消弭了一场兵灾,正合于一般中国人"大事化小事,小事化无事"的理想。

唐人一般传奇都是用散文写的,但《红线传》中杂以若干晶莹如珠玉的骈文,另有一股特殊的光彩。

文中描写红线出发时的神态装束很是细腻,在一件重大的行动之前,先将主角描述一番:"乃入闺房,饰其行具,梳乌蛮髻,贯金雀钗,衣紫绣短袍,系青丝轻履,胸前佩龙文匕首,额上书太乙神名,再拜而行,倏忽不见。"

盗金合的经过,由她以第一人称向薛嵩口述,也和一般传奇中第三人称的写法不同。她叙述田承嗣寝帐内外的情形:"闻外宅儿止于房廊,睡声雷动;见中军卒步于庭下,传叫风生……时则蜡炬烟微,炉香烬委。侍人四布,兵仗森罗。或头触屏风,鼾而弹者,或手持巾拂,寝而伸者。"(附录中的文字经与《太平广记》校录,与传本微有不同,这一类传奇小说多经传钞,并无定本。)似乎是一连串动中有静、静中有动的电影镜头。她盗金合离开魏城后,将行二百里,"见铜台高揭,漳水东流。晨飙动野,斜月在林。"十七个字写出了一幅壮丽的画面。

红线叙述生前本为男子,因医死了一个孕妇而转世为女子,这一节是全文的败笔。转世投胎的观念特别为袁郊所喜,《甘泽谣》另一则故事《圆观》也写此事。那自然都是佛教的观念。《甘泽谣》的书名相当奇怪。据袁郊所记,他写这几则短篇故事时,连日大雨,当地干旱已久,甘霖沛降,人民喜而普说故事,故事奇妙而喜气洋洋。

结尾飘逸有致。红线告辞时,薛嵩"广为饯别,悉集宾僚,夜宴中堂。嵩以歌送红线酒,请座客冷朝阳为词,词曰:'采菱歌怨木兰舟,送客魂消百尺楼,还似洛妃乘雾去,碧天无际水空流。'歌竟,嵩不胜其悲。红线拜且泣,因伪醉离席,遂亡所在。"这段文字既豪迈而又缠绵,有英雄之气,儿女之意,明灭隐约,余韵不尽,是武侠小说的上乘片段。(凡影视编剧人喜添蛇足,不懂艺术中含蓄之道者,宜连读本文结尾一百次,然后静思一百天;如仍无效,请读钱起《省试湘灵鼓瑟》诗结句"曲终人不见,江上数峰青"一千遍,然后静思三月。如仍无效,只好设法改行了。如何改行?或作场记、或搬道具,相貌俊美者可作大明星。电影、电视中行当甚多,慢慢转换可也。)

附录 红线

唐潞州节度使薛嵩家青衣红线者,善弹阮咸,又通经史,嵩乃俾其掌笺表,号曰内记室。时军中大宴,红线谓嵩曰:"羯鼓之声颇甚悲切,其击者必有事也。"嵩素晓音律,曰:"如汝所言。"乃召而问之,云:"某妻昨夜身亡,不敢求假。"嵩遽放归。时至德之后,两河未宁,初置昭义军，以釜阳为镇，命嵩固守，控压山东。杀伤之余，军府草创。朝廷命嵩女嫁魏博节度使田承嗣男，又遣嵩男娶滑毫节度使令狐章女。三镇交为姻娅，使日浃往来。而田承嗣常患肺气，遇夏增剧。每曰："我若移镇山东，纳其凉冷，可延数年之命。"乃募军中武勇十倍者得三千人，号外宅男，而厚其恤养。常令三百人夜直州宅，卜选良日，将并潞州。

嵩闻之，日夕忧闷，咄咄自语，计无所出。时夜漏方深，辕门已闭，策杖庭际，唯红线从焉。红线曰："主自一月，不遑寝食。意有所属，岂非邻境乎？"嵩曰："事系安危，非汝所能料。"红线曰："某诚贱品，亦能解主忧者。"嵩乃具告其事，曰："我承祖父遗业，受国家重恩，一旦失其疆土，即数百年勋伐尽矣。"红线曰："此易与耳。不足劳主忧焉。暂放某一到魏郡，观其形势，觇其有无。今一更首途，二更可以复命。请先定一走马使，具寒暄书，其他则待某却回也。"嵩大惊曰："不知汝是异人，我之暗也。然事若不济，反速其祸，奈何？"红线曰："某之此行，无不济者。"

乃入闺房，饰其行具。梳乌蛮髻，贯金雀钗，衣紫绣短袍，系青丝轻履。胸前佩龙文匕首，额上书太乙神名。再拜而行，倏忽不见。

嵩乃返身闭户，背烛危坐。常时饮酒，不过数合，是夕举觞，十余不醉。忽闻晓角吟风，一叶坠露，惊而起问，即红线回矣。嵩喜而慰劳，曰："事谐否？"红线对曰："幸不辱命。"又问曰："无伤杀否？"曰："不至是。但取床头金合为信耳。"

又曰："某子夜前二刻，即达魏城，凡历数门，遂及寝所。闻外宅男止于房廊，睡声雷动。见中军卒步于庭庑，传呼风生。乃发其左扉，抵其寝帐。见田亲家翁止于帐内，鼓跌酣眠，头枕文犀，髻包黄縠，枕前露一七星剑。剑前仰开一金合，合内书生身甲子与北斗神名。复以名香美珠，散覆其上。扬威玉帐，坦其心豁于生前，熟寝兰堂，不觉命悬于手下。宁劳擒纵，只益伤嗟。时则蜡炬烟微，炉香烬委，侍人四布，兵仗森罗。或头触屏风，鼾而弹者；或手持巾拂，寝而伸者。某乃拔其簪珥，褰其襦裳，如病如酲，皆不能寤；遂持金合以归。既出魏城西门，将行二百里，见铜台高揭，漳水东注，晨飙动野，斜月在林。忧往喜还，顿忘于行役；感知酬德，聊副于依归。所以夜漏三时，往返七百里；入危邦，经五六城；冀减主忧，敢言劳苦？"

嵩乃发使遗田承嗣书曰："昨夜有客从魏中来,云:自元帅床头获一金合,不敢留驻,谨却封纳。"专使星驰,夜半方到。见搜捕金合,一军忧疑。

使者以马挝扣门,非时请见。承嗣遽出,使者乃以金合授之。捧承之时,惊怛绝倒。遂留使者止于宅中,狎以宴私,多其赐赉。明日遣使赍缯帛三万匹,名马二百匹,他物称是,以献于嵩曰："某之首领,系在恩私。便宜知过自新,不复更贻伊戚。专膺指使,敢议亲姻。彼当奉毂后车,来在麾鞭前马。所置纪纲外宅男者,本防他盗,亦非异图。今并脱其甲裳,放归田亩矣。"

由是一两月内,河北河南,信使交至。而红线辞去。嵩曰:"汝生我家,而今欲安往?又方赖汝,岂可议行?"

红线曰:"某前世本男子,历江湖间,读神农药书,救世人灾患。时里有孕妇,忽患蛊症,某误以荒花酒下之。妇人与腹中二子俱毙。是某一举杀三人。阴律见诛,罚为女子。使身居贱隶,而气禀凡俚,幸生于公家,今十九年矣。身厌罗绮,口穷甘鲜,宠待有加,荣亦甚矣。况国家建极,庆且无疆。此辈违天,理当尽弭。昨往魏邦,以示报恩。两地保其城池,万人全其性命,使乱臣知惧,列土谋安。某一妇人,功亦不小。固可赎其前罪,还其本身。便当遁迹尘中,栖心物外,澄清一气,生死长存。"嵩曰:"不然,遗尔千金为居山之所给。"红线曰:"事关来世,安可预谋。"

嵩知不可驻,乃广为饯别;悉集宾客,夜宴中堂。嵩以歌送红线酒,请座客冷朝阳为词。词曰:"采菱歌怨木兰舟,送别魂消百尺楼。还似洛妃乘雾去,碧天无际水空流。"歌毕,嵩不胜悲。红线拜且泣,因伪醉离席,遂亡其所在。(原文完)

十二　王敬宏仆

唐文宗皇帝很喜爱一个白玉雕成的枕头，那是德宗朝于阗国所进贡的，雕琢奇巧，是希世之宝，平日放在寝殿的帐中，有一天忽然不见了。皇帝寝殿守卫十分严密，若不是得宠的嫔妃，无人能够进入。寝殿中另外许多珍宝古玩却又一件没失去。

文宗惊骇良久，下诏搜捕偷玉枕的大盗，对近卫大臣和统领禁军的两个中尉（宦官、禁卫军司令员）说："这不是外来的盗贼，偷枕之人一定在禁宫附近。倘若拿他不到，只怕尚有其他变故。一个枕头给盗去了，也没什么可惜，但你们负责守卫皇宫，非捉到这大盗不可。否则此人在我寝宫中要来便来，要去便去，要这许多侍卫何用？"

众官员惶栗谢罪，请皇帝宽限数日，自当全力缉拿。于是悬下重赏，但一直找不到半点线索。圣旨严切，凡是稍有嫌疑的，一个个都捉去查问，坊曲闾里之间，到处都查到了，却如石沉大海，众官无不发愁。

龙武二蕃将（皇帝亲卫部队中的高级军官）王敬宏身边有一名小仆，年甫十八九岁，神彩俊利，差他去办什么事，无不妥善。有一日，王敬宏和同僚在威远军会宴，他有一侍儿善弹琵琶，众宾客酒酣，请她弹奏，但该处的乐器不合用，那侍儿不肯弹。时已夜深，军门已闭，无法去取她用惯的琵琶，众人都觉失望。小仆道："要琵琶，我即刻去取来便是。"王敬宏道："禁鼓一响，军门便锁上了，平时难

十二

王
敬
宏
仆

道你不见吗？怎地胡说八道？"小仆也不多说，退了出去。众将再饮数巡，小仆捧了一只绣囊到来，打开绣囊，便是那个琵琶。座客大喜，侍儿尽心弹奏乐曲，清音朗朗，合座尽欢。

从南军到左广来回三十余里，而且入夜之后，严禁通行，这小仆居然倏忽往来。其时搜捕盗玉枕贼甚严，王敬宏心下惊疑不定，生怕皇帝的玉枕便是他偷的。宴罢，第二天早晨回到府中，对小仆道："你跟我已一年多了，却不知你身手如此矫捷。我听说世上有侠士，难道你就是么？"小仆道："不是的，只不过我走路特别快些罢了。"

那小仆又道："小人父母都在四川，年前偶然来到京师，现下想回故乡。蒙将军收养厚待，有一事欲报将军之恩。偷枕者是谁，小人已知，三数日内，当令其伏罪。"

王敬宏道："这件事非同小可，如果拿不到贼人，不知将累死多少无辜之人。这贼人在哪里？能禀报官府、派人去捉拿么？"

小仆道："那玉枕是田膨郎偷的。他有时在市井之间，有时混入军营，行止无定。此人勇力过人，奔走如风，若不是先将他的脚打断了，那么便有千军万骑前去捉拿，也会给他逃走。再过两晚后，我到望仙门相候，乘机擒拿，当可得手。请将军和小人同去观看。但必须严守秘密，防他得讯后高飞远走。"

其时天旱已久，早晨尘埃极大，车马来往，数步外就见不到人。田膨郎和同伴少年数人，臂挽臂的走入城门。小仆手执击马球的球杖，从门内一杖横扫出来，啪的一声响，打断了田膨郎的左腿。（在现代，便是用高尔夫球棒打人。）

田膨郎摔倒在地，见到小仆，叹道："我偷了玉枕，什么人都不怕，就只忌你一人。既在这里撞到了，还有什么可说的。"

将他抬到皇帝亲卫禁军神策军左军和右军之中，田膨郎毫不隐瞒，全部招认。

文宗得报偷枕贼已获，又知是禁军拿获的，当下命将田膨郎提来御前，亲自诘问。田膨郎具直奏陈。文宗道："这是任侠之流，并非寻常盗贼。"本来拘禁的数百名嫌疑犯，当即都释放了。

那小仆一捉到田膨郎，便拜别了王敬宏回归四川。朝廷找他不到，只好重赏王敬宏。（故事出康骈《剧谈录》，篇名《田膨郎》。）

文宗便是"甘露之祸"的主角。当时禁军神策军的统领叫做中尉,左军右军的中尉都由宦官出任。宪宗（文宗的祖父）、敬宗（文宗之兄）均为宦官所杀,穆宗（文宗的父亲）、文宗则为宦官所立。由于"枪杆子里面出政权",皇帝为宦官所制,文宗想杀宦官,未能成功,终于郁郁而终。

王敬宏是龙武军的将军,龙武军属北军,也是禁军的一个兵种,他是受宦官指挥的。

十三　昆仑磨勒

　　《昆仑奴》也是裴铏所作。裴铏作《传奇》三卷,原书久佚,《太平广记》录有四则,得以流传至今。《聂隐娘》和《昆仑奴》是其中特别出名的。唐代小说集另有一种,书名也叫《传奇》,作者是大诗人元稹,其中包括《莺莺传》。《昆仑奴》一文亦有记其作者为南唐大词人冯延巳的,似无甚根据。

　　本文在《剑侠传》一书中也有收录。《剑侠传》托言唐代段成式作,其实是明人所辑,其中《京西店老人》等各则,确是段成式所作,收入段氏所著的《酉阳杂俎》。我手边所有的影印本《剑侠传》系潘铭燊兄所赠,是咸丰七年的印本,书上署名为"萧山王龄校"。

　　故事中所说唐大历年间"盖代之勋臣一品",当是指郭子仪。这位一品大官的艳姬为崔生所盗,发觉后并不追究,也和郭子仪豁达大度的性格相符。

　　关于昆仑奴的种族,近人大都认为他是非洲黑人。郑振铎《中国文学史》中说:"《昆仑奴》一作,也甚可注意。所谓'昆仑奴',据我们的推测,或当是非洲的尼格罗人,以其来自极西,故以'昆仑奴'名之。唐代叙'昆仑奴'之事的,于裴氏外,他文里尚有之,皆可证明其实为非洲黑种人。这可见唐系国内,所含纳的人种是极为复杂的,又其和世界各地的交通,也是甚为通畅广大的。"

　　但我忽发奇想,这昆仑奴名叫磨勒,说不定是印度人。磨勒就是摩啰。香港人不是叫印度人为摩啰差吗?唐代和印度有交通,玄槃就曾到印度留学取经,来几个摩啰人也不希奇。印度人来中国,须越昆仑山,称为昆仑奴,很说得通。如果是非洲黑人,相隔未免太远了。武侠小说谈到武术,总是推崇少林。少林寺的祖师达摩老祖是印度人,一般武侠小说认为他是中国武术的创始人之一(但历史上无根据)。磨勒后来在洛阳市上卖药。卖药的生活方式,也似乎更和印度人相近,非洲黑人恐怕不懂药性。《旧唐书·南蛮传》云:"自林邑以南,皆拳发黑身,通号为昆仑。"有些学者则认为是指马来人而言。

唐人传奇中有三个美丽女子都以红字为名。以人品作为而论,红线最高,红拂其次,红绡最差。红绡向崔生作手势打哑谜,很是莫名其妙,若无磨勒,崔生怎能逾高墙十余重而入歌妓第三院?她私奔之时,磨勒为她负出"囊橐妆奁",一连来回三次,简直是大规模的卷逃。崔生为一品召问时,把罪责都推在磨勒头上,任由一品发兵捉他,一点也不加回护,不是个有义气之人,只不过是个"容貌如玉"而为红绡看中的小白脸而已。崔生当时做"千牛",那是御前带刀侍卫,"千牛"本是刀名,后来引伸为侍卫官。

附录 昆仑奴

唐大历中,有崔生者,其父为显僚,与盖代之勋臣一品者熟。生是时为千牛,其父使往省一品疾。生少年,容貌如玉,性禀孤介,举止安详,发言清雅。一品命妓轴帘召生入室,生拜传父命,一品忻然爱慕,命坐与语。时三妓人,艳皆绝代,居前以金瓯贮绯桃而擘之,沃以甘酪而进。一品遂命衣红绡妓者,擎一瓯与生食。生少年赧妓辈,终不食。一品命红绡妓以匙而进之,生不得已而食。妓哂之。遂告辞而去。一品曰:"郎君闲暇,必须一相访,无间老夫也。"命红绡送出院。

时生回顾,妓立三指,又反三掌者,然后指胸前小镜子,云:"记取。"余更无言。

生归达一品意,返学院,神迷意夺,语减容沮,恍然凝思,日不暇食。但吟诗曰:"误到蓬山顶上游,明珰玉女动星眸。朱扉半掩深宫月,应照琼芝雪艳愁。"左右莫能究其意。

时家中有昆仑奴磨勒，顾瞻郎君曰："心中有何事，如此抱恨不已？何不报老奴？"生曰："汝辈何知，而问我襟怀间事？"磨勒曰："但言，当为郎君释解。远近必能成之。"生骇其言异，遂具告知。磨勒曰："此小事耳，何不早言之，而自苦耶？"生又白其隐语。勒曰："有何难会。立三指者，一品宅中有十院歌姬，此乃第三院耳。返掌三者，数十五指，以应十五日之数。胸前小镜子，十五夜月圆如镜，令郎来耶？"生大喜，不自胜，谓磨勒曰："何计而能导达我郁结？"磨勒笑曰："后夜乃十五夜，请深青绢两匹，为郎君制束身之衣，一品宅有猛犬守歌妓院门，非常人不得辄入，入必噬杀之。其警如神，其猛如虎。即曹州孟海之犬也。世间非老奴不能毙此犬耳。今夕当为郎君挝杀之。"遂宴犒以酒肉，至三更，携链椎而往，食顷而回曰："犬已毙讫，固无障塞耳。"是夜三更，与生衣青衣，遂负而逾十重垣，乃入歌妓院内，止第三门。绣户不扃，金釭微明，惟闻妓长叹而坐，若有所俟。翠环初坠，红脸才舒，玉恨无妍，珠愁转莹。但吟诗曰："深洞莺啼恨阮郎，偷来花下解珠珰。碧云飘断音书绝，空倚玉箫愁凤凰。"侍卫皆寝，邻近阒然。

生遂缓搴帘而入。良久，验是生。姬跃下榻执生手曰："知郎君颖悟，必能默识，所以手语耳。又不知郎君有何神术，而能至此？"生具告磨勒之谋，负荷而至。姬曰："磨勒何在？"曰："帘外耳。"遂召入，以金瓯酌酒而饮之。姬白生曰："某家本富，居在朔方。主人拥旄，逼为姬仆。不能自死，尚且偷生，脸虽铅华，心颇郁结。纵玉箸举馔，金炉泛香，云屏而每进绮罗，绣被而常眠珠翠，皆非所愿，如在桎梏。贤爪牙既有神术，何妨为脱狴牢。所愿既申，虽死不悔。请为仆隶，愿侍光容。又不知郎君高意如何？"生愀然不语。

磨勒曰："娘子既坚确如是，此亦小事耳。"姬甚喜。磨勒请先为姬负其囊橐妆奁，如此三复焉。然后曰："恐迟明。"遂负生与姬而飞出峻垣十余重。一品家之守御，无有警者。遂归学院而匿之。

及旦，一品家方觉。又见犬已毙，一品大骇曰："我家门垣，从来邃密，扃锁甚严，势似飞腾，寂无形迹，此必侠士而挈之。无更声闻，徒为患祸耳。"

姬隐崔生家二载，因花时驾小车而游曲江，为一品家人潜志认。遂白一品。一品异之。召崔生而诘之。事惧而不敢隐，遂细言端由,皆因奴磨勒负荷而去。一品曰:"是姬大罪过。但郎君驱使逾年,即不能问是非。某须为天下人除害。"命甲士五十人,严持兵仗,围崔生院,使擒磨勒。磨勒遂持匕首飞出高垣,瞥若翅翎,疾同鹰隼,攒矢如雨,莫能中之。顷刻之间,不知所向。然崔家大惊愕。

　　后一品悔惧,每夕多以家童持剑戟自卫,如此周岁方止。

　　后十余年,崔家有人见磨勒卖药于洛阳市,容貌如旧耳。(原文完)

十四　四明头陀

四川人许寂,少年时在浙江四明山向晋徽君学易经。有一日,有一对夫妇带了一壶酒,到山上来借宿。许寂问他们从哪里来,答称今日离剡县而来。许寂说:"道路甚远,哪里一日能到?"夫妇二人不答,许寂心下甚是奇怪,但见夫妇二人年纪甚轻,女的十分美貌,但神态严肃,很少说话。

当天晚上,二人拿了那壶酒出来,请许寂同饮。那男子取出一块拍板,板上钉满了铜钉,打起拍板,吭声高歌,歌词中讲的都是剑术之道。唱了一会,从衣袖中取出两物,一拉开,口中吆喝,只见两口明晃晃的利剑跃将起来,在许寂头顶盘旋交击,光闪如电,双剑相击,声铿铿不绝。许寂甚是惊骇,不敢稍动。过了一会,那男子收剑入匣,饮毕就寝。次日早晨去看二人时,室内只余空榻,两夫妇早已走了。

到午间,有一个头陀来寻这对夫妇。许寂将经过情形向他说了。头陀道:"我也是同道中人,道士愿学剑术么?"那时许寂穿的是道服,所以头陀称他为道士。许寂推辞道:"我从小研修玄学,不愿学剑。"头陀傲然而笑,拿了许寂的净巾来抹抹脚,徘徊间便失却了影踪。后来许寂又在华阴遇到他,才知道他是剑侠一流人物。

杜光庭(即《虬髯客传》的作者)从京城长安到四川,宿于梓潼厅。到达不久,又有一僧到来。县宰周某与这僧人本来相识。僧人对他说:"今日自兴元来。"两地相隔甚远,一日而至,杜光庭甚为诧异。明日一早僧人就走了。县宰对杜光庭说："此僧人会'鹿卢蹻'的轻身功夫，是剑侠中人。"唐时的方术中，有所谓龙蹻、虎蹻、鹿卢蹻，都是轻身飞行之术。

诗僧齐己，曾在沩山松下见到一僧，于指甲下抽出两口剑，稍加舞动，跳跃凌空而去。

这则故事原名"许寂"，出孙光宪的《北梦琐言》，其实包含了三个故事。三个故事都没有什么精采，只是那对少年夫妇携酒壶上山，信宿而去，有些飘逸之意，歌声中述剑术之道，也有意境。那头陀赶上山来，不知是他们的朋友还是仇人。

孙光宪是五代"花间派"词人，名气很大。我觉得他的词并无多大新意。《花间集》选他的词共六十首，其中三首《浣溪沙》比较写得生动活泼：

"半踏长裾宛约行，晚帘疏处见分明。此时堪恨昧平生。早是消魂残烛影，更愁闻着品弦声。杳无消息若为情？"

"乌帽斜欹倒佩鱼，静街偷步访仙居，隔墙应认打门初。将见客时微掩敛，得人怜处且生疏，低头羞问壁间书。"

"风递残香出绣帘，团窠金凤舞褾襜。落花微雨恨相兼。何处去来狂太甚，空推宿酒睡无厌，争教人不别猜嫌？"

最后一首《浣溪沙》中，有一句"落花微雨恨相兼"，使人想到北宋词人晏几道那首极出名的《临江仙》词上阕："梦后楼台高锁，酒醒帘幕低垂。去年春恨却来时。落花人独立，微雨燕双飞。"最后一联可能得到孙光宪"落花微雨恨相兼"七字的启发，但比较起来，《临江仙》中的两句意境高得多了。孙光宪词的下阕写女子怀疑情郎出外胡闹，连带"落花微雨"的情调也低了。

十五　丁秀才

朗州道士罗少微,在茅山紫阳观寄住。有一个丁秀才也住在观里。这秀才的举动谈吐,与常人也没什么不同,只不过对应举求官并不怎么热心。他在观中一住数年,观主一直对他很客气。一晚隆冬大雪,几个道士和丁秀才围炉闲谈,大家说天气这样冷,这时若有肥羊美酒,那真快活不过了,说来不禁馋涎欲滴。丁秀才道:"那也没什么难处。"紫阳观在山上,大雪封山,深夜中哪里去找羊酒?众道士以为他是说笑,哪知丁秀才说罢,开了观门便大踏步出去。到得半夜回来,身上头上都积满了雪,手中提了一只银酒坛,装满了酒,又有一只熟羊,说是从浙江大帅厨中取来的。众道士又惊又喜,拍手欢笑。但见丁秀才取出长剑,掷于空中而舞,腾跃而去,就此不知所终,那只银酒坛却仍留在桌上。观主怕官府追究,将这件事向县官禀报。

这则短故事也是孙光宪记于《北梦琐言》之中。他在文末说:诗僧贯休《侠客》诗中有句云:"黄昏风雨黑如磐,别我不知何处去。"这位诗僧莫非是在江淮之间听到了这件异事,因而启发了诗的灵感吗?

孙光宪五代时在荆南做大官。自高从诲、高保融、高保勖而至高继冲,祖孙三代四人都重用他。

五代十国之中,荆南兵弱国小,作风最不成话。开国之主高季兴本是一个商人的仆人,跟着朱全忠立功而做到荆南节度使。后唐庄宗李存勖灭梁，高季兴去朝见，李存勖很高兴，拍拍他的背脊，表示赞许。高季兴觉得这是"最大的光荣，最大的幸福"，在这件衣服背上御手所拍之处，叫绣工绣上皇帝的手掌。但他回荆南后，对部属们谈话，却料到李存勖不成大事。他说："新主对勋臣竖手指云：'我于指头上得天下。'如此则功在一人，臣佐何有？吾高枕无忧矣。"后来李存勖果为部下兵将所杀。即使是高季兴这种人，也知道功劳归于"伟大的领袖"一人，将所有干部都不瞧在眼内的态度是必定会坏事的。

高季兴死后，长子从诲继位。从诲死后子保融继位。保融死后弟保勖继位。高保勖从小有个外号叫作"万事休"，因为他父亲最宠爱他，大发脾气之际，一见到爱子，什么事都算了。保勖有个怪脾气，喜欢看别人做爱。《宋史·四八三卷》："保勖幼多病，体貌臞瘠，淫佚无度，日召娼妓集府署，择士卒壮健者令姿调谑，保勖与姬妾垂帘共观，以为娱乐。又好营造台榭，穷极土木之工。军民咸怨，政事不治。从事孙光宪切谏不听。"

保勖死后，保融之子继冲接位。孙光宪眼见形势不利，劝得他投降了宋朝。宋太祖待高氏一家很好，高氏子孙在宋朝做官，都得善终。这一家姓高的人品格都很差。荆南是交通要道（在今湖北省荆州一带），诸国使者进贡送礼，常要经过其境，高氏往往发兵夺其财物。别国写信来骂，高氏置之不理，若派兵来打，高氏就交还财物，道歉了事，丝毫不以为耻。当时天下称之为"高赖子"。这些无赖之徒在宋朝居然得享富贵，那是孙光宪的功劳了。

十五

丁秀才

十六　纫针女

唐时京城长安有位豪士潘将军，住在光德坊，忘了他本名是什么，外号叫做"潘鹊碑"（"潘胡涂"的意思）。他本来住在湖北襄阳、汉口一带，原是乘船贩货做生意的。有一次船只停泊在江边，有个僧人到船边乞食。潘对他很器重，留他在船上款待了整天，尽力布施。僧人离去时说："看你的形相器度，和一般商贾很不同。你妻子儿女的相貌也都是享厚福之人。"取了一串玉念珠出来送给他，说："你好好珍藏。这串玉念珠不但进财，还可使你做官。"

潘做了几年生意，十分发达，后来在禁军的左军中做到将军，在京师造了府第。他深信自己的富贵都是玉念珠带来的，所以对之看得极重，用绣囊盛了，放在一只玉盒之中，供奉在神坛内。每月初一，便取出来对之跪拜。有一天打开玉盒绣囊，这串念珠竟然不见了。但绣囊和玉盒却都并无移动开启的痕迹，其他物品也一件不失。他吓得魂飞天外，以为这是破家失官、大祸临头的朕兆，严加访查追寻，毫无影踪。

潘家的主管和京兆府（首都长安）一个年近八十的老公人王超向来熟识，悄悄向他说起此事，请他设法追查。王超道："这事可奇怪了。这决不是寻常的盗贼所偷。我想法子替你找找看，是不是能找到就难说了。"

王超有一日经过胜业坊北街，其时春雨初晴，见到一个十七八岁少女，头上梳了三鬟，衣衫褴褛，脚穿木屐，在路旁槐树之下，和军中的少年士兵踢球为戏。士兵们将球踢来,她一脚踢回去,总是将球踢得直飞上天,高达数丈,脚法神妙,甚为罕见。闲人纷纷聚观,采声雷动。

王超心下甚感诧异,从这少女踢球的脚法劲力看来,必是身负武功,便站在一旁观看。众人踢了良久,兴尽而散。那少女独自一人回去。王超悄悄跟在后面,见她回到胜业坊北门一条短巷的家中。王超向街坊一打听,知她与母亲同居,以做针线过日子。

王超于是找个借口,设法和她相识,尽力和她结纳。听她说她母亲也姓王,就认那少女作甥女,那少女便叫他舅舅。

那少女家里很穷,与母亲同卧一张土榻,常常没钱买米,一整天也不煮饭,王超时时周济她们。但那少女有时却又突然取出些来自远方的珍异果食送给王超。苏州进贡新产的洞庭橘,除了宰相大臣得皇帝恩赐几只之外,京城中根本见不到。那少女有一次却拿了一只洞庭橘给他,说是有人从皇宫中带出来的。这少女性子十分刚强,说什么就是什么。王超心下很怀疑,但一直不动声色。

这样来往了一年。有一天王超携了酒食,请她母女,闲谈之际说道:"舅舅有件心事想和甥女谈谈,不知可以吗?"那少女道:"深感舅舅的照顾,常恨难以报答。只要甥女力量及得到的,赴汤蹈火,在所不辞。"王超单刀直入,便道:"潘将军失了一串玉念珠,不知甥女有否听到什么讯息?"那少女微笑道:"我怎么会知道?"

王超听她语气有些松动,又道:"甥女若能想法子觅到,当以财帛重重酬谢。"那少女道:"这事舅舅不可跟别人说起。甥女曾和朋友们打赌闹着玩,将这串念珠取了来,那又不是真的要了他,终于会去归还的,只不过一直没空罢了。明天清早,舅舅到慈恩寺的塔院去等我,我知道有人把念珠寄放在那里。"

王超如期而往,那少女不久便到了。那时寺门刚开,宝塔门却还锁着。那少女道:"等一会你瞧着宝塔罢!"说罢纵身跃起,便如飞鸟般上了宝塔,飞腾直上,越跃越高。她钻入塔中,顷刻间站在宝塔外的相轮之上,手中提着一串念珠,向王超扬了扬,纵身跃下,将念珠交给王超,笑道:"请舅舅拿去还他,财帛什么的,不必提了。"

王超将玉念珠拿去交给潘将军,说起经过。潘将军大喜,备了金玉财帛厚礼,请王超悄悄去送给那少女。可是第二日送礼去时,人去室空，那少女和她母亲早不在了。

冯缄做给事的官时，曾听人说京师多侠客一流人物，待他做了京兆尹（首都市长），向部属打听，王超便说起此事。潘将军对人所说的，也和王超的话相符。（见《剧谈录》）

这个侠女虽然具此身手，却甘于贫穷，并不贪财，以做针线自食其力，盗玉念珠放于塔顶，在皇宫里取几只橘子，衣衫褴褛，足穿木屐而和军中少年们踢球，一派天真烂漫，活泼可喜。

慈恩寺是长安著名大寺，唐高宗为太子时，为纪念母亲文德皇后而建，所以称为慈恩。慈恩寺曾为玄奘所住持，所以玄奘所传的一宗佛教唯识法相宗又称"慈恩宗"。寺中宝塔七级，高三百尺，高宗永徽三年玄奘监建。

十七　宣慈寺门子

唐乾符二年,韦昭范应宏词科考试及第,中了进士。他是当时度支使(财政部长)杨严母亲家的一家人。唐代的习惯,中进士后那一场喜庆宴会非常重要,必须尽力铺张,因为此后一生的前途和这次宴会有很大关系。韦昭范为了使得宴会场面豪华,向度支使库借来了不少帐幕器皿。杨严(他的哥哥杨收曾做宰相)还怕不够热闹,又派使库的下属送来许多用具。所以这年三月间在曲江亭子开宴时,排场隆重阔绰,世所少见。这一天另外还有别的进士也在大排筵席,除了宾客云集,长安城中还有不少闲人赶来看热闹。

宾主饮兴方酣,忽然有一少年骑驴而至,神态傲慢,旁若无人,骑着驴子直走到筵席之旁,俯视众人。众宾主既惊且怒,都不知这恶客是何等样人。那少年提起马鞭,挥鞭往侍酒之人头上打去,哈哈大笑,口出污言秽语,粗俗不堪。席上宾主都是文士,眼见这恶客举止粗暴,一时都手足无措。

正尴尬间,旁观的闲人之中忽有一人奋身而出,啪的一声,打了那恶少一记耳光。这一记打得极重,那恶少应声跌下驴子。那人拳打足踢,再夺过他手中的马鞭,鞭如雨下,打了他百余下。众人欢呼喝采,都来打落水狗,瓦砾乱投,眼见便要将那恶少打死。

正在这时,忽然轧轧声响,紫云楼门打开,几名身穿紫衣的从人奔了出来,大呼:"别打,别打!"又有一名品级甚高的太监带了许多随从,骑马来救。

那人挥动鞭子,来一个打一个,鞭上劲力非凡,中者无不立时摔倒。那宦官身上也中了一鞭,吃痛不过,拨转马头便逃,随从左右也都跟着进门。紫云楼门随即关上,再也没人敢出来相救。众宾客大声喝采,但不知这恶少是什么来头,那时候宦官的权势极盛,这人既是宦官一党,再打下去必有大祸,于是便放了那恶少。

大家问那仗义助拳之人:"尊驾是谁?和座中哪一位郎君相识,竟肯如此出力相助?"那人道:"小人是宣慈寺的看门人,跟诸位郎君都不相识,只是见这家伙无礼,忍不住便出手了。"众人大为赞叹,纷纷送他钱帛。大家说:"那宦官日后定要报复,须得急速逃走才是。"

后来座中宾客有许多人经过宣慈寺门,那看门人都认得他们,见到了总是恭恭敬敬的行礼。奇怪的是,居然此后一直没听到有人去捉拿追问。(见王定保《唐摭言》)

这故事所写的侠客是一个极平凡的看门人,路见不平、拔拳相助之后,也还是做他的看门人。故事的结尾在平淡之中显得韵味无穷。

十八　李龟寿

　　唐宰相王铎（按：原文本作白敏中，《太平广记》纂修时改为王铎）外放当节度使，于僖宗即位后回朝又当宰相。他为官正直，各处藩镇的请求若是不合理的，必定坚执不予批准，因此得罪了许多节度使。他有读书癖，虽然公事繁冗，每天总是要抽暇读书，在永宁里的府第之中，另外设一间书斋，退朝之后，每在书斋中独处读书，引以为乐。

　　有一天又到书斋去，只有一头爱犬矮脚狗叫做花鹊的跟在身后。他一推开书房门，花鹊就不住吠叫，咬住他袍角向后拉扯。王铎叱开了花鹊，走进书房。花鹊仰视大吠，越叫越响。他起了疑心，拔出剑来，放在膝上，向天说道："若有妖魔鬼怪，尽可出来相见。我堂堂大丈夫，难道怕了你鼠辈不成？"刚说完，只见梁间忽有一物坠地，乃是一人。此人头上结了红色带子，身穿短衫，容貌黝黑，身材瘦削，不住向王铎磕头，自称罪该万死。

　　王铎命他起身，问他姓名，又问为何而来。那人说道："小人名叫李龟寿，卢龙人氏。有人给了小人很多财物，要小人来对相公不利。小人对相公的盛德很是感动，又为花鹊所惊，难以隐藏。相公若能赦小人之罪，有生之年，当为相公效犬马之劳。"王铎道："我不杀你便了。"于是命亲信都押衙傅存初录用他。

　　次日清晨，有一个妇人来到相府门外。这妇人衣衫不整，拖着鞋子，怀中抱了个婴儿，向守门人道："请你叫李龟寿出来。"李龟寿出来相见,原来是他的妻子。妇人道:"我等你不见回来,昨晚半夜里从蓟州赶来相寻。"于是和李龟寿同在相府居住。蓟州和长安相隔千里(蓟州在河北北部,长安在陕西),这妇人怀抱婴儿,半夜而至,自是奇怪得很了。

王铎死后,李龟寿全家悄然离去,不知所终。(见皇甫枚《三水小牍》)

唐代藩镇跋扈,派遣刺客去行刺宰相的事常常发生。宪宗时宰相武元衡就是给藩镇所派的刺客刺死,裴度也曾遇刺而受重伤。

黄巢造反时,王铎奉命为诸道都统(剿匪总司令),用了个说话漂亮而不会打仗的人做将军,结果大败。朝廷改派高骈做都统,高骈毫无斗志。王铎痛哭流涕,坚决要求再干,于是皇帝又派他当都统。这一次很有成效,四方围堵黄巢,使黄巢不得不退出长安。朝中当权的宦官田令孜怕他功大,罢了他的都统之职,又要他去做节度使。

王铎是世家子弟,生活奢华,又是书呆子脾气,去上任时"侍妾成列,服御鲜华,如承平之态"(《通鉴》)。魏博节度使的儿子乐从训贪他的财宝美女,伏兵相劫,将王铎及他家属从人三百余人尽数杀死,抢了财物美女,向朝廷呈报说是盗贼干的。朝廷微弱,明知其中缘故,却无可奈何。按照史实,故事主角以白敏中较合。

十九　贾人妻

唐时余干县的县尉王立任期已满，要另调职司，于是到京城长安去等候调派，在长安城大宁里租了一所屋子住。哪知道他送上去的文书写错了，给主管长官驳斥下来，不派新职。他着急得很，花钱运动，求人说情，带来的钱尽数使完了，仍如石沉大海，没有下文。他越等越心焦，到后来仆人走了，坐骑卖了，一日三餐也难以周全，沦落异乡，穷愁不堪，每天只好到各处佛寺去乞些残羹冷饭，以资果腹。

有一天乞食归来，路上遇到一个美貌妇人，和他走的是同一方向，有时前，有时后，有时并肩而行，便和她闲谈起来。王立神态庄重，两人谈得颇为投机。王立便邀她到寓所去坐坐，那美妇人也不推辞，就跟他一起去。两人情感愈来愈亲密，当晚那妇人就和他住在一起。

第二天，那妇人道："官人的生活怎么如此穷困？我住在崇仁里，家里还过得去，你跟我一起去住好么？"王立既爱她美貌温柔，又想跟她同居可以衣食无忧，便道："我运气不好，狼狈万状。你待我如此厚意，那真令我喜出望外了。却不知你何以为生？"那妇人道："我丈夫是做生意的，已故世十年了，在长安市上还有一家店铺。我每天早上到店里去做生意，傍晚回家来服侍你。只要我店里每天能赚到三百钱，家用就可够了。官人派差使的文书还没颁发下来，要去和朋友交游活动，也没使费，只要你不嫌弃我，不妨就住在这里，等到冬天部里选官调差，官人再去上任也还不迟。"

王立甚为感激，心下暗自庆幸，于是两人就同居在那妇人家里。那妇人治家井井有条，做生意十分能干，对王立更敬爱有加，家里箱笼门户的钥匙，都交了给他。

那妇人早晨去店铺之前，必先将一天的饮食饭菜安排妥贴，傍晚回家，又必带了米肉金钱交给王立，天天如此，从来不缺。王立见她这样辛苦，劝她买个奴仆作帮手，那妇人说用不着，王立也就不加勉强。

两人的日子过得很快乐，过了一年，生了个儿子，那妇人每天中午便回家一次喂奶。

这样同居了两年。有一天，那妇人傍晚回家时神色惨然，向王立道："我有个大仇人，怨恨彻骨，时日已久，一直要找此人复仇，今日方才得偿所愿，便须即刻离京。官人自请保重。这座住宅是用五百贯钱自置的，屋契藏在屏风之中，房屋和屋内的一切用具资财，尽数都赠给官人。婴儿我无法抱去，他是官人的亲生骨肉，请你日后多多照看。"一面说，一面哭，和他作别。王立竭力挽留，却哪里留得住？

一瞥眼间，见那妇人手里提着一个皮囊，囊中所盛，赫然是个人头。王立大惊失色。那妇人微笑道："不用害怕，这件事与官人无关，不会累到你的。"说着提起皮囊，跃墙而出，体态轻盈，有若飞鸟。王立忙开门追出相送，早已人影不见了。

他惆怅愁闷，独在庭中徘徊，忽听到门外那妇人的声音，又回了转来。王立大喜，忙抢出去相迎。那妇人道："真舍不得那孩子，要再喂他吃一次奶。"抱起孩子让他吃奶，怜惜之情，难以自已，抚爱久之，终于放下孩子别去。王立送了出去，回进房来，举灯揭帐看儿子时，只见满床鲜血，那孩子竟已身首异处。

王立惶骇莫名，通宵不寐，埋葬了孩子后，不敢再在屋中居住，取了财帛，又买了个仆人，出长安城避在附近小县之中，观看动静。

过了许久，竟没听到命案的风声。当年王立终于派到官职，于是将那座住宅变卖了，去上任做官，以后也始终没再听到那妇人的音讯。（出薛用弱《集异记》）

这个女侠的个性奇特非凡，平时做生意，管家务，完全是个勤劳温柔的贤妻良母,两年之中,身分丝毫不露。一旦得报大仇,立时决绝而去。别后重回喂奶,已是一转,喂乳后竟杀了儿子,更是惊心动魄的大变。所以要杀婴儿,当是一刀两断,割舍心中的眷恋之情。虽然是侠女斩情丝的手段,但心狠手辣,实非常人所能想像。

我国古时描写侠士的短篇小说,常写侠士有异常人的"忍",聂隐娘是其中之一,《聊斋志异》中的"侠女",也有类似感情。甚至《儿女英雄传》中的十三妹,性格中也有"忍"的影子。日本一些身有异能的奇士称为"忍者",不知与中国这一类的"忍人"是否有些渊源。我国古代的剑侠,性格中常强调"忍"字,似乎如不能克制自己的温情,就不能坚决果断。近代和当代的武侠小说,书中主角却与此相反,越是正面人物,越是重情义,有温情,性格残忍毒辣者通常是坏人。

十九

贾人妻

二十　维扬河街上叟

吕用之在维扬渤海王高骈手下弄权,擅政害人,所用的主要是特务手段。

唐罗隐所撰《广陵妖乱志》中说:"上下相蒙,大逞妖妄,仙书神符,无日无之,更迭唱和,罔知愧耻。自是贿赂公行,条章日紊。烦刑重赋,率意而为。道路怨嗟,各怀乱计。用之惧其窃发之变,因请置巡察使,探听府城密事。渤海遂承制授御史大夫,充诸军都巡察使。于是召募府县先负罪停废胥吏阴狡凶狠者,得百许人,厚其官佣,以备指使,各有十余丁,纵横闾巷间,谓之'察子'。至于士庶之家,呵妻怒子,密言隐语,莫不知之。自是道路以目。有异己者,纵谨静端默,亦不免其祸,破灭者数百家。将校之中,累足屏气焉。"

用特务人员来侦察军官和百姓,以至人家家里责骂妻子儿子的小事,吕用之也都知道。即使是小心谨慎,生怕祸从口出之人,只要是得罪了他,也难免大祸临头。可见当权者使用特务手段,历代都有,只不过名目不同而已。在唐末的扬州,特务头子的官名叫做"诸军都巡察使"。特务人员都是阴狡凶狠之徒,从犯法革职的低级公务人员中挑选出来。每个特务手下,又各有十几名调查员,薪津待遇很高,叫做"察子"。"察子"的名称倒很不错,比之什么"调查统计员"、"保安科科员"、"公安队队员"等等要简单明了得多。

中和四年秋天,有个商人刘损,携同家眷,带了金银货物,从江夏来到。他抵达扬州不久,就有"察子"向吕用之报告,说刘损的妻子裴氏美貌非凡,世所罕有。吕用之便捏造了一个罪名,把刘损投入狱中,将他的财物和裴氏都霸占了去。刘损设法贿赂,方才得释,但妻子为人所夺,自是愤恨无比。这个商人会做诗,写了三首诗:

宝钗分股合无缘,鱼在深渊鹤在天。得意紫鸾休舞镜,断踪青鸟罢衔笺。金盆已覆难收水,玉轸长抛不续弦。若向蘼芜山下过,遥将红泪洒穷泉。

鸾飞远树栖何处?凤得新巢已称心。红粉尚存香幂幂,白云初散信沉沉。情知点污投泥玉,犹自经营买笑金。从此山头人似石,丈夫形状泪痕深。

旧尝游处偏寻看,虽是生离死一般。买笑楼前花已谢,画眉山下月犹残。云归巫峡音容断,路隔星桥过往难。莫怪诗成无泪滴,尽倾东海也须干。

诗很差,意境不高,但也适合他的身分。

刘损写了这三首诗后,常常自吟自叹,伤心难已。有一天晚间在船中凭水窗眺望,只见河街上有一虬髯老叟,行步迅速,神情昂藏,双目炯炯如电。刘损见他神态有异,不免多看了几眼。那老叟跳上船来,作揖为礼,说道:"阁下心中有什么不平之事?为何神情如此愤激郁塞?"刘损一五一十的将一切都对他说了。那老叟道:"我去设法将你夫人和货物都取回来。只是夫人和货物一到,必须立即开船,离开这是非之地,不可停留。"

刘损料想他是身负奇技的侠士,当即拜倒,说道:"长者能报人间不平之事,何不斩草除根,却容奸党如此无法无天?"老叟道:"吕用之残害百姓,夺君妻室,若要一刀将他杀却,原也不难。只是他罪恶实在太大,神人共怒,就此这样杀了,反倒便宜了他。他罪恶越积越多,将来祸报必定极惨,不但他自身遭殃,身首异处,还会连累全家和祖宗。现下只是帮你去将妻室取回来,至于他日后报应,自有神明降灾,老夫却也不敢妄自代为下手。"

那老叟潜入吕用之家中,跃上屋顶斗拱,朗声喝道:"吕用之,你背违君亲,大行妖孽,奸淫掳掠,苛虐百姓,为非作歹,罪恶滔天。阴曹地府冥官已一一记下你的过恶,上天指日便要行刑。你性命已在呼吸之间,却还修仙炼丹,想求什么长生不老?吾特奉命前来,观察你的所作所为,回去禀报玉皇大帝。你种种罪过,一桩桩都要清理。

今日先问第一件大罪：你为何强占刘损的妻室和财物？快快送去还他。倘若执迷不悟，仍然好色贪财，立即教你头随刀落！"

说罢，飞身而出，不见影踪。

吕用之听得声自半空而发，始终不见有人，只道真是天神示警，大为惊惧，急忙点起香烛，向天礼拜，磕头无算。当夜便派遣下属，将裴氏及财物送还到刘损船上。刘损大喜，不等天明，便催促舟子连夜开船，逃出扬州。那虬髯老叟此后也不再现身。（见《剑侠传》）

《卅三剑客图》中所绘的三十三位剑客，有许多人品很差，行为甚怪，这虬髯老叟却是一位真正的侠客，扶危济困，急人之难。吕用之装神扮仙，愚弄高骈，他修的是神仙之术，自己总不免也有些相信。那老叟即以其人之道，还治其人之身，也假装神仙，吓他一吓，果然立刻见效。但料得吕用之细思之下，必起疑心，所以要刘损逃走。

扬州明明是处于特务统治的恐怖局面之下，刘损却带了娇妻财物自投罗网，想必扬州是殷富之地，只要有生意可做，有大钱可赚，虽然危险，也要去交易一番了。

在《剑侠传》中，故事的主角叫做刘损，是个商人。但《诗余广选》一书中载称："贾人女裴玉娥善筝，与黄损有婚姻之约，赠词云云。后为吕用之劫归第，赖胡僧神术复归。"那么故事的主角是姓黄而不姓刘了。这位裴家小姐给吕用之抢去时，似乎还未和黄损成婚，而救她脱得魔掌的，也不是虬髯叟而是一个胡僧。

刘损不知何许人，黄损则在历史上真有其人。黄损，字益之，连州人，后来在南汉做到尚书左仆射的大官，因直言进谏而触犯了皇帝，退居永州。当时也有人传说他成了仙的，著作有《三要书》、《桂香集》、《射法》。他赠给未婚妻裴小姐的词是一首很香艳的《忆江南》，流传后世，词曰：

"平生愿，愿作乐中筝。得近玉人纤手子，研罗裙上放娇声。便死也为荣。"

希望成为意中人某种使用的衣物、得以亲近的想法，古今中外的诗篇中很多。连不愿为五斗米折腰的陶潜如此正人君子也有一篇《闲情赋》，其中说"愿在衣而为领，承华首之余芳"；"愿在裳而为带，束窈窕之纤身"；"愿在眉而为黛，随瞻视以闲扬"；"愿在莞而为

640

席,安弱体于三秋";"愿在丝而为履,附素足以周旋"等等,想做意中人身上的衣领、腰带、画眉黛、席子、鞋子。

比陶潜更早的,张衡《同声歌》中有云:"愿思为莞席,在下蔽匡床。愿为罗衾帱,在上卫风霜。"张衡之愿,见义勇为,似乎是一片卫护佳人之心,但想做佳人的席子帐子,毕竟还是念念不忘于那张床,反不及陶潜的坦白可爱。

廿多年前,我初入新闻界,在杭州东南日报做记者,曾写过一篇六七千字的长文,发表在该报的副刊"笔垒"上,题目叫做"愿",就是写中外文学作品中关于这一类的情诗,曾提到英国雪莱、济慈、洛塞蒂等人类似的诗句。少年时的文字早已散佚,但此时忆及,心中仍有西子湖畔春风骀荡、醉人如酒之乐。

黄损《忆江南》词中那两句"得近玉人纤手子,砑罗裙上放娇声",《诗余广选》说本为唐人崔怀宝的诗句。大概那位裴家小姐善于弹筝,所以黄损借用了那句诗,用在自己的词中,筝的形状似瑟,十三弦,常常是放在膝上弹的。陶潜的《闲情赋》中,尚有"愿在昼而为影,常依形而西东";"愿在夜而为烛,照玉容于两楹";"愿在竹而为扇,含凄飙于柔握";"愿在木而为桐,作膝上之鸣琴"等种种想法。崔怀宝的诗句未必一定从陶潜的赋中得到灵感,对意中人思之不已,发为痴想,原是很自然之事。

"损"是一个不好的字眼,古人用"损"字做名字,现代人一定觉得奇怪。其实,《易经》中有"损"卦,是谦抑节约的意思,《易经》认为是"有孚,元吉,无咎,可贞,利有攸往",越是谦退,越有好处,大吉大利,那是中国人传统的处世哲学。《后汉书·蔡邕传》:"人自损抑,以塞咎戒",《后汉书·光武纪》:"情存损挹,推而不居",将功劳和荣誉让给别人而不骄傲自大,结果最有益处,所以黄损字益之。

吕用之这坏蛋在高骈手下做了官后,自己取了个字,叫做"无可"。《广陵妖乱志》说:"因字之曰'无可',言无可无不可也。"简直是无所不为,无恶不作。吕用之后来为杨行密腰斩,怨家将他尸身斩成肉酱。

高骈本来文武双全,有诗集一卷传世。《唐书·高骈传》载:"有二雕并飞,骈曰:'我且贵,当中之。'一发贯二雕焉。众大惊,称'落雕侍御'。"此人不但是射雕英雄,而且是射双雕英雄。高骈用兵多奇计,所向克捷,曾征服安南。他统治越南时,曾疏浚自越南到广州的江河,便利航运,可见办事也极有才能。但晚年大富大贵之后怕死之极,只想长生不老,乃求神仙之术,终于祸国殃民,为部下叛军所杀。

二十一　寺行者

唐朝末年，五代初期，朱全忠篡唐，建立后梁，年号开平，那时有个名叫韦洵美的士人，刚考中进士，没有官职，受到魏博节度使所属鄴州州长的聘任，要前去做一个小官，于是带了他心爱的姬人素娥前去上任。到了鄴州后，魏博节度使罗绍威听说这个素娥不但容貌十分美丽，而且读书不少，能作诗词，是个才女。

罗绍威虽是武人，但喜欢读书，附庸风雅，也会作几首歪诗。当时最有名的诗人是罗隐，罗隐的诗并非第一流，但善于交际，名气很大。罗绍威把罗隐请到魏博去，作为上宾，还和他联宗，说大家都姓罗，是一家人，由此显得自己也是诗人。他听说一个美丽的才女来到魏博，大为动心，便派人送了二百匹帛去给韦洵美和素娥，表示向他要这个美姬。韦洵美在他手下做官，而当时的节度使是强凶霸道的军阀，倘若不肯，节度使就会派兵来抢人，自己还有性命之忧，无可奈何之下，只得把素娥打扮得漂漂亮亮，送了给罗绍威。这个素娥姓崔，是大梁(今开封，当时是朱全忠的首都)好人家的女儿，她除了是会作诗的才女外，还善于说笑话，和她相会，人人都大为开心。

韦洵美失了爱姬，官也不做了，当夜渡过黄河，在一所寺庙中借宿，长吁短叹，大发牢骚，大骂："世上竟有这样不公道的事!"郁郁而寝。寺里有个行者(即不落发的修行头陀，《水浒传》中武松号"行者武松"，即出家而不剃度)听见了，敲门进房行礼，请问相公因何事如此愤愤不平。韦洵美一五一十的都告诉了他，那行者便欻然出门而去。三更时分，忽然负了一只大皮囊回寺，丢进韦洵美房中而去。韦洵美打开皮囊，见爱姬素娥在内，两人相见大喜。

次日清晨，询问寺僧。寺中和尚说，这个行者在寺里打钟，已辛辛苦苦的干了三十年，现今不知到哪里去了。韦洵美立即带了素娥，远远的逃离魏博。

这位行者，自是一位了不起的隐侠，三十年中不露行迹，只在一所寺庙中打钟，一旦遇到不平之事，竟能挺身而出，到一个大军阀的家中将被人夺去的姬人劫了回来。魏博是唐末军力最强大的大镇，《红线传》中红线去盗金合的，就是魏博节度使田承嗣之所。聂隐娘的父亲聂锋，是魏博节度使手下的大将。

魏博所辖的地区，在今河北省南部、河南省东部、山东省西北部的一大片地域，当地民风强悍，是出精兵之地。田承嗣、朱全忠等本来都是黄巢手下带兵大将，黄巢起义失败后，唐朝廷将他留下来的将领和部属分封各地。朱全忠以大梁一带为根据地，逐步扩大势力，终于篡了唐朝。魏博是当时一个大藩镇，兵力很强。《红线传》中说到田承嗣建立一支亲兵部队，称为"外宅男"，令得其他藩镇（包括潞州的薛嵩）很是害怕。《红线传》中说田承嗣的金合被盗后，写信给薛嵩，保证要解散这枝"武勇十倍"的三千外宅男，但事实上他并没有解散，反而扩大招募，这枝亲兵人数既众，战斗力又强，称为"牙兵"，后来变成了骄兵。老节度使逝世，牙兵要拥谁继任节度使，谁便做成了节度使，朝廷和当地的统帅都没有办法。罗绍威的父亲罗弘信，就是得到牙兵拥戴而做魏博节度使的。罗弘信逝世后，罗绍威又得牙兵欢心而继任节度使。

牙兵的势力这样大，情况变成了和古罗马的某一段时期差不多。罗马帝国建立帝制后，有一段时期中，罗马皇帝由皇帝的卫队废弑和拥立，卫队长的实权比皇帝更大。禁军卫队的作用本来是保卫皇帝，但枪杆子中出政权，禁军亲卫兵掌握武力，他们可以杀害皇帝、拥立新的皇帝。魏博的牙兵既有了这样大的权力，节度使对他们便忌惮害怕。罗绍威心生一计，便去和朱全忠密议，要铲除魏博的牙兵。朱全忠的女儿嫁了给罗绍威的儿子为妻，这时刚去世，朱全忠派了将军，率领一千兵去魏博合葬。这一千兵是精锐部队，都扮作了挑夫，所挑的担子下面都是空的，里面藏了甲兵。到了约定日子的早一晚,罗绍威派人到兵器库去,将弓弦和护身甲上的扣带都割断了。到日,罗绍威率领亲信部队与朱全忠的精兵合击牙军,牙军要抵抗时,弓弦断了,甲胄穿不上身,于是八千名牙军全军覆没,无一得存,连家中老小妇孺也一概屠杀。因牙兵是家族制,父子兄弟相传。

这样一来,魏兵大衰,魏博军力减退,不再成为强藩。罗绍威大悔,对人说,此事做得大错而特错:"合六州四十三县铁,不能为此错也。"王莽时钱币铸成刀形,错金是镀金的意思,在钱刀上镀金字曰:"一刀直五千",等于是发行大额钱币,这种大钱,称为"错刀"。以"错刀"之错,形容"错误"之错。罗绍威说这一把错刀大极,将他所统治的六个州之中所有的铁都集合起来,也铸不成这样一把大错刀,意思说诛杀牙兵虽然去了心腹之患,但也剪去了自己最强大的武装力量。

二十二　李胜

　　有个书生名叫李胜,常到洪州(今南昌)的西山游玩。有一天晚上,天下大雪,与朋友卢齐及此外五六人一起共饮。有人说:"雪下得这样大,出不了门啦。"李胜问他想去哪里,雪虽大,他倒可以去。那人说:"我在星子有几本书,想去拿来。你能为我拿来吗?"李胜说:"可以!"便走出了门。各人饮酒未散,李胜已将书拿来了。但星子到西山,相距有三百多里,他竟于顷刻间来回,实令人骇异。

　　游唯观中有个道士,曾对李胜很不礼貌。李胜说:"我不能杀他,但可以叫他害怕。"有一天,道士在卧室里关了门睡觉。李胜叫一名童子敲门,说来拿李先生的匕首。道士起身,见枕头边插着一把亮光闪闪的匕首,还在不住颤动。道士大吃一惊,心知李胜没有杀他,饶了他性命,从此之后,对李胜就十分恭敬有礼。

　　这李胜显然是有异术的,他不随便用来杀人,只是有人对他无礼,就设法警告他一下,令对方以后规规矩矩,也就是了,这是"侠中君子"。

　　这部《卅三剑客图》中的主角,都是唐宋间人物。唐宋五代并无叫作李胜的名人。东汉时有一个李胜,是个不怎么重要的文人。三国时魏国也有个李胜,凡是读过《三国演义》的,都会知道此人。《三国演义》第一百零六回写"司马懿诈病赚曹爽",司马懿假装病重,曹爽以为司马懿病得快死了,对他就不加防备。这个故事历史上真有其事,《资治通鉴》中的描写,和《三国演义》很接近:

"冬,河南尹李胜出为荆州刺史,过辞太傅懿。懿令两婢侍。持衣,衣落;指口言渴,婢进粥,懿不持杯而饮,粥皆流出沾胸。胜曰:'众情谓明公旧风发动,何意尊体乃尔!'懿使声气缠属,说:'年老枕疾,死在旦夕。君当屈并州,并州近胡,好为之备。恐不复相见,以子师、昭兄弟为托。'胜曰:'当还忝本州,非并州。'懿乃错乱其辞曰:'君方到并州?'胜复曰:'当忝荆州。'懿曰:'年老意荒,不解君言。今还为本州,盛德壮烈,好建功勋!'胜退,告爽曰:'司马公尸居余气,形神已离,不足虑矣。'他日,又向爽等垂泣曰:'太傅病不可复济,令人怆然。'故爽等不复设备。"(《通鉴·魏记》邵陵厉公正始九年)

李胜去做荆州刺史(他是南阳人,南阳属荆州,所以称为本州),《三国演义》的作者不知为了什么缘故,将他改为青州刺史。历史上说李胜有文才,但性格浮华。曹爽失败后,李胜也为司马懿所杀。曹爽手下谋士如何晏之徒,都是虚浮漂亮的清谈家,自然不是老奸巨猾的司马懿的对手。这个李胜本身并无什么值得一谈,就像《三国演义》和京剧"群英会"中的蒋干,因给人利用、上了大当而千古扬名。

魏国这个李胜自然和图中的剑客毫不相干,不过因为同名同姓,拉来谈谈。

司马懿的作风,就是越女所说的"见之似好妇,夺之似惧虎",《孙子兵法》中"始如处女,敌人开户,后如脱兔,敌不及拒"原则。在当代政治的权力斗争中,也有人应用这原则而得到很大成功的。

二十二

李胜

二十三　张忠定

张咏,自号乖崖,山东鄄城人,是北宋太宗、真宗两朝的名臣,死后谥忠定,所以称为张忠定。宋人笔记小说中有不少关于他的轶事。

张咏未中举时,有一次经过汤阴县,县令和他相谈投机,送了他一万文钱。张咏便将钱放在驴背上,和一名小童赶驴回家。有人对他说:"前面这一带道路非常荒凉,地势险峻,时有歹人出没,还是等到有其他客商后结伴同行,较为稳便。"张咏道:"天气冷了,父母年纪已大,未有寒衣,我怎么能等?"只带了一柄短剑便即启程。

走了三十余里,天已晚了,道旁有间孤零零的小客栈,张咏便去投宿。客栈主人是个老头,有两个儿子,见张咏带了不少钱,很是欢喜,悄悄的道:"今夜有大生意了!"张咏暗中听见了,知道客栈主人不怀好意,于是出去折了许多柳枝,放在房中。店翁问他:"那有什么用?"张咏道:"明朝天没亮就要赶路,好点了当火把。"他说要早行,预料店主人便会提早发动,免得自己睡着了遭到了毒手。

果然刚到半夜,店翁就命长子来叫他:"鸡叫了,秀才可以动身了。"张咏不答,那人便来推门。张咏早已有备,先已用床抵住了左边一扇门,双手撑住右边那扇门。那人出力推门,张咏突然松手退开,那人出其不意,跌撞而入。张咏回手一剑,将他杀了,随即将门关上。过不多时,次子又至,张咏仍以此法将他杀死,持剑去寻店翁,只见他正在烤火,伸手在背上搔痒,甚是舒服,当即一剑将他脑

648

袋割了下来。黑店中尚有老幼数人，张咏斩草除根，杀得一个不留，呼童率驴出门，纵火焚店，行了二十里天才亮。后来有行人过来，说道来路上有一家客栈失火。（出宋人刘斧《青琐高议》："汤阴县，未第时胆勇杀贼"。）

《宋史·张咏传》说他"少负气，不拘小节，虽贫贱客游，未尝下人。"又说他"少学击剑，慷慨好大言，乐当奇节。"《宋史》中记载了他的两件事，可以见到他个性。有一次有个小吏冒犯了他，张咏罚他带枷示众。那小吏大怒，叫道："你若不杀我头，我这枷就戴一辈子，永远不除下来。"张咏也大怒，即刻便斩了他头。这件事未免做得过份，其实不妨让他戴着枷，且看他除不除下来。

另一件事说有个士人在外地做小官，受到悍仆挟制，那恶仆还要娶他女儿为妻，士人无法与抗，甚是苦恼。张咏在客店中和他相遇，得知了此事，当下不动声色，向士人借此仆一用，骑了马和他同到郊外去。到得树林中无人之处，挥剑便将恶仆杀了，得意洋洋的回来。他曾对朋友说："张咏幸好生在太平盛世，读书自律，若是生在乱世，那真不堪设想了。"

笔记《闻见近录》中，也记载了张咏杀恶仆的故事，叙述比较详细。那小官亏空公款，受到恶仆挟制，若不将长女相嫁，便要去出首告发。合家无计可施，深夜聚哭。张咏听到了哭声，拍门相询，那小官只说无事，问之再三，方以实情相告。张咏次日便将那恶仆诱到山谷中杀了，告知小官，说仆人不再回来，并告诫他以后千万不可再贪污犯法。

张咏生平事业，最重要的是做益州知州（四川的行政官）。

宋太宗淳化年间，四川地方官压迫剥削百姓，贫民起而作乱，首领叫做王小波，将彭山县知县齐元振杀了。这齐元振平时诛求无厌，剥削到的金钱极多。造反的百姓将他肚子剖了开来，塞满铜钱，人心大快。后来王小波为官兵所杀，余众推李顺为首领，攻掠州县，声势大盛。太宗派太监王继恩统率大军，击破李顺，攻克成都。

据陆游《老学庵笔记》记载，李顺逃走的方法甚妙：官兵大军围城，成都旦夕可破，李顺突然大做法事，施舍僧众。成都各处庙宇中的数千名和尚都去领取财物。李顺部下数千人同时剃度为僧，改穿僧服。到得傍晚，东门西门两处城门大开，万余名和尚一齐散出。

二十三

张忠定

李顺早已变服为僧，混杂其中，就此不知去向，官兵再也捉他不到。（《鹿鼎记》写韦小宝化装为喇嘛逃生，便袭用此法。）官军后来捉到一个和李顺相貌很像的长须大汉，将他斩了，说已杀了李顺，呈报朝廷冒功。

李顺虽然平了，但太监王继恩统军无方，扰乱民间，于是太宗派张咏去治蜀。王继恩捉了许多乱党来交给张咏办罪，张咏尽数将他们放了。王继恩大怒。张咏道："前日李顺胁民为贼，今日咏与公化贼为民，有何不可哉？"王继恩部下士卒不守纪律，掠夺民财，张咏派人捉到，也不向王继恩说，径自将这些士兵绑了，投入井中淹死。王继恩也不敢向他责问，双方都假装不知。士兵见张咏手段厉害，就规矩得多了。

太宗深知这次四川百姓造反，是地方官逼出来的，于是下罪己诏布告天下，深自引咎，诏中说："朕委任非当，烛理不明，致彼亲民之官，不以惠和为政，莞榷之吏，惟用刻削为功，挠我蒸民，起为狂寇。念兹失德，是务责躬。改而更张，永鉴前弊，而今而后，庶或警予！"他认为百姓所以造反，都因自己委任官吏（民政官和税务官）不当，处理政务不善而造成，实是自己的"失德"。这次受到警惕，以后决不再犯这种错误。后世的大领袖却认为自己总是永远正确的，一切错误过失全是百姓不好，比之宋太宗赵光义的风度和品格来，那可差得远了。

张咏很明白官逼民反的道理，治蜀时很为百姓着想，所以四川很快就太平无事。

他在乱事平定后安抚四川，深知百姓受到压迫太甚时便会铤而走险的道理。后来他做杭州知州，正逢饥荒，百姓有很多人去贩卖私盐度日，官兵捕拿了数百人，张咏随便教训了几句，便都释放了。部属们说："私盐贩子不加重罚，恐怕难以禁止。"张咏道："钱塘十万家，饥者十之八九，若不贩盐求生，一旦作乱为盗，就成大患了。待秋收之后，百姓有了粮食，再以旧法禁贩私盐。"《宋史》记载了这一件事，当是赞美他的通情达理。中国儒家的政治哲学，以宽厚爱民为美德，不若法家的苛察严峻。

王小波在四川起事时，以"均贫富"为口号，他对众贫民说："吾疾贫富不均，今为汝均之。"（《续资治通鉴》宋太宗淳化四年。）沈括在《梦溪笔谈》中记称:"蜀中剧贼李顺,陷剑南、两川,关右震动,朝廷以为忧。后王师破贼,枭李顺,收复两川,书功行赏,了无间言。至景祐中,有人告李顺尚在广州。巡检使臣陈文琏捕得之,乃真李顺也,年已七十余,推验明白,囚赴阙,覆按皆实。朝廷以平蜀将士功赏已行,不欲暴其事,但斩顺,赏文琏二官,仍阁门祗候。文琏,泉州人,康定中老归泉州,予尚识之。文琏家有'李顺案款',本末甚详。顺本味江王小博(按:应为王小波,音近)之妻弟。始王小博反于蜀中,不能抚其徒众,乃共推顺为主。顺初起,悉召乡里富人大姓,令具其家所有财粟,据其生齿足用之外,一切调发,大赈贫乏。录用材能,存抚良善,号令严明,所至一无所犯。时两蜀大饥,旬日之间,归之者数万人。所向州县,开门延纳,传檄所至,无复完垒。及败,人尚怀之,故顺得脱去三十余年,乃始就戮。"

沈括虽称李顺为"剧贼",但文字中显然对他十分同情。李顺的作风也很有人情味,并不屠杀富人大姓,只是将他们的财物粮食拿出来赈济贫民,同时根据富户家中人丁数目,留下各人足用的粮食。

《青琐高议》中,又记载李顺乱蜀之后,凡是到四川去做官的,都不许携带家眷。张咏做益州知州,单骑赴任。部属怕他执法严厉,都不敢娶妾侍、买婢女。张咏很体贴下属的性苦闷,于是先买了几名侍姬,其余下属也就敢置侍姬了。张咏在蜀四年,被召还京,离京时将侍姬的父母叫来,自己出钱为众侍姬择配嫁人。后来这些侍姬的丈夫都大为感激,因为所娶到的都是处女。《青琐高议》这一节的题目是"张乖崖,出嫁侍姬皆处女"。

苏辙的《龙川别志》中,记载张咏少年时喜饮酒,在京城常和一道人共饮,言谈投机,分别时又大饮至醉,说道:"和道长如此投缘,只是一直未曾请教道号,异日何以认识?"道人说道:"我是隐者,何用姓名?"张咏一定要请教。道人说道:"贫道是神和子,将来会和阁下在成都相会。"日后张咏在成都做官,想起少年时这道人的说话,心下诧异,但四下打听,始终找他不到。后来重修天庆观,从一条小径走进一间小院,见堂中四壁多古人画像,尘封已久,扫壁而视,见画像中有一道者,旁题"神和子"三字,相貌和从前共饮的道人一模一样。原来神和子姓屈突,名无为,字无不为,五代时人,有著作,便以"神和子"三字署名。(故事很怪。"屈突无不为"的名字也怪。

苏子由居然会相信这种神怪故事而记载了下来！）

在沈括的《梦溪笔谈》中，同样有个先知预见的记载：张咏少年时，到华山拜见陈抟，想在华山隐居。陈抟说："如果你真要在华山隐居，我便将华山分一半给你（据说宋太祖和陈抟下棋输了，将华山输了给他）。但你将来要做大官，不能做隐士。好比失火的人家正急于等你去救火，怎能袖手不理？"于是送了一首诗给他，诗云："征吴入蜀是寻常，歌舞筵中救火忙，乞得金陵养闲散，也须多谢鬓边疮。"当时张咏不明诗意，其后他知益州、知杭州，又知益州，头上生恶疮，久治不愈，改知金陵，均如诗言。

世传陈抟是仙人，称为陈抟老祖。这首诗未必可信，很可能是后人在张咏死后好事捏造的。

沈括是十一世纪时我国渊博无比的天才学者，文武全才，文官做到龙图阁直学士，曾统兵和西夏大战，破西夏兵七万。他的《梦溪笔谈》中有许多科学上的创见。英人李约瑟在《中国科学文明史》第一卷中，曾将该书内容作一分析，详列书中涉及算学、天文历法、气象学、地质、地理、物理、化学、工程、冶金、水利、建筑、生物、农艺、医学、药学、人类学、考古、语言学、音乐、军事、文学、美术等等学问，而且各有独到的见地，真是不世出的大天才。

《梦溪笔谈》中另外还记录了张咏的一则轶事：

苏明允（苏东坡的父亲）常向人说起一件旧事：张咏做成都府知府时，依照惯例，京中派到成都的京官均须向知府参拜。有一个小京官，已忘了他的姓名，偏偏不肯参拜。张咏怒道："你除非辞职，否则非参拜不可。"那小京官很是倔强，说道："辞职就辞职。"便去写了一封辞职书，附诗一首，呈上张咏，站在庭中等他批准。张咏看了他的辞呈，再读他的诗，看到其中两句："秋光都似宦情薄，山色不如归意浓。"不禁大为称赏，忙走到阶下，握住他手，说道："我们这里有一位诗人，张咏居然不知道，对你无礼，真是罪大恶极。"和他携手上厅，陈设酒筵，欢语终日，将辞职书退回给他，以后便以上宾之礼相待。

张咏的性子很古怪，所以自号"乖崖"，乖是乖张怪僻，崖是崖岸自高。《宋史》则说："乖则违众，崖不利物。"他生平不喜欢宾客向他跪拜，有客人来时，总是叫人先行通知免拜。如果客人礼貌周到，仍向他跪拜，张咏便会大发脾气，或者向客人跪拜不止，连磕几十个头，令客人狼狈不堪，又或是破口大骂。他性子急躁得很，在四川时，有一次吃馄饨（现在四川人称为"抄手"，当时不知叫作什么？），头巾上的带子掉到了碗里，他把带子甩上去，一低头又掉了下来。带子几次三番的掉入碗里，张咏大怒，把头巾抛入馄饨碗里，喝道："你自己请吃个够罢！"站起身来，怒气冲冲的走开了。（见《玉壶清话》）

他有时也很幽默。在澶渊之盟中大出风头的寇准做宰相，张咏批评他说："寇公奇材，惜学术不足尔。"后来两人遇到了，寇准大设酒筵请他，分别时一路送他到郊外，向他请教："何以教准？"张咏想了一想，道："《霍光传》不可不读。"寇准不明白他的用意，回去忙取《霍光传》来看，读到"不学无术"四字时，恍然大悟，哈哈大笑，说："张公原来说我不学无术。"

他治理地方，很爱百姓，特别善于审案子，当时人们曾将他审案的判词刊行。他做杭州知州时，有个青年和姊夫打官司争产业。那姊夫呈上岳父的遗嘱，说："岳父逝世时，我小舅子还只三岁。岳父命我管理财产，遗嘱上写明，等小舅子成人后分家产，我得七成，小舅子得三成。遗嘱上写得明明白白，又写明小舅子将来如果不服，可呈官公断。"说着呈上岳父的遗嘱。张咏看后大为惊叹，叫人取酒浇在地下祭他岳父，连赞："聪明，聪明！"向那人道："你岳父真是明智。他死时儿子只有三岁，托你照料，如果遗嘱不写明分产办法，又或者写明将来你得三成，他得七成，这小孩子只怕早给你害死了，哪里还能长成？"当下判断家产七成归子，三成归婿。当时人人都服他明断。

中国向来传统，家产传子不传女。张咏这样判断，乃是根据人情和传统，体会立遗嘱者的深意，自和现代法律的观念不同。这立遗嘱者确是智人，即使日后他儿子遇不着张咏这样的智官，只照着遗嘱而得三成家产，那也胜于遭姊夫害死了。

《青琐高议》中还有一则记张咏在杭州判断兄弟分家产的故事：张咏做杭州知州时，有一个名叫沈章的人，告他哥哥沈彦分家产不公平。张咏问明事由，说道："你两兄弟分家，已分了三年，为什么不在前任长官那里告状？"沈章道："已经告过了，非但不准，反而受罚。"张咏道:"既是这样,显然是你的不是。"将他轻责数板,所告不准。

半年后,张咏到庙里烧香,经过街巷时记起沈章所说的巷名,便问左右道:"以前有个叫沈章的人告他哥哥,住在哪里?"左右答道:"便在这巷里,和他哥哥对门而居。"张咏下马,叫沈彦和沈章两家家人全部出来,相对而立,问沈彦道:"你弟弟曾向我投告,说你们父亲逝世之后,一直由你掌管家财。他年纪幼小,不知父亲传下来的家财到底有多少,说你分得不公平,亏待了他。到底是分得公平呢,还是不公平?"沈彦道:"分得很公平。两家财产完全一样多少。"又问沈章,沈章仍旧说:"不公平,哥哥家里多,我家里少。"沈彦道:"一样的,完全没有多寡之分。"

张咏道:"你们争执数年,沈章始终不服,到底谁多谁少,难道叫我来给你们两家一一查点?现在我下命令,哥哥的一家人,全部到弟弟家里去住;弟弟的一家人,全部到哥哥家里去住。立即对换。从此时起,哥哥的财产全部是弟弟的,弟弟的财产全部是哥哥的。双方家人谁也不许到对家去。哥哥既说两家财产完全相等,那么对换并不吃亏。弟弟说本来分得不公平,这样总公平了罢?"

张咏做法官,很有些异想天开。当时一般人却都十分欣赏他这种别出心裁的作风,称之为"明断"。

张咏为人严峻刚直,但偶尔也写一两首香艳诗词。宋人吴处厚《青箱杂记》中云:"文章纯古,不害其为邪。文章艳丽,亦不害其为正。然世或见人文章铺陈仁义道德,便谓之正人君子,及花草月露,便谓之邪人,兹亦不尽也。"文中举了许多正人君子写香艳诗词的例子,其中之一是张咏在酒席上所作赠妓女小英的一首歌:"天教搏百花,作小英明如花。住近桃花坊北面,门庭掩映如仙家。美人宜称言不得,龙脑薰衣香入骨。维扬软縠如云英,亳郡轻纱似蝉翼。我疑天上婺女星之精,偷入筵中名小英;又疑王母侍女初失意,谪向人间为饮妓。不然何得肤如红玉初碾成,眼似秋波双脸横?舞态因风欲飞去,歌声遏云长且清。有时歌罢下香砌,几人魂魄遥相惊。人看小英心已足,我见小英心未足。为我高歌送一杯,我今赠汝新翻曲。"这首歌颇为平平,张乖崖豪杰之士,诗歌究非其长。他算是西昆派诗人,所作诗录入《西昆酬唱集》,但好诗甚少。

张咏发明了一种东西，全世界的成年人天天都要使用：钞票。他治理四川时，觉得金银铜钱携带不便，于是创立"交子"制度，一张钞票作一千文铜钱。这是中国最早的纸币，也是全世界最早的纸币。世界上很多人知道电灯、电话、盘尼西林等等是谁发明的，但人人都喜欢的钞票，却很少人知道发明者是张咏。

二十三

张忠定

二十四　秀州刺客

宋靖康年间金人南侵，掳徽宗、钦宗北去，高宗在南方即位。其后金人数次南侵，高宗仓皇奔逃，自扬州逃到杭州，命礼部侍郎张浚在苏州督师守御。高宗到了杭州后，任命王渊为代理枢密使（副总理兼国防部部长）。扈从统制（首都卫戍司令）苗傅和另一统兵官刘正彦不服，又因高宗亲信太监康履等擅作威福，苗刘二人便发动兵变，将王渊杀了，又逼迫高宗交出康履杀死。那时诸将统兵在外抵御金兵，杭州的卫戍部队均由苗刘二人指挥，枪杆子里面出政权，高宗惶惑无计。苗刘二人跟着逼高宗退位，禅位给他年方三岁的儿子，由太后垂帘听政，"建炎三年"的年号也改为"明受元年"。

苗刘二人专制朝政，用太后和小皇帝的名义发出诏书。张浚在苏州得到消息，料知京城必定发生了兵变，便约同在江宁（南京）督师的吕颐浩，以及大将张俊、韩世忠、刘光世等统兵勤王。但高宗在叛兵手里，如急速进兵，恐怕危及皇帝，又怕叛军挟了皇帝百官逃入海中，于是一面不断书信来往，和苗刘敷衍，一面派兵守住入海的通道。

苗刘二人是粗人，并无确定的计划，起初升张浚为礼部尚书，想拉拢他，后来得知他决心进讨，于是下诏将他革职。张浚恐怕将士得知自己被革职后人心涣散，将伪诏藏起，取出一封旧诏书来随口读了几句，表示杭州来的诏书内容无关紧要，便即继续南进，司令部驻在秀州（嘉兴）。

一晚张浚在司令部中筹划军事,戒备甚严,突然有一人出现在他身前,从怀中取出一张纸来,说道:"这是苗傅和刘正彦的赏格,取公首级,即有重赏。"张浚很是镇定,问道:"你想怎样?"那人道:"我是河北人,读过一些书,还明白逆顺是非的道理,岂能为贼所用?苗刘二凶派我来行刺侍郎。小人来到营中,见公戒备不严,特地前来告知。只怕小人不去回报,二凶还会继续遣人前来。"张浚离座而起,握手问他姓名。那人不答,径自离去,倏来倏往,视众卫士有如无物。

张浚次日引出一名已判了死罪的犯人,斩首示众,声称这便是苗刘二凶的刺客。那真刺客的相貌形状,他已熟记于心,后来遣人暗中寻访,想要报答他,可是始终无法找到。(见《宋史·张浚传》)

张浚率兵南下勤王,韩世忠为先锋。韩世忠的妻子梁红玉那时留在杭州,给苗刘二人扣留了。宰相朱胜非骗苗刘说,不如请太后命梁氏去招抚韩世忠。苗刘不知是计,接受他的意见。太后召梁红玉入宫,封她为安国夫人,命她快去通知韩世忠,即刻赶来救驾。梁红玉骑马急驰,从杭州一日一夜之间赶到了秀州。

张浚和韩世忠部队开到临平,和苗刘部下军队交锋。江南道路泥泞,马不能行,韩世忠下马执矛,亲身冲锋。苗刘军大败。当晚苗刘二人逃出临安。韩世忠领兵追讨,分别成擒,送到南京斩首。高宗重赏韩世忠,加封梁红玉为护国夫人。世人都知梁红玉金山击鼓大战金兀术,其实在此之前便已立过大功。

张浚也因勤王之功而大为高宗所亲信,被任为枢密使(国防部长)。史称:"浚时年三十三,国朝执政,自寇准以后,未有如浚之年少者。"他后来还立了不少大功,统率吴玠、吴璘兄弟在和尚原大破金兵,保全四川,是最著名的一役。

岳飞破洞庭湖农民军首领杨幺,张浚是这一役的总司令。

张浚对韩世忠和岳飞二人特别重用。史称:"时锐意大举,都督张浚于诸将中每称世忠之忠勇,飞之沉鸷,可以倚办大事,故并用之。"在秦桧当国期间,张浚被迫长期退休。岳飞遭害之时,张浚正在受排斥期间,倘若他在朝廷,必定力争,或许同时会遭秦桧害死,或许岳飞可以免死。但同时遭害的可能性大得多。

他一生主战,向来和秦桧意见不和。《宋史》载:"浚去国几二十载,天下士无贤不肖,莫不倾心慕之。武夫健将,言浚者莫不咨嗟太息,至儿童妇女,亦知有张都督也。金人惮浚,每使至,必问浚安在,惟恐其复用。当是时秦桧怙宠固位,惧浚为正论以害己,令台臣有所弹劾,论必及浚反,谓浚为'国贼',必欲杀之。"终于周密布置,命人捏造口供,诬他造反,幸亏张浚年纪轻,秦桧适于此时年老病死,张浚才得免祸。

高宗死后,孝宗对他十分重用,对金人战守大计,均由他主持,后来做到宰相兼枢密使都督(总理兼国防部长兼三军总司令),封魏国公。

岳飞被害,千古大狱,历来都归罪于秦桧。但后人论史也偶有指出,倘若不是宋高宗同意,秦桧无法害死岳飞。文徵明《满江红》有句云:"笑区区一桧亦何能? 逢其欲!"说明秦桧只不过迎合高宗的心意而已。不过论者认为高宗所以要杀岳飞,是怕岳飞北伐成功,迎回钦宗(高宗的哥哥,其时徽宗已死),高宗的皇位便受到威胁。我想这虽是理由之一,但决不会是很重要的原因。高宗做皇帝已久,文臣武将都是他所用的人。钦宗即使回来,也决计做不成皇帝。高宗要杀岳飞,相信和苗傅、刘正彦这一次叛变有很大关系。

苗刘之叛,高宗受到极大屈辱,被迫让位给自己的三岁儿子。这一次政变,一定从此使他对手握兵权的武将具有莫大戒心。当时大将之中,韩世忠、张浚、刘光世三人曾参与平苗刘的勤王之役,岳飞却是后进,那时还没有露头角。偏偏岳飞不懂高宗的心理,做了一件颇不聪明之事。

绍兴七年,岳飞朝见高宗,内殿单独密谈。岳飞提出请正式立建国公为皇太子。高宗没有答允,说道:"卿言虽忠,然握重兵于外,此事非卿所当预也。"意思说,这种事情你是不应当管的。岳飞退下后,参谋官薛弼接着朝见,高宗将这事对他说了,又说:"飞意似不悦,卿自以意开谕之。"那时岳飞手握重兵,高宗很耽心他不高兴,所以叫参谋官特别去劝他,要他不必介意。

疑忌武将是宋朝的传统。宋太祖以手握兵权而黄袍加身,后世子孙都怕大将学样。秦桧诬陷岳飞造反,正好迎合了高宗的心意。要知高宗赵构是个极聪明之人,如果他不是自己想杀岳飞,秦桧的诬陷一定不会生效。

绍兴七年,张浚进呈一批马匹,高宗和他讨论马匹优劣和产地等等,谈得很投机。张浚道:"臣听说,陛下只要听到马的蹄声,便知马好坏,那是真的吗?"高宗道:"不错。我隔墙听马蹄之声,便能分别好马和劣马。只要明白了要点所在,那也不是难事。"张浚道:"要分辨畜生的优劣,或许不很难,只有知人为难。"高宗点头道:"知人的确很难。"张浚道:"一个人是否有才能,那是不易知道的。但议论刚正,态度严肃之人,一定不肯做坏事;一味歌功颂德,大叫万寿无疆,陛下不论说什么,总是欢呼喝采之人,必不可用。"高宗认为此言不错。

《宋史·岳飞传》中记载了一件岳飞和高宗论马的事。高宗问岳飞:"卿有良马否?"岳飞道:"臣本来有两匹马,每日吃豆数斗,饮泉水一斛,倘若食物不清洁,便不肯吃。奔驰时起初也不很快,驰到一百里后,这才越奔越快,从中午到傍晚,还可行二百里,卸下鞍子后,不喷气,不出汗,若无其事。那是受大而不苟取,力裕而不求逞,致远之材也。不幸这两匹马已相继死了。现在所乘的那一匹,每天不过吃数升豆,什么粮食都吃,什么脏水都喝,一骑上去便发力快跑,可是只跑得一百里,便呼呼喷气,大汗淋漓,便像要倒毙一般。这是寡取易盈,好逞易穷,驽钝之材也。"高宗大为赞叹,说他的议论极有道理。岳飞论的是马,真意当然是借此比喻人的品格。

二十五　张训妻

张训是五代时吴国太祖杨行密部下的大将,嘴巴很大,外号叫作"张大口"。

杨行密在宣州时,分铠甲给众将,张训所得的相当破旧,很恼怒。他妻子道:"那又何必放在心上？只不过司徒不知道罢了,又不是故意的。如果他知道的话,一定不会分旧甲给你。"第二天,杨行密问张训道:"你分到的铠甲如何？"张训说了,杨行密便换了一批精良的铠甲给他。后来杨行密驻军广陵,分赐诸将马匹。张训所得大部分是劣马,他又很不满意。他妻子仍这样安慰他。第二天杨行密问起,张训照实说了。

杨行密问道:"你家里供神么？"张训道:"没有。"杨行密道:"先前我在宣州时,分铠甲给诸将。当晚做了个梦,梦到一个妇人,穿真珠衣,对我说:'杨公分给张训的铠甲很破旧,请你掉换一下。'第二天我问你,果然不错,就给你换了。昨天赐诸将马,又梦到那个穿真珠衣的妇人,对我说:'张训所得的马不好。'那是什么道理？"张训也大感奇怪,不明原由。

张训的妻子有一口衣箱,箱里放的是什么东西,从来不给他看到。有一天他妻子有事外出,张训偷偷打开箱子,见箱中有一袭真珠衣,不由得暗自纳罕。他妻子归来后,问道:"你开过我的衣箱,是不是？"

他妻子向来总是等他回家后一起吃饭,但有一天张训回来时,妻子已先吃过了,对他说:"今天的食物很有些特别,因此没等你,我先吃了。"张训到厨房中去,见镬里蒸着一个人头,不禁大为惊怒,知道妻子是个异人,决意要杀她。他妻子道:"你想负我么?只是你将做数郡刺史,我不能杀你。"指着一名婢女道:"你如要杀我,必须先杀此婢,否则你就难以活命。"张训就将他妻子和婢女一起杀了。后来他果然做到刺史。(出吴淑《江淮异人录》)

这个女人算不得是剑客,只能说是"妖人"。不过她对张训一直很好,虽然蒸人头吃,似乎并无加害丈夫之意。那婢女当是她的心腹,她要丈夫一并杀了,以免受到婢女的报复,对丈夫倒一片真心。任渭长在图中题字说:"婢何罪,死无谓",没有明白张训之妻的用意。("辠"是"罪"的本字,秦始皇做了皇帝,臣子觉得这"辠"字太像"皇"字了,于是改为"罪"字,见《说文》。拍皇帝马屁而创造新字,很像是李斯的手法。)

张训在历史上真有其人,是安徽清流人。杨行密起于淮南,部下大将大部分是合肥、六合、宿州一带人氏。世传杨行密以三十六英雄在庐州发迹。我不知三十六英雄是哪些人,相信"张大口"张训必是其中之一。杨行密部下著名的大将有田頵、李神福、陶雅、李德诚、刘威、台濛、朱延寿等人,个个骁勇善战。

欧阳修的《五代史》中说杨行密力气很大。《旧五代史》中则说他跑路很快(会轻功?),每天能行三百里,最初做"步奏使"的小官,用以传递军讯。《资治通鉴》则说:"行密驰射武技,皆非所长,而宽简有智略,善抚御将士,与同甘苦,推心待物,无所猜忌。"从历史上的记载来看,杨行密所以成功,第一是爱护百姓,注重人民生活,第二是善于抚御将士,第三是性格坚毅,屡败屡战。他用兵并无特别才能,但不折不挠,拖垮了敌人。

杨行密本是高骈部下的庐州刺史,这刺史之位也是他杀了都将自行夺来的。高骈统治扬州,政事给吕用之弄得一团糟,部下将官毕师铎、秦彦、张神剑(此人本名张雄,因善于使剑,人称张神剑)作乱,杀了高骈。吕用之逃到庐州。杨行密发兵为高骈报仇,占领扬州,由此而逐步扩大势力。(后来吕用之在杨行密军中又想捣鬼,为杨所杀。)

当时杨行密的大敌是流寇孙儒。此人十分残暴,将百姓的尸体用盐腌了,载在车上随军而行,作为粮食。孙儒的部队比杨行密多了十倍,进攻扬州时杨行密抵挡不住,只好退出。孙儒入城后纵火屠杀,大肆奸淫掳掠,随即退兵。杨行密派张训赶入城中救火,抢救了数万斛粮食,赈济百姓。

杨行密和孙儒缠战数年,互有胜败,最后一场大会战在皖浙边区进行。张训部队坚守浙江安吉,断了孙儒军队的粮道。孙军食尽,军中痁疾流行,孙儒自己也染上了,杨行密由此而破其军,斩孙儒,收编了孙儒的不少部属,奏凯重回扬州。《十国纪年》载:"行密过常州,谓左右曰:'常州,大城也,张训以一剑下之,不亦壮哉!'"那么张训的剑法似乎也很好。

杨行密到扬州后,财政甚为困难,想专卖茶叶和盐,他部下的有识之士劝他不可和民争利,说道:"兵火之余,十室九空,又渔利以困之,将复离叛。不若悉我所有,易邻道所无,足以给军。选贤守令劝课农桑,数年之间,仓库自实。"杨行密接受了这个意见,并不搜括榨取百姓,而以与外地贸易的办法来筹募军费。

《通鉴》称:"淮南被兵六年,士民转徙几尽。行密初至,赐与将吏,帛不过数尺,钱不过数百;而能以勤俭足用,非公宴,未尝举乐。招抚流散,轻徭薄敛,未及数年,公私富庶,几复承平之旧。"可见政府要富足,向百姓搜括并不是好办法。税轻,征发少,对百姓仁厚,藏富于民,经济上的控制越宽,公和私都越富庶。单是公富而私不富,公家之富也很有限。

五代十国时天下大乱,杨行密所建的吴国却安定富庶,便是轻徭薄敛之故。杨行密军力不强,部下亦没有什么了不起的将才和智士,但爱民爱士。朱全忠数度遣大军相攻,始终无法取胜。

昭宗天复三年,朱全忠又和杨行密交战。张训和王茂章等攻克密州(山东诸城),张训作刺史。朱全忠大怒,亲率大军二十万赶来反攻。张训眼见众寡不敌,与诸将商议。诸将都说,反正密州不是我们的地方,主张焚城大掠而去。张训说:"不可。"将金银财宝都留在城里不取,在城头密插旗帜,命老弱先退,自以精兵殿后,缓缓退却。朱全忠的部将率领大军到来,见城头旗帜高张,而城中一无动静,疑有埋伏,不敢进攻,等了数日才敢入城,见仓库房舍完好,财物又多,将士急于掳掠享受,谁也不想追赶。张训得以全军而还。

662

杨行密晚年，大将田頵、安仁义、朱延寿等先后叛变。五代十国之时，大将杀元帅而自立之事累见不鲜，田頵这些人拥兵自雄，不免有自立为王之意，但一一为杨行密所平定。

安仁义是沙陀人，神箭无双。欧阳修《五代史》中载称："吴之军中，推朱瑾善槊，志诚（米志诚）善射，皆为第一，而仁义常以射自负，曰：'志诚之弓，十不当瑾槊之一；瑾槊之十，不当仁义弓之一。'"（恰似后人说："天下文章在绍兴，绍兴文章以我哥哥为第一，我哥哥的文章常请我修改修改！"）每与茂章（王茂章）等战，必命中而后发，以此吴军畏之，不敢行近。行密亦欲招降之，仁义犹豫未决。茂章乘其怠，穴地道而入，执仁义，斩于广陵。"

朱延寿是杨行密的小舅子，拥兵于外，将叛。杨行密假装目疾，接见朱延寿的使者时，常常东指西指，故意说错。有一日在房中行走，突然在柱子上一撞，昏倒于地，表示眼病重极。朱夫人扶他起身，杨行密良久方醒，流泪道："吾业成而丧其目，是天废我也。吾儿子皆不足以任事，得延寿付之，吾无恨矣！"宣称朱延寿是他最最亲密的战友，决心指定他为接班人。朱夫人大喜，忙派人去召朱延寿来，准备接班。朱延寿不再怀疑，兴高采烈的来见姊夫。杨行密在寝室中接见，便在房门口杀了他，跟着将朱夫人也嫁给了别人。

杀朱延寿这计策，颇有司马懿装病以欺曹爽的意味，这巧计是大将徐温手下谋士严可求所提出的，因此徐温得到杨行密的信任重用。杨行密病死后，长子杨渥继位，为徐温所杀，立杨行密次子隆演，吴国大权入于徐温之手。徐温的几个亲生儿子都没有什么才能，徐温死后，大权落入他养子李昪（音卞，日光、光明、明白之意）手中。李昪夺杨氏之位自立，改国号为唐，史称南唐。大名鼎鼎的李后主，便是李昪的孙子。

杨行密少年时为盗。欧阳修对他的总评说："呜呼，盗亦有道，信哉！行密之书，称行密为人，宽仁雅信，能得士心。其将蔡俦叛于庐州，悉毁行密坟墓（掘了他的祖坟），及俦败，而诸将皆请毁其墓以报之。行密叹曰：'俦以此为恶，吾岂复为耶？'尝使从者张洪负剑而侍，洪拔剑击行密，不中，洪死，复用洪所善陈绍负剑不疑。又尝骂其将刘信，信忿，奔孙儒。行密戒左右勿追，曰：'信岂负我者耶？其醉而去，醒必复来。'明日果来。行密起于盗贼，其下皆骁武雄暴，而乐为之用者,以此也。"

　　徐温是私盐贩子出身,对待部下就不像杨行密这样豁达大度。他派刘信出战,一直耽心他反叛。刘信知道了,心中很生气,打了胜仗回来,徐温设宴慰劳,喝完酒后大家掷骰子赌博。欧史载称:"信敛骰子,厉声祝曰:'刘信欲背吴,骰为恶彩,苟无二心,当成浑花。'温遽止之。一掷,六子皆赤。温惭,自以卮酒饮信,然终疑之。"刘信掷骰子大概会作弊,将这种反不反叛的大事,也用掷骰子来证明,而一把掷下去,六粒骰子居然掷了个满堂红,未免运气太好了。

　　《江淮异人录》的作者吴淑是江苏南部丹阳人,属吴国辖地,所以对当地的异人奇行记载特详,他曾参加《太平御览》、《太平广记》等书的编纂。

二十六　潘扆

据《南唐书》载，潘扆(音衣，室中门与窗之间的地方，称为扆)常在江淮之间往还，自称"野客"，曾投靠海州刺史郑匡国。郑匡国对他不大重视，让他住在马厩旁的一间小屋子里。有一天，潘扆跟了郑匡国到郊外去打猎。郑匡国的妻子到马厩中看马，顺便到潘扆的房中瞧瞧，见房中四壁萧然，床上只有一张草席，床边有一个竹箱，此外便一无所有。郑妻打开竹箱，见有两枚锡丸，也不知有什么用处，颇觉奇怪，便盖上箱子而去。潘扆归来，大惊骂道："这女人是什么东西！竟敢来乱动我的剑。幸亏我已收了剑光，否则她早已身首异处了。"

有人将这话去传给郑匡国。郑匡国惊道："恐怕他是剑客罢！"求他传授剑术。潘扆道："姑且试试。"和他同到静院之中，从怀中摸出那两枚锡丸来，放在掌中，过得不久，手指尖上射出两道光芒，有如白虹，在郑匡国的头颈边盘旋环绕，铮铮有声不绝。郑匡国汗下如雨，颤声道："先生的剑术神奇极了！在下今日大开眼界，叹为观止矣。"潘扆哈哈一笑，引手以收剑光，复成锡丸。

郑匡国上表奏禀南唐国主李昇。李昇召见潘扆，命他住在紫极宫中。潘扆过了数年，死在宫中。

吴淑的《江淮异人录》中，也记有潘扆的故事。

潘扆是大理评事潘鹏的儿子，年轻时住在和州，常到山中打柴贩卖，奉养父母。有一次过江到金陵，船停在秦淮口，有一老人求他同载过江。潘属见他年老,便答应了。其时大雪纷纷,天寒地冻。潘属买了酒和老人同饮。船到长江中流,酒已喝完了,潘属道:"可惜酒买得少了,未能和老丈尽兴。"老人道:"我也有酒。"解开头巾,从发髻中取出一个极小的葫芦来,侧过小葫芦,便有酒流出。葫芦虽小,但倒了一杯又一杯,两人喝了几十杯,小葫芦中的酒始终不竭。潘属又惊又喜,知道这位老丈是异人,对他更加恭敬了。到了对岸,老人对他说:"你孝养父母,身上又有道气,孺子可教。"于是授以道术。潘属此后的行径便甚诡异,世人称他为"潘仙人"。

有一次他到人家家中,见池塘水面浮满了落叶,忽然兴到,对主人道:"我玩个把戏给你瞧瞧。"叫人将落叶捞了起来,放在地下,霎时之间,树叶都变成了鱼,大叶子成大鱼,小叶子成小鱼,满地跳跃,把鱼投入池塘,又都成为落叶。

他抓一把水银,在手掌之中捏得几捏,摊开手掌,便已变成银子。

有一个名蒯亮的人,有一次到亲戚家作客,和几个亲友一起同坐聚谈。潘属经过门外,主人识得他,便邀他进来,问道:"想烦劳先生作些法术以娱宾,可以吗?"潘属道:"可以!"游目四顾,见门外铁匠铺中有一铁砧,对主人道:"用这铁砧可以变些把戏。"主人便去借了来。潘属从怀中取出一把小刀子,将铁砧切成一片一片,便如是切豆腐一般,顷刻间将一个打铁用的大铁砧切成了无数碎片。座客尽皆惊愕。潘属道:"这是借人家的,不可弄坏了它。"将许多碎片拼在一起,又变成一个完整无缺的大铁砧。宾主齐声喝采。

他又从衣袖中取出一块旧的手巾来,说道:"你们别瞧不起这块旧手巾。若不是真有急事,求我相借,我才不借呢。"拿起手巾来遮在自己脸上,退了几步,突然间无影无踪,就此不见了。

一本书他从未看过的,却能背诵。又或是旁人作的文稿,包封好了放在他面前,只要读出文稿的第一个字,他便能一直读下去,文稿中间有什么地方涂改增删,他也一一照样读出来。诸如此类的行径甚多,后来却也因病而死。

二十七　洪州书生

　　成幼文做洪州(今江西南昌)录事参军的官,住家靠近大街。有一天坐在窗下,临街而观,其时雨后初晴,道路泥泞,见有一小孩在街上卖鞋,衣衫褴褛。忽有一恶少快步行过,在小孩身上一撞,将他手中所提的新鞋都撞在泥泞之中。小孩哭了起来,要他赔钱。恶少大怒,破口而骂,哪里肯赔?小孩道:"我家全家今天一天没吃过饭,等我卖得几双鞋子,回家买米煮饭。现今新布鞋给你撞在泥里,怎么还卖得出去?"那恶少声势汹汹,连声喝骂。

　　这时有一书生经过,见那小孩可怜,问明鞋价,便赔了给他。那恶少认为扫他面子,怒道:"他妈的,这小孩向我讨钱,关你屁事,要你多管闲事干么?"污言秽语,骂之不休。那书生怒形于色,隐忍未发。

　　成幼文觉这书生义行可嘉,请他进屋来坐,言谈之下,更是佩服,当即请他吃饭,留他在家中住宿。晚上一起谈论,甚为投机。成幼文暂时走进内房去了一下,出来时那书生已不见了,大门却仍是关得好好的。到处寻他,始终不见,大为惊讶。

　　不多时,那书生又进来,说道:"日间那坏蛋太也可恶,我不能容他,已杀了他!"一挥手,将那恶少的脑袋掷在地下。

　　成幼文大惊,道:"这人的确得罪了君子。但杀人之头,流血在地,岂不惹出祸来?"书生道:"不用耽心。"从怀中取出一些药末,放在人头上,拉住人头的头发搓了几搓,过了片刻,人头连发都化为水，对成幼文道："无以奉报，愿以此术授君。"成幼文道："在下非方外之士，不敢受教。"书生于是长揖而去。一道道门户锁不开、门不启，书生已失所踪。（出吴淑《江淮异人录》）

杀人容易，灭尸为难，因之新闻中有灶底藏尸、箱中藏尸、麻包藏尸等等手法。中国笔记小说中记载有一妇人，杀人后将尸体切碎煮熟，喂猪吃光，不露丝毫痕迹，恰好有一小偷躲在床底瞧见，否则永远不会败露。英国电影导演希治阁（即希区柯克）所选谋杀短篇小说中，有一篇写凶手将尸体切碎喂鸡，想法和中国古时那妇人暗合。王尔德名著《道灵格雷的画像》中，凶手杀人后，胁迫化学师用化学物品毁灭尸体，手续既繁，又有恶臭，远不及我国武侠小说中以药末化尸为水的传统方法简单明了。章回小说《七剑十三侠》中的一枝梅，杀人后以药末化尸为水。拙作《鹿鼎记》中，韦小宝亦以药粉化尸为水，硫酸、硝酸皆有不及。至于近代武侠小说和武侠电影，杀人盈野，行若无事，谁去管他尸体如何。

二十八　义侠

　　有一个仕人在衙门中做"贼曹"的官（专司捕拿盗贼,略如公安局长）。有一次捉到一名大盗,上了铐镣,仕人独自坐在厅上审问。犯人道:"小人不是盗贼,也不是寻常之辈,长官若能脱我之罪,他日必当重报。"仕人见犯人相貌轩昂,言辞爽拔,心中已答允了,但假装不理会。当天晚上,悄悄命狱吏放了他,又叫狱吏自行逃走。第二天发觉狱中少了一名囚犯,狱吏又逃了,自然是狱吏私放犯人,畏罪潜逃,上司略加申斥,便即了案。

　　那仕人任满之后,一连数年到处游览。一日来到一县,忽听人说起县令的姓名,恰和当年所释的囚犯相同,便去拜谒,报上自己姓名。县令大惊,忙出来迎拜,正是那个犯人。县令感恩念旧,殷勤相待,留他在县衙中住宿,与他对榻而眠,隆重款待了十日,一直没有回家。

　　那一日县令终于回家去了。那仕人去厕所,厕所和县令的住宅只隔一墙,只听得县令的妻子问道:"夫君到底招待什么客人,竟如此殷勤,接连十天不回家来?"县令道:"这是大恩人到了。当年我性命全靠这位恩公相救,真不知如何报答才是。"他妻子道:"夫君岂不闻大恩不报? 何不见机而作?"县令不语久之,才道:"娘子说得是。"

　　那仕人一听,大惊失色,立即奔回厅中,跟仆人说快走,乘马便行,衣服物品也不及携带,尽数弃在县衙之中。到得夜晚,一口气行了五六十里,已出县界,惊魂略定,才在一家村店中借宿。仆从们一直很奇怪，不知为何走得如此匆忙。那仕人歇定，才详述此贼负心的情由，说罢长叹，奴仆们都哭了起来。

突然之间，床底跃出一人，手持匕首。仕人大惊。那人道："县令派我来取君头，适才听到阁下述说，方知这县令如此负心，险些枉杀了贤士。在下是铁铮铮的汉子，决不放过这负心贼。公且勿睡，在下去取这负心贼的头来，为公雪冤。"仕人惊惧交集，唯唯道谢。此客持剑出门，如飞而去。

二更时分，刺客奔了回来，大叫："贼首来了！"取火观看，正是县令的首级。刺客辞别，不知所往。（出《源化记》）

在唐《国史补》中，说这是汧国公李勉的事。李勉做开封尹时，狱囚中有一意气豪迈之人，向他求生，李勉就放了他。数年后李勉任满，客游河北，碰到了故囚。故囚大喜迎归，厚加款待，对妻子道："恩公救我性命，该如何报德？"妻曰："酬以一千匹绢够了么？"曰："不够。"妻曰："二千匹够了么？"曰："仍是不够。"妻曰："既是如此，不如杀了罢。"故囚心动，决定动手，他家里的一名僮仆心中不忍，告诉了李勉。李勉外衣也来不及穿，立即乘马逃走。驰到半夜，已行了百余里，来到渡口的宿店。店主人道："此间多猛兽，客官何敢夜行？"李勉便将情由告知，还没说完，梁上忽然有人俯视，大声道："我几误杀长者。"随即消失不见。天未明，那梁上人携了故囚夫妻的首级来给李勉看。

这故事后人加以敷衍铺叙，成为评话小说，《今古奇观》中《李汧公穷途遇侠客》写的就是这故事。

李勉是唐代宗、德宗年间的宗室贤相，清廉而有风骨。代宗朝，他代黎干（即前"兰陵老人"故事中的主角）为京兆尹（首都市长），其时宦官鱼朝恩把持朝政，任观军容使（皇帝派在军队中的总代表、总政治部主任），即使是大元帅郭子仪也对他十分忌惮。这鱼朝恩又兼管国子监（国立大学、高级干部学校校长）。黎干做京兆尹时，出力巴结他，每逢鱼朝恩到国子监去巡视训话，黎干总是预备了数百人的酒饭点心去小心侍候。李勉莅任时，鱼朝恩又要去国子监了，命人通知他准备。李勉答道："国子监是军容使管的。如果李勉到国子监来，军容使是主人，应当招待我。李勉忝为京兆尹，军容使若大驾光临京兆衙门，李勉岂敢不敬奉酒馔？"鱼朝恩听到这话后，心中十分生气，可又无法驳他，从此就不去国子监了。但李勉这京兆尹的官毕竟也做不长。

后来他做广州刺史。在过去，外国到广州来贸易的海船每年不过四五艘，由于官吏贪污勒索，外国商船都不敢来。《旧唐书·李勉传》说："勉性廉洁，舶来都不检阅，故末年至者四千余。"促进国际贸易，大有贡献。他在广州做官，什么物品都不买，任满后北归，舟至石门，派史卒搜索他家人部属的行李，凡是在广州所买或是受人赠送的象牙、犀角等类广东物品，一概投入江中。

德宗做皇帝，十分宠幸奸臣卢杞。有一天，皇帝问李勉道："众人皆言卢杞奸邪，朕何不知？卿知其状乎？"对曰："天下皆知其奸邪，独陛下不知，所以为奸邪也！"这是一句极佳的对答，流传天下，人人都佩服他的正直。任何大奸臣，人人都知其奸，皇帝却总以为他是大忠臣。这可以说是分辨忠奸的简单标准。（另有一说，这句话是李泌对德宗说的。）

去年初夏，我到加拿大去，途经美国洛杉矶，在"国宾酒店"住了两晚，那正是罗勃·甘迺迪（罗伯特·肯尼迪）半年前被刺的所在。那两晚正逢加州全州选美在该酒店举行，电梯中、走廊上都是美女，目不暇给，很少有人谈罗勃·甘迺迪。我忽然想：中国历史上也有很多刺客，但刺客往往在事到临头之际，忽然同情指定被刺之人，因而下不了手，甚至于反过来相助对方。这种情形，外国刺客却是极少有的。

聂隐娘是虚构的人物，那不算。刺王铎的李龟寿是一个，本书第二十四图"秀州刺客"是一个。此篇的"义侠"又是一个。最著名的，当是春秋时晋灵公派去刺赵盾的鉏麑。他潜入赵盾家中，见赵盾穿好了朝服准备上朝，天色尚早，便坐着闭目养神。鉏麑叹曰："不忘恭敬，民之主也。贼民之主，不忠；弃君之命，不信。有一于此，不如死也。"于是触槐而死。（见《左传》）《公羊传》的说法略有不同，没有记载刺客的名字。晋灵公派一名勇士去行刺赵盾。这勇士走进大门，不见有人把守；走进后院，不见有人把守；走进内堂，仍不见有人把守。他跃到墙头窥探，见赵盾正在吃饭，吃的只有一味鱼。勇士曰："嘻，子诚仁人也。吾入子之大门，则无人焉；入子之闺，则无人也；上子之堂，则无人焉；是子之易也。子为晋国重卿，而食鱼餐，是子之俭也。君将使吾杀子，吾不忍杀子也。虽然，吾亦不可复见吾君矣！"于是刎颈而死。

东汉时隗嚣命刺客杀杜林，刺客见杜林亲自以木车推了弟弟的棺木回乡，叹曰："当今之世，谁能行义？我虽小人，何忍杀义士？"自行逃去。（见《后汉书·杜林传》）

东汉大将军梁冀令刺客杀崔琦。刺客见崔琦手中拿了一卷书在耕田，耕一会田，便翻书阅读，不忍相害，告知真相，说道："将军令吾要子，今见君贤者，情怀忍忍，可亟自逃。吾亦于此亡矣！"可惜梁冀后来还是派了别的刺客杀了崔琦。（见《后汉书·崔琦传》）

刘备做平原相时，当地有个名叫刘平的人，素来瞧不起刘备，耻于受他治理，便派人行刺。刺客不忍下手，语之而去。（见《三国志·蜀志·先主传》）

东晋时刘裕篡位自立，派沐谦混到司马楚之手下，设法刺杀。司马楚之待他很好。有一晚沐谦假装生病，料知司马楚之必来探问，准备就此加害。楚之果然亲自拿了汤药去探病，情意甚殷。沐谦大为感动，从席底取出匕首，将刘裕派他来行刺的事说了，并劝他以后要多加保重，不可太过相信别人，免遭凶险。司马楚之叹道："我若严加戒备，虽有所防，恐有所失。"意思说安全是安全了，只怕是失了人才。沐谦以后便竭诚为他尽力。（见《魏书·司马楚之传》）

这一类的事例甚多。汉阳琳刺客不杀蔡中郎、唐承乾太子刺客不杀于志宁、淮南张显刺客不杀严可求、西夏刺客不杀刘锜等等皆是，事迹内容也都大同小异。（此文作于一九六九年）

二十九　青巾者

任愿,字谨叔,京师人,年轻时侍奉父亲在江淮地方做官。他读过一些书,性情淳雅宽厚,继承了遗产,家道小康,平安度日,也没有什么大志,不汲汲于名利。

熙宁二年,正月十五元宵佳节,任愿出去游街。但见人山人海,车骑满街,拥挤不堪。他酒饮得多了,给闲人一挤,立足不定,倒在一个妇人身上。那妇人的丈夫大怒,以为他有意轻薄,调戏自己妻子,拔拳便打。任愿难以辩白,也不还手招架,只好以衣袖掩面挨打。那人越打越凶,无数途人都围了看热闹。

旁观者中有一头戴青巾之人,眼见不平,出声喝止,殴人者毫不理睬。青巾者大怒,一拳将殴人者击倒,扶着任愿走开。众闲人一哄而散。任愿谢道:"与阁下素不相识,多蒙援手。"青巾者不顾而去。

数日后,任愿在街上又遇到了那青巾者,便邀他去酒店喝酒。坐定后,见青巾者目光如电,毅然可畏。饮了良久,任愿又谢道:"前日见辱于市井庸人,若不是阁下豪杰之士,谁肯仗义相助?"青巾者道:"小事一桩,何足言谢?后日请仁兄再到此一叙,由兄弟作个小东,务请勿却。"当下相揖而别。

届时任愿去那酒店,见青巾者已先到了,两人拣了清静的雅座坐定,对饮了十几杯。青巾者道:"我乃刺客,有一大仇人,已寻了他数年,今日怨气方伸。"于腰间取出一只黑色皮囊,从囊中取出一个首级，用刀子将脑袋上的肉片片削下，一半放在任愿面前的盘中，笑道："请用，不要客气。"任愿惊恐无已，不知所措。青巾者将死人肉吃得干干净净，连声劝客，任愿辞不能食。青巾者大笑，伸手到任愿盘中，将人肉抓过来又吃。食毕，用短刀将脑骨削成碎片，如切朽木，把碎骨弃在地下，再无人认得出这是死人的头骨。

青巾者道："我有术相授，你能学么？"任愿道："不知何术？"青巾者道："我能以药点铁成金，点铜成银。"任愿道："在下在市上有一间先父留下来的小店，每日可赚一贯钱。我数口之家，冬天穿棉，夏天穿葛，酒肉无忧，自觉生活如此舒适，已然过份，常恐遇祸，怎敢再学先生的奇术？还望见谅。"青巾者叹服，说道："像这样安份知命，毫不贪得之人，真是少有。你应当长寿才是。"取出一粒药来，道："服此药后，身强体壮，百鬼不近。"任愿和酒服了。两人直饮到深夜方散，以后便没再见他。（出《青琐高议》）

青巾者吃仇人之肉的情节，有点像虬髯客。

674

三十　淄川道士

有一个名叫姜廉夫的人，一晚刚就枕安睡，听得喝道之声，一辆轿子忽然在堂前出现。轿中走出一名绝色女子，上堂向姜廉夫的母亲盈盈下拜，说道："妾和郎君有姻缘之分，愿请一见。"姜廉夫听到了，欣然起身相见。他妻子见场面尴尬，便要避开。那女子道："不要因我之故而令你们夫妻疏远，请姊姊不可见怪。"姜妻见她温柔可亲，心中很有好感。两人情如姊妹，相亲相爱。姜廉夫大享齐人之福。那女子对姜母服侍得尤其恭敬周到，全家上下，个个都喜欢她。

到了端午节的前夕，那女子在一晚之间，做了一百个彩丝绣花荷包，绣功十分精致，人物、花草、题字，都绣了出来，便如是名家的书画一般，分送给亲戚。得到的人无不赞叹，大家都称她为"仙姑"。

过了不久，那女子忽向姜母道："婆婆，媳妇面临大难，要到别地一避。"拜了几拜，出门而去。姜家全家都很惊惶，为她担忧，不知她有何灾难，是否能够避过。

便在此时，有一名道人来到姜家，问姜廉夫道："你满面都是晦气之色，奇祸将至，那是什么缘故？"姜廉夫将经过情形都对他说了。道士命他在净室中预备一张榻。第二天道士又来，叫姜廉夫在榻上安卧，不可起身，又叮嘱家人上午千万不可开门，到正午才开。

过了良久，姜廉夫忽觉寒气逼人，只听得刀剑相交之声铮铮不绝。他心中大惧，蒙被而睡，猛听得砰的一声，有物坠入榻底，他也不敢去看。到得正午，姜家开门，道士来到，姜廉夫出门相迎。道士笑道:"危险过去了!"同去看榻下所坠之物,却是一个髑髅(骷髅头,髑音独),有五斗的米斛那么大。道士从药箱中取出药末,撒在髑髅上,髑髅便即化而为水。

姜廉夫问:"那是什么怪物?"道士道:"我和那美貌女子都是剑仙。这女子先和一人相好,忽然抛弃了他,来跟你相好。那人大是愤怒,要来杀你二人。我和那女子一向很有交情,因此出力救你。总算侥幸成功,我去也!"

道士刚去,女子便即回来,与姜廉夫同居如初。(出《诚斋杂记》)

女剑仙水性杨花,男剑仙争风吃醋,都不成话。所以任渭长的评语说:"髑髅尽痴,剑仙如斯!"

三十一　侠妇人

董国庆,字元卿,饶州德兴(在今江西省)人,宋徽宗宣和六年进士及第,被任为莱州胶水县(在今山东省)主簿(秘书长)。其时金兵南下,北方交兵,董国庆独自一人在山东做官,家眷留在江西。中原陷落后,无法回乡,弃官在乡村避难,与寓所的房东交情很好。房东怜其孤独,替他买了一妾。

这妾侍不知是哪里人,聪明美貌,见董国庆贫困,便筹划赚钱养家,尽家中所有资财买了七八头驴子、数十斛小麦,以驴牵磨磨粉,然后骑驴入城出售面粉,晚上带钱回家。每隔数日到城中一次。这样过了三年,赚了不少钱,买了田地住宅。

董与母亲妻子相隔甚久,音讯不通,常致思念,日常郁郁寡欢。妾侍好几次问起原因。董这时和她情爱甚笃,也就不再隐瞒,说道:"我本是南朝官吏,一家都留在故乡,只有我孤身漂泊,茫无归期。每一念及,不禁伤心欲绝。"妾道:"为何不早说?我有一个哥哥,一向喜欢帮人家忙,不久便来。到那时可请他为夫君设法。"

过了十来天,果然有个长身虬髯的人到来,骑了一匹高头大马,带着十余辆车子。妾道:"哥哥到了!"出门迎拜,使董与之相见,互叙亲戚之谊,设筵相请。饮到深夜,妾才吐露董日前所说之事,请哥哥代筹善策。

当时金人有令,宋官逃匿在金国境内的必须自行出首,坦白从宽,否则给人检举出来便要处死。董已泄漏了自己身分,疑心二人

677

要去向官府告发,既悔且惧,抵赖道:"没有这回事,全是瞎说!"

虬髯人大怒,便欲发作,随即笑道:"我妹子和你做了好几年夫妻,我当你是自己骨肉一般,这才决心干冒禁令,送你南归。你却如此见疑,要是有什么变化,岂不是受你牵累? 快拿你做官的委任状出来,当作抵押,否则的话,天一亮我就缚了你送官。"董更加害怕,料想此番必死无疑,无法反抗,只好将委任状取出交付。虬髯人取之而去。董终夜涕泣,不知所措。

第二天一早,虬髯人牵了一匹马来,道:"走罢!"董国庆又惊又喜,入房等妾同行。妾道:"我眼前有事,还不能走,明年当来寻你。我亲手缝了一件衲袍(用布片补缀缝拼而成的袍子)相赠。你好好穿着,跟了我哥哥去。到南方后,我哥哥或许会送你数十万钱,你千万不可接受,倘若非要你收不可,便可举起衲袍相示。我曾于他有恩,他这次送你南归,尚不足以报答,还须护送我南来和你相会。万一你受了财物,那么他认为已足够报答,两无亏欠,不会再理我了。你小心带着这件袍子,不可失去。"

董愕然,觉得她的话很古怪,生怕邻人知觉报官,便挥泪与妾分别。上马疾驰,来到海边,见有一艘大船,正解缆欲驶。虬髯人命他即刻上船,一揖而别。大船便即南航。董囊中空空,心下甚窘,但舟中人恭谨相待,敬具饮食,对他的行踪去向却一句也不问。

舟行数日,到了宋境,船刚靠岸,虬髯人早已在水滨相候,邀入酒店洗尘接风,取出二十两黄金,道:"这是在下赠给太夫人的一点小意思。"董记起妾侍临别时的言语,坚拒不受。虬髯人道:"你两手空空的回家,难道想和妻儿一起饿死么?"强行留下黄金而去。董追了出去,向他举起衲袍。虬髯人骇诧而笑,说道:"我果然不及她聪明。唉,事情还没了结,明年护送美人儿来给你罢。"说着扬长而去。

董国庆回到家中,见母亲、妻子和两个儿子都安好无恙,一家团圆,欢喜无限,互道别来情由。他妻子拿起衲袍来细看,发觉布块的补缀之处隐隐透出黄光,拆开来一看,原来每一块缝补的布块中都藏着一片金叶子。

董国庆料理了家事后,到京城向朝廷报到,被升为宜兴尉。第二年,虬髯人果然送了他爱妾南来相聚,此后一家和谐偕老。

丞相秦桧以前也曾陷身北方,与董国庆可说是难友,所以特加照顾,将董国庆失陷在金国的那段时期都算作是当差的年资,不久便调他赴京升官,办理军队粮饷的事务,数月后便死了。他母亲汪氏向朝廷呈报,得自宣教郎追封,升为朝奉郎,并任命他儿子董仲堪为官,那是绍兴十年三月间之事。(出洪迈《夷坚志》)

故事中提到了秦桧。乘这机会谈谈这个历史上有名的奸相。

秦桧,字会之,建康(今南京)人。在靖康年间,他是有名的主战派。皇帝派他随同张邦昌去和金人讲和,秦桧道:"是行专为割地,与臣初议矛盾,失臣本心。"坚决不去。后来金人要求割地,皇帝召开廷议,重臣大官中七十人主张割地,三十六人反对,秦桧是这三十六人的首领。

后来金兵南下,汴京失守,徽钦二帝被掳,金人命百官推张邦昌为帝,"百官军民皆失色不敢答"。秦桧大胆上书,誓死反对,其中说道:"桧荷国厚恩,甚愧无报,今金人拥重兵,临已拔之城,操生杀之柄,必欲易姓,桧尽死以辨。"书中大骂张邦昌:"张邦昌在上皇时,附会权幸,共为蠹国之政。社稷倾危,生民涂炭,固非一人所致,亦邦昌为之也。天下方疾之如仇雠,若付以土地,使主人民,四方豪杰必共起而诛之。"书中又称:"必立邦昌,则京师之民可服,天下之民不可服;京师之宗子可灭,天下之宗子不可灭。桧不顾斧钺之诛,言两朝之利害,愿复嗣君位,以安四方。"在那样的局面之下,敢于发如此大胆的议论,确是极有风骨,天下闻之,无不佩服。

后来金人终于立张邦昌为帝,掳了秦桧北去。

秦桧被俘虏这段期间,到底遭遇如何,史无可考,但相信一定是大受虐待,终于抵抗不了威胁,屈膝投降。一般认为,他所以得能全家南归,是金人暗中和他有了密约,放他回来做奸细的。金人当然掌握了他投降的证据和把柄,使他无法反悔,从此终身成为金国的大间谍。由于他以前所表现的气节,所以一到朝廷,高宗就任他为礼部尚书。

秦桧当权时力主和议,但真正决定和议大计的,其实还是高宗自己。当时文臣武将,大都反对与金人讲和。《宋史·秦桧传》有这样一段记载:绍兴八年"十月,宰执入见,桧独身留言:'臣僚畏首尾,多持两端,此不足与断大事。若陛下决欲讲和,乞专与臣议,勿许群臣预。'帝曰:'朕独委卿。'桧曰:'臣亦恐未便,望陛下更思三日,容

侠妇人

臣别奏。'又三日,桧复留身奏事。帝意欲和甚坚,桧犹以为未也,曰:'臣恐别有未便,欲望陛下更思三日,容臣别奏。'帝曰'然。'又三日,桧复留身奏事如初,知上意确不移,乃出文字,乞决和议,勿许群臣预。"

这段文字记得清清楚楚,说明了谁是和议的真正主持人。一般所谓奸臣,是皇帝胡涂,奸臣弄权。但高宗一点也不胡涂,秦桧只是迎合上意,乘机揽权,至于杀岳飞等等,都不过是执行高宗的决策,而这样做,也正配合了他作为金国大间谍的任务。

周密的《齐东野语》中,记述了两个大官拍秦桧马屁的手法,可看到当时官场的风气:

方德带兵驻在广东,特制了一批蜡烛,烛里藏以名贵香料,派人送给秦桧,厚贿相府管家,请他设法让秦桧亲自见到。管家叫使者在京等候机会。有一日,秦桧宴客,大张筵席之际,管家禀告:"府中蜡烛点完了,恰好广东经略送了一盒蜡烛来,还未敢开。"秦桧吩咐开了来点,蜡烛一燃,异香满堂,众宾大悦。秦桧见此烛贵重,一点其数,共是四十九枝,心下奇怪为何不是整数,叫送礼的使者来问。使者道:"经略专门造了这批蜡烛献给相爷,香料难得,共只造了五十枝,制成后恐怕不佳,点了一枝试验,所以只剩了四十九枝。数目零碎,但不敢用别的蜡烛充数。"秦桧大喜,认为方德奉己甚专,又不敢相欺,不久便升他的官。

另有一个郑仲,在四川做宣抚使。秦桧大起府第,高宗亲题"一德格天"四字,作为楼阁的匾额。格天阁刚刚完工,郑仲的书信恰好到来,呈上地毯一条,极尽华贵之能事。秦桧命将地毯铺在格天阁中,不料大小尺寸竟丝毫不错,刚好铺满。秦桧默然不语,心下大为不满,过不多时,便借故将郑仲撤职查办。郑仲造这条地毯,当然是事先暗中查明了格天阁地板的大小尺寸。秦桧自己是大特务头子,对于郑仲这种调查窥察他私事的特务手段,自是十分憎恶。

秦桧一直到死,始终得高宗的信任宠爱,自然是深通做官之道。《鹤林玉露》中记载有一个小故事:秦桧夫人到宫内朝见,皇太后说起近来很少吃到大的子鱼(当时是杭州最名贵的鱼,今日在杭州仍极珍贵)。秦夫人说:"臣妾家里倒有,明天呈奉一百条来给太后。"回家后告知了丈夫。秦桧大急,知道这一下可糟了,皇太后吃不到好鱼,自己家里却随随便便就拿出一百条来,岂不是显得自己的享受比皇帝、皇太后还好得多? 秦桧的妻子王氏生性阴险,传说她参与杀岳飞之谋,以"捉虎易,放虎难"六字,促使秦桧下定决心,终于害死岳飞,然而讲到做官的法门,究竟不及老奸巨猾的丈夫了。秦桧仔细思量一番之后,终于想出了一条妙计,第二天送了一百条青鱼进宫去。青鱼是普通的贱鱼。皇太后哈哈大笑,说道:"我早说这秦老太婆是乡下人,没见过世面,果然不错。青鱼和子鱼形状有些相似,味道可大不相同,只不过鱼身大而已。"这件趣事自必传入皇帝耳中,母子两人取笑秦桧是乡下人之余,觉得他忠厚老实,生活朴素,对他自又多了几分好感。倘若送进宫去的真是一百条子鱼,秦桧的相位不免有些危险了。

秦桧当国凡十九年,他任内自然是坏事做尽。据《宋史·秦桧传》所载,有不少作为是很具典型性的。《宋史》是元朝右丞相脱脱等所修,以异族人的观点写史,不至于故意捏造事实来毁谤秦桧。下面是《秦桧传》中所记录的一些事例。

高宗和金人媾和,割地称臣,民间大愤。太学生张伯麟在壁上题词:"夫差,尔忘越王杀尔父乎?"有人告发,张伯麟给捉去打板子,面上刺字,发配充军。夫差之父与越王战,受伤而死,夫差为了报仇,派人日夜向他说这句话,以提高复仇的决心。张伯麟在壁上题这句话,当然是借古讽今,讥刺高宗忘了父亲徽宗为金人所掳而死的奇耻大辱。

秦桧下令禁止士人撰作史书,于是无耻文人纷纷迎合。司马光的不肖曾孙司马伋上书,宣称《涑水纪闻》一书,不是他曾祖的著作(其实确是司马光的史学著作)。吏部尚书李光的子孙,将李光的藏书万卷都烧了,以免惹祸。可是有一个名叫曹泳的人,还是告发李光的儿子李孟坚,说他读过父亲所作的私史,却不自首坦白。于是李孟坚被罚充军,朝中大官有八人受到牵累。曹泳却升了官。

"察事之卒,布满京城,小涉讥议,即捕治,中以深文。"所谓"中以深文",即以胡乱罗织的重罪罪名,加在乱说乱讲之人的身上。

有一个名叫何溥的人,迎合秦桧,上书说程颐、张载这些大理学家的著作是"曲学",须"力加禁绝","人无敢以为非"。

许多文人学士纷纷撰文作诗,歌颂秦桧的功德,称为"圣相"。

若是拿他来和前朝贤相相比,便认为不够,必须称之为"元圣"。秦桧"晚年残忍尤甚,数兴大狱,而又喜谀佞,不避形迹。"不论赞他如何如何伟大英明,他都毫不怕丑,坦然而受,视为当然。"凡一时献言者,非诵桧功德,则讦人语言,以中伤善类。欲有言者,恐触忌讳,畏言国事。"

"一时忠臣良将,诛锄略尽。其顽钝无耻者率为桧用,争以诬陷善类为功。其矫诬也,无罪可状,不过曰'谤讪'、曰'指斥'、曰'立党沽名'、甚则曰'有无君心'。"说人内心不尊敬皇帝,也算是罪状。

《续资治通鉴》中说秦桧"初见财用不足,密谕江浙监司暗增民税七八,故民力重困,饥死者众。又命察事卒数百游市间,闻言其奸恶者,即捕送大理狱杀之;上书言朝政者,例贬万里外。日使士人歌诵太平中兴之美。士人稍有政声名誉者,必斥逐之。"又说他"喜赃吏,恶廉士……贪墨无厌……故赃吏恣横,百姓愈困。"

善政有"道统",恶政也有"道统"。

三十二　解洵妇

　　解洵前半段的遭遇，和《侠妇人》中的董国庆很相似。他也是宋朝的官吏，北方土地沦陷后，陷在金人占领区中，无法归乡，很是痛苦，后来得人介绍，娶了一妾。那妾带来了不少钱，解洵才有好日子过。有一年重阳日，他思念前妻，落下泪来。那妾很是同情，便替他筹划川资，一同南归。那妾很能干，一路上关卡盘查，水陆风波，都由她设法应付过去。

　　回到家后，解洵的哥哥解潜已因军功而做了将军，有势有钱。兄弟相见，十分欢喜。解潜送了四个婢女给弟弟。解洵喜新厌旧，宠爱四婢，疏远冷落了那妾。一天，解洵和妾饮酒，两人都有了醉意，言语冲突起来。那妾道："当年你流落北方，有一餐没一餐的，如没有我，这时候早饿死了。今日一旦得志，便忘了从前恩义，那不是大丈夫之所为。"解洵大怒，三言两语，便出拳打去。那妾只是冷笑，也不还手。解洵仍不住乱打乱骂。

　　那妾站起身来，突然之间，灯烛齐熄，寒气逼人，四名婢女都吓得摔倒在地。过了良久，点起灯烛看时，见解洵死在地下，脑袋已遭割去。那妾却已不知去向。

　　解潜得报大惊，派了三千名官兵到处搜捕，始终不见下落。

　　这位女剑客，对丈夫是很好的，不过妒忌心很重，容不得丈夫移情别爱。解洵动手打人，忘恩负义，德行有亏。

　　解潜是南宋初年的好官，绍兴年间做荆南镇抚使，募人开垦荒田,成绩甚好,增加了大量粮食生产,是南宋垦荒屯田政策的创导者。他病重时,张九成去探望。解潜流泪说:"我生平立誓要和金贼战死于疆场之上,哪知不能如愿。"说罢就死了。

张九成是南宋的忠义名臣,为人正直,毕生和秦桧作对。秦桧当权时,张九成被贬在南安,到秦桧死后才出来做官,后来追赠太师。他既和解潜交好,可见解潜也是忠义之士。

张九成是杭州人,绍兴壬子年状元。对策时论到刘豫(金人设立的傀儡皇帝)说:"臣观金人有必亡之势,中国有必兴之理。夫好战必亡,失其故俗必亡,人心不服必亡,金皆有焉。刘豫背叛君亲,委身夷狄,黾雉经营,有同儿戏,何足虑哉?"这篇策论传到了汴梁,刘豫见了大恨,派刺客来行刺,但张九成不以为意,时人都佩服他的胆识。

这篇策论却也引起了一个可笑谣言。有一天高宗向群臣说:"有人从汴梁逃回来,说张九成在刘豫那里做官,真是奇怪。"一个臣子奏称:"张九成在盐官县(今浙江海宁)做官,离杭州不到一百里,两天前还刚有文书来。"原来张九成那篇策论痛骂刘豫,在汴梁传诵很广,有人一知半解,把刘豫和张九成两个名字拉在一起,以为张九成在刘豫手下做官。

张九成状元及第后,第二年娶马氏为继室。马氏是寡妇,生有个儿子,再嫁后孩子由祖母龚氏抚养。马氏嫁给张九成后过得两年逝世。张九成去会见龚氏,照料妻子和前夫所生的儿子。龚氏老太太逝世后,张九成替她作墓志,详细叙述马氏再嫁的事实,并不讳言。时人都佩服他的坦白和厚道。(见《画影》)他的作风和解洵刚好是两个极端。

三十三　角巾道人

浙江衢州人徐逢原，住在衢州峡山，少年时喜和方外人结交。有一个道士，名叫张淡道人，在他家中住，巾服萧然，只戴一顶青色角巾，穿一件夹道袍，并无内衣，虽在隆冬，也不加衣。每逢明月之夜，携铁笛至山间而吹，至天晓方止。

徐逢原学易经，有一次闭门推演大衍数，不得其法。张淡道人在隔室叫道："秀才，这个你是不懂的，明天我教你罢。"第二天便教他轨析算步之术，凡是人的生死时日，以及用具、草木、禽兽的成坏寿夭，都能立刻推算出来，和后来的结果相对照，丝毫不差。

这道人最喜饮酒，时时入市竟日，必大醉方归，囊中所带的钱，刚好足够买醉，日子过得无挂无碍。人家都说他有烧铜成银之术。徐逢原要试他酒量到底如何，请了四个酒量极好之人来和他同饮，自早饮到晚，四人都醉倒了，张淡还是泰然自若，回到室中。有人好奇去偷看，只见他用脚勾住墙头，头下足上的倒挂在墙上，头发散在一只瓦盆之中，酒水从发尾滴沥而出，流入瓦盆。

道人有一幅牛图，将图挂在墙上，割了青草放在图下，过了半天去看时，青草往往已被牛吃完了，或者是吃了一大半，而图下有许多牛粪。

道人有一徒弟，是个头陀。有一次张淡道人将那幅牛图送了给他，又命他买火麻四十九斤，绞成大索，嘱咐道："我将死了，死后勿用棺材殓葬，只用火麻绳将我尸身从头至脚的密密缠住，在罗汉寺寺后空地掘一个洞埋葬。每过七天,便掘开来瞧瞧。"头陀答应了。果然道人不久便死,头陀依照指示办事,过了七日,掘开来看,见道人的尸体面色红润。如此每过七日,就发掘一次,到四十九日后第七次掘开来时,穴中只余麻绳和一双破鞋,尸身已不见了。

徐逢原曾赠他一首诗,曰:"铁笛爱吹风月夜,夹衣能御雪霜天。伊予试问行年看,笑指松筠未是坚。"张淡道人用一匹绢来写了这首诗,笔力甚伟。(出洪迈《夷坚志》)

这张淡道人只不过是方士之类的人物,并不是什么剑客。

《剑侠传》中的故事,讲的是另一位"角巾道人"。京师人郭伦,元宵节带同家人出外观灯,回家时天已很夜了,经过一条小巷,逢到十余个不良少年,手臂相挽,大声唱歌而来,喧哗嘻笑,对妇女口出不逊言语,拦住了路,不让他们走过。郭伦见对方人多势众,无法抵抗,甚为窘迫。忽有一个身穿青衣、头戴角巾的道人过来,责备这批恶少说:"人家家眷夜归,你们怎可无礼?"众恶少大怒,说道:"我们自己喜欢开开玩笑,跟你这臭道士有什么相干?"大家冲上来要打他。一众妇女乘机避开,只有郭伦独自留下来要帮那道人打架。

那道人也发怒了,喝道:"你们真要打人吗?我今天来教训教训你们。"出手打去,对方全无抵抗之能。道人搏击恶少,就像殴打婴儿一般,片刻之间,打得众恶少或倒地不起,或叫痛逃走。道人拍拍手,慢慢走了。

郭伦忙追上去拜谢,说与先生素不相识,竟蒙救援,使妻妹得脱危难,不知如何报答才好。那道人说:"我本无心,偶然碰到不平的事,不能不出手。我于世间,一无所求,不求报答,只要能请我喝一场酒,能一醉便够了。"郭伦大喜,邀他回家,置酒痛饮。道人辞去,郭伦问:"先生去哪里?"道人说:"我是剑侠,不是普通人也!"掷下酒杯,长揖出门,走得几步,耳中铿然有声,有一柄剑跳了出来,跌在地下。那道人骑在剑上,长剑飞起,带着道人腾空而去。这故事与第二十九图"青巾者"有些相似。

飛雪連天射白鹿

笑書神俠倚碧鴛

金庸